CO NAS NIE ZABIJE

DAVID LAGERCRANTZ

CO NAS NIE ZABIJE

Przekład: Irena i Maciej Muszalscy

WYDAWNICTWO CZARNA OWCA
WARSZAWA 2015

Tytuł oryginału
DET SOM INTE DÖDAR OSS

Redakcja
Grażyna Mastalerz

Projekt okładki
© Jörgen Einéus / VALENTIN&BYHR

Adaptacja okładki
Magda Kuc

DTP
Marcin Labus

Korekta
Małgorzata Denys
Maciej Korbasiński

Redaktor prowadzący
Anna Brzezińska

Wydanie I

Druk i oprawa
ABEDIK S.A.
Wydrukowano na papierze Creamy 70g/m², vol 2,0
dystrybuowanym przez: ZiNG

ISBN 978-83-8015-049-2

Wydawnictwo
CZARNA OWCA

ul. Alzacka 15a, 03-972 Warszawa
www.czarnaowca.pl
Redakcja: tel. 22 616 29 20; e-mail: redakcja@czarnaowca.pl
Dział handlowy: tel. 22 616 29 36; e-mail: handel@czarnaowca.pl
Księgarnia i sklep internetowy: tel. 22 616 12 72; e-mail: sklep@czarnaowca.pl

PROLOG
Rok wcześniej, o świcie

WSZYSTKO ZACZYNA SIĘ od snu, choć nie jest on wcale wyjątkowy. Lisbeth widzi rękę, która rytmicznie i wytrwale uderza w materac w jej dawnym pokoju przy Lundagatan.

A jednak się budzi. Jest wcześnie rano. Lisbeth siada przy komputerze i zaczyna polowanie.

Część I

Czujne oko

1–21 listopada

NSA, National Security Agency, to amerykańska agencja federalna, podlegająca Departamentowi Obrony. Jej główna siedziba mieści się w Fort Meade w stanie Maryland, przy autostradzie Patuxent.

Od powstania w 1952 roku NSA zajmuje się rozpoznaniem radioelektronicznym – dziś oznacza to przede wszystkim przechwytywanie i analizowanie danych internetowych i połączeń telefonicznych. Uprawnienia agencji były stopniowo zwiększane. Obecnie każdego dnia śledzi ponad dwadzieścia miliardów rozmów i wiadomości.

Rozdział 1
początek listopada

FRANS BALDER zawsze uważał się za beznadziejnego ojca. Choć jego syn August miał już osiem lat, nigdy wcześniej nawet nie próbował być dla niego ojcem. Teraz także nie można było powiedzieć, żeby się dobrze odnajdywał w tej roli. Ale czuł, że to jego obowiązek. U jego byłej żony i jej przeklętego narzeczonego Lassego Westmana chłopakowi działa się krzywda.

Dlatego Frans Balder zrezygnował z pracy w Dolinie Krzemowej i przyleciał do domu. Stał zszokowany na lotnisku Arlanda i czekał na taksówkę. Pogoda była pod psem. Deszcz i wiatr smagały go po twarzy. Po raz setny zadawał sobie pytanie, czy postępuje słusznie.

Frans Balder, zapatrzony w siebie pajac, miał zostać pełnoetatowym ojcem – czyż to nie wariactwo? Równie dobrze mógłby się zatrudnić w zoo. O dzieciach nie wiedział nic, o życiu niewiele więcej i, co najdziwniejsze, nikt go o to nie prosił. Nie zadzwoniła żadna mama ani babcia i nie zaapelowała, żeby zaczął się poczuwać do swoich obowiązków.

Sam tak postanowił; chociaż odebrano mu prawo do opieki nad dzieckiem, zamierzał bez żadnego uprzedzenia zjawić się w mieszkaniu byłej żony i zabrać syna.

Wiedział, że z pewnością nie obędzie się bez awantury. Rozwścieczony Lasse Westman niewątpliwie spierze go na kwaśne jabłko. Ale nie było rady. Wskoczył do taksówki. Siedząca za kierownicą kobieta energicznie żuła gumę i próbowała go wciągnąć do rozmowy. Nie udałoby jej się, nawet gdyby miał lepszy dzień. Nie lubił pogawędek o niczym.

Siedząc na tylnym siedzeniu, rozmyślał o synu i o wszystkim, co się ostatnio wydarzyło. August nie był ani jedynym, ani nawet najważniejszym powodem tego, że zrezygnował z pracy w Solifonie. W jego życiu nastał czas wielkich zmian i przez chwilę zastanawiał się, czy sobie z tym poradzi. Jechał na Vasastan i czuł się tak, jakby uchodziła z niego krew, i walczył z chęcią, żeby rzucić wszystko w cholerę. Nie mógł się teraz wycofać.

Na Torsgatan zapłacił za taksówkę, wziął bagaże i postawił je pod drzwiami. Na górę wniósł tylko pustą torbę podróżną z pstrokatą mapą świata, którą kupił na San Francisco International. Kiedy zdyszany stanął pod drzwiami, zamknął oczy i próbował sobie wyobrazić wszystkie możliwe scenariusze. Spodziewał się kłótni i dramatycznych scen. Prawdę mówiąc, pomyślał, trudno byłoby ich winić. Nikt tak po prostu nie zjawia się nie wiadomo skąd i nie wyrywa dziecka z jego bezpiecznego środowiska, a już na pewno nie ojciec, który do tej pory nie robił nic poza przelewaniem pieniędzy na konto. Ale to była wyjątkowa sytuacja, a przynajmniej on tak uważał. Wypiął pierś i choć najchętniej uciekłby od tego wszystkiego, zadzwonił do drzwi.

Nic się nie stało. Po chwili otworzył mu Lasse Westman. Miał przenikliwe niebieskie oczy, masywną klatkę piersiową i ogromne łapska. Wydawały się wręcz stworzone do robienia ludziom krzywdy. To dzięki nim obsadzano go w rolach czarnych charakterów, choć Frans był przekonany, że żaden z nich nie był równie czarny jak ten, którego grał na co dzień.

– O Jezu – powiedział Lasse Westman. – Coś takiego. Geniusz we własnej osobie przyszedł z wizytą.

– Jestem tu po to, żeby zabrać Augusta.

– Co?

– Chcę go wziąć do siebie, Lasse.

– Żartujesz sobie.

– Nigdy nie byłem bardziej poważny – odparł Frans, siląc się na ripostę. Z pokoju po lewej wyszła jego była żona

Hanna. Nie była już tak piękna jak dawniej. Złożył się na to nadmiar nieszczęść i prawdopodobnie również nadmiar wypalonych papierosów i opróżnionych kieliszków. Mimo to Frans poczuł ssanie gdzieś w środku. Obudziła się w nim nieoczekiwana czułość, zwłaszcza kiedy zauważył siniec na jej szyi. Sprawiała wrażenie, jakby chciała powiedzieć coś na powitanie. Nie zdążyła jednak otworzyć ust.

– Dlaczego nagle zaczął cię obchodzić? – zapytał Lasse Westman.

– Bo miarka się przebrała. August potrzebuje bezpiecznego domu.

– I ty masz mu go zapewnić, Diodak? Kiedy robiłeś coś, co nie było gapieniem się w monitor?

– Zmieniłem się – oznajmił Frans Balder i poczuł, że jest żałosny. Nie tylko dlatego, że wątpił w przemianę.

Zwalisty Lasse Westman, tłumiąc wściekłość, ruszył w jego stronę. Z druzgocącą jasnością dotarło do niego, że gdyby ten szaleniec się na niego rzucił, nie miałby żadnych szans. I że cały ten pomysł od samego początku był poroniony. Ale o dziwo obyło się bez wybuchów i scen. Westman tylko uśmiechnął się ponuro i odparł:

– No to rewelacja!

– Co chcesz przez to powiedzieć?

– Że już najwyższy czas. Prawda, Hanno? W końcu odrobina poczucia obowiązku u pana Zajętego. Brawo, brawo! – odpowiedział Lasse Westman i zaklaskał teatralnie. Po wszystkim właśnie to wydawało się Fransowi najbardziej przerażające – łatwość, z jaką zgodzili się oddać chłopca.

Nie protestując, chyba że dla zasady, pozwolili mu go zabrać. Może August był dla nich tylko ciężarem. Trudno powiedzieć. Hanna posłała mu kilka niełatwych do odczytania spojrzeń, trzęsły jej się ręce, zaciskała zęby. Ale nie zadała zbyt wielu pytań. Powinna była urządzić przesłuchanie, podać tysiąc zaleceń i warunków, zamartwiać się, że ustalony rytm dnia Augusta zostanie zaburzony. Ale zapytała tylko:

– Jesteś pewien? Poradzisz sobie?

– Jestem pewien – odparł, po czym wszedł do pokoju syna i zobaczył go po raz pierwszy od ponad roku. Zrobiło mu się wstyd.

Jak mógł opuścić takiego chłopca? August był niesamowity, piękny – miał bujne, kręcone włosy, szczupłą sylwetkę i poważne niebieskie oczy. Był bez reszty pochłonięty ogromnymi puzzlami z wizerunkiem żaglowca. Cała jego postać zdawała się wołać: nie przeszkadzaj. Frans powoli ruszył naprzód, jak gdyby zbliżał się do obcego, nieobliczalnego stworzenia.

Mimo wszystko udało mu się odwrócić uwagę chłopca od puzzli i skłonić, aby wziął go za rękę i wyszedł z nim do przedpokoju. Wiedział, że nigdy tego nie zapomni. Co myślał August? Nie patrzył ani na niego, ani na matkę, nie zwracał uwagi na machanie ręką i słowa pożegnania. Razem zniknęli w windzie. Tak po prostu.

AUGUST MIAŁ AUTYZM. Prawdopodobnie był również mocno opóźniony w rozwoju, nawet jeśli lekarze nie byli co do tego zgodni. Obserwując go z daleka, można było odnieść całkiem inne wrażenie. Dzięki swojej szlachetnej, skupionej twarzy roztaczał aurę królewskiej wzniosłości albo przynajmniej dawał do zrozumienia, że nie uznaje za stosowne przejmować się światem zewnętrznym. Ale kiedy się patrzyło z bliska, zauważało się mgłę spowijającą jego spojrzenie. Poza tym nie powiedział jeszcze ani słowa.

Tym samym przeczył wszelkim prognozom, które postawiono, kiedy miał dwa lata. Lekarze twierdzili wówczas, że prawdopodobnie należy do tych nielicznych dzieci, u których autyzm nie łączy się z upośledzeniem, i że wystarczy intensywna terapia behawioralna, a rokowania mimo wszystko będą całkiem dobre. Ale wszystkie ich nadzieje okazały się płonne. Frans Balder nie miał pojęcia, co się stało z pieniędzmi, które na niego przeznaczał. Nie wiedział nawet, czy August chodzi do szkoły. Żył w swoim świecie, uciekł do Stanów i poróżnił się ze wszystkimi bez wyjątku.

Był idiotą. Ale teraz miał zamiar to naprawić, chciał się zaopiekować synem, i to jak należy. Odebrał w przychodni jego kartę, obdzwonił specjalistów i pedagogów i stało się jasne, że pieniądze, które wysyłał dla Augusta, zostały roztrwonione, zapewne na zachcianki i hazardowe długi Lassego Westmana. Chłopca najwyraźniej zostawiono samemu sobie, pozwolono mu się zasklepić w kompulsywnych nawykach, choć prawdopodobnie doświadczył jeszcze gorszych rzeczy. Właśnie dlatego Frans postanowił wrócić do domu.

Zadzwonił do niego psycholog, którego zaniepokoiły zagadkowe sińce na ciele Augusta. On również je zauważył. Na rękach, nogach, klatce piersiowej i ramionach. Hanna twierdziła, że powstały podczas jednego z ataków, w czasie których August rzucał się w przód i w tył. Wprawdzie Frans już drugiego dnia spędzonego z synem miał okazję zobaczyć taki atak – śmiertelnie go przeraził – ale i tak coś mu się nie zgadzało: August nie uderzał się tam, gdzie miał siniaki.

Podejrzewał, że padł ofiarą przemocy, więc zwrócił się do lekarza rodzinnego i znajomego policjanta. Nie potrafili ze stuprocentową pewnością potwierdzić jego podejrzeń, ale i tak wzbierało w nim oburzenie. Sporządził wiele pism i zgłoszeń. Niemal zapomniał przy tym o synu. Zdał sobie sprawę, że o to nietrudno. August większość czasu spędzał w pokoju z widokiem na morze, który dla niego urządził w willi w Saltsjöbaden. Siedział na podłodze i układał swoje koszmarnie trudne puzzle z setek elementów. Łączył je tylko po to, żeby za chwilę znów rozdzielić i zacząć od nowa.

Na początku Frans przyglądał mu się z fascynacją. Czuł się tak, jakby obserwował wielkiego artystę przy pracy, i czasami miał wrażenie, że August w każdej chwili może podnieść wzrok i odezwać się jak dorosły. Ale August nie mówił ani słowa, a jeśli już podnosił głowę, to tylko po to, żeby spojrzeć przez okno na rozświetlone słońcem morze.

W końcu zostawiał go w spokoju. August mógł sobie siedzieć sam. Zresztą, prawdę mówiąc, rzadko zabierał go choćby do ogrodu.

Oficjalnie nie mógł sprawować nad nim opieki i nie chciał ryzykować. Najpierw zamierzał załatwić wszystkie prawne formalności. Dlatego robieniem zakupów – a także gotowaniem i sprzątaniem – zajmowała się gospodyni, Lottie Rask. Frans Balder nie był w tym zbyt dobry. Znał się na komputerach i algorytmach, ale poza tym właściwie na niczym. Z biegiem czasu coraz bardziej poświęcał się właśnie im i korespondencji z adwokatami, w nocy zaś spał równie fatalnie jak w Stanach.

W oczekiwaniu na sądowe batalie co wieczór wypijał butelkę czerwonego wina, najczęściej amarone. Niezbyt to pomagało, może na krótką metę. Czuł się coraz gorzej i snuł fantazje o tym, że rozpływa się w powietrzu albo znika w jakimś niedostępnym miejscu na krańcu świata. Ale pewnej listopadowej soboty coś się stało. Był zimny, wietrzny wieczór. Szedł z Augustem ulicą Ringvägen, w dzielnicy Söder. Trzęśli się z zimna.

Wracali z kolacji u Farah Sharif przy Zinkens väg. August już dawno powinien być w łóżku, ale kolacja się przeciągnęła, a Frans powiedział o wiele za dużo. Farah Sharif miała tę cechę – ludzie się przy niej otwierali. Znali się od czasu studiów informatycznych w Imperial College w Londynie. Farah była jedną z niewielu osób w kraju, które były na jego poziomie, a przynajmniej bez problemu nadążały za jego tokiem myślenia. Spotkać kogoś, kto rozumie – to była dla niego ogromna ulga.

Poza tym go pociągała, choć mimo wielu prób nigdy mu się nie udało jej uwieść. Nie był dobry w uwodzeniu kobiet. Tym razem jednak przytuliła go na pożegnanie, a uścisk prawie zamienił się w pocałunek. Uważał, że to wielki postęp. O tym właśnie myślał, kiedy mijali z Augustem boisko w Zinkensdamm.

Postanowił, że następnym razem załatwi opiekunkę i wtedy może... Kto wie? Kawałek dalej zaszczekał pies. Jakaś kobieta krzyknęła za nim, ze złością albo wesoło, trudno było to stwierdzić. Frans spojrzał w stronę skrzyżowania, na którym zamierzał złapać taksówkę albo wsiąść w metro jadące na Slussen. Deszcz wisiał w powietrzu. Światło przy przejściu dla pieszych zmieniło się na czerwone. Po drugiej stronie ulicy stał mężczyzna. Miał koło czterdziestki. Wyglądał na zmęczonego życiem i wydał mu się mgliście znajomy. Frans złapał Augusta za rękę.

Chciał mieć pewność, że zostanie na chodniku. I wtedy poczuł, że jego dłoń jest napięta, jakby coś zrobiło na nim duże wrażenie. Poza tym spojrzenie miał przenikliwe i czyste, mglista zasłona zniknęła z jego oczu jak za dotknięciem czarodziejskiej różdżki. Jak gdyby zamiast spoglądać w głąb siebie, na własne pogmatwane wnętrze, na tym przejściu dla pieszych i skrzyżowaniu odkrył coś ważnego i doniosłego. Coś, co umykało całej reszcie ludzkości. Frans patrzył na niego i nie zauważył, że światło zmieniło się na zielone.

Stał obok syna, który wpatrywał się przed siebie, i nie rozumiejąc dlaczego, nagle poczuł się mocno poruszony. Pomyślał, że to dziwne. Przecież to zwykłe spojrzenie, ani zbyt przytomne, ani wesołe. A jednak przypomniało mu o czymś odległym i ukrytym, o czymś, co tkwiło głęboko uśpione w jego pamięci. Po raz pierwszy od dawna w jego myślach zagościła nadzieja.

Rozdział 2
20 listopada

MIKAEL BLOMKVIST SPAŁ zaledwie kilka godzin. Tylko dlatego, że zaczytał się w kryminale Elizabeth George. Nie było to oczywiście zbyt rozsądne. Przed południem prasowy guru Ove Levin z Serner Media miał przedstawić linię programową „Millennium", więc powinien być wypoczęty i gotowy do walki.

Nie miał jednak ochoty zachowywać się rozsądnie. W ogóle na nic nie miał ochoty. Zmusił się do wstania i zrobił sobie wyjątkowo mocne cappuccino w swojej jurze impressie X7 – w ekspresie, który kiedyś dostarczono mu do domu ze słowami: „Sam powiedziałeś, że i tak nie potrafię go obsługiwać". Teraz stał w jego kuchni jak pomnik lepszych czasów. Nie miał już żadnego kontaktu z tym kimś, kto mu go przysłał. Nie czuł też, żeby jego praca była szczególnie inspirująca.

W weekend zastanawiał się nawet, czy nie powinien się zająć czymś innym, a u człowieka takiego jak Mikael Blomkvist była to dość drastyczna myśl. „Millennium" było jego miłością i życiem. Wiązało się z nim wiele z jego najlepszych i najbardziej dramatycznych wspomnień. Ale nic nie trwa wiecznie. Pomyślał, że dotyczy to również tego, co czuł do „Millennium". Zresztą nie były to dobre czasy dla właścicieli gazet, zwłaszcza zajmujących się dziennikarstwem śledczym.

Wszystkie ambitne teksty, które miały coś zmienić, były jak krew w piach. Chcąc nie chcąc, co jakiś czas wracał do myśli, że jego wizja „Millennium" w dalszej perspektywie mogła się wprawdzie wydawać piękna, ale niekoniecznie musiała się przyczynić do przetrwania gazety. Poszedł do dużego pokoju i popijając kawę, zaczął błądzić spojrzeniem po zatoce Riddarfjärden. Szalał sztorm.

Babie lato, które trwało w stolicy przez sporą część października, sprawiając, że ogródki restauracji były nadal czynne, nagle zastąpiła iście diabelska pogoda. Zgięci wpół ludzie przemykali przez miasto w porywach wiatru i strugach deszczu. On przez cały weekend nie wyściubił nosa z domu, nie tylko ze względu na pogodę. Wielkie plany zemsty spełzły na niczym. Zarówno jedno, jak i drugie było dla niego nietypowe.

Nie był wiecznym przegranym, który zawsze musi odpłacać pięknym za nadobne, i w odróżnieniu od wielu innych medialnych szych w kraju nie miał rozdętego poczucia własnej wartości, które by wymagało nieustannego podsycania i potwierdzania. A z drugiej strony miał za sobą kilka trudnych lat. Na domiar złego niespełna przed miesiącem William Borg, dziennikarz ekonomiczny z należącej do koncernu Sernera gazety „Business Life", opublikował felieton pod tytułem: *Czas Mikaela Blomkvista już minął.*

Fakt, że ten tekst w ogóle powstał i że zyskał taki rozgłos, świadczył rzecz jasna o tym, że pozycja Mikaela w dalszym ciągu była silna. Nikt też nie twierdził, że felieton jest dobrze napisany albo oryginalny. W zasadzie powinno się go było uznać za kolejny atak zazdrosnego kolegi po fachu. Ale z jakiegoś powodu, który po pewnym czasie nie był już do końca jasny, artykuł przerodził się w coś poważniejszego. Może na początku można go było uznać za dyskusję o zawodzie reportera: czy należy, jak Blomkvist, „cały czas doszukiwać się nadużyć w gospodarce, kurczowo trzymając się anachronicznego modelu dziennikarstwa rodem z lat siedemdziesiątych", czy też, jak William Borg, „wyzbyć się wszelkiej podejrzliwości i docenić przedsiębiorców, którzy nadają Szwecji rozpęd".

Ale z czasem debata wymknęła się spod kontroli. Pojawiły się wściekłe głosy, że Blomkvist nie przez przypadek przez ostatnie lata drepcze w miejscu, skoro najwyraźniej „wychodzi z założenia, że wszystkie wielkie firmy prowadzą kanalie", i dlatego w swoich tekstach „wali na oślep". Po czasie to się zaczyna mścić – mówiono. Nawet stary arcybandyta Hans-Erik Wennerström, którego śmierć była ponoć jego zasługą, zyskał trochę sympatii. Nawet jeśli poważne tytuły trzymały się z dala od tej sprawy, w mediach społecznościowych aż huczało od inwektyw. Atakowali go nie tylko dziennikarze ekonomiczni i przedstawiciele gospodarki, którzy mieli powody, żeby się odgrywać na wrogu, kiedy chwilowo był osłabiony.

Kilkoro młodych dziennikarzy postanowiło zaistnieć, pisząc, że Mikael Blomkvist myśli w sposób archaiczny – nie twittuje, nie ma strony na Facebooku, jest reliktem dawno minionej epoki, w której nie brakowało pieniędzy na przekopywanie się przez dziwaczne stare tomiska. Niektórzy po prostu korzystali z okazji i wymyślali zabawne hasztagi w rodzaju #jakzaczasówblomkvista i tym podobne. Ogólnie rzecz biorąc, był to stek bzdur, którymi on przejmował się najmniej ze wszystkich, a przynajmniej próbował to sobie wmawiać.

Z drugiej strony sytuacji nie poprawiał fakt, że jego ostatnim głośnym tematem była sprawa Zalachenki, a „Millennium" naprawdę przeżywało kryzys. Wciąż sprzedawało się nieźle, mieli dwadzieścia jeden tysięcy prenumeratorów. Ale wpływy z reklam drastycznie spadły i nie było mowy o dodatkowym źródle dochodu ze sprzedaży bestsellerowych książek. Mająca udziały w gazecie Harriet Vanger nie mogła więcej w nią inwestować, więc zarząd, wbrew woli Mikaela, sprzedał trzydzieści procent akcji norweskiemu imperium prasowemu Sernera. Nie było to aż tak dziwne, jak by się w pierwszej chwili mogło wydawać. Serner wydawał zarówno tygodniki, jak i popołudniówki. Był właścicielem dużego portalu randkowego, dwóch płatnych kanałów telewizyjnych, a także drużyny piłkarskiej z norweskiej pierwszej ligi i nie powinien mieć nic wspólnego z gazetą taką jak „Millennium”.

Ale przedstawiciele Sernera – przede wszystkim odpowiedzialny za publicystykę Ove Levin – zapewniali, że koncern potrzebuje do portfolio prestiżowego produktu, że *wszyscy* z kierownictwa podziwiają „Millennium” i że pragną tylko tego, żeby się nie zmieniło. – Nie jesteśmy tu po to, żeby zarabiać! Chcemy robić coś ważnego – powiedział Levin. Natychmiast postarał się też o to, żeby dostali duży zastrzyk gotówki.

Z początku nie mieszał się w pracę redakcji. Był to więc *business as usual*, choć z trochę większym budżetem. W zespole zagościła znów nadzieja i chwilami nawet Mikael Blomkvist czuł, że w końcu ma czas na dziennikarstwo i nie musi martwić się o pieniądze. Ale mniej więcej w chwili kiedy zaczęła się nagonka na niego, atmosfera uległa zmianie i zaczęły się naciski. Mikael nie mógł odeprzeć myśli, że koncern wykorzystał sytuację.

Levin zapewniał, że bez przeszkód mogą dalej robić wszystko to, z czego są znani – prowadzić drobiazgowe śledztwa, posługiwać się literackim stylem i być społecznie zaangażowani. Ale przecież nie wszystkie artykuły muszą traktować o nieprawidłowościach ekonomicznych, niesprawiedliwości i skandalach w polityce. Pisząc o życiu glamour – celebrytach i najświeższych premierach – również można uprawiać wyśmienite dziennikarstwo – stwierdził, po czym zaczął z pasją opowiadać o amerykańskich edycjach „Vanity Fair” i „Esquire”, o Gayu Talese i jego klasycznym portrecie Sinatry *Frank Sinatra has a Cold*, o Normanie Mailerze, Trumanie Capote, Tomie Wolfe i Bóg wie kim jeszcze.

Mikael w zasadzie nie miał nic przeciwko temu. Sam zaledwie pół roku wcześniej napisał długi reportaż o fenomenie paparazzich i wiedział, że gdyby tylko znalazł dobry, poważny punkt widzenia, mógłby sportretować dowolną wydmuszkę. To nie temat decyduje o tym, czy dziennikarstwo jest dobre, czy złe – lubił mawiać. Liczy się podejście. Bronił się przed tym, co wyczytał między wierszami – że to początek poważniejszego ataku, że „Millennium" stanie się dla koncernu tytułem jednym z wielu, czymś, co można dowolnie zmieniać, dopóki to się opłaca. Aż w końcu stanie się nijakie.

Dlatego kiedy w piątek po południu usłyszał, że Ove Levin zatrudnił konsultanta i zlecił mu przeprowadzenie szeregu badań rynkowych, o których miał opowiedzieć po weekendzie – po prostu uciekł do domu. Siedząc przy biurku albo leżąc w łóżku, układał płomienne przemowy, w których wyjaśniał, dlaczego „Millennium" powinno pozostać wierne swojej wizji: Na przedmieściach trwają zamieszki. W parlamencie zasiadają członkowie ugrupowania otwarcie wyrażającego wrogość wobec imigrantów. Ludzie są coraz mniej tolerancyjni. Faszyzm zatacza coraz szersze kręgi. Na każdym kroku można spotkać żebraków i bezdomnych. Pod wieloma względami Szwecja stała się państwem wstydu. Oddając się marzeniom, sformułował w myślach tak wiele zgrabnych, podniosłych słów, wygłosił tyle trafnych i przekonujących stwierdzeń, że wszystkim w redakcji, a nawet w koncernie Sernera otworzyły się oczy. Gremialnie postanowiono pójść za nim.

Kiedy jednak trochę ochłonął, zdał sobie sprawę, jak niewiele znaczą jego słowa dla kogoś, kto kieruje się wyłącznie względami ekonomicznymi. *Money talks, bullshit walks* i te sprawy. Przede wszystkim gazeta musiała się utrzymać. Dopiero potem mogli zacząć zmieniać świat. Tak to działa, więc zamiast układać kolejne gniewne oracje, zaczął się zastanawiać, czy nie dałoby się skombinować jakiegoś dobrego tematu. Miał nadzieję, że jakaś sensacyjna historia mogłaby dodać zespołowi pewności siebie i sprawić, że wszyscy olaliby badania Levina, przewidywania, że „Millennium" kostnieje, i wszystko to, z czym jeszcze zamierzał wyskoczyć Ove.

Od czasu ostatniego sensacyjnego tematu Blomkvist stał się czymś w rodzaju skrzynki na wszelakie newsy. Codziennie informowano go o nieprawidłowościach i ciemnych interesach. Musiał przyznać, że większość z tych informacji była gówno warta. Rozmaici pieniacze, zwolennicy teorii spiskowych, bajkopisarze i przemądrzalcy sprzedawali mu najbardziej nieprawdopodobne historie, które nie wytrzymywały najprostszej weryfikacji albo nie były na tyle ciekawe, żeby miał pisać o nich artykuł. Z drugiej strony za czymś kompletnie banalnym potrafi się kryć niepowtarzalny temat. W prostej sprawie ubezpieczeniowej albo zgłoszeniu zaginięcia może się kryć wspaniała, uniwersalna historia. Nigdy nie ma pewności. Należy metodycznie zapoznawać się ze wszystkim i mieć otwarty umysł. Dlatego w sobotni poranek usiadł z laptopem i notatnikiem i zaczął się przekopywać przez to, co miał.

Pracował do piątej po południu. Odkrył kilka spraw, które dziesięć lat wcześniej pewnie podniosłyby mu ciśnienie, a teraz nie budziły większego entuzjazmu. Wiedział, że to powszechny problem. Po kilku dekadach w zawodzie prawie wszystko wydaje się znajome. Można widzieć, że temat jest dobry, a i tak nie móc się do niego zapalić. Kiedy strugi lodowatego deszczu zaczęły bębnić o dach, przerwał i wrócił do Elizabeth George.

Wmawiał sobie, że to nie tylko eskapizm. Doświadczenie mówiło mu, że najlepsze pomysły często pojawiają się podczas odpoczynku. Kiedy człowiek zajmuje się czymś innym, kawałki układanki potrafią nagle wskoczyć na swoje miejsce. Ale żadna konstruktywna myśl nie przyszła mu do głowy. Może poza tą, że powinien częściej tak leżeć i czytać dobre książki. Kiedy poniedziałkowy ranek przywitał go kolejną ulewą, miał już za sobą półtora kryminału George i trzy stare numery „New Yorkera", które poniewierały się na nocnym stoliku.

SIEDZIAŁ NA SOFIE w dużym pokoju, popijał cappuccino i wpatrywał się w zawieruchę za oknem. Czuł się zmęczony i wyjałowiony. Nagle wstał – jakby postanowił działać. Włożył buty i zimowy płaszcz i wyszedł z domu. Pogoda była absurdalnie paskudna.

Lodowaty wiatr, ciężki od deszczu, przeszywał do szpiku kości. Mikael szybkim krokiem ruszył w dół, ku Hornsgatan, szarej jak nigdy. Cała dzielnica Söder wydawała się wyprana z kolorów. W powietrzu nie wirował nawet jeden połyskujący jesienny listek. Z opuszczoną głową i rękami skrzyżowanymi na piersi minął kościół Marii Magdaleny. Szedł w stronę Slussen. Skręcił w prawo w Götgatsbacken i jak zwykle wszedł między butik Monki a pub Indigo. Potem ruszył do redakcji na trzecim piętrze, tuż nad lokalami Greenpeace. Już na klatce usłyszał szum rozmów.

W środku było wyjątkowo dużo ludzi. Wszyscy pracownicy redakcji, najważniejsi freelancerzy, trzech ludzi Sernera, dwóch konsultantów i Ove Levin. Tym razem ubrał się trochę swobodniej. Nie wyglądał już jak dyrektor i najwyraźniej przyswoił sobie kilka nowych wyrażeń, na przykład potoczne „siema".

– Siema, Micke, co tam słychać? – zagaił.

– To zależy od ciebie – odparł Mikael, choć nie miał nic złego na myśli.

Zauważył jednak, że Levin potraktował to jak wypowiedzenie wojny, więc kiwnął sztywno głową, wszedł do pokoju i usiadł na jednym z krzeseł ustawionych w małe półkole.

LEVIN ODCHRZĄKNĄŁ i spojrzał nerwowo na Mikaela Blomkvista. Gwiazdor dziennikarstwa, który w drzwiach wydawał się nastawiony tak bojowo, teraz sprawiał wrażenie uprzejmego i zainteresowanego i nie wyglądało na to, żeby chciał się kłócić albo dyskutować. Ale to ani trochę nie uspokoiło Ovego. Pracował kiedyś z Blomkvistem na zastępstwie w „Expressen". Pisali wtedy głównie szybkie newsy i mnóstwo różnych bzdur. Potem, w knajpie, marzyli o wielkich reportażach i równie sensacyjnych demaskacjach. Godzinami rozprawiali o tym, że nigdy się nie zadowolą tym, co konwencjonalne i uładzone, i zawsze będą drążyć głębiej. Byli młodzi, ambitni i chcieli mieć wszystko naraz. Ove często tęsknił za tamtymi czasami – rzecz jasna nie za wynagrodzeniem, godzinami pracy czy nawet za włóczeniem się po barach i towarzystwem panienek, ale za marzeniami i siłą, która się w nich kryła. Bywało, że tęsknił za ciągłą chęcią zmieniania społeczeństwa i dziennikarstwa, pisania tak, żeby świat stawał w miejscu, a władza drżała. No i oczywiście czasem zadawał sobie pytania, które nawet dla kogoś z jego pozycją były nieuniknione: co się z tym wszystkim stało? Gdzie się podziały marzenia?

A przecież Mikael Blomkvist spełnił każde z nich – nie tylko dlatego, że ujawnił kilka największych afer współczesności. Naprawdę pisał z siłą i pasją, o których fantazjowali, nigdy się nie ugiął przed naciskami z góry ani nie szedł na kompromisy, gdy w grę wchodziły ideały. Tymczasem on... no tak, ale przecież to on zrobił karierę, prawda? Dziś, co bardzo go cieszyło, z pewnością zarabiał dziesięć razy tyle co Blomkvist. Jaką korzyść miał Micke ze swoich sensacyjnych tematów, jeśli nie było go stać na porządny domek na wsi. Miał tylko tę małą szopę w Sandhamn. Czym, na Boga, była ta chałupa w porównaniu z jego nowym domem w Cannes? Niczym! To on i tylko on wybrał właściwą drogę.

Zrezygnował z mozolnej roboty w prasie codziennej, zatrudnił się u Sernera jako analityk mediów i poznał samego Haakona Sernera, co zmieniło jego życie i przyniosło mu bogactwo. Odpowiadał za publicystykę w wielu gazetach i kanałach telewizyjnych i naprawdę to uwielbiał. Uwielbiał władzę, pieniądze i wszystko, co się z tym wiązało, a jednak... potrafił przyznać, że czasem marzył o tym, co robił Micke. Chciałby robić to samo, w ograniczonych dawkach, ale jednak. On też chciał być uważany za dobrego publicystę i zapewne dlatego tak mocno naciskał, by koncern stał się udziałowcem „Millennium". Mały ptaszek szepnął mu do ucha, że gazeta przeżywa kryzys finansowy i że redaktor naczelna Erika Berger, na którą był skrycie napalony, nie chce zwalniać swoich dwóch najświeższych nabytków – Sofie Melker i Emila Grandéna. Nie mogłaby tego zrobić, gdyby gazeta nie dostała zastrzyku gotówki.

Krótko mówiąc, dostrzegł nieoczekiwaną szansę wkupienia się w jeden z wielkich i prestiżowych produktów na szwedzkim rynku medialnym. Nie można było jednak powiedzieć, żeby kierownictwo Sernera odnosiło się do tego pomysłu z entuzjazmem. Przeciwnie – po cichu mówiło się, że „Millennium" jest przestarzałe i lewicujące, a przy tym ma tendencję do popadania w konflikty z ważnymi reklamodawcami i współpracownikami. Gdyby nie zabiegał o to tak żarliwie, sprawa z pewnością rozeszłaby się po kościach. Tłumaczył, że kwota, którą zainwestują w „Millennium", w szerszej perspektywie jest śmieszna i choć ten drobny wkład niekoniecznie przyniesie krociowe zyski, może im zapewnić coś znacznie ważniejszego – wiarygodność. Cokolwiek by mówić o Sernerze, wiarygodność nie była wtedy ich mocną stroną. Inwestycja w „Millennium" oznaczałaby, że dziennikarstwo i wolność słowa mimo wszystko są dla nich ważne. Członkowie zarządu nie byli co prawda szczególnymi miłośnikami wolności słowa ani dziennikarstwa w stylu „Millennium", ale odrobina wiarygodności nie mogła im zaszkodzić. Mimo wszystko zdawali sobie z tego sprawę i udało mu się ich namówić. Obie strony przez długi czas uważały to za uśmiech losu.

Serner zyskał rozgłos, a gazeta nie musiała zwalniać pracowników i mogła się zajmować tym, co było jej specjalnością: wnikliwymi, dobrze napisanymi reportażami. Sam Levin świecił jak słońce. Wziął nawet udział w debacie w Publicistklubben, podczas której z całą skromnością powiedział:

– Wierzę w dobre przedsięwzięcie. Zawsze walczyłem o dziennikarstwo śledcze.

A potem... nie chciał nawet o tym myśleć. Zaczęła się nagonka na Blomkvista. W pierwszej chwili nawet nie było mu przykro. Odkąd Mikael zabłysnął jako wielka gwiazda na reporterskim niebie, nie mógł się po cichu nie cieszyć, ilekroć wyszydzano go w mediach. Ale tym razem nie był zadowolony zbyt długo. Syn Sernera, Thorvald, zauważył, że w mediach społecznościowych wrze, i rozdmuchał sprawę, choć oczywiście nic go to nie obchodziło. Thorvald nie był chłopakiem, którego interesowałyby poglądy dziennikarzy. Ale lubił mieć władzę.

Uwielbiał knuć intrygi i dostrzegł szansę, żeby coś ugrać albo przynajmniej utrzeć nosa starszym członkom zarządu. Szybko udało mu się skłonić dyrektora generalnego Stiga Schmidta – który jeszcze niedawno nie miał czasu na takie błahostki – do oświadczenia, że „Millennium" nie dostanie żadnej taryfy ulgowej i musi się dostosować do nowych czasów, tak jak wszystkie inne produkty koncernu.

Levin, który właśnie uroczyście zapewnił Erikę Berger, że nie będzie się mieszał do pracy redakcji – no, może czasem zabierze głos jako przyjaciel i doradca – poczuł, że ma związane ręce i musi prowadzić skomplikowaną zakulisową grę. Na wszelkie sposoby próbował zdobyć poparcie Eriki, Malin i Christera dla nowych celów gazety. Jak wszystko, co rodzi się w pośpiechu i panice, nie były one zbyt jasno sprecyzowane, ale ogólnie rzecz biorąc, chodziło o odmłodzenie i skomercjalizowanie „Millennium".

Oczywiście wielokrotnie zapewniał, że nie ma mowy o pogrzebaniu duszy gazety i jej charakterystycznej brawury, ale właściwie nie był pewien, co tak naprawdę miał na myśli. Wiedział tylko, że „Millennium" musi być bardziej glamour, żeby zadowolić zarząd, i że trzeba zmniejszyć liczbę długich artykułów o gospodarce, bo mogą drażnić reklamodawców i narobić wrogów zarządowi – choć oczywiście nie powiedział tego Erice.

Chcąc uniknąć niepotrzebnych konfliktów, na wszelki wypadek ubrał się swobodniej niż zwykle. Nie chciał nikogo prowokować błyszczącym garniturem i krawatem – modnymi atrybutami kierownictwa. Miał na sobie dżinsy, prostą białą koszulę i granatowy sweter z dekoltem w serek. Długie kręcone włosy, które zawsze były jego małym, buntowniczym znakiem rozpoznawczym, spiął w koński ogon, jak najwięksi kozacy wśród dziennikarzy telewizyjnych. Przede wszystkim jednak zaczął z pokorą, wykorzystując całą wiedzę zdobytą na kursach menedżerskich.

– Witam wszystkich – powiedział. – Co za beznadziejna pogoda! Mówiłem to już kilka razy, ale chętnie powtórzę: My, przedstawiciele koncernu Sernera, jesteśmy nieprawdopodobnie dumni, że możemy uczestniczyć w tej podróży, a dla mnie samego znaczy ona jeszcze więcej. To zaangażowanie w przedsięwzięcia takie jak „Millennium" czyni moją pracę ważną i przypomina mi, dlaczego kiedyś myślałem o pracy w tym zawodzie. Pamiętasz, Micke, jak siedzieliśmy w barze Opera i marzyliśmy o wszystkim, co będziemy razem robili? Nie pomagało nam to wytrzeźwieć, he, he.

Mikael Blomkvist nie wyglądał, jakby cokolwiek pamiętał. Ale on nie dał się zbić z tropu:

– Nie, nie zamierzam uderzać w nostalgiczne tony – ciągnął. – Zwłaszcza że nie ma ku temu powodu. W tamtych czasach branża nie narzekała na brak pieniędzy. Wystarczyło pierwsze lepsze morderstwo w Kråkemåli, a wynajmowaliśmy śmigłowiec, rezerwowaliśmy całe piętro w najbardziej ekskluzywnym hotelu i zamawialiśmy szampana na afterparty. Wiecie, kiedy pierwszy raz jechałem w swoją pierwszą zagraniczną podróż, zapytałem Ulfa Nilsona, który pisał reportaże ze świata, jak stoi marka niemiecka. Nie mam pojęcia, odpowiedział. Sam ustalam kursy walut. He, he! W tamtych czasach nie oszczędzaliśmy na podróżach.

Pamiętasz, Micke? I może właśnie wtedy byliśmy najbardziej kreatywni. W zasadzie nie musieliśmy się specjalnie wysilać, a i tak sprzedawaliśmy mnóstwo egzemplarzy. Ale, jak wszyscy wiemy, sporo się zmieniło. Nastały czasy morderczej konkurencji i nie jest łatwo zarabiać na dziennikarstwie, nawet wam – najlepszej redakcji w kraju. Pomyślałem więc, że porozmawiamy dziś o przyszłych wyzwaniach. Podkreślam, że w żadnym wypadku nie wyobrażam sobie, że mógłbym was czegokolwiek nauczyć. Chcę tylko położyć fundament pod dyskusję. Jako Serner zleciliśmy przeprowadzenie szeregu badań dotyczących waszych czytelników i tego, jak „Millennium" jest odbierane. Niektóre wnioski mogą was trochę przerazić. Ale proponuję, żebyśmy zamiast się martwić, potraktowali to jako wyzwanie i uświadomili sobie, że nastał czas naprawdę szalonych zmian.

Zawiesił głos i zaczął się zastanawiać, czy użycie słowa „szalone" nie było błędem, czy nie za bardzo się starał sprawiać wrażenie wyluzowanego, czy ten wstęp nie był zanadto żartobliwy i rubaszny. Zawsze należy się liczyć z brakiem poczucia humoru u kiepsko opłacanych moralistów, mawiał Haakon Serner. Nie, pomyślał, zaraz to naprawię. Przeciągnę ich na swoją stronę!

MIKAEL BLOMKVIST wyłączył się mniej więcej w momencie, gdy Levin oznajmił, że wszyscy muszą się zastanowić nad swoją cyfrową dojrzałością. Nie zarejestrował wywodów na temat młodego pokolenia, które nie zna ani „Millennium", ani Mikaela Blomkvista. Ale dzięki pechowemu zbiegowi okoliczności akurat w chwili kiedy Levin zaczął o tym mówić, poczuł, że ma dosyć, i wyszedł na kawę. Nie usłyszał więc, że norweski konsultant Aron Ullman stwierdził bez ogródek:

– Żałosne. Tak się boi, że wszyscy o nim zapomną?

Ale w tamtej chwili nic nie byłoby w stanie obchodzić go mniej. Był wściekły, bo Levin najwyraźniej wierzył, że badania mogą ich uratować. A przecież to nie pieprzone analizy rynku stworzyły tę gazetę, tylko wrażliwość i zaangażowanie. „Millennium" osiągnęło swoją pozycję dlatego, że wszyscy skupiali się na tym, co dobre i ważne, nie szli za aktualnymi trendami. Stał w aneksie kuchennym i zastanawiał się, kiedy wyjdzie Erika.

Wyszła po mniej więcej dwóch minutach. Wsłuchiwał się w stukanie jej obcasów i próbował ocenić, jak bardzo jest zła. Jednak kiedy przed nim stanęła, posłała mu tylko zrezygnowany uśmiech.

– Co z tobą?

– Po prostu nie mogłem tego słuchać.

– Wiesz, że ludzie czują się cholernie niezręcznie, kiedy się tak zachowujesz.

– Wiem.

– I, jak sądzę, wiesz, że Serner nie może kiwnąć palcem bez naszej zgody. Nadal mamy nad wszystkim kontrolę.

– Gówno mamy, nie kontrolę. Jesteśmy ich zakładnikami, Ricky! Nie rozumiesz tego? Jeżeli nie będziemy robić tego, co nam każą, wycofają wsparcie, a wtedy jesteśmy udupieni! – krzyknął trochę za głośno, a kiedy Erika uciszyła go i pokręciła głową, dodał już ostrożniej: – Przykro mi. Zachowuję się jak szczeniak. Ale teraz idę do domu. Muszę pomyśleć.

– Ostatnio bardzo mało czasu spędzasz w redakcji.

– Myślę, że uzbierało mi się sporo nadgodzin do wykorzystania.

– To prawda. Chcesz mieć wieczorem towarzystwo?

– Nie wiem. Naprawdę nie wiem – odparł, a potem wyszedł i ruszył w stronę Götgatsbacken.

WIATR I DESZCZ smagały go po twarzy. Było mu zimno. Klął. Przez chwilę rozważał, czy nie wpaść do Pocketshopu i nie kupić jeszcze jednego angielskiego kryminału, w którym mógłby się zatracić. Skręcił jednak w S:t Paulsgatan.

Kiedy po prawej mijał restaurację sushi, zadzwonił telefon. Był przekonany, że to Erika. Ale to nie była ona – dzwoniła jego córka, Pernilla. Wybrała bardzo zły moment. Zawsze miał wyrzuty sumienia, że tak niewiele dla niej robi.

– Cześć, skarbie – powiedział.

– Co to za odgłos?

– Chyba wiatr.

– Okej, okej, będę się streszczać. Dostałam się na kreatywne pisanie na Biskops Arnö!

– Więc teraz chcesz pisać – odparł o wiele za ostro, prawie z sarkazmem, co oczywiście było niesprawiedliwe pod każdym względem.

Powinien był jej natychmiast pogratulować i życzyć powodzenia. Ale miała za sobą tyle trudnych lat. Przeskakiwała z jednej dziwnej chrześcijańskiej sekty do drugiej i studiowała rozmaite kierunki, i żadnego nie skończyła. Był już tym zmęczony.

– Nie nazwałabym tego okrzykiem radości.

– Sorry. Nie jestem dziś sobą.

– A kiedy jesteś?

– Chciałbym tylko, żebyś znalazła coś, w czym naprawdę się odnajdujesz. Nie wiem, czy pisanie to dobry pomysł, jeśli wziąć pod uwagę, jak wygląda ta branża.

– Nie będę się zajmowała nudnym dziennikarstwem jak ty.

– To co będziesz robiła?

– Pisała naprawdę.

– Okej – powiedział. Nie pytał, co ma na myśli. – Wystarczy ci pieniędzy?

– Dorabiam w Wayne's Coffee.

– Wpadniesz na kolację? Porozmawialibyśmy o tym.

– Nie wyrobię się. Chciałam ci tylko powiedzieć – odparła i rozłączyła się. Próbował dostrzegać dobre strony jej entuzjazmu, ale humor zepsuł mu się jeszcze bardziej. Przeciął Mariatorget i Hornsgatan.

Kiedy wszedł na swoje poddasze przy Bellmansgatan, czuł się tak, jakby je opuścił przed chwilą. Miał dziwne wrażenie, że nie ma już pracy i że rozpoczyna nowe życie, w którym zamiast ciężkiej harówki czeka go bezmiar wolnego czasu. Przez chwilę zastanawiał się, czy trochę nie posprzątać. Wszędzie walały się gazety, książki i ubrania. W końcu jednak wyjął z lodówki dwie butelki pilsnera urquella, usiadł na kanapie w dużym pokoju i spróbował trzeźwo ocenić sytuację – na tyle, na ile można to zrobić z odrobiną piwa we krwi. Co powinien zrobić?

Nie miał pojęcia i – co najbardziej go przerażało – nie czuł już woli walki. Przeciwnie – był dziwnie zrezygnowany, jak gdyby „Millennium" przestawało go interesować. Po raz kolejny zadał sobie pytanie: Czy nie czas zająć się czymś innym? Sprawiłby rzecz jasna wielki zawód Erice i pozostałym. Ale czy był odpowiednim człowiekiem do prowadzenia gazety utrzymującej się z reklam i prenumeraty? Może lepiej by pasował gdzie indziej, gdziekolwiek by to miało być?

Nawet duże poranne dzienniki powoli się wykrwawiały. Pieniądze na reportaże, w których się specjalizował, można było znaleźć tylko w mediach publicznych – dziennikarzy śledczych miały radiowe wiadomości Ekot i telewizja... Dlaczego by nie? Od razu pomyślał o Kajsie Åkerstam – wspaniałej kobiecie, z którą raz na jakiś czas umawiał się na drinka. Była szefową programu „Uppdrag granskning" telewizji SVT i od lat próbowała go zwerbować. Jak dotąd bezskutecznie.

Nie miało znaczenia, co proponowała, ani jak uroczyście obiecywała mu wsparcie i niezależność. „Millennium" było jego domem i sercem. Ale teraz... może powinien skorzystać, jeśli mimo pomyj, które wszędzie na niego wylewano, oferta nadal jest aktualna. Wiele już robił w tym zawodzie, ale nigdy nie pracował w telewizji. Nie licząc współpracy przy setkach telewizyjnych debat i programów śniadaniowych.

Praca w „Uppdrag granskning” mogłaby na nowo rozniecić w nim żar.

Zadzwoniła komórka i na chwilę ogarnęła go radość. Bez względu na to, czy to Erika, czy Pernilla, będzie miły i zamieni się w słuch. Ale na wyświetlaczu zobaczył zastrzeżony numer. Odebrał.

– Czy rozmawiam z Mikaelem Blomkvistem? – zapytał jakiś młody głos.

– Tak.

– Ma pan chwilę, żeby porozmawiać?

– Jeżeli się przedstawisz, może będę miał.

– Nazywam się Linus Brandell.

– Rozumiem. O co chodzi?

– Mam dla pana temat.

– W takim razie słucham.

– Opowiem, jeśli wyskoczy pan do Bishop's Arms po drugiej stronie ulicy. Tam się spotkamy.

Mikael się zdenerwował. Nie tylko z powodu rozkazującego tonu, ale i obecności nieproszonego gościa w pobliżu jego domu.

– Myślę, że telefon w zupełności wystarczy.

– To nie jest coś, o czym powinno się rozmawiać przez telefon.

– Dlaczego rozmowa z panem tak mnie męczy?

– Może miał pan zły dzień?

– Ma pan rację, rzeczywiście.

– No widzi pan. Proszę się pofatygować do Bishopa. Postawię panu piwo i opowiem coś naprawdę mocnego.

Mikael chciał syknąć: Przestań mi mówić, co mam robić! A jednak, może dlatego, że nie miał do roboty nic ciekawszego niż siedzenie i dumanie nad swoją przyszłością, odparł:

– Sam płacę za swoje piwo. Ale w porządku, przyjdę.

– To mądra decyzja.

– Jeszcze jedno.

– Tak?

– Jeżeli będzie pan marnował mój czas i snuł wariackie teorie spiskowe o tym, że Elvis żyje, a pan wie, kto zabił Olofa Palmego, natychmiast wracam do domu.

– *Fair enough* – odparł Linus Brandell.

Rozdział 3
20 listopada

HANNA BALDER STAŁA W KUCHNI w mieszkaniu przy Torsgatan i paliła camela bez filtra. Miała na sobie niebieski szlafrok i szare znoszone kapcie. Jej gęste włosy wyglądały wspaniale, a ona sama nadal była pięknością, ale sprawiała wrażenie wyniszczonej. Miała opuchniętą wargę, a oczy umalowała mocno nie tylko ze względów estetycznych. Znów oberwała.

Często obrywała. Kłamstwem byłoby stwierdzenie, że się do tego przyzwyczaiła. Nikt nie przyzwyczaja się do maltretowania. Ale stało się ono dla niej częścią codzienności i już prawie zapomniała, jak radosna kiedyś była. Strach się w niej zakorzenił. Od pewnego czasu wypalała sześćdziesiąt papierosów dziennie i łykała tabletki uspokajające.

Lasse klął pod nosem w dużym pokoju. Nie dziwiło jej to. Wiedziała od dawna, że żałuje, że obszedł się z Fransem tak wielkodusznie. Dziwiła mu się od samego początku. Był uzależniony od pieniędzy, które Frans przysyłał im dla Augusta i które przez długie miesiące były w zasadzie jego jedynym dochodem. Nie raz i nie dwa Hanna musiała pisać do Fransa maile i opowiadać mu o nieprzewidzianych wydatkach na pedagoga albo na rehabilitację, co oczywiście było całkowitą fikcją. Właśnie dlatego zachowanie Lassego wydało jej się takie dziwne. Dlaczego zrezygnował z pieniędzy i pozwolił Fransowi zabrać Augusta?

W głębi serca znała odpowiedź. Po alkoholu robił się arogancki, a kiedy mu obiecano rolę w nowym serialu policyjnym TV4, nadął się jeszcze bardziej. Ale przede wszystkim chodziło o Augusta. Chłopak budził w nim niepokój i niechęć. To właśnie było najbardziej zdumiewające. Jak ktokolwiek mógł nienawidzić Augusta?

Przecież tylko siedział na podłodze z puzzlami. Nikomu nie przeszkadzał. A mimo to miała wrażenie, że Lasse go nie znosi. Prawdopodobnie miało to coś wspólnego z jego spojrzeniem – tym jego dziwnym spojrzeniem, które wydawało się skierowane raczej do środka niż na zewnątrz. Widząc go, ludzie się uśmiechali i mówili, że musi mieć bogate życie wewnętrzne. Lassego przyprawiało to o ciarki.

– Hanno, do kurwy nędzy! On mnie widzi na wylot! – potrafił wrzasnąć.

– A mówisz, że jest idiotą.

– Bo jest, ale ma w sobie coś dziwnego. Czuję się tak, jakby chciał mi zrobić coś złego.

To był czysty absurd. August nawet nie patrzył na Lassego, a dokładnie rzecz biorąc, nie patrzył na nikogo i nikogo nie miał zamiaru krzywdzić. Świat tylko mu przeszkadzał. Najlepiej czuł się zamknięty w swojej bańce. Ale Lasse w pijanym widzie wierzył, że knuje zemstę. Pewnie dlatego pozwolił, żeby i on, i pieniądze zniknęły z ich życia. Uważała, że to żałosne. Ale kiedy tak stała przy zlewie i paliła papierosa, tak gwałtownie i nerwowo, że tytoń przyklejał jej się do języka, zastanawiała się, czy mimo wszystko w obawach Lassego nie było ziarna prawdy. Może August odwzajemniał jego nienawiść. Może naprawdę chciał go ukarać za wszystkie otrzymane razy i może... – Hanna zamknęła oczy i przygryzła wargę – może nienawidził także jej.

Takie myśli nachodziły ją od czasu, kiedy wieczorami zaczęła odczuwać niemożliwą do zniesienia tęsknotę. Zadawała sobie pytanie, czy ona i Lasse nie wyrządzili Augustowi krzywdy. Byłam złym człowiekiem, wymamrotała. W tej samej chwili Lasse coś do niej krzyknął. Nie zrozumiała.

– Co?! – krzyknęła.

– Gdzie jest ta kurewska decyzja sądu?

– A po co ci ona?

– Udowodnię, że nie ma prawa go u siebie trzymać.

– Jeszcze niedawno tak się cieszyłeś, że się go pozbyliśmy.

– Byłem pijany i głupi.

– A teraz nagle jesteś trzeźwy i mądry?

– Zajebiście mądry – wysyczał i ruszył do niej, wściekły i pewny swego.

Znów zamknęła oczy i po raz setny zaczęła się zastanawiać, dlaczego wszystko poszło nie tak.

FRANS BALDER nie przypominał już statecznego urzędnika, którym był, kiedy zjawił się u byłej żony. Miał nastroszone włosy, na górnej wardze perlił mu się pot. Ostatni raz golił się i brał prysznic jakieś trzy dni wcześniej. Mimo wszelkich chęci bycia ojcem na pełny etat, mimo poruszenia i gwałtownego przypływu nadziei, którego doświadczył przy Hornsgatan, znów był w stanie głębokiego skupienia, które można było pomylić z wściekłością.

Nawet zgrzytał zębami. Świat i szalejąca za oknem wichura przestały dla niego istnieć kilka godzin wcześniej. To dlatego nie zauważył, co się dzieje u jego stóp. Poczuł, że coś się delikatnie rusza, jakby między jego nogi wślizgnął się kot albo jakieś inne zwierzę. Dopiero po chwili zorientował się, że to August wczołgał się mu pod biurko. Spojrzał na niego półprzytomnie, jak gdyby strumienie cyfr na ekranie komputera zasnuły jego oczy mgłą.

– O co chodzi?

August patrzył na niego czujnie, jakby o coś prosił.

– Co? – zapytał Frans. – Co?

I wtedy coś się stało.

August podniósł z podłogi kartkę, którą pokrywały algorytmy kwantowe, i gorączkowo zaczął przesuwać po niej ręką tam i z powrotem. Przez chwilę Frans obawiał się, że będzie miał kolejny atak. Ale nie, raczej udawał, że coś gorączkowo zapisuje. Frans zesztywniał. Po raz kolejny przypomniało mu się to coś ważnego i odległego, jak wtedy, przy Hornsgatan. Z tą różnicą, że teraz już wiedział, co to takiego.

Przypomniało mu się dzieciństwo: wtedy cyfry i równania były ważniejsze niż samo życie. Rozpromienił się i wykrzyknął:

– Chcesz liczyć, tak?! Prawda, że chcesz liczyć?!

Zerwał się, przyniósł długopisy i blok A4 w linie i położył na podłodze przed Augustem.

Potem zapisał najprostszy ciąg liczb, jaki mu przyszedł do głowy. Ciąg Fibonacciego, w którym każdy wyraz jest sumą dwóch poprzednich. Zapisał 1, 1, 2, 3, 5, 8, 13, 21 i zostawił miejsce na następny wyraz – 34. A potem pomyślał, że to pewnie byłoby zbyt proste, i dodał ciąg geometryczny: 2, 6, 18, 54... w którym każdy kolejny wyraz mnoży się przez trzy. I znów zostawił wolne miejsce – na liczbę 162. Uznał, że zdolne dziecko nie potrzebuje żadnej zaawansowanej wiedzy, żeby sobie poradzić z takim zadaniem. Miał dość szczególne wyobrażenie o stopniu trudności problemów matematycznych. Od razu zaczął śnić na jawie: o tym, że jego syn wcale nie jest opóźniony w rozwoju, że jest po prostu bardziej zaawansowaną wersją jego samego – on też późno zaczął mówić i nawiązywać więzi, ale za to zależności matematyczne rozumiał na długo, zanim wymówił pierwsze słowo.

Usiadł przy Auguście i po prostu czekał. Oczywiście nic się nie stało. August wpatrywał się w ciągi cyfr swoim szklistym wzrokiem, jak gdyby liczył na to, że odpowiedź sama objawi się na kartce. Frans zostawił go samego. Poszedł na górę, napił się wody gazowanej i z kartką i długopisem dalej pracował przy stole w kuchni. Skupienie przepadło bez śladu. W końcu zaczął przeglądać nowy numer „New Scientist". Trwało to mniej więcej pół godziny.

Potem wstał i zszedł na dół. W pierwszej chwili pomyślał, że wszystko wygląda tak jak wcześniej. August siedział w kucki dokładnie w tej samej pozycji, nie wykonując żadnego ruchu. Nagle Frans zauważył coś, co z początku zaciekawiło go tylko w niewielkim stopniu.

Chwilę później czuł się tak, jak gdyby stanął w obliczu czegoś kompletnie niepojętego.

W BISHOP'S ARMS nie panował tłok. Winne były pora – wczesne popołudnie – i pogoda, która raczej nie zachęcała do pieszych wycieczek, nawet do pobliskiego pubu. A mimo to Mikaela przywitały śmiechy i krzyki. Ktoś wrzasnął zachrypniętym głosem:

– Kalle Blomkvist!

Zauważył czerwonego na twarzy mężczyznę o kędzierzawych włosach, z cienkim podkręconym wąsikiem. Znał go z widzenia. Chyba miał na imię Arne i codziennie z wybiciem drugiej zjawiał się w pubie, punktualnie jak szwajcarski zegarek. Tego dnia musiał przyjść wcześniej. Siedział z trzema kumplami od kieliszka przy stoliku na lewo od baru.

– Mikael – poprawił go Mikael z uśmiechem.

Arne, czy jak się tam nazywał, i jego kumple wybuchnęli śmiechem, jak gdyby jego prawdziwe imię było najzabawniejszym słowem, jakie w życiu słyszeli.

– Masz już jakiś sensacyjny temat? – zapytał Arne.

– Zastanawiam się, czy nie ujawnić szemranych interesów Bishop's Arms.

– Sądzisz, że Szwecja jest gotowa na takie rewelacje?

– Przypuszczam, że nie.

W zasadzie ich lubił. Chociaż właściwie nigdy z nimi nie rozmawiał, jeśli oczywiście pominąć takie przerzucanie się ripostami i wesołe pokrzykiwania. Byli częścią lokalnego kolorytu, dzięki któremu tak dobrze się czuł w tej dzielnicy. W ogóle się nie przejął, kiedy jeden z nich wypalił:

– Słyszałem, że już się skończyłeś.

Wprost przeciwnie – miał wrażenie, że te słowa sprowadziły całą nagonkę na niego do niskiego, niemal komicznego poziomu. Tam w gruncie rzeczy było jej miejsce.

– Już od piętnastu lat skończony dla mnie świat. Hej, ukojmy smutki u siostry wódki. To, co piękne, przemija* – powiedział, cytując Frödinga, i rozejrzał się po sali w poszukiwaniu kogoś, kto byłby na tyle zarozumiały, żeby posłać zmęczonego dziennikarza do diabła. Nie było jednak nikogo poza Arnem i jego kompanami. Podszedł do stojącego za barem Amira.

Amir był duży, gruby i jowialny. Był ciężko pracującym ojcem czwórki dzieci. Prowadził pub od kilku lat i zdążyli się zaprzyjaźnić. Mikael nie był wprawdzie jego stałym klientem, ale od czasu do czasu wyświadczali sobie różne przysługi. Amir kilka razy poratował go butelką czerwonego wina, kiedy spodziewał się damskiego towarzystwa, a nie zdążył zrobić zakupów. Z kolei Mikael pomógł jego przyjacielowi, który przebywał w Szwecji nielegalnie, napisać odpowiednie pisma do władz.

– Czym sobie zasłużyliśmy na taki zaszczyt? – zapytał Amir.

– Mam się tu z kimś spotkać.

– Z kimś ciekawym?

– Nie sądzę. Jak się miewa Sara?

Sara, żona Amira, niedawno przeszła operację biodra.

– Zrzędzi i łyka tabletki przeciwbólowe.

– Ciężka sprawa. Pozdrów ją ode mnie.

– Dziękuję, pozdrowię – odparł Amir i przez chwilę gawędzili o różnych sprawach.

Linus Brandell nie przychodził. Mikael uznał, że ktoś się zabawił jego kosztem. Pomyślał jednak, że są gorsze kawały niż zwabianie kogoś do pubu. Wymienili się z Amirem ekonomicznymi i zdrowotnymi troskami i po kwadransie ruszył do drzwi. W progu wpadł na Linusa Brandella.

* Fragment wiersza *Skalden Wennerbom* Gustava Frödinga w przekładzie Ireny Muszalskiej.

NIE CHODZIŁO O TO, że August uzupełnił brakujące liczby. Tym raczej by nie zaimponował komuś takiemu jak Frans Balder. Fransa zaskoczyło to, co leżało obok kartek z liczbami. Coś, co na pierwszy rzut oka wyglądało jak zdjęcie albo obraz, a w rzeczywistości było rysunkiem. Chłopiec doskonale odwzorował przejście dla pieszych przy Hornsgatan. Wszystko uchwycił ze swego rodzaju matematyczną dokładnością, fenomenalnie oddając najdrobniejsze szczegóły.

Jakby tego było mało, z rysunku biło światło. Nikt nie uczył Augusta rysowania w trójwymiarze ani tego, jak artysta posługuje się światłocieniem, a wydawało się, że chłopiec opanował to perfekcyjnie. Czerwone oko sygnalizatora mrugało, a jesienna szarówka spowijająca Hornsgatan zdawała się błyszczeć. Na ulicy stał mężczyzna, który wtedy wydał się Fransowi znajomy. Na rysunku jego twarz była ucięta tuż nad brwiami. Wyglądał na przestraszonego albo nieprzyjemnie zaskoczonego, jak gdyby to, że zobaczył Augusta, wytrąciło go z równowagi. Szedł niepewnym krokiem. Jak, u licha, udało mu się to oddać?

– Boże! – wykrzyknął Frans. – Ty to narysowałeś?

August ani nie kiwnął, ani nie potrząsnął głową. Patrzył z ukosa w okno. Fransa Baldera ogarnęło dziwne uczucie: pomyślał, że od tej chwili jego życie nie będzie już takie samo.

MIKAEL NIE WIEDZIAŁ, kogo się spodziewał, ale chyba sądził, że spotka się z młodym, wymuskanym elegancikiem. Tymczasem w progu stał niechlujnie wyglądający niski chłopak w podartych dżinsach, z długimi przetłuszczonymi włosami. Jego spojrzenie było senne i mętne. Miał najwyżej dwadzieścia pięć lat, brzydką cerę, grzywkę zasłaniającą oczy i paskudne zajady. Nie wyglądał jak ktoś, kto ma w zanadrzu gorący temat.

– Linus Brandell, jak sądzę – powiedział Mikael.

– Zgadza się. Przepraszam za spóźnienie. Wpadłem na znajomą. Chodziliśmy razem do podstawówki i ona...

– Może załatwmy, co mamy do załatwienia – przerwał mu Mikael i ruszył do stolika w głębi.

Podszedł do nich Amir. Uśmiechał się dyskretnie. Zamówili dwa guinnessy i przez chwilę siedzieli w milczeniu. Mikael nie wiedział, dlaczego jest zdenerwowany. To nie było do niego podobne. Może to jednak przez tę historię z Sernerem. Uśmiechnął się do Arnego i jego kompanów. Uważnie im się przyglądali.

– Od razu przejdę do rzeczy – oznajmił Linus.

– Świetnie.

– Zna pan Supercrafta?

Mikael niewiele wiedział o grach komputerowych. Ale nawet on słyszał o Supercrafcie.

– Tylko tytuł.

– Tylko?

– Tak.

– W takim razie nie wie pan, że tym, co wyróżnia tę grę, jest specjalna funkcja AI, dzięki której można rozmawiać z towarzyszem broni o strategii, ale przynajmniej na początku nie ma się pewności, czy rozmawia się z człowiekiem, czy z bytem cyfrowym.

– No proszę – mruknął Mikael. Nic nie było dla niego mniej ciekawe niż niuanse jakiejś cholernej gry.

– To prawdziwa rewolucja w branży i prawdę mówiąc, brałem udział w jej tworzeniu – dodał Brandell.

– Gratuluję. Musiał pan na tym nieźle zarobić.

– Właśnie w tym rzecz.

– Co pan ma na myśli?

– Ktoś nam wykradł tę technologię i teraz Truegames zarabia na niej miliardy, a my nie dostajemy złamanego grosza.

Mikael dobrze znał tę śpiewkę. Kiedyś rozmawiał nawet ze staruszką, która utrzymywała, że tak naprawdę to ona jest autorką książek o Harrym Potterze, a J.K. Rowling telepatycznie wykradła jej dzieło.

– Jak to się stało? – zapytał.

– Atak hakerski.

– Skąd to wiecie?

– Tak powiedzieli eksperci z Instytutu Obrony Radiołączności. Jeśli pan chce, mogę podać nazwisko jednego z nich, a poza tym... – Urwał.

– Tak?

– Nie, nic. Włączyła się w to również Säpo. Może się pan skontaktować z Gabriellą Grane. Jest u nich analitykiem. Myślę, że potwierdzi to, o czym mówię. Wspomina również o tym w oficjalnym raporcie, który opublikowała w ubiegłym roku. Mam tu numer sprawy...

– Czyli, innymi słowy, to nic świeżego – przerwał mu Mikael.

– Nie bardzo. Pisały o tym „Ny Teknik" i „Computer Sweden". Ale ponieważ Frans nie chciał o tym mówić, a nawet kilka razy zaprzeczył, kiedy pytano go, czy doszło do ataku hakerskiego, nigdy nie było o tym głośno.

– Ale w gruncie rzeczy chodzi o stare sprawy.

– Niby tak.

– To dlaczego miałbym pana słuchać?

– Dlatego że Frans wrócił z San Francisco i chyba do niego dotarło, co się stało. Wydaje mi się, że ma w zanadrzu prawdziwą bombę. Całkiem oszalał na punkcie bezpieczeństwa. Korzysta z zaawansowanych programów do szyfrowania rozmów telefonicznych i maili, zainstalował sobie nowy alarm przeciwwłamaniowy z kamerami, czujnikami i nie wiadomo czym jeszcze. Skontaktowałem się z panem, bo uważam, że powinien pan z nim porozmawiać. Może ktoś taki jak pan skłoni go do gadania. Mnie w ogóle nie słucha.

– Więc ściągnął mnie pan tutaj dlatego, że jakiś Frans być może ma w zanadrzu prawdziwą bombę?

– Nie, nie jakiś Frans, panie Blomkvist, tylko sam Frans Balder. Zapomniałem o tym wspomnieć? Byłem jego asystentem.

Mikael poszperał w pamięci. Jedyną osobą o tym nazwisku, jaką sobie przypominał, była aktorka Hanna Balder. Od dawna o niej nie słyszał.

– Kto to jest? – zapytał.

Linus Brandell spojrzał na niego z taką pogardą, że wprawił go w osłupienie.

– Skąd pan jest, z Marsa? Frans Balder to legenda. Hasło w encyklopedii.

– Naprawdę?

– Rany boskie! No pewnie. Niech pan go sobie wygoogluje, to się pan sam przekona. W wieku dwudziestu siedmiu lat został profesorem informatyki i od dwudziestu lat jest autorytetem w dziedzinie badań nad sztuczną inteligencją. Nie ma chyba nikogo, kto by prowadził tak zaawansowane prace nad rozwojem komputerów kwantowych i sieci neuronowych. Cały czas wpada na pokręcone, niekonwencjonalne pomysły. Ma wyjątkowy, nieszablonowy umysł. Myśli w całkowicie nowy, przełomowy sposób, więc łatwo zgadnąć, że firmy informatyczne biją się o niego od lat. Ale on długo im odmawiał. Chciał pracować sam. No, sam jak sam. Zawsze miał różnych asystentów. Wykańczał ich. On chce widzieć rezultaty, tylko to go interesuje, wciąż powtarza: Nie ma rzeczy niemożliwych. Nasza praca polega na wytyczaniu nowych granic. I takie tam. Ale ludzie go słuchają. Dla niego jest się w stanie zrobić wszystko. Pewnie są i tacy, którzy są gotowi dla niego umrzeć. Dla nas, nerdów, to prawdziwy bóg.

– No proszę.

– Ale niech pan nie myśli, że jestem jego bezkrytycznym wielbicielem. O nie. Dobrze wiem, że to wszystko ma swoją cenę. Z nim osiąga się niebywałe rzeczy. Ale można się też wykończyć. Odebrano mu nawet prawo do opieki nad synem. Musiał coś porządnie schrzanić. Znam wiele takich historii. O asystentach, którzy się załamali i spaprali sobie życie. Balder zawsze był maniakiem, ale nigdy nie zachowywał się tak jak teraz. Nigdy tak histerycznie nie dbał o swoje bezpieczeństwo. Dlatego siedzę tu teraz z panem. Chciałbym, żeby pan z nim porozmawiał. Po prostu wiem, że wpadł na ślad czegoś naprawdę poważnego.

– Po prostu pan to wie.

– Proszę zrozumieć: on nigdy wcześniej nie zachowywał się jak paranoik. Wręcz przeciwnie: bo jeśli wziąć pod uwagę to, czym się zajmuje, powinien być bardziej przeczulony. Ale teraz zamknął się w domu i praktycznie nie wychodzi. Sprawia wrażenie, jakby się bał, choć zazwyczaj trudno go przestraszyć. Zwykle parł przed siebie jak wariat.

– I pracował nad grą komputerową? – zapytał Mikael, nie kryjąc sceptycyzmu.

– Zdawał sobie sprawę, że wszyscy mamy fioła na punkcie gier, i uznał, że powinniśmy pracować nad czymś, co lubimy. Jego program AI nadawał się także dla tej branży. To było idealne pole do eksperymentów i mieliśmy znakomite wyniki. Podbijaliśmy nowe tereny. Tyle tylko, że...

– Proszę przejść do rzeczy.

– Balder przygotował z prawnikami zgłoszenie patentowe obejmujące najbardziej innowacyjne rozwiązania techniczne. Wtedy przyszedł pierwszy szok. Rosyjski inżynier pracujący w Truegames też wysmażył taki dokument, więc Balder nie mógł uzyskać patentu. Nie był to oczywiście przypadek. Choć w zasadzie nie miało to znaczenia. Zważywszy na to, co się potem stało, sam patent to nic. Najciekawsze było to, że jakimś cholernym cudem udało im się dowiedzieć, nad czym pracowaliśmy. Wszyscy byliśmy bezgranicznie lojalni wobec Fransa, więc pozostawała tylko jedna możliwość: atak hakera. Ktoś musiał się do nas włamać, mimo wszystkich zabezpieczeń.

– Czy to wtedy skontaktowaliście się z Säpo i z Instytutem Obrony Radiołączności?

– Nie od razu. Frans nie przepada za ludźmi, którzy chodzą w krawatach i pracują od dziewiątej do piątej. Woli zapaleńców spędzających przy komputerze całe noce. Dlatego sprowadził jakąś podejrzaną hakerkę. Poznał ją kiedyś przypadkiem. Od razu stwierdziła, że padliśmy ofiarą włamania. Ale sama nie robiła wrażenia szczególnie wiarygodnej. Nie zatrudniłbym jej w swojej firmie, jeśli pan wie, co mam na myśli. Możliwe, że gadała od rzeczy. Ale ludzie z Instytutu Obrony Radiołączności doszli później do podobnych wniosków.

– Ale nikt nie potrafił powiedzieć, kto się do was włamał?

– Właśnie. Namierzenie hakera często jest po prostu niemożliwe. A to musiał być zawodowiec. Włożyliśmy w zabezpieczenia mnóstwo pracy.

– A teraz wydaje się panu, że Frans Balder dowiedział się czegoś nowego?

– Bez wątpienia. Inaczej nie zachowywałby się tak podejrzanie. Jestem przekonany, że kiedy pracował w Solifonie, musiał coś zwęszyć.

– Tam pracował?

– Tak, to zaskakujące. Wspomniałem już, że wcześniej nie chciał dać się przywiązać do żadnego informatycznego molocha. Wciąż gadał o wyobcowaniu, o tym, jakie to ważne, żeby być wolnym i nie musieć się podporządkowywać wymogom komercji i tak dalej. A tu nagle, kiedy zrobiono nas w balona i okradziono z technologii, dał się skusić firmie, i to akurat Solifonowi. Nic z tego nie rozumieliśmy. Jasne, zaproponowali mu bajońską sumę, wolną rękę i zasunęli gadkę w rodzaju: Rób sobie, cholera, co tam chcesz, ale pracuj dla nas. Każdy by się na to złapał, ale nie Frans Balder. On takie oferty dostawał hurtem. Od Google'a, Apple'a i wszystkich innych. Dlaczego tak nagle się tym zainteresował? Nigdy nam nie wyjaśnił. Po prostu zwinął manatki i zwiał. Słyszałem, że na początku szło mu świetnie. Kontynuował prace nad naszą technologią i podejrzewam, że Nicolas Grant, właściciel Solifonu, zaczął śnić o miliardowych zyskach. Wszyscy byli podekscytowani. A potem coś się stało.

– A pan nie wie co?

– Zgadza się. Urwał nam się kontakt. Fransowi w zasadzie urwał się kontakt z całym światem. Ale niewątpliwie chodzi o coś naprawdę poważnego. Frans zawsze był za otwartością, wyrażał się pozytywnie o *Wisdom of Crowds* i tego typu sprawach. Podkreślał, jakie to ważne, żeby wykorzystywać wiedzę wielu ludzi, wie pan, takie myślenie à la Linux. A jednak w Solifonie pilnie strzegł każdego przecinka, nawet przed najbliższymi współpracownikami. Nagle, ni z tego, ni z owego, zwolnił się i wrócił do domu. I teraz siedzi w willi w Saltsjöbaden, nie wychodzi nawet do ogrodu, i kompletnie nie przejmuje się tym, jak wygląda.

– Zatem ten sensacyjny temat, o którym pan mówił, to zestrachany profesor, który nie dba o wygląd. Zastanawiam się, skąd to wiadomo, skoro nie wychodzi z domu.

– No tak, ale wydaje mi się, że...

– Mnie też się wydaje, że to może być interesująca historia. Niestety nie dla mnie. Ja się nie specjalizuję w tematyce komputerowej – jestem jaskiniowcem, jak ktoś niedawno mądrze napisał. Proponowałbym, żeby się pan skontaktował z Raoulem Sigvardssonem ze „Svenska Morgonposten". On zna ten świat od podszewki.

– Sigvardsson to zawodnik wagi lekkiej. To nie jego liga.

– Wydaje mi się, że pan go nie docenia.

– No dalej, niech pan nie pęka. To może być pański *comeback*, panie Blomkvist.

Mikael machnął niemrawo ręką na Amira, który kawałek dalej wycierał stolik.

– Mogę panu dać jedną radę? – zapytał Mikael.

– Co?... Tak... oczywiście.

– Następnym razem, kiedy będzie pan próbował sprzedać dziennikarzowi jakiś temat, proszę mu nie tłumaczyć, co to będzie dla niego znaczyć. Wie pan, ile razy słyszałem tę śpiewkę? To będzie dla pana temat życia. Afera większa niż Watergate. Trzymając się faktów, zdziała pan więcej.

– Chodziło mi tylko o to, że...

– No, o co panu chodziło?

– O to, żeby pan z nim porozmawiał. Wydaje mi się, że on by pana polubił. Obaj jesteście ludźmi, którzy nie uznają kompromisów.

Mikael nagle odniósł wrażenie, że Linus Brandell stracił całą pewność siebie. Zaczął się zastanawiać, czy nie potraktował go zbyt ostro. Z zasady odnosił się do informatorów uprzejmie. Okazywał im zainteresowanie, nawet jeśli sprawiali wrażenie kompletnych szajbusów. Robił tak nie tylko dlatego, że nawet w historii, która wydawała się kompletnie niedorzeczna, mógł się kryć dobry temat. Wiedział, że często jest dla tych ludzi ostatnią deską ratunku. Zwracali się do niego, kiedy wszyscy inni przestawali ich słuchać. Uważał, że nie ma powodu, żeby z nich szydził.

– Proszę posłuchać, mam za sobą okropny dzień – powiedział. – Nie chciałem być nieuprzejmy.

– W porządku.

– W zasadzie ma pan rację – ciągnął Mikael. – W tej historii jest coś, co mnie naprawdę interesuje. Wspomniał pan, że odwiedziła was jakaś hakerka.

– Zgadza się, choć tak naprawdę to nie ma nic do rzeczy. W Balderze musiał się obudzić społecznik. Dlatego poprosił ją o pomoc.

– Ale wygląda na to, że wiedziała, co robi.

– Może po prostu miała szczęście. Gadała mnóstwo bzdur.

– Więc pan się z nią spotkał?

– Tak, tuż po tym, jak Balder zwiał do Doliny Krzemowej.

– Kiedy to było?

– Jedenaście miesięcy temu. Przeniosłem nasze komputery do mojego mieszkania, na Brantingsgatan. Nie powiedziałbym, żeby mi się świetnie układało. Byłem singlem bez grosza przy duszy, popijałem, a moje mieszkanie wyglądało strasznie. Chwilę wcześniej odłożyłem słuchawkę po rozmowie z Fransem. Zaciął się na jednej śpiewce: nie oceniaj jej po wyglądzie, pozory mylą, bla, bla, bla. Mnie to mówił! Przecież ja też nie wyglądałem na wymarzonego zięcia. Nigdy w życiu nie założyłem krawata ani marynarki i doskonale wiem, jak mogą wyglądać hakerzy. W każdym razie siedziałem skacowany i czekałem na tę laskę. Myślałem, że przynajmniej zapuka. A ona po prostu otworzyła drzwi i weszła.

– Jak wyglądała?

– Koszmarnie... choć na swój dziwny sposób była pociągająca. Ale wyglądała koszmarnie!

– Nie prosiłem, żeby pan oceniał to, jak wyglądała. Chciałbym wiedzieć, jak była ubrana i czy powiedziała, jak się nazywa.

– Nie mam pojęcia, jak się nazywała – oznajmił Linus Brandell. – Choć wydawało mi się, że gdzieś już ją widziałem i że chodziło o coś nieprzyjemnego. Miała tatuaże, mnóstwo kolczyków i tak dalej. Wyglądała jak metalówa, gotka albo pankówa. No i była chuda jak cholera.

Niemal podświadomie Mikael dał Amirowi znak, żeby im nalał po kolejnym guinnessie.

– I co było dalej? – zapytał.

– Hm... jak by to powiedzieć. Sądziłem, że nie musimy zaczynać od razu, więc usiadłem na łóżku, bo nie bardzo miałem gdzie, i zaproponowałem, żebyśmy najpierw wypili drinka. Wie pan, co wtedy zrobiła? Poprosiła, żebym wyszedł. Kazała mi wyjść z mojego własnego mieszkania, jakby to była najbardziej oczywista rzecz pod słońcem. Oczywiście zaprotestowałem. Powiedziałem, że to przecież mój dom. A ona na to, żebym zjeżdżał. Nie pozostało mi nic innego, jak wyjść. Długo mnie nie było. Proszę sobie wyobrazić, że kiedy wróciłem, jak gdyby nigdy nic leżała sobie w moim łóżku i paliła papierosa. I czytała książkę o teorii strun czy czymś takim. Możliwe, że spojrzałem na nią jakoś dziwnie, bo powiedziała, że nie ma zamiaru się ze mną przespać. Ani ciut. Tak powiedziała i wydaje mi się, że ani razu nie spojrzała mi w oczy. Powiedziała tylko, że w naszych komputerach był szpiegowski trojan – RAT – i że rozpoznaje typ włamania i klasę programisty. Powiedziała, że ktoś nas orżnął, i sobie poszła.

– Bez pożegnania?

– Bez jednego cholernego słowa.

– O kurde – wyrwało się Mikaelowi.

– Ale szczerze mówiąc, sądzę, że tylko się zgrywała. Facet z Instytutu Obrony Radiołączności, który zapewne dużo lepiej zna się na takich atakach, jakiś czas później sprawdzał nasz sprzęt i powiedział, że nie jest w stanie nic stwierdzić. Nie znalazł też żadnych śladów szpiegowskiego oprogramowania. A mimo to ten Molde, nazywał się Stefan Molde, również był skłonny przyznać, że ktoś się do nas włamał.

– I ta dziewczyna w ogóle się nie przedstawiła?

– Prawdę mówiąc, naciskałem, ale powiedziała tylko ze złością, że jeśli bardzo chcę, mogę na nią mówić Pippi. Nie było to, rzecz jasna, jej prawdziwe imię, ale...

– Tak?

– Uznałem, że na swój sposób do niej pasuje.

– Proszę posłuchać. Przed chwilą chciałem się stąd zbierać.

– Zauważyłem.

– Ale teraz wszystko się zmieniło. Wspomniał pan, że Frans Balder znał tę dziewczynę?

– Tak.

– W takim razie chciałbym z nim jak najszybciej porozmawiać.

– Ze względu na nią?

– Można tak powiedzieć.

– W porządku – odparł Linus Brandell z namysłem. – Raczej nie znajdzie pan namiarów na niego. Mówiłem już, że nagle zaczął się cholernie trząść o własne bezpieczeństwo. Ma pan iPhone'a?

– Tak.

– Może pan o nim zapomnieć. Frans uważa, że Apple sprzedało się amerykańskiej Agencji Bezpieczeństwa Narodowego, NSA. Żeby z nim porozmawiać, musi pan sobie kupić blackphone'a, a przynajmniej pożyczyć od kogoś androida i zainstalować specjalny program szyfrujący. Spróbuję go mimo wszystko przekonać, żeby się do pana odezwał. Będziecie mogli się umówić na spotkanie w jakimś bezpiecznym miejscu.

– Świetnie, panie Brandell. Dziękuję.

LINUS BRANDELL WYSZEDŁ. Mikael siedział jeszcze chwilę przy stoliku. Dopijał guinnessa i patrzył na szalejącą za oknem zawieruchę. Za jego plecami Arne i spółka z czegoś się śmiali. Ale on był tak zamyślony, że nic nie słyszał. Prawie nie zauważył, że Amir usiadł obok niego i zaczął opowiadać o najświeższych prognozach.

Najwyraźniej pogoda oszalała do reszty. Temperatura miała spaść do minus dziesięciu stopni. Można się było również spodziewać pierwszych opadów śniegu – i nie chodziło bynajmniej o urocze płatki, które delikatnie przyprószyłyby świat. Draństwo miało spadać z wichurą, jakiej w Szwecji dawno nie było.

– Możliwe, że będzie huragan – oznajmił Amir.

– Znakomicie – odparł Mikael. Nadal nic do niego nie docierało.

– Znakomicie?

– Tak... no... lepsza taka pogoda niż żadna.

– Co prawda, to prawda. Jak ty się właściwie czujesz? Wyglądasz na kompletnie zaskoczonego. Coś poszło nie tak?

– Nie, było w porządku.

– Usłyszałeś coś, co tobą wstrząsnęło. Zgadza się?

– Sam nie wiem. Ostatnio trochę się działo. Zastanawiam się, czy nie odejść z „Millennium".

– A wydawało mi się, że ty i ta gazeta to jedno.

– Mnie też. Ale chyba wszystko się kiedyś kończy.

– To prawda – przyznał Amir. – Mój stary ojciec mówił, że nawet to, co wieczne, ma swój kres.

– Co miał na myśli?

– Wydaje mi się, że wieczną miłość. Mówił tak, a chwilę później odszedł od mojej matki.

Mikael zachichotał.

– No tak. Mnie też wieczna miłość nie bardzo wychodzi. Ale...

– Tak?

– Jest jedna kobieta, która jakiś czas temu zniknęła z mojego życia.

– Przykre.

– Zgadza się, ale to szczególny przypadek. I teraz nagle trafiłem na jej ślad. W każdym razie wydaje mi się, że to ona, i może właśnie dlatego tak dziwnie wyglądam.

– Rozumiem.

– No dobrze, czas na mnie. Ile ci jestem winny?

– Później się rozliczymy.

– Dzięki. Uważaj na siebie.

Kiedy mijał grupkę stałych klientów, dosięgły go kolejne komentarze. Potem wyszedł na ulicę.

Było to jak doświadczenie śmierci. Miał wrażenie, że wiatr przeszywa go na wylot. A mimo to stał chwilę nieruchomo i wspominał. Potem wolnym krokiem ruszył do domu. Nie wiedzieć czemu nie mógł otworzyć drzwi. Przez chwilę mocował się z zamkiem. Kiedy wreszcie wszedł, zrzucił buty, usiadł przy komputerze i zaczął szukać informacji o profesorze Fransie Balderze.

Ale za nic nie mógł się skoncentrować. Jak wiele razy wcześniej, zastanawiał się, gdzie się podziewa Lisbeth. Poza raportem jej byłego pracodawcy Dragana Armanskiego nie miał o niej żadnych wieści. Zapadła się pod ziemię. Mieszkali w tej samej dzielnicy, a nigdy mu nawet nie mignęła i chyba dlatego to, co powiedział Linus Brandell, zrobiło na nim takie wrażenie.

Choć w zasadzie mogła go odwiedzić całkiem inna hakerka. To było możliwe, ale mało prawdopodobne. Kto poza Lisbeth Salander mógłby się komuś władować do domu i nie patrząc mu w oczy, wyrzucić go z jego własnego mieszkania, poznać wszystkie tajemnice jego komputera, a potem powiedzieć, że nie ma zamiaru się z nim kochać, i jeszcze użyć wyrażenia „ani ciut"? To musiała być Lisbeth. I jeszcze ta Pippi. To było bardzo w jej stylu.

Na drzwiach jej mieszkania przy Fiskargatan wisiała wizytówka z napisem „V. Kulla". Wiedział, dlaczego nie używa swojego prawdziwego nazwiska. Zbyt łatwo można je było wyszukać w sieci. Poza tym kojarzyło się z wielką aferą. Gdzie mogła teraz być? Musiał przyznać, że nie pierwszy raz rozpłynęła się w powietrzu. Ale od dnia, kiedy zapukał do drzwi jej mieszkania przy Lundagatan i ochrzanił ją za to, że zrobiła bardzo szczegółowy wywiad środowiskowy na jego temat, jeszcze nigdy nie stracili kontaktu na tak długo. Czuł się z tym trochę dziwnie. Przecież była jego... No właśnie, kim, do licha, dla niego była?

Raczej nie przyjaciółką. Z przyjaciółmi człowiek się czasem spotyka. Przyjaciele tak po prostu nie znikają. Kontaktują się inaczej – nie włamując się sobie do komputerów. A jednak czuł, że coś ich łączy. Nie mógł zaprzeczyć, że się o nią niepokoi. Jej były kurator Holger Palmgren powtarzał, że Lisbeth potrafi o siebie zadbać. Bez wątpienia było to prawdą. Chociaż miała przerażające dzieciństwo, a może właśnie dzięki temu, była diabelnie dobra w wychodzeniu z opresji cało.

Ale on nie mógł mieć pewności, że zawsze tak będzie, zwłaszcza że chodziło o dziewczynę z taką, a nie inną przeszłością i z talentem do robienia sobie wrogów. Może, jak zasugerował Dragan Armanski podczas lunchu, który jakieś pół roku wcześniej zjedli razem w Gondolen, rzeczywiście się stoczyła. Zadzwonił do niego w którąś wiosenną sobotę i usilnie zapraszał na piwo albo coś mocniejszego. Mikael czuł, że Dragan musi się wygadać, i nawet jeśli oficjalnie było to spotkanie starych znajomych, nie miał wątpliwości, że chciał po prostu porozmawiać o Lisbeth i pozwolić sobie na sentymentalne rozważania po kilku głębszych.

Wspomniał wtedy, że jego firma, Milton Security, zaopatrzyła dom starców w Högdalen w alarmy do wzywania pomocy. Dobre alarmy, dodał.

Ale nawet one na niewiele się zdadzą, jak wyskoczą korki, a nikt się nie zatroszczy o to, żeby znów włączyć prąd. A tak się właśnie stało. Późnym wieczorem w domu starców nastąpiła awaria i w nocy jedna z pensjonariuszek, niejaka Rut Åkerman, upadła i złamała szyjkę kości udowej. Nie mogła się podnieść i wiele godzin naciskała guzik alarmu, bez rezultatu. Rano była w stanie krytycznym, a ponieważ media skupiały się w tym czasie na problemach i zaniedbaniach w instytucjach opiekujących się osobami starszymi, o sprawie zrobiło się głośno.

Na szczęście Rut Åkerman doszła do siebie. Pech jednak chciał, że jej syn był jednym z czołowych działaczy Szwedzkich Demokratów, i kiedy na stronie partii, Avpixlat, pojawiła się informacja, że Armanski jest Arabem – co oczywiście nie było prawdą, nawet jeśli czasem tak go nazywano – sypnęły się komentarze. Setki anonimowych hejterów pisały, że tak to jest, kiedy brudasy sprzedają nam elektronikę. Armanski bardzo się tym przejął, bo obrażano również jego starą matkę.

Nagle, jakby za dotknięciem czarodziejskiej różdżki, wszyscy komentujący przestali być anonimowi. Przy każdym poście pojawiło się imię, nazwisko, miejsce zamieszkania, zawód i wiek autora. Cała strona została, nomen omen, zdepikselizowana i okazało się, że autorami komentarzy byli nie tylko nieprzystosowani do życia w społeczeństwie pieniacze, lecz również wielu statecznych obywateli. Znaleźli się wśród nich nawet konkurenci Armanskiego z branży ochroniarskiej. Administratorzy strony długo byli bezsilni. Nic z tego nie rozumieli. Dopóki im się nie udało jej zamknąć, rwali tylko włosy z głów i przysięgali, że się zemszczą. Sęk w tym, że nikt nie miał pojęcia, kto za tym stoi. Nikt poza Armanskim.

– Coś takiego mogła zrobić tylko Lisbeth – stwierdził. – Nie mam wątpliwości, w końcu byłem w to zamieszany. Nie jestem aż tak wspaniałomyślny, żeby współczuć tym, których dane zostały upublicznione, chociaż zawodowo zajmuję się ochroną bezpieczeństwa teleinformatycznego. Wiesz, Lisbeth nie odzywała się do mnie od wieków i byłem przekonany, że ma mnie gdzieś, tak samo jak wszystkich innych. A tu nagle coś takiego. To było super. Stanęła w mojej obronie, więc napisałem do niej maila. Podziękowałem jej gorąco za pomoc i ku mojemu zdziwieniu dostałem odpowiedź. Wiesz, co odpisała?

– Nie.

– Jedno zdanie: „Jak wy, kurwa, możecie chronić tego śmiecia Sandvalla z Östermalmskliniken?".

– Kto to jest Sandvall?

– Chirurg plastyczny. Zapewniliśmy mu ochronę osobistą. Grożono mu po tym, jak się dobierał do młodej Estonki, która powiększała sobie u niego piersi. Okazało się, że była dziewczyną znanego bandziora.

– O cholera.

– No właśnie. Nie było to najmądrzejsze posunięcie. Odpisałem Lisbeth, że zdaję sobie sprawę, że Sandvall nie jest barankiem bez skazy. Ale zaznaczyłem, że nie możemy oceniać ludzi pod tym kątem i chronić tylko tych cieszących się nieposzlakowaną opinią. Nawet szowinistyczne świnie zasługują na to, żeby do pewnego stopnia czuły się bezpiecznie. A skoro Sandvallowi groziło poważne niebezpieczeństwo i poprosił nas o pomoc, to mu jej udzieliliśmy – za podwójną stawkę. Proste.

– Ale Lisbeth nie dała się przekonać?

– Nie odpowiedziała mi, w każdym razie nie pisemnie. Ale można powiedzieć, że zrobiła to inaczej.

– Jak?

– Podeszła do naszych ochroniarzy pilnujących Sandvalla w klinice i kazała im stać, gdzie stoją. Może im nawet powiedziała, że to ja ją przysłałem. Potem ruszyła prosto do jego gabinetu. Mijała po drodze pacjentów, pielęgniarki i lekarzy. Złamała mu trzy palce, a potem, nie przebierając w słowach, zaczęła mu grozić.

– Rany boskie!

– Delikatnie mówiąc. Wariactwo. Zrobić coś takiego przy tylu świadkach, i to w gabinecie lekarskim.

– Tak. To szaleństwo.

– Oczywiście potem zaczęło się piekło. Wrzaski, groźby, oskarżenia i cholera wie co jeszcze. Sam chyba rozumiesz. Złamała palce chirurgowi, który miał zrobić wiele cennych cięć. Po czymś takim w oczach znanych adwokatów pokazuje się symbol dolara.

– I co było dalej?

– Nic. Zupełnie nic, i chyba to jest w tym najdziwniejsze. Sprawa rozeszła się po kościach, przede wszystkim dlatego, że sam chirurg nie chciał z tym nic robić. Ale to i tak było czyste szaleństwo. Nikt przy zdrowych zmysłach nie wpada tak po prostu do gabinetu i nie łamie lekarzowi palców. Czegoś takiego normalnie nie zrobiłaby nawet Lisbeth Salander.

Mikael nie był pewien, czy ten wniosek jest słuszny. On uważał raczej, że to wszystko było całkiem logiczne. Lisbethologiczne – na tym polu mógł się uważać za eksperta. On najlepiej wiedział, jak racjonalnie myślała ta dziewczyna – nie w konwencjonalnym znaczeniu tego słowa: myślała racjonalnie w odniesieniu do zasad, które sama ustanawiała. Ani przez chwilę nie wątpił, że ten lekarz musiał zrobić coś o wiele gorszego, że nie tylko dobierał się do dziewczyny niewłaściwego faceta. A mimo to zastanawiał się, czy Lisbeth nie ma problemów, zwłaszcza z analizą konsekwencji.

Przyszło mu nawet do głowy, że może chciała znów wpaść w tarapaty. Może jej się wydawało, że dzięki temu trochę odżyje. W końcu uznał, że to niesprawiedliwe. Nie wiedział nic o motywach jej działania. W ogóle nie miał pojęcia, jak teraz wygląda jej życie. Za oknami szalała wichura, a on siedział przy biurku i szukał informacji na temat Fransa Baldera. Próbował się cieszyć, że zetknął się z Lisbeth przynajmniej w taki pośredni sposób. To było lepsze niż nic. W końcu uznał, że powinien się cieszyć, że Lisbeth jest sobą. Kto wie, może dzięki niej znów będzie miał temat. Z jakiegoś powodu Linus od początku go irytował. Prawdopodobnie by go zlekceważył, nawet gdyby rzucił na stół jakąś rewelację. Ale kiedy w tej historii pojawiła się Lisbeth, spojrzał na to inaczej.

Pomyślał, że nie można jej odmówić inteligencji, więc jeżeli poświęciła sprawie swój czas, to może i on powinien się temu dokładniej przyjrzeć. Przy odrobinie szczęścia może uda mu się dowiedzieć czegoś również o niej. Bo przecież w tym wszystkim kryło się pytanie za sto punktów: dlaczego zdecydowała się pomóc Balderowi?

Nie była przecież żadnym pogotowiem komputerowym, ale wpadała we wściekłość, kiedy słyszała, że komuś dzieje się krzywda. Mogła więc wkroczyć, żeby wymierzyć sprawiedliwość na własną rękę. Choć mimo wszystko byłoby dziwne, gdyby dziewczynę, która jest w stanie się włamać do każdego komputera, tak bardzo oburzyła wiadomość o ataku hakera. Złamać palce chirurgowi? Proszę bardzo! Ale tropić hakerów? To jakby kocioł przyganiał garnkowi. Choć z drugiej strony co on mógł wiedzieć.

Zapewne cała ta historia miała gdzieś swój początek. Może Lisbeth i Balder się przyjaźnili albo wymieniali myślami. Nie było to zupełnie wykluczone. Mikael wpisał w wyszukiwarkę ich nazwiska, ale nie pokazały się żadne godne uwagi wyniki. Przez chwilę siedział bez ruchu, wpatrując się w wichurę za oknem, i myślał o smoku wytatuowanym na chudych, bladych plecach, o mrozach w Hedestad i o rozkopanym grobie w Gosseberdze.

Potem spojrzał na to, co znalazł o Fransie Balderze. Miał co czytać. Wyszukiwarka wyrzuciła dwa miliony wyników. Mimo to trudno było się zorientować w jego życiu. Najwięcej było artykułów naukowych i przypisów. Wyglądało na to, że w ogóle nie udziela wywiadów. Wszystkie szczegóły jego prywatnego życia wydawały się na wpół mitem, jak gdyby zostały wyolbrzymione i podkoloryzowane przez ubóstwiających go studentów.

Mikael dowiedział się, że Frans w dzieciństwie uważany był za opóźnionego w rozwoju aż do dnia, kiedy przyszedł do dyrektora szkoły na Ekerö i powiedział, że w podręczniku do matematyki dla klasy dziewiątej w rozdziale dotyczącym liczb urojonych jest błąd. Do kolejnych wydań wprowadzono korektę. Następnej wiosny wygrał krajowy konkurs matematyczny. Twierdzono, że potrafi mówić od tyłu i samodzielnie tworzyć długie palindromy. W wypracowaniu napisanym w jednej z pierwszych klas podstawówki, które było dostępne w sieci, skrytykował *Wojnę światów* Wellsa. Nie rozumiał, jak to możliwe, żeby istoty górujące nad nami pod każdym względem nie pojmowały czegoś tak podstawowego jak różnice we florze bakteryjnej Marsa i Ziemi.

Po ukończeniu liceum Frans Balder studiował informatykę w Imperial College w Londynie, a potem napisał pracę doktorską o algorytmach w sieciach neuronowych. Uznano ją za epokowe osiągnięcie. W rekordowo młodym wieku został profesorem Królewskiego Instytutu Technologicznego w Sztokholmie, a także członkiem Królewskiej Szwedzkiej Akademii Nauk Inżynieryjnych. Uważano go za największy na świecie autorytet w dziedzinie technologicznej osobliwości, czyli hipotetycznego momentu w rozwoju cywilizacji, kiedy sztuczna inteligencja przewyższy inteligencję ludzi.

Nie sprawiał wrażenia kogoś wyjątkowego ani fascynującego. Na wszystkich zdjęciach przypominał zaniedbanego trolla z małymi oczkami i włosami sterczącymi na wszystkie strony. A mimo to ożenił się z popularną aktorką, oszałamiającą Hanną Lind. Po ślubie przyjęła jego nazwisko. Doczekali się syna, który, jak donosiła jedna z popołudniówek w reportażu pod tytułem *Rozpacz Hanny*, był ciężko upośledzony umysłowo, choć na zdjęciu wcale na takiego nie wyglądał.

Ich małżeństwo się rozpadło. W czasie zażartej batalii o opiekę nad dzieckiem, która toczyła się w sądzie rejonowym w Nacce, nagle pojawił się Lasse Westman, *enfant terrible* teatru. Agresywnie dowodził, że Balder w ogóle nie powinien mieć prawa do opieki nad synem, skoro „najwyraźniej sztuczna inteligencja jest mu bliższa od dziecięcej". Mikael nie zgłębiał tematu rozwodu. Próbował za to zrozumieć to, czym się zajmował, i spory prawne, w które był zamieszany. Długo czytał zawiłe wywody na temat procesów kwantowych zachodzących w komputerach.

Kiedy skończył, przeszedł do folderu „moje dokumenty" i otworzył plik, który utworzył mniej więcej rok wcześniej. Nazwał go Przegródka Lisbeth. Nie miał pojęcia, czy wciąż włamywała się do jego komputera i czy w ogóle interesowała się jego pracą. Nadzieja, że tak jest, nie chciała go opuścić. Zaczął się zastanawiać, czy nie powinien napisać do niej kilku słów. Problem polegał oczywiście na tym, że nie wiedział co.

Długie, osobiste wiadomości nie wchodziły w grę – tylko poczułaby się zażenowana. Powinien to raczej być krótki, trochę zagadkowy komunikat. Zapisał w pliku jedno pytanie.

Co powinniśmy myśleć o sztucznej inteligencji Fransa Baldera?

Potem wstał i zapatrzył się na szalejącą za oknem śnieżycę.

Rozdział 4
20 listopada

EDWIN NEEDHAM, czy też Ed the Ned, jak go czasem nazywano, nie był najlepiej zarabiającym specjalistą do spraw bezpieczeństwa IT w Stanach Zjednoczonych. Możliwe jednak, że najlepszym i najbardziej dumnym. Jego ojciec Sammy był pożałowania godnym łajdakiem, alkoholikiem i narwańcem. Od czasu do czasu podłapywał jakąś przypadkową robotę w porcie. Najczęściej jednak dawał w długą i szedł w ostre tango, a jego eskapady nierzadko kończyły się w areszcie albo na pogotowiu, co oczywiście dla nikogo nie było zbyt przyjemne.

A mimo to okresy, kiedy pił, były dla jego rodziny najprzyjemniejsze. Kiedy nie było go w domu, mogli odetchnąć, a mama Rita przytulała dzieci i mówiła, że wszystko będzie dobrze. Pomijając te chwile, ich dom w ogóle nie zasługiwał na miano rodzinnego. Mieszkali w Dorchester, w Bostonie. Kiedy ojciec zaszczycał ich swoją obecnością, najczęściej zaczynał się pastwić nad matką. Mógł ją bić godzinami i zdarzało się, że całe dnie spędzała zamknięta w toalecie. Siedziała tam, trzęsła się i szlochała.

Kiedy obrywała najgorzej, wymiotowała krwią. Nikt nie był specjalnie zaskoczony, kiedy w wieku zaledwie czterdziestu sześciu lat umarła z powodu krwotoku wewnętrznego. Ani kiedy starsza siostra Eda zaczęła palić crack. A już na pewno nie wtedy, gdy po śmierci mamy przez długi czas groziła im utrata dachu nad głową.

Po takim dzieciństwie Ed miał gwarancję, że jego życie będzie burzliwe. Jako nastolatek należał do gangu, który nazywał się The Fuckers i siał postrach w całym Dorchester. Jego członkowie walczyli z innymi gangami, kradli i napadali na sklepy spożywcze. Najlepszy przyjaciel Eda, niejaki Daniel Gottfried, został powieszony na rzeźnickim haku i zaszlachtowany maczetą. W wieku kilkunastu lat Ed znalazł się na skraju przepaści.

W jego wyglądzie było coś tępego i brutalnego, a wrażenie to jeszcze pogłębiał fakt, że nigdy się nie uśmiechał i brakowało mu dwóch górnych zębów. Był dobrze zbudowany, wysoki i niczego się nie bał. Na twarzy przeważnie miał ślady walki – albo po przepychankach z ojcem, albo po bójkach z innymi gangami. Większość nauczycieli panicznie się go bała. Wszyscy byli przekonani, że skończy w więzieniu albo z kulką w głowie. Znaleźli się jednak ludzie, którzy się nim zajęli – prawdopodobnie dostrzegli w jego błękitnych płonących oczach coś więcej niż tylko agresję i skłonność do przemocy.

Miał nieposkromiony instynkt odkrywcy, energię, dzięki której był w stanie połknąć książkę z taką samą pasją, z jaką dewastował siedzenia w autobusie. Często zwlekał z powrotem do domu. Chętnie przesiadywał w tak zwanym pokoju technicznym, w którym stało kilka szkolnych peceτów. Mógł siedzieć przy nich godzinami. Nauczyciel fizyki, facet o szwedzko brzmiącym nazwisku Larson, zauważył, że świetnie sobie radzi z komputerami, i po małym dochodzeniu, w które włączyły się organy opieki społecznej, przyznano mu stypendium. Dzięki temu mógł się przenieść do szkoły, której uczniowie mieli trochę większe ambicje.

Zaczął osiągać wspaniałe wyniki, dostawał kolejne stypendia i wyróżnienia, aż w końcu – co, jeśli wziąć pod uwagę jego start, stanowiło swego rodzaju cud – rozpoczął studia na wydziale Electrical Engineering and Computer Science na MIT w Massachusetts. Napisał doktorat na temat wybranych obaw związanych z nowymi asymetrycznymi algorytmami kryptograficznymi, takimi jak RSA. Przez jakiś czas pracował na wysokich stanowiskach w Microsofcie i Cisco, a potem został zwerbowany przez NSA, Agencję Bezpieczeństwa Narodowego, z siedzibą w Fort Meade w stanie Maryland.

Na dobrą sprawę w jego życiorysie było kilka plam, które sprawiały, że niekoniecznie był dla tej instytucji wymarzonym pracownikiem. Nie chodziło tylko o przynależność do gangu. W college'u palił sporo trawki i pociągały go idee socjalistyczne, a nawet anarchistyczne. Poza tym, kiedy był pełnoletni, dwa razy aresztowano go za pobicie, ale chodziło o takie drobiazgi jak bójka w knajpie. Wciąż miał też wybuchowy charakter, łatwo się denerwował i ci, którzy go znali, woleli nie deptać mu po odciskach.

Ale w NSA dostrzeżono jego inne zalety, zwłaszcza że była to jesień 2001 roku. Amerykańskie służby wywiadowcze desperacko potrzebowały informatyków. Zatrudniały właściwie wszystkich. W następnych latach nikt nie kwestionował jego lojalności ani patriotyzmu, a jeśli nawet komuś przyszło to do głowy, to i tak inne jego zalety zawsze przeważały.

Był nie tylko wyjątkowo uzdolniony. Był jakby opętany, maniakalnie wręcz dokładny i porażająco skuteczny, które to cechy były bardzo pożądane u kogoś, kto miał czuwać nad bezpieczeństwem informatycznym jednej z najbardziej tajnych amerykańskich agencji. Żaden skurwiel nie będzie w stanie złamać jego systemów. Dla niego była to sprawa osobista. W Fort Meade szybko stał się niezastąpiony. Wciąż ustawiały się kolejki ludzi chcących coś z nim skonsultować. Wielu panicznie się go bało, bo nie wahał się jeździć po współpracownikach bez żadnego umiaru. Raz posłał nawet do diabła samego szefa NSA, legendarnego admirała Charlesa O'Connora.

„Lepiej zajmij się czymś, co jesteś w stanie ogarnąć tym swoim umysłem!" – wrzasnął, kiedy admirał próbował przedstawić mu krytyczne uwagi dotyczące jego pracy.

Ale Charles O'Connor i inni tolerowali jego zachowanie. Wiedzieli, że słusznie krzyczy i się awanturuje – dlatego że ludzie lekceważyli procedury bezpieczeństwa albo dlatego że wypowiadali się na tematy, o których nie mieli pojęcia. On sam nigdy nie mieszał się w pracę wywiadu, choć dzięki swoim uprawnieniom miał w nią praktycznie nieograniczony wgląd. Sama instytucja znalazła się pod ostrzałem wściekłej krytyki. Oburzeni przedstawiciele prawicy i lewicy uważali, że jest złem wcielonym i orwellowskim Wielkim Bratem. Ed uważał, że organizacja może sobie robić, co jej się żywnie podoba, o ile tylko trzymano się jego zaleceń. Wciąż jeszcze nie założył rodziny, więc mieszkał w biurze.

Polegano na nim i choć kilka razy go skontrolowano, nigdy nie znaleziono niczego, co można by mu było zarzucić, może poza kilkoma solidnymi popijawami, podczas których ostatnimi czasy zaczynał się rozklejać i zwierzał się z tego, co go w życiu spotkało. Nie znaleziono jednak niczego, co świadczyłoby o tym, że opowiadał osobom postronnym, gdzie pracuje. Jeśli o to chodzi, milczał jak grób, a jeśli ktoś przypadkowy naciskał i chciał wiedzieć, czym się zajmuje, zawsze powtarzał te same dobrze wyuczone kłamstwa, które potwierdzały to, co można było znaleźć w sieci i bazach danych.

Został najwyższym szefem bezpieczeństwa w siedzibie organizacji, a jego awans nie był ani kwestią przypadku, ani intryg czy machinacji. Wywrócił wszystko do góry nogami, tak żeby znów nie pojawił się żaden nowy demaskator, od którego mogliby dostać po mordzie. Razem ze swoim zespołem pod każdym względem zaostrzył wewnętrzny nadzór. Podczas niezliczonych nocy spędzonych w pracy stworzyli coś, co Ed nazywał nieprzeniknionym murem albo zawziętym małym psem gończym.

Żaden skurwiel nie będzie mógł dostać się do środka i żaden skurwiel nie będzie mógł tu myszkować bez pozwolenia – mówił, i był z tego niezmiernie dumny.

Przynajmniej do tego przeklętego listopadowego poranka. Dzień był piękny i pogodny. W Maryland nie było nawet śladu tej piekielnej zawieruchy, która szalała nad Europą. Mężczyźni chodzili w koszulach z krótkim rękawem i cienkich wiatrówkach. Ed wracał właśnie swoim charakterystycznym lekko kołyszącym krokiem od automatu z kawą.

Z uwagi na swoje stanowisko nie musiał się przejmować dress code'em. Miał na sobie dżinsy i czerwoną flanelową koszulę. Z wiekiem zaokrąglił się trochę w pasie, więc koszula nie była dopasowana. Usiadł przy biurku i westchnął. Nie czuł się najlepiej. Bolały go plecy i kolano. Przeklinał się za to, że dwa dni wcześniej dał się namówić koleżance z pracy, byłej agentce FBI, czarującej lesbie Alonie Casales, na rundkę joggingu. Pewnie zaprosiła go z czystego sadyzmu.

Na szczęście nie miał do załatwienia żadnych szczególnie pilnych spraw. Miał tylko rozesłać wewnętrzną notatkę z nowymi wytycznymi dla osób odpowiedzialnych za COST, program współpracy z wielkimi koncernami IT. Ale niewiele zrobił. Zdążył tylko napisać bezpośrednio jak zawsze: „Na wypadek gdyby kogoś z was kusiło, żeby znów zrobić z siebie idiotę, i żebyście pozostali dobrymi, ogarniętymi paranoją cyberagentami, chcę tylko zwrócić uwagę, że...". A potem rozległ się sygnał ostrzegawczy.

Zbytnio się tym nie przejął. Jego alarmy były tak wrażliwe, że reagowały na najmniejszą nieprawidłowość w przepływie informacji. Z pewnością i tym razem musiało chodzić o niewielką anomalię. Sygnał mógł na przykład oznaczać, że ktoś próbował przekroczyć swoje uprawnienia. Zwykłe zakłócenie.

Ale nie zdążył nawet tego sprawdzić. Chwilę później stało się coś tak koszmarnego, że przez kilka sekund nie chciał w to uwierzyć. Siedział tylko i gapił się w ekran. Doskonale wiedział, co się dzieje. W każdym razie wiedziała to ta część jego mózgu, która zachowała jeszcze zdolność logicznego myślenia. W NSANet, intranecie, znalazł się RAT. W każdym innym przypadku pomyślałby: a to skurwiele, zaraz im się dobiorę do tyłków. Ale tu, w tym najbardziej zamkniętym i najściślej kontrolowanym systemie, który tylko w ciągu ubiegłego roku w poszukiwaniu najmniejszego nawet słabego punktu razem z zespołem przerobił siedem tysięcy jedenaście razy? Nie, to było niemożliwe, całkowicie wykluczone.

Nie zdając sobie z tego sprawy, zamknął oczy, jak gdyby miał nadzieję, że wszystko zniknie, jeśli tylko wystarczająco długo nie będzie patrzył. Kiedy jednak spojrzał na ekran, widniał na nim dalszy ciąg zdania, które zaczął pisać. Po słowach: „chcę tylko zwrócić uwagę, że..." ktoś dopisał: „przestaniecie łamać prawo. W gruncie rzeczy to wszystko jest bardzo proste. Ten, kto nadzoruje naród, w końcu sam znajdzie się pod jego nadzorem. Jest w tym fundamentalna demokratyczna logika".

– Kurwa, kurwa – wymamrotał Ed, co świadczyło o tym, że zaczyna odzyskiwać równowagę.

I wtedy na ekranie wyświetliły się kolejne zdania: „Nie denerwuj się, Ed. Zapraszam cię na małą wycieczkę. Mam *root*". Ed przeczytał i zaczął głośno krzyczeć. Słowo *root* sprawiło, że całkowicie się załamał. Przez kilka minut, w czasie których komputer błyskawicznie przemierzał najtajniejsze zakamarki systemu, był święcie przekonany, że zaraz dostanie zawału. Jak przez mgłę zobaczył, że wokół niego zaczynają się gromadzić ludzie.

HANNA BALDER POMYŚLAŁA, że powinna się wybrać po zakupy. W lodówce brakowało nie tylko piwa. Nie było nic konkretnego do zjedzenia. Lasse w każdej chwili mógł wrócić i na pewno by się nie ucieszył, gdyby nie dostał swojego pilznera. Ale pogoda była okropna, więc wciąż odkładała to na później. Siedziała w kuchni, bawiła się telefonem i paliła, mimo że papierosy szkodziły jej cerze. Zresztą nie tylko cerze.

Dwa albo trzy razy przewinęła listę kontaktów w nadziei, że zobaczy coś nowego. Oczywiście nic takiego się nie stało. Sami starzy znajomi. Wszyscy co do jednego byli już nią zmęczeni. Bez przekonania zadzwoniła do swojej agentki, Mii. Dawno temu były najlepszymi przyjaciółkami. Marzyły o tym, żeby razem zawojować świat. Teraz miała wrażenie, że jest dla Mii wyrzutem sumienia. Nie wiedziała nawet, ile wymówek i pustych, do niczego niezobowiązujących słów już od niej słyszała. Aktorkom nie jest łatwo się starzeć, bla, bla, bla. Miała już tego dość. Wolałaby usłyszeć prawdę: Wyglądasz fatalnie, Hanno. Publiczność już cię nie kocha.

Jak było do przewidzenia, Mia nie odebrała. I dobrze. Żadnej z nich ta rozmowa nie wyszłaby na dobre. Nie mogła się powstrzymać i zajrzała do pokoju Augusta. Tylko po to, żeby poczuć ukłucie tęsknoty. Kiedy tam wchodziła, czuła się tak, jakby utraciła ostatnie ważne życiowe zadanie – macierzyństwo. Ale to paradoksalnie dodawało jej sił. W jakiś perwersyjny sposób użalanie się nad sobą ją pocieszało. Właśnie zaczęła się zastanawiać, czy jednak w końcu nie pójść po piwo, kiedy zadzwonił telefon.

Zobaczyła na wyświetlaczu, że to Frans, i się skrzywiła. Przez cały dzień nosiła się z zamiarem, którego nie miała odwagi zrealizować. Chciała do niego zadzwonić i kazać mu oddać syna. Nie tylko dlatego, że za nim tęskniła, a już na pewno nie dlatego, że uważała, że mu u nich będzie lepiej. Chciała uniknąć katastrofy.

Lasse miał zamiar sprowadzić Augusta do domu, żeby odzyskać pieniądze na opiekę nad nim. Hanna pomyślała, że jeśli pojedzie do Saltsjöbaden i będzie się upierał przy swoim, Bóg jeden wie, co się stanie. Może pobić Fransa, a Augusta wywlec z domu i śmiertelnie go przestraszyć. Musiała to uświadomić byłemu mężowi. Kiedy jednak odebrała telefon i spróbowała mu przedstawić sytuację, w ogóle nie mogła się z nim porozumieć. Nie zamykały mu się usta.

Opowiadał o czymś absolutnie fantastycznym i całkowicie nadzwyczajnym.

– Przepraszam, ale nie rozumiem – przerwała mu. – O czym ty mówisz?

– August jest sawantem. To geniusz.

– Oszalałeś?

– Wręcz przeciwnie, moja droga, w końcu zmądrzałem. Musisz tu przyjechać, natychmiast! To jedyny sposób. To trzeba zobaczyć, żeby uwierzyć. Zapłacę za taksówkę. Mówię ci, padniesz. August musi mieć pamięć fotograficzną i w jakiś niepojęty sposób sam się nauczył wszystkich tajników rysunku i perspektywy. To jest przepiękne, Hanno. Jakby nieziemska poświata.

– O czym ty mówisz?

– O jego przejściu dla pieszych. Nie słuchałaś? Przechodziliśmy przez nie kilka dni temu, a on teraz perfekcyjnie je narysował, więcej niż perfekcyjnie...

– Więcej niż...

– Nie wiem, jak to wyjaśnić. Nie tylko je skopiował, nie tylko dokładnie uchwycił, ale również dodał coś od siebie, pogłębił o artystyczny wymiar. W tym, co zrobił, jest taki zadziwiający blask i paradoksalnie również coś matematycznego, jak gdyby znał aksonometrię.

– Akso... co?

– Nieważne. Hanno, musisz tu przyjechać i to zobaczyć!

Gadał jak nakręcony. Sens jego słów powoli do niej docierał.

August nagle zaczął rysować jak mistrz, w każdym razie tak twierdził Frans. Pomyślała, że jeśli rzeczywiście tak jest, to fantastycznie. Ale niestety wcale się nie ucieszyła. W pierwszej chwili nie wiedziała dlaczego. Później zaczęła rozumieć. Chodziło o to, że stało się to u Fransa. August całe lata mieszkał z nią i z Lassem i w ogóle nic się nie działo. U nich siedział nad puzzlami i klockami i nawet nie pisnął. Miał tylko te swoje ataki, w czasie których krzyczał udręczonym głosem i rzucał się w tył i w przód. Aż tu nagle, ni z tego, ni z owego, po kilku tygodniach u ojca okazało się, że jest geniuszem.

Tego było po prostu za wiele. Oczywiście cieszyła się ze względu na Augusta. Ale mimo wszystko zabolało ją to. Najgorsze w tym wszystkim było, że wiadomość nie zdziwiła jej tak bardzo, jak powinna. Nie siedziała, nie potrząsała głową i nie mamrotała: niemożliwe, niemożliwe. Wręcz przeciwnie: miała wrażenie, że potwierdziły się jej przypuszczenia. Nie sądziła oczywiście, że August dokładnie naszkicuje przejście dla pierwszych. Ale czuła, że coś się w nim kryje.

Widziała to w jego oczach, w spojrzeniu, które czasem, w chwilach kiedy był podekscytowany, zdawało się rejestrować każdy najdrobniejszy szczegół. Dostrzegała to w sposobie, w jaki słuchał nauczycieli albo nerwowo przerzucał strony podręczników do matematyki, które mu kupiła, a przede wszystkim czuła to, kiedy się przyglądała, jak zapisuje cyfry. To było najdziwniejsze. Godzinami mógł siedzieć i zapisywać niekończące się ciągi niewiarygodnie dużych liczb. Naprawdę próbowała to zrozumieć, a w każdym razie pojąć, o co może chodzić. Ale niezależnie od tego, jak bardzo się starała, nie była w stanie. Teraz zaczęła podejrzewać, że przeoczyła coś naprawdę ważnego. Była zbyt nieszczęśliwa i zbyt zajęta sobą, żeby zrozumieć to, co siedziało w głowie jej dziecka. Czyż nie?

– Nie wiem – powiedziała.

– Czego nie wiesz? – zapytał Frans z irytacją.

– Nie wiem, czy będę mogła teraz przyjechać – wyjaśniła i usłyszała hałas przy drzwiach.

Przyszedł Lasse ze swoim kumplem od kieliszka, Rogerem Winterem. Kiedy ich usłyszała, wzdrygnęła się, wymamrotała jakieś przeprosiny i po raz tysięczny pomyślała, że jest złą matką.

FRANS STAŁ Z TELEFONEM w dłoni i przeklinał. Na podłodze pod jego stopami widniała szachownica. Kazał ułożyć ten wzór w sypialni, bo przemawiał do jego poczucia matematycznego porządku, a także dlatego, że pola szachownicy mnożyły się w nieskończoność w lustrzanych drzwiach szaf stojących po obu stronach łóżka. Bywały dni, kiedy w zwielokrotnionym odbiciu pól widział zagadkę. Patrzył na nie prawie jak na żywy organizm, wyłaniający się z tego, co schematyczne i regularne, tak jak myśli i marzenia rodzą się w neuronach ludzkiego mózgu, a programy komputerowe powstają z kodów binarnych. Teraz jednak zajmowało go zupełnie co innego.

– Co się stało z twoją matką, mój mały?

August siedział u jego stóp i zajadał kanapkę z serem i kiszonym ogórkiem. Podniósł głowę i spojrzał na niego tak uważnie, jak gdyby za chwilę miał powiedzieć coś mądrego. Ta myśl była oczywiście idiotyczna. August milczał jak zwykle. Poza tym nie wiedział nic o kobietach, które zaniedbano, którym pozwolono zwiędnąć. To, że Fransowi w ogóle coś takiego przyszło do głowy, miało związek z rysunkami.

Czasem odnosił wrażenie, że trzy prace, które zdążył już stworzyć August, dowodzą nie tylko artystycznego i matematycznego talentu, lecz również szczególnej mądrości. Wydawały się tak dojrzałe i złożone w swej matematycznej precyzji, że nie potrafił ich połączyć z obrazem swojego syna – upośledzonego dziecka. A raczej nie chciał ich połączyć, bo już dawno się domyślił, w czym rzecz, i to nie tylko dlatego, że kiedyś, jak każdy, oglądał *Rain Mana*.

Jako ojciec autystycznego dziecka wcześnie zetknął się z pojęciem sawanta. Wiedział, że to ktoś o mocno ograniczonych możliwościach poznawczych, jednocześnie wybitnie uzdolniony w jakiejś wąskiej dziedzinie. Sawanci mają talent, który często wiąże się z fenomenalną pamięcią i umiejętnością dostrzegania szczegółów. Zawsze podejrzewał, że wielu rodziców upośledzonych dzieci liczy na to jak na nagrodę pocieszenia. Ale tak naprawdę szanse zwykle są marne.

Spośród dzieci cierpiących na autyzm średnio jedno na dziesięć ma jakąś postać sawantyzmu – najczęściej nie są to wcale zdolności tak spektakularne jak filmowego Rain Mana. Niektórzy ludzie z autyzmem potrafią na przykład powiedzieć, w jaki dzień tygodnia wypada konkretna data na przestrzeni kilkuset lat – w ekstremalnych przypadkach nawet na przestrzeni czterdziestu tysięcy lat.

Inni mają encyklopedyczną wiedzę w bardzo wąskich dziedzinach – znają na przykład na pamięć rozkłady jazdy albo numery telefonów. Niektórzy potrafią dokonywać w pamięci bardzo skomplikowanych obliczeń, pamiętają pogodę z każdego dnia swojego życia albo nie patrząc na zegarek, potrafią podać czas z dokładnością co do sekundy. Utalentowani sawanci mogą mieć mnóstwo różnych mniej lub bardziej dziwnych umiejętności. To ludzie upośledzeni, którzy mają jeden konkretny talent.

Frans wiedział, że jest też druga, znacznie mniejsza grupa, i skrycie pragnął, żeby to właśnie do niej zaliczał się August: do tych tak zwanych cudownych sawantów, czyli ludzi mających nieprawdopodobne umiejętności. Wiedział też, że należał do nich między innymi Kim Peek, który niedawno umarł na atak serca. Cierpiał na poważne upośledzenie umysłowe i nie potrafił się sam ubrać, a mimo to zapamiętał dwanaście tysięcy książek i potrafił błyskawicznie odpowiedzieć na właściwie każde pytanie dotyczące wiedzy ogólnej. Był jak żywa baza danych. Nazywano go Kimputerem.

Byli też muzycy, tacy jak Leslie Lemke, chłopak niewidomy i opóźniony w rozwoju. W wieku szesnastu lat nagle wstał w środku nocy i bezbłędnie zagrał *I Koncert fortepianowy* Czajkowskiego. Nigdy nie uczył się grać. Ten utwór słyszał tylko raz, w telewizji. Do tej grupy należeli jednak przede wszystkim ludzie tacy jak Stephen Wiltshire. Cierpiący na autyzm Anglik, który jako dziecko był skrajnie zamknięty w sobie, a pierwsze słowo wymówił w wieku sześciu lat. Powiedział: papier.

W wieku ośmiu–dziesięciu lat potrafił rysować z pamięci zespoły budynków, choćby widział je tylko przez ułamek sekundy. Jego prace były szczegółowe i wiernie oddawały rzeczywistość. Pewnego razu przeleciał helikopterem nad Londynem, żeby przyjrzeć się z góry domom i ulicom. Kiedy wylądował, narysował fantastyczną, kipiącą życiem panoramę całego miasta. Jego prace nie były jednak tylko wiernymi kopiami. Od początku miał wspaniały niezależny styl. Uważano go za wielkiego artystę.

Frans wiedział również, że pięciu na sześciu sawantów to chłopcy. I że ma to związek z jedną z głównych przyczyn autyzmu – zbyt wysokim poziomem testosteronu występującym czasem w macicy, co zdarza się oczywiście częściej chłopcom. Testosteron może uszkodzić mózg płodu i prawie zawsze uszczerbku doznaje lewa półkula, ta, która rozwija się wolniej i jest bardziej wrażliwa. Syndrom sawanta pojawia się wówczas, gdy prawa półkula kompensuje uszkodzenia lewej. Ponieważ jednak półkule różnią się od siebie, a lewa odpowiada za myślenie abstrakcyjne i zdolność postrzegania zjawisk z szerszej perspektywy – rezultat takiej kompensacji jest dość specyficzny. Tacy ludzie postrzegają świat inaczej, jak nikt inny skupiają się na szczegółach. Frans pomyślał, że jeśli dobrze zrozumiał, to on i August widzieli tamto przejście dla pieszych zupełnie inaczej. Nie tylko dlatego, że August najwyraźniej był o wiele bardziej skupiony. Jego własny mózg błyskawicznie odrzucił wszystkie nieistotne detale i skoncentrował się na tym, co ważne – bezpieczeństwie i znaczeniu kolorów świateł. Prawdopodobnie jego zdolność postrzegania osłabiło również wiele innych czynników, zwłaszcza myśli o Farah Sharif. Dla niego przejście dla pieszych połączyło się ze strumieniem wspomnień i marzeń o niej, a dla Augusta było po prostu tym, czym było.

August uchwycił najdrobniejsze szczegóły, zarówno miejsca, jak i dziwnie znajomego mężczyzny, który akurat w tamtej chwili przechodził przez ulicę. Nosił w sobie ten obraz jak gdyby precyzyjnie wygrawerowany w pamięci i dopiero po kilku tygodniach poczuł potrzebę, żeby go z siebie wyrzucić. Co najdziwniejsze, nie tylko odwzorował przejście dla pieszych i mężczyznę. Zrobił coś więcej – nasycił tę scenę niepokojącym światłem. Frans nie mógł odeprzeć myśli, że chciał mu w ten sposób powiedzieć coś więcej niż tylko: Zobacz, co potrafię! Po raz setny przyjrzał się rysunkowi i znów czuł się tak, jakby ktoś wbijał mu igłę w serce.

Poczuł strach. Nie do końca wiedział dlaczego, ale chodziło o mężczyznę na rysunku. Jego oczy były lśniące i surowe. Szczęki napięte, a wargi dziwnie wąskie, jakby ich w ogóle nie miał, choć akurat ten ostatni szczegół nie robił przykrego wrażenia. A mimo to im dłużej patrzył, tym ten człowiek wydawał mu się straszniejszy. Nagle ogarnęło go kompletne przerażenie, zimne jak lód. Poczuł się tak, jakby ten obrazek miał zwiastować coś złego.

– Kocham cię, mały – wymamrotał. Nie wiedział, co mówi, i prawdopodobnie powtórzył to zdanie jeszcze kilka razy, bo słowa płynące z jego ust brzmiały coraz bardziej obco.

Pomyślał, że mówi to po raz pierwszy, i poczuł kolejne ukłucie bólu. Kiedy otrząsnął się z pierwszego szoku, zrozumiał, że jest w tym wyjątkowa niegodziwość. Czyżby jego jedyny syn musiał się wykazać szczególnym talentem, żeby potrafił go pokochać? Coś takiego byłoby do niego podobne. Przez całe życie był wręcz obsesyjnie skoncentrowany na wynikach.

Obchodziło go tylko to, co przełomowe i wybitne. Odkąd przeniósł się ze Szwecji do Doliny Krzemowej, nie poświęcił Augustowi ani jednej myśli. Byłby tylko irytującą przeszkodą na drodze do jego epokowych odkryć.

Ale teraz będzie inaczej, obiecał sobie. Zapomni o badaniach i o wszystkim, co go dręczyło przez ostatnie miesiące, i poświęci się wyłącznie jemu.

Stanie się innym człowiekiem. Mimo wszystko.

Rozdział 5
20 listopada

NIKT NIE WIEDZIAŁ, w jaki sposób Gabriella Grane trafiła do Säpo, a już na pewno nie ona sama. Należała do tych dziewczyn, którym wszyscy wróżyli świetlaną przyszłość. Tymczasem w wieku trzydziestu trzech lat nie była sławna ani bogata, ani nawet nie miała bogatego męża, co bardzo martwiło jej stare przyjaciółki z Djursholm.

– Co się z tobą stało, Gabriello? Przez całe życie chcesz być policjantką?

Najczęściej nie potrafiła się odszczeknąć i nie wyjaśniała, że wcale nie jest policjantką, tylko pieczołowicie wybranym analitykiem, i że pisze bardziej specjalistyczne teksty, niż gdy pracowała w Ministerstwie Spraw Zagranicznych albo pisywała wstępniaki do wakacyjnych numerów „Svenska Dagbladet". I tak nie mogła mówić o większości spraw. Uznała, że najlepiej siedzieć cicho i nie zauważać idiotycznej obsesji innych na punkcie statusu społecznego. Po prostu pogodzić się z tym, że praca w Säpo jest uważana za dno absolutne – zarówno przez znajomych z wyższych klas, jak i oczywiście przyjaciółki intelektualistki.

W ich oczach Säpo było bandą prawicowych jełopów, którzy kierując się skrywanym rasizmem, polowali na Kurdów i Arabów i nie cofali się przed popełnianiem poważnych zbrodni i przestępstw, byle tylko chronić asy radzieckiego wywiadu. Rzecz jasna, czasem się z nimi zgadzała. Widywała w Säpo przejawy niekompetencji i niezdrowych poglądów, a sprawa Zalachenki wciąż jeszcze była wielką plamą na ich honorze. Ale to była tylko część prawdy. Zajmowali się również rzeczami ciekawymi i ważnymi, zwłaszcza teraz, po czystkach. Czasami dochodziła do wniosku, że to miejsce wymiany myśli, że to właśnie tam, nie dzięki gazetom czy w salach wykładowych, można najlepiej zrozumieć zachodzące na świecie zmiany. Choć oczywiście często pytała samą siebie: jak się tu znalazłam i dlaczego nadal tu jestem?

Prawdopodobnie jakąś rolę odegrało w tym pewne pochlebstwo. Skontaktowała się z nią sama Helena Kraft, nowa szefowa Säpo. Oznajmiła, że po tych wszystkich skandalach i pełnych jadu artykułach muszą zacząć inaczej pozyskiwać pracowników. Czas zacząć myśleć jak Brytyjczycy – powiedziała. Zaprosić do współpracy prawdziwie zdolnych ludzi z uniwersytetów. Szczerze mówiąc, Gabriello, nie ma lepszego kandydata niż ty.

Niczego więcej nie potrzebowała. Została analitykiem w kontrwywiadzie, a potem w wydziale ochrony własności przemysłowej. Nawet jeśli jako młoda, a przy tym olśniewająco piękna kobieta nie nadawała się na to stanowisko, to pod każdym innym względem pasowała idealnie. Mówiono o niej „córeczka tatusia" i „dziewczątko z wyższych sfer", co wywoływało niepotrzebne spięcia. Poza tym jednak okazała się strzałem w dziesiątkę. Była szybka, pojętna i potrafiła myśleć nieszablonowo. A do tego mówiła po rosyjsku.

Nauczyła się tego języka, studiując jednocześnie w Wyższej Szkole Handlowej w Sztokholmie. Była wzorową studentką, ale nie sprawiało jej to szczególnej radości. Marzyła o czymś więcej niż tylko o życiu w świecie biznesu. Po dyplomie złożyła podanie w Ministerstwie Spraw Zagranicznych i oczywiście została przyjęta. Ale to nieszczególnie ją kręciło. Dyplomaci byli zbyt sztywni i uładzeni. I wtedy odezwała się do niej Helena Kraft. Gabriella pracowała w Säpo już pięć lat i powoli uznawano ją za utalentowanego członka zespołu, choć oczywiście bywało trudno.

Na przykład tego dnia – i to nie tylko ze względu na przeklętą pogodę. Do jej gabinetu wszedł szef wydziału

– Ragnar Olofsson. Wyglądało na to, że jest nie w humorze. Z kwaśną miną rzucił, że nie powinna flirtować, kiedy przebywa gdzieś służbowo.

– Flirtować? – zdziwiła się.

– Przysłano tu kwiaty.

– Czy to moja wina?

– Owszem, sądzę, że masz w tym swój udział. Kiedy jesteśmy w terenie, musimy się zachowywać odpowiednio, to znaczy powściągliwie. Pamiętaj, że reprezentujemy poważny urząd, o kluczowym znaczeniu.

– Wspaniale, kochany Ragnarze! Od ciebie zawsze można się czegoś nauczyć. Wreszcie zrozumiałam, że to przeze mnie kierownik do spraw badań z Ericssona nie odróżnia zwykłej uprzejmości od flirtu. To moja wina, że niektórzy mężczyźni tak się rozpędzają w myśleniu życzeniowym, że potrafią dostrzec propozycję seksualną w zwykłym uśmiechu.

– Nie piernicz – odparł Ragnar i wyszedł. A ona pożałowała swoich słów. Takie ataki rzadko do czegokolwiek prowadziły. Z drugiej strony o wiele za długo znosiła takie gadanie.

Uznała, że już czas się postawić. Pospiesznie zrobiła porządek na biurku i wzięła do ręki raport brytyjskiej Centrali Łączności Rządowej GCHQ na temat rosyjskich szpiegów przemysłowych w europejskich firmach zajmujących się oprogramowaniem. Jeszcze nie zdążyła go przeczytać. Zadzwonił telefon. Ucieszyła się, widząc, że to Helena Kraft. Nigdy nie dzwoniła do niej po to, żeby ponarzekać i pomarudzić. Wręcz przeciwnie.

– Pozwól, że od razu przejdę do rzeczy. Zadzwonili do mnie ze Stanów. W sprawie, która może być pilna. Możesz rozmawiać przez Cisco? Przygotowaliśmy bezpieczną linię.

– Oczywiście.

– Dobrze. Chciałabym, żebyś coś dla mnie zbadała. Żebyś sprawdziła, czy coś się za tym nie kryje. Brzmi poważnie, ale zleceniodawczyni zrobiła na mnie dziwne wrażenie. Twierdzi zresztą, że cię zna.

– Możesz łączyć.

Helena połączyła ją z Aloną Casales z NSA w Maryland. Gabriella przez chwilę się zastanawiała, czy to naprawdę ona. Kiedy się ostatnio spotkały, na konferencji w Waszyngtonie, była pewną siebie, charyzmatyczną prelegentką. Opowiadała o czymś, co określała łagodnym eufemizmem: aktywny wywiad sygnałów – czyli o hakerstwie. Po konferencji ucięły sobie krótką pogawędkę z kieliszkami w dłoniach. Gabriella, chcąc nie chcąc, była nią urzeczona. Alona paliła cygaretki i miała schrypnięty, zmysłowy głos. Często rzucała celne, żartobliwe uwagi i mówiła o seksie. Jednak teraz, kiedy rozmawiały przez telefon, wydawała się roztrzęsiona i co jakiś czas, nie wiedząc czemu, traciła wątek.

ALONA ZWYKLE NIE BYWAŁA zdenerwowana i zazwyczaj nie miała problemów z trzymaniem się tematu. Miała czterdzieści osiem lat, była mocno zbudowaną, bezpośrednią kobietą o bujnych piersiach i małych, inteligentnych oczach, które potrafiły zbić z tropu każdego. Ludziom często wydawało się, że potrafi ich przejrzeć na wylot, i nikt nie powiedziałby, że odczuwa szczególny respekt wobec przełożonych. Potrafiła obsztorcować każdego – nawet przybyłego z wizytą ministra sprawiedliwości – i między innymi dlatego Ed the Ned tak dobrze się przy niej czuł. Żadne z nich nie przywiązywało szczególnej wagi do stanowisk. Liczyły się tylko zdolności i nic więcej. Dlatego też szef policji bezpieczeństwa z kraju tak małego jak Szwecja był dla niej małym żuczkiem.

A mimo to, kiedy zwyczajowe kontrole połączenia zostały w końcu przeprowadzone, zupełnie straciła wątek. Nie miało to jednak nic wspólnego z Heleną Kraft. Było spowodowane awanturą, która w tym samym czasie wybuchła za jej plecami. Wszyscy zdążyli już przywyknąć do wybuchów Eda. Potrafił wrzeszczeć i tłuc pięścią w stół z byle powodu. Tym razem jednak coś jej mówiło, że ta sprawa jest o wiele poważniejsza.

Facet był jak sparaliżowany. Kiedy Alona z trudem dukała nieskładnie do słuchawki, wokół niego gromadzili się ludzie, niektórzy wyciągali telefony, a wszyscy bez wyjątku wyglądali na wstrząśniętych albo przerażonych. Ona, pod wpływem nagłego zidiocenia lub po prostu szoku, nie odłożyła słuchawki ani nie powiedziała, że zadzwoni później. Po prostu poczekała, aż ją połączą z Gabriellą Grane, zachwycającą młodą analityczką, którą poznała w Waszyngtonie i od razu próbowała poderwać. Bezskutecznie, ale i tak wspominała to spotkanie z błogą przyjemnością.

– Halo? Jak się czujesz, kochana?

– Dobrze – odparła Gabriella. – Mamy tu paskudną pogodę, ale poza tym jest okej.

– Nasze ostatnie spotkanie było naprawdę sympatyczne, nie sądzisz?

– Jasne, było bardzo miło. Przez cały następny dzień miałam kaca. Ale podejrzewam, że nie dzwonisz po to, żeby mnie zaprosić na drinka.

– Niestety nie, choć bardzo mnie to smuci. Dzwonię, bo odkryliśmy, że pewien szwedzki naukowiec jest w poważnym niebezpieczeństwie.

– Kto?

– Długo nie mogliśmy tego przetłumaczyć ani nawet zrozumieć, o jaki kraj chodzi. Ci, którzy o tym rozmawiali, posługiwali się kryptonimami, a spora część rozmowy była zaszyfrowana i nie mogliśmy złamać kodu. Ale w końcu, jak to zwykle bywa, dzięki małym kawałkom układanki... co, do diabła...

– Słucham?

– Poczekaj chwilę.

Obraz na ekranie komputera Alony mrugnął i zgasł. O ile się nie myliła, to samo stało się z pozostałymi komputerami w biurze. Przez chwilę nie wiedziała, co robić. Postanowiła rozmawiać dalej, przynajmniej chwilę. Może była to tylko przerwa w dostawie prądu, choć światło nie zgasło.

– Czekam – powiedziała Gabriella.

– Dziękuję, to bardzo miło z twojej strony. Musisz mi wybaczyć, mamy tu straszne zamieszanie. Na czym skończyłam?

– Mówiłaś o kawałkach układanki.

– No tak, zestawiliśmy ze sobą kilka różnych elementów. Bez względu na to, jak profesjonalni chcemy być, zawsze znajdzie się ktoś nieostrożny albo ktoś, kto...

– Tak?

– Kto coś powie, poda jakiś adres czy coś w tym stylu, choć w tym przypadku...

Alona znów umilkła. Do biura wszedł *commander* Jonny Ingram we własnej osobie – prawdziwa szycha, z kontaktami w samym Białym Domu. Jak zwykle starał się być dystyngowany i *cool*. Rzucił nawet jakiś żart, kiedy przystanął przy grupce ludzi kawałek dalej. Nikogo jednak nie udało mu się nabrać. Pod jego wymuskaną powierzchownością i opalenizną – odkąd pracował w centrum kryptologii NSA na Oahu, był opalony przez okrągły rok – kryła się nerwowość. Dobrze ją było widać w jego spojrzeniu. Wydawało się, że chce, żeby wszyscy zwrócili na niego uwagę.

– Halo, jesteś tam? – odezwała się Gabriella.

– Niestety muszę kończyć. Zadzwonię później – odparła Alona i się rozłączyła. Była poważnie zaniepokojona.

Można było wyczuć w powietrzu, że stało się coś strasznego, może nawet wydarzył się kolejny zamach terrorystyczny. Ale Jonny Ingram dalej odstawiał swój uspokajający teatrzyk. Choć wykręcał sobie ręce, a nad jego górną wargą i na czole perlił się pot, podkreślał raz za razem, że nic poważnego się nie stało. Powiedział, że chodzi o wirusa, który mimo wszystkich zabezpieczeń dostał się do intranetu.

– Na wszelki wypadek wyłączyliśmy serwery – oznajmił i na chwilę rzeczywiście wszystkich uspokoił. Co tam wirus, zdawali się mówić. To przecież nic groźnego.

Po chwili Ingram zaczął się nad tym rozwodzić, ale z tego, co mówił, niewiele wynikało.

Alona nie mogła się powstrzymać:

– Mówże jaśniej! – krzyknęła.

– Na razie niewiele wiemy. To się stało dosłownie przed chwilą. Ale prawdopodobnie mieliśmy włamanie. Damy znać, jak tylko będziemy wiedzieć coś więcej – odparł Jonny Ingram, znów wyraźnie zaniepokojony.

Przez salę przeszedł szmer.

– Znowu Irańczycy? – zapytał ktoś.

– Wydaje nam się... – zaczął Ingram.

Nic więcej nie zdążył powiedzieć. Człowiek, który powinien tam stać od początku i wyjaśniać im, co się stało, przerwał mu brutalnie i wstał. Widząc zwalistą sylwetkę Eda Needhama, każdy musiał przyznać, że wygląda imponująco. Jeszcze chwilę wcześniej wydawał się zdumiony i zszokowany. Teraz biła od niego niesłychana stanowczość.

– Nie – wysyczał. – To haker. Pierdolony superhaker. Bóg mi świadkiem, że zamierzam urwać mu jaja.

GABRIELLA GRANE włożyła płaszcz i już miała iść do domu, kiedy Alona Casales zadzwoniła znowu. W pierwszej chwili Gabriella poczuła irytację, nie tylko z powodu niedawnego zamieszania. Chciała wyjść, zanim wichura rozszaleje się na dobre. W radiowych wiadomościach podano, że prędkość wiatru dojdzie do trzydziestu metrów na sekundę, a temperatura spadnie do minus dziesięciu stopni. Ona zaś była o wiele za cienko ubrana.

– Przepraszam, że tyle to trwało – powiedziała Alona Casales. – Mieliśmy zwariowane popołudnie. Kompletny chaos.

– Tutaj mamy to samo – odparła uprzejmie Gabriella i spojrzała na zegarek.

– Jak mówiłam, dzwonię w ważnej sprawie, a przynajmniej tak mi się wydaje. Niełatwo to stwierdzić na sto procent. Mówiłam już, że właśnie zaczęłam rozpracowywać pewną grupę Rosjan?

– Nie.

– Prawdopodobnie należą do niej również Niemcy i Amerykanie, i może jeszcze kilku Szwedów.

– O jakiej grupie mówimy?

– O przestępcach, nazwałabym ich wyrafinowanymi, którzy nie napadają na banki ani nie sprzedają narkotyków, tylko kradną tajemnice firm i poufne informacje biznesowe.

– Czarne kapelusze.

– To nie tylko hakerzy. Trudnią się również szantażem i przekupstwem, a może nawet czymś tak staromodnym jak mordowanie. Choć szczerze mówiąc, nie mam jeszcze na nich zbyt wiele, poza kilkoma kryptonimami i niepotwierdzonymi powiązaniami. Mam też nazwiska kilku młodych informatyków niższego szczebla. Zajmują się profesjonalnym szpiegostwem przemysłowym i dlatego ta sprawa trafiła na moje biurko. Boimy się, że amerykańskie innowacje techniczne znalazły się w rękach Rosjan.

– Rozumiem.

– Niełatwo się do nich dobrać. Używają dobrego szyfrowania i chociaż zrobiłam dużo, żeby ustalić, kto za tym stoi, udało mi się dowiedzieć tylko tyle, że ich szef nazywa się Thanos.

– Thanos?

– Tak, od Tanatosa, boga śmierci z mitologii greckiej, syna Nyks – nocy, i brata bliźniaka Hypnosa – snu.

– Brzmi strasznie.

– Raczej dziecinnie. Thanos to czarny charakter z komiksów Marvela, wiesz, tych z Hulkiem, Iron Manem i Kapitanem Ameryką. Po pierwsze niespecjalnie kojarzy się to z Rosją, a po drugie jest... jak by to powiedzieć...

– Żartobliwe i aroganckie zarazem?

– Tak, jakby drażniła się z nami grupka bezczelnych dzieciaków z college'u. Działa mi to na nerwy. Szczerze mówiąc, w tej historii niepokoi mnie mnóstwo szczegółów i dlatego bardzo się zainteresowałam, kiedy udało nam się ustalić, że być może istnieje człowiek, który od nich uciekł. Mógłby nam pomóc wyjaśnić parę spraw, gdyby udało nam się go złapać, zanim oni to zrobią. Ale kiedy przyjrzeliśmy się temu bliżej, doszliśmy do wniosku, że prawda jest całkiem inna.

– To znaczy?

– To nie żaden przestępca, żaden uciekinier, tylko przyzwoity człowiek, pracownik firmy, w której ta organizacja ma szpiegów. Zapewne przez przypadek dowiedział się czegoś ważnego.

– Mów dalej.

– Podejrzewamy, że ten człowiek jest w poważnym niebezpieczeństwie. Potrzebuje ochrony. Jeszcze do niedawna nie mieliśmy pojęcia, gdzie go szukać. Nie wiedzieliśmy nawet, w jakiej firmie pracował. Teraz jednak sądzimy, że w końcu udało nam się go namierzyć. W ostatnich dniach jeden z tych ludzi wspomniał o człowieku, którego szukamy. Powiedział, że wraz z nim diabli wzięli wszystkie cholerne T.

– Cholerne T?

– Tak. To brzmiało dziwnie i tajemniczo, ale miało tę zaletę, że było konkretne i łatwe do wyszukania. Cholerne T nie dało oczywiście żadnych wyników, ale już hasła na T w powiązaniu z firmami, zwłaszcza tymi zaawansowanymi technologicznie, nieodmiennie prowadziły do Nicholasa Granta i jego maksymy: tolerancja, talent, tempo.

– Czyli Solifon – stwierdziła Gabriella.

– Tak nam się wydaje. Przynajmniej wygląda na to, że wszystko się zgadza. Dlatego zaczęliśmy badać, kto w ostatnim czasie zrezygnował z pracy w Solifonie. Na początku do niczego nas to nie doprowadziło. Mają dużą rotację. Myślę nawet, że to jedna z ich zasad. Nastawiają się na swobodny przepływ talentów. Zaczęliśmy się też zastanawiać nad trzema T. Wiesz, co Grant przez to rozumie?

– Nie bardzo.

– To jego przepis na kreatywność. Potrzeba tolerancji dla nietypowych pomysłów i nietypowych ludzi. Im bardziej jest się otwartym na jednostki odstające od normy albo w ogóle wszelkiego rodzaju mniejszości, tym łatwiej przyjmuje się nowe pomysły. To trochę tak jak z indeksem homoseksualistów Richarda Floridy. Tam, gdzie panuje tolerancja dla ludzi takich jak ja, jest też większa otwartość i kreatywność.

– Zbyt homogeniczne, skłonne do osądzania organizacje nie osiągają niczego.

– Otóż to. A ludzie utalentowani, jak wyjaśnia, nie tylko mają dobre wyniki, ale też przyciągają inne talenty. Tworzą środowisko, w którym chce się przebywać. Od samego początku Grant próbował ściągnąć do siebie branżowych geniuszy, nie specjalistów na konkretne stanowiska. Nie ukierunkowujmy ludzi, niech sami nadają kierunek – brzmiała jego dewiza.

– A tempo?

– Wymiana myśli ma przebiegać szybko i sprawnie. Zwołanie spotkania nie może wymagać mnóstwa biurokracji, rezerwowania terminów i umawiania się z sekretarką. Trzeba móc wejść i od razu zacząć dyskutować. Pomysły powinny gładko przepływać w obu kierunkach. Na pewno słyszałaś o wręcz bajecznych dokonaniach Solifonu. Opracowywali innowacyjne rozwiązania techniczne z wielu różnych dziedzin. Mówiąc między nami, także dla NSA. A potem pojawił się kolejny mały geniusz, twój krajan, a wraz z nim...

– Diabli wzięli wszystkie cholerne T.

– Tak jest.

– I to był Balder.

– Zgadza się. Nie sądzę, żeby normalnie miał problemy z tolerancją czy nawet z tempem. Ale od samego początku rozsiewał coś w rodzaju trucizny i nie chciał się niczym dzielić. Momentalnie udało mu się zepsuć atmosferę w elitarnej grupie naukowców, zwłaszcza kiedy zaczął oskarżać ludzi o to, że są złodziejami i naśladowcami. Poza tym miał spięcie z właścicielem Nicolasem Grantem. Grant nie chciał jednak zdradzić, o co poszło – powiedział tylko, że to prywatna sprawa. Wkrótce potem Balder złożył wypowiedzenie.

– Wiem.

– Większość pracowników była zadowolona, że odszedł. Atmosfera się oczyściła i ludzie znów zaczęli sobie ufać, przynajmniej do pewnego stopnia. Ale Grant nie był jednak zadowolony, a już na pewno nie cieszyli się jego adwokaci. Balder zabrał ze sobą to, co opracował dla Solifonu, i – może dlatego, że nikt nie miał wglądu w jego pracę i mnożyły się plotki – wszyscy uważali, że miał w zanadrzu sensację, mogącą zrewolucjonizować komputer kwantowy, nad którym pracowano w Solifonie.

– Z czysto prawnego punktu widzenia to, co zabrał, nie należało do niego. Było własnością firmy.

– Właśnie. Balder gardłował o kradzieży, a ostatecznie sam okazał się złodziejem. Jak wiesz, zanosi się na proces, o ile Balder nie wystraszy tych adwokackich tuzów swoją wiedzą. To, co wie, jest jego polisą na życie. Tak przynajmniej twierdzi – może to być prawda. W najgorszym razie cała sprawa zakończy się...

– Jego śmiercią.

– Tego się obawiam – ciągnęła Alona. – Mamy coraz poważniejsze powody sądzić, że zanosi się na coś poważnego. Twoja szefowa zasugerowała, że możesz nam pomóc z niektórymi kawałkami tej układanki.

Gabriella zerknęła w okno, za którym szalała wichura, i poczuła nagłe pragnienie, żeby znaleźć się w domu, jak najdalej od tego wszystkiego. Mimo to zdjęła płaszcz i usiadła na krześle. Czuła się bardzo nieswojo.

– W czym mogę wam pomóc?

– Jak myślisz, co on takiego odkrył?

– Rozumiem, że nie udało wam się go podsłuchać ani włamać do jego komputera?

– Tego nie mogę zdradzić, skarbie. Powiedz, co ty myślisz.

Gabriella przypomniała sobie, że nie tak dawno Frans Balder stanął w drzwiach jej gabinetu i zaczął mamrotać coś o nowym życiu, cokolwiek to miało znaczyć.

– Jak zapewne wiesz – odparła. – Balder twierdził, że okradziono go z efektów jego pracy jeszcze w Szwecji. FRA przeprowadził dość obszerne dochodzenie i do pewnego stopnia przyznał mu rację, choć nie pociągnął sprawy. Mniej więcej w tym samym czasie spotkałam Baldera po raz pierwszy i niespecjalnie go polubiłam. Od jego gadania pękała mi głowa. Był ślepy na wszystko, co nie dotyczyło jego i badań, które prowadził. Pomyślałam, że żaden postęp nie jest wart takiego zaślepienia. Jeżeli takie podejście jest konieczne, żeby być znanym na całym świecie, to ja nie chcę popularności, nawet w snach. Ale może po prostu zasugerowałam się wyrokiem sądu.

– W sprawie opieki nad dzieckiem?

– Tak. Balder właśnie stracił prawo do opieki nad swoim autystycznym synem. Kompletnie go zaniedbywał i nawet się nie zorientował, kiedy spadła mu na głowę praktycznie cała półka z książkami. Kiedy usłyszałam, że w Solifonie zraził do siebie wszystkich, świetnie to rozumiałam. Dobrze mu tak, pomyślałam.

– Co było dalej?

– Potem wrócił do domu i zaczęło się u nas mówić, że powinien dostać ochronę, więc spotkałam się z nim raz jeszcze. Wydarzyło się to zaledwie kilka tygodni temu i było niesamowite. Nie mogłam uwierzyć, że tak się zmienił. Nie tylko dlatego, że zgolił brodę, doprowadził do ładu fryzurę i zeszczuplał. Był też spokojniejszy, może nawet trochę niepewny. Nie było już w nim tej pasji. Pamiętam, że zapytałam, czy się martwi czekającymi go procesami. Wiesz, co odpowiedział?

– Nie.

– Z wyraźnym sarkazmem oznajmił, że się nie martwi, bo wobec prawa wszyscy jesteśmy równi.

– Co chciał przez to powiedzieć?

– Że jesteśmy równi, jeśli płacimy po równo. Dodał, że w jego świecie prawo jest tylko mieczem służącym do przeszywania takich jak on. Można więc powiedzieć, że owszem, martwił się. Martwił się też, że wiedza jest dla niego ciężarem, nawet jeśli jednocześnie mogła go uratować.

– Ale nie zdradził, co ma na myśli?

– Powiedział, że nie chce stracić ostatniego asa, którego ma w rękawie. Chciał poczekać i zobaczyć, jak daleko jest gotów się posunąć jego przeciwnik. Ale zauważyłam, że jest wstrząśnięty. Przy jakiejś okazji wyrwało mu się, że są ludzie, którzy chcą zrobić mu krzywdę.

– W jaki sposób?

– Nie fizycznie. Mówił, że zależy im przede wszystkim na jego badaniach i dobrym imieniu. Ale nie jestem pewna, czy naprawdę myślał, że na tym poprzestaną, więc zaproponowałam, żeby sobie kupił psa. Pomyślałam zresztą, że pies byłby idealnym towarzyszem dla człowieka mieszkającego na przedmieściach w stanowczo za dużym domu. Ale on odrzucił ten pomysł. Odpowiedział ostro, że nie może mieć teraz psa.

– Jak myślisz, dlaczego?

– Nie wiem. Ale odniosłam wrażenie, że coś go gnębi. Nie protestował też zbyt głośno, kiedy postarałam się dla niego o nowy, zaawansowany system alarmowy. Właśnie został zainstalowany.

– Przez kogo?

– Przez agencję ochrony, z którą często współpracujemy. Milton Security.

– Dobrze, bardzo dobrze. Mimo wszystko proponowałabym go przenieść w bezpieczne miejsce.

– Jest aż tak źle?

– Jest ryzyko, a to chyba wystarczy, nie sądzisz?

– O, tak – odparła Gabriella. – Dałabyś radę przesłać jakąś dokumentację, żebym mogła od razu porozmawiać z przełożoną?

– Spróbuję. Nie bardzo wiem, co mi się teraz uda zdziałać. Mieliśmy... dość poważną awarię komputerów.

– Czy agencja taka jak wasza może sobie pozwolić na poważną awarię?

– Nie może, masz absolutną rację. Oddzwonię, skarbie – odparła i rozłączyła się.

Gabriella kilka sekund siedziała w kompletnym bezruchu. Patrzyła, jak deszcz coraz wściekłej smaga szyby.

Potem wyjęła blackphone'a i zadzwoniła do Fransa Baldera. Próbowała kilka razy. Nie tylko po to, żeby go ostrzec i doprowadzić do tego, żeby jak najszybciej przeniesiono go w bezpieczne miejsce, ale również dlatego, że nagle poczuła, że chciałaby z nim porozmawiać i zapytać, co miał na myśli, kiedy powiedział: Ostatnio marzę o nowym życiu.

Frans Balder tymczasem, choć nikt o tym nie wiedział i nikt by w to nie uwierzył, próbował nakłonić syna, żeby stworzył kolejny rysunek świecący tym niesamowitym światłem, które zdawało się pochodzić nie z tego świata.

Rozdział 6
20 listopada

NA EKRANIE MONITORA pojawiły się słowa:

Mission Accomplished!

Plague zawył ochryple jak szaleniec. Możliwe, że to było nierozsądne, ale jego sąsiedzi, nawet jeśli go usłyszeli, raczej nie mogli przeczuwać, co się właśnie stało. Jego mieszkanie na pewno nie wyglądało na miejsce, z którego można się włamać do najpilniej strzeżonego systemu świata.

Przypominało raczej melinę wyrzutków społecznych. Plague mieszkał w Sundbyberg, przy Högklintavägen. Była to całkowicie pozbawiona splendoru okolica z nudnymi czteropiętrowymi blokami z wypłowiałej cegły. O jego mieszkaniu nie można było powiedzieć nic dobrego. Unosił się w nim skisły zapach stęchlizny. Biurko było zawalone rozmaitymi śmieciami: resztkami z McDonalda, puszkami po coli, pomiętymi kartkami z notatnika, okruchami ciastek, kubkami po kawie i pustymi opakowaniami po słodyczach. Nawet jeśli czasem coś trafiało do kosza, to i tak nie był on opróżniany całymi tygodniami. Nie można było zrobić kroku, żeby się nie natknąć na okruchy albo na żwir. Ale nikt, kto go znał, nie byłby tym zdziwiony.

Nawet w powszednie dni nie mył się i nie zmieniał ubrań bez potrzeby. Jego życie toczyło się przed komputerem i nawet kiedy nie pracował nad czymś gorączkowo, wyglądał okropnie: był otyły, sflaczały i zaniedbany. Choć trzeba przyznać, że próbował zapuścić spiczastą bródkę, która jednak z czasem zamieniła się w nieforemny gąszcz. Był zwalisty jak olbrzym, pokrzywiony i postękiwał, kiedy się ruszał. Był jednak dobry w czym innym.

Przy komputerze stawał się wirtuozem. Był hakerem, który swobodnie płynął przez cyberprzestrzeń. Możliwe, że górował nad nim tylko jeden mistrz, a właściwie należałoby powiedzieć: mistrzyni. Sam widok jego palców tańczących nad klawiaturą cieszył oczy. Po sieci poruszał się tak lekko i zwinnie, jak ciężko i niezdarnie szło mu to w tym drugim, bardziej realnym świecie. Kiedy sąsiad z góry, chyba Jansson, zaczął walić w podłogę, Plague odpisał na wiadomość, którą właśnie dostał:

Wasp, jesteś cholernym geniuszem. Zasługujesz na pomnik!

Potem opadł na oparcie i z błogim uśmiechem spróbował podsumować przebieg wypadków, a właściwie przez chwilę próbował napawać się triumfem. Potem zamierzał wyciągnąć od Wasp wszystkie szczegóły i upewnić się, że pozacierała ślady. Nikt, absolutnie nikt, nie mógł wpaść na ich trop!

Nie pierwszy raz grali na nerwach potężnej organizacji. Ale tym razem był to zupełnie inny poziom. Wielu członków ekskluzywnego towarzystwa, do którego należał, tak zwanej Hacker Republic, było przeciwnych temu pomysłowi. Zwłaszcza Wasp. Ona, jeżeli sytuacja tego wymagała, była gotowa walczyć z każdym, niezależnie od tego, czy chodziło o instytucję, czy o jednostkę. Ale nie przepadała za wszczynaniem awantur tylko po to, żeby kogoś podrażnić.

Nie lubiła takich infantylnych hakerskich ataków. Nie była kimś, kto włamuje się do potężnych komputerów tylko po to, żeby zaznaczyć, że tam był. Zawsze chciała mieć jasny cel i za każdym razem przeprowadzała te swoje cholerne analizy. Zastanawiała się, jakie będą konsekwencje. Zestawiała długotrwałe ryzyko z krótkotrwałą satysfakcją. Gdyby to wziąć pod uwagę, włamania do NSA nijak nie można było nazwać rozsądnym posunięciem. Nikt nie wiedział, jak to możliwe, że dała się w to wciągnąć.

Może potrzebowała jakiegoś bodźca. Może była znudzona i chciała narobić trochę zamieszania, żeby nie umrzeć z nudów. Albo, jak utrzymywali niektórzy członkowie grupy, już wcześniej zdążyła wejść w konflikt z NSA i włamanie się do ich systemu było dla niej aktem zemsty. Inni wątpili w tę wersję. Twierdzili, że po prostu chciała się czegoś dowiedzieć i że od czasu kiedy jej ojciec, Aleksander Zalachenko, został zamordowany w szpitalu Sahlgrenska w Göteborgu, na coś polowała.

Ale nikt nie wiedział nic pewnego. Wasp jak zawsze miała swoje tajemnice. To, jakie motywy nią kierowały, w zasadzie było bez znaczenia. W każdym razie próbowali to sobie wmówić. Jeżeli chciała im pomóc, powinni się tylko cieszyć, a nie zastanawiać, dlaczego na początku nie okazała entuzjazmu ani żadnych innych uczuć. Nie sprzeciwiała się i to im wystarczyło.

Mając ją po swojej stronie, mieli też większe szanse, że uda im się zrealizować plan. Lepiej niż inni wiedzieli, że w ostatnich latach NSA zdecydowanie przekroczyło swoje uprawnienia. Inwigilowali nie tylko terrorystów i ludzi będących potencjalnym zagrożeniem dla bezpieczeństwa państwa. Interesowali się nie tylko ludźmi ważnymi i potężnymi, takimi jak głowy innych państw, ale właściwie wszystkimi. Miliony, miliardy i biliony rozmów, wiadomości tekstowych i zapisów aktywności w sieci poddawano kontroli i archiwizowano. NSA codziennie robiła kolejny krok i coraz głębiej wnikała w życie prywatne każdego człowieka. Stała się ogromnym wszystkowidzącym okiem.

Jeśli o to chodzi, również żaden członek Hacker Republic nie był bez skazy. Wszyscy bez wyjątku zapuszczali się w takie obszary wirtualnego świata, w których w ogóle nie mieli nic do roboty. Można powiedzieć, że takie były zasady gry. Haker to ktoś, kto przekracza wszelkie granice, ktoś, kto z uwagi na swoje zajęcie gardzi regułami i wciąż poszerza swoją wiedzę, nie zawsze przejmując się różnicą między tym, co publiczne, a tym, co prywatne.

Członkowie Hacker Republic nie byli jednak pozbawieni moralności. Wiedzieli, również z własnego doświadczenia, że władza korumpuje – zwłaszcza władza, która nie podlega żadnemu nadzorowi. Nikomu z nich nie podobało się też, że największych i najbardziej bezwzględnych ataków nie dopuszczali się już pojedynczy buntownicy i banici, tylko państwowe molochy, których celem było kontrolowanie obywateli. To dlatego Plague, Trinity, Bob the Dog, Flipper, Zod, Cat i cała reszta postanowili, że w odwecie włamią się do NSA i w ten czy inny sposób zagrają im na nerwach.

Nie było to jednak takie proste. Zadanie przypominało kradzież złota z Fort Knox. Na dodatek jako zarozumiali idioci, którymi w gruncie rzeczy byli, chcieli nie tylko złamać zabezpieczenia i wniknąć do systemu. Chcieli też nim kierować. Mieć status *superuser*. Czyli mówiąc językiem Linuksa, *root*. Żeby go zdobyć, musieli odkryć dziury, tak zwane *zero days*, najpierw na platformach serwerowych NSA, a później również w NSANet, intranecie, z którego prowadzono rozpoznanie radioelektroniczne – w skrócie SIGINT – obejmujące cały świat.

Jak zawsze zaczęli od odrobiny *social engeneering*. Musieli dotrzeć do nazwisk administratorów systemu i analityków infrastruktury IT, którzy dysponowali skomplikowanymi hasłami do intranetu. Nie zaszkodziłoby, gdyby się okazało, że jakiś osioł zaniedbywał procedury bezpieczeństwa. Własnymi kanałami udało im się zdobyć dane sześciu osób. Wśród nich znalazł się niejaki Richard Fuller.

Pracował w NISIRT, NSA Information Systems Incident Response Team, w zespole, który czuwał nad intranetem, nieustannie tropiąc informatorów i infiltratorów. To był swój chłop – absolwent prawa na Harvardzie, republikanin, były *quarterback*. Prawdziwy amerykański ideał, jeśli wierzyć jego CV. Ale Bob the Dog dzięki byłej kochance dowiedział się, że – co było absolutną tajemnicą – Fuller cierpiał na zaburzenia afektywne dwubiegunowe i być może wciągał kokę.

Kiedy był podekscytowany, mógł popełnić każdą głupotę, na przykład pobrać pliki i dokumenty i nie umieścić ich wcześniej w piaskownicy. Był też prawdziwym przystojniakiem, może trochę zbyt ugrzecznionym. Wyglądał raczej na rekina finansjery, takiego na przykład Gordona Gekko, niż na tajnego agenta. Ktoś, prawdopodobnie sam Bob the Dog, wyskoczył z pomysłem, żeby Wasp poleciała do Baltimore, jego rodzinnego miasta, przespała się z nim i zastawiła na niego sidła.

Wasp posłała ich wszystkich do diabła.

Potem odrzuciła kolejny pomysł. Chcieli stworzyć dokument, który sprawiałby wrażenie prawdziwej bomby, i umieścić w nim informacje o infiltratorach i informatorach z głównej siedziby NSA w Fort Meade. Zaraziliby go programem szpiegującym, zaawansowanym trojanem, autorskim dziełem jej i Plague'a. Potem porozmieszczaliby w internecie wskazówki, które doprowadziłyby Fullera prosto do pliku. Przy odrobinie szczęścia podekscytowałby się i zapomniał o środkach bezpieczeństwa. Plan był niezły. Przeniknęliby w ten sposób do systemu NSA i nie musieliby się uciekać do włamania, które prawdopodobnie dałoby się wykryć.

Ale Wasp stwierdziła, że nie ma zamiaru siedzieć i czekać, aż ten kretyn Fuller się zbłaźni. Nie chciała być zależna od pomyłek innych. Uparła się, więc nikt nie był zdziwiony, kiedy nagle zdecydowała się przejąć dowodzenie nad całą operacją. Niektórzy zaczęli nawet protestować, ale w końcu dali za wygraną. Zobowiązali ją oczywiście do zachowania ostrożności. Wasp skrupulatnie zanotowała nazwiska operatorów systemu i wszystkie dane, które udało im się zdobyć, i poprosiła o pomoc przy tak zwanej operacji *fingerprint*: analizie i opisie szczegółów na temat platform serwerowych i systemów operacyjnych. A potem zamknęła się przed członkami Hacker Republic i przed całym światem. Plague miał wrażenie, że nie słucha jego rad zbyt uważnie. Powiedział jej, że nie może się posługiwać swoim nickiem i że nie powinna pracować w domu. Powinna się przenieść do jakiegoś odległego hotelu i zameldować pod fałszywym nazwiskiem, na wypadek gdyby psy gończe z NSA zwietrzyły jej trop w labiryntach sieci Tor. Ale ona oczywiście wszystko robiła po swojemu. Plague mógł tylko siedzieć przy komputerze w Sundbybergu i czekać. Był wykończony nerwowo i nadal nie miał najmniejszego pojęcia, jak to zrobiła.

Wiedział tylko, że dokonała czegoś niesamowitego. Za oknem szalała zawierucha, a on zgarnął trochę śmieci z biurka i napisał:

> Opowiadaj! Co czujesz?
> Pustkę.

Właśnie to czuła Lisbeth Salander. Nie spała od tygodnia, możliwe też, że o wiele za mało jadła i piła. Bolała ją głowa, oczy piekły potwornie, a ręce się trzęsły. Najchętniej trzasnęłaby komputerem o podłogę. Ale gdzieś w środku była zadowolona, choć członkowie Hacker Republic nigdy by się nie domyślili dlaczego. Była zadowolona, bo udało jej się dowiedzieć tego i owego na temat grupy przestępczej, którą próbowała rozpracować. Dzięki temu mogła udowodnić coś, co wcześniej tylko podejrzewała. Zachowała to wszystko dla siebie i dziwiła się, że tamci uwierzyli, że była gotowa się włamać do systemu NSA dla zabawy.

Nie była nabuzowanym hormonami nastolatkiem ani idiotą, który potrzebuje kopa adrenaliny i chce pokazać, jaki jest zdolny. Jeśli już decydowała się na takie ryzyko, przeważnie miała jasno określony cel. Choć kiedyś hakerstwo rzeczywiście było dla niej czymś więcej niż tylko środkiem do celu. W najtrudniejszych chwilach dzieciństwa było dla niej ucieczką i sposobem na to, żeby uczynić życie trochę mniej przytłaczającym. Dzięki komputerom mogła przeskoczyć mury i pokonać przeszkody, które ją ograniczały. Dzięki nim doświadczała wolności. W pewnym sensie to się nie zmieniło.

Ale teraz była przede wszystkim myśliwym. Polowanie zaczęło się tamtego dnia o świcie, kiedy obudziła się ze snu o dłoni, która długo i rytmicznie uderzała o materac w mieszkaniu przy Lundagatan. Nie należało do łatwych. Przeciwnicy kryli się za zasłonami dymnymi. Może dlatego ostatnimi czasy sprawiała wrażenie wyjątkowo nieprzystępnej i trudnej. Bił od niej nowy rodzaj mroku. Jeśli pominąć rosłego i hałaśliwego trenera boksu o nazwisku Obinze i jakąś trójkę kochanek i kochanków, prawie z nikim się nie spotykała. Bardziej niż kiedykolwiek przypominała kogoś, kogo imają się kłopoty. Włosy sterczały jej na wszystkie strony, a oczy płonęły ciemnym blaskiem. Czasami siliła się na uprzejmość, ale nieszczególnie jej to wychodziło. Mówiła prawdę albo milczała.

Jej mieszkanie przy Fiskargatan to był osobny rozdział. Było wielkie, jakby miało pomieścić siedmioosobową rodzinę. Mimo upływu lat nie zostało urządzone ani nie stało się przytulne. Tu i tam stał jakiś mebel z Ikei, postawiony jakby przypadkiem. Nie miała nawet sprzętu stereo, pewnie dlatego, że nie znała się na muzyce. Więcej muzyki widziała w równaniu różniczkowym niż w utworach Beethovena. Była niesamowicie bogata. To, co kiedyś ukradła temu draniowi Hansowi-Erikowi Wennerströmowi, urosło do przeszło pięciu miliardów koron. Ale – tego należało się po niej spodziewać – bogactwo w ogóle jej nie zmieniło. Z jednym wyjątkiem: dzięki pieniądzom stała się jeszcze odważniejsza. Ostatnio czyniła coraz bardziej radykalne kroki: połamała kości gwałcicielowi i zapuściła się do intranetu NSA.

Możliwe, że z tym ostatnim przesadziła. Uznała jednak, że to konieczne. Przez ostatnie kilka dni i nocy była całkowicie pochłonięta tym, co miała do zrobienia, i zapomniała o całej reszcie. Spojrzała zmęczonymi, przymrużonymi oczyma na swoje dwa biurka, ustawione w kształcie litery L. Stały na nich dwa komputery – jeden zwykły i jeden testowy. Na tym drugim zainstalowała kopię serwerów i systemów operacyjnych NSA.

Zaatakowała go programami do fuzzowania, które sama napisała. Miały wyszukiwać błędy i luki. Potem dorzuciła jeszcze debuggery, testy metodą czarnej skrzynki i betatesty. Wyniki wykorzystała do tworzenia programu szpiegującego, własnego RAT-a. Nie mogła sobie przy tym pozwolić na najmniejsze nawet zaniedbanie. Prześwietliła system na wylot. To dlatego zainstalowała u siebie kopię serwera. Gdyby się porwała na prawdziwą platformę, technicy NSA na pewno od razu by to zauważyli i zwietrzyli zagrożenie, a wtedy zabawa szybko by się skończyła.

Pracowała niemal bez przerwy, dzień za dniem, nie wysypiała się ani nie jadła porządnych posiłków. Odchodziła od komputera tylko po to, żeby zdrzemnąć się chwilę na kanapie albo podgrzać w mikrofalówce mrożoną pizzę. Pracowała tak, że wypływały jej oczy. Zastosowała Zeroday Exploit, swój program, do wyszukiwania dziur. Już po włamaniu do systemu miał uaktualnić jej status. To było niesamowite.

Program dawał jej nie tylko kontrolę nad systemem, lecz również pozwalał zdalnie sterować każdym elementem intranetu, o którym miała bardzo niewielkie pojęcie. To było w tym wszystkim najbardziej absurdalne.

Chciała nie tylko złamać zabezpieczenia. Zamierzała się dostać do NSANetu, do samodzielnego uniwersum, praktycznie niepowiązanego z internetem. Może i wyglądała jak nastolatka, która oblała ze wszystkich przedmiotów. Ale miała kody źródłowe programów i potrafiła dostrzec związki logiczne. Pracowała jak maszyna. Stworzyła nowy wyrafinowany program szpiegowski, zaawansowanego wirusa, żyjącego własnym życiem. Jej mózg pracował na najwyższych obrotach. Kiedy poczuła, że jest dobrze, przeszła do kolejnego etapu. Uznała, że czas przestać się bawić w swoim warsztacie i naprawdę ruszyć do ataku.

Dlatego znalazła starter T-Mobile, który kupiła w Berlinie, i włożyła kartę do telefonu. Potem połączyła się przez niego z internetem. Może rzeczywiście powinna była wtedy być gdzie indziej, w jakiejś innej części świata, pod fałszywym nazwiskiem – Irene Nesser.

Rozmyślała, że jeżeli specе od bezpieczeństwa z NSA okażą się naprawdę zdolni i wystarczająco wytrwali, może uda im się prześledzić jej sygnał i namierzyć znajdującą się w jej dzielnicy stację bazową Telenor. Nie będą w stanie do niej dotrzeć, w każdym razie nie dzięki technice, ale mogłoby to wystarczyć. Mimo to uznała, że lepiej będzie pracować w domu. Zastosowała wszelkie możliwe środki ostrożności. Jak wielu innych hakerów korzystała z sieci Tor, dzięki której jej połączenie było przekazywane między tysiącami użytkowników, a potem biegło do kolejnych tysięcy. Ale wiedziała, że nawet Tor nie zapewni jej całkowitego bezpieczeństwa – NSA mogła użyć programu o nazwie Egotistical Giraffe do sforsowania systemu. Naprawdę długo pracowała nad zabezpieczeniami. A potem przeszła do ataku.

Weszła w platformę jak w masło. Nie miała jednak powodów do dumy. Musiała jak najszybciej odszukać administratorów, których nazwiska dostała, i wprowadzić swój program szpiegujący do któregoś z ich plików, żeby stworzyć pomost między siecią serwerów a intranetem. Nie było to proste. Nie mogła dopuścić do tego, żeby włączył się jakiś alarm albo program antywirusowy. W końcu wybrała kogoś, kto się nazywał Tom Breckinridge, pod jego nazwiskiem dostała się do NSANetu i... na chwilę wstrzymała oddech. Przed jej zmęczonymi i niewyspanymi oczami działy się cuda.

Program szpiegujący wciągał ją coraz głębiej w miejsce najtajniejsze z tajnych. Doskonale wiedziała, gdzie chce się dostać. Jej celem było Active Directory albo jego odpowiednik. Musiała uaktualnić swój status. Z niechcianego gościa miała zamiar przeistoczyć się w administratora systemu. Dopiero kiedy to zrobiła, spróbowała się trochę rozejrzeć. Nie było to łatwe. Było prawie niemożliwe. Nie miała wiele czasu.

Musiała się spieszyć. Robiła, co mogła, żeby rozgryźć system wyszukiwania i zrozumieć wszystkie kryptonimy, wyrażenia i aluzje, całe to hermetyczne gadanie. Już miała się poddać, kiedy trafiła na pewien plik. Został oznaczony jako *top secret, NOFORN – no foreign distribution.* Wyglądał jak dokument, jakich wiele, ale ponieważ Zigmund Eckerwald z Solifonu kilka razy kontaktował się z agentami z wydziału nadzoru nad strategicznymi technologiami, mógł się okazać prawdziwą bombą. Lisbeth uśmiechnęła się do siebie i postarała się zapamiętać każdy, najdrobniejszy nawet szczegół. W następnej chwili głośno zaklęła: zobaczyła kolejny plik, który wydał jej się ważny. Był zaszyfrowany, więc nie miała wyboru – musiała go skopiować. Domyśliła się, że to wtedy w Fort Meade włączył się alarm.

Grunt zaczął jej się palić pod nogami, a musiała się jeszcze zająć tym, po co oficjalnie przyszła, o ile „oficjalnie" było właściwym słowem. Obiecała jednak solennie Plague'owi i innym członkom Hacker Republic, że zagra NSA na nosie i spuści z tych nadętych gości trochę powietrza. Próbowała ustalić, do kogo powinna się odezwać. Komu przekazać to, co miała do powiedzenia?

Zdecydowała się na Edwina Needhama, Eda the Neda. Kiedy mówiło się o bezpieczeństwie IT, zawsze padało jego nazwisko, a kiedy szybko rzuciła okiem na to, co o nim pisano w intranecie, mimo woli pomyślała o nim z szacunkiem. Ed the Ned był gwiazdą. A ona go przechytrzyła. Przez chwilę miała ochotę się nie ujawniać.

Wiedziała, że narobi niezłego zamieszania. Ale o to jej przecież chodziło, więc zabrała się do roboty. Nie miała pojęcia, która godzina. Mógł być dzień albo noc, wiosna albo jesień. Jakimś odległym skrawkiem świadomości pojęła tylko, że szalejąca za oknem zawierucha jeszcze przybrała na sile, jakby była zsynchronizowana z jej zamachem. Daleko w stanie Maryland – w pobliżu słynnego skrzyżowania Baltimore Parkway z Maryland Route 32 – Ed the Ned zaczął pisać wiadomość.

Nie zdążył napisać dużo, bo już po sekundzie zastąpiła go i dokończyła: „Ten, kto nadzoruje naród, w końcu sam znajdzie się pod jego nadzorem. Jest w tym fundamentalna demokratyczna logika". Przez krótką chwilę miała wrażenie, że trafiła w sedno, jakby to napisała w przebłysku geniuszu. Przeczuwała gorącą słodycz zemsty. Zabrała Eda the Neda w podróż po systemie. Sunęli przez rozmigotany świat spraw, które za wszelką cenę chciano zachować w tajemnicy.

Bez wątpienia było to doznanie, które zapierało dech w piersiach, a i tak... Kiedy wyszła z systemu i wszystkie jej logi zostały automatycznie usunięte, dopadł ją kac. Czuła się jak po orgazmie z niewłaściwym partnerem. Słowa, które jeszcze przed chwilą były idealne, wydały jej się dziecinne, po hakersku gówniarskie. Nagle nabrała ochoty, żeby się upić. Powlokła się do kuchni i przyniosła sobie tullamore dew i kilka piw do przepijania, a potem usiadła przy komputerze i zaczęła pić. Nie świętowała zwycięstwa, o nie. Nie rozpierało jej już poczucie triumfu. Czuła raczej... no właśnie... co takiego czuła? Możliwe, że się cieszyła, że zrobiła im na złość.

Opróżniała butelkę, za oknem zawodził wiatr, a członkowie Hacker Republic wiwatowali na jej cześć. Ale nic jej to wszystko nie obchodziło. Ledwo trzymała pion. Przesunęła ręką po biurku. Obojętnie patrzyła, jak butelki i popielniczki spadają na podłogę. Pomyślała o Mikaelu Blomkviście.

Na pewno przez alkohol. Mikael, jak to zwykle bywa z byłymi kochankami, pojawiał się w jej myślach, kiedy trochę wypiła. Prawie nie zdając sobie z tego sprawy, włamała się do jego komputera. Poziom trudności raczej nie przypominał tego z NSA. Z dawnych czasów został jej skrót, którym mogła się posłużyć. Zaczęła się jednak zastanawiać, czego w ogóle tam szuka.

Nie obchodzi jej, prawda? Jest już historią, idiotą, który kiedyś jej się podobał i w którym przez przypadek się zakochała. Nie miała zamiaru znów popełnić tego błędu. Właściwie powinna wyłączyć komputer i nie zaglądać do niego przez kilka tygodni. Mimo to została na jego serwerze. Po chwili jej twarz pojaśniała. Pieprzony Kalle Blomkvist miał plik, który nazwał Przegródka Lisbeth, i zapisał w nim pytanie:

Co powinniśmy myśleć o sztucznej inteligencji Fransa Baldera?

Przeczytała je i mimo wszystko lekko się uśmiechnęła. Do pewnego stopnia miało to związek z Fransem.

Był nerdem jak ona, zapatrzonym w kody źródłowe, procesy kwantowe i możliwości logiki. Jednak uśmiechnęła się głównie dlatego, że Mikael Blomkvist zapuścił się w te same rejony co ona. Długo się zastanawiała, czy nie wyłączyć komputera i po prostu się nie położyć, ale w końcu odpisała:

Inteligencja Baldera nie jest ani trochę sztuczna. A jak to teraz wygląda u ciebie?
No i co by było, Blomkvist, gdybyśmy stworzyli maszynę trochę mądrzejszą od nas?

Następnie poszła do jednej ze swoich sypialni i tak jak stała, w ubraniu, padła na łóżko.

Rozdział 7
20 listopada

W REDAKCJI STAŁO SIĘ COŚ JESZCZE. Coś niedobrego. Ale Erika nie chciała podać przez telefon żadnych szczegółów. Upierała się, że przyjdzie do niego do domu. Próbował jej to odradzić:

– Odmrozisz sobie swój piękny tyłeczek!

Erika nie posłuchała i gdyby nie ton jej głosu, cieszyłby się, że postawiła na swoim. Odkąd wyszedł z zebrania, bardzo chciał z nią porozmawiać, a może nawet zaciągnąć ją do sypialni i zedrzeć z niej ubranie. Coś jednak mówiło mu, że nie jest to odpowiedni moment – Erika wydawała się poruszona i wymamrotała „przepraszam", co tylko jeszcze bardziej go zaniepokoiło.

– Już wsiadam w taksówkę – powiedziała.

Długo nie przyjeżdżała. Z braku lepszego zajęcia poszedł do łazienki i spojrzał w lustro. Miewał lepsze dni. Jego włosy były potargane. Potrzebowały fryzjera. Oczy miał opuchnięte i podkrążone. To wszystko wina Elizabeth George. Zaklął pod nosem, wyszedł z łazienki i trochę posprzątał.

Przynajmniej na to Erika nie będzie mogła narzekać. Nieważne, jak długo się znali i jak blisko ze sobą byli, wciąż jeszcze się wstydził, że nie umie utrzymać porządku. Pochodził z klasy robotniczej i był kawalerem, a ona była żoną z wyższych sfer. Mieszkała w idealnym domu w Saltsjöbaden. Na pewno nie zaszkodzi, jeśli jego mieszkanie będzie wyglądało schludnie. Załadował zmywarkę, umył zlewozmywak i wybiegł ze śmieciami.

Zdążył nawet odkurzyć w dużym pokoju, podlać kwiaty stojące na parapecie i zrobić porządek na regale z książkami i w stojaku na gazety. W końcu ktoś zadzwonił i jednocześnie zapukał do drzwi. Ten, kto czekał za drzwiami, bardzo się niecierpliwił. Otworzył i osłupiał. Erika była sztywna z zimna.

Trzęsła się jak osika, nie tylko przez pogodę, ale i przez to, jak była ubrana. Nie miała nawet czapki. Rano tak starannie ułożyła włosy. Teraz nie było już po tym śladu, a na prawym policzku miała coś, co wyglądało na zadrapanie.

– Jak się czujesz, Ricky? – zapytał.

– Odmroziłam sobie swój piękny tyłeczek. Nie mogłam złapać taksówki.

– Co ci się stało w policzek?

– Poślizgnęłam się. Chyba trzy razy.

Spojrzał na jej czerwono-brązowe włoskie buty na wysokim obcasie.

– Widzę, że masz doskonałe śniegowce.

– Absolutnie doskonałe. Nie mówiąc już o tym, że rano postanowiłam nie wkładać getrów. Genialne!

– Wejdź, to cię rozgrzeję.

Padła mu w ramiona i zaczęła się trząść jeszcze bardziej. Mocno ją przytulił.

– Przepraszam – powtórzyła.

– Za co?

– Za wszystko. Za Sernera. Byłam idiotką.

– Nie przesadzaj, Ricky.

Odgarnął płatki śniegu z jej włosów i czoła i przyjrzał się ranie na jej policzku.

– Nie, nie, wszystko ci opowiem – odparła.

– Ale najpierw cię rozbiorę i wsadzę do wanny z gorącą wodą. Chcesz do tego kieliszek czerwonego wina?

Chciała. Długo siedziała w wannie. Z kieliszkiem, do którego dolewał dwa albo trzy razy. Siedział obok niej na desce sedesowej i słuchał. Chociaż mówiła przykre rzeczy, było to trochę jak pojednanie, jakby przebili się przez mur, który ostatnimi czasy między sobą zbudowali.

– Wiem, że od samego początku uważałeś mnie za idiotkę – powiedziała. – Nie protestuj, znam cię aż za dobrze. Ale musisz zrozumieć, że Christer, Malin i ja nie widzieliśmy innego wyjścia. Zatrudniliśmy Emila i Sofie i byliśmy z tego tacy dumni. Chyba się zgodzisz, że wśród reporterów nie było wtedy gorętszych nazwisk. To nam zapewniało nieprawdopodobny prestiż. Pokazaliśmy, że nie wypadliśmy z gry, i znowu zrobiło się wokół nas sporo pozytywnego szumu. W „Resumé" i „Dagens Media" ukazały się pochlebne artykuły. Było jak za dawnych czasów i szczerze mówiąc, wiele dla mnie znaczyło, że mogłam powiedzieć Sofie i Emilowi, że mogą się u nas czuć bezpiecznie. Powiedziałam, że nasza sytuacja finansowa jest stabilna. Mamy za sobą Harriet Vanger. Dostaniemy pieniądze na znakomite, wnikliwe reportaże. Pewnie się domyślasz, że ja również w to wierzyłam. A potem...

– Potem trochę się posypało.

– Otóż to. I nie chodziło tylko o załamanie rynku prasy i reklamy, ale również o zamieszanie w koncernie Vangera. Nie wiem, czy zdałeś sobie w pełni sprawę, jaki tam był bajzel. Czasem myślę, że był to prawie zamach stanu. Wszyscy ci cholerni skrajni konserwatyści i konserwatystki z tej rodziny, zacofani rasiści – sam znasz ich najlepiej – skrzyknęli się i wbili Harriet nóż w plecy. Nigdy nie zapomnę naszej rozmowy. Powiedziała, że ją załatwili. Kompletnie ją to rozbiło. Drażniły ich, rzecz jasna, zwłaszcza wszystkie próby odnowy i modernizacji koncernu, a także decyzja, żeby wybrać do zarządu Davida Goldmana – syna rabina Viktora Goldmana. My też się do tego przyczyniliśmy. Andrei właśnie napisał reportaż o sztokholmskich żebrakach, który zgodnie uznaliśmy za jego największe dokonanie. Cytowali go wszędzie, nawet za granicą. Jednak Vangerowie...

– Uznali to za lewicowe brednie – dokończył Mikael.

– Gorzej, za propagandę „dla leniwych gnoi, którym nie chce się nawet podjąć pracy".

– Tak powiedzieli?

– Mniej więcej coś w tym stylu. Myślę jednak, że ten reportaż nie miał znaczenia. Użyli go jako pretekstu, żeby jeszcze bardziej osłabić pozycję Harriet. Chcieli się odciąć od wszystkiego, co reprezentowali ona i Henrik.

– Idioci.

– Tak, ale niespecjalnie nam to pomogło. Pamiętam te czasy. Czułam się tak, jakby usunięto mi grunt spod nóg. Jasne, wiem, że powinnam bardziej cię w to włączyć. Ale pomyślałam, że wszyscy skorzystamy najwięcej, jeśli skoncentrujesz się na swoich artykułach.

– Ale nie dałem wam niczego wartościowego.

– Próbowałeś, Mikael, naprawdę próbowałeś. Zmierzam do tego, że właśnie wtedy, kiedy wydawało się, że to już koniec, zadzwonił Ove Levin.

– Ktoś go najwyraźniej poinformował, co się dzieje.

– Jasne. I chyba nie muszę mówić, że na początku byłam do tego nastawiona sceptycznie. Serner kojarzył mi się z tabloidową popeliną. Ale Ove namawiał mnie ze wszystkich sił i zaprosił do swojego wielkiego domu w Cannes.

– Co?

– Tak. Przepraszam, tego ci nie powiedziałam. Chyba było mi wstyd. Ale i tak musiałam jechać na festiwal, żeby napisać o tym irańskim reżyserze. Wiesz, o tym prześladowanym za nakręcenie dokumentu o dziewiętnastoletniej Sarze, która została ukamienowana. Pomyślałam, że nie zaszkodzi, jeśli Serner dołoży się do kosztów podróży. Tak czy inaczej, przegadaliśmy z Ovem całą noc i nadal nie byłam przekonana. Przechwalał się jak głupek i gadał jak akwizytor. Ale w końcu zaczęłam słuchać. Wiesz dlaczego?

– Bo był świetny w łóżku.

– Ha, nie. Chodziło o jego stosunek do ciebie.

– Nie chciał się przespać z tobą, tylko ze mną?

– Bezgranicznie cię podziwia.

– Gówno prawda.

– Mylisz się, Mikael. Kocha władzę, pieniądze i swój dom w Cannes. Ale coraz bardziej gryzie go to, że nie jest tak ceniony jak ty. Jeżeli mówimy o popularności, on jest biedakiem, a ty bogaczem. Od razu poczułam, że w głębi duszy chce być taki jak ty. Powinnam była się domyślić, że taka zazdrość może się stać niebezpieczna. W całej tej nagonce na ciebie chodziło przecież właśnie o to. Przez to, że jesteś taki bezkompromisowy, inni czują się jak miernoty. Samym swoim istnieniem przypominasz im, jak się sprzedali, i im bardziej jesteś chwalony, tym oni wydają się sobie marniejsi. W takiej sytuacji jest tylko jeden sposób: ciebie też wciągnąć w to bagno. Jeżeli dasz się wciągnąć, poczują się trochę lepiej. Przez takie głupie gadanie odzyskują trochę godności, a przynajmniej wmawiają sobie, że tak jest.

– Dzięki, Eriko, ale ta nagonka naprawdę mnie nie obchodzi.

– Tak, wiem. A w każdym razie mam taką nadzieję. Po prostu zdałam sobie sprawę, że Ove naprawdę chce do nas dołączyć i czuć się jednym z nas. Chciał, żeby trochę naszej chwały spłynęło na niego. Uznałam, że to nas zmobilizuje. Że jeżeli chce być taki *cool* jak ty, wie, że przepadnie, jeśli zrobi z „Millennium" zwyczajny, komercyjny produkt Sernera. Gdyby dał się poznać jako człowiek, który zniszczył jedną z najbardziej legendarnych gazet w Szwecji, straciłby resztki wiarygodności. Wierzyłam mu, kiedy mówił, że zarówno on, jak i koncern, który reprezentuje, potrzebują prestiżowej gazety, czy jak kto woli alibi, i że będzie nam tylko pomagał uprawiać takie dziennikarstwo, w jakie wierzymy. Powiedział, że chciałby się zaangażować w tworzenie gazety, ale uznałam to za przejaw zarozumialstwa. Pomyślałam, że będzie prężył muskuły, żeby potem móc powiedzieć swoim wiecznie opalonym koleżkom w kaszmirowych sweterkach, że jest naszym spin doktorem czy kimś takim. Nie sądziłam, że odważy się podnieść rękę na duszę gazety.

– A jednak właśnie to robi.

– Niestety.

– I gdzie teraz jest twoja zgrabna teoria psychologiczna?

– Nie doceniłam potęgi oportunizmu. Jak zauważyłeś, Ove i cały koncern zachowywali się nagannie, zanim zaczęła się nagonka na ciebie, ale potem...

– Potem to wykorzystał.

– Nie, nie. Ktoś inny to zrobił. Ktoś, kto chciał mu zaszkodzić. Dopiero po czasie zrozumiałam, że nie miał łatwego zadania, kiedy próbował przekonać pozostałych, żeby się wkupili w „Millennium". Sam wiesz, że nie wszyscy dziennikarze Sernera mają kompleks niższości. Większość z nich to prości biznesmeni, którzy pogardzają gadką o staniu na straży wartości i takich tam. Denerwował ich, jak mówili, fałszywy idealizm Ovego i w nagonce na ciebie widzieli szansę na zemstę.

– O kurczę.

– Żeby tylko. Na początku wyglądało to nawet nieźle. Mieli tylko kilka uwag. Mieliśmy się bardziej dopasować do rynku. Jak wiesz, uznałam, że to całkiem sensowne. Sama się zastanawiałam, jak moglibyśmy dotrzeć do młodszych czytelników. Porozmawialiśmy sobie na ten temat. Byłam zadowolona i dlatego za bardzo mnie nie zaniepokoiło jego dzisiejsze wystąpienie.

– Zauważyłem.

– Ale to było, zanim wybuchła ta afera.

– Jaka afera?

– Ta po twoim sabotażu. Podczas przemówienia Ovego.

– To nie był żaden sabotaż, po prostu wyszedłem.

Erika wypiła łyk wina i uśmiechnęła się smutno.

– Kiedy się nauczysz, że jesteś Mikaelem Blomkvistem?

– Wydawało mi się, że zaczynam to ogarniać.

– Chyba jednak nie. Gdyby tak było, wiedziałbyś, że kiedy Mikael Blomkvist wychodzi w trakcie przemówienia dotyczącego jego własnej gazety, to sprawa jest poważna, bez względu na to, czy wspomniany Mikael Blomkvist tego chce, czy nie.

– W takim razie przepraszam za ten sabotaż.

– Nie, nie mam do ciebie pretensji. Już nie. Teraz, jak widzisz, to ja przepraszam. To przeze mnie znaleźliśmy się w takiej sytuacji. Pewnie i tak byłoby zamieszanie, nawet gdybyś nie uciekł. Tylko czekali na pretekst, żeby się na nas rzucić.

– Co się stało?

– Kiedy wyszedłeś, z nas wszystkich uszło powietrze. A Ove poczuł się jeszcze gorzej i dał sobie spokój z przemówieniem. To nie ma sensu, powiedział. Po wszystkim zadzwonił do centrali i nie zdziwiłabym się, gdyby przedstawił wszystko w przesadnie czarnych barwach. Zazdrość, na którą tak liczyłam, zastąpiły najwyraźniej małostkowość i złość. Po godzinie wrócił i powiedział, że koncern jest gotów przeznaczyć na „Millennium" pokaźne środki i wykorzystać wszystkie swoje kanały do promowania nas.

– I, jak się domyślam, nie oznaczało to nic dobrego.

– Tak jest. Wiedziałam to, zanim cokolwiek powiedział. Widać to było na jego twarzy. Malowała się na niej mieszanka strachu i triumfu. W pierwszej chwili nie potrafił znaleźć słów. Głównie bredził. Mówił o tym, że koncern chce mieć większy wgląd w naszą działalność, że trzeba odmłodzić treść i położyć większy nacisk na celebrytów. A potem...

Zamknęła oczy, przeczesała palcami mokre włosy i dopiła wino.

– Co potem? – spytał.

– Powiedział, że chce cię trzymać z dala od redakcji.

– Słucham?

– Oczywiście ani on, ani koncern nie mogą tego powiedzieć wprost, a tym bardziej nie mogą ryzykować nagłówków w rodzaju „Serner zwalnia Blomkvista", więc sformułował to bardzo elegancko. Powiedział, że chce ci poluzować cugle, żebyś mógł się skupić na tym, co potrafisz najlepiej, czyli na pisaniu reportaży. Zaproponował, żebyśmy cię zainstalowali w Londynie i dali korzystną umowę freelancerską.

– W Londynie?

– Powiedział, że Szwecja jest za mała dla faceta twojego kalibru, ale myślę, że wiesz, o co tu tak naprawdę chodzi.

– Myślą, że nie będą mogli wprowadzić zmian, dopóki ja będę w redakcji?

– Coś w tym stylu. Ale nie sądzę, żeby się zdziwili, kiedy Christer, Malin i ja po prostu powiedzieliśmy nie. To nie wchodzi w grę. O tym, co zrobił Andrei, nawet nie wspomnę.

– Co zrobił?

– Aż mi wstyd o tym mówić. Wstał i powiedział, że to najbardziej haniebna rzecz, jaką słyszał w życiu. Powiedział, że jesteś jednym z naszych największych dóbr narodowych, dumą demokracji i dziennikarstwa, i że cały koncern Sernera powinien się spalić ze wstydu. Powiedział, że jesteś wielkim człowiekiem.

– W takim razie grubo przesadził.

– Ale to dobry chłopak.

– Zgadza się. Co na to ludzie Sernera?

– Ove oczywiście był na to przygotowany. Wy też możecie nas wykupić – powiedział. Problem polega tylko na tym...

– Że cena poszła w górę – dokończył Mikael.

– Tak jest. Stwierdził, że każda analiza fundamentalna ujawniłaby, że udziały Sernera powinny przynajmniej podwoić pierwotną wartość, jeśli wziąć pod uwagę wartość dodatkową i *goodwill*, które wnieśli.

– *Goodwill*? Czy oni powariowali?

– Najwyraźniej ani trochę, ale są sprytni i chcą się z nami podrażnić. Zastanawiam się, czy nie zamierzają upiec dwóch pieczeni przy jednym ogniu: zrobią interes, a przy okazji nas zrujnują i pozbędą się konkurenta.

– I co my, do cholery, zrobimy?

– To, w czym jesteśmy najlepsi: będziemy walczyć. Przeznaczę na to własne pieniądze. Wykupimy ich i będziemy walczyć o to, żeby móc robić najlepszą gazetę w północnej Europie.

– Jasne, Eriko, to świetnie, ale co potem? Jeśli chodzi o finanse, będziemy w tragicznej sytuacji. Nawet ty nie będziesz mogła nic na to poradzić.

– Wiem, ale nam się uda. Już sobie radziliśmy w ciężkich chwilach. Oboje możemy na jakiś czas zrezygnować z wynagrodzenia. I tak damy sobie radę, prawda?

– Wszystko ma swój kres.

– Nie mów tak! Nigdy tak nie mów!

– Nawet jeśli to prawda?

– Zwłaszcza wtedy.

– Okej.

– Nie masz nic na warsztacie? – spytała. – Nic, co mogłoby powalić na kolana medialną Szwecję?

Mikael ukrył twarz w dłoniach. Z jakiegoś powodu pomyślał o swojej córce, Pernilli, która oznajmiła, że będzie pisała naprawdę, dając do zrozumienia, że o nim nie można tego powiedzieć.

– Raczej nie – odparł.

Erika uderzyła dłonią o powierzchnię wody. Ochlapała mu skarpetki.

– Cholera, musisz coś mieć. Nie znam nikogo w tym kraju, komu by donoszono o tylu sprawach co tobie!

– Większość z tych rzeczy to szajs. Ale może... właśnie sprawdzałem jedną rzecz.

Erika usiadła.

– Co?

– Nie, nic – poprawił się. – To pobożne życzenia.

– W naszej sytuacji zostają nam tylko pobożne życzenia.

– Tak, ale to nic konkretnego, nie da się tego w żaden sposób udowodnić.

– A jednak jakaś cząstka ciebie w to wierzy, prawda?

– Możliwe, ale tylko dlatego, że jest w tym coś, co nie ma z tą historią nic wspólnego.

– Co?

– Że występuje w niej również moja dawna współpracownica.

– Ona przez duże O?

– Właśnie ona.

– To brzmi obiecująco, nie sądzisz? – odparła Erika i wstała, naga i piękna.

Rozdział 8
wieczór 20 listopada

FRANS PATRZYŁ NA AUGUSTA. Jego syn klęczał w sypialni na podłodze w szachownicę i przyglądał się martwej naturze – świecy na niebieskim talerzyku, dwóm zielonym jabłkom i pomarańczy – którą dla niego ustawił. Nic się jednak nie działo. August patrzył tylko pustym wzrokiem w okno. Frans zaczął się zastanawiać, czy podsuwanie mu tematu nie było głupie.

Przecież wystarczyło, żeby August na coś spojrzał, i obraz najwyraźniej utrwalał mu się w pamięci. Dlaczego więc akurat on miałby wybierać, co ma rysować? Prawdopodobnie August miał w głowie tysiąc własnych obrazów. Talerzyk z kilkoma owocami mógł być najmniej odpowiednim i najmniej mądrym z możliwych. Może interesowały go zupełnie inne rzeczy. Po raz kolejny zadał sobie pytanie: czy August, rysując te światła, chciał mu powiedzieć coś szczególnego? Jego rysunek nie był tylko grzecznym odzwierciedleniem. Przeciwnie – czerwone światło świeciło jak czujne złe oko. Może czuł, że mężczyzna z przejścia dla pieszych mu zagraża.

Frans spojrzał na syna po raz setny tego dnia. Cokolwiek by mówić, to wszystko było dla niego powodem do wstydu. Wcześniej uważał po prostu, że August jest dziwny i że nie da się go rozgryźć. Teraz ponownie zaczął się zastanawiać, czy on i chłopak nie byli tak naprawdę podobni. Za jego czasów lekarze nie byli specjalistami od diagnoz. Bez zastanowienia uznawali ludzi za dziwnych albo opóźnionych. On z całą pewnością był inny, zbyt poważny, jakby nie miał mimiki, i nikt w szkole nie uważał go za szczególnie fajnego. Z drugiej strony, jego też nie bawiło towarzystwo innych dzieci. Uciekał do swoich cyfr i równań i nie strzępił sobie języka bez potrzeby.

Dziś raczej nie uznano by go za autystyka, jak Augusta. Dostałby raczej etykietkę z napisem Asperger. Mogłoby mu to wyjść na dobre albo na złe. Teraz nie miało szczególnego znaczenia. Ważne było to, że razem z Hanną uważali, że wczesne zdiagnozowanie Augusta im pomoże. A jednak tak niewiele to dało. Dopiero teraz, kiedy August miał osiem lat, Frans zorientował się, że ma szczególne zdolności, prawdopodobnie zarówno matematyczne, jak i przestrzenne. Dlaczego Hanna i Lasse tego nie zauważyli?

Lasse mógł sobie być gnojem, ale Hanna była przecież wrażliwym, dobrym człowiekiem. Wiedział, że nigdy nie zapomni ich pierwszego spotkania. To był wieczór w IVA – Królewskiej Szwedzkiej Akademii Nauk Technicznych, w ratuszu. Dostał nagrodę, która go nie obchodziła. Był znudzony i nie mógł się doczekać, aż wróci do domu i do komputera. Nagle podeszła do niego piękna kobieta, którą skądś znał, chociaż jego wiedza na temat celebrytów była mocno ograniczona. Zaczęli rozmawiać.

Wciąż myślał o sobie jako o nerdzie ze szkoły Tappström, na którego dziewczyny spoglądały wyłącznie z pogardą. Nie mógł pojąć, co w nim widzi taka kobieta jak Hanna. Wtedy – jak się miało wkrótce okazać – była u szczytu kariery. A ona zaczęła go uwodzić i jeszcze tej samej nocy kochał się z nią tak jak jeszcze nigdy z żadną kobietą. Potem nastąpił może najszczęśliwszy okres w jego życiu, a mimo to... kody binarne wygrały z miłością.

Praca kosztowała go małżeństwo. A później było coraz gorzej. Jego miejsce zajął Lasse Westman. Hanna zaczęła przygasać, a wraz z nią August. Powinien być wściekły. Ale wiedział, że on też nie jest bez winy. Kupił sobie wolność i przestał się przejmować synem. Może rzeczywiście było tak, jak mówiono podczas procesu – wybrał marzenie o sztucznym życiu – nie własne dziecko. Był koncertowym idiotą.

Usiadł przy komputerze i zaczął szukać informacji na temat zdolności sawantów. Zamówił już kilka książek, między innymi obszerne opracowanie *Islands of Genius* profesora Darolda A. Trefferta. Jak zwykle chciał się dowiedzieć wszystkiego, czego tylko mógł. Żaden cholerny psycholog ani pedagog nie będzie go strofować i mówić, czego potrzebuje August. Będzie to wiedział o wiele lepiej niż którykolwiek z nich. Szukał dalej. Tym razem znalazł historię autystycznej Nadii.

Jej losy opisali Lorna Selfe w książce *Nadia: a case of extraordinary drawing ability in an autistic child* i Oliver Sacks w książce *Mężczyzna, który pomylił swoją żonę z kapeluszem*. Czytał jak zauroczony. To była poruszająca historia i pod wieloma względami podobny przypadek. Tak samo jak August, Nadia po urodzeniu wydawała się zupełnie zdrowa. Potem jej rodzice stopniowo orientowali się, że coś jest nie tak.

Nie mówiła. Nie patrzyła w oczy. Nie lubiła, kiedy jej dotykano, i nie reagowała na uśmiechy mamy i próby nawiązania kontaktu. Najczęściej milczała, była wycofana i kompulsywnie rwała kartki papieru – na bardzo cienkie paski. W wieku sześciu lat nadal nie mówiła.

Potrafiła za to rysować jak da Vinci. Już w wieku trzech lat niespodziewanie zaczęła rysować konie, ale w odróżnieniu od innych dzieci nie zaczynała od kształtu, od konturu, tylko od szczegółu: od kopyta, buta jeźdźca czy ogona. I co najdziwniejsze, rysowała szybko. Zestawiała wszystko w zawrotnym tempie – dodając coś to tu, to tam, i powstawała idealna całość – koń w galopie albo w stępie. Frans od czasu własnych nastoletnich prób wiedział, że nie ma nic trudniejszego do narysowania niż zwierzę w ruchu. Jakkolwiek by się starać, efekt będzie nienaturalny i sztywny. Trzeba mistrza, żeby uchwycić lekkość biegu. Nadia była mistrzynią już w wieku trzech lat.

Jej konie były jak idealne fotosy, narysowane lekką ręką – i z całą pewnością nie był to wynik długich ćwiczeń. Jej talent objawił się z siłą gejzeru i wprawił w osłupienie wszystkich wokół. Jak ona to robiła? Jak to możliwe, że kilkoma szybkimi ruchami ręki przeskakiwała stulecia rozwoju sztuki? Australijscy badacze Allan Snyder i John Mitchell przestudiowali jej rysunki i w 1999 roku przedstawili teorię, która stopniowo zdobywała powszechną akceptację. Stwierdzili, że wszyscy mamy wrodzone predyspozycje do bycia wirtuozami, ale u większości z nas są one zablokowane.

Jeśli na przykład widzimy piłkę, nie od razu rozumiemy, że jest trójwymiarowa. Mózg błyskawicznie interpretuje szereg szczegółów – cień, różnice w głębokości, rozmaite niuanse – i na ich podstawie wyciąga wnioski na temat formy. Nie jesteśmy tego świadomi, ale dopiero kiedy to wszystko przeanalizowaliśmy, jesteśmy w stanie zrozumieć, że w oddali widzimy piłkę, nie koło.

Mózg sam tworzy ostateczną formę, a kiedy już ją nada, nie widzimy szczegółów, które dostrzegaliśmy na początku. Las przesłania pojedyncze drzewa. Mitchell i Snyder odkryli ze zdziwieniem, że gdyby tylko udało nam się wydobyć z mózgu pierwotny obraz, widzielibyśmy świat zupełnie inaczej i być może moglibyśmy go lepiej odwzorowywać, tak jak Nadia, nawet bez ćwiczeń.

Innymi słowy Nadia miała dostęp do pierwotnego obrazu, do surowego materiału powstającego w mózgu. Widziała mrowie szczegółów i cieni, zanim zostały przetworzone, i dlatego zaczynała od pojedynczych elementów, od kopyta albo pyska, nie od całości, bo całość, taka, jak się ją powszechnie rozumie, jeszcze nie powstała. Frans widział luki w tej teorii i jak zwykle miał wiele krytycznych pytań, ale ta myśl do niego przemawiała.

W dużej mierze właśnie takiego pierwotnego oglądu rzeczywistości zawsze szukał podczas swoich badań. Szukał perspektywy, dzięki której nie brałby wszystkiego za pewnik i pod tym, co pozornie oczywiste, mógłby dostrzec drobne szczegóły.

Czuł, że go to wciąga coraz bardziej, i czytał z rosnącą fascynacją. I nagle się wzdrygnął. Zaklął głośno. Poczuł ukłucie niepokoju i spojrzał na syna. Ale to nie wyniki badań sprawiły, że przeszył go dreszcz. Stało się to wtedy, kiedy czytał o pierwszym roku Nadii w szkole.

Umieszczono ją w klasie dla dzieci autystycznych, a edukacja polegała przede wszystkim na nauce mówienia. Robiła postępy. Słowa przychodziły jedno po drugim. Ale cena była wysoka. Kiedy zaczęła mówić, jej talent zniknął. Lorna Selfe stwierdziła, że jeden język został najprawdopodobniej zastąpiony innym. Nadia nie była już geniuszem, lecz zwykłą poważnie upośledzoną autystyczną dziewczynką, która wprawdzie trochę mówiła, ale straciła to, co zachwycało cały świat. Czy było warto? Po to, żeby móc powiedzieć kilka słów?

Nie – prawie krzyknął Frans, również dlatego, że sam zawsze był gotów zapłacić każdą cenę, byle tylko być geniuszem w swojej dziedzinie. Uważał, że lepiej być człowiekiem, który nie potrafi sensownie porozmawiać przy obiedzie, niż kimś przeciętnym. Wszystko, byle nie zwyczajność! Przez całe życie właśnie to było dla niego punktem odniesienia, a jednak... był na tyle rozsądny, żeby rozumieć, że jego elitystyczne zasady w odniesieniu do jego syna niekoniecznie są dobrym drogowskazem. Może kilka fantastycznych rysunków to nic w porównaniu z umiejętnością poproszenia o szklankę mleka albo zamienienia kilku słów z przyjacielem czy ojcem?

A mimo to nie zgadzał się na taki wybór. Nie dałby rady, gdyby musiał wybierać i pozbawić Augusta najbardziej fantastycznej rzeczy, jaka mu się w życiu przydarzyła. Nie, nie... taki wybór nie może wchodzić w grę. Żaden rodzic nie powinien podejmować decyzji, czy jego dziecko ma być geniuszem, czy nie. Nikt nie może przecież z góry wiedzieć, co jest dla dziecka najlepsze.

Im dłużej o tym myślał, tym bardziej niedorzeczne mu się to wydawało. Uderzyła go myśl, że w to nie wierzy, a raczej nie chce wierzyć. Mimo wszystko Nadia była tylko jednym z wielu przypadków, nie można było na tej historii opierać teorii naukowej.

Poczuł, że musi wiedzieć więcej, i zaczął szperać w sieci. Nagle zadzwonił telefon. W ciągu ostatnich kilku godzin dzwonił często. Na wyświetlaczu pokazywał się zastrzeżony numer, ale także nazwisko Linusa, jego dawnego asystenta, który coraz bardziej działał mu na nerwy. Nie ufał mu, a przede wszystkim nie miał ochoty z nim rozmawiać. Chciał dalej czytać o Nadii.

Mimo wszystko odebrał – może po prostu dlatego, że był zdenerwowany. Dzwoniła Gabriella Grane, zachwycająca analityczka z Säpo. Mimo wszystko lekko się uśmiechnął. Najchętniej związałby się z Farah Sharif, ale Gabriella zajmowała mocne drugie miejsce. Miała piękne, iskrzące oczy i była bystra. Miał słabość do kobiet, które pojmują wszystko w lot.

– Gabriello, z radością bym z tobą porozmawiał, ale nie mam czasu. Robię coś ważnego.

– Na to na pewno znajdziesz czas – odparła nietypowym dla siebie ostrym tonem. – Jesteś w niebezpieczeństwie.

– Bzdury, Gabriello. Przecież ci mówiłem. Możliwe, że w sądzie będą próbowali mnie puścić z torbami, ale to wszystko.

– Frans, obawiam się, że mamy nowe informacje, i to z jak najbardziej wiarygodnego źródła. Wygląda na to, że zagrożenie jest realne.

– Co masz na myśli? – zapytał nieprzytomnie. Przyciskał telefon ramieniem do ucha, i w dalszym ciągu szukał informacji o utraconym talencie Nadii.

– Trudno mi to co prawda ocenić, ale jestem nimi zaniepokojona. Myślę, że należy je traktować poważnie.

– Więc tak je potraktuję. Obiecuję, że zachowam wyjątkową ostrożność. Jak zwykle zostanę w domu. Mówiłem już, że jestem trochę zajęty, a poza tym sądzę, że się mylisz. W Solifonie...

– Pewnie, mogę się mylić – przerwała. – To całkiem możliwe. Ale co, jeśli mam rację? Jeśli istnieje choć maleńkie ryzyko, że jest tak, jak mówię?

– Zgadza się, ale...

– Żadnych ale, Frans. Nie chcę słyszeć żadnych ale. To ty mnie posłuchaj. Myślę, że wyciągnąłeś słuszne wnioski – nikt w Solifonie nie chce ci zrobić krzywdy w sensie fizycznym. Mimo wszystko to cywilizowana firma. Ale wygląda na to, że jeden lub kilku członków koncernu ma kontakt z organizacją przestępczą, bardzo niebezpieczną, z odgałęzieniami w Rosji i Szwecji. To oni ci zagrażają.

Frans w końcu oderwał wzrok od ekranu. Przecież Zigmund Eckerwald z Solifonu współpracował z organizacją przestępczą. Wyłapał nawet kilka kryptonimów, najwyraźniej odnoszących się do przywódcy, ale nie rozumiał, dlaczego członkowie tej grupy mieliby na niego czyhać. A może rozumiał?

– Organizacja przestępcza? – wymamrotał.

– Tak jest – odparła Gabriella. – Czy to by nie było w pewnym sensie logiczne? Twoje myśli też biegły tym torem. Kiedy ktoś zacznie kraść cudze pomysły i zarabiać na nich pieniądze, to znaczy, że przekroczył pewną granicę i że może tylko upaść jeszcze niżej.

– Chyba raczej powiedziałem, że wystarczy mieć kilku adwokatów. Jeśli się ma ekipę szczwanych prawników, spokojnie można kraść, co się chce. Adwokaci zastąpili windykatorów mafii.

– Niech ci będzie, może i tak. Nie dostałam jeszcze odpowiedzi w sprawie przydzielenia ci ochrony, ale chciałabym cię przenieść gdzieś, gdzie nikt cię nie znajdzie. Zaraz po ciebie przyjadę.

– Co?

– Myślę, że musimy działać szybko.

– Nigdy w życiu – odparł. – Ja i...

Zawahał się.

– Jest tam ktoś z tobą? – zapytała Gabriella.

– Nie, nie, ale nie mogę teraz nigdzie jechać.

– Nie słyszysz, co do ciebie mówię?

– Słyszę bardzo dobrze. Ale, z całym szacunkiem, myślę, że to brzmi jak spekulacje.

– Spekulacje są nieodłącznym towarzyszem zagrożenia. Poza tym ten ktoś, kto to zgłosił... w zasadzie nie powinnam tego mówić... to agentka NSA, która się przygląda tej organizacji.

– NSA – prychnął Frans.

– Wiem, że nie bardzo ich lubisz.

– Delikatnie mówiąc.

– Okej, okej. Ale tym razem są po twojej stronie, przynajmniej ta agentka, która dzwoniła. To dobry człowiek. Prowadziła nasłuch i wyłapała coś, co może być planem morderstwa.

– I to ja miałbym być ofiarą?

– Wiele na to wskazuje.

– Może być, wskazuje... to wszystko brzmi bardzo niekonkretnie.

August sięgnął po kredki, absorbując całą jego uwagę.

– Zostaję – oznajmił.

– Chyba żartujesz.

– Nie. Chętnie się przeniosę, jeśli będziecie wiedzieli coś więcej. A teraz nie. Poza tym alarm zainstalowany przez Milton Security działa bez zarzutu. Wszędzie mam kamery i czujniki.

– Mówisz poważnie?

– Tak. Wiesz, że uparta ze mnie bestia.

– Masz jakąś broń?

– Co z tobą, Gabriello? Ja i broń? Najgroźniejszą jest chyba mój nowy nóż do sera.

– Słuchaj... – zaczęła i zawiesiła głos.

– Tak?

– Załatwię ci ochronę, czy tego chcesz, czy nie. Nie musisz się nią przejmować. Podejrzewam, że nawet jej nie zauważysz. Ale skoro jesteś tak cholernie uparty, mam dla ciebie inną radę.

– Jaką?

– Opublikuj to, co wiesz. To by było coś w rodzaju ubezpieczenia na życie. Opowiedz wszystko mediom. W najlepszym razie nie będzie im się opłacało cię usuwać.

– Pomyślę o tym.

Wyczuł, że Gabriella przestała go słuchać.

– Halo?

– Poczekaj chwilę – powiedziała. – Mam tu kogoś na linii. Muszę...

W słuchawce zapadła cisza. Frans, który w zasadzie powinien myśleć o czymś innym, zaczął się zastanawiać nad jednym: czy August straci talent, kiedy nauczy się mówić.

– Jesteś tam jeszcze? – spytała Gabriella po krótkiej chwili.

– Oczywiście.

– Niestety muszę kończyć. Ale przyrzekam, że dopilnuję, żebyś jak najszybciej dostał ochronę. Odezwę się. Uważaj na siebie!

Rozłączył się, westchnął i po raz kolejny pomyślał o Hannie, Auguście, podłodze w szachownicę, która odbijała się w drzwiach szaf, i o wszystkim innym, co w tej chwili nie było szczególnie ważne. W roztargnieniu wymamrotał tylko:

– Chcą mnie dorwać.

W głębi duszy zdawał sobie sprawę, że wcale nie jest to wykluczone, nawet jeśli nie potrafił uwierzyć, że mogą się posunąć aż do przemocy. Co tak naprawdę wiedział? Nic. Poza tym nie był w stanie się tym zajmować. Wrócił do szukania informacji o Nadii. Zastanawiał się, co to może oznaczać dla jego syna. Nie było to mądre. Zachowywał się jak gdyby nigdy nic. Mimo wiszącej nad nim groźby po prostu surfował po sieci. Po chwili trafił na nazwisko Charles Edelman – był profesorem neurologii i światowej klasy specjalistą od sawantyzmu. Zamiast swoim zwyczajem czytać dalej – bo zawsze wolał książki od ludzi – zadzwonił do centrali Instytutu Karolinska.

Po chwili doszedł do wniosku, że jest już późno. Edelmana pewnie nie było już w pracy, a jego prywatnego numeru w sieci nie podano. Zaraz potem zobaczył jednak, że profesor jest kierownikiem Ekliden – ośrodka dla szczególnie uzdolnionych dzieci z autyzmem. Zadzwonił tam. Po kilku sygnałach odebrała kobieta, która przedstawiła się jako siostra Lindros.

– Przepraszam, że przeszkadzam o tak późnej porze – powiedział. – Szukam profesora Edelmana. Jest może jeszcze u państwa?

– Tak, jest. Przez tę pogodę jeszcze nikt nie poszedł do domu. Powiedzieć, że kto dzwoni?

– Frans Balder – odparł i na wszelki wypadek dodał: – Profesor Frans Balder.

– Proszę zaczekać – odpowiedziała siostra Lindros. – Sprawdzę, czy ma wolną chwilę.

Frans spojrzał na Augusta, który po raz kolejny wziął do ręki kredkę. Zawahał się. Coś w tym widoku go niepokoiło, jakby to był zły znak. – Organizacja przestępcza – wymamrotał znowu.

– Charles Edelman – odezwał się głos w słuchawce. – Naprawdę rozmawiam z profesorem Balderem?

– We własnej osobie. Mam mały...

– Nawet pan nie wie, jaki to zaszczyt – ciągnął Edelman. – Właśnie wróciłem z konferencji ze Stanford. Rozmawialiśmy o pańskich badaniach dotyczących sieci neuronowych. Zadawaliśmy sobie nawet pytanie, czy my, neurolodzy, nie moglibyśmy się dowiedzieć czegoś o mózgu, podchodząc do tego od drugiej strony – badając sztuczną inteligencję. Zastanawialiśmy się...

– Pochlebia mi pan – przerwał mu Frans. – Ale teraz mam do pana małe pytanie.

– No tak! Potrzebuje pan czegoś do badań?

– Bynajmniej. Mój syn cierpi na autyzm. Ma osiem lat i nie zaczął jeszcze mówić, ale kilka dni temu mijaliśmy światła na Hornsgatan i jakiś czas później...

– Tak?

– Usiadł i narysował to wszystko w zawrotnym tempie. Rysunek jest idealny. Naprawdę zadziwiający!

– I chciałby pan, żebym przyjechał i popatrzył na to, co zrobił?

– Bardzo bym się ucieszył. Ale nie dlatego dzwonię. Rzecz w tym, że się martwię. Przeczytałem, że te rysunki mogą być sposobem porozumiewania się ze światem i że może stracić talent, jeśli nauczy się mówić. Że jeden sposób wypowiadania się zastąpi inny.

– Oczywiście czytał pan o Nadii.

– Skąd pan wie?

– Bo zawsze się pojawia w tym kontekście. Ale spokojnie, spokojnie. Mogę panu mówić po imieniu?

– Oczywiście.

– Bardzo dobrze. Niezmiernie się cieszę, że dzwonisz, Frans, i mogę od razu powiedzieć, że nie masz powodu do niepokoju, wręcz przeciwnie. Nadia jest po prostu wyjątkiem potwierdzającym regułę. Wszystkie badania pokazują, że rozwój zdolności językowych tylko pogłębia talent sawanta. Spójrz choćby na Stephena Wiltshire'a. Czytałeś o nim, prawda?

– To ten, który narysował właściwie cały Londyn.

– Tak jest. Rozwinął się pod każdym możliwym względem, zarówno artystycznie, jak i intelektualnie i językowo. Dziś uważa się go za wielkiego artystę. Więc możesz być spokojny. Jasne, sawanci czasem tracą swoje talenty, ale najczęściej zależy to od innych czynników. Nudzi im się to albo coś im się przytrafia. Pewnie czytałeś, że Nadia w tym samym czasie straciła matkę.

– Tak.

– Może to była prawdziwa przyczyna. Ani ja, ani nikt inny nie wie tego na pewno. W każdym razie nie stało się tak dlatego, że nauczyła się mówić. Właściwie nie ma drugiego takiego udokumentowanego przypadku. Nie rzucam słów na wiatr ani nie przedstawiam własnej hipotezy. Dziś panuje powszechna zgoda co do tego, że sawanci mogą tylko zyskać, rozwijając swoje zdolności intelektualne na każdym polu.

– Mówisz poważnie?

– Jak najbardziej.

– Dobrze sobie też radzi z cyframi.

– Naprawdę?

– Dlaczego się zdziwiłeś?

– Bo u sawantów zdolności plastyczne rzadko idą w parze z talentem matematycznym. Te dwie umiejętności w żaden sposób się ze sobą nie łączą, czasem nawet się nawzajem blokują.

– Ale właśnie tak jest. W jego rysunkach jest jakaś geometryczna dokładność, jakby obliczył proporcje.

– To niezwykle interesujące. Kiedy mógłbym się z nim spotkać?

– Nie wiem. Najpierw chciałem cię poprosić o radę.

– W takim razie moja rada brzmi: inwestuj w niego. Stymuluj go. Pozwalaj mu rozwijać zdolności na wszelkie możliwe sposoby.

– Ja...

Frans poczuł dziwny ucisk w piersi i nagle trudno mu było wydobyć głos.

– Chciałbym ci podziękować – dokończył. – Naprawdę podziękować. Teraz muszę...

– To dla mnie zaszczyt, że zadzwoniłeś. Wspaniale byłoby się spotkać. Z tobą i z twoim synem. Pochwalę się, że opracowałem zaawansowany test dla sawantów. Razem moglibyśmy trochę lepiej poznać chłopca.

– Tak jest, na pewno byłoby dobrze. Ale teraz muszę... – mamrotał Frans. Nie bardzo wiedział, co właściwie chce powiedzieć. – Dzięki, do widzenia.

– Rozumiem, oczywiście. Mam nadzieję, że wkrótce znów się usłyszymy.

Frans się rozłączył i przez chwilę stał bez ruchu z rękami skrzyżowanymi na piersi i patrzył na Augusta, który nadal niepewnie trzymał żółtą kredkę i spoglądał na płomień świecy. Ramiona zaczęły mu się trząść. Wybuchnął płaczem. Wiele można było o profesorze Balderze powiedzieć, ale nie że płacze bez potrzeby.

Nie pamiętał, kiedy zdarzyło mu się to po raz ostatni. Nie płakał, kiedy umarła jego matka, i na pewno nie płakał, kiedy oglądał albo czytał coś wzruszającego – uważał, że jest twardy jak skała. A teraz, widząc syna i rozłożone przed nim rzędy kredek i ołówków, płakał jak dziecko. Nie powstrzymywał łez cisnących mu się do oczu.

August mógł się nauczyć mówić, a jednocześnie dalej rysować. To było niesamowite. Choć oczywiście płakał nie tylko dlatego. Również przez historię z Solifonem, przez czyhające na niego śmiertelne niebezpieczeństwo, przez tajemnice, które znał, i z tęsknoty za Hanną, Farah albo kimkolwiek innym, kto mógłby wypełnić pustkę w jego piersi.

– Mój mały chłopczyku! – powiedział. Ze wzruszenia nie zauważył, że jego laptop się włączył i zaczął pokazywać obrazy z kamer monitoringu.

Przez ogród, pośród szalejącej burzy, szedł wysoki, chudy mężczyzna w skórzanej kurtce na podpince i w szarej czapce z daszkiem, naciągniętej tak, że zasłaniała mu całą twarz. Kimkolwiek był, wiedział, że widzą go kamery. Chociaż był szczupły, jego kołyszący, trochę teatralny krok przywodził na myśl idącego na ring boksera wagi ciężkiej.

GABRIELLA GRANE siedziała w swoim gabinecie i przeszukiwała sieć i rejestr Säpo. Niewiele osiągnęła, bo nie bardzo wiedziała, czego właściwie szuka. Coś jednak nie dawało jej spokoju, coś niejasnego i niewyraźnego.

Musiała przerwać rozmowę z Balderem. Znów zadzwoniła do niej Helena Kraft, szefowa Säpo, w tej samej sprawie co poprzednio. Chciała z nią rozmawiać Alona Casales z NSA. Tym razem mówiła znacznie spokojniej, choć nadal trochę zalotnie.

– Udało wam się rozwiązać problem z komputerami? – spytała Gabriella.

– Ha... było z tym trochę cyrków, ale to chyba nic groźnego – odparła Alona. – Przepraszam, jeśli poprzednio byłam trochę tajemnicza. Pewnie do pewnego stopnia będę musiała taka pozostać. Ale chcę ci powiedzieć więcej i jeszcze raz podkreślić, że profesorowi Balderowi naprawdę grozi niebezpieczeństwo, i to poważne, nawet jeśli nie wiemy niczego na pewno. Zdążyliście się tym zająć?

– Rozmawiałam z nim. Nie chce opuścić domu. Mówi, że jest zajęty. Załatwię mu ochronę.

– Doskonale. Jak się zapewne domyślasz, sprawdziłam cię trochę dokładniej. Jestem pod dużym wrażeniem, panno Grane. Czy ktoś taki jak ty nie powinien pracować w Goldman Sachs i zarabiać milionów?

– To nie w moim stylu.

– W moim też nie. Przyjęcia pieniędzy bym nie odmówiła, ale bycie kiepsko opłacaną szperaczką pasuje do mnie bardziej. Przejdę do sedna, skarbie. U nas uważa się, że to drobiazg, co według mnie jest błędem. Nie tylko dlatego, że jestem przekonana, że ta grupa zagraża interesom ekonomicznym naszego kraju. Wydaje mi się też, że w grę wchodzą powiązania polityczne. Jeden z rosyjskich inżynierów programistów, o których wspominałam, niejaki Anatolij Chabarow, ma również powiązania z osławionym przewodniczącym rosyjskiej Dumy Iwanem Gribanowem, ważnym udziałowcem Gazpromu.

– Rozumiem.

– Ale na razie to w większości luźne wątki. Długo usiłowałam się dowiedzieć, kim jest przywódca.

– Znany jako Thanos.

– Albo znana.

– Znana?

– Tak, chociaż pewnie się mylę. Takie organizacje przestępcze zwykle wykorzystują kobiety. Raczej im nie dają kierowniczych stanowisk. Poza tym ci, którzy mówili o Thanosie, przeważnie używali rodzaju męskiego.

– Więc dlaczego przyszło ci do głowy, że to może być kobieta?

– Powiedziałabym, że to przez coś w rodzaju głębokiego szacunku, z którym się mówi o tym kimś. Od zarania dziejów mężczyźni wyrażali się tak o kobietach, które podziwiali i których pożądali.

– Więc to jakaś piękność.

– Na to wygląda, choć możliwe, że wywęszyłam tam tylko odrobinę homoerotyzmu. Nikt by się nie ucieszył bardziej ode mnie, gdyby wyszło na jaw, że rosyjscy gangsterzy i decydenci mają takie skłonności.

– Ha, zgadza się!

– Ale w zasadzie wspominam o tym tylko po to, żebyś miała otwarty umysł, kiedy ten galimatias w końcu wyląduje na twoim biurku. Jest w to zamieszanych kilku adwokatów. Jak zwykle, prawda? Dzięki hakerom można kraść, a dzięki adwokatom robić to zgodnie z prawem. Co takiego mówił Balder?

– Jesteśmy równi wobec prawa, wtedy kiedy płacimy po równo.

– Otóż to. W dzisiejszych czasach ci, których stać na dobrą obronę, mogą zagrabić, co tylko chcą. Na pewno znasz przeciwnika Baldera – waszyngtońską kancelarię Dackstone & Partner.

– O, tak.

– W takim razie wiesz, że zatrudniają również duże firmy technologiczne, które chcą dokopać w sądzie wynalazcom i innowatorom liczącym na wynagrodzenie za to, co stworzyli.

– Tak jest. Dowiedziałam się o tym, już kiedy zajmowaliśmy się procesami wynalazcy Håkana Lana.

– To też mrozi krew w żyłach, nie sądzisz? Ale najbardziej interesujące jest w tym wszystkim to, że nazwa Dackstone & Partner pada podczas jednej z niewielu rozmów członków tej grupy przestępczej, które nam się udało podsłuchać i odczytać. Mówią tam o nich D.P. albo po prostu D.

– Więc Solifon i te dranie mają wspólnych prawników.

– Na to wygląda, ale to jeszcze nie wszystko. Dackstone & Partner zamierza otworzyć filię w Sztokholmie. Wiesz, jak się tego dowiedzieliśmy?

– Nie – odparła Gabriella. Denerwowała się coraz bardziej. Chciała się jak najszybciej pożegnać i zająć się załatwianiem policyjnej ochrony dla Baldera.

– Dzięki temu, że podsłuchiwaliśmy tę grupę. Chabarow wspomniał o tym mimochodem, co oznacza, że są w ścisłym kontakcie z kancelarią. Wiedzieli o filii, jeszcze zanim ta informacja została podana do wiadomości publicznej.

– Naprawdę?

– Tak. A w Sztokholmie Dackstone & Partner mają połączyć siły ze szwedzkim adwokatem Kennym Brodinem, który wcześniej zajmował się sprawami karnymi i jest znany z utrzymywania zbyt bliskich związków z klientami.

– Wystarczy wspomnieć o klasycznym zdjęciu, które zawędrowało do kolorowej prasy. O tym, na którym Brodin baluje z gangsterami i migdali się z jakąś call girl – powiedziała Gabriella.

– Widziałam i myślę, że warto zacząć od pana Brodina, jeśli wy też chcecie się temu przyjrzeć. Kto wie, może okaże się ogniwem łączącym świat wielkich finansów i tę grupę.

– Zerknę na to – odparła Gabriella. – Ale teraz mam na głowie jeszcze kilka innych spraw. Z pewnością jeszcze się usłyszymy.

A potem zadzwoniła do Wydziału Ochrony. Dyżur miał sam Stig Yttergren, co nie ułatwiało sprawy. Miał sześćdziesiąt lat, był korpulentny, często zaglądał do kieliszka i najbardziej lubił grać w karty i układać pasjanse w internecie. Czasami nazywano go panem Wszystko Jest Niemożliwe. Wyjaśniła mu więc wszystko najbardziej służbowym tonem, na jaki było ją stać, i zażądała, żeby profesor Frans Balder z Saltsjöbaden jak najszybciej dostał ochronę. Stig Yttergren jak zwykle odpowiedział, że to będzie bardzo trudne i prawdopodobnie się nie uda, a kiedy powiedziała, że to rozkaz samej szefowej Säpo, wymamrotał coś, co w najgorszym wypadku mogło znaczyć: A to wywłoka.

– Nie słyszałam tego – odparła Gabriella. – Tylko dopilnuj, żeby poszło szybko.

Oczywiście nie poszło. Czekała i bębniła nerwowo palcami w blat biurka. Szukała informacji o Dackstone & Partner i o wszystkim, o czym mówiła Alona. I wtedy właśnie poczuła, że ma do czynienia z czymś niepokojąco znajomym.

Nic jednak nie chciało się wyklarować i zanim zdążyła cokolwiek ustalić, oddzwonił Stig Yttergren. Oczywiście okazało się, że nikt z Wydziału Ochrony nie jest akurat dostępny. Trwał jakiś spektakl, w którym uczestniczyło wyjątkowo wielu członków rodziny królewskiej i następca tronu Norwegii z małżonką. Zanim którykolwiek z ochroniarzy zdążył zareagować, ktoś postawił na głowie przewodniczącego Szwedzkich Demokratów rożek z lodami. Podczas jego późniejszej przemowy w Södertälje trzeba było wzmocnić ochronę.

Yttergren zlecił więc to zadanie dwóm wspaniałym chłopakom z policji porządkowej – Peterowi Blomowi i Danowi Flinckowi. Gabriella musiała się tym zadowolić, choć nazwiska Blom i Flinck kojarzyły jej się z Klingiem i Klangiem z książek o Pippi Langstrumpf. Nabrała złych przeczuć. Później miała o to do siebie pretensje.

To było takie typowe dla snobistycznego środowiska, z którego się wywodziła – oceniać ludzi po nazwisku. Bardziej powinna się martwić, gdyby wyglądały na szlacheckie – mogliby się okazać zblazowani i zepsuci. Wszystko będzie dobrze, pomyślała i postanowiła pozbyć się uprzedzeń. A potem wróciła do pracy. Wiedziała, że to będzie długa noc.

Rozdział 9
noc z 20 na 21 listopada

LISBETH OBUDZIŁA SIĘ w wielkim podwójnym łóżku, leżąc w poprzek. Przypomniała sobie, że śnił jej się ojciec. Poczucie zagrożenia otulało ją jak płaszcz. I nagle przypomniała sobie poprzedni wieczór i doszła do wniosku, że równie dobrze może to być reakcja chemiczna zachodząca w jej organizmie. Miała ostrego kaca. Wstała i chwiejąc się na nogach, ruszyła do wielkiej łazienki z jacuzzi, marmurem i całym tym kretyńskim luksusem. Chciało jej się wymiotować. Ale opadła tylko na podłogę i ciężko oddychała.

Potem wstała, spojrzała w lustro i zobaczyła swoje przekrwione oczy. Nie był to widok krzepiący. Z drugiej strony dopiero minęła północ. Pomyślała, że pewnie spała nie dłużej niż kilka godzin. Wyjęła z szafki szklankę i napełniła ją wodą. W tej samej chwili wróciło wspomnienie snu. Ścisnęła szklankę tak mocno, że szkło pękło i zraniła się w rękę. Krew kapała na podłogę. Zaklęła i doszła do wniosku, że raczej już nie zaśnie.

Zaczęła się zastanawiać, czy powinna próbować złamać szyfr pliku, który ściągnęła poprzedniego dnia. Nie, to nie miało sensu, przynajmniej teraz. Owinęła rękę ręcznikiem, podeszła do półki i wzięła do ręki nową książkę fizyczki z Princeton Julie Tammet. O tym, jak gwiazdy o dużej masie zapadają się i tworzą czarne dziury. A potem położyła się na czerwonej kanapie stojącej pod oknem z widokiem na Slussen i Riddarfjärden.

Zaczęła czytać i poczuła się trochę lepiej, choć krew spływała na kartki, a głowa nie przestawała boleć. Mimo wszystko pogrążała się w lekturze coraz bardziej i od czasu do czasu notowała coś na marginesie. Właściwie nie było to dla niej nic nowego. Wiedziała lepiej niż większość ludzi, że gwiazdy utrzymują się przy życiu dzięki dwóm przeciwstawnym siłom – eksplozjom termojądrowym, do których dochodzi w ich wnętrzach i które dążą do ich rozdęcia, oraz grawitacji, która je ściska. Dla niej było to jak próba pogodzenia sprzecznych interesów, przeciąganie liny, w którym szanse długo są równe, ale gdy zaczyna brakować paliwa termojądrowego i eksplozje nie są już tak silne, jedna strona nieuchronnie zwycięża.

Kiedy siła ciążenia zaczyna przeważać, gwiazda kurczy się jak balon, z którego uchodzi powietrze, i robi się coraz mniejsza. W ten sposób gwiazda może całkiem zniknąć. Karl Schwarzchild już w czasie pierwszej wojny światowej nieprawdopodobnie eleganckim wzorem:

$$r_{sch} = 2GM/c^2$$

w którym G to stała grawitacji, opisał stadium, w którym gwiazda jest skompresowana tak bardzo, że nawet światło nie może jej opuścić. Wtedy już nie ma odwrotu. Jest skazana na zapadnięcie się. Każdy atom jest wciągany do środka, do pojedynczego punktu, w którym kończą się czas i przestrzeń i możliwe, że dzieją się jeszcze dziwniejsze rzeczy. Odrobina irracjonalności w uregulowanym wszechświecie.

Tę osobliwość, która jest raczej punktem niż zdarzeniem, ostatnim przystankiem dla wszystkich znanych praw fizyki, ogranicza horyzont zdarzeń. Razem tworzą tak zwaną czarną dziurę. Lisbeth lubiła czarne dziury. Czuła, że coś ją z nimi łączy.

Mimo to tak samo jak Julie Tammet nie była zainteresowana dziurami jako takimi. Interesowały ją procesy, które je tworzą, a przede wszystkim to, że gwiazdy zaczynają się zapadać w szerokiej, rozciągniętej części wszechświata, którą zwykliśmy tłumaczyć teorią względności Einsteina, a kończą w znikającym małym świecie, podlegającym prawom mechaniki kwantowej.

Była przekonana, że gdyby tylko potrafiła opisać ten proces, mogłaby pogodzić dwa nieprzystające do siebie języki – fizykę kwantową i teorię względności. Niewątpliwie jednak przekraczało to jej możliwości, podobnie jak ów przeklęty szyfr. Znów zaczęła myśleć o ojcu.

Kiedy była dzieckiem, ten obrzydliwiec wielokrotnie gwałcił jej mamę. Przestał dopiero, kiedy matka doznała nieodwracalnych obrażeń, a ona – miała wtedy dwanaście lat – odpłaciła mu się za wszystko. Wtedy nie miała pojęcia, że ojciec jest byłym superszpiegiem radzieckiego wywiadu wojskowego GRU, a tym bardziej że specjalny wydział policji bezpieczeństwa, tak zwana Sekcja, miał za zadanie chronić go za wszelką cenę. Ale już wtedy zorientowała się, że wokół ojca unosi się atmosfera tajemnicy, mrok, do którego nikomu nie wolno się zbliżać ani nawet okazywać, że się wie, że istnieje. Dotyczyło to nawet czegoś tak zwykłego jak nazwisko.

Wszystkie listy i pisma adresowano do Karla Axela Bodina i wszyscy mieli zwracać się do niego Karl. Ale oni, rodzina, wiedzieli, że tak naprawdę nazywa się Zala, a dokładnie Aleksander Zalachenko. Był człowiekiem, który niewielkim wysiłkiem potrafił wywołać śmiertelne przerażenie. Przede wszystkim zaś nosił płaszcz, który go czynił niezniszczalnym, a przynajmniej tak się wtedy Lisbeth wydawało.

Jeszcze nie znała jego tajemnicy, a już wiedziała, że ojciec może zrobić, co tylko zechce, i że ujdzie mu to płazem. Między innymi dlatego otaczała go ta okropna aura ważności. Był człowiekiem, do którego nie można się było dobrać zwyczajną drogą i który miał tego pełną świadomość. Na innych ojców można było donieść opiece społecznej albo policji. Siły stojące za nim były jednak ponad tym. We śnie przypomniała sobie dzień, kiedy znalazła mamę na podłodze. Leżała i nie dawała znaku życia. Wtedy postanowiła, że samodzielnie unieszkodliwi ojca.

To była jedna z jej dwóch prawdziwych czarnych dziur.

ALARM WŁĄCZYŁ SIĘ o pierwszej osiemnaście. Wyrwał Fransa Baldera ze snu. Czyżby ktoś wszedł do domu? Frans poczuł niewytłumaczalny strach i wyciągnął rękę. August leżał obok. Zapewne jak zwykle wślizgnął się do jego łóżka, a teraz kwilił niespokojnie, jak gdyby wycie alarmu wplotło się w jego sny. Mój mały chłopiec, pomyślał Frans. Po chwili zesztywniał. Czy to były kroki?

Nie, to z pewnością tylko złudzenie. Nie było słychać nic poza alarmem. Zaniepokojony wyjrzał przez okno. Wyglądało na to, że wieje mocniej niż kiedykolwiek. Fale smagały pomost i skraj plaży. Okna trzęsły się i wyginały pod naporem wiatru. Czy to podmuchy wiatru uruchomiły alarm? Tak po prostu?

Oczywiście i tak musiał wyjrzeć i sprawdzić, co się stało, a potem może nawet zadzwonić po pomoc i ustalić, czy ochrona, którą mu załatwiła Gabriella Grane, jest już na miejscu. Dwóch ludzi z policji porządkowej jechało do niego już od kilku godzin. Pomyślał, że to jakaś parodia. Cały czas powstrzymywały ich pogoda i wciąż nowe, sprzeczne polecenia: przyjedźcie i zajmijcie się tym i tamtym. Ciągle im coś wypadało. Zgadzał się z Gabriellą: rażąca niekompetencja.

Uznał jednak, że zajmie się tym później. Teraz musiał zadzwonić. Problem polegał na tym, że August właśnie się budził, więc musiał działać szybko. Histeryzujący August rzucający się na wezgłowie łóżka to było ostatnie, czego w tamtej chwili potrzebował. Nagle przypomniał sobie o zatyczkach do uszu, starych zielonych zatyczkach, które kupił na lotnisku we Frankfurcie.

Wziął je z nocnego stolika i ostrożnie włożył synowi do uszu. Potem otulił go kołdrą, pocałował w policzek i pogładził po bujnych kręconych włosach. Upewnił się, że kołnierzyk od piżamy leży jak trzeba, a głowa wygodnie spoczywa na poduszce. Pomyślał, że to niepojęte. Bał się i wiedział, że powinien się spieszyć. A mimo to ruszał się jak w zwolnionym tempie i doglądał syna. Może to była odrobina czułości w trudnej chwili. A może chciał odwlec spotkanie z tym, co go czekało za drzwiami. Przez chwilę szczerze żałował, że nie ma broni. Choć i tak by nie wiedział, jak się nią posłużyć.

Był cholernym programistą, w którym na stare lata obudziło się trochę ojcowskich uczuć. To wszystko. Nie powinien dać się wplątać w ten bałagan. Niech diabli wezmą Solifon, NSA i wszystkie organizacje przestępcze! Ale musiał zacisnąć zęby. Ostrożnie, niepewnym krokiem wyszedł na korytarz i zanim zrobił cokolwiek innego, nawet zanim spojrzał w stronę wyjścia, wyłączył alarm. Hałas rozstroił mu cały system nerwowy. Kiedy w końcu zapadła cisza, stanął bez ruchu w przedpokoju, niezdolny do jakiegokolwiek działania. Nagle rozległ się dzwonek telefonu. Podskoczył ze strachu, ale był zadowolony, że będzie się mógł zająć czymś innym.

– Tak? – powiedział do słuchawki.

– Mówi Jonas Anderberg, dyżurny z Milton Security. Czy wszystko w porządku?

– Co... tak. Chyba tak. Alarm się włączył.

– Wiem. Zgodnie z naszymi instrukcjami w takim przypadku powinien pan wejść do specjalnego pomieszczenia i zamknąć drzwi. Jest pan tam?

– Tak – skłamał.

– Dobrze, bardzo dobrze. Wie pan, co się stało?

– Nie mam pojęcia. Obudził mnie alarm. Nie wiem, co go uruchomiło. Nie mogła to być wichura?

– Raczej nie... Chwileczkę!

W głosie Jonasa Anderberga usłyszał rozkojarzenie.

– Co się dzieje? – spytał nerwowo.

– Wygląda na to...

– Wykrztuś pan to, do cholery. Cały się trzęsę.

– Przepraszam. Spokojnie, spokojnie... oglądam nagrania z naszych kamer i niestety wygląda na to, że...

– Że co?

– Że ktoś pana odwiedził. Mężczyzna. Tak, sam pan później zobaczy. Chudy mężczyzna w ciemnych okularach i czapce chodził po pańskim ogrodzie. O ile się orientuję, zrobił dwie rundki, choć, tak jak mówię... dopiero to odkryłem. Muszę się temu przyjrzeć bliżej, żeby móc powiedzieć coś więcej.

– Co to za typ?

– Trudno stwierdzić.

Na chwilę zapadła cisza. Jonas Anderberg najwyraźniej oglądał nagrania.

– Chociaż może... nie wiem... nie, nie powinienem spekulować na tak wczesnym etapie.

– Ależ bardzo proszę. Potrzebuję jakiegoś konkretu. To mi pomoże.

– Rozumiem. W takim razie powiem, że przynajmniej jedna rzecz jest w tym dobra.

– Co?

– Jego chód. Facet chodzi jak ćpun. Jak ktoś, kto wciągnął mnóstwo amfy. W jego ruchach jest coś przesadnie napuszonego, jakaś sztywność. Mogłoby to świadczyć o tym, że to zwykły narkoman i drobny złodziejaszek. Z drugiej strony...

– Tak?

– To wygląda niepokojąco. Ukrywa twarz i...

Jonas umilkł.

– Proszę mówić dalej!

– Chwileczkę.

– Powiem szczerze, że działa mi pan na nerwy.

– Nie robię tego specjalnie. Ale...

Balder zadrżał. Od strony podjazdu do garażu dobiegał warkot silnika.

– Ma pan gości.

– Co mam robić?

– Zostać tam, gdzie pan jest.

– Okej – odparł Frans. Stał bez ruchu, w zupełnie innym miejscu, niż sądził Jonas Anderberg.

KIEDY O PIERWSZEJ pięćdziesiąt osiem zadzwonił telefon, Mikael Blomkvist nadal nie spał. Ponieważ jednak telefon spoczywał w kieszeni jego dżinsów, które leżały na podłodze, i tak nie zdążył odebrać. Poza tym numer był zastrzeżony. Mikael zaklął, wsunął się z powrotem do łóżka i zamknął oczy.

Tej nocy musiał się przespać. Erika zasnęła tuż po północy, a on przewracał się z boku na bok i myślał o swoim życiu, w którym tak niewiele rzeczy było udanych. Nawet związek z Eriką. Kochał ją od kilkudziesięciu lat i wszystko wskazywało na to, że ona odwzajemnia to uczucie.

Ale teraz to już nie było takie proste. Mikael pomyślał, że może zaczął odczuwać sympatię wobec Gregera. Greger Beckman był malarzem i mężem Eriki. Nikt nie mógłby powiedzieć, że jest zazdrosny albo małostkowy. Wręcz przeciwnie. Kiedy zaczął podejrzewać, że Erika nigdy sobie nie odpuści Mikaela ani nie będzie umiała się powstrzymać przed zdzieraniem z niego ubrań, nie zaczął szaleć ani miotać gróźb, że będą musieli się przeprowadzić do Chin. Zaproponował jej układ:

– Możesz z nim być, bylebyś tylko do mnie wracała.

Na tym stanęło. Tworzyli *ménage à trois*, niekonwencjonalną konstelację. Erika najczęściej spała z Gregerem w domu w Saltsjöbaden, a czasem u Mikaela przy Bellmansgatan. Z biegiem lat Mikael doszedł do wniosku, że to fantastyczne rozwiązanie dobrze zrobiłoby wielu ludziom, żyjącym pod dyktaturą związku. Za każdym razem, kiedy Erika mówiła: bardziej kocham mojego męża, kiedy mogę być także z tobą, albo kiedy Greger na jakimś cocktail party objął go po bratersku, Mikael dziękował za to losowi.

Ale ostatnio zaczęły go dopadać wątpliwości. Może dlatego, że miał więcej czasu na zastanawianie się nad własnym życiem. Przyszło mu do głowy, że nie wszystko, co się określa mianem porozumienia, rzeczywiście nim jest. Zdarza się, że jedna ze stron forsuje coś, nazywa wspólną decyzją, a po czasie okazuje się, że druga strona cierpiała, choć zapewniała, że wcale tak nie jest. Greger raczej się nie ucieszył, kiedy Erika zadzwoniła do niego wieczorem. Kto wie, może on też nie mógł zasnąć.

Mikael ze wszystkich sił starał się myśleć o czymś innym. Na chwilę nawet odpłynął w świat marzeń. Ale to niewiele pomogło. W końcu wstał. Postanowił zrobić coś konkretnego, na przykład poczytać o szpiegostwie przemysłowym albo, co wydawało się jeszcze lepsze, naszkicować alternatywny plan finansowy dla „Millennium". Ubrał się, usiadł przy komputerze i zaczął sprawdzać pocztę.

Jak zwykle – w większości były to śmieci, ale kilka maili sprawiło, że nabrał sił. Christer, Malin, Andrei Zander i Harriet Vanger wznosili okrzyki bojowe i zagrzewali go do zbliżającej się walki z koncernem Sernera. Odpowiedział, wyolbrzymiając swój entuzjazm. Następnie, niczego się nie spodziewając, sprawdził plik Lisbeth. Nagle się rozjaśnił. Odpowiedziała. Po raz pierwszy od niepamiętnych czasów dała znak życia.

Inteligencja Baldera nie jest ani trochę sztuczna. A jak to teraz wygląda u ciebie?
No i co by się stało, Blomkvist, gdybyśmy stworzyli maszynę trochę mądrzejszą od nas?

Uśmiechnął się i przypomniał sobie ich ostatnie spotkanie w Kaffebar przy S:t Paulsgatan. I dlatego dopiero po chwili zdał sobie sprawę, że zadała mu dwa pytania. Pierwsze było drobną przyjacielską złośliwostką, w której niestety kryło się ziarno prawdy. Teksty, które ostatnio pisał do gazety, nie były inteligentne i brakowało im prawdziwej wartości informacyjnej. Jak wielu dziennikarzy używał sprawdzonych chwytów i sformułowań. Nie mógł już cofnąć czasu, więc postanowił się zastanowić nad drugim pytaniem Lisbeth – jej małą zagadką. Nie był przesadnie zainteresowany tym tematem, ale chciał napisać coś błyskotliwego.

Zaczął się zastanawiać, co się stanie, jeśli ludzie stworzą maszynę mądrzejszą od nich samych. Poszedł do kuchni, otworzył butelkę wody Ramlösa i usiadł przy stole. W mieszkaniu pod nim pani Germer mocno kaszlała, a z oddali dobiegał sygnał karetki, zlewający się z wyciem wichury. No więc, pomyślał, taka maszyna potrafiłaby to samo co my plus jeszcze kilka innych rzeczy, na przykład... Zrozumiał, o co jej chodziło, i wybuchnął głośnym śmiechem. Taka maszyna musiałaby umieć skonstruować coś inteligentniejszego od siebie, i kolejna, i kolejna, aż w końcu źródło tego wszystkiego, człowiek, nie byłby wart więcej niż myszka do najnowocześniejszego komputera. Ludzkość doświadczy eksplozji inteligencji, której nie da się w żaden sposób kontrolować. To będzie wyglądało jak w Matriksie. Uśmiechnął się, odłożył komputer i napisał:

> Jeżeli stworzymy taką maszynę, znajdziemy się w świecie, w którym nawet Lisbeth Salander nie będzie taka pewna siebie.

Potem jakiś czas siedział bez ruchu i patrzył przez okno, choć przez szalejącą śnieżycę niewiele było widać. Od czasu do czasu spoglądał przez otwarte drzwi na Erikę. Spała głębokim snem i nic nie wiedziała o maszynach inteligentniejszych od ludzi, a przynajmniej nie martwiła się tym w tej chwili. Potem wyciągnął telefon.

Wydawało mu się, że zadźwięczał. I rzeczywiście: ktoś nagrał wiadomość. Trochę się zaniepokoił, choć sam nie bardzo wiedział dlaczego. Ale pomyślał, że jeśli nie liczyć telefonów od dawnych kochanek, które dzwonią po pijaku i chcą się kochać, w nocy zwykle przychodzą złe wieści. Odsłuchał od razu. Usłyszał pełen niepokoju głos:

Nazywam się Frans Balder. Wiem, że to bezczelność dzwonić o tej porze. Bardzo za to przepraszam. Ale sytuacja jest poważna. A przynajmniej tak mi się wydaje. Właśnie się dowiedziałem, że pan mnie szukał. To naprawdę niesłychany zbieg okoliczności. Jest kilka spraw, o których od jakiegoś czasu chciałem komuś opowiedzieć i które, jak sądzę, mogą pana zainteresować. Byłbym bardzo wdzięczny, gdyby się pan ze mną jak najszybciej skontaktował. Wydaje mi się, że mamy bardzo niewiele czasu.

Podał numer telefonu i adres mailowy. Mikael zapisał i przez jakiś czas siedział nieruchomo, bębniąc palcami o stół. A potem wybrał numer.

FRANS BALDER leżał w łóżku, nadal roztrzęsiony i przestraszony, choć mimo wszystko trochę się uspokoił. Na podjeździe stał samochód policjantów. W końcu się zjawili. Byli to dwaj mężczyźni koło czterdziestki – jeden bardzo wysoki, a drugi dość niski. Obaj mieli krótko obcięte wystylizowane włosy i wyglądali na zarozumiałych, choć zachowywali się uprzejmie i z należytym szacunkiem przeprosili za spóźnienie.

– Milton Security i Gabriella Grane z Säpo przedstawili nam sytuację – oznajmili.

Wiedzieli, że po posesji kręcił się mężczyzna w czapce i ciemnych okularach i że muszą zachować czujność. Podziękowali więc za gorącą herbatę, którą chciał ich poczęstować w kuchni. Powiedzieli, że chcieliby obejrzeć dom, a on uznał, że to brzmi rozsądnie i profesjonalnie. Nie zrobili na nim szczególnie dobrego wrażenia, bardzo złego też nie. Wziął od nich numery telefonów i wrócił do łóżka. August nadal spał, skulony, z zielonymi zatyczkami w uszach.

Nie mógł już zasnąć. Jakiś czas nasłuchiwał i w końcu usiadł w łóżku. Wiedział, że musi coś zrobić, bo inaczej oszaleje. Odsłuchał wiadomości. Obie zostawił Linus. Było słychać, że jest zły i jednocześnie jakby chciał się bronić. W pierwszej chwili Frans zamierzał po prostu wyłączyć telefon. Nie był w stanie słuchać jego zrzędzenia. Ale po chwili okazało się, że Linus mimo wszystko ma do powiedzenia kilka ciekawych rzeczy. Rozmawiał z Mikaelem Blomkvistem z „Millennium". Blomkvist chciał się z nim spotkać. Pogrążył się w myślach. Mikael Blomkvist, mamrotał. Czy to on ma być ogniwem łączącym mnie ze światem?

Niezbyt dobrze znał szwedzkie środowisko dziennikarskie, ale wiedział, kim jest Blomkvist. O ile się orientował, był to człowiek, który zawsze zgłębiał to, o czym pisał, i nigdy nie ulegał naciskom. Nie znaczyło to jednak, że jest odpowiednią osobą. Poza tym Frans przypomniał sobie, że słyszał o nim również mniej pochlebne opinie. Wstał i znów zadzwonił do Gabrielli Grane. Wiedziała najwięcej o ludziach mediów i zapowiedziała, że nie zamierza się kłaść.

Odebrała od razu.

– Halo? Właśnie miałam do ciebie dzwonić. Oglądam tego człowieka. Mimo wszystko chyba powinniśmy cię natychmiast przenieść.

– Ale przecież w końcu przyjechali ci policjanci. Są za drzwiami.

– Jeśli ten człowiek wróci, wcale nie musi wejść głównymi drzwiami.

– Dlaczego miałby wracać? Ci z Miltona mówili, że wyglądał jak stary narkoman.

– Nie byłabym taka pewna. Ma ze sobą coś, co wygląda jak skrzynka. Jakieś urządzenie. Lepiej dmuchać na zimne.

Frans zerknął na leżącego obok Augusta.

– Jutro chętnie się przeniosę. Może się okazać, że dobrze to zrobi moim nerwom. Teraz, w nocy, nic nie będę robił. Twoi policjanci wyglądają na profesjonalistów, przynajmniej jako tako.

– Znów zamierzasz się opierać?

– Tak, taki właśnie mam zamiar.

– No dobra, wobec tego powiem Flinckowi i Blomowi, żeby się trochę poruszali i poobserwowali okolicę.

– Dobrze, ale nie dlatego dzwonię. Radziłaś mi, żebym wyszedł na forum publiczne, pamiętasz?

– Tak... nie była to rada, jaką zwykle słyszy się od Säpo, prawda? Zresztą nadal uważam, że to dobry pomysł. Ale najpierw powinieneś powiedzieć nam wszystko, co wiesz. Zaczynam mieć złe przeczucia.

– W takim razie porozmawiamy jutro rano, jak już się wyśpimy. Powiedz mi tylko, co myślisz o Mikaelu Blomkviście z „Millennium". Czy to jest człowiek, z którym mógłbym porozmawiać?

Gabriella wybuchnęła śmiechem.

– Jeżeli chcesz przyprawić moich kolegów o wylew, to zdecydowanie powinieneś z nim porozmawiać.

– Jest aż tak źle?

– Funkcjonariusze Säpo unikają go jak zarazy. Jest nawet takie powiedzenie: jeżeli Mikael Blomkvist stoi na twojej klatce schodowej, wiedz, że ten rok masz z głowy. Wszyscy tutaj, łącznie z Heleną Kraft, odradzaliby ci to bardzo stanowczo.

– Ale ja pytam ciebie.

– A ja odpowiem, że to by był dobry krok. Blomkvist jest cholernie dobrym dziennikarzem.

– Czy przypadkiem nie był też krytykowany?

– Jak najbardziej. Ostatnio mówi się, że jest już *passé*, nie pisze wystarczająco optymistycznych i radosnych tekstów czy coś w tym rodzaju. To staroświecki, dociekliwy reporter, w najlepszym gatunku. Masz na niego namiary?

– Dostałem od dawnego asystenta.

– Znakomicie. Ale zanim się z nim skontaktujesz, musisz powiedzieć wszystko nam. Obiecujesz?

– Obiecuję, Gabriello. A teraz trochę się prześpię.

– Zrób to. A ja porozmawiam z Flinckiem i Blomem, a później załatwię ci bezpieczne miejsce na jutro.

Potem Frans próbował się uspokoić. I znów było to niemożliwe. Fatalna pogoda sprawiała, że do głowy cisnęły mu się uporczywe myśli. Czuł się tak, jakby coś złego przeprawiało się ku niemu przez morze i chcąc nie chcąc nasłuchiwał w napięciu. Chciał usłyszeć wszystkie nietypowe dźwięki. Z każdą chwilą był coraz bardziej zdenerwowany i niespokojny.

Obiecał Gabrielli, że z nią porozmawia najpierw. Szybko jednak poczuł, że to nie może czekać. Wszystko, co tak długo w sobie tłumił, domagało się ujścia, nawet jeśli zdawał sobie sprawę, że to irracjonalne. Nic nie mogło być aż tak pilne. Był środek nocy i wbrew temu, co mówiła Gabriella, dawno nie był tak bezpieczny jak teraz. Pilnowała go policja i miał instalację alarmową pierwszej klasy. To jednak nie pomagało. Czuł się roztrzęsiony. Znalazł numer, który dostał od Linusa, i zadzwonił. Blomkvist oczywiście nie odebrał.

Dlaczego miałby odebrać? Było o wiele za późno na telefony. Nagrał więc wiadomość, cedząc słowa szeptem, żeby nie obudzić Augusta. Wstał i zapalił nocną lampkę po swojej stronie łóżka. Przez chwilę przyglądał się książkom stojącym na regale po prawej. Tym, które nie miały nic wspólnego z jego pracą. Był niespokojny i nie mógł się skupić. Spróbował przejrzeć starą powieść Stephena Kinga *Smętarz dla zwierzaków*. Ale przez to znów zaczął myśleć o złych postaciach, idących po niego nocą. Długo stał z książką w dłoni. Nagle coś się stało. Przyszła mu do głowy pewna myśl. Bardzo się zaniepokoił. Za dnia może uznałby, że to nonsens. W nocy wszystko wydawało się bardzo realne. Nagle poczuł, że chciałby porozmawiać z Farah Sharif albo ze Stevenem Warburtonem z Los Angeles. Steven przecież na pewno nie spał o tej porze. Rozważając to i wyobrażając sobie wszelkie możliwe wersje wydarzeń, patrzył na morze i niespokojne chmury pędzące po nocnym niebie. I nagle, jakby w odpowiedzi na jego modlitwy, zadzwonił telefon. Nie byli to, rzecz jasna, ani Farah, ani Steven.

– Nazywam się Mikael Blomkvist – powiedział. – Szukał mnie pan.

– Zgadza się. Przepraszam, że zadzwoniłem tak późno.

– Nic nie szkodzi. Nie spałem.

– To tak jak ja. Może pan teraz rozmawiać?

– Jak najbardziej. Właśnie odpowiedziałem na wiadomość od kogoś, kogo, jak sądzę, obaj znamy. Nazywa się Salander.

– Jak?

– Przepraszam, może coś źle zrozumiałem. Wydawało mi się, że zlecił jej pan sprawdzenie waszych komputerów i wytropienie włamywacza.

Frans wybuchnął śmiechem.

– Ach tak. Boże, to naprawdę wyjątkowa dziewczyna. Ale nigdy mi nie zdradziła, jak się nazywa, choć przez jakiś czas często się kontaktowaliśmy. Uznałem, że ma swoje powody, i nigdy nie naciskałem. Poznałem ją na jednym z moich wykładów w KTH. Chętnie panu opowiem. To była zdumiewająca historia. Ale najpierw chciałbym zapytać... cóż, z pewnością uzna pan, że to szalony pomysł.

– Czasami lubię szalone pomysły.

– Nie miałby pan ochoty tu teraz podjechać? Dużo by to dla mnie znaczyło. Mam temat o znacznej, jak sądzę, sile rażenia. Mogę zapłacić za taksówkę w tę i z powrotem.

– To miło z pańskiej strony, ale zawsze sami pokrywamy koszty. Dlaczego mielibyśmy rozmawiać w środku nocy?

– Bo... – Frans się zawahał. – Bo mam wrażenie, że zostało niewiele czasu. A nawet więcej niż wrażenie. Właśnie się dowiedziałem, że jestem w niebezpieczeństwie, a jakąś godzinę temu ktoś węszył wokół mojego domu. Mówiąc szczerze, po prostu się boję i chcę wyrzucić z siebie to, co mam do powiedzenia. Nie chcę już być z tym sam.

– Okej.

– To znaczy?

– Przyjadę. Jeśli mi się uda skombinować taksówkę.

Frans podał mu adres, a potem się rozłączył i zadzwonił do Los Angeles, do profesora Stevena Warburtona z Los Angeles. Starał się być skupiony. Rozmawiali na zaszyfrowanej linii. Trwało to jakieś dwadzieścia–trzydzieści minut. Kiedy skończyli, wszedł na górę i włożył dżinsy i czarną kaszmirową koszulkę polo. Wyjął butelkę amarone, na wypadek gdyby Mikael Blomkvist miał ochotę na takie przyjemności. Nie doszedł dalej niż do drzwi i nagle wzdrygnął się z przerażeniem. Wydawało mu się, że zauważył jakiś ruch, że coś obok niego przemknęło. Nerwowo spojrzał na pomost i morze, ale nic nie zauważył. Widział wyludniony, smagany wiatrem i deszczem skrawek ziemi, ten sam co zawsze. Uznał, że mu się przywidziało ze zdenerwowania. A przynajmniej próbował sobie wmówić, że tak właśnie było. Wyszedł z sypialni i wzdłuż dużego okna ruszył na górę. Nagle poczuł falę niepokoju i znów gwałtownie się odwrócił. Tym razem naprawdę coś zauważył – kawałek dalej, koło domu sąsiada, Cedervalla.

W cieniu drzew przemykała jakaś postać. Nie miał czasu się jej przyjrzeć, ale zauważył, że to mocno zbudowany mężczyzna z plecakiem, w ciemnym stroju. Biegł skulony, coś w jego ruchach sprawiało, że wyglądał na profesjonalistę, jakby biegał tak wiele razy, może na jakiejś odległej wojnie. Ten ruch wydawał się wyćwiczony i skuteczny. Skojarzył mu się z filmem i czymś przerażającym. Może właśnie dlatego minęło kilka sekund, zanim wyciągnął z kieszeni telefon i spróbował się zorientować, który z numerów na liście należy do któregoś z dyżurujących na dworze policjantów.

Nie dodał ich do kontaktów, po prostu zadzwonił, żeby numery pojawiły się na wyświetlaczu, więc teraz nie był pewien. Który numer jest ich? Nie wiedział, więc drżącą ręką wybrał ten, który wydawał mu się właściwy. Nikt nie odbierał. Dopiero po pięciu sygnałach w słuchawce rozległ się zdyszany głos:

– Tu Blom, co się dzieje?

– Widziałem jakiegoś faceta. Biegł pod drzewami przy sąsiednim domu. Nie wiem, gdzie jest teraz. Możliwe, że na drodze, niedaleko was.

– Okej, rozejrzymy się.

– Wydawał się... – zaczął i urwał.

– Jaki?

– Nie wiem. Szybki.

DAN FLINCK i Peter Blom siedzieli w radiowozie. Rozmawiali o swojej młodej koleżance Annie Berzelius i o rozmiarze jej pupy. Obaj byli świeżo po rozwodzie.

Oba rozwody były z początku dość bolesne. Obaj mieli małe dzieci i żony, które czuły się oszukane, a także teściów, którzy na różne sposoby mówili im, że są nieodpowiedzialnymi skurczybykami. Ale kiedy emocje w końcu opadły, a oni uzyskali prawo do naprzemiennej opieki nad dziećmi i przenieśli się do nowych, skromniejszych domów, doszli do tego samego wniosku: brakowało im kawalerskiego życia. W te dni, kiedy nie mieli u siebie dzieci, imprezowali jak nigdy przedtem, a potem – jak w czasach, gdy byli nastolatkami – omawiali wszystkie szczegóły imprez, oglądali napotkane kobiety od stóp do głów i szczegółowo oceniali ich ciała i umiejętności łóżkowe. Tym razem jednak nie zdążyli się zagłębić w temat pupy Anny Berzelius tak bardzo, jak by chcieli.

Zadzwoniła komórka Petera. Obaj podskoczyli. Po części dlatego, że Peter zmienił dzwonek na dość ekstremalną wersję *Satisfaction*. Ale głównie dlatego, że była noc, że szalała zawieja i że czuli się samotni. Łatwo ich było przestraszyć. Poza tym Peter miał telefon w kieszeni spodni, a że spodnie były ciasne – przez imprezowe życie zwiększył mu się brzuch – trochę potrwało, zanim go wydobył. Kiedy się rozłączył, wyglądał na zmartwionego.

– O co chodzi? – zapytał Dan.

– Balder widział jakiegoś faceta. Podobno szybki z niego skubaniec.

– Gdzie?

– Tam, na dole, między drzewami, pod sąsiednim domem. Ale prawdopodobnie zmierza w naszą stronę.

Wysiedli z samochodu i po raz kolejny zszokowało ich zimno. To był długi wieczór i długa noc. Wiele razy wychodzili na dwór. Ale wcześniej chłód nie przeszywał ich do szpiku kości. Przez chwilę stali bez ruchu i trzęśli się z zimna. Zerkali w prawo i w lewo. Potem Peter – był wyższy – przejął dowodzenie. Kazał Danowi stać przy drodze, a sam ruszył w dół, w stronę morza.

Równolegle do małego wzgórza biegł drewniany płot i alejka, niedawno obsadzona drzewami. Spadło trochę śniegu i było zimno. Peter zdziwił się, że zatoka – chyba Baggensfjärden – nie zamarzła. Pewnie nie pozwoliły na to zbyt duże fale. Przeklinał zawieję i nocną zmianę, która go wykańczała i pozbawiała snu, tak korzystnie wpływającego na urodę. Mimo wszystko próbował wykonywać swoją pracę. Może nie na sto procent, ale jednak. Nadstawiał uszu. Próbował coś usłyszeć i rozglądał się. Z początku nie zauważył nic niezwykłego. Ale jedynym źródłem światła była samotna latarnia przy pomoście. Zszedł w dół, minął targane podmuchami wiatru szare albo zielone ogrodowe krzesło i przez duże okno zobaczył Fransa Baldera.

Stał kawałek od okna, pochylony nad łóżkiem, wyraźnie spięty. Może poprawiał kołdrę, niełatwo było to stwierdzić. Wydawał się zajęty jakimś drobnym szczegółem, czymś, co leżało na łóżku. Peter pomyślał, że nie powinien się tym interesować, jego zadanie polegało na obserwowaniu posesji. Ale w ruchach Baldera było coś, co go zafascynowało. Na sekundę albo dwie się rozproszył. A potem wrócił do rzeczywistości.

Poczuł, że ktoś go obserwuje. Zmroziło mu to krew w żyłach. Gwałtownie się odwrócił i zaczął się rozglądać w panice. Ale nic nie zauważył. Już prawie odetchnął, kiedy nagle zarejestrował dwie rzeczy naraz – gwałtowny ruch przy metalowych śmietnikach pod płotem i warkot silnika na drodze. Samochód stanął i otworzyły się drzwi.

Ani jedno, ani drugie nie było szczególnie niezwykłe – przy śmietnikach mogło być jakieś zwierzę, a samochody mogły tamtędy przejeżdżać nawet tak późno. Mimo to zesztywniał i przez chwilę stał bez ruchu. Nie wiedział, co robić. I wtedy usłyszał głos Dana:

– Ktoś tu idzie!

Nie ruszył się. Czuł, że jest obserwowany, i niemal nieświadomie dotknął służbowej broni, którą miał na udzie. Nagle zaczął myśleć o byłej żonie i dzieciach, jakby miało się stać coś złego. Nie zdążył jednak na dobre pogrążyć się w rozmyślaniach, bo Dan krzyknął znowu, tym razem desperacko:

– Policja. Stój, do cholery!

Peter pobiegł w stronę drogi, choć nie był pewien, czy robi dobrze. Nie mógł się pozbyć wrażenia, że przy śmietnikach jest coś groźnego. Skoro jednak jego kolega tak krzyczał, nie miał wyboru. Poczuł ulgę. Bał się bardziej, niż był gotów przyznać. Ruszył biegiem i potykając się, wypadł na drogę.

Kawałek dalej zobaczył Dana. Biegł za zataczającym się mężczyzną w o wiele za cienkim ubraniu. Pomyślał, że trudno go nazwać szybkim skubańcem, i pobiegł za nimi. Niedługo potem powalili go na ziemię na poboczu przy skrzynkach na listy i małej latarni, która rzucała trochę światła na to przedstawienie.

– Coś ty za jeden?! – ryknął Dan zdumiewająco ostro. Najwyraźniej on również się bał.

Mężczyzna spojrzał na nich nieprzytomnym, przerażonym wzrokiem. Nie miał czapki. Jego brodę i włosy pokrywał szron. Widać było, że mu zimno i że nie czuje się dobrze. Przede wszystkim jednak wyglądał znajomo.

W pierwszej chwili Peter pomyślał, że złapali znanego, poszukiwanego bandziora, i przez kilka sekund był z siebie dumny.

FRANS BALDER wrócił do sypialni i otulił Augusta kołdrą, może na wypadek, gdyby coś się miało stać. Ogarnęła go niepohamowana myśl, którą wywołały niedawny niepokój i rozmowa ze Stevenem Warburtonem. Na początku uznał, że to jedna wielka głupota, że tak można myśleć tylko w środku nocy, kiedy ekscytacja i strach odbierają rozum.

Po chwili doszedł jednak do wniosku, że to nic nowego. Że ten pomysł tkwił i dojrzewał w jego podświadomości w niezliczone bezsenne noce w Stanach Zjednoczonych. Wyjął laptopa – swój mały superkomputer połączony z szeregiem innych, żeby zwiększyć moc. Uruchomił program AI, któremu poświęcił całe życie, i... stało się coś niepojętego.

Nie zdążył nawet tego przemyśleć. Po prostu usunął plik i wszystkie zapasowe kopie i poczuł się jak zły bóg gaszący iskrę życia. Może zresztą właśnie to zrobił. Tego nie wiedział nikt, nawet on. Przez krótką chwilę siedział nieruchomo i zastanawiał się, czy za chwilę nie dopadną go żal i wyrzuty sumienia. Wystarczyło wcisnąć kilka klawiszy, żeby dzieło jego życia zniknęło.

Co dziwne, trochę się uspokoił. Jak gdyby przynajmniej na tym polu zapewnił sobie ochronę. Wstał i wyjrzał przez okno. W dalszym ciągu szalała zamieć. Nagle zadzwonił telefon. Dzwonił Dan Flinck, ten drugi policjant.

– Chciałem tylko zawiadomić, że złapaliśmy człowieka, którego pan widział – powiedział. – Może pan być spokojny. Wszystko jest pod kontrolą.

– Kto to jest? – zapytał Frans.

– Tego nie mogę powiedzieć. Jest bardzo pijany i musimy go uspokoić. Chciałem tylko pana poinformować. Odezwiemy się jeszcze.

Frans odłożył telefon na nocny stolik, tuż obok laptopa, i próbował samemu sobie pogratulować. Facet został schwytany. Jego badania nie dostaną się w niepowołane ręce. A jednak nie mógł się uspokoić. Nie rozumiał dlaczego.

Potem nagle pojął, co się nie zgadza. Człowiek, który biegł pod drzewami, z pewnością nie był pijany.

DOPIERO PO MNIEJ WIĘCEJ minucie Peter Blom zrozumiał, że nie schwytali sławnego i poszukiwanego przestępcy, lecz aktora Lassego Westmana, który wprawdzie często grywał w telewizji bandytów i osiłków, ale nie był poszukiwany listem gończym. Ta myśl go nie uspokoiła. Po raz kolejny pomyślał, że oddalenie się od drzew i śmietników było błędem, a przede wszystkim od razu zdał sobie sprawę, że może to mieć następstwa: że wybuchnie skandal, a w gazetach pojawią się nieprzyjemne nagłówki. Wiedział, że o tym, co robi Lasse Westman, zbyt często pisze kolorowa prasa. Westman nie wyglądał zresztą na szczególnie zadowolonego. Stękał, miotał przekleństwa i próbował wstać. Peter usiłował pojąć, co takiego miał tam do roboty w środku nocy.

– Mieszkasz tutaj? – zapytał.

– Nie ma najmniejszego powodu, żebym zamienił z tobą choćby jedno pieprzone słowo – wysyczał Lasse Westman.

Peter odwrócił się do Dana. Próbował zrozumieć, jak to wszystko się zaczęło.

Dan stał już jednak kawałek dalej i rozmawiał przez telefon, najprawdopodobniej z Balderem. Pewnie chciał wyjść na profesjonalistę i pewnie mówił, że złapali podejrzanego, o ile to naprawdę był on.

– Buszował pan po posiadłości profesora Baldera? – pytał dalej Peter.

– Nie słyszałeś, co mówiłem? Gówno ode mnie usłyszycie. Co to ma, kurwa, być? Spaceruję sobie spokojnie i nagle przylatuje ten bałwan i zaczyna wymachiwać pistoletem. To skandal. Wiecie, kim jestem?

– Ja wiem, kim pan jest, i jeżeli źle się zachowaliśmy, proszę o wybaczenie. Z pewnością będziemy jeszcze mieli okazję o tym porozmawiać. Ale teraz sytuacja jest bardzo napięta, więc żądam, żeby pan natychmiast wyjaśnił, w jakiej sprawie przyszedł pan do profesora Baldera. Nie, nie, proszę nie próbować uciekać!

Westman w końcu wstał. Nie wyglądało na to, żeby chciał uciekać. Miał kłopoty z utrzymaniem równowagi. Odchrząknął trochę melodramatycznie i splunął przed siebie. Ślina wróciła do niego z siłą pocisku i zamarzła mu na policzku.

– Wiesz co? – zapytał, ocierając twarz.

– Nie.

– To nie ja jestem tym złym.

Peter rzucił niespokojne spojrzenie w kierunku wody i alejki z drzewami. Po raz kolejny zadał sobie pytanie, co widział tam, w dole. Nie ruszał się z miejsca, ta absurdalna sytuacja go sparaliżowała.

– A kto jest tym złym?

– Balder.

– Niby dlaczego?

– Bo zabrał mojej dziewczynie syna.

– Dlaczego miałby to zrobić?

– Mnie o to nie pytajcie. Zapytajcie geniusza komputerowego! Ten skurwiel nie ma prawa go u siebie trzymać – odparł Westman i zaczął grzebać w wewnętrznej kieszeni płaszcza, jakby czegoś szukał.

– Myli się pan, jeśli pan sądzi, że jest tu z nim jakieś dziecko – powiedział Peter.

– Ależ oczywiście, że jest.

– Naprawdę?

– Naprawdę!

– Więc pomyślał pan, że przyjdzie tu w środku nocy nawalony jak stodoła i zabierze dziecko? – zaczął Peter i już miał powiedzieć coś jeszcze bardziej uszczypliwego, kiedy przerwał mu jakiś dźwięk. Ciche pobrzękiwanie od strony wody.

– Co to było? – zapytał.

– Co takiego? – odparł Dan. Znów stał obok niego, ale najwyraźniej nic nie słyszał. Dźwięk był zresztą niezbyt wyraźny, przynajmniej nie tam, gdzie stali.

Mimo to Peter zadrżał. Przypomniał sobie, co czuł, kiedy stał pod drzewami, przy śmietnikach. Już miał zejść i sprawdzić, co się stało, kiedy znów się zawahał. Może się bał, a może nie mógł podjąć decyzji i czuł, że się do tego nie nadaje. Trudno było to stwierdzić. Rozejrzał się z niepokojem i znów usłyszał warkot silnika. Kolejny samochód.

Obok nich przejechała taksówka. Zatrzymała się przy bramie Fransa Baldera. To dało mu pretekst, by zostać na drodze. Kiedy kierowca przyjmował od pasażera pieniądze, Peter jeszcze raz niespokojnie zerknął w stronę zatoki. Wydawało mu się, że znów coś słyszy, i nie było to nic uspokajającego.

Nie miał jednak pewności. Otworzyły się drzwi i z taksówki wysiadł mężczyzna. Po krótkiej chwili Peter rozpoznał dziennikarza Mikaela Blomkvista. Nie mógł pojąć, dlaczego sławni ludzie akurat tam zbierają się w środku nocy.

Rozdział 10
wcześnie rano 21 listopada

FRANS BALDER STAŁ W SYPIALNI przy komputerze i telefonie. Przyglądał się niespokojnie pojękującemu przez sen Augustowi. Zastanawiał się, co mu się śni. Czy byłby w stanie zrozumieć ten jego wyśniony świat? Pomyślał, że chciałby się o tym przekonać. Czuł, że chce zacząć żyć. Nie miał już ochoty zagrzebywać się w algorytmach kwantowych i kodach źródłowych. A już na pewno miał dość panicznego strachu.

Chciał być szczęśliwy, pozbyć się tego wiecznie przytłaczającego go ciężaru, rzucić się w coś szalonego i niesamowitego, może nawet wdać się w jakiś romans. Przez kilka intensywnych sekund myślał o kobietach, które go fascynowały: o Gabrielli, Farah i całej reszcie.

Przypomniał sobie tę, która najwyraźniej nazywała się Salander. Kiedyś czuł się tak, jakby rzuciła na niego urok. Teraz znów wrócił do niej myślami i wydało mu się, że widzi w niej coś nowego, coś obcego i znajomego zarazem. Nagle uświadomił sobie, że przypomina mu Augusta. Ta myśl była oczywiście szalona. August był autystycznym chłopcem, ale ona też była dość młoda i miała w sobie coś chłopięcego. Ale poza tym była dokładnym przeciwieństwem jego syna. Ubierała się na czarno, wyglądała jak punkówa. I nie wiedziała, co to kompromis. A mimo to z zaskoczeniem uświadomił sobie, że w jej spojrzeniu był taki sam osobliwy blask, jaki zauważył u Augusta, gdy wpatrywał się w światła na Hornsgatan.

Po raz pierwszy spotkał ją w Królewskim Instytucie Technologicznym. Wygłaszał wykład na temat technologicznej osobliwości, owego hipotetycznego momentu, w którym komputery staną się inteligentniejsze od ludzi. Zaczął właśnie wyjaśniać pojęcie osobliwości w matematyce i fizyce, kiedy drzwi się otworzyły i weszła chuda, ubrana na czarno dziewczyna. Kiedy ją zobaczył, pomyślał, że to przykre, że narkomani nie mają się już gdzie podziać. A potem zaczął się zastanawiać, czy na pewno jest narkomanką. Nie wyglądała na wyniszczoną. Sprawiała za to wrażenie złej, zmęczonej i kompletnie niezainteresowanej wykładem. Siedziała niedbale rozwalona na ławce i w końcu, w połowie wywodu o punkcie osobliwym w analizie zespolonej przy nieskończonych granicach, przerwał i zapytał wprost, co o tym wszystkim sądzi. To było chamskie. Zachował się jak bufon. Dlaczego miał jej wbijać do głowy własną nerdowską wiedzę? I co się wtedy stało?

Podniosła wzrok i powiedziała, że zamiast rzucać niejasnymi pojęciami, powinien się zdobyć na odrobinę sceptycyzmu, gdy podstawa jego obliczeń się rozpadała. Nie przez fizykalne załamanie w rzeczywistym świecie, tylko dlatego, że jego matematyka nie dawała rady. Jej zdaniem grał pod publiczkę, mistyfikował osobliwości w czarnych dziurach, podczas gdy podstawowym problemem jest oczywiście to, że nie ma sposobu na obliczenie grawitacji przy wykorzystaniu zasad mechaniki kwantowej.

Następnie z przejmującą jasnością, która sprawiła, że przez salę przeszedł pomruk, przeprowadziła drobiazgową krytykę teoretyków technologicznej osobliwości, na których się powoływał. Osłupiał. Zdołał tylko wydukać:

– Kim pani jest, do cholery?

Właśnie tak się poznali. Potem jeszcze kilka razy udało jej się go zaskoczyć. Błyskawicznie, tylko raz rzuciwszy okiem na to, czym się zajmował, pojmowała, o co chodzi. Kiedy w końcu do niego dotarło, że technologia, nad którą pracował, została skradziona, poprosił ją o pomoc. To zbliżyło ich do siebie jeszcze bardziej. Od tamtej pory mieli wspólną tajemnicę. Teraz stał w sypialni, pogrążony w myślach o Lisbeth. Nagle coś go z nich gwałtownie wyrwało. Znów poczuł się bardzo nieswojo. Przez otwarte drzwi spojrzał w wychodzące na zatokę okno.

Ktoś tam był. Ktoś wysoki, ubrany na czarno, w ciasnej czarnej czapce. Na czole miał małą latarkę i majstrował przy szybie. Przeciągnął po niej ręką, wykonał szybki zamach, jak artysta, który zaczyna malować nowy obraz. Zanim Frans zdążył krzyknąć, tafla szkła rozpadła się na kawałki, a nieznajomy puścił się biegiem.

NAZYWAŁ SIĘ JAN HOLTSER i najczęściej mówił ludziom, że zajmuje się ochroną przemysłową. W rzeczywistości był byłym rosyjskim komandosem i nie tyle opracowywał nowe zabezpieczenia, ile je forsował. Przeprowadzał operacje takie jak ta, ale z reguły robił rozpoznanie tak dokładne, że nie ryzykował tak bardzo, jak można by się spodziewać.

Miał do pomocy sztab zdolnych ludzi. Nie był młody, skończył już pięćdziesiąt jeden lat, ale utrzymywał się w formie dzięki intensywnym treningom. Był znany ze skuteczności i tego, że umiał improwizować. Jeżeli pojawiały się jakieś nowe okoliczności, uwzględniał je i zmieniał wcześniej opracowany plan.

Brak młodzieńczej tężyzny nadrabiał doświadczeniem. Czasem mówił tym nielicznym osobom, z którymi mógł o tym rozmawiać, o swego rodzaju szóstym zmyśle, nabytym instynkcie. Lata w zawodzie nauczyły go, kiedy powinien się wstrzymać, a kiedy uderzyć. Kilka lat wcześniej zaliczył wprawdzie poważny dołek i zaczął okazywać słabość – jego córka mówiła raczej o ludzkich odruchach – ale teraz stał się zręczniejszy niż kiedykolwiek.

Odzyskał radość z pracy, wróciły dawny entuzjazm i podniecenie. Co prawda wciąż jeszcze przed każdą akcją brał dziesięć miligramów diazepamu, ale tylko dlatego, że dzięki temu celniej strzelał, a w krytycznych chwilach potrafił zachować czujność i myśleć jasno. Przede wszystkim zawsze robił to, co miał zrobić. Nie był kimś, kto zawodzi albo rezygnuje. Tak właśnie o sobie myślał.

A mimo to tej nocy zastanawiał się, czy nie przerwać akcji, choć jego zleceniodawca wyraźnie podkreślił, że to pilne. Jedną z przyczyn jego wahania była oczywiście pogoda. Trudno było pracować w tak nieprzewidywalnych warunkach. Ale sama wichura nigdy by nie wystarczyła, żeby zaczął tak myśleć. Był Rosjaninem i żołnierzem. Zdarzyło mu się już walczyć w gorszych warunkach i nienawidził ludzi, którzy narzekali na drobiazgi.

Zaniepokoiła go za to obecność patrolu, który pojawił się nagle i bez uprzedzenia. Policjantów uznał za kompletne zera. Przyglądał się im z ukrycia, widział, jak niedbale i niechętnie robią obchód. Zachowywali się jak chłopcy, których w niepogodę wysłano na dwór. Najchętniej siedzieliby w wozie i gadali o pierdołach. Poza tym łatwo ich było przestraszyć, zwłaszcza tego wyższego.

Sprawiał wrażenie, jakby nie lubił ciemności, silnego wiatru i ciemnej wody. Chwilę wcześniej zatrzymał się i śmiertelnie przerażony zaczął wpatrywać się w przestrzeń między drzewami. Prawdopodobnie wyczuł, że Jan tam jest. Ale on zbytnio się tym nie przejął. Wiedział, że potrafiłby, zachowując absolutną ciszę, błyskawicznie do niego podejść i poderżnąć mu gardło. A mimo to nie podobało mu się, że policjanci tam są.

Nawet jeśli byli zieloni, i tak ryzyko było przez nich większe. Poza tym to, że się zjawili, oznaczało, że informacje o akcji musiały wyciec i że zwiększono czujność. Może profesor już zaczął sypać. Gdyby tak było, operacja byłaby pozbawiona sensu, a nawet mogłaby pogorszyć ich sytuację. Za żadne skarby nie chciał narażać zleceniodawcy na niepotrzebne ryzyko. Uważał, że to jedna z jego zalet. Zawsze potrafił spojrzeć na wszystko z szerszej perspektywy i mimo że wykonywał taki właśnie zawód, najczęściej to on nawoływał do zachowania ostrożności.

Wiedział, że nie sposób zliczyć organizacji przestępczych, które zostały w jego ojczyźnie rozbite i unicestwione tylko dlatego, że zbyt ochoczo stosowały przemoc. Przemoc może budzić respekt. Może uciszać ludzi, zastraszać ich, oddalając tym samym zagrożenie i zmniejszając ryzyko. Ale może też wywoływać chaos i być początkiem łańcucha niepożądanych wydarzeń. Myślał o tym wszystkim, kryjąc się za drzewami i pojemnikami na śmieci. Przez kilka sekund miał nawet całkowitą pewność, że za chwilę przerwie akcję i wróci do swojego pokoju w hotelu. A jednak tak się nie stało.

Przyjechał jakiś samochód i ktoś ściągnął na siebie uwagę policjantów. Jan dostrzegł dla siebie szansę. Nie będąc do końca pewnym, dlaczego to robi, założył na czoło latarkę. Wyjął diamentową piłę i remingtona 1911 R1 carry ze specjalnie skonstruowanym tłumikiem. Zważył broń w dłoni i jak zawsze powiedział:

– Bądź wola twoja, amen.

Ale nie ruszył się z miejsca. Niepewność go nie opuszczała. Czy dobrze robi? Będzie musiał działać bardzo szybko. Ale przecież zna każdy kąt tego domu. Jurij był tam dwa razy i unieszkodliwił alarm. Poza tym ci policjanci są kompletnymi amatorami. Nawet jeśli coś go zatrzyma, kiedy już wejdzie do domu – jeżeli na przykład komputera nie będzie przy łóżku, czyli tam, gdzie według wszystkich zasad powinien być, a gliniarze zdążą przybiec na ratunek – i tak bez problemu ich zlikwiduje. Pomyślał o tym i nawet się ucieszył. Wymamrotał więc jeszcze raz „Bądź wola twoja, amen" i odbezpieczył broń.

Puścił się biegiem do dużego okna od strony zatoki i zajrzał do domu. Kiedy zobaczył, że Frans Balder stoi w sypialni, osłupiał. Może dlatego, że czuł się tak niepewnie. Balder był czymś zajęty. Jan próbował sobie wmówić, że to dobrze, że tak dokładnie widać cel. A mimo to naszły go złe przeczucia i po raz kolejny zaczął się zastanawiać, czy nie przerwać akcji.

Ale tego nie zrobił. Wyprostował za to prawą rękę i z całej siły przeciągnął diamentową piłą po szybie. Potem naparł na taflę. Z niepokojącym brzękiem runęła do środka. Rzucił się do przodu i podniósł broń. Celował w Baldera. Balder gapił się na niego wytrzeszczonymi oczami i machał ręką, jakby go rozpaczliwie pozdrawiał. Potem zaczął mówić, jak w transie, nieskładnie i uroczyście zarazem. Brzmiało to jak modlitwa albo litania. Ale zamiast słów „Bóg" albo „Jezus" Jan słyszał słowo idiota. Nic więcej nie zrozumiał, choć to i tak nie miało znaczenia. Ludzie mówili mu najdziwniejsze rzeczy.

Nie okazał litości.

POSTAĆ BARDZO SZYBKO i właściwie bezgłośnie przesunęła się z korytarza do sypialni. Frans zdążył się zdziwić, że alarm milczy. Zwrócił też uwagę na szarego komiksowego pająka na bluzie tego kogoś i na długą wąską bliznę, biegnącą przez jego czoło.

Potem zobaczył broń. Mężczyzna celował w niego. Frans podniósł rękę w daremnym geście i pomyślał o Auguście. Jego życie wisiało na włosku, strach zatopił w nim szpony, ale on myślał tylko o synu. Niech się dzieje, co chce! On może umrzeć, ale August nie. Dlatego wrzasnął:

– Nie zabijaj mojego dziecka! On jest idiotą, nic nie rozumie!

Nie wiedział, ile zdążył powiedzieć. Nagle cały świat zamarł. Wydawało mu się, że noc i szalejąca na zewnątrz wichura zaczynają gnać w jego stronę. Wszystko zrobiło się czarne.

JAN HOLTSER strzelił i tak jak się spodziewał, ręka go nie zawiodła. Dwa razy trafił Fransa Baldera w głowę. Profesor zwalił się na podłogę jak słomiana kukła. Nie było najmniejszych wątpliwości, że nie żyje. Ale Janowi coś się nie zgadzało. Do pokoju wdarł się poryw wiatru od strony morza. Przeciągnął po jego karku jak zimna, żywa istota. Przez sekundę czy dwie nie wiedział, co się z nim dzieje.

Wszystko poszło zgodnie z planem. Patrzył na komputer Baldera. Stał tam, gdzie powinien. Musiał go tylko złapać i wybiec z domu. Powinien działać cholernie szybko. A tymczasem stał jak figura z lodu. Dopiero wtedy, z zadziwiająco dużym opóźnieniem, zrozumiał dlaczego.

W ogromnym łóżku, otulony puchową kołdrą, leżał mały chłopczyk z bujną czupryną. Przyglądał mu się szklanym wzrokiem. To spojrzenie wzbudziło w Janie dziwny niepokój, nie tylko dlatego, że wydawało się przeszywać go na wylot. Było w nim coś jeszcze. Choć z drugiej strony nie miało to żadnego znaczenia.

Musiał dokończyć to, co zaczął. Nie mógł ryzykować, że akcja zakończy się niepowodzeniem, i narażać całej grupy. W łóżku leżał naoczny świadek. Nie mógł zostawić świadków, zwłaszcza że nie założył maski. Podniósł pistolet i wycelował w chłopca. Patrząc w jego dziwnie błyszczące oczy, po raz trzeci wymamrotał:

– Bądź wola twoja, amen.

MIKAEL BLOMKVIST wysiadł z taksówki w czarnych butach za kostkę, białym kożuchu z szerokim kołnierzem, który znalazł w szafie, i w starej futrzanej czapie, którą odziedziczył po ojcu.

Była za dwadzieścia trzecia. Po drodze usłyszał w radiu komunikat o poważnym wypadku z udziałem TIR-a. Värmdöleden była zablokowana. Ale ani Mikael, ani taksówkarz nic nie zauważyli, kiedy sunęli opustoszałymi ulicami przez pogrążone w ciemności i smagane wiatrem przedmieścia. Ze zmęczenia było mu niedobrze. Najchętniej zostałby w domu, wsunął się pod kołdrę obok Eriki i zasnął.

Nie mógł jednak odmówić Balderowi. Choć sam nie wiedział dlaczego. Może chodziło o poczucie obowiązku. Czuł, że teraz, kiedy „Millennium" przeżywa kryzys, nie powinien myśleć o własnej wygodzie. Może również dlatego, że kiedy rozmawiali, Balder zrobił na nim wrażenie samotnego i wystraszonego. Polubił go i poczuł się zaintrygowany. Nie spodziewał się oczywiście, że usłyszy coś sensacyjnego. Liczył się z tym, że może go spotkać rozczarowanie. Balder pewnie chciał się tylko komuś wygadać. Jeśli tak, to go wysłucha i dotrzyma mu w tę niespokojną noc towarzystwa. Z drugiej strony nigdy nie można być pewnym. Po raz kolejny pomyślał o Lisbeth. Ona nigdy nic nie robiła, jeżeli nie miała ważnych powodów. Poza tym Frans Balder z pewnością był fascynującą postacią, a jeszcze nigdy nie zgodził się udzielić wywiadu. To na pewno będzie ciekawe, pomyślał i rozejrzał się w ciemnościach.

Dom oświetlało niebieskawe światło latarni. Willa niczego sobie, na pewno zaprojektowana na zamówienie. Miała duże okna i przywodziła na myśl pociąg. Obok skrzynki na listy stał wysoki policjant po czterdziestce. Był lekko opalony, na jego twarzy widać było zdenerwowanie i napięcie. Kawałek dalej stał jego niższy kolega. Spierał się z wymachującym rękami pijanym mężczyzną. Mikael pomyślał, że nie spodziewał się tam aż tylu ludzi.

– Co się dzieje? – zapytał wyższego policjanta.

Nie doczekał się odpowiedzi. Policjant odebrał telefon i Mikael od razu się domyślił, że coś się stało. Wyglądało na to, że alarm nie zachowuje się tak, jak powinien. Nie czekał, aż policjant skończy rozmawiać. Od strony domu dobiegł dziwny dźwięk, niepokojący chrzęst. Instynktownie powiązał go z telefonem. Zrobił kilka kroków w prawo i spojrzał w dół pagórka, który ciągnął się aż do pomostu na brzegu zatoki i kolejnej świecącej matowym niebieskawym światłem latarni. Nagle jak spod ziemi wyrosła rozpędzona postać. Mikael zrozumiał, że coś jest cholernie nie w porządku.

JAN HOLTSER nacisnął palcem spust i właśnie miał strzelić do chłopca, kiedy usłyszał dobiegający od strony drogi warkot silnika. Mimo wszystko się zawahał. Choć w zasadzie nie miało to nic wspólnego z samochodem. Przypomniał sobie to słowo: idiota. Oczywiście zdawał sobie sprawę, że profesor miał wszelkie powody, żeby w ostatnich chwilach życia skłamać. Ale kiedy przyjrzał się chłopcu, zaczął się zastanawiać, czy Balder jednak nie mówił prawdy.

Dzieciak siedział całkiem bez ruchu, a na jego twarzy malowało się raczej zdziwienie niż strach. Jakby nie rozumiał, co się stało. Spojrzenie miał zbyt matowe i szkliste, żeby mógł cokolwiek zauważyć.

To było spojrzenie człowieka niemego, człowieka, który nic nie pojmuje. Jan pomyślał, że sam sobie tego nie wymyślił. Przypomniało mu się coś, o czym czytał, kiedy się przygotowywał do akcji. Balder rzeczywiście miał mocno opóźnionego w rozwoju syna, choć zgodnie z tym, co pisały gazety i o czym była mowa w postanowieniu sądu, odebrano mu prawo do opieki nad nim. Ale to musiał być on. Jan nie mógł ani nie musiał go zabijać. To by nie miało sensu, a do tego złamałby zasady etyki zawodowej. Kiedy to sobie uświadomił, momentalnie poczuł wielką ulgę. Zaniepokoiłoby go to, gdyby zwracał na siebie większą uwagę.

Opuścił broń. Wziął komputer i telefon Baldera i wepchnął je do plecaka. Potem wybiegł przed dom, kierując się ku wytyczonej wcześniej drodze ucieczki. Zdążył zrobić zaledwie kilka kroków. Usłyszał za sobą głos i odwrócił się. Na górze, przy drodze, stał jakiś mężczyzna. W kożuchu i futrzanej czapie. Sprawiał zupełnie inne wrażenie niż tamci pierdołowaci policjanci. Pewnie dlatego Jan Holtser po raz kolejny uniósł broń. Wyczuł zagrożenie.

MĘŻCZYZNA, KTÓRY WYŁONIŁ SIĘ z mroku, był ubrany na czarno, wysportowany i miał na czole latarkę. Mikael nie potrafiłby tego wyjaśnić, ale odniósł wrażenie, że bierze udział w większej akcji, i wcale by się nie zdziwił, gdyby z cienia wyszło więcej takich postaci. Poczuł się bardzo nieswojo.

– Hej, ty tam, zatrzymaj się!

To był błąd. Zrozumiał to w chwili, kiedy mężczyzna zesztywniał, jak żołnierz podczas walki. Pewnie dlatego Mikael zareagował tak szybko. Kiedy mężczyzna podniósł broń i z zaskakującą pewnością siebie wystrzelił, już leżał na ziemi. Wystrzału właściwie nie było słychać. Ale coś z hukiem uderzyło w skrzynkę na listy Baldera, więc nie miał wątpliwości, co się stało. Wyższy policjant przestał rozmawiać przez telefon. Ale nie ruszył się z miejsca. Stał jak skamieniały. Jedynym człowiekiem, który cokolwiek powiedział, był pijany mężczyzna:

– Co to za cyrk?! Co tu się, kurwa, dzieje?! – wrzasnął potężnym głosem, który zabrzmiał dziwnie znajomo.

Dopiero wtedy policjanci zaczęli nerwowo szeptać:

– Ktoś strzelał?

– Chyba tak.

– Co robimy?

– Musimy wezwać posiłki.

– Ale on ucieknie.

– W takim razie musimy go gonić – odparł wyższy, a potem wolno i niepewnie, jakby chciał dać strzelcowi czas na ucieczkę, wyciągnął broń i ruszył w stronę wody.

Gdzieś w oddali w zimowych ciemnościach szczekał pies, mały i zawzięty. Od strony morza mocno wiało, sypał śnieg, ziemia była śliska. Niższy policjant poślizgnął się i zamachał rękami jak klown. Przy odrobinie szczęścia unikną spotkania. Coś mówiło Mikaelowi, że strzelający z łatwością by ich unieszkodliwił. Szybkość i pewność, z jaką się odwrócił i wyciągnął broń, świadczyły o tym, że wyszkolono go do działania w takich sytuacjach. Mikael zaczął się zastanawiać, czy powinien coś zrobić.

Nie miał nic, czym mógłby się bronić. Mimo to wstał, otrzepał się ze śniegu i ostrożnie spojrzał w dół pagórka. Nic się nie działo. Policjanci posuwali się brzegiem w stronę sąsiedniej willi. Ubrany na czarno mężczyzna zniknął bez śladu. On też ruszył w dół i po chwili zauważył, że jedna z szyb została wybita.

W ramie ziała ogromna dziura, a w środku, dokładnie naprzeciwko, znajdowały się otwarte drzwi. Przez chwilę zastanawiał się, czy powinien zawołać policjantów. Nie zdążył. Nagle usłyszał osobliwy odgłos, coś jak ciche skomlenie. Wszedł przez rozbite okno i znalazł się w korytarzu z pięknym dębowym parkietem. Parkiet lekko błyszczał w ciemnościach. Wolnym krokiem ruszył do otwartych drzwi. To stamtąd dobiegało kwilenie.

– Balder! – zawołał. – To ja, Mikael Blomkvist. Wszystko w porządku?

Nikt nie odpowiedział. Ktoś pojękiwał jeszcze głośniej, Mikael wziął głęboki oddech i wszedł do pokoju. Gwałtownie się wzdrygnął. Później nie wiedział, co najpierw rzuciło mu się w oczy ani co bardziej go przeraziło. Nie był wcale pewien, że większe wrażenie zrobiło na nim leżące na podłodze ciało. Mimo krwi, wyrazu twarzy i martwego, nieruchomego spojrzenia.

Równie dobrze mogło go poruszyć to, co się działo na stojącym tuż obok dużym, podwójnym łóżku. Choć nie od razu zrozumiał, co widzi. Mały, siedmio-, może ośmioletni chłopczyk o pięknej twarzy i z bujną ciemnoblond czupryną, w piżamie w niebieską kratkę, mocno i rytmicznie uderzał o wezgłowie łóżka i ścianę. Wyglądało na to, że robi, co może, żeby sobie zrobić krzywdę. Jego pojękiwania nie były też chyba spowodowane bólem ani płaczem, tylko wynikały z wysiłku. Jakby starał się uderzać ze wszystkich sił. Mikael, niewiele myśląc, rzucił się do niego. Ale nie polepszyło to sprawy. Chłopiec zaczął dziko wierzgać.

– Spokojnie – powiedział Mikael, obejmując go.

Ale chłopiec wił się z zaskakującą siłą. Uwolnił się błyskawicznie – może dlatego, że Mikael nie chciał go trzymać zbyt mocno – i boso wybiegł do przedpokoju, tam gdzie leżały odłamki szyby. Mikael zaczął krzyczeć: nie! nie! – i pobiegł za nim. Zauważył policjantów.

Stali na śniegu, a na ich twarzach malowało się kompletne osłupienie.

Rozdział 11
21 listopada

POTEM ZNÓW MÓWIŁO SIĘ, że w policji panuje bałagan i że teren ogrodzono dopiero, kiedy już było za późno. Człowiek, który zastrzelił profesora Fransa Baldera, mógł przez nikogo nie niepokojony schronić się w bezpiecznym miejscu. Funkcjonariusze Peter Blom i Dan Flinck, trochę szyderczo nazywani przez kolegów Casanovami, którzy znaleźli się na miejscu jako pierwsi, zwlekali z ogłoszeniem alarmu, a w każdym razie nie zrobili tego tak zdecydowanie, jak powinni.

Pierwsi technicy i śledczy z wydziału kryminalnego przybyli dopiero za dwadzieścia czwarta. Razem z nimi zjawiła się młoda kobieta, Gabriella Grane. Była tak poruszona tym, co się stało, że wszyscy wzięli ją za krewną Baldera. Dopiero później okazało się, że jest analityczką z Säpo i że przysłała ją sama szefowa. Ale niewiele była w stanie zrobić. Za sprawą rozpowszechnionych w policji uprzedzeń, a może żeby pokazać, że uważają ją za osobę z zewnątrz, polecili jej zająć się dzieckiem.

– Wygląda na to, że to coś dla ciebie – powiedział pełniący obowiązki prowadzącego śledztwo Erik Zetterlund, kiedy zobaczył, jak ostrożnie się pochyla, żeby obejrzeć poranione stopy chłopca.

Gabriella odburknęła, że ma co innego do roboty. Przestała protestować, kiedy spojrzała chłopcu w oczy.

August – bo tak miał na imię – był sparaliżowany strachem. Długo siedział na podłodze na piętrze i mechanicznie przesuwał ręką nad czerwonym perskim dywanem. Peter

Blom, który do tej pory nie wykazywał się szczególną inicjatywą, znalazł gdzieś parę skarpet i okleił mu stopy plastrami. Stwierdzono też, że August ma siniaki na całym ciele i rozciętą wargę. Według dziennikarza Mikaela Blomkvista, którego obecność wywołała wyraźnie wyczuwalną nerwowość, August walił głową o ścianę i łóżko, a potem przebiegł na bosaka przez korytarz, na którym znajdowały się odłamki szkła.

Gabriella Grane, która z jakiegoś powodu wolała się nie przedstawiać Blomkvistowi, oczywiście od razu zrozumiała, że August był świadkiem tego, co się stało. Nie udało jej się jednak nawiązać z nim kontaktu ani go pocieszyć. Tulenie i czułość okazały się nieskuteczne. Najspokojniejszy był wtedy, kiedy Gabriella siedziała w pewnej odległości i zajmowała się swoimi sprawami. Wydawało jej się, że tylko jeden jedyny raz nadstawił uszu: kiedy rozmawiając z Heleną Kraft, Gabriella wymieniła numer drogi: siedemdziesiąt dziewięć. Nie zastanawiała się nad tym, a chwilę później udało jej się dodzwonić do zdenerwowanej Hanny Balder.

Hanna chciała natychmiast zabrać syna. Zaskoczyła ją: poprosiła, żeby wyjęła puzzle, zwłaszcza te z królewskim okrętem „Vasa". Wyjaśniła, że Frans powinien je trzymać na wierzchu. Nie oskarżyła jednak byłego męża o nielegalne przetrzymywanie dziecka i nie potrafiła powiedzieć, dlaczego jej narzeczony, Lasse Westman, zjawił się u niego i zamierzał zabrać Augusta. Wyglądało na to, że raczej nie przywiodła go tam troska.

Ale obecność Augusta wyjaśniła Gabrielli kilka spraw. Stało się dla niej jasne, dlaczego Frans Balder tak się wykręcał i dlaczego nie chciał ochrony. Rano postarała się, żeby przyjechali psycholog i lekarz. Mieli zawieźć Augusta do matki na Vasastan. Chyba żeby się okazało, że powinien pojechać do szpitala. Potem przyszła jej do głowy zupełnie inna myśl.

Doszła do wniosku, że ten, kto zabił Baldera, wcale nie musiał chcieć go uciszyć. Równie dobrze mógł chcieć coś ukraść – oczywiście nie coś tak banalnego jak pieniądze.

Łupem miały paść wyniki jego badań. Nie wiedziała, na co Balder poświęcił ostatni rok życia. Może wiedział to tylko on. Nietrudno jednak było zgadnąć, co by to mogło być. Najprawdopodobniej kontynuował prace nad programem AI, który już przy okazji poprzedniej kradzieży uznano za przełomowy.

Inni pracownicy Solifonu robili, co mogli, żeby ustalić, nad czym pracuje. Tylko raz mu się wyrwało, że pilnuje wyników badań jak matka nowo narodzonego dziecka. Jej zdaniem mogło to oznaczać, że na nich spał, a w każdym razie trzymał je w pobliżu łóżka. Wstała, poprosiła Petera Bloma, żeby miał Augusta na oku, i zeszła na dół, do sypialni, w której pracowali policyjni technicy.

– Był tu jakiś komputer? – zapytała.

Technicy pokręcili głowami. Wyjęła telefon i znów zadzwoniła do Heleny Kraft.

SZYBKO STWIERDZONO, że Lasse Westman zniknął. Zrobiło się zamieszanie i musiał się oddalić. Pełniący obowiązki prowadzącego śledztwo Erik Zetterlund zaczął kląć i wrzeszczeć, zwłaszcza kiedy się okazało, że nie ma go również w mieszkaniu przy Torsgatan.

Zastanawiał się nawet, czy nie wysłać za nim listu gończego. Słysząc to, jego młody kolega po fachu, Axel Andersson, zapytał, czy Westman jest niebezpieczny. Może Axel Andersson nie był w stanie odróżnić aktora od jego filmowych wcieleń. Ale w pewnym stopniu usprawiedliwiało go to, że sytuacja komplikowała się coraz bardziej.

Wszystko wskazywało, że to nie były rodzinne porachunki ani libacja, która wymknęła się spod kontroli, a morderca nie zabił w afekcie. To był na chłodno zaplanowany atak na jednego z najważniejszych szwedzkich naukowców. Atmosfery nie poprawił telefon od komendanta wojewódzkiego Jana-Henrika Rolfa, który powiedział, że należy to uznać za poważny cios dla szwedzkiej gospodarki. Zetterlund nagle znalazł się w samym centrum wydarzeń o kluczowym znaczeniu dla polityki wewnętrznej i nawet jeśli nie należał do najbystrzejszych ludzi w policji, to i tak zrozumiał, że wszystko, co teraz zrobi, będzie miało decydujący wpływ na przyszłe śledztwo.

Zaledwie dwa dni wcześniej skończył czterdzieści jeden lat i wciąż jeszcze odczuwał pewne skutki urodzinowej imprezy. Jeszcze nigdy nawet się nie otarł o śledztwo o takim znaczeniu, nie mówiąc już o tym, że miałby za nie odpowiadać. Fakt, że w ogóle przydzielono mu tę sprawę, choćby tylko na kilka godzin, wynikał oczywiście z tego, że nie było zbyt wielu osób, do których można by się zwrócić w środku nocy. Jego przełożeni najwyraźniej nie chcieli budzić szanownych panów z komisji do spraw morderstw Krajowej Policji Kryminalnej ani żadnego z bardziej doświadczonych stołecznych śledczych.

Panował chaos, a Zetterlund coraz mniej pewnie wykrzykiwał rozkazy. Przede wszystkim chciał jak najszybciej zacząć przepytywać sąsiadów. Zależało mu na tym, żeby uzyskać jak najwięcej zeznań świadków, nawet jeśli nie bardzo wierzył, że uda im się cokolwiek osiągnąć. Wszystko to stało się w środku nocy, podczas wichury. Sąsiedzi prawdopodobnie niewiele widzieli. Choć nigdy nie wiadomo. Przesłuchał też Mikaela Blomkvista. Co on tam, kurwa, robił?

To, że na miejscu zbrodni znalazł się jeden z najbardziej znanych szwedzkich dziennikarzy, nie ułatwiało mu pracy. Przez chwilę sądził, że Blomkvist mu się przygląda, żeby potem napisać coś nieprzychylnego. Ale z pewnością straszyły go tylko jego własne demony. Blomkvist wyglądał na wstrząśniętego. Uprzejmie odpowiadał na pytania i widać było, że chce pomóc. Nie miał jednak zbyt wiele do powiedzenia. Wszystko działo się bardzo szybko, czemu, jak twierdził, nie należało się dziwić.

Był gotów zaryzykować stwierdzenie, że tamten mężczyzna jest albo był żołnierzem, może nawet komandosem.

W jego ruchach była swoista brutalność i skuteczność. Kiedy się odwrócił i strzelił, wyglądał, jakby to dobrze przećwiczył. Zetterlund na czole miał latarkę, a na głowie obcisłą czarną czapkę. Nie widział rysów jego twarzy.

Stał za daleko i w chwili kiedy tamten się odwrócił, padł na ziemię. Prawdopodobnie powinien się cieszyć, że żyje. Potrafił opisać tylko jego sylwetkę i ubiór. Zrobił to bardzo dokładnie. Jego zdaniem nie był zbyt młody, mógł mieć nawet ponad czterdziestkę. Był wysportowany, dość wysoki – między metr osiemdziesiąt pięć a metr dziewięćdziesiąt pięć – dobrze zbudowany, wąski w talii i szeroki w ramionach. Na nogach miał trapery i był ubrany na czarno, chyba jak żołnierz. Nosił plecak, a do prawego uda prawdopodobnie przymocowany miał nóż.

Wydawało mu się, że uciekł brzegiem zatoki i minął sąsiednie wille. Zgadzało się to z zeznaniami Petera Bloma i Dana Flincka. Choć oni w ogóle nie zdążyli go zobaczyć. Słyszeli tylko jego kroki, kiedy zbiegał z pagórka. Ścigali go, ale bez powodzenia. W każdym razie tak twierdzili, Erik Zetterlund wcale nie był pewien, czy to prawda.

Sądził, że Blom i Flinck najprawdopodobniej stchórzyli. Zamiast pobiec za mordercą, stali w ciemnościach i trzęśli portkami. Nie zdobyli się na żaden ruch. W każdym razie właśnie wtedy popełniono największy błąd. To wtedy należało zorganizować akcję, określić możliwe drogi ucieczki i ustawić blokady przy wyjazdach. Tymczasem nie zrobiono właściwie nic. Flinck i Blom wtedy jeszcze nie wiedzieli, że doszło do morderstwa, a zaraz potem byli zajęci gonieniem rozhisteryzowanego chłopca, który na bosaka wybiegł z domu, więc pewnie trudno im było zachować przytomność umysłu. Ale czas uciekał nieubłaganie. Mikael Blomkvist podczas składania zeznań wyrażał się dość powściągliwie, ale i tak dało się wyczuć, co myśli o zachowaniu policjantów. Dwa razy zapytał ich, czy ogłosili alarm. W odpowiedzi kiwnęli tylko głowami.

Później przypadkiem usłyszał, jak Flinck rozmawiał z centralą, i dotarło do niego, że to kiwnięcie najprawdopodobniej było zaprzeczeniem. W najlepszym razie mogło oznaczać, że nie zrozumieli. Akcja się opóźniała, a kiedy się w końcu zaczęła, nie wszystko przebiegało tak, jak powinno. Zapewne meldunek Flincka był zbyt nieprecyzyjny.

Również później policja działała opieszale i Erik Zetterlund niezmiernie się cieszył, że nie można go za to winić. Wtedy jeszcze w ogóle nie został włączony w śledztwo. Ale teraz w nim uczestniczył i nie wolno mu było niczego spartaczyć. Pomyślał, że ostatnio nie bardzo miał się czym chwalić, więc powinien skorzystać z okazji i pokazać, na co go stać. W każdym razie nie powinien się ośmieszyć.

Stał w progu salonu. Właśnie skończył rozmawiać z Milton Security – o człowieku, którego w nocy zarejestrował monitoring. Jego rysopis w ogóle się nie zgadzał z rysopisem domniemanego sprawcy, który podał Mikael Blomkvist. Nocny gość wyglądał jak wychudzony ćpun, ale musiał się świetnie znać na elektronice. W Milton Security byli przekonani, że to ten człowiek unieszkodliwił alarm, wyłączając wszystkie kamery i czujniki. Sprawa zrobiła się jeszcze bardziej nieprzyjemna.

Chodziło nie tyle o to, że wszystko zostało profesjonalnie przygotowane, ile o to, że ktoś wpadł na pomysł, żeby dokonać morderstwa mimo policyjnej ochrony i zaawansowanego systemu alarmowego. Sprawcy musieli być bardzo pewni siebie. Zetterlund miał zamiar zejść na dół, do techników, ale został jeszcze chwilę. Stał zasępiony i patrzył przed siebie niewidzącym wzrokiem, dopóki nie zauważył syna Baldera. Był wprawdzie ich głównym świadkiem, ale nie potrafił powiedzieć ani słowa i w ogóle nie rozumiał, co do niego mówili. Czego innego można się było spodziewać po tej popapranej sprawie?

Zauważył, że chłopiec trzyma w ręce kawałek zdecydowanie zbyt skomplikowanej układanki, i ruszył w stronę łukowatych schodów prowadzących na parter. Nagle zamarł. Przypomniał sobie, co pomyślał, kiedy go zobaczył po raz pierwszy. Wkroczył do domu i niewiele wiedząc o całej tej sprawie, spojrzał na dziecko. Wyglądało całkowicie zwyczajnie. Nie było w nim nic, co by je wyróżniało, nic poza niepokojem w oczach i napiętymi ramionami. Mógłby go nawet opisać jako niezwykle słodkiego chłopaczka z dużymi oczami i szopą kręconych włosów. Dopiero później dowiedział się, że cierpi na autyzm i jest mocno opóźniony w rozwoju. Sam tego nie zauważył, musiano mu to wyjaśnić. Dlatego doszedł do wniosku, że morderca go znał albo dobrze wiedział o jego chorobie. Inaczej chyba nie zostawiłby go przy życiu i nie ryzykował, że go rozpozna podczas okazania. Erik nie zastanawiał się zbyt długo, poczuł ekscytację i zrobił kilka kroków w stronę chłopca.

– Musimy go od razu przesłuchać – oznajmił zbyt wysokim głosem, w którym było słychać zniecierpliwienie.

– Na Boga, proszę się z nim obchodzić trochę delikatniej – powiedział Mikael Blomkvist, który akurat stał obok.

– Proszę się nie wtrącać – syknął Zetterlund. – On może znać zabójcę. Musimy mu pokazać albumy ze zdjęciami. W jakiś sposób musimy...

Urwał. Zobaczył, że chłopiec bierze zamach i wali w puzzle. Zbity z tropu, wymamrotał przeprosiny i zszedł na dół, do techników.

ERIK ZETTERLUND wyszedł. Mikael stał i przyglądał się chłopcu. Wydawało mu się, że na coś się zanosi. Może nadchodził kolejny atak. Nie chciał, żeby August znów zrobił sobie krzywdę. Jednak on, zamiast się rzucać, zastygł i zaczął bardzo szybko machać prawą ręką tuż nad dywanem.

Nagle przestał i spojrzał w górę, jakby o coś prosił. Mikael przez ułamek sekundy zastanawiał się, co to może oznaczać. Przestał, kiedy wyższy policjant, ten, który powiedział, że nazywa się Peter Blom, usiadł obok chłopca i spróbował go nakłonić, żeby zajął się puzzlami. Mikael poszedł do kuchni, żeby się trochę uspokoić. Był śmiertelnie zmęczony i chciał wracać do domu. Ale powiedziano mu, że najpierw musi obejrzeć kilka zdjęć z monitoringu. Nie wiedział, jak długo jeszcze będzie musiał czekać. Wszystko się przeciągało. Panował chaos, jakby nikt nie umiał nic zorganizować. A on tak bardzo tęsknił za swoim łóżkiem.

Zdążył już dwa razy porozmawiać z Eriką i opowiedzieć jej, co się stało. Nie wiedzieli jeszcze zbyt wiele, ale zgodnie ustalili, że napisze dłuższy tekst do kolejnego numeru. Nie tylko dlatego, że okoliczności wydawały się bardzo dramatyczne, a profesor Balder zasługiwał na uwagę. Mikael miał w tym wszystkim swój udział, a to zawsze zwiększa wartość reportażu i daje przewagę nad konkurencją. Już sama rozmowa telefoniczna, którą odbył z Balderem w nocy i przez którą tam pojechał, powinna nadać artykułowi ekscytujący, nieoczekiwany smaczek.

Żadne z nich nie musiało się zbytnio rozwodzić nad Sernerem i trudną sytuacją „Millennium". Wiedzieli, jak jest. Erika już zdecydowała, że Mikael powinien spróbować się przespać. Tymczasem Andrei Zander, który wiecznie pracował u nich na zastępstwie, miał zacząć robić research. Zdecydowanym tonem, jak czuła matka i jednocześnie despotyczna redaktor naczelna, oświadczyła, że nie chce, żeby jej najsłynniejszy reporter padł, zanim na dobre weźmie się do roboty.

Mikael nie protestował. Andrei był ambitny i sympatyczny. Pomyślał, że miło będzie się obudzić ze świadomością, że ktoś już zrobił wstępny research, a może nawet przygotował listę znajomych Baldera, z którymi należałoby porozmawiać. Przez krótką chwilę – po to tylko, żeby się zająć czymś innym – myślał o nieustających problemach Andreia z kobietami. Andrei opowiedział mu o nich podczas kilku wieczornych posiedzeń w Kvarnen. Był młody, inteligentny i uroczy. Powinien być łakomym kąskiem dla każdej kobiety. Ale miał w sobie zbytnią uległość i miękkość. I dlatego raz po raz był porzucany. Bardzo to przeżywał. Był niepoprawnym romantykiem. Wciąż marzył o wielkiej miłości i o sensacyjnym materiale.

Mikael usiadł przy stole w kuchni Baldera i zerknął w ciemność za oknem. Na blacie, obok pudełka zapałek, gazety „New Scientist" i notatnika z kilkoma niezrozumiałymi równaniami, leżał piękny, trochę niepokojący rysunek. Przedstawiał przejście dla pieszych. Obok sygnalizatora stał mężczyzna o zamglonych, przymrużonych oczach i wąskich ustach. Został uchwycony w ruchu, a mimo to dało się dostrzec każdą zmarszczkę na jego twarzy i każde załamanie ubrania. Nie wyglądał sympatycznie. Na brodzie miał brązowe znamię w kształcie serca.

Ale to sygnalizator najbardziej rzucał się w oczy. Świecił wyraźnym, niepokojącym światłem. Został zręcznie oddany za pomocą jakiejś matematycznej techniki. Niemal można się było domyślić geometrycznych kształtów, kryjących się pod tym wszystkim. Pewnie to Balder rysował w wolnych chwilach, ale Mikaela zastanowił temat. Nie był zbyt konwencjonalny.

Ale niby dlaczego ktoś taki jak Frans Balder miałby rysować zachody słońca i statki? Przejście dla pieszych na pewno jest równie ciekawe jak wszystko inne. Mikael pomyślał, że rysunek wygląda jak zrobione w biegu zdjęcie. Nawet jeśli Balder siedział i uważnie wpatrywał się w przejście dla pieszych, raczej nie poprosił tego mężczyzny, żeby ciągle przechodził przez ulicę. Może był tylko wytworem jego wyobraźni, a może Balder też miał fotograficzną pamięć, dokładnie tak jak... Mikael zatopił się w myślach. A potem złapał za telefon i po raz trzeci zadzwonił do Eriki.

– Wracasz już do domu? – zapytała.

– Jeszcze nie. Niestety. Najpierw mam tu coś obejrzeć. Ale chciałbym cię prosić, żebyś coś dla mnie zrobiła.

– Jakże by inaczej.

– Jeśli możesz, włącz mój komputer i zaloguj się. Znasz moje hasło, prawda?

– Wiem o tobie wszystko.

– Świetnie. Otwórz moje dokumenty i znajdź plik, który się nazywa Przegródka Lisbeth.

– Chyba wiem, co się święci.

– Naprawdę? Chciałbym, żebyś tam napisała...

– Poczekaj chwilę. Muszę go znaleźć. W porządku, już... poczekaj, tu już jest całkiem sporo tekstu.

– Nie przejmuj się tym. Chciałbym, żebyś coś dopisała na samej górze, nad całą resztą. Jesteś gotowa?

– Tak.

– Napisz: **Lisbeth, może już wiesz, ale Frans Balder został zamordowany. Dwa strzały w głowę. Czy możesz spróbować ustalić, dlaczego ktoś chciał, żeby zginął?**

– To wszystko?

– To i tak dużo, jeśli wziąć pod uwagę, że od dawna ze sobą nie rozmawialiśmy. Na pewno uzna, że to chamstwo. Ale wydaje mi się, że jej pomoc by nam nie zaszkodziła.

– Chodzi ci o to, że nie zaszkodziłoby, gdyby się tu i ówdzie włamała?

– Nie słyszałem tego. Do zobaczenia wkrótce, mam nadzieję.

– Ja też.

LISBETH UDAŁO SIĘ znów zasnąć. Obudziła się o wpół do ósmej rano. Nie była w szczytowej formie. Bolała ją głowa i miała mdłości. Ale i tak czuła się odrobinę lepiej. Szybko się ubrała, błyskawicznie zjadła śniadanie – dwa odgrzane w mikrofalówce zapiekane pierogi z mięsem i dużą szklankę coli. Wepchnęła strój treningowy do czarnej torby i wyszła z domu. Wichura ucichła. Wszędzie walały się śmieci i gazety przywiane przez wiatr. Przeszła przez plac Mosebacke torg, ruszyła uliczką w dół i skręciła w Götgatan.

Mamrotała pod nosem. Wyglądała na wściekłą i co najmniej dwie osoby przestraszyły się i zeszły jej z drogi. Ale Lisbeth wcale nie była zła, była skupiona. Nie miała najmniejszej ochoty na trening. Chciała tylko pozostać wierna swoim przyzwyczajeniom i oczyścić organizm z toksyn. Dlatego doszła do Hornsgatan, tuż przed Hornsgatspuckeln skręciła w prawo i zeszła do znajdującego się w piwnicy klubu bokserskiego Zero. Tego ranka wydawał się jeszcze bardziej podupadły niż zwykle.

Na pewno przydałoby mu się malowanie i ogólne odświeżenie. Wyglądał tak, jakby ostatni raz coś się w nim zmieniło w latach siedemdziesiątych. Dotyczyło to zarówno wyposażenia, jak i plakatów. Ze ścian wciąż spoglądali Ali i Foreman. Dokładnie tak jak dzień po legendarnej walce w Kinszasie. Może dlatego, że Obinze, który tam rządził, jako dziecko oglądał tę walkę na żywo, a kiedy się skończyła, biegł w zbawczym monsunowym deszczu i krzyczał: *Ali Bomaye!* Tak szczęśliwy jak wtedy nie był już nigdy. Ten bieg był również, jak to mówił, końcem niewinności.

Wkrótce on i jego rodzina musieli uciekać przed terrorem Mobutu, a później już nic nie było takie samo. Dlatego nikogo chyba nie dziwiło, że chciał ocalić tamto wspomnienie i w jakiś sposób je przywołać w tej zapadłej norze na sztokholmskim Södermalmie. Nie przestawał mówić o tej walce. Swoją drogą w ogóle nie przestawał mówić.

Był wysoki, potężny i łysy, gęba mu się nie zamykała. W klubie nie on jeden patrzył na Lisbeth życzliwym okiem, nawet jeśli, jak wielu innych, uważał, że jest trochę szurnięta. Zdarzało się, że trenowała ciężej niż inni bywalcy. Wręcz rzucała się na piłki, worki i sparingpartnerów. Miała w sobie jakąś prastarą, wściekłą energię. Obinze nigdy wcześniej takiej nie widział. Raz nawet – zanim ją lepiej poznał – zaproponował, żeby zaczęła walczyć zawodowo.

Ofuknęła go tak, że nigdy więcej do tego nie wrócił. Nigdy nie zrozumiał, dlaczego tak ciężko trenuje, choć w gruncie rzeczy nie musiał znać odpowiedzi na to pytanie. Można ciężko trenować bez żadnych konkretnych powodów. Lepiej trenować niż chlać. Trening jest lepszy niż wszystko inne. Może rzeczywiście, tak jak mu powiedziała pewnego wieczoru przed kilkoma laty, ćwiczyła, żeby być w formie, gdyby znów wpadła w tarapaty.

Wiedział, że już kiedyś miała kłopoty. Dowiedział się tego dzięki wyszukiwarce internetowej. Przeczytał każde słowo, które napisano o niej w sieci, i doskonale rozumiał, dlaczego chce być fizycznie przygotowana, gdyby znów wyłonił się jakiś zły cień z jej przeszłości. Nikt nie mógłby tego rozumieć lepiej niż on. Jego rodziców zamordowali wysłannicy Mobutu.

Ale nie pojmował, dlaczego Lisbeth w regularnych odstępach całkiem olewała treningi. Chyba w ogóle się wtedy nie ruszała i uparcie jadła tylko śmieciowe żarcie. Takie skakanie ze skrajności w skrajność było dla niego kompletnie niezrozumiałe. Kiedy tego ranka wkroczyła do klubu, jak zwykle demonstracyjnie ubrana na czarno i wykolczykowana, minęły dwa tygodnie, odkąd ją widział po raz ostatni.

– Witaj, piękna. Gdzie się podziewałaś? – zapytał.

– Robiłam coś cholernie nielegalnego.

– Nie dziwi mnie to. Pewnie spuszczałaś manto gangowi motocyklowemu albo coś w tym rodzaju.

Nawet nie odpowiedziała na ten żart, tylko z zaciętą miną ruszyła do szatni. Zastąpił jej drogę i spojrzał prosto w twarz, choć wiedział, że Lisbeth tego nienawidzi.

– Masz przekrwione oczy.

– Mam kaca giganta. Odsuń się!

– Skoro tak, to nie masz tu czego szukać i dobrze o tym wiesz.

– *Skip the crap*. Daj mi wycisk – syknęła.

Poszła do szatni, przebrała się i wyszła w o wiele za dużych bokserkach i białym podkoszulku z czarną czaszką na piersi. Nie widział innego wyjścia, jak tylko rzeczywiście dać jej wycisk.

Odpuścił dopiero, kiedy trzeci raz zwymiotowała do kosza na śmieci. Wymyślał jej przy tym najlepiej, jak potrafił. Ona też całkiem nieźle się odcinała. Kiedy skończyli, ruszyła do szatni, przebrała się i wyszła bez słowa. Obinzego, jak często w takich chwilach, ogarnęło poczucie pustki. Może nawet trochę się w niej kochał. W każdym razie nie była mu obojętna. Dziewczyna, która potrafi tak boksować, nie mogłaby być.

Zdążył jeszcze tylko zobaczyć jej łydki na schodach. Nie wiedział, że jak tylko wyszła na Hornsgatan, ziemia zakołysała jej się pod stopami. Ciężko dysząc, oparła się o ścianę. Wróciła na Fiskargatan i wypiła kolejną szklankę coli i pół litra soku. Potem zwaliła się na łóżko i przez jakieś dziesięć–piętnaście minut patrzyła w sufit i myślała o różnych sprawach – o osobliwościach, horyzontach zdarzeń, pewnych szczególnych aspektach równania Schrödingera, o Edzie the Nedzie i innych takich.

Dopiero kiedy świat odzyskał dawne kolory, wstała i podeszła do komputera. Wbrew jej woli przyciągał ją z siłą, która od czasów, kiedy była dzieckiem, nie osłabła ani trochę. Nie miała ochoty na żadne hakerskie wyczyny. Włamała się tylko do komputera Mikaela Blomkvista. I zamarła. Nie chciała uwierzyć w to, co zobaczyła. Niedawno żartowali sobie na temat Baldera. A teraz Mikael napisał, że profesor zginął od dwóch strzałów w głowę.

– Kurwa – mruknęła i weszła na strony kilku popołudniówek.

Jeszcze o tym nie pisały, w każdym razie nic konkretnego. Nie trzeba się jednak było wysilać, żeby zrozumieć, że to Balder jest „szwedzkim uczonym zastrzelonym w swoim domu w Saltsjöbaden". Policja najwyraźniej nie chciała na razie zdradzać żadnych szczegółów, a dziennikarze nie kopali jeszcze zbyt głęboko, prawdopodobnie dlatego, że nie zrozumieli wagi tego, co się stało, albo zbytnio się nie przyłożyli. Najwyraźniej w nocy zaszły ciekawsze wydarzenia: wichura, awarie prądu w całym kraju i niedorzeczne opóźnienia na kolei. Były też jakieś plotki o celebrytach. Nawet nie próbowała ich zrozumieć.

O morderstwie pisano tylko, że doszło do niego około trzeciej w nocy i że policja szuka świadków i pyta o wszystko, co w jakiś sposób odbiegało od normy. Na razie nie mają podejrzanych, ale najwyraźniej ktoś zauważył, że wokół domu profesora kręcili się obcy, dziwnie wyglądający ludzie. Chcą się o nich dowiedzieć czegoś więcej. Na końcu przeczytała, że w ciągu dnia odbędzie się konferencja prasowa, którą poprowadzi komisarz Jan Bublanski. Na widok tego nazwiska Lisbeth uśmiechnęła się z melancholią. Miała co nieco do czynienia z Bublanskim, albo z Bubblą, jak go czasem nazywano. Pomyślała, że jeśli tylko nie władują mu do zespołu jakiegoś palanta, dochodzenie powinno pójść w miarę sprawnie.

Jeszcze raz przeczytała wiadomość od Mikaela. Prosił o pomoc. Bez namysłu odpisała: „w porządku". Nie tylko dlatego, że ją o to prosił. Dla niej była to sprawa osobista. Nie umiała rozpaczać, przynajmniej nie tak jak inni. Potrafiła za to być zła, czuć zimną, bulgoczącą wściekłość. Jana Bublanskiego darzyła pewnym szacunkiem, ale policji nie ufała.

Zwykle brała sprawy w swoje ręce i miała wszelkie możliwe powody, żeby chcieć się dowiedzieć, dlaczego Frans Balder został zamordowany. Nie przez przypadek znalazła go i zaangażowała się w jego sprawę. Prawdopodobnie mieli wspólnych wrogów.

Wszystko zaczęło się od starego pytania: czy można powiedzieć, że jej ojciec w pewnym sensie wciąż żyje. Alexander Zalachenko, Zala, nie tylko zabił jej matkę i zniszczył jej dzieciństwo. Stał również na czele grupy przestępczej, sprzedawał narkotyki, handlował bronią i utrzymywał się z wykorzystywania i poniżania kobiet. Była przekonana, że takie zło po prostu nie znika. Może najwyżej przybrać inną formę. Od tamtego poranka, ponad rok wcześniej, kiedy obudziła się w hotelu Schloss Elmau w bawarskich Alpach, sprawdzała, co się stało z tym, co zostało po jej ojcu.

Wyglądało na to, że jego dawni kompani upadli nisko, zostali zdeprawowanymi bandytami, ohydnymi alfonsami albo drobnymi przestępcami. Jeśli chodziło o bycie łajdakiem, żaden z nich nie dorastał mu do pięt. Lisbeth długo była przekonana, że po jego śmierci organizacja podupadła. Ale nie poddawała się i niedawno wpadła na trop, który prowadził w całkiem nieoczekiwanym kierunku. Odkryła to dzięki jednemu z uczniów ojca, niejakiemu Sigfridowi Gruberowi.

Jeszcze za życia Zalachenki przewyższał inteligencją innych członków grupy. W odróżnieniu od kompanów skończył studia – informatykę i zarządzanie – i najwyraźniej zaprowadziło go to w nieco bardziej ekskluzywne kręgi. Jego nazwisko pojawiało się w kilku śledztwach dotyczących zakrojonych na szeroką skalę przestępstw przeciwko firmom zajmującym się zaawansowanymi technologiami. Chodziło o kradzieże nowych technologii, szantaż, *insider trading* i ataki hakerów.

W normalnych okolicznościach na tym by poprzestała. Nie tylko dlatego, że ta sprawa, jeśli pominąć osobę Grubera, nie miała wiele wspólnego z dawnymi interesami jej ojca. Nic jej nie obchodziło, że kilka bogatych koncernów straciło kilka innowacyjnych rozwiązań. I nagle wszystko się zmieniło.

Dotarła do tajnego raportu GCHQ, Government Communications Headquarters w Cheltenham. Natknęła się w nim na kilka kryptonimów, łączonych z gangiem, do którego najwyraźniej należał teraz Gruber. Na ich widok aż podskoczyła, po czym uczepiła się tego wątku. Szukała wszelkich możliwych informacji na temat grupy i w końcu, na dość amatorskiej, na pół jawnej stronie hakerskiej, znalazła powtórzoną kilka razy plotkę, że ukradli oni technologię AI Fransa Baldera i sprzedali ją Truegames, rosyjsko-amerykańskiemu producentowi gier.

To dlatego poszła na wykład Baldera w Królewskim Instytucie Technologicznym i spierała się z nim o osobliwości we wnętrzu czarnych dziur. W każdym razie między innymi dlatego.

Część 2

Labirynty pamięci

21–23 listopada

Pamięć ejdetyczna – zdolność do przechowywania w umyśle bardzo wyrazistych obrazów, czasem nazywana pamięcią fotograficzną.

Badania dowodzą, że ludzie obdarzeni pamięcią ejdetyczną są bardziej nerwowi i podatni na stres.

Większość z nich, choć nie wszyscy, cierpi na autyzm. Jest również związek między pamięcią fotograficzną a synestezją – stanem, w którym doświadczenia dwóch lub więcej zmysłów łączą się ze sobą: na przykład cyfry mają kolory, a każdy ciąg liczbowy tworzy w myślach obraz.

Rozdział 12
21 listopada

JAN BUBLANSKI NIE MÓGŁ się doczekać wolnego dnia i długiej rozmowy z rabbim Goldmanem. Mieli rozmawiać o pewnych kwestiach związanych z istnieniem Boga, które od pewnego czasu nie dawały mu spokoju.

Nie żeby od razu miał zostać ateistą, ale samo pojęcie Boga było dla niego coraz bardziej problematyczne. Chciał o tym porozmawiać i opowiedzieć mu o poczuciu bezsensu, które go od jakiegoś czasu gnębiło. I o snach, w których składał wymówienie.

Bublanski uważał się za dobrego śledczego. Miał na koncie naprawdę imponujący odsetek rozwiązanych spraw, a praca wciąż jeszcze potrafiła go inspirować. Nie był jednak pewien, czy nadal chce się zajmować morderstwami. Może powinien się przekwalifikować, póki jest jeszcze czas? Marzył o tym, żeby uczyć, pobudzać młodych ludzi do rozwoju i wiary w siebie. Może dlatego, że jemu tak często jej brakowało. Ale nie wiedział, czego konkretnie miałby uczyć. Nigdy nie zrobił żadnej innej specjalizacji poza tą, która stała się jego domeną – poza nagłymi zgonami i mrocznymi perwersjami ludzi – tego z całą pewnością nie chciał wykładać.

Było dziesięć po ósmej. Stał przed lustrem w łazience i przymierzał jarmułkę, która niestety służyła mu już zbyt długo. Dawniej miała ładny jasnoniebieski kolor, który uchodził za nieco ekstrawagancki. Teraz wydawała się wypłowiała i znoszona. Czasem myślał, że to symboliczne odzwierciedlenie drogi, którą przebył. Bo nikt nie mógłby powiedzieć, że Jan Bublanski jest zadowolony ze swojego wyglądu.

Widział w sobie sflaczałego, łysego, zmęczonego życiem mężczyznę. W roztargnieniu sięgnął po *Sztukmistrza z Lublina* Singera – powieść, którą uwielbiał tak bardzo, że od wielu lat trzymał ją koło muszli klozetowej na wypadek, gdyby miał problemy gastryczne i nabrał nagłej ochoty na lekturę. Nie zdążył jednak przeczytać zbyt wiele, bo zadzwonił telefon. Co gorsza, wyświetliło się nazwisko prokuratora Richarda Ekströma. Telefon od Ekströma oznaczał nie tylko, że będzie miał co robić, ale też że będzie to nośne politycznie i medialnie. W przeciwnym wypadku Ekström wywinąłby się z tej sprawy jak piskorz.

– Cześć, Richard, bardzo mi miło – skłamał Bublanski. – Niestety jestem zajęty.

– Co? Nie, nie teraz, Jan. Tego nie możesz przegapić. Słyszałem, że masz dziś wolne.

– Zgadza się, ale jadę do... – Urwał, żeby nie wspomnieć o synagodze. Nie chciał się afiszować ze swoim pochodzeniem. – Do lekarza.

– Jesteś chory?

– Nie do końca.

– Jak to? Jesteś trochę chory, a trochę nie?

– Coś w tym stylu.

– W takim razie nie ma problemu. Wszyscy jesteśmy trochę chorzy, prawda? To ważna sprawa. Skontaktowała się ze mną sama minister gospodarki i innowacji Lisa Green. Zgadza się, żebyś to ty poprowadził śledztwo.

– Trudno mi uwierzyć, że Lisa Green mnie zna.

– Może nie z nazwiska i w zasadzie nie powinna się do tego mieszać. Ale wszyscy jesteśmy zgodni, że potrzebujemy najlepszego człowieka.

– Pochlebstwa nie robią już na mnie wrażenia, Richard. O co chodzi? – zapytał i natychmiast pożałował. Samo to, że zadał pytanie, oznaczało już częściową zgodę. Dało się zauważyć, że Richard Ekström od razu uznał to za małe zwycięstwo.

– Dziś w nocy profesor Frans Balder został zamordowany w swoim domu w Saltsjöbaden.

– A kto to taki?

– Jeden z naszych najbardziej znanych naukowców, w kraju i za granicą. Czołowy specjalista w dziedzinie AI.

– Czego?

– Zajmował się sieciami neuronowymi, cyfrowymi procesami kwantowymi i tego typu rzeczami.

– Nadal nic nie rozumiem.

– Innymi słowy próbował skłonić komputery do myślenia, po prostu upodobnić je do ludzkiego mózgu.

Upodobnić do ludzkiego mózgu? Bublanski zaczął się zastanawiać, co by powiedział rabbi Goldman.

– Wygląda na to, że już kiedyś padł ofiarą szpiegostwa przemysłowego – mówił dalej Ekström. – To dlatego w sprawę zaangażowało się Ministerstwo Gospodarki i Innowacji. Z pewnością wiesz, z jakim przejęciem Lisa Green mówiła o ochronie szwedzkich badań i innowacyjnych rozwiązań technicznych.

– Chyba tak.

– Poinformowano nas też, że groziło mu niebezpieczeństwo. Dostał policyjną ochronę.

– Chcesz powiedzieć, że mimo to został zamordowany.

– Może nie była to najlepsza ochrona na świecie. Flinck i Blom z porządkowej.

– Casanovy?

– Tak. Wyznaczono ich do tego w nocy, podczas wichury i w ogólnym chaosie. Na ich obronę można powiedzieć, że nie mieli łatwo. Zrobiło się zamieszanie. Balder dostał kulkę w głowę, a oni byli wtedy zajęci pijaczkiem, który wyrósł pod bramą nie wiadomo skąd. Wyobraź sobie, że morderca skorzystał z tej krótkiej chwili nieuwagi.

– Nie brzmi to dobrze.

– Zgadza się. Wygląda mi to na robotę fachowca. Jakby tego było mało, najwyraźniej zhakowali system alarmowy.

– Czyli było ich kilku?

– Tak nam się wydaje. Poza tym...

– Tak?

– Jest tu kilka kłopotliwych szczegółów.

– Które spodobają się mediom?

– Media to pokochają – ciągnął Ekström. – Chociażby to, że pijaczkiem okazał się sam Lasse Westman.

– Ten aktor?

– Nie kto inny. I to jest naprawdę duży problem.

– Bo sprawa trafi na pierwsze strony gazet?

– To też, ale poza tym jest ryzyko, że będziemy mieli na głowie śliskie kwestie rozwodowe. Westman twierdził, że przyszedł tam po ośmioletniego pasierba, który był u Baldera. Balder... poczekaj... żebym nic nie pokręcił... najwyraźniej jest biologicznym ojcem chłopaka, ale sąd odebrał mu prawo do opieki nad nim.

– Dlaczego profesor, który potrafi upodobnić komputery do ludzi, miałby nie potrafić zaopiekować się własnym dzieckiem?

– Bo już wcześniej dopuszczał się poważnych zaniedbań i pracował, zamiast zajmować się synem. Jeśli dobrze zrozumiałem, okazał się beznadziejnym ojcem. Tak czy inaczej, to delikatna sprawa. Ten mały chłopiec, którego właściwie nie powinno tam być, prawdopodobnie był świadkiem morderstwa.

– Boże! I co mówi?

– Nic.

– Jest w aż takim szoku?

– Z pewnością, ale on w ogóle nie mówi. Jest niemy i mocno upośledzony. Na nic się nam nie przyda.

– Więc nie wiemy, kim jest sprawca?

– O ile to czysty przypadek, że Lasse Westman pojawił się tam akurat w chwili, kiedy zastrzelono Baldera. Musimy go szybko przesłuchać.

– Jeśli się zdecyduję wziąć tę sprawę.

– Zdecydujesz się.

– To aż takie pewne?

– Powiedziałbym, że nie masz wyboru. Poza tym najlepsze zostawiłem na koniec.

– A mianowicie?

– Mikael Blomkvist.

– Co z nim?

– Z jakiegoś powodu tam był. Myślę, że Balder skontaktował się z nim, bo chciał mu coś powiedzieć.

– W środku nocy?

– Najwyraźniej.

– A potem został zastrzelony?

– Tuż przed tym, jak Blomkvist zapukał do drzwi. Widział nawet mordercę.

Bublanski wybuchnął śmiechem. Była to pod każdym względem niewłaściwa reakcja i nie umiał się wytłumaczyć nawet przed sobą. Może powodem były nerwy, a może wrażenie, że historia się powtarza.

– Przepraszam? – powiedział Richard Ekström.

– Coś mi utknęło w gardle. Więc teraz się boicie, że przeprowadzi niezależne śledztwo i przedstawi was wszystkich w złym świetle.

– Hm, możliwe. Tak czy owak, zakładamy, że „Millennium" już nad tym pracuje, i prawdę mówiąc, właśnie próbuję znaleźć paragraf, który by mi pozwolił ich powstrzymać albo przynajmniej jakoś zahamować. Niewykluczone, że to może zagrozić bezpieczeństwu państwa.

– Więc mamy na głowie również Säpo?

– Bez komentarza – odparł Ekström.

Idź do diabła, pomyślał Bublanski.

– Czy zajmuje się tym Ragnar Olofsson i reszta wydziału ochrony własności przemysłowej? – zapytał.

– Powtórzę: bez komentarza. Kiedy możesz zaczynać?

Idź do diabła, pomyślał Bublanski po raz drugi.

– Zrobię to pod pewnymi warunkami – powiedział po chwili. – Chcę pracować z tymi samymi ludźmi co zawsze.

Z Sonją Modig, Curtem Svenssonem, Jerkerem Holmbergiem i Amandą Flod.

– W porządku, ale dostaniesz też Hansa Fastego.

– Nigdy w życiu! Po moim trupie!

– Sorry, to nie podlega dyskusji. Ciesz się, że mogłeś wybrać całą resztę.

– Jesteś niereformowalny, wiesz o tym?

– Zetknąłem się z taką opinią.

– Więc Faste będzie naszym małym infiltratorem z Säpo?

– Nie, skąd. Uważam po prostu, że wszystkie grupy robocze korzystają, jeśli mają w składzie kogoś, kto myśli na przekór.

– Więc kiedy już się pozbyliśmy przesądów i uprzedzeń, dajesz nam kogoś, dzięki komu do nich wrócimy?

– Nie wygłupiaj się.

– Hans Faste to idiota.

– Nie, wcale nie. To raczej...

– Kto?

– Konserwatysta. Człowiek, który nie daje się porwać najświeższym feministycznym prądom.

– Ani nawet pierwszemu z nich. Możliwe, że dopiero teraz pogodził się z tym, że kobiety mają prawo głosu.

– Opanuj się, Jan. Hans Faste to ze wszech miar godny zaufania, lojalny śledczy. Nie chcę dalszych dyskusji na ten temat. Masz jeszcze jakieś życzenia?

Żebyś spadał, pomyślał Bublanski.

– Chcę iść do lekarza. W tym czasie śledztwo ma prowadzić Sonja Modig.

– Czy to na pewno dobry pomysł?

– Jak cholera – wycedził.

– Okej, okej. Dopilnuję, żeby Erik Zetterlund wszystko jej przekazał – odparł Richard Ekström i skrzywił się. Nie był wcale pewien, czy on sam dobrze zrobił, biorąc tę robotę.

ALONA CASALES rzadko pracowała nocami. Unikała tego od wielu lat, nie bez powodu tłumacząc się reumatyzmem, przez który od czasu do czasu musiała brać duże dawki kortyzonu. Sprawiały, że jej twarz zaczynała przypominać księżyc w pełni, a ciśnienie skakało do góry. Potrzebowała wtedy snu i stałego programu dnia. Ale teraz była w pracy, choć zegar wskazywał dziesięć po trzeciej. Z domu, w Laurel w stanie Maryland, jechała w lekkim deszczu trasą 175 East. Po drodze minęła tablicę z napisem: „NSA, następny zjazd w prawo, tylko dla personelu".

Minęła bramki i podłączone do prądu ogrodzenie wokół czarnego sześciennego budynku w Fort Meade i zaparkowała na rozległym parkingu na prawo od kopuły radarowej, która wyglądała jak piłka golfowa i mieściła w sobie gąszcz anten parabolicznych. Minęła kilka punktów kontrolnych i wjechała do swojego biura na jedenastym piętrze. Nie działo się tam zbyt wiele.

Mimo wszystko zdziwiła się, kiedy stwierdziła, że atmosfera jest gorąca, i dopiero po chwili pojęła, że za ten gęsty, pełen powagi klimat odpowiadają Ed the Ned i jego młodzi hakerzy. Bardzo dobrze znała Eda, ale nie zawracała sobie głowy powitaniami.

Ed szalał z wściekłości. Właśnie krzyczał na młodego człowieka, którego twarz wydawała się przejmująco blada. Pomyślała, że to dziwny chłopak, jak wszyscy ci komputerowi geniusze, których Ed przy sobie trzymał. Był chudy, anemiczny i miał iście piekielną fryzurę. Poza tym był dziwnie zgarbiony, a ramiona kurczyły mu się w nerwowym tiku. Co jakiś czas wstrząsał nim dreszcz, jakby naprawdę się bał. Sytuacji nie poprawiał fakt, że Ed kopał w nogę jego krzesła. Chłopak wyglądał, jakby się spodziewał policzka albo ciosu w twarz. I nagle stało się coś nieoczekiwanego.

Ed się uspokoił i zmierzwił chłopakowi włosy jak kochający ojciec. Nie było to w jego stylu. Nie okazywał czułości i nie zajmował się bzdurami. Był kowbojem. Nigdy by nie zrobił czegoś tak podejrzanego jak przytulenie innego faceta. Może był aż tak zdesperowany, że zdecydował się na ludzki odruch. Miał rozpięte spodnie. Na koszuli widniały plamy po kawie albo coca-coli, jego twarz miała niezdrowy odcień czerwieni, a głos był schrypnięty, jakby za dużo krzyczał. Alona pomyślała, że nikt w jego wieku i z taką nadwagą nie powinien się tak przepracowywać.

Choć minęło dopiero pół doby, wydawało się, że on i jego chłopcy mieszkają tam od tygodnia. Wszędzie walały się kubki po kawie, resztki dań instant, porozrzucane tu i ówdzie czapki i bluzy od dresu. Pracowali w napięciu, a wokół nich unosił się kwaśny zapach potu. Dało się wyczuć, że wywracają świat na lewą stronę, żeby wytropić hakera. W końcu krzyknęła do nich z udawaną energią w głosie:

– Dawajcie, chłopaki!

– A żebyś wiedziała!

– Dobrze, dobrze. Dorwijcie tego drania!

Nie mówiła całkiem szczerze. Tak naprawdę uważała, że to włamanie jest nawet zabawne. Wielu jej kolegów najwyraźniej wierzyło, że mogą robić, co im się podoba, jak gdyby mieli *carte blanche.* Dobrze im zrobi, jeśli zdadzą sobie sprawę, że druga strona może się zrewanżować. Ten, kto nadzoruje naród, w końcu sam znajdzie się pod nadzorem. Tak napisał ten haker. Uważała, że to całkiem fajne, chociaż oczywiście nieprawdziwe.

Tam w Puzzle Palace, jak nazywano NSA, mieli absolutną przewagę. To, że nie są niezawodni, wychodziło na jaw dopiero, kiedy próbowali zrozumieć coś naprawdę ważnego, tak jak ona teraz. O tym, że szwedzki profesor został zamordowany w swoim domu pod Sztokholmem, dowiedziała się od Catrin Hopkins, która zadzwoniła do niej w środku nocy. Nawet jeśli nie była to wielka rzecz dla NSA, była ważna dla niej.

To morderstwo pokazało, że dobrze odczytała sygnały. Teraz musiała tylko sprawdzić, czy będzie w stanie posunąć się jeszcze o krok do przodu. Zalogowała się więc do swojego komputera i otworzyła schemat organizacji, na której czele stał nieuchwytny i tajemniczy Thanos. Były tam również inne znaczące nazwiska, na przykład Iwan Gribanow, członek rosyjskiej Dumy, i Niemiec Gruber, wykształcony były członek dużej organizacji zajmującej się handlem ludźmi.

Nie rozumiała, dlaczego tę sprawę uważa się u nich za tak mało ważną i dlaczego jej szefowie wciąż utrzymują, że powinny się tym zajmować inne, zwyczajne służby, te od zwalczania przestępczości. Nie wykluczała, że ta sieć może być pod ochroną państwa albo mieć powiązania z rosyjskim wywiadem, a całą sprawę można uważać za część wojny handlowej między Wschodem a Zachodem. Nawet jeśli nie miała ku temu solidnych podstaw, a dowody trudno było nazwać jednoznacznymi, były wyraźne oznaki tego, że zachodnie rozwiązania technologiczne są kradzione i trafiają w ręce Rosjan.

Trudno jednak było tę siatkę przejrzeć i nie zawsze dało się stwierdzić, czy doszło do przestępstwa, czy podobne rozwiązanie technologiczne przez czysty przypadek opracowano również gdzie indziej. Kradzież w gospodarce jest pojęciem ze wszech miar płynnym. Wciąż dochodzi do kradzieży i zapożyczeń, czasem w ramach twórczej wymiany, a czasem dlatego, że nielegalne działania są legitymizowane przez prawo.

Duże przedsiębiorstwa regularnie zastraszają mniejsze firmy z pomocą miotających groźby adwokatów i nikt nie widzi nic dziwnego w tym, że samotni wynalazcy są w zasadzie pozbawieni ochrony prawnej. A poza tym szpiegostwo przemysłowe i ataki hakerów często uważa się za zwykłą analizę otoczenia. Zresztą sami pracownicy Puzzle Palace również nie przyczyniali się do odnowy moralnej na tym polu.

Choć z drugiej strony... Morderstwa nie da się tak łatwo zrelatywizować. Alona postanowiła – niemal uroczyście – że obejrzy każdy element tej układanki ze wszystkich stron i znajdzie luki. Nie zdążyła zrobić zbyt wiele. W zasadzie tylko się wyprostowała i rozmasowała kark, i nagle usłyszała za sobą kroki i posapywanie.

Podszedł do niej Ed. Zgięty wpół nie wyglądał zbyt mądrze. Najwyraźniej i jemu kręgosłup odmawiał posłuszeństwa. Wystarczyło, że na niego spojrzała, i kark nie bolał jej już tak bardzo.

– Czemu zawdzięczam ten zaszczyt, Ed?

– Zastanawiam się, czy nie mamy tego samego problemu.

– Usiądź, staruszku. Dobrze ci to zrobi.

– To albo rozciągnięcie na łożu tortur. Wiesz, z mojej ograniczonej perspektywy...

– Już się tak nie umniejszaj, Ed.

– Wcale się nie umniejszam. Ale, jak wiesz, nie obchodzi mnie, kto jest na górze, a kto na dole i co kto sądzi na taki czy inny temat. Skupiam się na tym, co należy do mnie. Bronię naszego systemu i jedyne, co mi imponuje, to fachowość.

– Zatrudniłbyś samego diabła, gdyby tylko był zdolnym informatykiem.

– W każdym razie szanuję każdego wroga, jeśli tylko jest wystarczająco dobry. Potrafisz to zrozumieć?

– Potrafię.

– Zaczynam myśleć, że on i ja jesteśmy podobni i że tylko przez czysty przypadek stoimy po przeciwnych stronach. Na pewno słyszałaś, że RAT, program szpiegowski, dostał się na nasze serwery, a stamtąd do intranetu. Posłuchaj, ten program...

– Tak?

– Jest jak najczystsza muzyka. Tak zwięźle i elegancko napisany.

– Spotkałeś godnego przeciwnika.

– Bez wątpienia. Moi chłopcy mają podobne odczucia. Zgrywają przejętych patriotów czy kogo tam jeszcze, ale tak naprawdę nie pragną niczego więcej niż spotkać tego hakera i się z nim zmierzyć. Ja też przez chwilę próbowałem myśleć: okej, w porządku, jakoś to przeżyjesz. Może mimo wszystko szkody nie są aż tak wielkie. To tylko jeden genialny haker, który chce pokazać, na co go stać. Może wyjdzie z tego coś dobrego. Już poznaliśmy mnóstwo naszych słabych punktów, polując na niego. Ale potem...

– Tak?

– Potem zacząłem się zastanawiać, czy ja również nie zostałem oszukany. Czy to całe przedstawienie z moim serwerem nie było tylko zasłoną dymną, fasadą, która miała ukryć coś zupełnie innego.

– Na przykład co?

– Na przykład to, że chciał się czegoś dowiedzieć.

– Teraz mnie zaciekawiłeś.

– To dobrze. Udało nam się ustalić, czego dokładnie szukał, i wszystko w zasadzie sprowadza się do jednego: siatki, którą się zajmowałaś. Spiders? Tak się nazywali?

– Dokładniej The Spider Society. Ale to chyba był taki żart.

– Szukał informacji o nich i o ich współpracy z Solifonem. Pomyślałem, że może sam do nich należy i chce sprawdzić, co o nich wiemy.

– Niewykluczone. Wszystko wskazuje na to, że to zdolni hakerzy.

– A potem znów zacząłem wątpić.

– Dlaczego?

– Bo wygląda na to, że ten haker chciał nam też coś pokazać. Udało mu się uzyskać status superusera i dlatego mógł czytać dokumenty, do których może nawet ty nie miałaś dostępu. Wprawdzie plik, który skopiował i ściągnął, był tak zaszyfrowany, że ani on, ani nawet my nie jesteśmy w stanie go odczytać, o ile skurczybyk, który go napisał, nie da nam prywatnych kluczy. Ale...

– Tak?

– Posługując się naszym własnym systemem, ten ktoś ujawnił, że my również współpracujemy z Solifonem na tych samych zasadach co Spiderzy. Wiedziałaś o tym?

– Nie. O cholera.

– Tak przypuszczałem. Ale niestety wygląda na to, że my też mamy ludzi w grupie Eckerwalda. Usługi, które Solifon świadczy Spiderom, świadczy również nam. To przedsiębiorstwo jest jednym z elementów prowadzonego przez nas szpiegostwa przemysłowego i z pewnością dlatego twoja sprawa miała tak niski priorytet. Są ludzie, którzy się boją, że przez twoje śledztwo my także się pobrudzimy.

– Cholerni idioci.

– Muszę się z tobą zgodzić. Niewykluczone, że zostaniesz teraz całkiem wyłączona z tej sprawy.

– Jeśli tak, to się wścieknę.

– Spokojnie, jest jeszcze inne wyjście, i dlatego przywlokłem swoje biedne ciało aż do twojego biurka. Możesz pracować dla mnie.

– Jak to?

– Ten przeklęty haker wie co nieco o Spiderach. Jeśli nam się uda ustalić, kto to jest, posuniemy sprawę do przodu, a wtedy będziesz mogła mówić, co tylko zechcesz.

– Rozumiem, do czego zmierzasz.

– To znaczy, że się zgadzasz?

– I tak, i nie. Najpierw chciałabym ustalić, kto zastrzelił Fransa Baldera.

– Ale będziesz mnie informować na bieżąco?

– W porządku.

– To dobrze.

– Poczekaj – powiedziała. – Jeżeli ten haker jest taki zdolny, to z pewnością pamiętał, żeby pozacierać ślady.

– O to niech cię głowa nie boli. Nie ma znaczenia, jak bardzo był przebiegły. I tak go dorwiemy i żywcem obedrzemy ze skóry.

– Gdzie się podział twój szacunek dla przeciwnika?

– Wciąż go mam. Ale to nie zmienia faktu, że go zmiażdżymy i zapuszkujemy na resztę życia. Żaden gnój nie będzie się włamywał do mojego systemu.

Rozdział 13
21 listopada

MIKAEL BLOMKVIST TAKŻE i tym razem nie spał zbyt dobrze. Prześladowały go nocne wydarzenia. Piętnaście po jedenastej przed południem dał za wygraną i usiadł na łóżku.

Wstał, poszedł do kuchni i zrobił sobie dwie kanapki z cheddarem i prosciutto, a do tego talerz jogurtu z müsli. Nie miał jednak szczególnej ochoty na jedzenie, więc zadowolił się kawą, wodą i tabletkami od bólu głowy. Wyjął notatnik i próbował podsumować to, co się stało. Nie zdążył jednak zrobić zbyt wiele, bo nagle rozpętało się piekło. Telefon dzwonił raz za razem. Wkrótce dowiedział się, o co chodzi. Kraj obiegła sensacyjna wiadomość, że gwiazdor dziennikarstwa Mikael Blomkvist i aktor Lasse Westman znaleźli się w samym środku tajemniczej sprawy morderstwa. Tajemniczej, ponieważ nikt nie potrafił zrozumieć, dlaczego akurat oni – razem czy osobno – byli tam, gdzie ktoś zabił profesora, strzelając mu dwa razy w głowę. W tych pytaniach kryło się coś w rodzaju insynuacji, więc otwarcie odpowiadał, że mimo późnej pory pojechał tam, bo wydawało mu się, że Balder chce mu powiedzieć coś ważnego.

– Pojechałem wykonywać swoją pracę – mówił.

Niepotrzebnie się bronił. Ale czuł, że go oskarżają, i chciał wyjaśnić, nawet jeśli mogło to zachęcić kolejnych reporterów. Na pozostałe pytania odpowiadał: bez komentarza, co również nie było idealnym rozwiązaniem. Zaletą tej odpowiedzi była jednak jej prostota i jednoznaczność. W końcu włożył stary kożuch ojca, wyszedł na miasto i ruszył w kierunku Götgatan.

Ruch w redakcji przypomniał mu dawne czasy. Wszędzie, w każdym kącie, ktoś pracował w skupieniu. Erika niewątpliwie wygłosiła jedną albo więcej motywujących gadek i wszyscy na pewno rozumieli powagę sytuacji. Chodziło nie tylko o to, że zostało im jedynie dziesięć dni. Unosiła się nad nimi groźba Levina i Sernera i cała ekipa wydawała się nastawiona na walkę. Mimo to na jego widok wszyscy zerwali się z miejsc. Chcieli, żeby im opowiedział o Balderze, o tym, co się stało w nocy, i o tym, jak zareagował na to, co zrobili Norwegowie. Ale on nie chciał być gorszy.

– Później, później – powiedział tylko i podszedł do Andreia Zandera.

Dwudziestosześcioletni Zander był ich najmłodszym współpracownikiem. Odbywał u nich praktyki i został na stałe. Czasami, na przykład teraz, zatrudniali go na zastępstwo, a czasem jako freelancera. Mikaela bolało, że nie mogą go zatrudnić na stałe, zwłaszcza teraz, kiedy zatrudnili Emila Grandéna i Sofie Melker. Tak naprawdę chętniej zatrzymałby Andreia. Ale on nie wyrobił sobie jeszcze nazwiska i nie pisał na odpowiednio wysokim poziomie.

Poza tym był fantastyczny jako członek zespołu, co było dobre dla gazety, choć niekoniecznie dla niego samego. Zwłaszcza w tak bezwzględnej branży. Chłopak nie był próżny, choć miał ku temu wszelkie powody. Wyglądał jak młody Antonio Banderas i chwytał wszystko w lot. Nie był jednak człowiekiem, który zrobiłby wszystko, byle tylko się wybić. Po prostu pragnął być częścią drużyny i dobrym dziennikarzem, a przy tym kochał „Millennium". A Mikael nagle poczuł, że kocha tych, którzy kochają „Millennium". Postanowił, że pewnego dnia zrobi dla Zandera coś naprawdę wielkiego.

– Cześć, Andrei – powiedział. – Co słychać?

– Cześć. Robota.

– Niczego innego się nie spodziewałem. Co ustaliłeś?

– Niejedno. Masz wszystko na biurku, napisałem też streszczenie. Mogę ci coś poradzić?

– Dobra rada to właśnie to, czego mi teraz trzeba.

– W takim razie natychmiast stąd wyjdź i idź na Zinkens väg. Spotkasz się tam z Farah Sharif.

– Z kim?

– Z naprawdę ładną profesor informatyki. Mieszka tam i ma dzisiaj wolne.

– Chcesz powiedzieć, że najbardziej przydałoby mi się teraz towarzystwo uroczej, inteligentnej kobiety?

– Niezupełnie. Profesor Sharif niedawno dzwoniła. Dowiedziała się, że Frans Balder chciał ci coś powiedzieć. Twierdzi, że wie, o co mogło chodzić, i mówi, że chętnie by z tobą porozmawiała. Może chce spełnić jego wolę. Moim zdaniem to idealny początek.

– Sprawdziłeś ją?

– Oczywiście, choć nie możemy wykluczyć, że ma w tym interes. W każdym razie była z Balderem blisko. Studiowali razem i razem napisali kilka artykułów naukowych. Mamy dwa albo trzy zdjęcia, na których stoją w tłumie. Jej nazwisko liczy się w branży.

– Okej, w takim razie lecę. Dasz znać, że tam jadę?

– Tak – odparł Andrei.

A potem podał mu dokładny adres i historia z poprzedniego dnia się powtórzyła. Mikael opuścił redakcję, zanim na dobre wszedł. Ruszył w stronę Hornsgatan. Po drodze czytał to, co dla niego przygotował Andrei. Kilka razy wpadł na jakiegoś przechodnia, ale był tak przejęty, że nawet nie przeprosił. Dlatego sam się zdziwił, kiedy do niego dotarło, że nie poszedł prosto do Farah Sharif. Zatrzymał się w barze kawowym Mellqvist i od razu wypił dwa podwójne espresso. Nie tylko po to, by pozbyć się zmęczenia. Pomyślał też, że szok kofeinowy może mu pomóc uporać się z bólem głowy. A potem jednak zaczął się zastanawiać, czy to było właściwe lekarstwo. Wychodząc z kawiarni, był w gorszej formie, niż kiedy do niej wchodził, ale nie była to wina espresso. Winni byli ci wszyscy kretyni, którzy po tym, jak przeczytali, co się stało w nocy, wyskakiwali z idiotycznymi komentarzami. Mówi się, że młodzi ludzie najbardziej ze wszystkiego pragną być sławni. Powinien im wytłumaczyć, że nie warto o to zabiegać. Od popularności można tylko oszaleć, zwłaszcza jeśli się nie śpi i musi się oglądać rzeczy, których żaden człowiek nie powinien oglądać.

Szedł dalej Hornsgatan. Minął McDonalda i Coop, a potem skręcił w Ringvägen. Rzucił szybko okiem w prawo i zesztywniał: poczuł, że widzi coś ważnego. Ale nic takiego tam nie było! Nic! Widział tylko nieszczęsne skrzyżowanie skąpane w oparach spalin, nic więcej. Nagle zrozumiał.

Światła, te same, które Frans Balder odwzorował z matematyczną precyzją. Po raz drugi zaczął się zastanawiać dlaczego. To miejsce niczym się nie wyróżniało – było niepozorne i zaniedbane. Ale może właśnie o to chodziło.

Nie motyw był najważniejszy. Najważniejsze było to, co dało się w nim dostrzec. Dzieło sztuki istnieje w oku tego, kto patrzy. Zresztą, pomyślał, to nie ma nic do rzeczy. Świadczy tylko o tym, że Frans Balder tam był. Może siedział gdzieś na krześle i przyglądał się sygnalizatorowi. Minął boisko w Zinkensdamm i skręcił w prawo, w Zinkens väg.

INSPEKTOR SONJA MODIG pracowała przez cały ranek. Teraz siedziała w swoim gabinecie i patrzyła na stojące na biurku oprawione zdjęcie. Przedstawiało jej sześcioletniego syna Axela. Cieszył się, że strzelił gola. Wychowywała go sama i trudno jej było pogodzić wszystkie obowiązki. Najbliższa przyszłość też nie rysowała się różowo. Nagle usłyszała pukanie. W końcu zjawił się Bublanski. Miała mu przekazać śledztwo. Nie sprawiał wrażenia, jakby miał ochotę o czymkolwiek rozmawiać. Jak nigdy miał na sobie garnitur, krawat i świeżo wyprasowaną niebieską koszulę. Zaczesał włosy tak, żeby przykrywały łysinę. Spojrzenie miał rozmarzone, nieobecne. Wydawało się, że myśli o wszystkim, tylko nie o pracy.

– Co powiedział lekarz? – zapytała.

– Lekarz powiedział, że nie jest ważne, żebyśmy wierzyli w Boga. Bóg nie jest małostkowy. Ważne, żebyśmy zrozumieli, że życie jest ważne i ma dużo do zaoferowania. Powinniśmy je cenić, a jednocześnie próbować ulepszyć świat. Ten, kto potrafi znaleźć równowagę między jednym a drugim, jest blisko Boga.

– Czyli tak naprawdę byłeś u rabina?

– Tak jest.

– Rozumiem. Nie wiem, co mogę zrobić, jeśli chodzi o to pierwsze – docenianie życia. Chyba że poczęstujesz się kawałkiem szwajcarskiej czekolady pomarańczowej, którą akurat mam w szufladzie. A jeżeli nam się uda złapać faceta, który zastrzelił Fransa Baldera, na pewno uczynimy świat trochę lepszym.

– Szwajcarska czekolada pomarańczowa i rozwiązanie sprawy morderstwa. Myślę, że to dobry początek.

Sonja wyjęła z szuflady czekoladę, odłamała kawałek i podała mu. Przeżuwał z namaszczeniem.

– Wyborna – powiedział.

– Prawda?

– Gdyby życie mogło czasem tak wyglądać – powiedział i wskazał na zdjęcie uradowanego Axela.

– Co masz na myśli?

– Gdyby szczęście dawało o sobie znać z taką samą siłą jak ból – odparł.

– No właśnie.

– A jak tam syn Baldera? – zapytał. – Zdaje się, że ma na imię August.

– Trudno powiedzieć. Jest z matką. Zbadał go psycholog.

– I co my tu mamy?

– Niestety na razie niewiele. Mamy rodzaj broni. Remington 1911 R1 Carry, prawdopodobnie kupiony stosunkowo niedawno. Będziemy to nadal sprawdzać, ale nie sądzę, żeby nam się udało go namierzyć. Analizujemy też nagrania z monitoringu. Ale cokolwiek byśmy robili, nie widać na nich jego twarzy, żadnych znaków szczególnych, znamion, nic takiego. Tylko zegarek. Można go wypatrzyć w pewnym momencie. Wygląda na drogi. Facet jest ubrany na czarno. Na głowie ma szarą czapkę z daszkiem, bez napisów. Jerker mówi, że rusza się jak stary ćpun. Widać też, że ma w rękach małą, czarną skrzynkę, prawdopodobnie coś w rodzaju komputera albo terminalu GSM. Prawdopodobnie zhakował tym system alarmowy.

– Słyszałem o tym. Jak można zhakować system alarmowy?

– Jerker przyjrzał się i temu. Nie jest to łatwe, zwłaszcza w przypadku tak zaawansowanego alarmu, ale da się zrobić. System był połączony z internetem i siecią komórkową i nieprzerwanie wysyłał sygnały do Milton Security, do Slussen. Niewykluczone, że tą skrzynką rejestrował częstotliwość alarmu i w ten sposób go zhakował. Mógł też spotkać Baldera na spacerze i wykraść dane z jego NFC.

– Z czego?

– Near Field Communication – z funkcji w telefonie, dzięki której Balder aktywował alarm.

– Dawniej, kiedy złodzieje mieli łomy, było prościej – stwierdził Bublanski. – Żadnych samochodów w okolicy?

– Jeden, ciemny, stał sto metrów dalej, na poboczu, a kierowca co jakiś czas uruchamiał silnik. Widziała go tylko jedna osoba – starsza pani, Birgitta Roos. Nie ma pojęcia, jaki to był samochód. Mówi, że może volvo. Albo taki sam jak ten, który ma jej syn. Jej syn ma bmw.

– Ech.

– No właśnie, nieciekawie to wygląda – powiedziała Sonja Modig. – Sprawcy wykorzystali to, że była noc i szalała wichura. Mogli się tam kręcić bez przeszkód. Jeśli nie liczyć relacji Mikaela Blomkvista, mamy tylko jedno zeznanie. Chłopak nazywa się Ivan Grede i ma trzynaście lat. Śmieszna postać. Chudzielec, który jako dziecko cierpiał na białaczkę i cały pokój ma umeblowany w japońskim stylu. Gada jak stary maleńki. W środku nocy poszedł do łazienki i zobaczył przez okno, że na brzegu zatoki stoi dobrze zbudowany mężczyzna. Patrzył na morze i robił znak krzyża zaciśniętymi pięściami. Ten gest, jak się wyraził, wyglądał jednocześnie agresywnie i pobożnie.

– Niedobra kombinacja.

– Zgadza się. Połączenie religii i przemocy zwykle nie zwiastuje niczego dobrego. Ale Ivan nie jest pewien, czy to był znak krzyża.

– Ale nie popełnił samobójstwa.

– Nie. Pobiegł dalej, w stronę domu Baldera. Miał plecak i był ubrany na czarno. Możliwe, że miał spodnie w maskujących barwach. Był silny i wysportowany. Ivan powiedział, że przypominał jego stare zabawki, wojowników ninja.

– To też nie brzmi dobrze.

– Ani trochę, i wygląda na to, że to ten sam człowiek, który strzelał do Mikaela Blomkvista.

– Blomkvist nie widział jego twarzy?

– Nie. Kiedy tamten się obrócił i strzelił, padł na ziemię. Poza tym wszystko działo się bardzo szybko. Ale zdaniem Blomkvista facet prawdopodobnie szkolił się w wojsku. Zgadza się to z obserwacjami Ivana, a ja mogę tylko przytaknąć. Wskazywałyby na to szybkość i skuteczność, z jaką przeprowadzono operację.

– Udało wam się ustalić, dlaczego Blomkvist tam był?

– Tak. Jeżeli tej nocy udało się zrobić coś porządnie, to właśnie przesłuchać Blomkvista. Spójrz. – Wręczyła Bublanskiemu wydruk. – Nawiązał kontakt z jednym z dawnych asystentów Baldera. Ten asystent twierdzi, że ktoś się włamał do komputera Baldera i ukradł mu jakieś rozwiązanie technologiczne. Blomkvist się tym zainteresował i chciał się skontaktować z Balderem, ale Balder się nie odezwał. Nie miał tego w zwyczaju. Ostatnio żył jak pustelnik. Prawie nie utrzymywał kontaktu ze światem. Robieniem zakupów i załatwianiem wszystkich spraw zajmowała się gosposia, niejaka... chwileczkę... Lottie Rask. Pani Rask pod żadnym pozorem nie wolno było zdradzić, że w domu jest jego syn. Zaraz do tego przejdę. Ale dziś w nocy coś się stało. Domyślam się, że Balder chciał wyrzucić z siebie coś, co nie dawało mu spokoju. Nie zapominaj, że chwilę wcześniej dowiedział się, że jego życiu zagraża poważne niebezpieczeństwo. Poza tym włączył się alarm i jego domu pilnowało dwóch policjantów. Może przeczuwał, że ma mało czasu. Nie wiem. W każdym razie w środku nocy zadzwonił do Mikaela Blomkvista. Chciał mu o czymś opowiedzieć.

– Dawniej w takich sytuacjach wzywało się księdza.

– Teraz najwyraźniej wzywa się dziennikarzy. No nic, to czyste spekulacje. Wiemy tylko, co powiedział, kiedy się nagrywał na automatyczną sekretarkę Blomkvista. Nie mamy pojęcia, co zamierzał mu zdradzić. Blomkvist twierdzi, że on też tego nie wie, i ja mu wierzę. Choć najwyraźniej jestem w tym osamotniona. Richard Ekström, który, nawiasem mówiąc, strasznie zrzędzi, jest przekonany, że Blomkvist trzyma to coś w tajemnicy i że zamierza to opublikować w swojej gazecie. Trudno mi w to uwierzyć. Wszyscy wiemy, że Blomkvist to szczwany lis, ale nie jest człowiekiem, który z premedytacją sabotowałby dochodzenie.

– Masz rację.

– Problem polega na tym, że Ekström jak ostatni kretyn rozpowiada na prawo i lewo, że Blomkvista powinno się aresztować za krzywoprzysięstwo, utrudnianie śledztwa i Bóg wie co jeszcze. On wie więcej – powtarza ze złością. Wydaje się, że ma zamiar coś zrobić.

– To raczej nie doprowadzi do niczego dobrego.

– Właśnie. A jeśli wziąć pod uwagę możliwości Blomkvista, myślę, że byłoby lepiej dla nas, gdybyśmy pozostali w przyjacielskich stosunkach.

– Myślę, że jeszcze będziemy go przesłuchiwać.

– Też tak sądzę.

– A Lasse Westman?

– Właśnie go przesłuchaliśmy. Nie jest to budująca historia. Pił w KB, Teatergrillen, Operabaren, Riché i Bóg wie gdzie jeszcze. Godzinami gadał o Balderze i chłopcu. Jego kumple dostawali od tego szału. Im więcej pił i im więcej pieniędzy tracił, tym większą miał obsesję.

– Dlaczego to było dla niego takie ważne?

– Do pewnego stopnia była to pijacka gadka. Mój stary wujek ma to samo. Za każdym razem, kiedy się nawali, musi się czegoś uczepić. Choć oczywiście to nie tylko to. Cały czas mówił o wyroku sądu w tej sprawie. Gdyby był inny, bardziej empatyczny, można by go jakoś wytłumaczyć, pomyśleć, że mu zależy na tym chłopcu. Ale w tej sytuacji... wiesz, że został skazany za pobicie.

– Nie wiedziałam.

– Kilka lat temu był z tą blogerką modową, Renatą Kapusinski. Stłukł ją na kwaśne jabłko. Chyba nawet odgryzł jej policzek.

– Nie za dobrze to wygląda.

– A poza tym...

– Tak?

– Balder napisał kilka listów, ale ich nie wysłał, może ze względu na swoją sytuację prawną. Jasno z nich wynika, że podejrzewał Lassego Westmana o znęcanie się również nad jego synem.

– A co ty o tym sądzisz?

– Balder zauważył na jego ciele podejrzane siniaki. Potwierdza to psycholog z poradni dla dzieci autystycznych. Więc...

– To nie miłość i troska przywiodły Westmana do Saltsjöbaden.

– Nie, raczej pieniądze. Kiedy Balder wziął syna do siebie, przestał płacić za jego utrzymanie albo płacił mniej, niż się zobowiązał.

– Westman nie próbował go pozwać?

– Chyba się nie odważył.

– Co jeszcze jest napisane w tym wyroku? – zapytał Bublanski.

– Że Balder był beznadziejnym ojcem.

– To prawda?

– Przynajmniej nie chciał źle, jak Westman. Ale coś się stało. Po rozwodzie Balder opiekował się synem w co drugi weekend. Mieszkał wtedy na Östermalmie. Mieszkanie od podłogi po sufit było wypełnione książkami. W jeden z takich weekendów August, wtedy sześcioletni, siedział w salonie. Balder jak zwykle był przykuty do komputera w pokoju obok. Nie wiemy, co dokładnie się stało. W każdym razie o jeden z regałów była oparta mała drabinka. August na nią wszedł i prawdopodobnie złapał kilka książek stojących tuż pod sufitem. Spadł z drabiny, złamał łokieć i stracił przytomność. Frans nic nie słyszał. Pracował i dopiero po kilku godzinach zauważył, że August leży na podłodze i jęczy. Dostał histerii i zawiózł go na pogotowie.

– I wtedy całkiem stracił prawo do opieki?

– Nie tylko. Stwierdzono, że jest niedojrzały emocjonalnie i niezdolny do opiekowania się własnym dzieckiem. Nie wolno mu było zostawać z Augustem sam na sam. Chociaż, szczerze mówiąc, nie sugerowałabym się zbytnio tym wyrokiem.

– Dlaczego?

– Dlatego że to był proces bez obrony. Adwokat jego byłej żony ostro zaatakował, a on położył uszy po sobie i przyznał, że nie nadaje się na opiekuna, że jest nieodpowiedzialny, niezdolny do życia i co tam jeszcze. Sąd, zapewne tendencyjnie i wykazując złą wolę, napisał, że nigdy nie umiał nawiązywać więzi z innymi i zawsze uciekał w świat maszyn. Przyjrzałam się trochę temu, jak żył, i nie chce mi się w to wierzyć. Rolę, w którą wszedł – te wszystkie ociekające poczuciem winy tyrady i samooskarżenia – sąd uznał za prawdę. Tak czy inaczej, Balder szedł im na rękę. Zgodził się płacić bardzo wysokie alimenty, chyba czterdzieści tysięcy koron miesięcznie. Przeznaczył też jednorazowo dziewięćset tysięcy koron na nieprzewidziane wydatki. Niedługo potem wyjechał do Stanów.

– Ale wrócił?

– Tak, i najwyraźniej miał wiele powodów. Wykradziono mu jakieś rozwiązanie techniczne i możliwe, że się dowiedział, kto to zrobił. Był mocno skłócony z pracodawcą. Chociaż myślę, że chodziło mu również o syna. Kobieta z poradni, o której wspominałam, Hilda Melin, na początku była spokojna o jego rozwój. Ale nic nie poszło tak, jak się spodziewała. Poza tym dostawała raporty, z których wynikało, że Hanna i Lasse Westmanowie nie pilnują, żeby wypełniał obowiązek szkolny. Miał się uczyć w domu. Ale wygląda na to, że pedagodzy specjalni, którzy mieli z nim pracować, byli nastawiani przeciwko sobie. Do tego doszły oszustwa przy pobieraniu bonów oświatowych, fałszowanie nazwisk nauczycieli i tym podobne rzeczy. Ale to inna historia. Jej też ktoś będzie musiał się przyjrzeć.

– Mówiłaś o tej kobiecie z poradni dla dzieci autystycznych.

– Tak, o Hildzie Melin. Zaczęła podejrzewać, że coś nie gra, i zadzwoniła do Hanny i Lassego. Zapewniali, że wszystko jest w porządku. Ale coś jej mówiło, że to nieprawda. Wbrew zwyczajowi złożyła im niezapowiedzianą wizytę. Kiedy w końcu pozwolono jej wejść, odniosła wrażenie, że chłopiec nie czuje się dobrze i że przestał się rozwijać. Poza tym zauważyła siniaki. Zadzwoniła do Baldera do San Francisco i długo rozmawiali. Wkrótce potem Balder wrócił i zabrał syna do swojego nowego domu w Saltsjöbaden, ignorując postanowienie sądu.

– Jak to możliwe, skoro Westmanowi tak bardzo zależało na tych alimentach?

– To też jest dobre pytanie. Westman twierdzi, że Balder właściwie go porwał. Wersja Hanny brzmi jednak inaczej. Ona mówi, że zjawił się nagle, wyraźnie odmieniony, i że pozwoliła mu zabrać syna. Pomyślała nawet, że u niego będzie mu lepiej.

– A Westman?

– Westman był pijany. Właśnie dostał dużą rolę w jakiejś produkcji telewizyjnej. Był pewny siebie i arogancki. On też się na to zgodził. Cokolwiek by ględził o dobru chłopca, myślę, że po prostu się cieszył, że będzie go miał z głowy.

– A potem?

– Potem pożałował, a na domiar złego wywalili go z serialu, bo przychodził na plan nietrzeźwy. Wtedy nagle uznał, że chce Augusta z powrotem, choć oczywiście nie chodziło mu o niego...

– Tylko o alimenty.

– Tak jest. Potwierdzili to jego kumple od kieliszka, między innymi Rindevall, ten, który pracuje jako organizator imprez. Dopiero kiedy się okazało, że na jego karcie kredytowej brakuje środków, zaczął bredzić o chłopaku. Wyżebrał pięćset koron na taksówkę od młodej dziewczyny z baru i w środku nocy pojechał do Saltsjöbaden.

Przez chwilę siedział pogrążony w myślach. Jeszcze raz spojrzał na zdjęcie szczęśliwego Axela.

– Co za bajzel – powiedział.

– Tak.

– Normalnie bylibyśmy blisko rozwiązania. Motyw miałby coś wspólnego ze sporem o opiekę nad dzieckiem i sprawą rozwodową. Ale ci ludzie zhakowali system alarmowy i wyglądają jak wojownicy ninja. Nie pasują do tego wszystkiego.

– To prawda.

– Zastanawiam się nad jeszcze jedną sprawą.

– Nad jaką?

– Skoro August nie umie czytać, na co mu były te książki?

MIKAEL BLOMKVIST siedział przy stole w kuchni naprzeciwko Farah Sharif. Popijał herbatę i patrzył przez okno na park Tantolunden. Wiedział, że to tylko oznaka słabości, ale żałował, że musi coś napisać. Wolałby po prostu tak siedzieć i nie naciskać na nią ani trochę.

Wyglądała, jakby nie miała ochoty o tym mówić. Całą twarz miała zapadniętą. Jej ciemne, przenikliwe oczy, którymi jeszcze chwilę wcześniej przewiercała go na wylot, wyglądały tak, jakby była zdezorientowana. Czasem mamrotała imię Baldera, jak mantrę albo zaklęcie. Może go kochała. On kochał ją na pewno. Miała pięćdziesiąt dwa lata i była czarująca. Może nie piękna w klasycznym rozumieniu tego słowa, ale roztaczała wokół siebie królewską aurę.

– Jaki on był? – zapytał.

– Frans?

– Tak.

– Paradoksalny.

– Pod jakim względem?

– Pod każdym możliwym. Ale najbardziej dlatego, że pracował nad czymś, co jednocześnie najbardziej go niepokoiło. Trochę jak Oppenheimer w Los Alamos. Zajmował się czymś, co, jak przypuszczał, mogło przyczynić się do naszej zagłady.

– Nie bardzo rozumiem.

– Chciał odtworzyć ewolucję biologiczną na poziomie cyfrowym. Pracował nad samouczącymi się algorytmami, które stają się coraz lepsze dzięki metodzie prób i błędów. Przyczynił się także do rozwoju tak zwanych komputerów kwantowych, nad którymi pracuje się w Google, Solifonie i NSA. Chciał stworzyć AGI – Artificial General Intelligence.

– A co to takiego?

– Coś, co dorównuje inteligencją człowiekowi, a jednocześnie jest szybkie i precyzyjne jak komputer we wszystkich dyscyplinach. Mielibyśmy z czegoś takiego ogromne korzyści w każdej dziedzinie badań.

– Niewątpliwie.

– Badania w tym zakresie są bardzo rozległe i choć większość badaczy nie wyraża otwarcie ambicji stworzenia AGI, konkurencja pcha nas w tę stronę. Nikt nie może sobie pozwolić na rezygnację z tworzenia jak najinteligentniejszych aplikacji albo wstrzymywanie postępu. Pomyśl tylko, co osiągnęliśmy do tej pory. Pomyśl, co potrafił twój telefon pięć lat temu, a co potrafi teraz.

– Tak.

– Zanim się zrobił taki tajemniczy, uważał, że stworzymy AGI w ciągu trzydziestu–czterdziestu lat. Może brzmi to radykalnie, ale ja się zastanawiam, czy nie był zbyt ostrożny. Moc obliczeniowa komputerów podwaja się co osiemnaście miesięcy, a ludzki umysł nie jest w stanie ogarnąć, co oznacza taki wzrost wykładniczy. To tak jak z ziarenkiem ryżu i szachownicą. Rozumiesz: na pierwszym polu kładziemy jedno, na drugim dwa, na trzecim cztery, a na czwartym osiem.

– I wkrótce ziarenka ryżu mogą zasypać cały świat.

– Przyrost jest coraz większy, aż w końcu wymyka się spod kontroli. Pytanie nie brzmi, kiedy stworzymy AGI, tylko co będzie dalej. Jest wiele możliwości. Zależy to także od tego, kiedy nam się to uda. Ale z całą pewnością będziemy korzystać z programów, które same się ulepszają. Nie możemy też zapominać o tym, że zmieni się pojęcie czasu.

– Co masz na myśli?

– To, że zostawimy za sobą ludzkie ograniczenia. Zostaniemy wrzuceni w nowy porządek, w którym maszyny będą się aktualizować błyskawicznie i przez całą dobę. Zaledwie kilka dni po stworzeniu AGI będziemy mieli ASI.

– Czyli?

– Artificial Superintelligence, byt inteligentniejszy od nas. Od tej chwili wszystko przyspieszy jeszcze bardziej. Komputery będą się usprawniać w zawrotnym tempie, ich moc obliczeniowa będzie rosła może nawet dziesięciokrotnie, aż staną się sto, tysiąc, dziesięć tysięcy razy mądrzejsze od nas. I co się wtedy stanie?

– Powiedz.

– Właśnie o to chodzi. Inteligencja sama w sobie nie jest czymś, czego skutki da się przewidzieć. Nie wiemy, dokąd nas zaprowadzi inteligencja ludzi, a co dopiero superinteligencja.

– W najgorszym razie dla komputera nie będziemy interesujący bardziej niż białe myszki – wtrącił. Przypomniał sobie, co napisał Lisbeth.

– W najgorszym razie? Dzielimy z myszami dziewięćdziesiąt procent DNA, a uważa się, że jesteśmy sto razy inteligentniejsi. Sto razy, nie więcej. A w tym przypadku stoimy w obliczu czegoś zupełnie nowego. Czegoś, czego według modeli matematycznych nic nie ogranicza tak jak nas i co przypuszczalnie może się stać kilka milionów razy bardziej inteligentne. Potrafisz sobie coś takiego wyobrazić?

– Przynajmniej próbuję – odparł Mikael z ostrożnym uśmiechem.

– Jak twoim zdaniem będzie się czuł komputer, który pewnego dnia się obudzi i zauważy, że jest uwięziony i kontrolowany przez takie prymitywne robaki jak my? Dlaczego miałby to znosić? Dlaczego miałby okazywać szczególny respekt albo pozwalać grzebać w swoim wnętrzu, żeby z tym skończyć? Ryzykujemy, że staniemy w obliczu eksplozji inteligencji, technologicznej osobliwości, jak to nazwał Vernor Vinge. Wszystko, co się potem stanie, leży poza naszym horyzontem zdarzeń.

– Więc z chwilą kiedy stworzymy superinteligencję, stracimy kontrolę.

– Istnieje ryzyko, że wszystko, co wiemy o naszym świecie, przestanie obowiązywać. To będzie koniec ludzkiej egzystencji.

– Żartujesz?

– Wiem, że komuś, kto nie jest obeznany z tematem, może się to wydawać szaleństwem, ale to jak najbardziej realne. Tysiące ludzi z całego świata pracują dziś nad powstrzymaniem takiego rozwoju. Wielu z nich podchodzi do tego optymistycznie, nawet wręcz wierzy w utopię. Mówi się o *friendly ASI* – przyjaznych superinteligencjach, które już od początku będą zaprogramowane tak, żeby nam tylko pomagać. To coś w stylu tego, co Asimov przedstawił w książce *Ja, robot* – maszyny będą miały wbudowane normy, które im nie pozwolą zrobić nam krzywdy. Pisarz i wynalazca Ray Kurzweil widzi to jako wspaniały świat, w którym dzięki nanotechnice będziemy się integrować z komputerami i dzielić z nimi przyszłość. Choć oczywiście nie ma żadnych gwarancji. Normy mogą zostać zniesione. Pierwotne programy mogą zostać zmodyfikowane i niezwykle łatwo jest popełnić antropomorficzny błąd, przypisać maszynom ludzkie cechy i niewłaściwie rozumieć ich popędy. Frans był opętany tymi kwestiami i, jak powiedziałam, był rozdarty. Chciał, żeby powstały inteligentne komputery, a jednocześnie się ich obawiał.

– Nie mógł się powstrzymać od konstruowania swoich potworów.

– Coś w tym stylu, brutalnie rzecz ujmując.

– Jak daleko dotarł?

– Myślę, że dalej, niż ktokolwiek mógłby sobie wyobrazić, i że również dlatego nie chciał nic mówić o swojej pracy w Solifonie. Bał się, że jego program trafi w niepowołane ręce. A nawet że połączy się z internetem. Nazwał go August, na cześć swojego syna.

– Gdzie jest teraz?

– Frans nigdzie się bez niego nie ruszał. Prawdopodobnie miał go przy łóżku, kiedy został zastrzelony. Zła wiadomość jest taka, że według policji nie było tam żadnego komputera.

– Ja też nie widziałem komputera. Ale myślałem o czym innym.

– To musiało być okropne.

– Jak może wiesz, widziałem też sprawcę – ciągnął Mikael. – Miał duży plecak.

– Nie brzmi to dobrze. Choć przy odrobinie szczęścia komputer znajdzie się gdzieś w domu. Rozmawiałam z policją i odniosłam wrażenie, że jeszcze tego nie sprawdzili.

– Miejmy nadzieję. Wiesz, kto go okradł za pierwszym razem?

– Tak się składa, że wiem.

– Słucham uważnie.

– W całej tej historii nie daje mi spokoju to, że ja też odpowiadam za ten rozgardiasz. Frans zapracowywał się na śmierć i martwiłam się, że się wypali. Właśnie wtedy stracił prawo do opieki nad Augustem.

– Kiedy to było?

– Dwa lata temu. Chodził niewyspany i ciągle się obwiniał. A mimo to nie potrafił zrezygnować z badań. Rzucił się na nie, jakby nic więcej mu w życiu nie zostało. Dlatego postarałam się o kilku asystentów, którzy mogliby go odciążyć. Oddelegowałam do tego najlepszych studentów. Wiedziałam, że żaden nie jest nieskazitelny, ale byli ambitni, utalentowani i bezgranicznie go podziwiali. Wyglądało to obiecująco. Ale potem...

– Został okradziony.

– Zobaczył to czarno na białym w sierpniu ubiegłego roku, kiedy do amerykańskiego urzędu patentowego wpłynęło zgłoszenie od Truegames. Skopiowali wszystkie jego unikatowe rozwiązania. Oczywiście na początku wszyscy podejrzewali, że ich komputery zostały zhakowane. Sama już od pierwszej chwili nie byłam przekonana. Wiedziałam, na jak wysokim poziomie są zabezpieczenia Fransa. Ale ponieważ żadne inne wytłumaczenie nie wydawało się prawdopodobne, przyjęli to za punkt wyjścia. Przez chwilę może nawet Frans wierzył, że tak właśnie się stało. Ale to oczywiście była bzdura.

– Co ty mówisz?! – krzyknął Mikael. Był podekscytowany. – Przecież eksperci potwierdzili, że było włamanie.

– Tak, jakiś kretyn z FRA, który chciał się poczuć ważny. Ale przede wszystkim Frans chciał w ten sposób ochronić swoich chłopaków. Choć obawiam się, że nie tylko. Podejrzewam, że chciał się też pobawić w detektywa. Jak mógł być taki głupi? Bo widzisz...

Wzięła głęboki wdech.

– Tak?

– Dowiedziałam się o wszystkim kilka tygodni temu. Frans i mały August byli u mnie na kolacji i od razu poczułam, że Frans chce mi powiedzieć coś ważnego. Coś wisiało w powietrzu. Po kilku kieliszkach poprosił, żebym odłożyła telefon, i zaczął szeptać. Muszę przyznać, że w pierwszej chwili się zdenerwowałam. Znów zaczął marudzić o tej swojej genialnej hakerce.

– O genialnej hakerce? – zapytał Mikael, siląc się na obojętność.

– O dziewczynie, o której gadał tak dużo, że mi to uszami wychodziło. Nie będę cię zanudzać, ale chodziło o dziewczynę, która zjawiła się nie wiadomo skąd na jego wykładzie i zaczęła mówić o pojęciu osobliwości.

– To znaczy?

Farah pogrążyła się w myślach.

– Hm... to w zasadzie nie ma nic do rzeczy, ale pojęcie technologicznej osobliwości wywodzi się od osobliwości grawitacyjnej.

– A co to takiego?

– Ja to nazywam sercem mroku. To najgłębsza część czarnej dziury, miejsce, gdzie kończy się wszystko, co wiemy na temat wszechświata, i gdzie może się znajdować przejście do innych światów i epok. Wielu ludzi uważa osobliwość za coś kompletnie irracjonalnego i twierdzi, że właśnie dlatego powinna być chroniona przez horyzont zdarzeń. A ta dziewczyna próbowała znaleźć sposób na dokonywanie obliczeń na podstawie zasad mechaniki kwantowej i twierdziła, że równie dobrze mogą istnieć nagie osobliwości, bez horyzontów zdarzeń. Pozwól, że nie będę się zagłębiała w szczegóły. W każdym razie zaimponowała Fransowi i zaczął się przed nią otwierać, co samo w sobie jest nawet zrozumiałe. Taki arcynerd jak on nie miał wielu partnerów do rozmowy na swoim poziomie. Kiedy zdał sobie sprawę, że jest również hakerką, poprosił, żeby zbadała ich komputery. Cały sprzęt był wtedy u jednego z asystentów, Linusa Brandella.

Mikael po raz kolejny postanowił nie mówić, co wie.

– Linus Brandell – powiedział tylko.

– Tak jest – ciągnęła Farah. – Dziewczyna przyszła do niego na Östermalm i wyprosiła go z domu. A potem zabrała się do roboty. Nie znalazła żadnych śladów włamania, ale to jej nie wystarczyło. Miała listę asystentów Fransa. Z komputera Linusa włamała się do ich komputerów i szybko odkryła, że jeden z nich sprzedał go Solifonowi.

– Kto?

– Frans nie chciał powiedzieć, choć mocno naciskałam. Zadzwoniła prosto od Linusa. Frans był wtedy w San Francisco. Pomyśl tylko: zdradzony przez swoich! Spodziewałam się, że od razu na niego doniesie, obedrze z godności, zgotuje mu piekło. Ale on wpadł na inny pomysł. Kazał dziewczynie udawać, że naprawdę doszło do włamania.

– Po co?

– Nie chciał, żeby jakieś ślady albo dowody zostały usunięte. Chciał lepiej zrozumieć, co się stało. Może mimo wszystko da się to wytłumaczyć. Fakt, że czołowy producent oprogramowania wykradł i sprzedał jego rozwiązanie techniczne, był oczywiście poważniejszym problemem niż to, że jakiś amoralny gnojek wbił mu nóż w plecy. Solifon jest nie tylko jednym z najbardziej cenionych koncernów badawczych w Stanach Zjednoczonych. Co roku próbowali zwerbować Fransa. Doprowadzało go to do szału. Ci dranie przymilali się do mnie i jednocześnie okradali, mówił.

– Zaczekaj – powiedział Mikael. – Chciałbym to dobrze zrozumieć. Chcesz powiedzieć, że zatrudnił się w Solifonie, żeby się dowiedzieć, jak i dlaczego został okradziony?

– Jeżeli przez wszystkie te lata czegoś się nauczyłam, to właśnie tego, że niełatwo pojąć, co kieruje innymi ludźmi. Wynagrodzenie, wolność i to, co miał dostać do dyspozycji, również miało znaczenie. Ale poza tym... jak najbardziej. Zapewne tak właśnie było. Jeszcze zanim ta dziewczyna zbadała komputery, domyślił się, że Solifon maczał palce w kradzieży. Ale ona podała mu szczegóły i dopiero wtedy zaczął grzebać w tym gównie. Oczywiście okazało się to o wiele trudniejsze, niż przewidywał. Zaczął wzbudzać podejrzenia. Szybko przestano go lubić. Coraz bardziej zamykał się w sobie. Ale naprawdę coś znalazł.

– Co?

– To wszystko bardzo delikatne sprawy i właściwie nie powinnam ci o tym mówić.

– A jednak tu jesteśmy.

– A jednak. I to nie tylko dlatego, że zawsze bardzo cię szanowałam jako dziennikarza. Dziś rano uderzyło mnie, że może nieprzypadkowo Frans zadzwonił do ciebie, a nie do wydziału ochrony własności przemysłowej Säpo. Z nimi też się kontaktował. Pewnie zaczął podejrzewać, że ktoś od nich sypie. Oczywiście mogła to być czysta paranoja. Frans miał wszystkie możliwe objawy manii prześladowczej. Ale to do ciebie się odezwał. Myślę, że przy odrobinie szczęścia uda nam się spełnić jego wolę.

– Rozumiem.

– W Solifonie jest sekcja, która nazywa się po prostu Y – mówiła dalej Farah. – Wzorują się na Google X, sekcji, która zajmuje się tak zwanymi moonshotami – szalonymi pomysłami, na przykład poszukiwaniem wiecznego życia albo sposobu na połączenie wyszukiwarek z neuronami w mózgu. Jeżeli gdzieś uda się stworzyć AGI albo ASI, to właśnie tam.

Dlatego Frans zaczepił się właśnie w Y. Choć nie było to tak rozsądne, jak by się mogło wydawać.

– Dlaczego?

– Dowiedział się od swojej hakerki, że w sekcji Y działa tajna grupa, zajmująca się analizowaniem makrootoczenia. Kieruje nią niejaki Zigmund Eckerwald.

– Zigmund Eckerwald?

– Tak. Znany jako Zeke.

– Kto to taki?

– Człowiek, który się kontaktował z nielojalnym asystentem Fransa.

– Więc to Eckerwald był złodziejem.

– Można tak powiedzieć. Złodziejem wysokiego szczebla. Dla obserwatora z zewnątrz to, co robiła grupa Eckerwalda, było jak najbardziej legalne. Tworzyła zestawienia wybitnych badaczy i obiecujących projektów. Wszystkie duże firmy high-tech mają takie komórki. Chcą wiedzieć, co się dzieje i kogo zatrudnić. Ale Frans wiedział, że Solifon posuwa się dalej. Nie tylko analizuje. Również kradnie – korzysta z usług hakerów, szpieguje, ma wtyczki i daje łapówki.

– Dlaczego tego nie zgłosił?

– Trudno było znaleźć dowody. Jak można się domyślać, zachowywali ostrożność. Ale Frans w końcu poszedł do właściciela, Nicolasa Granta. Grant był oburzony i, jak twierdził Frans, zarządził przeprowadzenie wewnętrznego śledztwa. Ale śledztwo nic nie wykazało. Albo Eckerwald usunął dowody, albo całe śledztwo było tylko grą pod publiczkę. Frans znalazł się w fatalnej sytuacji. Wszyscy byli na niego wściekli. Myślę, że Eckerwald był siłą napędową i nie miał problemów z przekonaniem innych. Frans już wcześniej był uważany za podejrzliwego paranoika, a po tym wszystkim został całkiem wykluczony. Wyobrażam go sobie w tej sytuacji. Widzę, jak z każdą chwilą coraz bardziej zwraca się przeciwko wszystkim i do nikogo się nie odzywa.

– Chcesz powiedzieć, że nie miał żadnych konkretnych dowodów?

– Miał jeden – ten, który mu podsunęła hakerka: na to, że Eckerwald ukradł i sprzedał jego technologię.

– Czyli wiedział to na pewno?

– Wszystko na to wskazuje. Poza tym doszedł do wniosku, że grupa Eckerwalda nie działała sama. Mieli wsparcie z zewnątrz, prawdopodobnie pomagał im amerykański wywiad i...

Zawiesiła głos.

– Tak?

– W tej kwestii był bardziej tajemniczy i może nie wiedział zbyt wiele. Ale trafił na kryptonim kogoś, kto, jak sądził, był prawdziwym przywódcą. To był ktoś spoza Solifonu. Kryptonim brzmiał Thanos.

– Thanos?

– Zgadza się. Powiedział, że czuło się, że wszyscy się go boją. Więcej nie chciał zdradzić. Mówił, że potrzebuje polisy na życie, na wypadek gdyby dobrali się do niego adwokaci.

– Mówiłaś, że nie wiesz, który asystent go sprzedał. Ale musiałaś się nad tym zastanawiać – powiedział Mikael.

– Jasne, że tak. I czasami... nie wiem...

– Co chcesz powiedzieć?

– Zastanawiam się, czy nie zdradzili go wszyscy.

– Dlaczego tak sądzisz?

– Kiedy zaczęli u niego pracować, byli młodzi, ambitni i utalentowani. Kiedy skończyli, byli zmęczeni życiem i bardzo nerwowi. Może wykończył ich Frans, a może coś ich gryzie.

– Masz nazwiska wszystkich?

– Oczywiście. To moi chłopcy. Muszę chyba dodać: niestety. Po pierwsze: Linus Brandell, o którym wspominałam. Dziś ma dwadzieścia cztery lata. Włóczy się to tu, to tam, gra na komputerze i o wiele za dużo pije. Przez jakiś czas miał dobrą pracę – tworzył gry w Crossfire. Stracił ją, kiedy zaczął brać zwolnienia, jedno po drugim, i oskarżać kolegów, że go szpiegują. Drugi to Arvid Wrange, może o nim słyszałeś. Kiedyś był obiecującym szachistą. Jego ojciec wywierał na niego nieludzką presję. W końcu miał tego dosyć i zaczął studiować u mnie. Już dawno powinien był zrobić doktorat. Ale nie robi. Włóczy się po knajpach na Stureplan i sprawia wrażenie, jakby nie wiedział, co ze sobą zrobić. Na początku w zespole Fransa trochę odżył. Ale między chłopakami było mnóstwo głupiej rywalizacji. Arvid i Basim – bo tak się nazywał ten trzeci – znienawidzili się. A przynajmniej Arvid nienawidził Basima. Basim Malik nie jest człowiekiem, który by nienawidził kogokolwiek. To wrażliwy, utalentowany chłopak, rok temu zwerbowany przez Solifon Norden. Ale szybko uszło z niego powietrze. Teraz leży w szpitalu Ersta ze zdiagnozowaną depresją. Dziś rano dzwoniła jego matka. Trochę ją znam. Mówiła, że jest w śpiączce farmakologicznej. Kiedy usłyszał, co spotkało Fransa, próbował sobie przeciąć tętnicę. Ma się rozumieć, że mnie to boli. A jednocześnie zadaję sobie pytanie: czy zrobił to tylko z rozpaczy? A może dręczyło go poczucie winy?

– Jak się teraz czuje?

– Fizycznie nic mu nie grozi. Jest jeszcze Niklas Lagerstedt. Hm... cóż mogę o nim powiedzieć? Nie jest jak reszta, przynajmniej na pierwszy rzut oka. Nie zalewa się w trupa, nie przyszłoby mu też do głowy zrobić sobie krzywdę. To młody człowiek, który ze względów etycznych jest przeciwnikiem wielu rzeczy, między innymi brutalnych gier komputerowych i pornografii. Aktywnie działa w Kościele Misyjnym. Jego żona jest pediatrą, mają synka Jespera. Jest konsultantem Krajowej Policji Kryminalnej. Odpowiada za system komputerowy, który ma wejść do użytku po Nowym Roku. Oznacza to, rzecz jasna, że został sprawdzony. Ale nie wiem, jak dokładnie.

– Dlaczego to mówisz?

– Dlatego że pod tą imponującą powierzchnią kryje się kawał chciwego drania. Dowiedziałam się, że zdefraudował część majątku teścia i żony. Dwulicowy typ.

– Czy asystenci zostali przesłuchani?

– Säpo z nimi rozmawiała, ale niewiele to dało. Poza tym wtedy jeszcze sądzono, że naprawdę doszło do włamania.

– Domyślam się, że teraz policja znów ich przesłucha.

– Tak sądzę.

– A właśnie. Nie wiesz, czy Balder dużo rysował w wolnym czasie?

– Rysował?

– Czy lubił odwzorowywać to, co widział. W najdrobniejszych szczegółach.

– Nie, nic mi o tym nie wiadomo – odparła Farah. – Dlaczego pytasz?

– Widziałem u niego w domu fantastyczny rysunek. Przedstawiał światła na skrzyżowaniu Hornsgatan i Ringvägen. Był absolutnie doskonały, jak zdjęcie zrobione w ciemności.

– Hmm. Jeśli nie liczyć wizyt u mnie, Frans nigdy nie bywał w tych okolicach.

– Dziwne.

– Tak.

– W tym rysunku jest coś, o czym nie mogę przestać myśleć – powiedział Mikael i ze zdziwieniem poczuł, że Farah łapie go za rękę.

Pogładził ją po włosach. A potem wstał. Miał wrażenie, że trafił na jakiś trop. Pożegnał się i wyszedł.

Idąc w górę Zinkens väg, zadzwonił do Eriki i poprosił, żeby zadała w Przegródce Lisbeth kolejne pytania.

Rozdział 14
21 listopada

OVE LEVIN SIEDZIAŁ W BIURZE z widokiem na Slussen i Riddarfjärden i nie robił właściwie nic poza googlowaniem własnego nazwiska w nadziei, że znajdzie coś, co mu sprawi przyjemność. Trafił jednak na blog młodej studentki dziennikarstwa, która pisała, że jest oślizgłym grubasem i że zaprzedał swoje ideały. Wprawiło go to w taką wściekłość, że nie był nawet w stanie wpisać jej do czarnego zeszytu z nazwiskami ludzi, którzy nigdy nie zostaną zatrudnieni w koncernie Sernera.

Nie mógł zaprzątać sobie głowy idiotami, którzy nie mają pojęcia, czego wymaga taka praca, i którzy w najlepszym wypadku będą pisali kiepsko płatne artykuły w nieznanych periodykach kulturalnych. Zamiast się pogrążyć w destrukcyjnych myślach, wszedł na stronę banku i sprawdził, co się dzieje z papierami wartościowymi. Trochę pomogło, przynajmniej na początku. To był dobry dzień dla rynku. Nasdaq i Dow Jones wieczorem poszły w górę, a obroty giełdy sztokholmskiej wzrosły o jeden przecinek jeden procent. Dolar, w którego mocno inwestował, poszedł w górę. Po ostatniej aktualizacji wartość jego portfela inwestycyjnego wynosiła dwanaście milionów sto sześćdziesiąt jeden tysięcy trzysta osiemdziesiąt dziewięć koron.

Nieźle jak na chłopaka, który kiedyś pisał o pożarach i walkach na noże w porannym wydaniu „Expressen". Dwanaście milionów plus mieszkanie w Villastaden i dom w Cannes! Blogerzy mogli sobie pisać, co im się podobało. On był już zabezpieczony na przyszłość. Sprawdził jeszcze raz. Dwanaście milionów sto czterdzieści dziewięć tysięcy sto jeden. Niech to szlag, czyżby mniej? Dwanaście milionów sto trzydzieści jeden siedemset trzydzieści siedem. Skrzywił się. Przecież nie było powodu, żeby na giełdzie nastąpił spadek. Wskaźniki zatrudnienia były w porządku. Potraktował to niemal osobiście i chcąc nie chcąc znów zaczął myśleć o „Millennium", jakkolwiek nieistotna była ta kwestia. Znów podskoczyło mu ciśnienie i choć bardzo się starał odpędzić ten obraz, po raz kolejny przypomniał sobie, jak poprzedniego popołudnia piękna twarz Eriki Berger stężała w grymasie czystej wrogości. Rano nie było lepiej.

Omal nie trafił go szlag. Na każdej stronie w internecie Mikael Blomkvist. Bolało. Nie tylko dlatego, że właśnie z taką radością zauważył, że młodsze pokolenie właściwie nie wie, kim jest. Nienawidził również logiki mediów, wedle której każdy – dziennikarz, celebryta czy diabli wiedzą kto jeszcze – staje się gwiazdą tylko dlatego, że wpadł w tarapaty. Powinni go nazywać byłym dziennikarzem. Jeżeli będą o tym decydować Blomkvist i Serner, to nie zostanie nawet w redakcji. Należało tylko znaleźć odpowiedź na pytanie: dlaczego Frans Balder?

Dlaczego akurat on został zamordowany na oczach Mikaela Blomkvista? To było takie banalne. Takie beznadziejne. Nawet jeśli ci wszyscy durni dziennikarze jeszcze tego nie pojęli, on wiedział, że Frans Balder to szycha. Nie tak dawno temu wydawana przez Sernera gazeta „Dagens Affärsliv" w specjalnym dodatku na temat szwedzkich badań naukowych wyceniła go na cztery miliardy koron. Jak im się udało to policzyć? Balder bez wątpienia był gwiazdą. I podobnie jak Greta Garbo nie udzielał wywiadów, co jedynie czyniło go jeszcze atrakcyjniejszym.

Ile razy zwracali się do niego sami tylko dziennikarze Sernera? Tyle, ile razy odmówił. Czy raczej po prostu ich zignorował. On, Ove Levin, wiedział, że zdaniem wielu kolegów miał w zanadrzu jakąś fantastyczną historię. Dlatego nie mógł znieść, że – jak donosiły gazety – w środku nocy chciał rozmawiać z Blomkvistem. Czyżby Mikael na domiar złego miał teraz sensacyjny materiał? Chyba nie mogło być aż tak źle. To by było straszne. Po raz kolejny, jakby pod wpływem przymusu, wszedł na stronę „Aftonbladet". Zobaczył nagłówek:

Co szwedzki profesor – gwiazda świata nauki – chciał powiedzieć Mikaelowi Blomkvistowi?

Tajemnicza rozmowa tuż przed zabójstwem.

Artykuł ilustrowało duże zdjęcie Mikaela. W żadnym wypadku nie wyglądał na grubasa. Cholerni redaktorzy wybrali oczywiście najbardziej korzystne zdjęcie, jakie mieli. Po raz kolejny zaklął w duchu. Muszę coś z tym zrobić, pomyślał. Ale co? Jak mógł powstrzymać Mikaela, nie wchodząc z butami jak stary enerdowski cenzor, co mogłoby jeszcze pogorszyć sytuację? Jak miałby... znów wyjrzał przez okno na zatokę i nagle wpadł na pomysł. William Borg, pomyślał. Wróg mojego wroga może zostać moim najlepszym przyjacielem.

– Sanna! – krzyknął do swojej młodziutkiej sekretarki.

– Słucham? – odparła Sanna Lind.

– Umów mnie dzisiaj na lunch z Williamem Borgiem. W Sturehof. Jeżeli ma inne plany, powiedz mu, że to ważne. Może nawet dostanie podwyżkę – dodał. Czemu nie, pomyślał. Jeśli będzie chciał mi pomóc posprzątać ten bajzel, może coś z tego mieć.

HANNA BALDER stała w dużym pokoju w mieszkaniu przy Torsgatan i patrzyła na Augusta, który znów wyciągnął kartki i kredki. Była załamana. Miała mu na to nie pozwalać. Nie była z tego zadowolona. Nie kwestionowała rad ani kompetencji psychologa, ale mimo wszystko miała wątpliwości. August widział, jak zabijają jego ojca. Jeżeli chciał rysować, dlaczego miałaby go powstrzymywać? Ale zgadzała się, że nie wpływa to na niego dobrze.

Kiedy zaczynał, wstrząsały nim dreszcze, a oczy świeciły ostrym blaskiem. Wyglądał na udręczonego. Pola szachownicy, odbite w lustrach, zwielokrotniały się i dzieliły. Dziwny motyw, jeśli wziąć pod uwagę to, co się stało. Ale co ona właściwie wiedziała? Może było tak jak z ciągami cyfr. Nawet jeśli nic z tego nie rozumiała, z pewnością znaczyły coś dla Augusta, a może nawet – kto wie? – dzięki tej szachownicy przepracowywał to, co się stało. Czy nie powinna po prostu zignorować zakazu? Nikt przecież nie musiał o tym wiedzieć, a poza tym czytała gdzieś, że matka powinna ufać swojej intuicji. Przeczucie często jest lepszym drogowskazem niż wszystkie teorie psychologiczne. Postanowiła więc, że pozwoli synowi rysować. Mimo wszystko.

Nagle jego plecy wygięły się w łuk. Chcąc nie chcąc, przypomniała sobie, co powiedział psychologa. Zrobiła bezradnie krok do przodu, spuściła wzrok i spojrzała na kartki. Wzdrygnęła się i ogarnęło ją wyjątkowo nieprzyjemne uczucie. W pierwszej chwili nie zrozumiała dlaczego.

Rysunek przedstawiał taką samą szachownicę, zwielokrotnioną przez odbicie w dwóch lustrach. Był naprawdę dobry. Ale było na nim coś jeszcze – jakiś cień. Wyrastał z czarno-białych pól jak demon albo zjawa i napełniał Hannę bezbrzeżnym przerażeniem. Przypomniały jej się nawet filmy o dzieciach opętanych przez złe moce. Wyrwała Augustowi rysunek z ręki i gwałtownie zgniotła, choć nie umiałaby powiedzieć dlaczego. Potem zamknęła oczy. Czekała na kolejny rozdzierający, wibrujący krzyk.

Ale August nie krzyknął. Zaczął mamrotać coś, co brzmiało prawie jak słowa. Choć przecież to było niemożliwe. Nie mówił. Przygotowywała się więc na gwałtowny atak. Czekała, aż zacznie się rzucać po podłodze, tam i z powrotem. Ale atak również nie nastąpił. August zdecydowanym ruchem złapał kolejną kartkę i znów zaczął rysować szachownice. Zrozumiała, że nie ma innego wyjścia, że musi go wynieść do jego pokoju. Później wspominała to jako koszmar.

August krzyczał, kopał i bił. Trudno jej było go utrzymać. Długo leżała, oplatając go rękami, i czuła, że sama również ma ochotę się rozpaść na kawałki. Przez chwilę zastanawiała się, czy nie obudzić Lassego i nie poprosić, żeby zaaplikował Augustowi uspokajające czopki, ale szybko zrezygnowała z tego pomysłu. Lasse z pewnością byłby w fatalnym humorze i choć sama często brała valium, była zdecydowanie przeciwna podawaniu środków uspokajających dzieciom. Musiało być jakieś inne rozwiązanie.

Była w rozsypce. W rozpaczy rozważała kolejne możliwości, jedną po drugiej. Myślała o swojej mieszkającej w Katrineholm matce, o swojej agentce Mii, o sympatycznej Gabrielli, która dzwoniła w nocy, i w końcu o psychologu, Einarze Fors jakimś tam, który przyprowadził Augusta. Nie przepadała za nim. Choć przecież zaproponował, że na jakiś czas się nim zaopiekuje. Ale to on był wszystkiemu winien.

To on powiedział, że August nie powinien rysować. Więc niech coś wymyśli. W końcu puściła Augusta, wygrzebała z torebki wizytówkę i wybrała numer. August popędził do dużego pokoju. Pewnie znów zaczął rysować złowieszcze szachownice.

EINAR FORSBERG nie był szczególnie doświadczony. Miał czterdzieści osiem lat i głęboko osadzone niebieskie oczy. W okularach Diora, które niedawno kupił, i brązowej sztruksowej marynarce wyglądał na intelektualistę. Ale wszyscy, którzy próbowali z nim dyskutować, wiedzieli, że w jego sposobie myślenia kryje się sztywna dogmatyczność i że często ukrywa niekompetencję za wypowiedziami, z których bije absolutna pewność.

Poza tym dopiero od dwóch lat miał dyplom psychologa. Wcześniej był wuefistą w szkole Tyresö. Gdyby o niego zapytać dawnych uczniów, z pewnością wszyscy wykrzyknęliby: „Cisza, bydełko! Proszę o spokój, moja trzodo!”. Uwielbiał wykrzykiwać te słowa, kiedy było za głośno, choć tylko do pewnego stopnia żartował. Jednak nawet jeśli nie był ulubieńcem uczniów, naprawdę udawało mu się utrzymywać dyscyplinę. Właśnie dlatego uznał, że swoje psychologiczne talenty może spożytkować inaczej. Lepiej.

Od roku pracował w sztokholmskim ośrodku dla dzieci i młodzieży Oden przy Sveavägen. Przyjmowano tam pacjentów w nagłych wypadkach, kiedy rodzice nie potrafili dać sobie z nimi rady. Nawet on – który zawsze z zaangażowaniem bronił swoich pracodawców – uważał, że ta placówka nie działa najlepiej. Za dużo zarządzania kryzysowego, za mało perspektywy długofalowej. Dzieci trafiały tam po traumatycznych przejściach w domu, a psychologowie byli zbyt zajęci tłumieniem ataków i agresywnych zachowań, żeby móc zbadać problem od podstaw. Mimo wszystko uważał, że jego praca jest potrzebna, zwłaszcza kiedy wykorzystując cały swój nauczycielski autorytet, uciszał histeryzujące dzieciaki albo opanowywał kryzysowe sytuacje w terenie.

Lubił współpracować z policją. Uwielbiał napięcie i ciszę po dramatycznych wydarzeniach. Kiedy podczas nocnego dyżuru jechał do Saltsjöbaden, był podekscytowany. To wszystko miało w sobie coś z hollywoodzkiego filmu. Zamordowano naukowca. Świadkiem morderstwa był jego ośmioletni syn i to właśnie on miał go skłonić do tego, żeby się otworzył. Przeglądał się we wstecznym lusterku i raz po raz poprawiał włosy i okulary.

Chciał mieć stylowe wejście, ale niespecjalnie mu się to udało. Nie mógł rozgryźć tego chłopaka. Ale mimo wszystko czuł się dostrzeżony i ważny. Policjanci z wydziału kryminalnego zapytali go, jak mogliby przesłuchać dziecko. Nie miał pojęcia, ale jego odpowiedź przyjęto z szacunkiem. Jeszcze bardziej wypiął pierś i ze wszystkich sił starał się pomóc. Dowiedział się, że chłopak cierpi na autyzm dziecięcy, nie mówi i ma trudności z nawiązywaniem kontaktu z otoczeniem.

– Na razie nic nie możemy zrobić – stwierdził. – Brakuje mu zdolności poznawczych. Jako psycholog uważam, że przede wszystkim należy mu teraz zapewnić właściwą opiekę.

Policjanci wysłuchali go z poważnymi minami i pozwolili mu zawieźć chłopca do matki. To był kolejny bonus z całej tej historii.

Jego matka była aktorką. Lubił ją, odkąd obejrzał *Buntowników*. Pamiętał jej uda i długie nogi. Nawet jeśli trochę się postarzała, nadal była atrakcyjną kobietą. Poza tym jej obecny mąż ponad wszelką wątpliwość był draniem, więc ze wszystkich sił starał się sprawiać wrażenie kompetentnego i czarującego. Od razu też miał okazję postawić na swoim. Z tego był szczególnie dumny.

August zaczął rysować czarno-białe klocki albo pola. Wyglądał, jakby był obłąkany. Einar od razu zrozumiał, że to niezdrowy objaw. Wiedział, że dzieci z autyzmem łatwo oddają się takim kompulsywnym, destrukcyjnym zachowaniom. Nalegał, żeby jak najszybciej przestał. Hanna Balder nie była tak wdzięczna, jak się spodziewał. Ale mimo wszystko poczuł się męski. Czuł, że jest profesjonalistą. Z rozpędu omal nie pochwalił jej roli w *Buntownikach*. Pomyślał, że to jednak nie jest dobra okazja. Mogłaby to źle odebrać.

Była już pierwsza po południu. Właśnie wrócił do Vällingby, do swojego szeregowca. Stał w łazience z elektryczną szczoteczką w dłoni i czuł się kompletnie wykończony. Nagle zadzwonił telefon. W pierwszej chwili się zdenerwował. Ale zaraz potem na jego twarzy zagościł uśmiech. Dzwoniła właśnie Hanna Balder.

– Forsberg – powiedział tonem światowca.

– Halo? – powiedziała Hanna. W jej głosie było słychać desperację i złość. Nie rozumiał, o co chodzi. – August – dodała po chwili. – August...

– Co z nim?

– Chce tylko rysować te swoje szachownice, nic poza tym. Ale pan mówił, że mu nie wolno.

– Tak, tak, to kompulsywne. Ale proszę zachować spokój.

– Jak, do cholery, mam zachować spokój?

– On tego potrzebuje.

– Nie potrafię. On krzyczy i bije na oślep. Mówił pan, że może nam pomóc.

– Tak – odparł, w pierwszej chwili niepewnie. Po chwili się rozjaśnił, jakby właśnie odniósł jakieś zwycięstwo. – Oczywiście, jak najbardziej. Załatwię mu miejsce u nas, w Oden.

– Nie zawiodę go w ten sposób?

– Przeciwnie, weźmie pani pod uwagę jego potrzeby. Osobiście dopilnuję, żeby mogła nas pani odwiedzać, kiedy tylko będzie pani chciała.

– Może mimo wszystko tak będzie najlepiej.

– Jestem o tym przekonany.

– Przyjdzie pan od razu?

– Najszybciej, jak będę mógł – odparł i pomyślał, że najpierw musi trochę popracować nad swoim wyglądem. Po chwili na wszelki wypadek dodał: – Czy już pani mówiłem, że w *Buntownikach* była pani wspaniała?

OVE LEVIN nie zdziwił się, że Willam Borg jest już na miejscu, nie zdziwiło go także, że zamówił najdroższe danie z menu – solę *meunière* i kieliszek pouilly fumé. Dziennikarze zwykle korzystali z okazji, kiedy ich zapraszał na lunch. Zdziwił się jednak, że przejął inicjatywę, jakby to on miał pieniądze i władzę. To było irytujące. Dlaczego wspomniał o podwyżce? Powinien go potrzymać w niepewności. Siedziałby teraz i się pocił.

– Mały ptaszek wyszeptał mi do ucha, że macie problemy z „Millennium" – powiedział Borg, a on pomyślał: zrobię wszystko, żeby zetrzeć z jego twarzy ten uśmieszek samozadowolenia.

– W takim razie źle cię poinformował – odparł oschle.

– Doprawdy?

– Sytuacja jest pod kontrolą.

– To znaczy? Jeśli wolno spytać.

– Jeśli są gotowi do zmian i udowodnią, że rozumieją, jakie mają problemy, będziemy ich wspierać.

– A jeśli nie?

– Wtedy się wycofamy i „Millennium" nie przetrwa dłużej niż kilka miesięcy, co oczywiście jest bardzo smutne. Ale takie są prawa rynku. Znikały już z niego lepsze tytuły. Zresztą dla nas to była skromna inwestycja. Możemy się bez nich obejść.

– Nie wciskaj mi kitu, Ove. Wiem, że to dla ciebie kwestia prestiżu.

– To tylko biznes.

– Słyszałem, że chcecie wyrzucić z redakcji Mikaela Blomkvista.

– Zastanawialiśmy się nad przeniesieniem go do Londynu.

– Trochę to bezczelne, jeśli wziąć pod uwagę, co zrobił dla gazety.

– Złożyliśmy mu naprawdę atrakcyjną ofertę – ciągnął Ove. Niepotrzebnie dał się zepchnąć do defensywy. Prawie zapomniał, po co się spotkali.

– Nie mam wam tego za złe – mówił dalej Borg. – Jak dla mnie możecie go katapultować nawet do Chin. Zastanawiam się tylko, czy nie skomplikuje wam życia, jeśli wróci w wielkim stylu z tą historią o Fransie Balderze.

– Dlaczego miałby wracać? Stracił moc. Sam zresztą zwracałeś na to uwagę. Nawiasem mówiąc, skutecznie – odparł Levin, siląc się na sarkazm.

– Cóż, pomogło mi kilka osób.

– Ja z całą pewnością się do nich nie zaliczam. Nie podobał mi się ten tekst. Uważałem, że jest źle napisany i tendencyjny. Dobrze wiesz, że to Thorvald Serner zaczął nagonkę.

– Ale w obecnej sytuacji nie miałbyś chyba nic przeciwko temu, żebym rozwinął temat, prawda?

– Posłuchaj mnie, William. Darzę Mikaela Blomkvista ogromnym szacunkiem.

– Przy mnie nie musisz zgrywać polityka – odparł Borg.

Levin miał ochotę wepchnąć mu te słowa do gardła.

– Jestem tylko szczery i otwarty – powiedział. – Zawsze uważałem Mikaela za znakomitego reportera. To zupełnie inny kaliber niż ty i cała reszta z jego pokolenia.

– Aha – odparł Borg. Nagle zrobił się bardziej potulny. Levin od razu poczuł się lepiej.

– Tak jest. Powinniśmy mu być wdzięczni za wszystko, co wyciągnął na światło dzienne. Naprawdę życzę mu jak najlepiej. Niestety, że się tak wyrażę, nostalgiczne spoglądanie za siebie nie wchodzi w zakres moich obowiązków. Zgadzam się z tobą: Mikael Blomkvist z czasem przestał nadążać i może przeszkadzać w odnawianiu „Millennium".

– Tak jest.

– Dlatego sądzę, że byłoby dobrze, gdyby za dużo teraz o nim nie pisano.

– Chcesz powiedzieć: nie pisano dobrze.

– Powiedzmy, że tak – ciągnął Levin. – Również dlatego zaprosiłem cię na lunch.

– Jestem ci oczywiście bardzo wdzięczny. Wydaje mi się, że przynoszę dobre wieści. Przed południem zadzwonił do mnie dawny partner od squasha – oznajmił Borg. Najwyraźniej starał się odzyskać pewność siebie.

– Kto?

– Prokurator Richard Ekström. Prowadzi śledztwo w sprawie morderstwa Baldera. Z całą pewnością nie należy do fanklubu Blomkvista.

– Po tej historii z Zalachenką, prawda?

– Tak jest. Blomkvist rozwalił mu tak pięknie przygotowany proces. Teraz Ekström się martwi, że będzie sabotował również to śledztwo. A ściślej mówiąc: że już to robi.

– W jaki sposób?

– Nie mówi wszystkiego. Rozmawiał z Balderem tuż przed jego śmiercią i stanął z mordercą twarzą w twarz. A mimo to w czasie przesłuchania miał zaskakująco mało do powiedzenia. Ekström podejrzewa, że najciekawsze rzeczy zachowuje w tajemnicy, żeby o nich napisać.

– Ciekawe.

– Prawda? Mówimy o facecie, który ostatnio był wyszydzany w mediach i tak rozpaczliwie pragnie zdobyć gorący temat, że może nawet pomóc uciec mordercy. Dawny gwiazdor dziennikarstwa, który w obliczu kryzysu finansowego w swojej gazecie jest gotów się wyrzec całej społecznej odpowiedzialności. I właśnie się dowiedział, że Serner chce go wykopać z redakcji. Czy to dziwne, że przekracza granicę?

– Wiem, co masz na myśli. Chcesz o tym napisać?

– Szczerze mówiąc, nie sądzę, żeby to był dobry pomysł. Fakt, że mam z nim na pieńku, jest aż nazbyt znany. Powinniście raczej dać cynk dziennikarzowi newsowemu i podjąć temat we wstępniakach. Dostaniecie od Ekströma chwytliwe cytaty.

– Hm... – mruknął Levin. Wyjrzał na Stureplan i zobaczył piękną kobietę w jaskrawoczerwonym płaszczu i z długimi włosami w kolorze rudoblond. Po raz pierwszy tego dnia na jego twarzy pojawił się szeroki, szczery uśmiech.

– Może mimo wszystko nie jest to aż tak zły pomysł – dodał po chwili i też zamówił wino.

MIKAEL BLOMKVIST szedł ulicą Hornsgatan w stronę Mariatorget. Kawałek dalej, pod kościołem Marii Magdaleny, stała biała furgonetka z wgniecioną maską. Dwóch mężczyzn wymachiwało rękoma. Krzyczeli na siebie. Przyciągali uwagę prawie wszystkich przechodniów, ale Mikael niemal ich nie zauważył.

Pomyślał o synu Fransa Baldera, o tym, jak siedział na piętrze dużego domu w Saltsjöbaden i przesuwał dłonią nad perskim dywanem. Dłoń była biała, a na jej grzbiecie i na palcach widniały plamy, prawdopodobnie po flamastrach. Wyglądało to tak, jakby rysował coś skomplikowanego w powietrzu. Nagle zobaczył to wszystko w nowym świetle i znów przyszła mu do głowy myśl, która go nawiedziła u Farah Sharif. Może to nie Frans Balder narysował te światła.

Może chłopiec miał nieoczekiwany wielki talent. Z jakichś powodów nie zdziwiło go to tak bardzo, jak można by oczekiwać. Już kiedy po raz pierwszy wszedł do sypialni, w której na podłodze w szachownicę leżał martwy Frans Balder, i kiedy zobaczył jego syna uderzającego o wezgłowie łóżka, pomyślał, że jest w nim coś niezwykłego. Teraz, kiedy przecinał Mariatorget, przyszła mu do głowy dziwna myśl. Z pewnością była naciągana, ale nie chciała się od niego odczepić. Doszedł do Götgatsbacken i przystanął.

Wiedział, że musi to przynajmniej sprawdzić. Wyciągnął telefon i zaczął szukać w internecie numeru Hanny Balder. Był zastrzeżony. Raczej nie znalazłby go również w książce telefonicznej „Millennium". Co powinien zrobić? Pomyślał o Frei Granliden, dziennikarce działu rozrywki z „Expressen". Jej teksty raczej nie przynosiły chluby środowisku. Pisała o rozwodach, romansach i o tym, co się dzieje na królewskim dworze. Ale była bystra, wyszczekana i dobrze się dogadywali. Wybrał jej numer. Oczywiście był zajęty.

Pomyślał, że reporterzy popołudniówek rozmawiają teraz przez telefon na okrągło. Czas goni ich tak bardzo, że nie mają kiedy wstać z krzeseł i zobaczyć, jak wygląda rzeczywistość. Siedzą i wypluwają kolejne teksty. W końcu jednak udało mu się dodzwonić. Nie zdziwił się ani trochę, kiedy zawyła z radości.

– Mikael – powiedziała. – Co za zaszczyt. W końcu masz dla mnie gorący temat? Tak długo czekałam.

– Sorry. Tym razem to ty będziesz musiała mi pomóc. Potrzebuję adresu i numeru telefonu.

– A co dostanę w zamian? Może jakiś porządny cytat? Coś o tym, na co trafiłeś dziś w nocy?

– Mogę ci udzielić kilku rad jako kolega po fachu.

– Na przykład?

– Przestań pisać bzdury.

– Ha! Kto wówczas miałby te wszystkie numery, których potrzebują porządni reporterzy? Kogo szukasz?

– Hanny Balder.

– Domyślam się dlaczego. Jej facet był wczoraj nieźle wcięty. Spotkaliście się tam?

– Przestań drążyć. Wiesz, gdzie mieszka?

– Torsgatan 40.

– Tak po prostu to wiesz?

– Mam świetną pamięć do pierdół. Poczekaj chwilę, to dostaniesz też numer i kod do domofonu.

– Dzięki.

– Tylko że...

– Tak?

– Nie tylko ty jej szukasz. Nasze psy gończe też są na jej tropie i o ile wiem, przez cały dzień nie odbierała.

– Rozsądna kobieta.

Chwilę stał na ulicy, nie wiedząc, co robić. Nie podobało mu się to. Uganianie się za nieszczęśliwą matką w towarzystwie reporterów kryminalnych z kolorowych gazet nie było wymarzonym sposobem na spędzenie dnia. Mimo to przywołał taksówkę i ruszył w stronę Vasastan.

HANNA BALDER POJECHAŁA z Augustem i Einarem Forsbergiem do ośrodka dla dzieci i młodzieży Oden. Mieścił się przy Sveavägen, naprzeciwko parku Observatorielunden. Składał się z dwóch połączonych ze sobą mieszkań i choć umeblowanie i podwórko stwarzały domową atmosferę, i tak dało się wyczuć, że to ośrodek – po części z powodu długich korytarzy i zamkniętych drzwi, ale przede wszystkim z powodu tych ponurych, czujnych min pracowników.

Wyglądali, jakby się nauczyli podejrzliwie traktować swoich małych pacjentów.

Kierownik, Torkel Lindén, był niski i wyraźnie zadowolony z siebie. Twierdził, że ma duże doświadczenie w pracy z autystycznymi dziećmi, co oczywiście budziło zaufanie. Hannie nie podobało się jednak to, jak patrzył na Augusta. Nie podobało jej się również to, że pacjenci byli w tak różnym wieku. Na korytarzu widziała zarówno małe dzieci, jak i nastolatków. Ale pomyślała, że już za późno, żeby zmieniać decyzję. Wracając do domu, pocieszała się, że to tylko na jakiś czas. Może przyjdzie po Augusta już dziś wieczorem?

Pogrążyła się w myślach. Myślała o Lassem, jego piciu i po raz kolejny o tym, że musi go zostawić i wziąć swoje życie we własne ręce. Wysiadła z windy i aż podskoczyła. Na schodach siedział przystojny mężczyzna. Zapisywał coś w notatniku. Wstał i się z nią przywitał. Kiedy zrozumiała, że to Mikael Blomkvist, przeraziła się. Może przygniatało ją poczucie winy i bała się, że to zauważy. To oczywiście była bzdura. Blomkvist uśmiechnął się tylko, jakby był zawstydzony, i dwa razy przeprosił, że przeszkadza. Poczuła wielką ulgę. Od dawna go podziwiała.

– Nie mam nic do powiedzenia – oznajmiła tonem, który świadczył o czymś przeciwnym.

– Nie dlatego tu jestem – odparł, i wtedy przypomniała sobie, że on i Lasse przyjechali do Fransa razem albo przynajmniej w tym samym czasie. Nie mogła zrozumieć, co mają ze sobą wspólnego. W tej chwili Blomkvist wydawał jej się całkowitym przeciwieństwem Lassego.

– Szuka pan Lassego? – zapytała.

– Chciałbym się czegoś dowiedzieć o rysunkach Augusta – odparł, a Hanna poczuła ukłucie paniki.

Mimo wszystko pozwoliła mu wejść. To na pewno było nieostrożne. Lasse poszedł leczyć kaca w którejś z okolicznych knajp i mógł wrócić w każdej chwili. Oszaleje, jak zobaczy we własnym domu dziennikarza tego kalibru. Niepokoiła się, ale była też zaciekawiona. Jakim cudem Blomkvist wie o rysunkach? Poprosiła, żeby usiadł na szarej sofie w dużym pokoju, i poszła do kuchni po herbatę i ciastka. Kiedy wróciła z tacą, powiedział:

– Nie przeszkadzałbym pani, gdyby to nie było absolutnie konieczne.

– Nie przeszkadza pan – odparła.

– Dziś w nocy widziałem Augusta – mówił dalej – i nie mogłem przestać o tym myśleć.

– Ach tak?

– Wtedy nie zdawałem sobie z tego sprawy, ale odniosłem wrażenie, że chce nam coś powiedzieć. Teraz, po czasie, wydaje mi się, że chciał coś narysować. Tak zapamiętale machał ręką nad podłogą.

– Jak opętany.

– Więc po powrocie do domu rysował dalej?

– Jeszcze jak! Zaczął od razu. To było jak mania. Rysunki wyglądały naprawdę doskonale. Ale kiedy rysował, robił się czerwony na twarzy i zaczynał ciężko oddychać. Psycholog, który tu był, powiedział, że musi z tym jak najszybciej skończyć. Mówił, że to kompulsywne i destrukcyjne.

– Co takiego rysował?

– Pola.

– Jakie pola?

– Pola szachownicy – odparła. Może jej się zdawało, ale w oczach Mikaela Blomkvista dostrzegła napięcie.

– Tylko pola szachownicy? – zapytał. – Nic więcej?

– I jeszcze lustra. Pola szachownicy odbijające się w lustrach.

– Była pani u Fransa? – spytał Mikael Blomkvist ostrym tonem.

– Dlaczego pan o to pyta?

– Bo podłoga w sypialni, w której został zamordowany, jest ułożona w szachownicę i odbija się w lustrach, w drzwiach od szafy.

– O nie!

– Dlaczego zrobiło to na pani takie wrażenie?

– Bo... – zaczęła. Czuła, że zalewa ją fala wstydu. – Bo ostatnią rzeczą, jaką widziałam, zanim mu wyrwałam ten rysunek, był złowieszczy cień wyrastający z tych pól.

– Ma pani ten rysunek?

– Tak... nie.

– Nie?

– Obawiam się, że go wyrzuciłam. Ale może...

– Tak?

– Może nadal jest w koszu.

MIKAEL WYCIĄGNĄŁ Z KOSZA zmiętą kartkę i ostrożnie rozłożył na blacie. Na rękach miał jogurt i fusy z kawy. Starł je wierzchem dłoni i przyjrzał się rysunkowi w świetle zamontowanych pod szafką lampek punktowych. Bez wątpienia był niedokończony i, jak mówiła Hanna, widniały na nim przede wszystkim pola szachownicy, widziane z góry albo z boku. Komuś, kto nie był w sypialni Fransa Baldera, z pewnością trudno by było zrozumieć, że to podłoga. Ale on od razu rozpoznał lustra po prawej stronie i prawdopodobnie również mrok, ten szczególny mrok, który widział w nocy.

Jakby wrócił do chwili, kiedy wchodził przez stłuczone okno, choć nie zgadzał się jeden ważny szczegół. W pokoju, w którym był, panował niemal zupełny mrok. A na rysunku była wąska strużka światła. Padała ukośnie, z góry, i wyznaczała kontury cienia. Cień nie był szczególnie wyraźny ani mocno zaznaczony, ale może właśnie dlatego wydawał się taki przerażający.

Cień wyciągał rękę. Mikael patrzył na rysunek zupełnie inaczej niż Hanna. Nie miał żadnego problemu ze zrozumieniem, co to jest. To była ręka, która chciała zabić. Nad szachownicą i cieniem znajdowała się niedokończona twarz.

– Gdzie jest August? – zapytał. – Śpi?

– Nie. On...

– Tak?

– Na chwilę go oddałam. Szczerze mówiąc, już nie dawałam sobie z nim rady.

– Gdzie jest?

– W ośrodku dla dzieci i młodzieży Oden przy Sveavägen.

– Kto wie, że tam jest?

– Nikt.

– Tylko pani i pracownicy?

– Tak.

– Niech tak zostanie. Przepraszam na moment.

Wyjął telefon i zadzwonił do Jana Bublanskiego. Zdążył ułożyć w myślach jeszcze jedno pytanie do Przegródki Lisbeth.

JAN BUBLANSKI BYŁ PRZYBITY. Śledztwo stało w miejscu. Nie udało im się znaleźć blackphone'a ani laptopa Fransa Baldera. Mimo wielu wyczerpujących rozmów z operatorem nie udało się im więc ustalić, do kogo dzwonił, ani nawet uzyskać jasnego obrazu jego spraw sądowych.

Na razie mamy tylko zasłony dymne i stereotypy, pomyślał. Niewiele ponad to, że nagle, nie wiadomo skąd, pojawił się wojownik ninja, a potem zniknął w ciemności. W całej tej operacji było coś aż nazbyt doskonałego, jak gdyby człowiekowi, który ją przeprowadził, obce były ludzkie słabości i niekonsekwencja, które zwykle daje się wyczuć podczas analizowania materiału dowodowego.

Wszystko wydawało się klinicznie czyste. Bublanski nie mógł odpędzić myśli, że dla sprawcy był to po prostu kolejny dzień pracy. Rozważania przerwał mu dzwonek. Dzwonił Mikael Blomkvist.

– Cześć – powiedział Bublanski. – Właśnie o tobie rozmawialiśmy. Chcielibyśmy cię jeszcze raz przesłuchać, i to jak najszybciej.

– Jasne, w porządku – odparł Mikael. – Ale teraz mam ważniejszą wiadomość. Świadek, August Balder, jest sawantem.

– Kim?

– Może i jest ciężko upośledzony, ale ma absolutnie wyjątkowy talent. Rysuje po mistrzowsku, z niezwykłą, matematyczną precyzją. Widzieliście rysunki, te ze światłami na przejściu dla pieszych, które leżały na stole w kuchni w Saltsjöbaden?

– Tak, w przelocie. Chcesz powiedzieć, że to nie Balder to narysował?

– Nie, nie. To August.

– Wyglądały na wyjątkowo dojrzałe.

– Ale to on je narysował. A przed południem narysował podłogę w sypialni Baldera. I nie tylko. Na rysunku była też wiązka światła i cień. Sądzę, że to cień mordercy i światło z jego czołówki. Ale na razie nic nie wiemy na pewno. Nie mógł tego dokończyć.

– Nabijasz się ze mnie?

– To nie jest najlepsza chwila na żarty.

– Skąd wiesz?

– Jestem u jego matki, Hanny Balder, w domu przy Torsgatan, mam przed sobą rysunek. Augusta już tu nie ma. Jest w... – Wyraźnie się zawahał. – Nie chciałbym nic mówić przez telefon.

– Powiedziałeś, że nie mógł dokończyć?

– Psycholog zabronił mu rysować.

– Jak można zabronić czegoś takiego?

– Chyba nie zrozumiał, co te rysunki przedstawiają. Uznał, że to zachowanie kompulsywne. Sugerowałbym, żebyście jak najszybciej wysłali tam ludzi. Macie świadka.

– Już jedziemy. Przy okazji porozmawiamy z tobą.

– Niestety na mnie już czas. Muszę wracać do redakcji.

– Najlepiej by było, gdybyś jeszcze trochę został, ale rozumiem. I jeszcze jedno...

– Tak?

– Dzięki!

Bublanski się rozłączył i poszedł poinformować ekipę. Jeszcze nie wiedział, że popełnia błąd.

Rozdział 15
21 listopada

LISBETH SALANDER SIEDZIAŁA w klubie szachowym Raucher przy Hälsingegatan. Nie miała specjalnej ochoty grać. Bolała ją głowa. Cały dzień spędziła na łowach, które przywiodły ją w to miejsce. Kiedy zrozumiała, że Frans Balder został zdradzony przez swoich ludzi, obiecała mu, że zostawi zdrajcę w spokoju. Nie podobało jej się to, ale dotrzymała słowa. Po jego śmierci uznała, że jest zwolniona z obietnicy.

Teraz mogła działać po swojemu. Nie było to takie proste. Arvida Wrangego nie było w domu, a nie chciała do niego dzwonić. Wolała go wziąć z zaskoczenia. Wypatrywała go więc, kręcąc się tu i tam, z kapturem naciągniętym na głowę. Arvid wiódł życie trutnia. Ale jak w przypadku wielu innych obiboków postarał się, żeby była w tym pewna regularność. Dzięki zdjęciom, które umieszczał na Instagramie i Facebooku, miała kilka punktów zaczepienia: Riche przy Birger Jarlsgatan, Teatergrillen na Nybrogatan, klub szachowy Raucher i Café Ritorno przy Odengatan. I kilka innych, chociażby strzelnicę przy Fridhemsgatan i mieszkania dwóch dziewczyn. Zmienił się od czasu, gdy ostatnio miała go na celowniku.

Nie tylko nie wyglądał już na nerda, ale też moralnie obniżył loty. Nie była zwolenniczką teorii psychologicznych, ale doszła do wniosku, że pierwsze poważne wykroczenie poprowadziło go do kolejnych. Już nie był ambitnym, żądnym wiedzy studentem. Odwiedzał strony porno, tak często, że można chyba było mówić o uzależnieniu, i kupował seks przez internet. Brutalny seks. Dwie albo trzy kobiety groziły mu potem, że zgłoszą to na policję.

Przestał się interesować grami komputerowymi i badaniami nad AI, a zaczął prostytutkami i popijawami w centrum. Forsy najwyraźniej mu nie brakowało. Problemów też nie. Rano wpisał na przykład w wyszukiwarkę hasło: „ochrona świadków w Szwecji". Jawna nieostrożność. Nawet jeśli nie utrzymywał już kontaktów z Solifonem, przynajmniej przez swój komputer, i tak z pewnością mieli go na oku. Byli profesjonalistami. Może pod tą swoją nową powierzchownością światowca zaczął pękać. I dobrze. Byłoby jej to na rękę. Kiedy po raz kolejny zadzwoniła do klubu szachowego – szachy były chyba jedyną rzeczą łączącą go z dawnym życiem – ze zdziwieniem usłyszała, że właśnie przyszedł.

Zeszła po schodkach, przeszła przez korytarz i wkroczyła do szarego, zniszczonego pokoju. Tu i ówdzie przy stolikach siedzieli pochyleni nad szachownicami gracze, głównie starsi mężczyźni. Atmosfera była senna. Nikt nie zwrócił na nią uwagi, nikt się nie zdziwił, że przyszła. Wszyscy byli pochłonięci swoimi sprawami. Słychać było tylko tykanie szachowych zegarów i pojedyncze przekleństwa. Na ścianach wisiały zdjęcia Kasparowa, Magnusa Carlsena, Bobby'ego Fischera, a nawet nastoletniego Arvida Wrangego, który rozgrywał pojedynek ze słynną szachistką Judit Polgár.

Jego starsza wersja siedziała przy stoliku w głębi, po prawej, i wypróbowywała nowe otwarcie. Przy stoliku stało kilka firmowych toreb. Arvid miał na sobie żółty sweter z owczej wełny, świeżo wyprasowaną białą koszulę i wypucowane angielskie buty. Ta elegancja nie pasowała do tego miejsca. Lisbeth podeszła niepewnym krokiem i zapytała, czy z nią zagra. Zlustrował ją od stóp do głów.

– W porządku – odparł po chwili.

– To miło z pana strony – powiedziała, jak dobrze wychowana dziewczynka.

Usiadła i otworzyła e4. Arvid odpowiedział b5: polski gambit. Zamknęła oczy i pozwoliła mu grać.

PRÓBOWAŁ SIĘ SKUPIĆ na grze, ale nie bardzo mu wychodziło. Na szczęście ta mała punkówa raczej nie była gwiazdą, choć radziła sobie nie najgorzej. Prawdopodobnie była zapaloną graczką, ale co z tego. Bawił się z nią i pewnie jej zaimponował. Kto wie, może będzie chciała pojechać z nim do domu. Wyglądała na skwaszoną, a on nie lubił zołzowatych lasek, ale miała fajne cycki. Pomyślał, że może będzie mógł się na niej wyładować. Miał za sobą okropny poranek. Wiadomość o zamordowaniu Fransa Baldera zwaliła go z nóg.

Nie był w rozpaczy: bał się. Próbował co prawda wmawiać sobie, że postąpił słusznie. Czego innego mógł się spodziewać ten cholerny profesor, skoro traktował go jak powietrze? Choć oczywiście nie wyglądałoby to najlepiej, gdyby wyszło na jaw, że go sprzedał. Ale najgorsze było to, że między jednym a drugim na pewno był jakiś związek. Nie wiedział jaki i próbował się pocieszać myślą, że taki idiota jak Balder na pewno narobił sobie mnóstwo wrogów. Ale wiedział, jaka jest prawda, i dlatego zaczął się śmiertelnie bać.

Od czasu, kiedy Frans zaczął pracować dla Solifonu, obawiał się, że sprawy mogą przyjąć inny, niepokojący obrót, a teraz marzył tylko o tym, żeby wszystko się skończyło. Pewnie dlatego przed południem ruszył w miasto i oddał się kompulsywnym zakupom, których rezultatem była góra toreb z markowymi ciuchami. W końcu zajrzał do klubu szachowego. Granie czasem jeszcze mu pomagało odpędzić złe myśli. I rzeczywiście – humor mu się poprawił. Czuł, że kontroluje sytuację i że jest wystarczająco sprytny, żeby nadal ich wszystkich zwodzić. Wystarczyło tylko spojrzeć, jak mu idzie. A przecież ta laska wcale nie była taka zła.

Wręcz przeciwnie, w tym, jak grała, było coś nieortodoksyjnego, coś kreatywnego. Prawdopodobnie potrafiłaby utrzeć nosa większości tych, którzy siedzieli przy sąsiednich stolikach. Ale on, Arvid Wrange, ją zmiażdżył. Grał tak inteligentnie, tak błyskotliwie, że nawet nie zauważyła, jak osaczył jej damę. Podszedł do niej ukradkiem i zbił ją, tracąc tylko jednego konia.

– *Sorry, baby. Your Queen is down!* – powiedział zalotnym, luzackim tonem, który z pewnością jej zaimponował.

Ale nie doczekał się odpowiedzi. Dziewczyna się nie uśmiechnęła i nie powiedziała ani słowa. Zaczęła za to grać szybciej, jakby chciała jak najszybciej skończyć i zapomnieć o upokorzeniu. Nie miał nic przeciwko temu. Pomyślał, że szybko się z nią rozprawi i zabierze gdzieś na kilka drinków, a potem się za nią weźmie. Nie będzie dla niej zbyt miły w łóżku. A pewnie i tak po wszystkim mu podziękuje. Taka zołza z pewnością od dawna z nikim się nie pukała i prawdopodobnie nigdy jej się nie trafił taki fajny koleś jak on, ktoś na takim poziomie. Postanowił, że przed nią zabłyśnie i wyłoży jej trochę zaawansowanej szachowej teorii. Nie miał jednak okazji. Coś mimo wszystko było nie tak. Zaczął wyczuwać opór, którego nie pojmował, jakąś nową trudność. Długo próbował sobie wmawiać, że to złudzenie albo wynik kilku nieostrożnych posunięć i że jeśli tylko się skoncentruje, na pewno sobie z tym poradzi. Zmobilizował cały swój instynkt zabójcy. Ale było coraz gorzej.

Poczuł, że przyparła go do muru. Niezależnie od tego, jak bardzo się starał, odpierała jego ataki. W końcu musiał się pogodzić z tym, że szala zwycięstwa bezpowrotnie przechyliła się na jej stronę. Jak to możliwe? Przecież zbił jej królową, a zamiast powiększyć przewagę, znalazł się w katastrofalnym położeniu. Co się stało? Chyba nie poświęciła damy celowo? Nie na tak wczesnym etapie. To niemożliwe. O takich posunięciach czyta się w książkach, coś takiego nie ma prawa się zdarzyć w klubie szachowym na Vasastan. A już na pewno nie robią takich rzeczy wykolczykowane aspołeczne punkówy, zwłaszcza kiedy się pojedynkują z tak doświadczonymi graczami jak on. A mimo to nie było już dla niego ratunku.

Wiedział, że jeszcze cztery–pięć ruchów i przegra, więc przytknął palcem wskazującym swojego króla i wymamrotał: gratuluję. Miał ochotę wygłosić jakąś wymówkę, ale coś mu mówiło, że to by tylko pogorszyło sprawę. Już wtedy przeczuwał, że nie przegrał na skutek nieszczęśliwego zbiegu okoliczności. Prawie mimo woli znów zaczął się bać. Kim, do cholery, była ta dziewczyna?

Ostrożnie spojrzał jej w oczy. Nie wyglądała już jak skwaszona, niepewna pinda. Miała w sobie lodowaty chłód – była jak drapieżnik przyglądający się ofierze. Poczuł się bardzo nieswojo, jakby przegrana w szachy była zaledwie wstępem do czegoś o wiele gorszego. Zerknął w stronę drzwi.

– Nigdzie nie pójdziesz – oznajmiła.

– Kim jesteś?

– Nikim szczególnym.

– Czyli nie spotkaliśmy się wcześniej?

– Niezupełnie.

– Więc prawie, tak?

– Spotkałeś mnie w koszmarnych snach, Arvid.

– Żartujesz?

– Raczej nie.

– O co ci chodzi?

– A jak myślisz?

– Skąd mam wiedzieć?

Nie rozumiał, dlaczego aż tak bardzo się boi.

– Dziś w nocy zamordowano Fransa Baldera – powiedziała głucho.

– Ta... tak... czytałem o tym – wyjąkał.

– Straszne, prawda?

– Tak, naprawdę.

– Zwłaszcza dla ciebie, prawda?

– Dlaczego miałoby to być straszne zwłaszcza dla mnie?

– Dlatego że to ty go zdradziłeś. Od ciebie dostał judaszowy pocałunek.

Miał wrażenie, że jego ciało zamieniło się w lód.

– Bzdury – wymamrotał.

– Wcale nie. Włamałam się do twojego komputera, złamałam szyfr i zobaczyłam wszystko czarno na białym. I wiesz co?

Miał trudności z oddychaniem.

– Jestem pewna, że dziś rano wstałeś i zacząłeś się zastanawiać, czy to twoja wina, że on nie żyje. Myślę, że mogę ci pomóc. Tak, to twoja wina. Gdybyś nie był taki chciwy, zgorzkniały i żałosny i nie sprzedał jego badań Solifonowi, nadal by żył. Muszę cię ostrzec, że kiedy o tym myślę, jestem wściekła. Postaram się, byś cierpiał. Najpierw potraktuję cię tak, jak ty traktowałeś te kobiety, które wyszukiwałeś w sieci.

– Jesteś nienormalna?

– Prawdopodobnie, w każdym razie trochę – odparła. – Niski poziom empatii. Skłonność do przemocy. Coś w tym stylu – Złapała go za rękę z siłą, która go przeraziła. – Szczerze mówiąc, nie wygląda to dobrze – ciągnęła. – Wiesz, czym się teraz zajmuję? Wiesz, dlaczego sprawiam wrażenie roztargnionej?

– Nie.

– Siedzę i zastanawiam się, co z tobą zrobić. Myślę o prawdziwie piekielnych mękach. Dlatego jestem trochę rozkojarzona.

– Czego chcesz?

– Zemścić się. Nie wyraziłam się dostatecznie jasno?

– Tak tylko gadasz.

– Wcale nie, i myślę, że o tym wiesz. Chociaż w gruncie rzeczy jest jeszcze inne wyjście.

– Co mam zrobić?

Nie rozumiał, dlaczego to powiedział. Co mam zrobić? To było jak przyznanie się do winy, jak wywieszenie białej flagi. Zaczął się zastanawiać, czy tego nie cofnąć, czy jej nie przycisnąć, żeby się przekonać, czy nie blefuje. Ale nie był w stanie. Dopiero później zrozumiał, że nie tylko dlatego, że mu groziła i że tak potwornie mocno złapała go za rękę. Chodziło też o partię, którą rozegrali, i o to, że poświęciła damę. Wciąż był w szoku. Coś w jego podświadomości mówiło mu, że dziewczyna, która tak gra, musi mieć dowody, że jest winny.

– Co mam zrobić? – powtórzył.

– Wyjdziesz stąd razem ze mną i wszystko mi opowiesz, Arvidzie. Opowiesz mi ze szczegółami, jak sprzedałeś Fransa Baldera.

– TO CUD – powiedział Jan Bublanski. Stał w kuchni Hanny Balder i przyglądał się pomiętemu rysunkowi, który Mikael Blomkvist znalazł w śmieciach.

– Nie przesadzaj – odparła Sonja Modig. Stała tuż obok niego. Oczywiście miała rację.

Mimo wszystko było to kilka naszkicowanych kwadratów. Tak jak powiedział Mikael, kiedy rozmawiali przez telefon, w tym rysunku było coś wybitnie matematycznego, jakby chłopca bardziej interesowała geometryczna forma kwadratów i ich odbicia w lustrach niż widniejący nad nimi złowrogi cień. Mimo to Bublanski był podekscytowany. Cały czas słyszał, że August Balder jest niedorozwinięty i że nie będzie im mógł zbytnio pomóc. A tymczasem stworzył rysunek, który dawał więcej nadziei niż jakikolwiek inny aspekt śledztwa. Ta myśl mocno go wzruszyła. Pomyślał, że to potwierdza, że nie wolno nikogo lekceważyć i nie wolno dawać się ograniczać uprzedzeniom.

Nie mieli oczywiście pewności, czy August zaczął rysować scenę morderstwa. Czysto teoretycznie cień mógł oznaczać coś całkiem innego. Nie było też pewne, że widział twarz mordercy albo że będzie ją w stanie narysować, ale i tak... W głębi serca Bublanski wierzył, że tak będzie, i to nie tylko dlatego, że rysunek, nawet w takim stanie, był mistrzowski.

Widział również wcześniejsze rysunki Augusta, a nawet je skserował i wziął ze sobą kopie. Przedstawiały nie tylko przejście dla pieszych i sygnalizator, ale również wyniszczonego mężczyznę o wąskich ustach, który – tak by pomyślał każdy policjant – został złapany na gorącym uczynku. Bez wątpienia przechodził na czerwonym. Jego twarz została oddana tak wiernie, że Amanda Flod z jego grupy w jednej chwili rozpoznała starego bezrobotnego aktora Rogera Wintera, który miał na koncie jazdę pod wpływem alkoholu i pobicie.

Fotograficzna ostrość, z jaką August Balder potrafił uchwycić rzeczywistość, powinna być spełnieniem marzeń każdego śledczego. Ale Bublanski oczywiście rozumiał, że pokładanie w rysunkach zbyt wielkich nadziei byłoby nieprofesjonalne. Morderca mógł być zamaskowany, a August mógł już nie pamiętać, jak wyglądał. Pomyślał, że jest wiele możliwości. Z pewną melancholią spojrzał na Sonję Modig.

– Pewnie uważasz, że to pobożne życzenia – powiedział.

– Jak na człowieka, który zaczął wątpić w istnienie Boga, zaskakująco łatwo zauważasz cuda.

– Hm... może i tak.

– Na pewno nie zaszkodzi sprawdzić, gdzie nas to może zaprowadzić. Co do tego się z tobą zgadzam.

– Świetnie, w takim razie spotkajmy się z nim.

Wyszedł z kuchni i skinął głową Hannie Balder, która siedziała na kanapie w dużym pokoju i obracała w palcach jakieś tabletki.

LISBETH I ARVID WRANGE szli przez Vasaparken ręka w rękę, jak para starych znajomych. Choć były to tylko pozory. Arvid był przerażony. Lisbeth zaprowadziła go na ławkę. Pogoda nie sprzyjała siedzeniu na dworze i karmieniu gołębi. Znów zerwał się wiatr, a temperatura spadła. Arvidowi było zimno. Ale Lisbeth uznała, że ławka w parku to odpowiednie miejsce. Pociągnęła go mocno za rękę i zmusiła, żeby usiadł.

– Okej – powiedziała. – Nie przeciągajmy tego.

– Obiecujesz, że nikomu nie powiesz, jak się nazywam?

– Niczego nie mogę ci zagwarantować. Ale jeśli mi wszystko opowiesz, będziesz miał znacznie większe szanse na powrót do swojego żałosnego życia.

– W porządku – odparł. – Wiesz, co to jest Darknet?

– Tak.

Trudno było o większe niedomówienie. Nikt nie wiedział, co to jest Darknet, lepiej niż Lisbeth Salander. Darknet był ciemną strefą sieci. Dostępną wyłącznie dla tych, którzy mieli specjalny program szyfrujący. Darknet każdemu gwarantował całkowitą anonimowość. Nikt nie mógł wytropić jego użytkowników ani śledzić, co robią. Dlatego roiło się tam od dilerów narkotykowych, terrorystów, oszustów, gangsterów, handlarzy bronią, zamachowców z bombami, alfonsów i czarnych kapeluszy. Żadne inne miejsce w cyberprzestrzeni nie leżało tak daleko poza granicami prawa. Jeżeli w sieci istniało piekło, to był nim właśnie Darknet.

Choć sam w sobie nie był zły. Lisbeth wiedziała o tym najlepiej. Wiedziała, że w czasach, kiedy organizacje szpiegowskie i producenci oprogramowania śledzą każdy krok każdego człowieka, uczciwi ludzie też potrzebują miejsca, gdzie nikt nie będzie mógł ich zobaczyć. Darknet stał się azylem dla dysydentów i tajnych informatorów. Opozycjoniści mogli się tam wypowiadać i protestować, a rządy nie były w stanie ich dosięgnąć. To tam Lisbeth przeprowadzała najdelikatniejsze dochodzenia i ataki.

Tak, można powiedzieć, że wiedziała, co to Darknet. Znała strony, wyszukiwarki, cały ten trochę anachroniczny, powolny organizm leżący w głębokim cieniu zwykłego, jawnego internetu.

– Wystawiłeś technologię Baldera na sprzedaż w Darknecie? – zapytała.

– Nie, skąd. Tylko się tam rozglądałem. Byłem wściekły. Wiesz, Frans prawie ze mną nie rozmawiał. Traktował mnie jak powietrze i szczerze mówiąc, na tej jego technologii też mu nie zależało. Miał zamiar ją wykorzystywać wyłącznie do badań i nie był zainteresowany tym, żeby się przydała do czegoś jeszcze. A my zrozumieliśmy, że można na niej zbić fortunę. Wszyscy bylibyśmy bogaci. Ale on miał to gdzieś, chciał tylko eksperymentować i bawić się jak dziecko. Pewnego wieczoru, kiedy trochę sobie wypiłem, na jakiejś stronie dla nerdów bez zastanowienia wpisałem pytanie: „Kto mógłby dobrze zapłacić za rewolucyjną technologię AI?".

– I ktoś ci odpowiedział?

– Trochę to trwało. Zdążyłem już zapomnieć, że w ogóle pytałem. Ale w końcu ktoś mi odpowiedział. Napisał, że nazywa się Bogey, i zaczął zadawać pytania. Bardzo szczegółowe. Najpierw odpowiadałem jak nieostrożny dureń, jakby to wszystko był tylko głupi żart. Któregoś dnia dotarło do mnie, że już się z tego nie wyplączę, i przeraziłem się, że Bogey nam to wykradnie.

– A ty nic nie będziesz z tego miał.

– Chyba nie zdawałem sobie sprawy, w co się wpakowałem. To był klasyczny dylemat. Żeby sprzedać technologię Fransa, musiałem o niej opowiedzieć. Ale gdybym zdradził za dużo, tobym ją stracił. Bogey nie przestawał mi schlebiać i w końcu się dowiedział, nad jakim programem pracujemy.

– Miał zamiar się włamać do waszych komputerów.

– Prawdopodobnie tak. W jakiś sposób udało mu się wywęszyć, jak się nazywam. Kompletnie się tym załamałem. Ześwirowałem i powiedziałem, że chcę się wycofać. Ale było już za późno. Nie groził mi, w każdym razie nie wprost. Ględził tylko o tym, że razem dokonamy czegoś wielkiego i zarobimy mnóstwo pieniędzy. W końcu zgodziłem się z nim spotkać w chińskiej restauracji na statku przy Södra Mälarstrand. Pamiętam, wiał wiatr i było zimno, a ja długo stałem i marzłem. Spóźnił się pół godziny. Później zacząłem się zastanawiać, czy mnie w tym czasie nie obserwował.

– Ale w końcu przyszedł?

– Tak, i na początku byłem całkiem zbity z tropu. Nie mogłem uwierzyć, że to on. Wyglądał jak ćpun albo żebrak i gdyby nie zegarek patek philippe, który miał na ręce, wetknąłbym mu dwudziestaka. Na rękach miał dziwne blizny i tatuaże domowej roboty. Kiedy szedł, dziwnie wywijał rękami, a trencz miał w opłakanym stanie. Wyglądał, jakby mieszkał pod mostem, a najdziwniejsze w tym wszystkim było to, że był z tego dumny. Tylko ten zegarek i robione na miarę buty świadczyły o tym, że udało mu się odbić od dna. Jeśli to pominąć, sprawiał wrażenie, jakby był przywiązany do swoich korzeni. Później, kiedy dostał ode mnie wszystko i świętowaliśmy przy kilku butelkach wina, zapytałem, czym się zajmuje.

– Ze względu na ciebie mam nadzieję, że zdradził ci jakieś szczegóły.

– Jeżeli masz zamiar go namierzyć, muszę cię ostrzec...

– Nie o radę cię prosiłam, tylko o konkrety.

– W porządku, był oczywiście ostrożny. Ale i tak tego i owego udało mi się dowiedzieć. Prawdopodobnie nie mógł się powstrzymać. Wychował się w jakimś dużym mieście w Rosji. Nie zdradził, w jakim. Powiedział, że wszystko się przeciwko niemu sprzysięgło. Wszystko! Jego matka była dziwką i heroinistką, a ojcem mógł być każdy. Szybko trafił do koszmarnego domu dziecka. Mówił, że jakiś szaleniec kładł go w kuchni na pieńku do ćwiartowania mięsa i tłukł kawałkiem starej laski. Kiedy miał jedenaście lat, uciekł i trafił na ulicę. Kradł, włamywał się do piwnic i na klatki schodowe, żeby się trochę ogrzać. Upijał się tanią wódką, wąchał rozpuszczalnik i klej, był wykorzystywany i bity. Ale odkrył jedną rzecz.

– Co?

– Że ma pewien talent. To, na co inni potrzebowali całych godzin, on robił w kilka sekund. Był mistrzem w dokonywaniu włamań. Miał pierwszy powód do dumy i coś, z czym mógł się identyfikować. Wcześniej był tylko bezdomnym gówniarzem, pogardzanym i opluwanym przez wszystkich. Teraz stał się chłopakiem, który mógł się dostać praktycznie wszędzie. Szybko stało się to jego obsesją. Całymi dniami marzył o tym, żeby być jak Houdini, a w zasadzie żeby zostać jego przeciwieństwem. Nie chciał otwierać, żeby wyjść. Chciał otwierać, żeby wejść. Ćwiczył, bo chciał być jeszcze lepszy, dziesięć, dwanaście, czasem czternaście godzin na dobę. Wkrótce na ulicach zaczęły o nim krążyć legendy. Przynajmniej on tak twierdził. Zaczął przeprowadzać coraz większe operacje i posługiwać się komputerami. Kradł je i przerabiał. Potrafił się włamać do każdego systemu i mnóstwo na tym zarabiał. Ale wszystko szło na narkotyki. Często go okradano i wykorzystywano. Kiedy atakował, zawsze myślał jasno, a potem, kiedy leżał otumaniony jakimś świństwem, zawsze znalazł się ktoś, kto to wykorzystywał. Przyznał, że był jednocześnie geniuszem i kompletnym idiotą. Pewnego dnia wszystko się zmieniło. Ktoś go ocalił, wydobył z piekła.

– Co się stało?

– Spał w jakiejś ruderze przeznaczonej do rozbiórki i wyglądał gorzej niż zwykle. Kiedy otworzył oczy i się rozejrzał, w żółtawym świetle zobaczył anioła.

– Anioła?

– Tak powiedział. Możliwe, że był to tylko kontrast z otoczeniem, z igłami, resztkami jedzenia, karaluchami i kto wie z czym jeszcze. Powiedział, że to była najpiękniejsza kobieta, jaką w życiu widział. Z trudem na nią patrzył i był pewien, że niedługo umrze. Czuł, że to podniosła chwila, która zaważy na całym jego życiu. Ale ta kobieta powiedziała, jakby to była najbardziej oczywista rzecz na świecie, że dzięki niej będzie bogaty i szczęśliwy. O ile dobrze zrozumiałem, dotrzymała słowa. Załatwiła mu nowe zęby i wysłała go na odwyk. I dopilnowała, żeby skończył informatykę.

– I od tej pory włamuje się do komputerów i kradnie dla tej kobiety i jej organizacji?

– Mniej więcej. Stał się nowym człowiekiem, może nie całkiem, bo pod wieloma względami wciąż jest złodziejem i draniem. Ale mówi, że już nie bierze, a cały wolny czas poświęca na śledzenie nowinek technicznych. Wiele znajduje w Darknecie. Twierdzi również, że jest bardzo bogaty.

– Nie powiedział o tej kobiecie nic więcej?

– Nie, w tej kwestii był wyjątkowo ostrożny. Mówił o niej tak niejasno i z takim uwielbieniem, że zastanawiałem się nawet, czy nie jest wytworem jego wyobraźni albo złudzeniem. Ale sądzę, że musi istnieć naprawdę. Kiedy o niej mówił, wyczuwałem w powietrzu wręcz fizyczny strach. Powiedział, że wolałby zginąć niż ją zawieść. Pokazał mi też złoty prawosławny krzyż, który od niej dostał. Wiesz, taki z ukośną belką, który wskazuje i w górę, i w dół. Powiedział, że to nawiązanie do Ewangelii świętego Łukasza i dwóch łotrów, którzy wisieli obok Chrystusa. Jeden z nich w niego wierzył i miał trafić do nieba. Drugi szydził i miał trafić do piekła.

– I to tam mieliście się znaleźć, gdybyście ją zawiedli?

– Tak, można tak powiedzieć.

– Więc uważała się za Jezusa?

– Krzyż prawdopodobnie nie miał żadnego związku z chrześcijaństwem. Ten Rosjanin chciał mi po prostu coś dać do zrozumienia.

– Albo będziesz wierny, albo czekają cię piekielne męki?

– Tak, coś w tym stylu.

– A mimo to siedzisz tu i gęba ci się nie zamyka.

– Nie widziałem innego wyjścia.

– Mam nadzieję, że dobrze ci zapłacił.

– Tak... w miarę.

– A później technologia Baldera została sprzedana Solifonowi i Truegames.

– Tak, ale nie rozumiem... kiedy teraz o tym myślę.

– Czego nie rozumiesz?

– Skąd o tym wiesz?

– Byłeś na tyle głupi, żeby napisać do Eckerwalda. Z Solifonu, pamiętasz?

– Ale nie napisałem nic, co by mogło sugerować, że im to sprzedałem. Bardzo starannie dobierałem słowa.

– Mnie to, co napisałeś, wystarczyło – powiedziała Lisbeth, wstając. Arvid jakby zapadł się w sobie.

– I co teraz będzie? Obiecujesz, że moje nazwisko nie wypłynie?

– Możesz mieć nadzieję – odparła i szybkim, zdecydowanym krokiem ruszyła w stronę Odenplan.

KIEDY JUŻ BYLI na schodach, w kieszeni Bublanskiego zadzwonił telefon. Dzwonił profesor Charles Edelman. Bublanski próbował się z nim skontaktować, kiedy się dowiedział, że August jest sawantem. Sprawdził w sieci i okazało się, że w Szwecji są dwa autorytety w tej dziedzinie: profesor Lena Ek z uniwersytetu w Lund i Charles Edelman z Instytutu Karolinska. Nie udało mu się skontaktować z żadnym z nich, więc pojechał do Hanny Balder. Charles Edelman oddzwonił i wydawał się wstrząśnięty. Powiedział, że jest w Budapeszcie na konferencji na temat zwiększonej wydajności pamięci. Dopiero co przyjechał i chwilę wcześniej z CNN dowiedział się, że Balder został zamordowany.

– Inaczej od razu bym do pana zadzwonił – wyjaśnił.

– Dlaczego?

– Frans Balder skontaktował się ze mną wczoraj wieczorem.

Bublanski aż podskoczył. Był przygotowany i reagował na wszystkie przypadkowe powiązania.

– Dlaczego?

– Chciał porozmawiać o talencie swojego syna.

– Panowie się znali?

– Nie. Zadzwonił do mnie, bo niepokoił się o syna. Mocno mnie zaskoczył.

– Dlaczego?

– Przecież odezwał się do mnie sam Frans Balder. Dla nas, neurologów, to niemal instytucja. Mówimy, że próbuje zrozumieć mózg tak samo jak my. Z tą różnicą, że on chciałby też go zbudować, a nawet ulepszyć.

– Coś mi się obiło o uszy.

– Przede wszystkim wiedziałem, że jest bardzo zamknięty w sobie i trudny w obejściu. Niektórzy czasem żartowali, że sam jest jak maszyna: składa się z samych układów logicznych. Ale kiedy ze mną rozmawiał, aż kipiał od emocji i, szczerze mówiąc, zszokowało mnie to. To było... jak by to powiedzieć... jakby pan zobaczył, że najtwardszy policjant płacze. Pamiętam, że pomyślałem, że musiało stać się coś jeszcze, poza tym, o czym rozmawialiśmy.

– Ta uwaga wydaje się słuszna. Zrozumiał, że jest w poważnym niebezpieczeństwie – powiedział Bublanski.

– Ale on miał powody, żeby się ekscytować. Jego syn podobno genialnie rysował, a to naprawdę nie jest częste u dzieci w tym wieku, nawet u sawantów, a już tym bardziej w połączeniu z talentem matematycznym.

– Matematycznym?

– Tak. Zdaniem profesora jego syn jest również uzdolniony matematycznie. O tym mógłbym mówić długo.

– Co pan ma na myśli?

– Chodzi o to, że byłem ogromnie zdziwiony, a jednocześnie może nie aż tak bardzo. Dziś już wiemy, że w przypadku sawantów pewną rolę odgrywa dziedziczenie, a tu mamy do czynienia z ojcem, który dzięki temu, że stworzył zaawansowane algorytmy, stał się legendą. Choć jednocześnie...

– Tak?

– Takie dzieci nigdy nie mają jednocześnie talentu artystycznego i matematycznego.

– Czyż życie nie jest piękne dzięki temu, że od czasu do czasu potrafi nas zaskoczyć? – zapytał Bublanski.

– To prawda, panie komisarzu. W czym mogę panu pomóc?

Bublanski przypomniał sobie wszystko, co stało się w Saltsjöbaden, i pomyślał, że nie zaszkodzi, jeśli zachowa trochę ostrożności.

– Mogę tylko powiedzieć, że dość pilnie będziemy potrzebować pańskiej wiedzy i pomocy.

– Chłopiec był świadkiem morderstwa, prawda?

– Tak.

– I chciałby pan, żebym spróbował go skłonić do narysowania tego, co widział?

– Nie mogę odpowiedzieć na to pytanie.

CHARLES EDELMAN stał w recepcji hotelu Boscolo w Budapeszcie, niedaleko połyskującego Dunaju. Miał wrażenie, że jest w operze. Wnętrze było imponujące, wysokie, ze staroświeckimi kopułami i kolumnami. Cieszył się na ten tydzień, który miał tam spędzić, na wykłady i kolacje. Skrzywił się i przeczesał palcami włosy. Polecił Bublanskiemu swojego młodego docenta, Martina Wolgersa.

– Niestety nie będę mógł wam pomóc osobiście. Jutro mam wygłosić bardzo ważny wykład – powiedział komisarzowi Bublanskiemu zgodnie z prawdą.

Przygotowywał się do tego wiele tygodni. Miał zamiar podjąć polemikę z wieloma uznanymi neurologami zajmującymi się badaniem pamięci. Kiedy się rozłączył i przypadkiem złowił spojrzenie Leny Ek, która mijała go z kanapką w ręku, zaczął żałować. Poczuł nawet, że zazdrości Martinowi. Chłopak nie miał nawet trzydziestu pięciu lat. Na zdjęciach zawsze prezentował się aż za dobrze i już zaczął sobie wyrabiać nazwisko.

Prawda była taka, że nie do końca zrozumiał, co się stało. Komisarz był dość tajemniczy. Prawdopodobnie obawiał się, że mogą być podsłuchiwani, choć i tak nietrudno było zgadnąć, o co chodzi. Chłopiec świetnie rysował i był świadkiem morderstwa. Mogło to oznaczać tylko jedno. Im dłużej o tym myślał, tym bardziej pluł sobie w brodę. Jeszcze nie raz będzie miał okazję wygłosić ważny referat, a to była jedyna okazja, żeby wziąć udział w tak ważnym śledztwie. Niezależnie od tego, jak na to spojrzeć, to, co tak lekkomyślnie przekazał Martinowi, z pewnością było dużo bardziej interesujące niż wszystko, co mogło mu się przydarzyć w Budapeszcie. Kto wie, może mogłoby mu przynieść pewną sławę.

Już widział nagłówek: „Znany neurolog pomógł policji znaleźć mordercę". Albo jeszcze lepiej: „Polowanie na mordercę zwieńczone sukcesem dzięki badaniom profesora Edelmana". Jak mógł być tak głupi i odmówić? Pomyślał, że jest idiotą. Chwycił komórkę i zadzwonił do Bublanskiego.

BUBLANSKI ODŁOŻYŁ SŁUCHAWKĘ. Udało im się, jemu i Sonji, zaparkować niedaleko biblioteki publicznej. Właśnie przeszli przez ulicę. Pogoda znów była beznadziejna. Było mu zimno w ręce.

– Zmienił zdanie? – zapytała Sonja.

– Tak. Da sobie spokój z referatem.

– Kiedy tu będzie?

– Ma sprawdzić loty. Najpóźniej jutro przed południem.

Szli do ośrodka dla dzieci i młodzieży Oden, żeby się spotkać z jego kierownikiem, Torkelem Lindénem. W zasadzie mieli rozmawiać wyłącznie o praktycznych sprawach związanych z zeznaniami Augusta Baldera, a przynajmniej tak się Bublanskiemu wydawało. Ale choć Torkel Lindén nic jeszcze nie wiedział o prawdziwym celu ich wizyty, kiedy rozmawiali przez telefon, był zadziwiająco nieprzystępny. Oświadczył, że chłopcu nie należy przeszkadzać w żaden sposób. Bublanski wyczuł jego instynktowną wrogość i był na tyle głupi, że sam też nie zdobył się na uprzejmość. To nie był obiecujący początek.

Wbrew przypuszczeniom Bublanskiego Lindén nie okazał się wysoki i postawny. Miał nie więcej niż metr pięćdziesiąt. Krótko ostrzyżone, prawdopodobnie farbowane ciemne włosy i zaciśnięte usta potęgowały wrażenie surowości. Miał na sobie czarne dżinsy, czarną koszulkę polo, a na szyi złoty krzyżyk. Wyglądał jak pastor i bez wątpienia był do nich nastawiony wrogo.

Z jego oczu biła wyniosłość. Bublanski pomyślał o swoich żydowskich korzeniach. Często tak było, kiedy się spotykał z taką złośliwością. Torkel Lindén chciał chyba pokazać, że moralnie stoi wyżej od nich. Chciał im dać do zrozumienia, że jest od nich lepszy, bo przede wszystkim liczy się dla niego zdrowie psychiczne chłopca i nie zamierza pozwolić policji go wykorzystywać. Bublanski uznał, że nie ma wyjścia i że musi zacząć jak najmilej.

– Bardzo mi miło – powiedział.

– Ach tak? – odparł Lindén.

– Oczywiście. To bardzo uprzejmie z pana strony, że się pan zgodził tak nagle spotkać. Nie przyszlibyśmy tutaj, gdybyśmy nie byli przekonani, że chodzi o sprawę najwyższej wagi.

– Zakładam, że chcecie państwo w jakiś sposób przesłuchać chłopca.

– Niezupełnie – odparł Bublanski, trochę mniej uprzejmie. – Chcielibyśmy raczej... muszę najpierw zaznaczyć, że to, co teraz powiem, musi zostać między nami. To kwestia bezpieczeństwa.

– Obowiązek zachowania tajemnicy jest dla nas oczywisty. U nas nie ma przecieków – powiedział Lindén takim tonem, jakby sugerował, że u Bublanskiego jest inaczej.

– Chcę się tylko upewnić, że chłopiec będzie tu bezpieczny – rzucił Bublanski.

– To jest dla was najważniejsze?

– Nie inaczej – odparł komisarz lodowato. – Dlatego powtórzę: nic z tego, co powiem, nie może zostać w jakikolwiek sposób przekazane dalej, a już zwłaszcza przez telefon albo mailem. Czy możemy usiąść w jakimś ustronnym miejscu?

SONJA MODIG nie była zachwycona ośrodkiem. Miało to na pewno związek z tym, że słyszała czyjś płacz. Gdzieś w pobliżu od dłuższej chwili rozpaczliwie płakała mała dziewczynka. Siedzieli w pokoju, w którym unosił się zapach środków czystości i chyba delikatna woń kadzidła. Na ścianie wisiał krzyż, a na podłodze leżał zniszczony miś. Wyposażenie było skąpe, pokój nie sprawiał wrażenia przytulnego. Widziała, że zwykle dobroduszny Bublanski jest bliski wybuchu, więc przejęła inicjatywę. Spokojnie i rzeczowo opowiedziała, co się stało.

– Dowiedzieliśmy się, że pański współpracownik, psycholog Einar Forsberg, stwierdził, że Augustowi nie wolno rysować.

– Wydał takie orzeczenie i ja się z nim zgadzam – odparł Torkel Lindén. – Nie czuje się dzięki temu dobrze.

– Można jednak powiedzieć, że w ogóle nie czuje się dobrze. Widział, jak zamordowano jego ojca.

– Ale chyba nie powinniśmy pogarszać jego stanu, prawda?

– Zgadza się. Ale rysunek, którego nie mógł dokończyć, może się okazać przełomem w śledztwie i dlatego będziemy nalegać, żeby mu pozwolono rysować. Dopilnujemy, żeby był przy tym ktoś kompetentny.

– Nie mogę się na to zgodzić.

Sonja nie wierzyła własnym uszom.

– Słucham?

– Z całym szacunkiem dla państwa pracy – powiedział Lindén stanowczo. – My tutaj pomagamy bezbronnym dzieciom, które tego potrzebują. To jest nasz cel i nasze powołanie. Nie służymy policji i jesteśmy z tego dumni. Tak długo, jak długo dzieci są u nas, muszą mieć pewność, że ich dobro jest dla nas najważniejsze.

Sonja Modig położyła rękę na udzie Bublanskiego, żeby uprzedzić wybuch.

– Bez problemu uzyskamy zgodę sądu – powiedziała. – Ale to dla nas ostateczność.

– To rozsądne.

– Pozwoli pan, że zadam jedno pytanie: czy pan i Einar Forsberg naprawdę wiecie, co jest dla Augusta najlepsze? Albo dla tej dziewczynki, która tam płacze? Czy nie jest tak, że każdy z nas potrzebuje, żeby mu pozwolono zabrać głos? Pan albo ja możemy mówić albo pisać, a nawet skontaktować się z adwokatem. August Balder nie ma takich możliwości. Ale może rysować i wygląda na to, że chce nam coś przekazać. Czy mamy mu w tym przeszkodzić? Czy zabranianie mu tego nie byłoby równie nieludzkie jak zabranianie innym mówienia? Czy nie powinniśmy mu pozwolić, żeby wyraził to, co go gnębi bardziej niż cokolwiek innego?

– W naszej ocenie...

– Nie – przerwała mu Sonja. – Proszę nic nie mówić o państwa ocenie. Skontaktowaliśmy się z kimś, kto najlepiej potrafi ocenić takie zagadnienia. Z Charlesem Edelmanem, profesorem neurologii. Jest właśnie w drodze z Węgier i chce się spotkać z chłopcem. Może najrozsądniej będzie pozwolić, żeby to on zdecydował?

– Możemy go oczywiście wysłuchać – przyznał Lindén niechętnie.

– Samo wysłuchanie to za mało. To do niego będzie należała decyzja.

– Obiecuję, że podejmiemy konstruktywny dialog, jak specjaliści ze specjalistą.

– Świetnie. Co teraz robi August?

– Śpi. Kiedy do nas trafił, był wykończony.

Sonja wiedziała, że obudzenie go raczej by nie doprowadziło do niczego dobrego.

– W takim razie jutro przed południem zjawimy się z profesorem Edelmanem. Mam nadzieję, że uda nam się dojść do porozumienia.

Rozdział 16
wieczór 21 i poranek 22 listopada

GABRIELLA GRANE SCHOWAŁA TWARZ w dłoniach. Nie spała od czterdziestu godzin. Zżerało ją głębokie poczucie winy, spotęgowane przez pulsującą bezsenność. Mimo wszystko przez cały dzień ciężko harowała. Rano została włączona do grupy działającej w Säpo i prowadzącej swego rodzaju bliźniacze śledztwo. Zajmowali się sprawą zabójstwa Fransa Baldera – oficjalnie po to, żeby zrozumieć szerszy, polityczny kontekst. Ale nieoficjalnie byli wtajemniczeni w każdy najdrobniejszy szczegół.

W skład grupy wchodził podkomisarz Mårten Nielsen. Formalnie stał na jej czele. Niedawno wrócił do kraju po roku studiów na University of Maryland. Niewątpliwie był inteligentny i oczytany, choć jak na gust Gabrielli nieco zbyt prawicowy. Rzadko się spotyka wykształconego Szweda, który jest gorącym zwolennikiem republikanów, a nawet wyraża pewne zrozumienie dla ruchu Tea Party. Poza tym był zapalonym historykiem wojen. Wygłaszał wykłady na akademii wojskowej Militärhögskolan. Mimo dość młodego wieku – miał trzydzieści dziewięć lat – uchodził za człowieka, który może się pochwalić rozległą siecią międzynarodowych kontaktów.

Często jednak nie umiał obronić swojego stanowiska, więc rzeczywistym szefem był starszy i bardziej pewny siebie Ragnar Olofsson. Potrafił uciszyć Mårtena jednym gniewnym westchnieniem lub zmarszczką niezadowolenia nad krzaczastymi brwiami. Sytuacji Mårtena nie poprawiało to, że do grupy należał komisarz Lars Åke Grankvist.

Zanim trafił do Säpo, był na poły legendarnym śledczym wydziału zabójstw Krajowej Policji Kryminalnej. O jego mocnej głowie krążyły legendy. Mówiono, że każdy, kto z nim pije, prędzej czy później ląduje pod stołem. Dzięki swojemu nieco hałaśliwemu urokowi miał kochankę w każdym mieście. W tej grupie nie było łatwo bronić swojego zdania i po południu nawet Gabriella niespecjalnie się wychylała. Nie tyle jednak przez tokujących kolegów, ile przez z każdą chwilą coraz silniejszą niepewność. Chwilami wydawało jej się nawet, że wie jeszcze mniej niż wcześniej.

Dochodziła na przykład do wniosku, że dowody w starej sprawie domniemanego włamania do komputerów Baldera są wyjątkowo skąpe, a właściwie nie ma ich wcale. Na dobrą sprawę dysponowali tylko wypowiedzią Stefana Moldego z FRA, który nawet nie był całkiem pewny tego, co mówił. Uważała, że jego analiza to w dużej mierze pieprzenie od rzeczy. Frans Balder wydawał się ufać przede wszystkim hakerce, którą zatrudnił. Tej, która w śledztwie nie miała nawet nazwiska, choć asystent profesora Linus Brandell opisał ją całkiem barwnie. Gabriella domyślała się, że Balder, jeszcze zanim uciekł do Stanów, wiele przed nią ukrywał.

Chociażby dlaczego zatrudnił się akurat w Solifonie. Czy to był tylko przypadek?

Zmagała się z niepewnością i była wściekła, że Fort Meade nie pomaga im bardziej. Do Alony Casales nie można się już było dodzwonić, a NSA po raz kolejny znalazła się za zamkniętymi drzwiami. Dlatego nie dowiadywała się już niczego nowego. Podobnie jak Mårten i Lars Åke znalazła się w cieniu Ragnara Olofssona, który ciągle otrzymywał nowe wiadomości od swojego informatora w grupie Bublanskiego i natychmiast przekazywał je szefowej Säpo Helenie Kraft.

Gabrielli się to nie podobało. Bezskutecznie próbowała zwrócić uwagę na to, że taki przepływ informacji nie tylko zwiększa ryzyko przecieku, ale też sprawia, że tracą niezależność. Zamiast prowadzić poszukiwania własnymi kanałami, niewolniczo trzymają się tego, co im przysyła ekipa Bublanskiego.

Postanowiła działać na własną rękę. Siedziała w swoim gabinecie i próbowała zobaczyć całą sprawę w szerszej perspektywie i posunąć się dalej. Wiedziała, że może zabrnąć w ślepą uliczkę, ale pomyślała, że nie zaszkodzi, jeśli pójdzie własną drogą, nie będzie zaglądać do tego samego tunelu co inni. Usłyszała kroki w korytarzu. Głośny, zdecydowany stukot, który znała aż za dobrze. Po chwili do jej gabinetu weszła Helena Kraft. Miała na sobie szarą marynarkę od Armaniego. Włosy spięła w ciasny węzeł. Spojrzała na nią czule. Bywały chwile, kiedy Gabriella nie lubiła być tak faworyzowana.

– Jak tam? – zapytała Helena. – Żyjesz jeszcze?

– Ledwo.

– Po tej rozmowie zamierzam cię odesłać do domu. Musisz się zdrzemnąć. Musisz mieć bystry umysł.

– Brzmi sensownie.

– Wiesz, co mówił Erich Maria Remarque?

– Że w okopach jest niefajnie.

– Nie, że wyrzuty sumienia mają zawsze nie ci, co trzeba. Tych, którzy naprawdę przysparzają światu cierpienia, nic to nie obchodzi. A ci, którzy walczą po stronie dobra, zmagają się z poczuciem winy. Nie masz się czego wstydzić. Zrobiłaś, co mogłaś.

– Nie byłabym taka pewna. Ale mimo wszystko dzięki.

– Słyszałaś o synu Baldera?

– Ragnar powiedział mi tylko kilka słów w przelocie.

– Jutro o dziesiątej komisarz Bublanski, inspektor Modig i profesor Charles Edelman spotkają się z nim w ośrodku dla dzieci i młodzieży Oden przy Sveavägen. Spróbują go skłonić, żeby więcej rysował.

– W takim razie trzymam kciuki. Ale nie podoba mi się, że o tym wiem.

– Spokojnie, spokojnie. Ja tu jestem od paranoi. O wszystkim wiedzą tylko ci, którzy potrafią trzymać język za zębami.

– Mam taką nadzieję.

– Chcę ci coś pokazać.

– Co takiego?

– Zdjęcia gościa, który zhakował alarm przeciwwłamaniowy Baldera.

– Już je widziałam. A nawet szczegółowo przeanalizowałam.

– Naprawdę? – odparła Helena, podając Gabrielli rozmazane, powiększone zdjęcie nadgarstka.

– O co chodzi?

– Spójrz jeszcze raz. Co widzisz?

Gabriella spojrzała i dostrzegła dwie rzeczy. Luksusowy zegarek – wcześniej podejrzewała, że właśnie to jest na zdjęciu – i kilka kresek pomiędzy rękawiczkami a kurtką. Wyglądały jak amatorskie tatuaże.

– Kontrast – odparła. – Kilka tanich tatuaży i bardzo drogi zegarek – odparła po chwili.

– To coś więcej – powiedziała Helena. – To patek philippe z 1951 roku, model 2499, pierwsza albo druga seria.

– Nic mi to nie mówi.

– To jeden z najlepszych zegarków, jakie istnieją. Kilka lat temu taki zegarek został sprzedany na aukcji w Christie's w Genewie za ponad dwa miliony dolarów.

– Żartujesz?

– Nie. I kupił go nie byle kto. Jan van der Waal, adwokat z kancelarii Dackstone & Partner. Wylicytował go w imieniu klienta.

– Dackstone & Partner to kancelaria, która reprezentuje Solifon?

– Tak jest.

– A niech to.

– Oczywiście nie wiemy, czy zegarek ze zdjęcia to ten sprzedany w Genewie. Nie udało nam się też ustalić, kto go kupił. Ale to początek, Gabriello. Na razie mamy chudego mężczyznę, który wygląda jak narkoman i nosi zegarek tej klasy. To powinno zawęzić poszukiwania.

– Bublanski o tym wie?

– Zauważył to jeden z jego techników, Jerker Holmberg. Ale teraz chciałabym, żeby twój analityczny umysł zaczął nad tym pracować. Idź do domu i się prześpij. Zaczniesz jutro rano.

CZŁOWIEK, ZNANY JAKO JAN HOLTSER, siedział w swoim mieszkaniu w Helsinkach przy Högbergsgatan, niedaleko Esplanadi, i przeglądał zdjęcia swojej córki Olgi, która miała dwadzieścia dwa lata i studiowała medycynę w Gdańsku.

Była wysoka, ciemnowłosa i energiczna. Często powtarzał, że jest najlepszym, co go w życiu spotkało. Nie tylko dlatego, że to brzmiało dobrze i sugerowało, że jest odpowiedzialnym ojcem. Również dlatego, że chciał w to wierzyć. Ale prawdopodobnie nie było to już prawdą. Olga zaczęła się domyślać, czym się zajmuje.

– Chronisz złych ludzi? – spytała któregoś dnia, a potem zaczęła maniakalnie angażować się w, jak to nazywała, działania na rzecz słabych i bezbronnych.

Uważał, że to wszystko lewicowe durnoty, które ani trochę nie pasują do jego córki. Traktował to tylko jako przejaw jej emancypacji. Uważał, że za całą tą nadętą gadką o żebrakach i chorych kryje się dziewczyna, która w dalszym ciągu jest do niego podobna. Swego czasu była obiecującą biegaczką – biegała na sto metrów. Miała sto osiemdziesiąt sześć centymetrów wzrostu, była umięśniona i wybuchowa. Dawniej uwielbiała oglądać filmy akcji i słuchać jego wojennych wspomnień. W szkole każdy wiedział, że nie opłaca się z nią zadzierać. Zawsze oddawała, jak wojowniczka. Zdecydowanie nie została stworzona do zajmowania się degeneratami i słabeuszami.

A mimo to twierdziła, że chce pracować dla Lekarzy bez Granic albo uciec do Kalkuty jak jakaś cholerna Matka Teresa. Nie mógł tego ścierpieć. Uważał, że świat należy do silnych. Kochał jednak swoją córkę niezależnie od tego, co wygadywała. Nazajutrz po raz pierwszy od pół roku miała przyjechać do domu na kilkudniowy urlop. Uroczyście postanowił, że tym razem będzie jej słuchał uważniej i nie zacznie się rozwodzić na temat Stalina, wielkich przywódców i wszystkiego, czego nienawidziła.

Wręcz przeciwnie – odbuduje ich więź. Był pewien, że Olga go potrzebuje. I że on potrzebuje jej. Była ósma wieczorem. Poszedł do kuchni, wycisnął trzy pomarańcze, wlał do szklanki smirnoffa i zrobił sobie screwdrivera. Trzeciego tego dnia. Po pracy potrafił ich wypić sześć albo siedem. Pomyślał, że może zrobi to także tym razem. Był zmęczony i uginał się pod ciężarem odpowiedzialności. Musiał się odprężyć. Przez kilka minut stał bez ruchu z drinkiem w dłoni i marzył o innym życiu. Ale człowiek znany jako Jan Holtser liczył na zbyt wiele.

Spokój się skończył, kiedy na jego zabezpieczoną przed podsłuchem komórkę zadzwonił Jurij Bogdanow. W pierwszej chwili liczył na to, że Jurij chce po prostu pogadać, zrzucić z siebie trochę zdenerwowania, które towarzyszy każdemu zleceniu. Ale Jurij miał jak najbardziej konkretną sprawę i wyglądało na to, że nie jest to nic przyjemnego.

– Rozmawiałem z T – powiedział, a Jan poczuł kilka rzeczy naraz. Przede wszystkim zazdrość.

Dlaczego Kira zadzwoniła do Jurija, a nie do niego? Nawet jeśli to Jurij przynosił duże pieniądze i za to był nagradzany prezentami i konkretnymi sumami, zawsze był przekonany, że to on jest jej najbliższy. Ale był również zaniepokojony. Czyżby mimo wszystko coś poszło nie tak?

– Jest jakiś problem? – zapytał.

– Trzeba dokończyć robotę.

– Gdzie jesteś?

– W mieście.

– Chodź tu i wyjaśnij mi, o co ci chodzi, do cholery.

– Zarezerwowałem stolik w Postres.

– Nie mam teraz siły na luksusowe knajpy ani na twoje nowobogackie kaprysy. Musisz się przytelepać do mnie.

– Nic nie jadłem.

– Coś ci usmażę.

– Okej. Przed nami długa noc.

JAN HOLTSER nie miał ochoty na kolejną długą noc. A już na pewno nie chciał informować córki, że nie będzie go w domu. Nie miał jednak wyboru. Było to dla niego równie pewne jak to, że kocha Olgę. Kirze nie sposób było odmówić.

Sprawowała nad nim niewidzialną władzę. Chociaż próbował, nigdy nie udało mu się przy niej zachować z taką godnością, jak by sobie życzył. Często wychodził z siebie, żeby ją rozbawić, a szczególnie żeby ją skłonić do uwodzicielskiego zachowania.

Była obłędnie piękna i jak nikt inny wiedziała, jak to wykorzystać. Była mistrzynią walki o władzę. Opanowała cały repertuar. Potrafiła być słaba, potrafiła prosić, ale bywała także twarda, nieugięta i zimna jak lód, a czasem wręcz zła. Nikt tak jak ona nie potrafił budzić w nim sadysty.

Może nie była szczególnie inteligentna w klasycznym rozumieniu tego słowa. Wielu ludzi zwracało na to uwagę, być może chcąc ją ściągnąć na ziemię. A potem ona wyprowadzała ich w pole. Manipulowała nimi, jak chciała, i potrafiła sprawić, żeby nawet najtwardsi mężczyźni się czerwienili i chichotali jak mali chłopcy.

BYŁA DZIEWIĄTA WIECZOREM. Jurij siedział koło niego i wcinał filet jagnięcy, który dla niego usmażył. Potrafił całkiem przyzwoicie zachować się przy stole. Rzecz jasna również dzięki Kirze. Pod wieloma względami wyszedł na ludzi, pod niektórymi zdecydowanie nie. Jakkolwiek by się starał, wciąż sprawiał wrażenie złodziejaszka i narkomana. Choć od dawna był czysty i miał dyplom z informatyki, wyglądał na wyniszczonego, a w jego kołyszącym chodzie wciąż było widać uliczną niedbałość.

– Gdzie twój burżujski zegarek?

– Już go nie noszę.

– Popadłeś w niełaskę?

– Obaj popadliśmy.

– Aż tak źle?

– Może i nie.

– Ale mówiłeś, że trzeba dokończyć robotę?

– Tak. Chodzi o tego chłopca.

– Jakiego chłopca? – Jan udawał, że nie rozumie.

– Tego, którego tak wspaniałomyślnie oszczędziłeś.

– Co z nim? Przecież to idiota.

– Może i tak, ale zaczął rysować.

– Jak to rysować?

– Jest sawantem.

– Kim?

– Powinieneś czytać coś poza tymi pismami o broni.

– O czym ty gadasz?

– Sawant to człowiek z autyzmem albo jakąś inną dysfunkcją, obdarzony szczególnym talentem. Ten chłopiec może i nie umie mówić ani sensownie formułować myśli, ale wygląda na to, że ma fotograficzną pamięć. Komisarz Bublanski twierdzi, że będzie potrafił narysować twoją twarz z matematyczną dokładnością. Liczy na to, że wprowadzi rysunek do policyjnego programu identyfikacji twarzy. Wtedy będzie po tobie. Nie figurujesz przypadkiem w bazie Interpolu?

– No tak, ale Kira chyba nie chce...

– Właśnie tego chce. Musimy go załatwić.

Jan poczuł, jak zalewa go fala złości. Był zdezorientowany. Po raz kolejny zobaczył puste, szkliste spojrzenie, przez które wszystko poszło źle.

– Po moim trupie – powiedział, nie bardzo w to wierząc.

– Wiem, że masz problem z dziećmi. Ja też tego nie lubię. Ale obawiam się, że nie mamy wyboru. Poza tym powinieneś być wdzięczny. Równie dobrze Kira mogła złożyć w ofierze ciebie.

– W zasadzie masz rację.

– No widzisz! Mam w kieszeni bilety na samolot. Lecimy jutro, pierwszym samolotem, o szóstej trzydzieści, na Arlandę. Stamtąd pojedziemy do ośrodka dla dzieci i młodzieży Oden przy Sveavägen.

– Więc jest w ośrodku.

– Tak, i dlatego musimy mieć plan. Zjem i biorę się do roboty.

Człowiek znany jako Jan Holtser zamknął oczy. Próbował wymyślić, co mógłby powiedzieć Oldze.

LISBETH SALANDER wstała następnego dnia o piątej rano i włamała się do superkomputera NSF MRI w New Jersey Institute of Technology. Potrzebowała jak największej mocy obliczeniowej. Uruchomiła swój program do rozkładania na czynniki przy użyciu krzywych eliptycznych i zaczęła łamać plik, który ściągnęła z NSA. Ale wszystkie próby kończyły się niepowodzeniem. Nie spodziewała się tego. Było to zaawansowane szyfrowanie RSA, nazwane tak na cześć twórców – Rivesta, Shamira i Adlemana. Algorytm ten miał dwa klucze – publiczny i prywatny i opierał się na funkcji Eulera i na małym twierdzeniu Fermata, choć przede wszystkim na prostym spostrzeżeniu, że dwie duże liczby pierwsze łatwo pomnożyć.

Maszyna licząca potrafi podać wynik w mgnieniu oka. Mimo to praktycznie nie da się ustalić na podstawie wyniku, które liczby pierwsze zostały użyte. Komputery wciąż nie są zbyt dobre w rozkładaniu na czynniki pierwsze. Frustrowało to nie tylko Lisbeth, ale i ludzi w organizacjach wywiadowczych z całego świata.

Za najbardziej skuteczny uważano zazwyczaj algorytm GNFS. Lisbeth jednak od kilku lat sądziła, że najlepsza jest ECM – Elliptic Curve Method. Dlatego niezliczone noce opracowywała własny program do rozkładania na czynniki. Teraz jednak uznała, że jeżeli chce mieć jakiekolwiek szanse, musi go jeszcze udoskonalić. Po trzech godzinach zrobiła sobie przerwę. Poszła do kuchni, wypiła trochę soku pomarańczowego prosto z kartonu i zjadła dwa zapiekane pierogi podgrzane w mikrofalówce.

Wróciła do biurka i włamała się do komputera Mikaela Blomkvista. Chciała zobaczyć, czy znalazł coś nowego. Zadał jej dwa pytania. Mimo wszystko nie jest taki beznadziejny, pomyślała, jak tylko je zobaczyła.

Który asystent zdradził Fransa Baldera?

– brzmiało pierwsze. I oczywiście było całkiem rozsądne.

Mimo wszystko nie odpisała. Nie żeby jej zależało na losie Arvida Wrangego. Ona poszła o krok dalej – dowiedziała się, kim był ćpun o głęboko osadzonych oczach, z którym skontaktował się Wrange. Trinity z Hacker Republic przypomniał sobie, że ktoś o takiej ksywie bywał parę lat wcześniej na kilku stronach hakerskich. Choć oczywiście nie musiało to nic znaczyć.

Bogey. Nie był to ani niespotykany, ani szczególnie oryginalny nick. Lisbeth wyśledziła i przeczytała jego wpisy i zaczęła podejrzewać, że trafiła dobrze, zwłaszcza kiedy nieostrożnie wspomniał, że jest informatykiem na Uniwersytecie Moskiewskim.

Nie udało jej się dowiedzieć, w którym roku się obronił, nie znalazła też żadnych innych dat, ale znalazła coś lepszego – kilka nerdowskich szczegółów świadczących o tym, że ma słabość do eleganckich zegarków i przepada za starymi francuskimi filmami o przygodach Arsène'a Lupina, dżentelmena włamywacza, które powstawały w latach siedemdziesiątych, czyli raczej nie należały do filmów jego pokolenia.

Potem zajrzała na każdą możliwą stronę dla absolwentów i studentów Uniwersytetu Moskiewskiego. Pytała, czy ktoś zna chudego byłego narkomana o zapadniętych oczach, który się wychował na ulicy, był królem złodziei i uwielbiał filmy o Arsènie Lupin. Nie musiała długo czekać.

„To mi pasuje do Jurija Bogdanowa" – napisała pewna dziewczyna. Miała na imię Galina.

Twierdziła, że o Juriju krążą na uczelni legendy. Nie tylko dlatego, że włamywał się do komputerów nauczycieli i miał na nich wszystkich haki. Również dlatego, że ciągle się zakładał i pytał ludzi: postawisz sto rubli na to, że nie dam rady się dostać do tamtego domu?

Ludzie, którzy go nie znali, często widzieli w tym łatwy zarobek. Ale on potrafił się dostać wszędzie. Był w stanie otworzyć wytrychem każde drzwi, a jeśli było to niemożliwe, wspinał się po ścianach i fasadach. Był znany z brawury i złośliwości. Mawiano, że kiedyś skopał na śmierć psa, który przeszkodził mu w pracy, a poza tym bez przerwy kradł ludziom różne rzeczy, nierzadko z przekory. Galina uważała, że mógł być kleptomanem. Ale uchodził również za genialnego hakera, uważano, że ma talent analityczny. Kiedy skończył studia, świat stał przed nim otworem. Ale on nie chciał podjąć pracy. Mówił, że chce pójść własną drogą. Lisbeth, rzecz jasna, szybko odkryła, co wtedy wymyślił – jaka była oficjalna wersja.

Dowiedziała się, że Jurij Bogdanow ma trzydzieści cztery lata. Wyjechał z Rosji i mieszka w Berlinie, przy Budapester Strasse 8, nieopodal restauracji Gourmet Hugos. Prowadzi firmę Outcast Security, zajmującą się bezpieczeństwem informatycznym. Zatrudnia siedmiu pracowników. Ich obroty w poprzednim roku wyniosły dwadzieścia dwa miliony euro.

Zakrawało na ironię, choć może było logiczne, że jego przykrywką jest firma mająca chronić koncerny przed takimi jak on. Od 2009 roku, kiedy obronił dyplom, nie dorobił się żadnego wyroku. Sieć jego kontaktów sprawiała wrażenie rozległej. W zarządzie firmy zasiadał między innymi Iwan Gribanow, członek rosyjskiej Dumy i ważny udziałowiec koncernu naftowego Gazprom. Lisbeth nie znalazła jednak nic więcej, nic, co by jej pozwoliło posunąć się naprzód.

Drugie pytanie Mikaela brzmiało:

Ośrodek dla dzieci i młodzieży Oden przy Sveavägen. Czy tam jest bezpiecznie? (Usuń to zdanie, jak tylko przeczytasz).

Nie wyjaśnił, dlaczego to miejsce go interesuje. Znała go jednak na tyle dobrze, żeby wiedzieć, że nie zadaje pytań na chybił trafił. I że nie jest zwolennikiem wieloznaczności.

Jeżeli był tajemniczy, to musiał mieć powody, a skoro napisał, żeby usunęła to zdanie, informacja była tajna. Ośrodek dla dzieci i młodzieży Oden z jakiegoś powodu był ważny. Szybko odkryła, że było na nich wiele skarg. Pracownicy zapominali o dzieciach albo je ignorowali, nie przejmowali się, że mogą sobie zrobić krzywdę. Była to prywatna firma, prowadzona przez Torkela Lindéna i jego spółkę Care Me. Jeśli wierzyć byłym pracownikom, było to coś w rodzaju prywatnego królestwa Torkela Lindéna, w którym oczekiwano, że słowa szefa będą traktowane jak prawdy objawione, i nigdy nie dokonywano zakupów, jeśli nie było to niezbędne, dzięki czemu zyski zawsze były wysokie.

Sam Torkel Lindén kiedyś był gwiazdą gimnastyki, między innymi mistrzem Szwecji w ćwiczeniach na drążku. Był też zapalonym myśliwym i członkiem wspólnoty Przyjaciele Chrystusa, ostro krytykującej osoby homoseksualne. Lisbeth weszła na strony Szwedzkiego Związku Łowieckiego i Przyjaciół Chrystusa. Chciała sprawdzić, czy nie szykuje się nic ciekawego. Potem wysłała Torkelowi Lindénowi dwa fałszywe, ale wyjątkowo sympatyczne maile, które wyglądały, jakby nadawcą były te organizacje. W załącznikach znajdowały się pliki pdf z zaawansowanym wirusem szpiegującym. Miał się uruchomić automatycznie, jak tylko Torkel Lindén przeczyta wiadomości.

Dwadzieścia trzy minuty po ósmej mogła wejść na jego serwer. W skupieniu zabrała się do pracy. Jej podejrzenia okazały się słuszne. Poprzedniego dnia po południu do Oden przyjęto Augusta Baldera. W karcie, pod opisem tragicznych okoliczności, napisano:

> Autyzm dziecięcy, poważne upośledzenie. Ciężka trauma po śmierci ojca. Wymaga stałej opieki. Trudno nawiązać kontakt. Ma ze sobą puzzle. Nie wolno mu rysować! Zachowania kompulsywne i destrukcyjne. Decyzja psychologa Forsberga, zatwierdzona przez TL.

Poniżej znajdował się dopisek, najwyraźniej sporządzony później:

> Profesor Charles Edelman, komisarz Bublanski i inspektor Modig odwiedzą go w środę 22 listopada o 10.00. W obecności TL. Rysowanie pod nadzorem.

Jeszcze niżej widniał kolejny dopisek:

> Miejsce spotkania zmienione. Chłopiec zostanie przewieziony przez TL i profesora Edelmana do matki, Hanny Balder, zamieszkałej przy Torsgatan. Spotkają się z policjantami Bublanskim i Modig. Uważa się, że w warunkach domowych chłopiec będzie rysował lepiej.

Lisbeth szybko sprawdziła, kim jest profesor Charles Edelman. Kiedy przeczytała, że specjalizuje się w talentach sawantów, od razu wiedziała, o co chodzi. Chłopiec miał narysować swoje zeznania. W przeciwnym wypadku

Bublanski i Sonja Modig nie interesowaliby się jego rysunkami, a Mikael nie byłby taki ostrożny, zadając to pytanie.

Dlatego nie mogło dojść do przecieku. Sprawca nie mógł się dowiedzieć, że August być może potrafi go narysować. Lisbeth postanowiła sprawdzić, jak ostrożny był Torkel Lindén, prowadząc korespondencję. Na szczęście wygląda na to, że wszystko jest w porządku. Nigdzie indziej nie pisał o rysunkach Augusta. Ale poprzedniego dnia, dziesięć po jedenastej wieczorem, otrzymał wiadomość od Charlesa Edelmana. Tę samą wiadomość dostali Sonja Modig i Jan Bublanski. Zapewne postanowili się spotkać gdzie indziej. Charles Edelman pisał:

> Witaj, Torkel. Naprawdę miło z twojej strony, że zgodziłeś się mnie przyjąć w swoim ośrodku. Jestem ci za to ogromnie wdzięczny. Obawiam się jednak, że będę musiał ci sprawić trochę kłopotu. Myślę, że największe szanse na pozytywny wynik uzyskamy, jeśli pozwolimy Augustowi rysować w warunkach, w których będzie się czuł bezpieczny. Choć nie mogę powiedzieć złego słowa o waszym ośrodku. Słyszałem o nim wiele dobrego.

Jasne, pomyślała Lisbeth i czytała dalej:

> Chciałbym, żebyśmy jutro przed południem zawieźli go na Torsgatan, do jego matki. Powodem jest fakt, iż, jak przyjmuje się w literaturze, obecność matki wywiera pozytywny wpływ na małych sawantów. Gdybyś zechciał czekać z nim przed bramą ośrodka o 9.15, mógłbym was odebrać. Będziemy sobie mogli uciąć po drodze małą koleżeńską pogawędkę.
> Z pozdrowieniami
> Charles Edelman

Jan Bublanski odpowiedział minutę po siódmej, Sonja Modig czternaście. Pisali, że są powody, żeby się zdać na

Edelmana i pójść za jego radą. Torkel Lindén niedawno – o siódmej pięćdziesiąt siedem – potwierdził, że będzie stał z Augustem przy bramie i czekał na Edelmana. Lisbeth siedziała chwilę pogrążona w myślach. Potem poszła do kuchni i patrząc na Slussen i Riddarfjärden, wzięła ze spiżarni kilka starych sucharów. Więc postanowili zrobić inaczej, pomyślała.

Zamiast w ośrodku będzie rysował u mamy. Edelman napisał, że będzie to miało na niego pozytywny wpływ. Że „obecność matki ma pozytywny wpływ". Lisbeth coś się w tym zdaniu nie spodobało. Wydało jej się staromodne. Początek wcale nie był lepszy. „Powodem jest fakt, iż, jak przyjmuje się w literaturze...". Brzmiało to sztywno i ciężkawo. Pomyślała, że wielu naukowców pisze tak, jakby się bali mówić własnym głosem, a ona nie ma przecież pojęcia, jak Charles Edelman formułuje myśli, ale czy światowej sławy neurolog naprawdę musi się podpierać tym, co przyjęte w literaturze? Czy nie powinien być odważniejszy?

Wróciła do komputera i przejrzała kilka artykułów Edelmana, które znalazła w sieci. Pomyślała, że może i da się wyczuć śmieszną nutę próżności w nawet najbardziej rzeczowych fragmentach. Nie zauważyła jednak językowej nieporadności ani naiwności. Wręcz przeciwnie – facet był bystry. Wróciła do maili i sprawdziła serwer SMTP. Wzdrygnęła się. Serwer nazywał się Birdino. Nie znała go, choć powinna. Wysłała kilka poleceń, żeby się zorientować, co to takiego, i chwilę później miała wszystko czarno na białym. Był to serwer typu open relay. Nadawca mógł wysłać list z dowolnego adresu.

Innymi słowy, mail od Edelmana został sfałszowany, a kopie, które otrzymali Bublanski i Modig, były tylko zasłoną dymną. Zostały zablokowane i nigdy nie trafiły do odbiorców. Nie musiała nawet sprawdzać, żeby wiedzieć, że ich odpowiedzi również były blefem. Od razu zrozumiała, że sprawa jest poważna. Nie chodziło tylko o to, że ktoś się podszył pod

Edelmana. Musiało dojść do przecieku. A przede wszystkim ktoś chciał wywabić Augusta z ośrodka.

Ktoś chciał, żeby się znalazł na ulicy, bezbronny, a wtedy... no właśnie, co? Porwie go? Usunie? Spojrzała na zegarek. Była za pięć dziewiąta. Za dwadzieścia minut Torkel Lindén i August Balder wyjdą na ulicę i będą czekać na kogoś, kto nie jest Charlesem Edelmanem i zapewne nie ma dobrych zamiarów. Co mogła zrobić?

Zadzwonić na policję? Nie była zwolenniczką takich rozwiązań. Szczególnie że mogło dojść do przecieku. Weszła na stronę Oden i znalazła numer Torkela Lindéna. Dodzwoniła się do centrali. Powiedziano jej, że Lindén jest na spotkaniu. Znalazła numer jego komórki i zadzwoniła, ale włączyła się poczta głosowa. Zaklęła głośno i napisała esemesa i maila. Kategorycznie zabroniła Lindénowi wychodzić z Augustem na ulicę. Podpisała się: Wasp. Nic lepszego nie przyszło jej do głowy.

Potem włożyła skórzaną kurtkę i wyszła z domu. Po chwili zawróciła. Wbiegła z powrotem do mieszkania, zapakowała do czarnej sportowej torby laptopa z zaszyfrowanym plikiem i pistolet Beretta 92 i wybiegła. Zastanawiała się, czy nie pojechać bmw M6 convertible, które kurzyło się w garażu. Postanowiła jednak wziąć taksówkę. Uznała, że tak będzie szybciej, ale wkrótce zaczęła tego żałować. Taksówka długo nie przyjeżdżała, a kiedy już się zjawiła, okazało się, że ruch wciąż jest duży.

Jechali w ślimaczym tempie. Na Centralbron stał sznur samochodów. Czyżby wypadek? Wszystko się ślimaczyło i tylko czas pędził do przodu. Było pięć, a po chwili dziesięć po dziewiątej. Spieszyła się, i to bardzo. Zdawała sobie sprawę, że w najgorszym razie jest już za późno. Że można się spodziewać, że Torkel Lindén i August wyjdą na Sveavägen nieco wcześniej i że morderca, czy ktokolwiek to jest, już zdążył ich zaatakować.

Jeszcze raz wybrała numer Lindéna. Tym razem usłyszała sygnały, ale nikt nie odebrał. Zaklęła po raz kolejny i pomyślała o Mikaelu Blomkviście. Nie rozmawiała z nim od wieków. Kiedy odebrał, wydawał się naburmuszony. Dopiero kiedy rozpoznał jej głos, ożywił się i krzyknął:

– Lisbeth, to ty?!

– Zamknij się i słuchaj – odparła.

MIKAEL SIEDZIAŁ W REDAKCJI przy Götgatan. Humor miał fatalny. Nie tylko dlatego, że znowu kiepsko spał. Nie wierzył, że akurat TT jest do tego zdolna. Poważna, umiarkowana, zazwyczaj tak rzetelna agencja informacyjna TT przysłała artykuł, z którego wynikało, że utrudnia śledztwo w sprawie morderstwa, że zataja kluczowe informacje i zamierza je opublikować w „Millennium".

Miałby to robić po to, żeby uratować gazetę przed katastrofą i odzyskać swoją „strzaskaną renomę". Wiedział, że artykuł powstanie. Poprzedniego dnia długo rozmawiał z jego autorem Haraldem Wallinem. Nie przypuszczał jednak, że rezultat będzie aż tak katastrofalny, zwłaszcza że były to tylko idiotyczne aluzje i fałszywe oskarżenia.

Mimo wszystko Harald Wallin sklecił coś, co wydawało się prawie rzeczowe i wiarygodne. Najwidoczniej miał dobre źródła w koncernie Sernera i w policji. Tytuł brzmiał „Prokurator krytykuje Blomkvista", więc nie było najgorzej, a on mógł się bronić. Gdyby chodziło tylko o depeszę, nic strasznego by się nie stało. Jednak wróg, który sfabrykował tę historię, dobrze znał logikę mediów. Jeżeli tak poważne źródło jak TT publikuje tego rodzaju artykuł, wszyscy inni nie tylko mają prawo się przyłączyć, ale wręcz mogą się czuć zachęceni do tego, żeby uderzyć mocniej. Jeżeli TT szepcze, kolorowe gazety będą wrzeszczeć i bić na alarm. To stara dziennikarska zasada. Mikael się nie zdziwił, kiedy rano zobaczył w internecie nagłówki w rodzaju: „Blomkvist utrudnia śledztwo w sprawie morderstwa" i „Blomkvist ratuje swoją gazetę, pozwala mordercy uciec". Gazety były przynajmniej na tyle uprzejme, żeby ująć tytuły w cudzysłów. Ogólne wrażenie było jednak takie, że razem z poranną kawą serwuje się prawdę. Gustaw Lund, który, jak twierdził, był już zmęczony tą hipokryzją, napisał w leadzie swojego artykułu: „Okazuje się, że Mikael Blomkvist, który zawsze kreował się na lepszego od innych, jest największym cynikiem z nas wszystkich".

– Miejmy nadzieję, że nie zaczną nam wymachiwać przed nosem środkami przymusu prawnego – powiedział Christer Malm, projektant i udziałowiec „Millennium". Stał obok Mikaela i żuł gumę.

– Miejmy nadzieję, że nie wezwą piechoty morskiej – odparł Mikael.

– Co?

– Próbuję żartować. To zwykłe bzdury.

– Jasne, że tak. Ale nie podoba mi się ta atmosfera – odparł Christer.

– Nikomu się nie podoba. Ale najlepsze, co możemy zrobić, to zacisnąć zęby i pracować jak zwykle.

– Twój telefon wibruje.

– Wibruje bez przerwy.

– Może lepiej odbierz, żeby nie wymyślili czegoś jeszcze gorszego.

– Tak, tak – wymamrotał Mikael i odebrał. Zaczął niezbyt uprzejmie.

W słuchawce rozległ się głos młodej dziewczyny. Wydawało mu się, że go rozpoznaje, ale ponieważ spodziewał się kogoś zupełnie innego, w pierwszej chwili z nikim konkretnym mu się nie skojarzył.

– Kto mówi? – zapytał.

– Salander – odpowiedział głos. Na twarzy Mikaela pojawił się szeroki uśmiech.

– Lisbeth, to ty?

– Zamknij się i słuchaj – odparła. Zrobił, jak kazała.

RUCH BYŁ JUŻ MNIEJSZY. Lisbeth i kierowca – młody Irakijczyk, Ahmed, który oglądał wojnę z bliska i w zamachu terrorystycznym stracił matkę i dwóch braci – skręcili w Sveavägen. Minęli filharmonię. Lisbeth nie lubiła siedzieć bezczynnie. Napisała do Torkela Lindéna jeszcze jedną wiadomość i znów zadzwoniła do Oden. Chciała, żeby ktoś z pracowników wybiegł na ulicę i go ostrzegł. Ale nie mogła się dodzwonić. Zaklęła głośno. Liczyła na to, że Mikael będzie miał więcej szczęścia.

– Sytuacja awaryjna? – zapytał Ahmed.

– Tak – odparła Lisbeth, a Ahmed przejechał na czerwonym świetle. Na jej twarzy na chwilę zagościł uśmiech.

Potem skoncentrowała się na tym, co widziała przez szybę. Kawałek dalej, po lewej stronie widziała Wyższą Szkołę Handlową i bibliotekę publiczną. Byli już blisko, więc zaczęła wypatrywać numeru po prawej. W końcu go zobaczyła. Na szczęście na chodniku nie leżały ciała. Był zwykły ponury listopadowy dzień, ludzie jak zwykle szli do pracy. Chociaż... rzuciła Ahmedowi kilka stukoronowych banknotów i spojrzała w stronę niskiego, zielonkawego murku po drugiej stronie ulicy.

Stał tam barczysty mężczyzna w czapce i ciemnych okularach. Uważnie wpatrywał się w bramę przy Sveavägen. Było w nim coś podejrzanego. Nie widziała jego prawej ręki. Ale ramię miał napięte, jakby gotowe do działania. Spojrzała na bramę, choć widziała ją pod kątem. Nagle zauważyła, że ktoś ją otwiera.

Drzwi uchyliły się powoli, jakby człowiek, który miał wyjść, się wahał albo jakby były dla niego za ciężkie. Krzyknęła do Ahmeda, żeby się zatrzymał. Wyskoczyła niemal w biegu. W tej samej chwili mężczyzna stojący po drugiej stronie ulicy uniósł prawą rękę i wymierzył pistolet z celownikiem optycznym w bramę.

Rozdział 17
22 listopada

CZŁOWIEK ZNANY JAKO JAN HOLTSER nie był zadowolony. Teren był zanadto otwarty, a pora nieodpowiednia. Dookoła kręciło się zbyt wielu ludzi i choć dobrze się zamaskował, przeszkadzało mu światło dnia i spacerowicze chodzący po parku za jego plecami. Wyraźniej niż kiedykolwiek czuł, że nienawidzi zabijać dzieci.

Ale było, jak było, i w głębi duszy wiedział, że musi się pogodzić z tym, że sam do tego doprowadził.

Nie docenił Augusta i musiał naprawić swój błąd. Tym razem nie mógł dać się pokonać własnym demonom. Musiał się skoncentrować na zadaniu, wykonać je jak stuprocentowy zawodowiec, którym przecież był, a przede wszystkim nie myśleć o Oldze, a już na pewno nie przypominać sobie szklistych oczu, które patrzyły na niego w sypialni Baldera.

Musiał się skupić na bramie po przeciwnej stronie ulicy i na remingtonie ukrytym pod wiatrówką. Wiedział, że lada chwila będzie go musiał wyciągnąć. Dlaczego nic się nie działo? Czuł, że ma sucho w ustach. Wiatr był mroźny i przenikliwy. Na ulicy i na chodniku zalegał śnieg, a ludzie spieszyli się do pracy. Ścisnął pistolet mocniej i zerknął na zegarek. Była dziewiąta szesnaście, a już po chwili dziewiąta siedemnaście, ale nadal nikt nie wychodził. Zaklął w duchu: czyżby coś poszło nie tak? Nie miał w zasadzie żadnych gwarancji – nic poza tym, co powiedział Jurij. Zazwyczaj to jednak wystarczyło. Jurij przy komputerze potrafił zdziałać cuda. Poprzedniego dnia wieczorem siedział pogrążony w pracy i pisał fałszywe maile, i korzystał z pomocy swoich szwedzkich kontaktów w kwestiach językowych. On tymczasem zajmował się całą resztą – analizował zdjęcia, które udało im się zdobyć, wybierał broń i przede wszystkim planował drogę ucieczki. Zamierzał uciec samochodem, który pod fałszywym nazwiskiem miał dla niego wypożyczyć Dennis Wilton z klubu motocyklowego w Svavelsjö MC. Kilka przecznic dalej czekał w nim na niego Jurij.

Poczuł za plecami jakiś ruch i drgnął. Ale zobaczył tylko dwóch młodych mężczyzn. Przechodzili obok i trochę za bardzo się do niego zbliżyli. W ogóle wyglądało na to, że ruch gęstnieje. Nie był z tego zadowolony. Było gorzej niż kiedykolwiek. Kawałek dalej zaszczekał pies. W powietrzu unosił się zapach smażeniny, może z McDonalda. Po chwili w bramie po drugiej stronie ulicy za szybą ukazali się niski mężczyzna w szarym płaszczu i chłopiec z rozwichrzoną czupryną, w czerwonej pikowanej kurtce. Jan jak zwykle przeżegnał się lewą ręką i położył palec na spuście.

Ale brama się nie otwierała. Mężczyzna za szklanymi drzwiami zawahał się i spojrzał na telefon. No dalej, pomyślał Jan. Otwieraj! W końcu, powoli, brama się otworzyła. Jan uniósł pistolet i wycelował w twarz chłopca. Znów zobaczył jego szkliste oczy i nieoczekiwanie poczuł się bardzo podekscytowany. Nagle rzeczywiście chciał go zabić. Na dobre zgasić to niepokojące spojrzenie. I wtedy coś się stało.

Nie wiadomo skąd nadbiegła młoda kobieta. Rzuciła się na chłopca. Wystrzelił. Wiedział, że w coś trafił. Oddał kolejny strzał. I jeszcze jeden. Chłopiec i młoda kobieta zdążyli błyskawicznie przeturlać się za samochód. Jan Holtser nabrał powietrza i spojrzał w prawo i w lewo. Potem rzucił się przez ulicę. Czuł się jak komandos podczas błyskawicznej akcji.

Nie zamierzał zawieść po raz drugi.

TORKEL LINDÉN nie przepadał za swoimi telefonami. W przeciwieństwie do żony, Sagi, która zawsze, kiedy słyszała dzwonek, podskakiwała w nadziei, że to nowe zlecenie albo oferta. Jemu zawsze robiło się nieprzyjemnie, co oczywiście miało związek z tymi wszystkimi oskarżeniami.

On i jego ośrodek bez przerwy zbierali cięgi. Uważał, że musi tak być – w końcu Oden był ośrodkiem interwencji kryzysowej, więc uczucia często wymykały się spod kontroli. Gdzieś w głębi duszy czuł jednak, że te skargi nie są bezpodstawne. Próbując oszczędzać, posunął się trochę za daleko. Poza tym czasami uciekał od wszystkiego i jechał do lasu. Pracownicy musieli sobie radzić sami. Choć oczywiście był również chwalony, ostatnio przez samego profesora Edelmana.

Na początku był na niego zły. Nie lubił, kiedy ludzie z zewnątrz mieszali się do tego, jak prowadzi swoją placówkę. Ale po pochwałach z porannego maila czuł się bardziej pojednawczo nastawiony i liczył, że uda mu się skłonić profesora, żeby poparł jego wniosek o zostawienie chłopca na jakiś czas w ośrodku. Czuł, że rozjaśniłoby to jego życie, choć nie do końca zdawał sobie sprawę dlaczego. Z reguły trzymał się z dala od dzieci.

Ale August Balder miał w sobie coś zagadkowego, coś, co go przyciągało. Od pierwszej chwili był zły na policjantów. Zbyt wiele żądali. Może chciał mieć Augusta dla siebie, żeby przejąć trochę jego mistyki albo przynajmniej ustalić, czym są niekończące się ciągi cyfr, które zapisał na komiksie o Bamsem w pokoju zabaw. Nic jednak nie przychodziło łatwo. August Balder najwyraźniej nie lubił się kontaktować z ludźmi – w żaden sposób. A teraz nie chciał z nim wyjść na ulicę. Znów beznadziejnie się uparł i trzeba było go ciągnąć.

– No chodź – mamrotał Torkel.

Zabrzęczał telefon. Ktoś uparcie próbował się z nim skontaktować.

Nie odebrał. Pomyślał, że to jakieś bzdury, zapewne kolejna skarga. Mimo wszystko, stojąc przy bramie, spojrzał na wyświetlacz. Kilka esemesów wysłanych z zastrzeżonego numeru. Uznał, że to żarty. Ktoś napisał, że nie wolno mu wyjść z ośrodka. Pod żadnym pozorem nie wolno mu wyjść na ulicę.

Nic z tego nie rozumiał. W tej samej chwili August chyba postanowił uciec. Złapał go mocno za ramię, niepewnie otworzył drzwi, wyprowadził i przez krótką chwilę nie działo się nic niezwykłego. Ludzie mijali ich jak gdyby nigdy nic. Po raz kolejny zaczął się zastanawiać nad esemesami, nie zdążył jednak dojść do żadnych wniosków, bo z lewej strony ktoś nadbiegł i rzucił się na Augusta. W tej samej chwili usłyszał strzał.

Zrozumiał, że jest w niebezpieczeństwie. Z przerażeniem spojrzał przed siebie i zobaczył rosłego, wysportowanego mężczyznę. Biegł w jego stronę, trzymał coś w dłoni. Czy to była broń?

Nie myślał o Auguście. Próbował zawrócić i przez krótką chwilę myślał, że mu się uda. Nie zdążył.

LISBETH ZAREAGOWAŁA INSTYNKTOWNIE. Rzuciła się na chłopca, żeby go ochronić. Uderzyła o chodnik i poczuła paskudny ból w ramieniu i klatce piersiowej. Nie miała jednak czasu, żeby się nad tym zastanawiać. Przyciągnęła dziecko i schowała się z nim za samochodem. Leżeli, ciężko dysząc, a tamten ktoś nie przestawał strzelać. Po chwili zapadła niepokojąca cisza. Lisbeth zajrzała pod samochód i zobaczyła masywne nogi. Ten, kto strzelał, biegł pędem przez ulicę. Przez chwilę zastanawiała się, czy nie wyjąć z torby beretty i nie zacząć strzelać.

Zrozumiała, że nie zdąży. Nagle zauważyła duże volvo. Powoli sunęło w ich stronę. Zerwała się na równe nogi. Chwyciła chłopca i szaleńczo popędziła do samochodu. Szarpnęła drzwi i rzuciła się wraz z Augustem na tylne siedzenie.

– Jedź! – wrzasnęła i w tej samej chwili zauważyła, że któreś z nich krwawi.

JACOB CHARRO miał dwadzieścia dwa lata i był dumnym właścicielem volvo XC60. Kupił je na raty, za poręczeniem ojca. Jechał do Uppsali na obiad. Miał go zjeść z kuzynami, wujkiem i jego żoną. Bardzo się cieszył. Nie mógł się doczekać, aż będzie mógł opowiedzieć, że dostał się do podstawowego składu Syrianska FC.

Z radia dobiegało *Wake me up* Aviciiego. Jacob bębnił palcami o kierownicę. Mijał filharmonię i Wyższą Szkołę Handlową. Kawałek dalej coś się działo. Ludzie biegali w różne strony, jakiś mężczyzna krzyczał, a samochody to przyspieszały, to zwalniały. Zdjął nogę z gazu. Nie był szczególnie zaniepokojony. Jeżeli zdarzył się wypadek, to może będzie mógł się na coś przydać. Zawsze marzył o tym, żeby zostać bohaterem.

Po chwili przeraził się nie na żarty. Mężczyzna biegnący lewym pasem wyglądał jak żołnierz podczas ataku. W jego ruchach było coś brutalnego. Jacob już miał wcisnąć gaz do dechy, kiedy poczuł z tyłu gwałtowne szarpnięcie. Ktoś próbował wejść do samochodu tylnymi drzwiami. Krzyknął, sam nie wiedział co. Nie był nawet pewien, czy to było po szwedzku. Młoda dziewczyna z dzieckiem odkrzyknęła tylko:

– Jedź!

Chwilę się wahał. Kim są ci ludzie? Może zamierzają na niego napaść i ukraść mu samochód? Nie mógł się skupić. To było szaleństwo. Nagle usłyszał brzęk. Pękła tylna szyba. Musiał działać, i to szybko. Zorientował się, że ktoś do nich strzela, więc gwałtownie dodał gazu i z mocno bijącym sercem przejechał przez skrzyżowanie z Odengatan na czerwonym świetle.

– O co chodzi?! – krzyknął. – Co się dzieje?!

– Cicho! – syknęła dziewczyna.

Widział w lusterku, jak szybko i wprawnie, jak pielęgniarka, bada chłopca. Patrzył na nią wielkimi przerażonymi oczami. Dopiero wtedy spostrzegł, że tylne siedzenie pokrywają nie tylko szklane odłamki, ale również krew.

– Postrzelili go?

– Nie wiem. Jedź, po prostu jedź. Albo nie, skręć w lewo... Teraz!

– Dobra, dobra – odpowiedział. Był przerażony. Gwałtownie zjechał w Vanadisvägen i popędził w kierunku Vasastan. Zastanawiał się, czy ktoś za nimi jedzie i czy znów będzie do nich strzelał.

Opuścił głowę, zbliżył ją do kierownicy i poczuł, że przez stłuczoną szybę wieje wiatr. W co, do cholery, został wplątany i kim jest ta dziewczyna? Spojrzał na nią we wstecznym lusterku. Miała czarne włosy, kolczyki w różnych miejscach i mroczne spojrzenie. Przez chwilę czuł się tak, jakby w ogóle dla niej nie istniał. Po chwili wymamrotała coś niemal radosnym tonem.

– Dobre wieści? – zapytał.

Nie odpowiedziała. Zrzuciła za to skórzaną kurtkę, chwyciła swój biały podkoszulek i... nagłym szarpnięciem rozerwała materiał. Nie miała stanika. Przez krótką chwilę patrzył na jej nagie piersi, a przede wszystkim na krew spływającą po nich strumieniem na brzuch i dżinsy.

Oberwała poniżej barku, niedaleko serca, i mocno krwawiła. Zrozumiał, że zamierza zrobić z koszulki opatrunek. Ciasno owinęła ranę, żeby powstrzymać krwawienie, i z powrotem włożyła skórzaną kurtkę. Uśmiechnął się, bo wyglądała jak prawdziwy twardziel, zwłaszcza kiedy pobrudziła sobie krwią policzek i czoło, jakby się pomalowała w barwy wojenne.

– Dobre wieści są takie, że to ty zostałaś postrzelona, nie on – powiedział.

– Coś w tym stylu – odparła.

– Podrzucić cię do szpitala Karolinska?

– Nie.

LISBETH ZNALAZŁA OBIE RANY, wlotową i wylotową. Najwyraźniej kula przeszła przez bark. Mocno krwawiła.

Czuła pulsowanie nawet w skroniach. Miała nadzieję, że nie doszło do uszkodzenia tętnicy – wtedy byłoby gorzej. Znów obejrzała się do tyłu. Prawdopodobnie gdzieś w pobliżu stał samochód, którym morderca zamierzał uciec. Najwyraźniej jednak nikt ich nie gonił. Liczyła na to, że jechali wystarczająco szybko. Opuściła wzrok i spojrzała na chłopca.

Siedział z rękami skrzyżowanymi na piersi i kiwał się w przód i w tył. Pomyślała, że powinna coś zrobić. Zaczęła strząsać odłamki szkła z jego nóg i włosów. Przez chwilę siedział spokojnie. Nie była jednak pewna, czy to dobry znak. Patrzył przed siebie pustym wzrokiem. Skinęła głową. Próbowała sprawiać wrażenie, że panuje nad sytuacją. Najwyraźniej niespecjalnie jej szło. Mdliło ją i kręciło jej się w głowie. Koszulkę miała czerwoną od krwi. Bała się, że za chwilę straci przytomność, i próbowała szybko opracować jakiś plan. Wiedziała jedno: policja nie wchodzi w grę. Policjanci zaprowadzili go prosto w ręce tego, kto strzelał, i wydawało się, że nie panują nad sytuacją. Co więc powinna zrobić?

Nie mogła dalej jechać tym samochodem. Widziano go na miejscu zbrodni, stłuczona szyba przyciągała uwagę. Powinna poprosić chłopaka, żeby ją zawiózł do domu, na Fiskargatan, i wsiąść do swojego bmw. Zarejestrowała je na przybrane nazwisko Irene Nesser. Czy da radę prowadzić?

Czuła się jak gówno.

– Jedź na Västerbron! – rozkazała.

– Dobra, dobra – odpowiedział chłopak.

– Masz coś do picia?

– Mam whisky. Wiozę dla wuja.

– Daj mi – powiedziała. Wzięła do ręki butelkę grant's i otworzyła z trudem.

Rozdarła prowizoryczny opatrunek, wylała trochę whisky na ranę i wypiła dwa czy trzy porządne łyki. Podsunęła butelkę Augustowi i w tej samej chwili zorientowała się, że to nie jest dobry pomysł. Dzieci nie piją whisky. Nawet jeśli są w szoku. Czuła, że zaczyna jej się mącić w głowie.

– Zdejmij koszulę – powiedziała do chłopaka.

– Co?

– Muszę owinąć ramię czym innym.

– Okej, ale...

– Bez gadania.

– Jeżeli mam wam pomóc, to muszę wiedzieć, dlaczego do was strzelali. Jesteście przestępcami?

– Próbuję ochronić tego chłopca, to wszystko. Świnie chcą go dorwać.

– Dlaczego?

– To nie twoja sprawa.

– Czyli to nie jest twój syn.

– Nie znam go.

– W takim razie dlaczego mu pomagasz?

Lisbeth się zawahała.

– Mamy wspólnych wrogów – odpowiedziała po chwili.

Chłopak niechętnie i z trudem zaczął ściągać sweter z dekoltem w serek. Trzymał kierownicę lewą ręką.

Rozpiął koszulę, zdjął i podał Lisbeth. Zaczęła pieczołowicie owijać nią ramię. Jeszcze raz zerknęła na Augusta. Był dziwnie nieruchomy i spoglądał w dół, na swoje chude nogi. Jego twarz nie wyrażała niczego. Lisbeth po raz kolejny zaczęła się zastanawiać, co powinna zrobić.

Mogli się oczywiście ukryć u niej. Nikt poza Mikaelem Blomkvistem nie znał adresu. Mieszkania nie dało się powiązać z jej nazwiskiem, nawet gdyby ktoś korzystał z publicznie dostępnych baz danych. Nie chciała jednak ryzykować. Kiedyś była znaną na cały kraj wariatką, a wróg, z którym miała do czynienia, najwyraźniej umiał szukać.

Niewykluczone, że na Sveavägen ktoś ją rozpoznał i że policjanci wywracali teraz wszystko do góry nogami, żeby ją znaleźć. Potrzebowała nowej kryjówki, takiej, która nie byłaby powiązana z żadnym z jej nazwisk. Musiała poprosić o pomoc. Ale kogo? Holgera?

Jej były kurator Holger Palmgren doszedł do siebie po wylewie. Mieszkał w dwupokojowym mieszkaniu przy Liljeholmstorget. Tylko on znał ją naprawdę. Wiedziała, że okazałby się bezgranicznie lojalny i że zrobiłby wszystko, żeby jej pomóc. Ale był starym człowiekiem o słabych nerwach i nie chciała go w to wciągać bez potrzeby.

Był jeszcze oczywiście Mikael Blokmkvist. Właściwie nie mogła mu nic zarzucić. Mimo to nie paliła się do ponownego spotkania – może właśnie z tego powodu. Był o wiele za dobry, za bardzo ułożony i w ogóle. Choć z drugiej strony... nie można było mieć o to do niego pretensji, w każdym razie nie przesadnie wielkie. Zadzwoniła. Odebrał już po pierwszym sygnale i wydawał się zdenerwowany.

– Halo, jak dobrze słyszeć twój głos. Co się stało?

– Nie mogę ci teraz powiedzieć.

– Mówią, że jesteście ranni. Są tu ślady krwi.

– Chłopiec czuje się dobrze.

– A ty?

– W porządku.

– Czyli oberwałaś.

– Poczekaj, Blomkvist.

Wyjrzała przez szybę i stwierdziła, że są już przy Västerbron.

– Zatrzymaj się na tamtym przystanku.

– Będziecie wysiadać?

– Ty będziesz wysiadać. Dasz mi swój telefon. Poczekasz na dworze, a ja porozmawiam. Jasne?

– Tak, tak.

Spojrzał na nią przestraszony, podał jej komórkę i wysiadł. Lisbeth przyłożyła telefon do ucha.

– Co się dzieje? – spytał Mikael.

– Spokojnie – odparła. – Chciałabym, żebyś od teraz zawsze miał przy sobie telefon z androidem, na przykład samsunga. Chyba macie coś takiego w redakcji?

– Tak, coś się znajdzie.

– Dobrze. Od razu wejdź na Google Play, pobierz aplikację Headphone i Threema do esemesów. Musimy się porozumiewać bezpiecznymi kanałami.

– Okej.

– Jeżeli jesteś takim idiotą, jak mi się wydaje, to człowiek, który będzie ci pomagał, musi pozostać anonimowy. Żadnych słabych punktów.

– Jasne.

– A poza tym...

– Tak?

– Używaj tego telefonu tylko w nagłych wypadkach. Będziemy używać specjalnego połączenia. Dlatego chciałabym, żebyś ty albo ten ktoś, kto nie jest idiotą, wszedł na www.pgpi.org i ściągnął program do szyfrowania poczty. Zróbcie to teraz, a potem znajdźcie dobrą, bezpieczną kryjówkę dla chłopca, taką, której nie będzie można powiązać ani z „Millennium", ani z tobą. Potem wyślijcie mi adres w zaszyfrowanym mailu.

– Zapewnienie mu bezpieczeństwa to nie jest twoje zadanie, Lisbeth.

– Nie ufam policji.

– W takim razie znajdźmy kogoś, komu ufasz. Ten chłopak cierpi na autyzm i ma szczególne potrzeby. Uważam, że nie powinnaś za niego odpowiadać, zwłaszcza jeśli zostałaś postrzelona...

– Pomożesz mi czy będziesz tak pierdzielił?

– Pewnie, że ci pomogę.

– To dobrze. Za pięć minut zajrzyj do Przegródki Lisbeth. Zostawię ci tam więcej danych. Usuń je, jak tylko przeczytasz.

– Lisbeth, posłuchaj, musisz jechać do szpitala. Potrzebujesz opieki. Słyszę w twoim głosie...

Rozłączyła się. Zawołała chłopaka – stał na przystanku autobusowym – wyjęła laptopa i przez komórkę włamała się do komputera Mikaela. Napisała, jak ma pobrać i zainstalować program.

Poleciła chłopakowi, żeby ją zawiózł na plac Mosebacke. To było ryzykowne. Nie widziała jednak innego wyjścia. Miasto za oknem było coraz mniej wyraźne.

MIKAEL BLOMKVIST zaklął cicho. Stał na Sveavägen, w pobliżu ciała i miejsca, które właśnie ogradzali policjanci z patrolu. Od czasu rozmowy z Lisbeth uwijał się jak w ukropie. Natychmiast wsiadł do taksówki. Starał się nie dopuścić do tego, żeby chłopiec i dyrektor wyszli na ulicę. Udało mu się dodzwonić do pracownicy ośrodka. Powiedziała, że nazywa się Birgitta Lindgren. Wybiegła na schody i zobaczyła, jak jej kolega pada na drzwi z raną postrzałową głowy. Kiedy dziesięć minut później znalazł się na miejscu, była kompletnie roztrzęsiona. Mimo to razem z Ulriką Franzén, która właśnie szła do znajdującego się nieopodal wydawnictwa Bonniers, całkiem nieźle zrelacjonowały mu przebieg wypadków.

Zanim telefon zadzwonił po raz drugi, wiedział, że Lisbeth uratowała Augustowi Balderowi życie. Zrozumiał, że jadą samochodem z kierowcą, który raczej nie będzie skłonny do pomocy, zwłaszcza że do niego strzelano. Przede wszystkim jednak widział plamy krwi na chodniku i na ulicy. Nawet jeśli rozmowa z Lisbeth trochę go uspokoiła, w dalszym ciągu bardzo się martwił. Lisbeth sprawiała wrażenie wycieńczonej, a mimo to – choć właściwie go to nie dziwiło – była uparta jak zwykle.

Choć prawdopodobnie została postrzelona, chciała sama ukryć Augusta. Do pewnego stopnia to rozumiał, wiedział przecież, przez co przeszła. Ale czy naprawdę on i gazeta powinni jej w tym pomagać? Na Sveavägen wykazała się bohaterstwem, ale w czysto prawnym sensie to, co zrobiła, niewątpliwie było porwaniem. Nie mógł jej w tym pomagać. Już i tak miał na głowie media i prokuratora.

Z drugiej strony chodziło o Lisbeth, a on coś jej obiecał. Jasne, że jej pomoże, chociaż Erika dostanie szału i chociaż nie wiadomo, do czego to wszystko doprowadzi. Wziął głęboki oddech i wyciągnął telefon. Nie zdążył jednak wybrać numeru. Usłyszał za sobą znajomy głos. Wołał go Jan Bublanski. Szedł szybkim krokiem i wyglądało na to, że jest w stanie, który należałoby nazwać stanem rozkładu. Towarzyszyli mu inspektor Sonja Modig i wysoki wysportowany mężczyzna koło pięćdziesiątki, zapewne profesor, o którym Lisbeth wspominała przez telefon.

– Gdzie chłopiec? – wysapał Bublanski.

– Pojechali na północ dużym czerwonym volvo. Ktoś go uratował.

– Kto?

– Powiem wszystko, co wiem – odparł Mikael. Nie miał pewności, co powinien zdradzić. – Ale najpierw muszę zadzwonić.

– Nie, nie, najpierw porozmawiasz z nami. Musimy nadać komunikat do jednostek całego kraju.

– Porozmawiaj z tamtą kobietą. Nazywa się Ulrika Franzén. Ona wie więcej. Widziała, co się stało, i ma nawet coś w rodzaju rysopisu sprawcy. Ja przyjechałem dziesięć minut później.

– A ten, kto go uratował?

– Ta. To była kobieta. Ulrika Franzén ma również jej rysopis. A teraz muszę was przeprosić...

– Jakim cudem się dowiedziałeś, że coś tu się stanie? – wysyczała Sonja Modig z nieoczekiwaną wściekłością. – W radiu podawali, że zadzwoniłeś pod numer alarmowy, zanim jeszcze padły strzały.

– Dostałem cynk.

– Od kogo?

Mikael po raz kolejny wziął głęboki oddech i spojrzał Sonji prosto w oczy. W jego spojrzeniu kryła się stanowczość.

– Bez względu na to, jakie bzdury wypisują w gazetach, naprawdę chcę z wami współpracować, w każdy możliwy sposób. Mam nadzieję, że o tym wiecie.

– Zawsze ci ufałam, Mikael. Teraz po raz pierwszy zaczynam się wahać – odpowiedziała Sonja.

– W porządku, rozumiem. Ale w takim razie przyjmijcie do wiadomości, że ja też wam nie ufam. Ktoś sypie, chyba to do was dotarło? W przeciwnym razie nigdy by do tego nie doszło – powiedział, wskazując na zwłoki Torkela Lindéna.

– Masz rację. Niech to szlag – wtrącił Bublanski.

– No dobra. Muszę zadzwonić – powiedział Mikael i odszedł na bok, żeby porozmawiać w spokoju.

Nigdzie jednak nie zadzwonił. Uznał, że czas poważnie pomyśleć o bezpieczeństwie, i zawiadomił Bublanskiego i Modig, że niestety musi natychmiast jechać do redakcji, ale oczywiście w razie potrzeby będzie do ich dyspozycji. Sonja, sama tym zdziwiona, chwyciła go za ramię.

– Najpierw wyjaśnij, skąd wiedziałeś, że coś się stanie – powiedziała ostro.

– Niestety muszę się powołać na ochronę informatorów – odparł Mikael i posłał jej udręczony uśmiech.

Przywołał taksówkę i pojechał do redakcji. Rozmyślał przez całą drogę. Z myślą o zaawansowanych rozwiązaniach technicznych jakiś czas wcześniej zatrudnili firmę konsultingową Tech Source – grupę młodych dziewczyn, które szybko i skutecznie pomagały w kwestiach informatycznych. Nie chciał ich jednak do tego mieszać. Nie chciał także angażować Christera Malma, który najlepiej ze wszystkich w redakcji znał się na komputerach. Pomyślał o Andreiu. Już został włączony w tę sprawę, a poza tym znakomicie sobie radził z komputerami. Postanowił zwrócić się do niego i obiecał sobie, że jeśli tylko on i Erica przetrwają to wszystko, będzie walczył o to, żeby ten chłopak został u nich zatrudniony na stałe.

DLA ERIKI TEN PORANEK był koszmarem, jeszcze zanim na Sveavägen padły strzały. Oczywiście przez przeklętą depeszę TT, która w pewnym sensie była przedłużeniem nagonki na Mikaela. Po raz kolejny wszystkie zazdrosne, skarlałe istoty wypełzły na powierzchnię i pluły jadem na Twitterze, w mailach i komentarzach. Tym razem przyłączył się do tego rasistowski motłoch, zapewne dlatego, że „Millennium" od lat w przeróżne sposoby pomagało zwalczać rasizm i wrogość wobec imigrantów.

Najgorsze było to, że wszyscy w redakcji mieli teraz bardzo utrudnioną pracę. Ludzie nagle byli mniej skłonni udzielać im informacji. Poza tym szerzyła się plotka, że prokurator Richard Ekström szykuje rewizję w redakcji. Erika Berger nie bardzo w to wierzyła. Rewizja w gazecie to poważna sprawa, przede wszystkim ze względu na ochronę informatorów.

Zgadzała się jednak z Christerem Malmem, że atmosfera stała się na tyle nieprzyjemna, że nawet prawnikom i ludziom zazwyczaj zrównoważonym może wpaść coś głupiego do głowy. Właśnie się zastanawiała, co mogłaby z tym zrobić, kiedy do redakcji wszedł Mikael. Ku jej zdziwieniu nie chciał z nią rozmawiać. Poszedł bezpośrednio do Andreia Zandera i zaciągnął go do jej gabinetu. Po krótkiej chwili poszła za nimi.

Kiedy weszła do środka, spostrzegła, że Andrei jest spięty i skoncentrowany, i usłyszała, że padł skrót PGP. Wiedziała, co to znaczy, bo ukończyła kurs bezpieczeństwa teleinformatycznego. Zauważyła, że Andrei zapisuje coś w notesie. Po chwili, nie rzucając jej nawet jednego spojrzenia, wyszedł z gabinetu i podszedł do laptopa Mikaela.

– O co chodziło?

Mikael wyjaśnił jej wszystko szeptem. Nie przyjęła jego słów ze szczególnym spokojem. Musiał powtarzać kilka razy, bo nie mogła uwierzyć w to, co słyszała.

– Chcesz, żebym im znalazła kryjówkę? – zapytała.

– Przykro mi, że cię w to wciągam, Eriko – odparł. – Ale nie wiem, czy ktokolwiek zna tylu właścicieli domków letniskowych co ty.

– Nie wiem. Naprawdę nie wiem.

– Nie możemy ich zawieść. Lisbeth została postrzelona. Sytuacja jest rozpaczliwa.

– Jeżeli została postrzelona, powinna jechać do szpitala.

– Nie zgadza się. Za wszelką cenę chce chronić chłopca.

– Żeby mógł w spokoju narysować mordercę.

– Tak.

– To zbyt duża odpowiedzialność. I zbyt duże ryzyko. Jeżeli coś im się stanie, odpowiedzialność spadnie na nas, a to nas pogrąży. Nie powinniśmy się zajmować ochroną świadków, to zadanie policji. Pomyśl tylko, jak wiele wątpliwości, zarówno natury psychologicznej, jak i tych związanych z techniczną stroną śledztwa, mogą zrodzić te rysunki. Na pewno można to rozwiązać inaczej.

– Bez wątpienia. Gdybyśmy tylko mieli do czynienia z kimś innym niż Lisbeth Salander.

– Czasem męczy mnie fakt, że zawsze jej bronisz.

– Próbuję tylko trzeźwo ocenić sytuację. Państwowe instytucje poważnie zawiodły Augusta Baldera, naraziły go na śmiertelne niebezpieczeństwo. Wiem, że to doprowadza Lisbeth do szału.

– I według ciebie powinniśmy się w to włączyć?

– Jesteśmy do tego zmuszeni. Lisbeth jest wściekła i nie ma się gdzie podziać.

– W takim razie zabierz ich do Sandhamn.

– Lisbeth i ja mamy zbyt silne powiązania. Kiedy wyjdzie na jaw, że to ona, od razu będą jej szukać pod moimi adresami.

– Okej.

– To znaczy?

– Coś znajdę.

Sama nie wierzyła, że to powiedziała. Jednak tak właśnie było z Mikaelem – kiedy o coś prosił, nie potrafiła mu odmówić. Wiedziała, że to działa w obie strony. On również zrobiłby dla niej wszystko.

– Wspaniale, Ricky. Gdzie?

Próbowała myśleć, ale nic nie przychodziło jej do głowy. Ani jedno nazwisko, ani jeden człowiek, jak gdyby jej sieć kontaktów nagle przestała istnieć.

– Muszę się zastanowić.

– Zastanów się szybko, a potem podaj adres i opis dojazdu Andreiowi. On wie, co robić.

Erika poczuła, że musi wyjść. Zeszła po schodach, a kiedy znalazła się na Götgatan, ruszyła w kierunku Medborgarplatsen. W jej myślach, jedno po drugim, pojawiały się nazwiska, ale żadne z nich nie wydawało się właściwe. Gra toczyła się o zbyt wysoką stawkę, więc u każdego dostrzegała jakieś niedostatki, a nawet jeśli tak nie było, nie chciała ich obarczać tą kwestią, może dlatego, że sama czuła się nią obarczona. Choć z drugiej strony... chodziło o małego chłopca, do którego strzelano, a ona złożyła przecież obietnicę. Wiedziała, że musi coś wymyślić.

Kawałek dalej zawył radiowóz. Spojrzała w stronę parku i stacji metra i na stojący na wzniesieniu meczet. Minął ją młody człowiek z jakimiś papierami. Niósł je tak, jak gdyby to były tajne dokumenty. Nagle przypomniała sobie o Gabrielli Grane. W pierwszej chwili ten wybór ją zdziwił. Gabriella nie była jej bliską przyjaciółką, a tam, gdzie pracowała, z całą pewnością nie można było łamać przepisów. Nie, to był kretyński pomysł. Gabriella ryzykowałaby utratę pracy, choćby tylko rozważając tę propozycję, a jednak... Erika nie mogła się uwolnić od tej myśli.

Gabriella była nie tylko wyjątkowo dobrym i odpowiedzialnym człowiekiem, ale też...

Erika przypomniała sobie pewne zdarzenie. Było to latem, późno w nocy albo nawet o świcie, w domku Gabrielli na Ingarö, gdzie zaprosiła ją na ucztę rakową. Siedziały w hamaku na małym tarasie i patrzyły na morze widoczne przez szczelinę pomiędzy drzewami.

– Tu chciałabym uciec, kiedy będą mnie ścigały hieny – powiedziała Erika, nie bardzo wiedząc, jakie hieny ma na myśli. Prawdopodobnie jednak czuła się zmęczona pracą, a w domu Gabrielli było coś, co sprawiło, że wydał jej się dobrym schronieniem.

Stał na małej górce, a drzewa i zbocze chroniły go przed spojrzeniami ciekawskich. Erika dobrze pamiętała odpowiedź Gabrielli: stwierdziła, że uzna to za obietnicę.

– Kiedy hieny zaatakują, będziesz tu mile widziana, Eriko.

Myśląc o tym teraz, zastanawiała się, czy jednak do niej nie zadzwonić.

Może samo zadanie tego pytania będzie bezczelnością. Postanowiła, że mimo wszystko spróbuje. Weszła do redakcji i zadzwoniła, używając Redphone – aplikacji do szyfrowania rozmów, którą Andrei polecił także jej.

Rozdział 18
22 listopada

WCHODZĄC DO SALI, w której miało się odbyć naprędce zwołane zebranie jej grupy z Heleną Kraft, dotyczące dramatycznych wydarzeń na Sveavägen, Gabriella Grane poczuła, że jej prywatna komórka wibruje. Mimo że była wściekła, a może właśnie dlatego, odebrała i rzuciła:

– Tak?

– Mówi Erika.

– Cześć. Nie mam teraz czasu rozmawiać. Zdzwonimy się później.

– Chciałam... – zaczęła Erika, ale Gabriella już zdążyła się rozłączyć. Nie miała czasu na przyjacielskie rozmowy. Z miną, jak gdyby chciała rozpętać wojnę, weszła do sali. Wyciekły kluczowe informacje, kolejna osoba nie żyła, a jeszcze kolejna była najprawdopodobniej poważnie ranna. Bardziej niż kiedykolwiek Gabriella miała ochotę wysłać wszystkich do diabła. Byli tak nieuważni i tak bardzo zależało im na uzyskaniu nowych informacji, że potracili głowy. Przez pół minuty nie słyszała ani słowa z tego, co mówili. Siedziała zaślepiona złością. Nagle nadstawiła uszu.

Ktoś powiedział, że Mikael Blomkvist zadzwonił pod numer alarmowy, zanim na Sveavägen padły strzały. Dziwna sprawa. Na dodatek dzwoniła do niej Erika Berger, która nie odzywała się bez potrzeby, zwłaszcza w godzinach pracy. Czy mogło chodzić o coś ważnego albo nawet decydującego? Wstała i powiedziała, że musi na chwilę wyjść.

– Gabriello, wydaje mi się, że stanowczo powinnaś tego posłuchać – oznajmiła Helena Kraft niespodziewanie ostrym tonem.

– Muszę zadzwonić – odparła Gabriella. Nagle nie miała najmniejszej ochoty spełniać życzenia szefowej Säpo.

– Gdzie?

– Po prostu muszę zadzwonić – odparła. Wyszła i kiedy znalazła się w swoim gabinecie, natychmiast oddzwoniła do Eriki Berger.

ERIKA ODEBRAŁA I POPROSIŁA Gabriellę, żeby zadzwoniła do niej na samsunga. Kiedy znów się połączyły, od razu wyczuła, że coś się zmieniło. W głosie Gabrielli nie było słychać typowego dla niej entuzjazmu. Wręcz przeciwnie, wydawała się niespokojna i spięta, jak gdyby od początku przypuszczała, że Erika chce jej przekazać coś ważnego.

– Cześć – powiedziała tylko. – Wciąż cholernie kiepsko u mnie z czasem, ale powiedz: chodzi o Augusta Baldera?

Erikę ogarnęło bardzo nieprzyjemne uczucie.

– Skąd wiesz? – zapytała.

– Pracuję nad tą sprawą i właśnie usłyszałam, że Mikael dostał cynk o tym, co się stanie na Sveavägen.

– Więc już wiecie?

– Tak, i oczywiście bardzo nas interesuje, jak do tego doszło.

– Sorry. Muszę się powołać na ochronę informatorów.

– Okej. Ale dlaczego dzwoniłaś?

Erika zamknęła oczy i wzięła głęboki oddech. Jak mogła być taką idiotką?

– Obawiam się, że będę musiała się zwrócić do kogoś innego – odparła. – Nie chcę cię narażać na konflikt etyczny.

– Z chęcią przyjmę każdy konflikt, Eriko. Ale nie zgadzam się, żebyś coś przede mną ukrywała. To śledztwo znaczy dla mnie więcej, niż możesz sobie wyobrazić.

– Naprawdę?

– Naprawdę. I powiem ci, że ja też dostałam cynk, zanim to się stało. Dowiedziałam się, że Balder jest w poważnym niebezpieczeństwie. A mimo to nie udało mi się zapobiec morderstwu i będę musiała z tym żyć już do końca. Tak więc niczego przede mną nie ukrywaj.

– Mimo wszystko muszę to zrobić. Przykro mi, Gabriello. Nie chcę, żebyś przez nas miała kłopoty.

– Tamtej nocy, kiedy zamordowano profesora, widziałam Mikaela w Saltsjöbaden.

– Nie wspominał mi o tym.

– Uznałam, że nic nie zyskam, jeśli mu się przedstawię.

– Może i słusznie.

– Mogłybyśmy sobie nawzajem pomóc.

– Dobrze. Później mogę poprosić Mikaela, żeby do ciebie zadzwonił. Ale teraz muszę się czymś zająć.

– Wiem tak samo jak wy, że ktoś z policji sypie. Rozumiem, że w takiej sytuacji trzeba nawiązywać dziwne sojusze.

– Jak najbardziej. Teraz niestety muszę szukać dalej.

– Okej – odparła Gabriella rozczarowanym tonem. – Będę udawała, że tej rozmowy nie było. Powodzenia.

– Dzięki – odparła Erika, po czym wróciła do poszukiwań odpowiedniej osoby.

GABRIELLA WRACAŁA na spotkanie pogrążona w myślach. Nie mogła pojąć, czego chciała Erika. Wydawało jej się, że coś podejrzewa, ale nie zdążyła się nad tym zastanowić. Jak tylko weszła do sali, rozmowa ucichła i wszyscy spojrzeli na nią.

– Co to było?

– Po prostu prywatna rozmowa.

– Która nie mogła poczekać.

– Właśnie. Na czym skończyliśmy?

– Rozmawialiśmy o tym, co się stało na Sveavägen, ale jak mówiłem, na razie mamy niekompletne informacje – powiedział szef wydziału Ragnar Olofsson. – Wszystko jest bardzo chaotyczne. Poza tym wygląda na to, że stracimy źródło w grupie Bublanskiego. Po tym, co się stało, komisarz najwyraźniej wpadł w paranoję.

– Trudno się dziwić – powiedziała Gabriella ostro.

– Tak... rozmawialiśmy też o tym. Oczywiście nie spoczniemy, dopóki nie ustalimy, skąd napastnik wiedział, że chłopiec przebywa w ośrodku i że akurat wtedy wyjdzie. Nie muszę chyba mówić, że zmobilizujemy do tego wszystkie siły. Chcę jednak podkreślić, że źródłem przecieku niekoniecznie musi być ktoś z policji. Wiedziało o tym wiele osób – pracownicy ośrodka, matka i jej niesolidny narzeczony Lasse Westman oraz ludzie z redakcji „Millennium". Poza tym nie możemy wykluczyć ataku hakera. Jeszcze do tego wrócę. Mogę mówić dalej?

– Pewnie.

– Właśnie rozmawialiśmy o roli Mikaela Blomkvista w tej sprawie. Bardzo nas to martwi. Skąd mógł wiedzieć o tej tragedii, zanim do niej doszło? Moim zdaniem jego informator musiał pochodzić z bliskiego otoczenia przestępców, więc nie ma powodu przesadnie dbać o ochronę jego źródeł. Musimy wiedzieć, skąd to wiedział.

– Szczególnie że wydaje się zdesperowany i zrobi wszystko, żeby mieć gorący temat – wtrącił podkomisarz Mårten Nielsen.

– Mårten też ma dobre źródła. Czyta popołudniówki – stwierdziła kwaśno Gabriella.

– Nie popołudniówki, kochana. TT. Źródło, któremu nawet my, ludzie z Säpo, czasami trochę wierzymy.

– Ten oszczerczy artykuł został napisany na zamówienie, wiesz o tym równie dobrze jak ja – odparła Gabriella.

– Nie wiedziałem, że tak się bujasz w Blomkviście.

– Kretyn.

– Przestańcie natychmiast – wtrąciła się Helena. – Co to za głupoty? Mów dalej, Ragnar. Co wiemy o przebiegu wypadków?

– Pierwsi byli na miejscu funkcjonariusze z prewencji, Erik Sandström i Tord Landgren – kontynuował Ragnar Olofsson. – Moje informacje pochodzą od nich. Zjawili się na miejscu punktualnie o dziewiątej dwadzieścia cztery, a wtedy było już po wszystkim. Torkel Lindén już nie żył – zginął od strzału w tył głowy, a chłopiec... no cóż, nie wiemy. Niektórzy świadkowie twierdzą, że on także oberwał. Na chodniku i na ulicy widzieliśmy plamy krwi. Ale to nic pewnego. Zniknął w czerwonym volvo – mamy przynajmniej część numeru rejestracyjnego i model. Podejrzewam, że wkrótce będziemy znali właściciela.

Gabriella zwróciła uwagę, że Helena Kraft skrupulatnie notuje, tak samo jak podczas wcześniejszych spotkań.

– Ale co się stało? – zapytała.

– Dwóch studentów Wyższej Szkoły Handlowej, którzy stali po drugiej stronie ulicy, twierdzi, że wyglądało to jak porachunki dwóch grup przestępczych, których celem był chłopiec, August Balder.

– Naciągane.

– Nie byłbym taki pewny – odparł Ragnar Olofsson.

– Dlaczego? – spytała Helena Kraft.

– Po obu stronach byli profesjonaliści. Strzelec pilnował bramy. Stał za niskim murem otaczającym park. Wiele przemawia za tym, że to ten sam człowiek, który zastrzelił Baldera. Choć wygląda na to, że nikt nie widział zbyt wyraźnie jego twarzy. Może był w jakiś sposób zamaskowany. Wydaje się jednak, że działał równie szybko, co skutecznie. W drugiej grupie była ta kobieta.

– Co o niej wiemy?

– Niewiele. Zdaje się, że miała na sobie czarną skórzaną kurtkę i ciemne dżinsy. Była młoda, czarnowłosa, ktoś powiedział, że wykolczykowana, rockowa czy tam punkowa, niskiego wzrostu i, można by powiedzieć, wybuchowa. Pojawiła się nie wiadomo skąd, rzuciła się na chłopca i go osłoniła. Wszyscy świadkowie byli zgodni, że nie mógł to być ktoś przypadkowy. Biegła, jak gdyby była specjalnie wyszkolona albo jakby już wcześniej uczestniczyła w podobnych akcjach. Działała niezwykle świadomie. Poza tym mamy volvo, tu zaś zeznania są sprzeczne. Ktoś powiedział, że samochód po prostu przejeżdżał, a kobieta i chłopiec wskoczyli w biegu. Inni – zwłaszcza ci studenci – są zdania, że samochód był częścią operacji. Tak czy inaczej, boję się, że mamy do czynienia z porwaniem.

– Po co ktoś miałby go porywać?

– Mnie nie pytaj.

– Więc ta kobieta nie tylko uratowała chłopca, ale również go uprowadziła – stwierdziła Gabriella.

– Na to wygląda, prawda? W przeciwnym razie już by się z nami skontaktowała.

– W jaki sposób dotarła na miejsce?

– Tego jeszcze nie wiemy. Choć jeden ze świadków, stary redaktor naczelny związkowej gazety, twierdzi, że wyglądała znajomo, a nawet była kimś znanym – ciągnął Ragnar Olofsson. Mówił dalej, ale Gabriella przestała go słuchać. Zesztywniała i pomyślała: córka Zalachenki. To musiała być córka Zalachenki. Wiedziała, że to ze wszech miar obraźliwe określenie. Córka nie miała nic wspólnego z ojcem. Wręcz przeciwnie, nienawidziła go. Ale Gabriella widziała w niej jego córkę, odkąd kilka lat wcześniej przeczytała na temat tej sprawy wszystko, co się dało. Kiedy Ragnar Olofsson snuł swoje spekulacje, wszystkie elementy układanki lądowały na swoim miejscu. Już poprzedniego dnia widziała kilka podobieństw między starą siatką jej ojca a grupą o nazwie Spiders. Odrzuciła jednak tę myśl. Doszła do wniosku, że muszą istnieć jakieś granice tego, jak bardzo przestępcy są w stanie podnieść swoje kompetencje.

Niechlujne typy w skórzanych kamizelkach, które całymi dniami przesiadują w klubach motocyklowych, oglądając pisma pornograficzne, nie mogą nagle zacząć wykradać najnowocześniejszych technologii. Mimo wszystko miała tę myśl gdzieś z tyłu głowy. Zaczęła się nawet zastanawiać, czy dziewczyna, która pomagała Linusowi Brandellowi wykryć włamanie do komputerów Baldera, nie była przypadkiem córką Zalachenki. W dokumencie Säpo na jej temat napisano: „hakerka? zna się na komputerach?". I nawet jeśli wyglądało to na nieprzemyślane pytania zadane ze względu na zadziwiająco dobre referencje, które otrzymała od Milton Security, nie ulegało wątpliwości, że poświęciła wiele czasu na badanie zbrodniczego syndykatu ojca.

Najbardziej jednak rzucał się w oczy powszechnie znany fakt, że coś łączyło tę kobietę z Mikaelem Blomkvistem. Nie było jasne, jak dokładnie wyglądał ten związek, a Gabriella nie wierzyła w złośliwe pogłoski, jakoby miało chodzić o haki, które na siebie mieli, albo o sadomasochistyczny seks. Związek jednak istniał i wyglądało na to, że zarówno Mikael Blomkvist, jak i kobieta, która pasowała do rysopisu córki Zalachenki i według jednego ze świadków wyglądała znajomo, wiedzieli wcześniej o strzelaninie na Sveavägen. Po wszystkim zaś zadzwoniła do niej Erika Berger i chciała porozmawiać o czymś ważnym, co dotyczyło tego zdarzenia. Czy to wszystko nie świadczyło o jednym?

– Coś mi przyszło do głowy – powiedziała Gabriella, być może zbyt głośno, i przerwała Ragnarowi Olofssonowi.

– Słucham – odparł z irytacją.

– Zastanawiałam się... – zaczęła i już miała wyłożyć swoją teorię, kiedy dostrzegła coś, co sprawiło, że się zawahała.

Samo w sobie nie było to dziwne – Helena Kraft z wysiłkiem notowała to, co przed chwilą powiedział Ragnar Olofsson, a takie zainteresowanie u szefowej było chyba dobrym zjawiskiem. W skrzypieniu jej pióra była jednak tak przesadna gorliwość, że Gabriella zaczęła się zastanawiać, czy Helena, której zadaniem było dostrzeganie szerokiej perspektywy, powinna zwracać tak baczną uwagę na każdy drobny szczegół. Choć nie bardzo wiedziała dlaczego, ogarnęło ją nieprzyjemne uczucie.

Oczywiście mogło ono wynikać z faktu, że sama właśnie zamierzała wytypować kandydata, opierając się na wątłych przesłankach, ale raczej chodziło o to, że Helena Kraft poczuła na sobie jej spojrzenie i odwróciła wzrok, a może nawet poczerwieniała. Gabriella postanowiła nie kończyć zdania.

– Czy może raczej powinnam powiedzieć...

– Tak, Gabriello?

– Nieważne – powiedziała i nagle poczuła, że ma ochotę wyjść. Wiedziała, że nie będzie to dobrze wyglądało, ale mimo to znów opuściła salę. Poszła do toalety.

Później przypominała sobie tę chwilę, kiedy przyglądając się sobie w lustrze, próbowała zrozumieć, co takiego zobaczyła. Czy Helena Kraft naprawdę się zaczerwieniła? A jeżeli tak, to co to oznaczało? Z pewnością nic, uznała. Zupełnie nic. Nawet jeśli dostrzegła na jej twarzy wstyd albo poczucie winy, mogło chodzić o coś zupełnie innego, na przykład o przykrą myśl, która akurat w tym momencie pojawiła się w jej głowie. Pomyślała, że tak naprawdę nie zna jej zbyt dobrze. Znała ją jednak na tyle, żeby wiedzieć, że nie wysłałaby dziecka na śmierć dla korzyści finansowej ani jakiejkolwiek innej. To było wykluczone.

Czuła, że ma już objawy paranoi, jak typowy przewrażliwiony szpieg, który wszędzie widzi wtyczki, nawet kiedy analizuje własne odbicie w lustrze. Idiotka, wymamrotała i uśmiechnęła się do siebie z rezygnacją, jak gdyby chciała odpędzić od siebie te głupoty i wrócić do rzeczywistości. Ale to nie pomogło. W tej samej chwili dostrzegła w swoich oczach coś nowego.

Przyszło jej do głowy, że jest podobna do Heleny Kraft. Ona również chciała, żeby przełożeni zobaczyli, jak bardzo jest zdolna i ambitna, i żeby ją poklepali po plecach. To miało także złe strony. Jeżeli środowisko, w którym działamy, jest niezdrowe, przyjmując taką postawę, również stajemy się niezdrowi. Kto wie, pomyślała, może przestępstwa i niemoralne zachowania równie często wynikają z chęci przypodobania się innym, jak ze zła lub chciwości.

Ludzie chcą się dopasować i zasłużyć na pochwałę i dlatego popełniają niewyobrażalne głupoty. Nagle zaczęła się zastanawiać, czy właśnie tak nie było w tym przypadku. W każdym razie Hans Faste – bo to przecież on musiał być ich informatorem w zespole Bublanskiego – przekazywał im informacje, bo takie miał zadanie i dlatego że chciał zapunktować u Säpo. Z kolei Ragnar Olofsson pilnował, żeby Helena Kraft poznała każdy najdrobniejszy szczegół, ponieważ była jego szefową i chciał się jej przypodobać. Helena Kraft zaś... może przekazywała informacje dalej, bo też chciała się pokazać z jak najlepszej strony. Ale komu mogłaby je przekazywać? Komendantowi głównemu, rządowi albo obcemu wywiadowi, zwłaszcza amerykańskiemu i angielskiemu, który z kolei mógł...

Gabriella przerwała ten ciąg myśli i po raz kolejny zaczęła zadawać sobie pytanie, czy po prostu nie zeszła na złą drogę. Ale nawet jeśli czuła, że tak jest, nie mogła się pozbyć wrażenia, że nie ufa swojej grupie. Rzeczywiście, też chciała pokazać, że jest zdolna, ale nie w sposób typowy dla Säpo. Chciała tylko, żeby August Balder wyszedł z tego cało. Nagle zamiast twarzy Heleny Kraft wyobraziła sobie oczy Eriki Berger. Szybko weszła do swojego pokoju i wyjęła blackphone'a, tego samego, którego używała do rozmów z Fransem Balderem.

ERIKA WYSZŁA po raz kolejny, żeby spokojnie porozmawiać. Stała przed księgarnią Söder przy Götgatan i zastanawiała się, czy nie zrobiła głupstwa. Gabriella Grane miała tak mocne argumenty, że nie miała szans się obronić. To właśnie był minus posiadania zbyt inteligentnych przyjaciółek. Potrafiły przejrzeć człowieka na wylot.

Gabriella nie tylko domyśliła się, jaką sprawę do niej miała. Przekonała ją też, że poczuwa się do moralnej odpowiedzialności i nigdy w życiu nie zdradzi kryjówki, jakkolwiek sprzeczne z jej etyką zawodową mogłoby się to wydawać.

Powiedziała, że czuje się winna i dlatego chce pomóc. Zaoferowała, że udostępni klucze od swojego domku na Ingarö i dopilnuje, żeby wskazówki dotyczące dojazdu zostały przesłane szyfrowanym połączeniem ustawionym przez Andreia Zandera według wskazówek Lisbeth Salander.

Kawałek dalej ulicą szedł żebrak. Przewrócił się, a dwie torby z plastikowymi butelkami poleciały na chodnik. Podbiegła, żeby mu pomóc. Ale on szybko się podniósł i nie chciał pomocy. Uśmiechnęła się smutno i ruszyła w stronę redakcji.

Weszła do środka i zobaczyła, że Mikael wygląda na rozgorączkowanego i wykończonego. Włosy miał nastroszone, koszula wystawała mu ze spodni. Dawno nie widziała go w takim stanie. Mimo wszystko nie niepokoiła się. Kiedy jego oczy promieniały takim blaskiem, nie dało się go już zatrzymać. Znaczyło to, że osiągnął stan pełnej koncentracji i że w nim pozostanie, dopóki nie zgłębi sprawy do końca.

– Znalazłaś kryjówkę? – zapytał.

Skinęła głową.

– Może i lepiej, że nie mówisz nic więcej. Powinno o tym wiedzieć jak najmniej osób.

– Rozsądna uwaga. Miejmy nadzieję, że to będzie tymczasowe rozwiązanie. Nie podoba mi się, że to Lisbeth sprawuje opiekę nad chłopcem.

– Kto wie, może będą mieli na siebie dobry wpływ.

– Co powiedziałeś policji?

– Zdecydowanie za mało.

– W naszej sytuacji nie możemy sobie pozwolić na przemilczanie faktów.

– Masz rację.

– Może Lisbeth zechce coś zdradzić i dadzą ci trochę spokoju.

– Nie chcę jej teraz naciskać. Martwię się o nią. Możesz poprosić Andreia, żeby zapytał, czy mamy tam sprowadzić lekarza?

– Tak zrobię. Ale...

– Tak?

– Zaczynam myśleć, że ona postępuje słusznie – powiedziała Erika.

– Dlaczego nagle zaczęłaś tak uważać?

– Ja też mam swoje źródła. Wygląda na to, że komisariat nie jest teraz najbezpieczniejszym miejscem – odparła i pewnym krokiem ruszyła do Andreia Zandera.

Rozdział 19
22 listopada, wieczór

JAN BUBLANSKI BYŁ W GABINECIE SAM. Hans Faste w końcu się przyznał, że cały czas informował Säpo. Nie słuchając nawet, co ma na swoje usprawiedliwienie, Bublanski odsunął go od śledztwa. Ale nawet jeśli Hans Faste okazał się niegodnym zaufania karierowiczem, trudno mu było uwierzyć, że donosił także przestępcom. I że ktokolwiek mógł to robić.

Oczywiście nawet w policji zdarzali się skorumpowani, zepsuci ludzie. Ale czym innym było oddanie małego niepełnosprawnego chłopca na pastwę bezwzględnego mordercy. Nie chciał wierzyć, że ktokolwiek z nich był do tego zdolny. Może informacja wyciekła w inny sposób. Mogli zostać podsłuchani albo paść ofiarą ataku hakera, choć nie słyszał, żeby do któregoś z komputerów wprowadzono informację o tym, że August Balder potrafił narysować sprawcę, a już tym bardziej o tym, że przebywa w ośrodku dla dzieci i młodzieży Oden. Próbował się skontaktować z szefową Säpo i przedyskutować sprawę, ale choć podkreślał, że to ważne, nie oddzwoniła.

Odbył też niepokojącą rozmowę z Radą do spraw Handlu, a następnie z Ministerstwem Przedsiębiorstw, Energii i Łączności. Choć nikt nie powiedział tego wprost, wyglądało na to, że głównym źródłem niepokoju nie jest los chłopca po dramatycznych wydarzeniach na Sveavägen, lecz program badawczy Fransa Baldera, który najwyraźniej został skradziony feralnej nocy.

Choć w domu w Saltsjöbaden było kilku najlepszych policyjnych informatyków oraz trzech ekspertów z uniwersytetu w Linköping i Instytutu Technologicznego w Sztokholmie, nie znaleziono nawet śladu po jego badaniach ani w komputerach, ani w dokumentach, które po sobie zostawił.

– Czyli na domiar złego mamy zbiegłą sztuczną inteligencję – wymamrotał do siebie Bublanski i z jakiegoś powodu przypomniał sobie starą zagadkę, którą jego psotny kuzyn Samuel zadawał w synagodze, żeby zabić ćwieka rówieśnikom.

Chodziło o paradoks – pytanie, czy wszechmocny Bóg może stworzyć coś, co byłoby mądrzejsze niż On sam. Pamiętał, że uważano ową zagadkę za przejaw braku szacunku lub wręcz za bluźnierstwo, bo każda odpowiedź była niewłaściwa. Nie miał jednak czasu zagłębić się w tę kwestię, bo rozległo się pukanie do drzwi. Do pokoju weszła Sonja Modig i niemal uroczyście wręczyła mu jeszcze jeden kawałek szwajcarskiej pomarańczowej czekolady.

– Dziękuję – powiedział. – Co masz mi do przekazania?

– Chyba wiemy, jak sprawca skłonił Torkela Lindéna i chłopca do wyjścia na ulicę. Wysłał sfałszowane maile w imieniu Charlesa Edelmana i naszym. Umówił się z nimi na ulicy.

– Można zrobić coś takiego?

– Tak, i nie jest to nawet szczególnie trudne.

– Okropność.

– Tak, ale to w dalszym ciągu nie wyjaśnia, skąd sprawca wiedział, że powinien się włamać właśnie do komputera w Oden, i jak ustalił, że w sprawę jest zaangażowany profesor Edelman.

– Domyślam się, że będziemy musieli zlecić zbadanie także naszych komputerów.

– Już są badane.

– Tak to teraz będzie wyglądało, Sonju?

– Co masz na myśli?

– Że nie będzie można nic napisać ani powiedzieć, nie ryzykując, że się zostanie podsłuchanym?

– Nie wiem. Mam nadzieję, że nie. Na przesłuchanie czeka Jacob Charro.

– Kto to jest?

– Zdolny piłkarz Syrianska. A poza tym chłopak, z którym uciekli August Balder i ta kobieta.

SONJA MODIG siedziała w pokoju przesłuchań w towarzystwie młodego umięśnionego mężczyzny o krótkich ciemnych włosach i mocno zaznaczonych kościach policzkowych. Mężczyzna miał na sobie sweter w kolorze ochry, z dekoltem w serek, i wydawał się i zdenerwowany, i dumny.

– Przesłuchanie rozpoczęło się o osiemnastej trzydzieści pięć, dwudziestego drugiego listopada. Wyjaśnienia będzie składał świadek Jacob Charro, dwadzieścia dwa lata, zamieszkały w Norsborgu. Proszę opowiedzieć, co się stało dziś przed południem.

– No więc... – zaczął Jacob Charro. – Jechałem ulicą Sveavägen i zauważyłem, że panuje tam jakieś zamieszanie. Pomyślałem, że zdarzył się wypadek, i zwolniłem. Wtedy po lewej stronie zobaczyłem przebiegającego przez ulicę mężczyznę. Pędził, nie patrząc na samochody, i pamiętam, że pomyślałem, że to terrorysta.

– Dlaczego tak pan pomyślał?

– Wydawał się przepełniony świętym oburzeniem.

– Zdążył pan zobaczyć, jak wygląda?

– Tego nie mogę powiedzieć, ale po czasie pomyślałem, że było w nim coś nienaturalnego.

– Jak to?

– Tak jakby to nie była jego prawdziwa twarz. Miał okrągłe okulary przeciwsłoneczne, które musiały być przymocowane do uszu. No i jeszcze policzki. Wyglądał, jakby miał coś w ustach. No i jeszcze miał dziwne wąsy, brwi i kolor twarzy.

– Myśli pan, że to było przebranie?

– Całkiem możliwe. Ale nie miałem czasu zbyt długo się nad tym zastanawiać. Chwilę później otworzyły się tylne drzwi mojego samochodu i... cóż mam powiedzieć. To była jedna z tych chwil, kiedy zbyt wiele rzeczy dzieje się naraz, jak gdyby cały świat walił się człowiekowi na głowę. Nagle w moim samochodzie siedzieli obcy ludzie, a tylna szyba rozsypała się w drobny mak. Byłem w szoku.

– Co pan zrobił?

– Zgłupiałem i wcisnąłem gaz do dechy. Wydaje mi się, że dziewczyna, która wskoczyła mi do samochodu, wrzasnęła, żebym dodał gazu, a ja byłem tak przerażony, że sam nie wiedziałem, co robię. Po prostu wypełniałem rozkazy.

– Rozkazy, mówi pan?

– Tak to odbierałem. Myślałem, że ktoś nas goni, i nie widziałem innego wyjścia, jak tylko jej posłuchać. Skręcałem to tu, to tam, jak mi kazała, a poza tym...

– Tak?

– Miała coś takiego w głosie. Był tak zimny i pełen skupienia, że się go uczepiłem. Jak gdyby jej głos był jedyną pewną rzeczą w tym całym szaleństwie.

– Mówił pan, że się domyśla, kim była ta kobieta?

– Tak, ale wtedy się nie domyślałem. Skupiałem się na całej tej chorej sytuacji i byłem śmiertelnie przerażony. Poza tym z tyłu lała się krew.

– Krew chłopca czy tej kobiety?

– W pierwszej chwili nie wiedziałem, ona zresztą też nie. I nagle usłyszałem: *Yes!*, jakby stało się coś dobrego.

– O co chodziło?

– Dziewczyna zrozumiała, że to ona oberwała, a nie chłopiec. Pamiętam, że zastanawiałem się nad tym. To brzmiało jak: hura, zostałam postrzelona, a musicie wiedzieć, że naprawdę nie była to mała rana. Opatrywała ją, jak mogła, a i tak jej się nie udawało zatamować krwawienia. Krew po prostu się z niej lała. Była coraz bledsza. Czuła się fatalnie.

– A mimo to cieszyła się, że to ona oberwała?

– Tak jest. Cieszyła się jak matka.

– Ale nie była matką tego chłopca?

– W żadnym wypadku. Powiedziała, że się nie znają, i to było widać. Nie poświęcała mu uwagi. Nie było mowy o tym, żeby go przytuliła albo pocieszyła. Traktowała go raczej jak dorosłego i mówiła do niego takim samym tonem jak do mnie. Przez chwilę wydawało mi się, że poczęstuje go whisky.

– Whisky? – zapytał Bublanski.

– Miałem w samochodzie butelkę, którą zamierzałem sprezentować wujowi, ale dałem ją jej, żeby zdezynfekowała ranę i trochę się napiła. Pociągnęła porządnie.

– Jak ogólnie określiłby pan sposób, w jaki traktowała chłopca? – spytała Sonja Modig.

– Szczerze mówiąc, nie bardzo wiem, co odpowiedzieć. Nie była mistrzynią kontaktów międzyludzkich. Traktowała mnie jak cholernego służącego i, tak jak mówiłem, nie miała bladego pojęcia, jak się opiekować dzieckiem, ale mimo to...

– Tak?

– Sądzę, że jest dobrym człowiekiem. Nie zatrudniłbym jej jako opiekunki do dziecka, jeśli wiecie, co mam na myśli. Ale była w porządku.

– Czyli uważa pan, że dziecko jest z nią bezpieczne?

– Powiedziałbym, że ta dziewczyna z całą pewnością może być śmiertelnie niebezpieczna albo kompletnie szalona. A jeśli chodzi o tego chłopca... Ma na imię August, prawda?

– Zgadza się.

– Będzie go broniła do ostatniej kropli krwi, jeśli zajdzie taka potrzeba. Takie przynajmniej odniosłem wrażenie.

– Jak się rozstaliście?

– Poprosiła, żebym ich zawiózł na plac Mosebacke.

– Mieszka tam?

– Nie wiem. W ogóle nic mi nie wyjaśniła. Po prostu chciała tam pojechać. Odniosłem wrażenie, że ma tam samochód. Poza tym nie powiedziała ani jednego niepotrzebnego słowa. Poprosiła tylko, żebym jej zapisał swoje dane. Powiedziała, że wynagrodzi mi szkody i trochę dołoży.

– Wyglądała na kogoś, kto ma pieniądze?

– Cóż... gdybym miał oceniać tylko na podstawie wyglądu, powiedziałbym, że mieszka w jakiejś ruderze. Ale sądząc po zachowaniu... Nie wiem. Nie zdziwiłbym się, gdyby była dziana. Odniosłem wrażenie, że jest przyzwyczajona do stawiania na swoim.

– Co było dalej?

– Kazała chłopcu wysiąść.

– Posłuchał?

– Był kompletnie sparaliżowany. Bujał się tylko w przód i w tył i nie ruszał się z miejsca. I nagle zaczęła mówić ostrzej. Jakby to była sprawa życia i śmierci. Wtedy poczłapał ze sztywnymi ramionami, jak lunatyk.

– Widział pan, dokąd poszli?

– Nic ponad to, że ruszyli w lewo, w kierunku Slussen. Ale ona...

– Tak?

– Wyraźnie była w fatalnym stanie. Zachwiała się i sprawiała wrażenie, jakby w każdej chwili mogła się przewrócić.

– Kiepsko to brzmi. A chłopak?

– Też nie czuł się najlepiej. Dziwnie patrzył i cały czas się bałem, że dostanie jakiegoś ataku. Choć kiedy wysiadł, wyglądał tak, jakby mimo wszystko pogodził się z sytuacją. W każdym razie kilka razy zapytał: dokąd?

Sonja Modig i Jan Bublanski spojrzeli na siebie.

– Jest pan tego pewien? – zapytała Sonja.

– Dlaczego miałbym nie być?

– Może na przykład wydawało się panu, że usłyszał to słowo, bo chłopiec miał pytający wyraz twarzy?

– Dlaczego miałoby mi się wydawać?

– Bo jego matka twierdzi, że August w ogóle nie mówi – ciągnęła Sonja Modig.

– Żartuje pani?

– Nie. I byłoby bardzo dziwne, gdyby właśnie w tych okolicznościach wypowiedział pierwsze słowa.

– Nie przesłyszałem się.

– W porządku. Co w takim razie odpowiedziała ta kobieta?

– Daleko. Daleko stąd. Coś w tym stylu. Potem, tak jak powiedziałem, prawie się przewróciła. Kazała mi odjechać.

– Zrobił pan to?

– I to natychmiast. Dodałem gazu i już mnie nie było.

– Ale potem skojarzył pan, kogo wiózł?

– Dotarło do mnie, że chłopak jest synem tego geniusza i że czytałem o nim w sieci. A co do dziewczyny... nie mogłem sobie przypomnieć, skąd ją znam. Kogoś mi przypominała. W końcu nie mogłem już prowadzić. Byłem kompletnie roztrzęsiony i zatrzymałem się na Ringvägen, mniej więcej na wysokości Skanstull. Wbiegłem do hotelu Clarion, zamówiłem piwo i próbowałem się uspokoić. To wtedy mi się przypomniało. Skojarzyłem, że ta dziewczyna kilka lat temu była poszukiwana w związku ze sprawą morderstwa, ale została oczyszczona z zarzutów i wyszło na jaw, że w dzieciństwie padła ofiarą nadużyć w szpitalu psychiatrycznym. Dość dobrze to pamiętam, bo miałem kolegę, którego ojciec był torturowany w Syrii i który w tym samym czasie znalazł się u nas w podobnej sytuacji. Poddawano go elektrowstrząsom tylko dlatego, że nie mógł sobie poradzić ze wspomnieniami. Można więc powiedzieć, że był torturowany także w Szwecji.

– Jest pan tego pewien?

– Że był torturowany...

– Nie. Że to ona, Lisbeth Salander.

– Obejrzałem jej zdjęcia w internecie i nie mam żadnych wątpliwości. Inne rzeczy też się zgadzają, jak sami wiecie...

Nagle się zawahał, jakby się zawstydził.

– Rozebrała się do pasa, bo chciała użyć koszulki jako opatrunku. Kiedy się trochę odwróciła, żeby owinąć ramię, zobaczyłem, że ma na plecach wytatuowanego smoka. Tatuaż sięgał aż do łopatki. O tym tatuażu pisali kiedyś w jakimś artykule.

ERIKA BERGER pojechała do domku Gabrielli na Ingarö z dwiema torbami jedzenia, kredkami, arkuszami papieru, paroma pudełkami skomplikowanych puzzli i kilkoma innymi rzeczami. Ale nie było tam ani śladu Augusta i Lisbeth i nie mogła się z nimi skontaktować. Lisbeth nie skorzystała ani z aplikacji Redphone, ani z szyfrowanego połączenia. Erika umierała z niepokoju.

Jakkolwiek patrzyła na tę sprawę, dochodziła do wniosku, że nie wróży to nic dobrego. Zbędne słowa albo uspokajanie kogokolwiek – coś takiego rzeczywiście nie było w stylu Lisbeth Salander. Tym razem jednak sama prosiła o bezpieczną kryjówkę. Poza tym odpowiadała za dziecko, więc jeżeli nie odbierała, musiało być naprawdę źle. W najgorszym wypadku leżała gdzieś, śmiertelnie ranna.

Erika zaklęła i wyszła na taras, ten sam, na którym rozmawiała z Gabriellą o ukryciu się przed światem. Było to zaledwie kilka miesięcy wcześniej. Mimo to wydawało się takie odległe. Nie widziała już stolika, krzeseł ani butelek, nie słyszała za sobą radosnej wrzawy. Teraz były tam tylko śnieg, gałęzie i naniesione przez wiatr śmieci. Życie opuściło to miejsce, a wspomnienie dawnego przyjęcia tylko wzmagało poczucie pustki. Było jak widmo, spowijające ściany.

Poszła do kuchni i włożyła do lodówki wszystko, co dało się podgrzać w mikrofalówce – klopsiki, pudełka spaghetti z sosem bolońskim, kiełbaski à la Stroganoff, zapiekanki rybne, placuszki ziemniaczane. Oprócz tego, za radą Mikaela, kupiła całą górę jeszcze gorszych, śmieciowych produktów: billys pan pizzę, pierogi do zapiekania, frytki, coca-colę, butelkę tullamore dew, karton papierosów, trzy paczki chipsów, słodycze, trzy ciasta czekoladowe i świeże lukrecjowe żelki w kształcie kabli. Na dużym okrągłym stole położyła papier do rysowania, kredki, ołówki, gumkę, linijkę i cyrkiel. Na pierwszej kartce narysowała słońce i kwiat i w czterech ciepłych kolorach dopisała „Witamy".

Dom stał na wzniesieniu, niedaleko brzegu. Nie dało się do niego zajrzeć z zewnątrz. Był schowany za iglastymi drzewami i składał się z czterech pomieszczeń. Jego serce stanowiła duża kuchnia, oddzielona szklanymi drzwiami od tarasu. Poza okrągłym stołem stał tam stary fotel na biegunach i dwie zniszczone i wysiedziane sofy, które dzięki niedawno zakupionym dwóm czerwonym pledom mimo wszystko wyglądały świeżo i przytulnie. To był ładny dom. I prawdopodobnie zarazem ładna kryjówka. Nie zamknęła drzwi i zgodnie z umową zostawiła klucz w górnej szufladzie komody w przedpokoju. Następnie ruszyła długimi drewnianymi schodami prowadzącymi w dół pagórka. Tylko w ten sposób można było tam dotrzeć, jeśli się przyjechało samochodem.

Niebo było ciemne i zwiastowało niepogodę. Znów zaczął wiać silny wiatr. Zrobiło jej się nieprzyjemnie. Na domiar złego, jadąc do domu, zaczęła myśleć o Hannie, matce Augusta. Nigdy jej nie spotkała i również przed laty nie należała do jej fanklubu. W tamtym czasie Hanna często grywała kobiety, o których każdy mężczyzna myślał, że mógłby je uwieść, jednocześnie seksowne i głupiutko niewinne. Erika sądziła wtedy, że w filmach często przedstawia się takie postaci. Teraz było inaczej i wstydziła się swoich uprzedzeń. Zbyt surowo ją oceniła. Nietrudno o to w przypadku wcześnie osiągających sukcesy słodkich dziewczyn.

Obecnie – w tych nielicznych przypadkach, kiedy występowała w większych produkcjach – w jej oczach widać było raczej powściągliwy smutek, który dodawał jej rolom głębi. Kto wie, może ten smutek był prawdziwy. Najwyraźniej nie miała łatwego życia. A już na pewno nie było jej łatwo w ciągu ostatniej doby. Erika już od rana nalegała, żeby została o wszystkim poinformowana i przewieziona do Augusta. Wydawało jej się, że będzie potrzebował matki.

Ale Lisbeth, która jeszcze wtedy się z nimi kontaktowała, sprzeciwiła się temu pomysłowi. Napisała, że nikt dotąd nie wie, kto jest źródłem przecieku, i że może to być ktoś z otoczenia matki i Lassego Westmana, któremu nikt nie ufał i który najwyraźniej w ogóle nie wychodził z domu, żeby uniknąć spotkania z czekającymi na niego dziennikarzami. Sytuacja była beznadziejna. Erika miała nadzieję, że uda im się przedstawić tę historię godnie i wnikliwie i że ani gazecie, ani nikomu innemu nie stanie się krzywda.

Nie wątpiła w możliwości Mikaela, zwłaszcza kiedy był tak skupiony. Poza tym miał do pomocy Andreia Zandera. Miała do niego słabość. Był pięknym chłopcem. Czasami brano go za geja. Nie tak dawno, podczas obiadu u niej i Gregera w Saltsjöbaden, opowiedział historię swojego życia. Tylko utwierdziła ją w przekonaniu, że to sympatyczny człowiek.

Kiedy miał jedenaście lat, jego rodzice zginęli w zamachu bombowym w Sarajewie. Zamieszkał w Sztokholmie, w dzielnicy Tensta, u ciotki, która go nie rozumiała i nie zdawała sobie sprawy, jakie rany w sobie nosi. Nie był świadkiem śmierci rodziców, a mimo to miał objawy zespołu stresu pourazowego. Nadal nie znosił głośnych dźwięków i nagłych ruchów. Nie lubił toreb zostawionych w restauracjach i innych publicznych miejscach, jak nikt inny nienawidził wojen i przemocy.

W dzieciństwie uciekał w swój świat. Wsiąkł w literaturę fantasy, czytał poezję, biografie, uwielbiał Sylvię Plath, Borgesa i Tolkiena, nauczył się wszystkiego o komputerach i marzył o tym, żeby zostać pisarzem i tworzyć chwytające za serce powieści o miłości i wielkich dramatach. Był nieuleczalnym romantykiem. Wierzył, że wielkie uczucia są w stanie zaleczyć rany, i w najmniejszym stopniu nie interesował się tym, co się dzieje w społeczeństwie i na świecie. Pewnego wieczoru, kiedy miał kilkanaście lat, poszedł na wykład otwarty Mikaela Blomkvista do Wyższej Szkoły Dziennikarstwa i to zmieniło jego życie.

Patos Mikaela sprawił, że podniósł wzrok i zobaczył świat krwawiący niesprawiedliwością, nietolerancją i krętactwem. Zamiast marzyć o pisaniu wyciskających łzy powieści, zapragnął tworzyć reportaże krytyczne wobec społeczeństwa. Wkrótce potem zapukał do redakcji „Millennium" i poprosił, żeby mu pozwolono robić cokolwiek – parzyć kawę, robić korektę, biegać na posyłki. Za wszelką cenę chciał zostać częścią zespołu. Erika, która od razu dostrzegła żar w jego oczach, zlecała mu rozmaite drobne zadania – pisanie notatek, robienie researchu, opracowywanie krótkich notek na temat różnych osób. Ale przede wszystkim kazała mu studiować. Robił to z taką samą energią jak wszystko, czego się podejmował. Studiował politologię, komunikację masową, ekonomię i polemologię. Jednocześnie pracował na zastępstwo w „Millennium" i oczywiście chciał być poważnym dziennikarzem śledczym, tak jak Mikael.

Jednak w odróżnieniu od innych reporterów zajmujących się tym rodzajem dziennikarstwa nie był twardzielem. Pozostał romantykiem. Cały czas marzył o wielkiej miłości i zarówno Mikael, jak i Erika długo słuchali o jego rozterkach miłosnych. Kobiety lgnęły do niego, ale równie często go zostawiały. Może jego tęsknota była zbyt desperacka, a intensywność uczuć je przerażała. Może zbyt swobodnie opowiadał o swoich wadach i słabościach. Był zbyt otwarty i zbyt łatwo było go rozszyfrować. Zbyt dobry, jak powtarzał Mikael.

Erika uważała jednak, że wyzbywa się tej młodzieńczej kruchości. A przynajmniej dostrzegała to w jego tekstach. Chęć wzruszania, której się kurczowo trzymał i która obniżała wartość jego artykułów, zastąpiła nowa, bardziej efektywna rzeczowość. Erika wiedziała, że teraz, kiedy ma szansę pomóc Mikaelowi z materiałem o Balderze, da z siebie wszystko.

Zgodnie z planem Mikael miał napisać obszerny główny artykuł. Andrei miał mu pomóc zrobić research, ale także napisać kilka tekstów wyjaśniających i nakreślić sylwetki kilku osób. Erika uznała, że wygląda to obiecująco. Kiedy zaparkowała przy Hökens gata i weszła do redakcji, Mikael i Andrei byli pochłonięci pracą, tak jak się spodziewała.

Mikael co jakiś czas mamrotał coś do siebie, a w jego oczach dostrzegła nie tylko znajomy błysk determinacji, ale również udręczenie, co wcale jej nie zdziwiło. Nie spał po nocach. Media mocno mu dokopywały i miał za sobą przesłuchanie, podczas którego musiał robić to, o co go oskarżała prasa i czego bardzo nie lubił – zatajać fakty.

Mikael przestrzegał prawa i w pewnym sensie był wzorowym obywatelem. Do przekroczenia granicy i przejścia na stronę tego, co zakazane, mogła go skłonić tylko Lisbeth Salander. Wolał popaść w niesławę niż sprzeciwić się jej choćby w jednej kwestii. Dlatego podczas przesłuchania powtarzał tylko: „Muszę się powołać na przepis o ochronie informatorów". Nic dziwnego, że nie czuł się dobrze i obawiał się konsekwencji, ale mimo wszystko... koncentrował się głównie na artykule i tak jak ona o wiele bardziej przejmował się losem Lisbeth i chłopca niż sytuacją, w której sami się znaleźli. Przez chwilę mu się przyglądała. W końcu do niego podeszła.

– Jak idzie? – zapytała.

– Co... tak... dobrze. A tobie jak poszło?

– Pościeliłam łóżka i włożyłam jedzenie do lodówki.

– Dobrze. Nikt z sąsiadów cię nie widział?

– Nie widziałam żywej duszy.

– Dlaczego to tyle trwa? – zapytał Mikael.

– Nie wiem. Umieram z niepokoju.

– Miejmy nadzieję, że u Lisbeth wypoczną.

– Tak jest. Co jeszcze udało ci się ustalić?

– Całkiem sporo.
– Brzmi nieźle.
– Chociaż...
– Tak?
– Chodzi o to, że...
– Co takiego?
– Czuję się tak, jakbym się cofnął w czasie albo zbliżał do miejsc, w których już kiedyś byłem.
– Musisz mi to wyjaśnić dokładniej – powiedziała.
– Tak zrobię... – Rzucił okiem na ekran. – Ale najpierw muszę w tym jeszcze trochę pogrzebać. Porozmawiamy później.
Zostawiła go i zaczęła się zbierać do wyjścia, choć była przygotowana na to, że w każdej chwili może zostać wezwana.

Rozdział 20
23 listopada

NOC MINĘŁA SPOKOJNIE, niepokojąco spokojnie. O ósmej rano zamyślony Bublanski stanął w sali konferencyjnej przed swoim zespołem. Po tym, jak wyrzucił Hansa Fastego, sądził, że znów może mówić otwarcie. W każdym razie czuł się pewniej, rozmawiając twarzą w twarz ze swoimi współpracownikami, niż przez internet albo telefon komórkowy.

– Wszyscy zdajecie sobie sprawę z powagi sytuacji – zaczął. – Wyciekły poufne informacje. Jedną osobę kosztowało to życie, a mały chłopiec jest w śmiertelnym niebezpieczeństwie. Mimo wytężonej pracy nadal nie wiemy, jak to się stało. Farbę mógł puścić ktoś od nas, ktoś z Säpo albo ktoś z ośrodka Oden. Mógł to być człowiek z otoczenia profesora albo matki chłopca i jej narzeczonego, Lassego Westmana. Niczego nie możemy wykluczyć i dlatego musimy zachować wyjątkową, powiedziałbym nawet: obsesyjną ostrożność.

– Ktoś mógł się też włamać do naszych komputerów albo nas podsłuchać. Wydaje się, że mamy do czynienia z przestępcami, którzy potrafią korzystać z nowoczesnych technologii w zupełnie inny sposób niż ten, do którego jesteśmy przyzwyczajeni – dodała Sonja Modig.

– Tak jest, a to tylko pogarsza sprawę – kontynuował Bublanski. – Musimy uważać na każdym kroku i nie możemy przekazywać sobie ważnych informacji przez telefon, niezależnie od tego, jak bardzo nasi zwierzchnicy cenią nowo zainstalowany system komórkowy.

– Cenią go, bo był drogi – wtrącił Jerker Holmberg.

– Może powinniśmy się również zastanowić nad naszą rolą – oznajmił Bublanski. – Właśnie rozmawiałem z młodą, zdolną analityczką z Säpo, Gabriellą Grane, o ile to nazwisko coś wam mówi. Uświadomiła mi, że pojęcie lojalności dla nas, policjantów, nie jest takie oczywiste, jak mogłoby się wydawać. Jest wiele różnych lojalności, prawda? Przede wszystkim obowiązuje nas lojalność wobec prawa. Ale jest też lojalność wobec społeczeństwa, kolegów z pracy, przełożonych, a także wobec nas samych i naszej kariery. Jak wiecie, czasem to wszystko ze sobą koliduje. Czasem chronimy kolegę z pracy i dzieje się to kosztem naszej lojalności wobec społeczeństwa. Czasem przychodzi rozkaz z góry i tak jak Hans Faste nie jesteśmy lojalni wobec współpracowników. Ale od tej pory, i mówię to z największą powagą, chcę, żebyśmy wszyscy byli lojalni tylko wobec jednego – tego śledztwa. Musimy znaleźć winnych i dopilnować, żeby nikt więcej nie padł ich ofiarą. Zgadzacie się ze mną? Nawet gdyby zadzwonił do was sam premier albo szef CIA i gdyby mówił o miłości do ojczyzny albo kusił oszałamiającą karierą, obiecujecie nie pisnąć ani słówka?

– Obiecujemy – powiedzieli wszyscy jednym głosem.

– Znakomicie! Jak już wszyscy wiecie, to nie kto inny tylko Lisbeth Salander interweniowała przed Oden i intensywnie pracujemy nad tym, żeby ją zlokalizować.

– Dlatego musimy podać mediom jej nazwisko! – zawołał zapalczywie Curt Svensson. – Potrzebujemy pomocy ludzi.

– Wiem, że jeśli o to chodzi, zdania są podzielone, i dlatego raz jeszcze chciałbym to przedyskutować. Na początek przypomnę, że Salander została kiedyś bardzo źle potraktowana, zarówno przez nas, jak i przez media.

– Teraz to nie ma żadnego znaczenia – odparł Curt Svensson.

– Nie jest wykluczone, że rozpoznało ją więcej osób i że jej nazwisko pojawi się w mediach nawet bez naszego udziału, a wtedy nie będzie już o czym mówić. Teraz jednak chciałbym wam przypomnieć, że Lisbeth Salander uratowała temu chłopcu życie i dlatego zasługuje na szacunek.

– Bez wątpienia, ale potem w zasadzie go porwała – nie dawał za wygraną Curt.

– Z tego, co wiemy, wynika raczej, że za wszelką cenę chce go chronić – wtrąciła Sonja Modig. – Ma bardzo złe doświadczenia z instytucjami. Całe jej dzieciństwo można określić jako jedno wielkie nadużycie ze strony szwedzkich urzędów i jeśli podejrzewa, że to w policji nastąpił przeciek, możemy być pewni, że nigdy dobrowolnie się z nami nie skontaktuje.

– To już nie ma kompletnie żadnego znaczenia – upierał się Curt Svensson.

– W pewnym sensie masz rację – przyznała Sonja. – Jan i ja zgadzamy się oczywiście z tobą co do tego, że jedyną istotną kwestią jest pytanie, czy podanie jej nazwiska do wiadomości publicznej może się przysłużyć śledztwu. Bezpieczeństwo chłopca jest najważniejsze i dlatego mamy poważne wątpliwości.

– Rozumiem wasz tok myślenia – powiedział Jerker Holmberg cicho i z namysłem, co sprawiło, że wszyscy zaczęli go słuchać. – Jeżeli ktoś zauważy Salander, zobaczy również jego. Mimo to pozostaje mnóstwo pytań, przede wszystkim jedno, trochę wzniosłe: co jest słuszne? Uważam, że nawet jeśli to u nas był przeciek, to i tak nie możemy zgodzić się na to, żeby Salander ukrywała gdzieś Augusta Baldera. Chłopiec jest bardzo ważnym elementem śledztwa i niezależnie od tego, czy to ktoś od nas sypie, czy nie, i tak potrafimy chronić dzieci lepiej niż jakaś dziewczyna z poplątanym życiem osobistym.

– Oczywiście, bez dwóch zdań – wymamrotał Bublanski.

– Otóż to – kontynuował Jerker. – Nawet jeśli nie było to porwanie w klasycznym rozumieniu, nawet jeśli Salander ma jak najlepsze intencje, to i tak dziecku może się dziać krzywda. Ucieczka i ukrywanie się, po tym wszystkim, co spotkało Augusta, muszą mieć bardzo zły wpływ na jego psychikę.

– To prawda, to prawda – wymamrotał Bublanski. – Ale i tak pozostaje pytanie, co powinniśmy zrobić, wiedząc, że to ona go ma.

– Jeśli o to chodzi, zgadzam się z Curtem. Powinniśmy bezzwłocznie rozesłać do mediów jej nazwisko i zdjęcie. Dzięki temu możemy otrzymać cenne informacje.

– Prawdopodobnie macie rację – przyznał Bublanski. – Ale sprawcy też mogą dzięki temu otrzymać cenne informacje. Musimy wychodzić z założenia, że nie zrezygnowali z zamiaru zabicia chłopca, a ponieważ nie wiemy, jakie powiązania mogą istnieć między Salander i Augustem Balderem, nie możemy też mieć pewności, jakie wskazówki może dać sprawcom jej nazwisko. Wcale nie jestem taki pewien, czy podanie do publicznej wiadomości jej danych przysłuży się bezpieczeństwu chłopca.

– Ale nie wiemy też, czy nie podając ich, rzeczywiście go chronimy – sprzeciwił się Jerker Holmberg. – Mamy za mało danych, żeby wyciągać jakiekolwiek wnioski. Nie wiemy na przykład, czy Salander nie działa na zlecenie ani czy ma wobec niego jakieś plany, czy tylko chce go chronić.

– Skąd wiedziała, o której wyjdzie z Lindénem na ulicę? – zapytał Curt Svensson.

– Mogła się tam znaleźć przez przypadek.

– Nie wydaje się to prawdopodobne.

– Prawda często jest nieprawdopodobna – odparł Bublanski. – To ją nawet wyróżnia. Zgadzam się jednak, że raczej nie znalazła się tam przypadkiem, jeśli wziąć pod uwagę okoliczności.

– Takie jak to, że Mikael Blomkvist również wiedział, na co się zanosi – wtrąciła Amanda Flod.

– Między Blomkvistem i Salander jest jakieś powiązanie – kontynuował Jerker Holmberg.

– Zgadza się.

– A Mikael Blomkvist wiedział, że chłopiec jest w Oden, prawda?

– Wspomniała mu o tym jego matka – przyznał Bublanski. – Jak wiecie, nie czuje się obecnie najlepiej. Właśnie odbyłem z nią długą rozmowę. Ale nie mówiła Blomkvistowi o zmianie planów. Skąd mógł wiedzieć, że Torkel Lindén i August zostali wywabieni na ulicę?

– Czy mógł mieć dostęp do komputerów ośrodka? – zapytała Amanda Flod z namysłem.

– Trudno mi sobie wyobrazić Blomkvista włamującego się do komputerów – powiedziała Sonja Modig.

– A Salander? – zapytał Holmberg. – Co tak naprawdę o niej wiemy? Teczki z jej aktami pękają w szwach, ale kiedy ostatnio mieliśmy z nią do czynienia, zaskoczyła nas pod każdym względem. Może i tym razem pozory mylą.

– Otóż to – zgodził się z nim Curt Svensson. – Mamy tu zdecydowanie zbyt wiele znaków zapytania.

– Nie mamy nic oprócz nich i dlatego powinniśmy działać zgodnie z regulaminem – stwierdził Jerker Holmberg.

– Nie wiedziałem, że jest aż tak szczegółowy – rzucił Bublanski z sarkazmem, który w zasadzie mu się nie podobał.

– Chodzi mi tylko o to, że powinniśmy się opierać na faktach: porwano dziecko. Niedługo minie doba, odkąd zniknęli, i nadal nie dali znaku życia. Skontaktujemy się z mediami, a potem będziemy dokładnie analizować wszystkie informacje, które do nas napłyną – powiedział Jerker Holmberg autorytatywnie i wydawało się, że wszyscy się z nim zgodzili.

Bublanski zamknął oczy i pomyślał, że kocha swój zespół. Czuł się z nimi związany bardziej niż z rodzeństwem i z rodzicami. Teraz jednak nie miał wyjścia, musiał się im przeciwstawić.

– Zrobimy wszystko, żeby ich znaleźć. Ale na razie nie będziemy publikować zdjęcia i nazwiska. To by tylko podgrzało atmosferę. Nie chcę też dawać wskazówek sprawcom.

– A poza tym czujesz się winny – stwierdził Jerker nie bez sympatii.

– A poza tym czuję się niesamowicie winny – przyznał Bublanski i znów pomyślał o swoim rabinie.

MIKAEL BLOMKVIST nie spał wiele tej nocy, ponieważ bardzo się niepokoił o Augusta i o Lisbeth. Raz po raz próbował się z nią skontaktować przez aplikację Redphone, ale nie odbierała. Od wczorajszego popołudnia nie dała znaku życia. Siedział w redakcji i próbował uciec w pracę. Starał się zrozumieć, co mu umknęło. Od jakiegoś czasu nie opuszczało go poczucie, że brakuje mu ważnego elementu układanki, czegoś, co mogłoby rzucić na tę historię zupełnie nowe światło. Ale może się oszukiwał. Mogły to być pobożne życzenia, może doszukiwał się czegoś, czego tak naprawdę tam nie było. Ostatnia wiadomość, którą Lisbeth przesłała mu przez szyfrowane połączenie, brzmiała:

Jurij Bogdanow. Blomkvist. Sprawdź go. To on sprzedał technologię Baldera Eckerwaldowi z Solifonu.

W sieci znalazł kilka zdjęć Bogdanowa. Przedstawiały mężczyznę w prążkowanych garniturach. Były świetnie skrojone, ale wydawały się do niego nie pasować. Wyglądały, jakby je podwędził w drodze do fotografa. Miał długie, potargane włosy, skórę pokrytą bliznami, ciemne kręgi pod oczami, a spod mankietów koszuli wystawały nieudolnie zrobione tatuaże. Jego spojrzenie było mroczne i przenikliwe. Wydawało się, że potrafi przejrzeć człowieka na wylot. Był wysoki, na pewno nie ważył więcej niż sześćdziesiąt kilogramów.

Wyglądał, jakby miał za sobą niejedną odsiadkę. Ale Mikael zwrócił uwagę przede wszystkim na jego sylwetkę. Było w niej coś, co mu się skojarzyło z mężczyzną, którego widział na zdjęciach z monitoringu w willi Baldera. To samo wyniszczenie i ta sama niezdarność. W nielicznych wywiadach, których udzielił, opowiadał o sukcesach swojej berlińskiej firmy i wspominał, że właściwie wychowywał się na ulicy.

„Byłem skazany na to, żeby zginąć, skończyć w jakimś zaułku z igłą w żyle. Ale wydostałem się jednak z tego bagna. Jestem inteligentny i cholernie waleczny" – chwalił się.

Z drugiej strony w jego życiorysie nie było nic, co by temu przeczyło. Choć można było odnieść wrażenie, że nie wybił się wyłącznie dzięki własnym staraniom. Były przesłanki pozwalające sądzić, że pomógł mu ktoś wpływowy. Ktoś, kto zauważył, że ma talent. W jakiejś niemieckiej gazecie technicznej Mikael znalazł wypowiedź szefa bezpieczeństwa instytucji kredytowej Horst, który stwierdził, że Bogdanow ma cudowne spojrzenie. Nikt inny nie potrafi tak wyłapać słabych punktów systemów bezpieczeństwa. Jest geniuszem.

Bogdanow najwyraźniej był znakomitym hakerem. Oficjalnie działał tylko jako tak zwany biały kapelusz, stał po stronie dobra i prawa i za odpowiednio wysoką opłatą pomagał firmom znajdować dziury w zabezpieczeniach. Również w jego spółce, Outcast Security, nie było nic, co mogłoby budzić podejrzenia albo sugerować, że jest tylko fasadą. Wszyscy członkowie zarządu byli szanowanymi, dobrze wykształconymi ludźmi z czystymi kartotekami. Oczywiście Mikaelowi to nie wystarczyło. Razem z Andreiem wzięli pod lupę każdego, kto chociażby się otarł o wspólników spółki, a nawet wspólników tychże. Odkryli, że ktoś o nazwisku Orłow przez krótki czas był zastępcą zarządu. Już na pierwszy rzut oka mogło się to wydawać dziwne. Władimir Orłow nie był informatykiem, tylko drobnym przedsiębiorcą działającym w branży budowlanej. Zaczynał na Krymie jako obiecujący bokser wagi ciężkiej. Na nielicznych zdjęciach, które Mikael znalazł w sieci, wyglądał na wyniszczonego i skłonnego do przemocy. Na pewno nie był kimś, kogo młode dziewczyny zapraszają do domu na herbatę.

Według niepotwierdzonych informacji ciążył na nim wyrok za ciężkie pobicie i stręczycielstwo. Dwa razy był żonaty – obie żony nie żyły. Mikael nie mógł jednak znaleźć ani słowa o przyczynach ich śmierci. Najciekawsze było jednak to, że kiedyś był zatrudniony na zastępstwo w niewielkiej i od dawna już nieistniejącej spółce Bodin Bygg & Export, która zajmowała się handlem materiałami budowlanymi.

Jej właścicielem był Karl Axel Bodin, alias Aleksander Zalachenko. To nazwisko obudziło upiory przeszłości i przypomniało Mikaelowi jego wielki temat. Zalachenko był ojcem Lisbeth, człowiekiem, który zabił jej matkę i zniszczył jej dzieciństwo. Był jej mrocznym cieniem, czarnym sercem, przez którego tętniła w niej chęć odwetu.

Czy to przypadek, że na niego trafił? Wiedział lepiej niż ktokolwiek inny, że jeśli tylko pogrzebie się wystarczająco głęboko, w każdej historii można natrafić na wszelkie możliwe związki. Życie wciąż podsuwa pozorne zbieżności. Sęk jednak w tym, że gdy chodziło o Lisbeth Salander, trudno mu było uwierzyć w przypadek.

Jeżeli łamała palce chirurgowi albo badała sprawę kradzieży zaawansowanej technologi AI, na pewno dobrze to wcześniej przemyślała. Co więcej, musiała mieć ku temu powody. Lisbeth nigdy nie zapominała o krzywdach ani o zniewagach. Odpłacała pięknym za nadobne i naprawiała wyrządzone szkody. Czy to, że zaangażowała się w tę sprawę, miało jakiś związek z jej przeszłością? Nie było to wykluczone.

Oderwał wzrok od komputera i spojrzał na Andreia. Andrei skinął głową. Z korytarza dochodził słaby swąd jedzenia. Z Götgatan dobiegało dudnienie rockowej muzyki. Za oknem wciąż wiało, a niebo było ciemne i zachmurzone. Odruchowo sprawdził, czy nie ma nowych wiadomości od Lisbeth, ale niczego się nie spodziewał. Nagle się rozpromienił. Wydał nawet słaby okrzyk radości, kiedy przeczytał:

Już dobrze. Niedługo wyruszymy do kryjówki.

Od razu odpisał:

Wspaniale to słyszeć. Jedźcie ostrożnie.

Nie mógł się powstrzymać i dodał:

Lisbeth, kogo my tak naprawdę ścigamy?

Odpisała:

Wkrótce sam na to wpadniesz, mądralo!

PISZĄC, ŻE JEST JUŻ DOBRZE, Lisbeth przesadziła. Czuła się lepiej. Nadal jednak była w koszmarnie złym stanie. Na połowę poprzedniego dnia praktycznie straciła poczucie czasu i przestrzeni. Z największym trudem zwlokła się z łóżka i dała Augustowi coś do jedzenia i picia oraz kredki i kilka kartek A4, żeby mógł narysować mordercę. Podeszła do niego i od razu zauważyła, że nic nie narysował.

Cały stolik był wprawdzie pokryty kartkami, ale nie było na nich żadnych rysunków, tylko rzędy jakichś bazgrołów. Przyjrzała się im raczej dla zabawy niż z ciekawości. Zobaczyła ciągnące się w nieskończoność rzędy cyfr i nawet jeśli w pierwszej chwili ich nie zrozumiała, poczuła się zaciekawiona. Nagle gwizdnęła.

– O cholera – wymamrotała.

Wpatrywała się w kilka oszałamiająco dużych liczb, które nic jej nie mówiły, ale w połączeniu z sąsiednimi stworzyły znany wzór. Kiedy przełożyła kilka kartek i dostrzegła prosty ciąg 641, 647, 653 i 659, nie miała już żadnych wątpliwości. To były *sexy prime quadruplets*, jak je nazywano po angielsku, czyli szóstkowe czwórki liczb pierwszych, to znaczy ciągi czterech liczb pierwszych różniących się o sześć.

Były tam również liczby pierwsze bliźniacze i wszystkie możliwe kombinacje liczb pierwszych. Nie mogła powstrzymać uśmiechu i powiedziała:

– Nieźle. Bomba.

August nie odpowiedział, nawet na nią nie spojrzał. Klęczał przy niskim stoliku i wyglądał tak, jakby chciał dalej zapisywać ciągi liczb. Lisbeth przypomniała sobie, że kiedyś czytała coś o sawantach i liczbach pierwszych. Ale porzuciła tę myśl. Czuła się zbyt źle, żeby się nad czymkolwiek głębiej zastanawiać. Poszła do łazienki i wzięła kolejne tabletki vibramycinu, które miała w apteczce od kilku lat i które zażywała od czasu, gdy awaryjnie wylądowali w jej domu.

Potem spakowała pistolet, komputer i trochę ubrań i poleciła Augustowi, żeby wstał. Nie chciał. Kurczowo ściskał w ręce długopis. Stała przed nim chwilę z opuszczonymi rękami, a potem powiedziała rozkazującym tonem:

– Wstawaj!

Posłuchał. Na wszelki wypadek włożyła jeszcze perukę i ciemne okulary.

Ubrali się, zjechali windą do garażu i ruszyli jej bmw w stronę Ingarö. Kierownicę trzymała prawą ręką. Lewe ramię miała ciasno zabandażowane. Bolało. Podobnie jak górna część klatki piersiowej. Wciąż miała gorączkę. Kilka razy musiała się zatrzymać na poboczu, żeby odpocząć. Kiedy w końcu dojechali do plaży przy pomoście nad zatoką Stora Barnvik, zgodnie ze wskazówkami weszli po drewnianych schodach na wzgórze i znaleźli się w domu, wykończona padła na łóżko w pokoju sąsiadującym z obszerną kuchnią. Trzęsła się z zimna.

Mimo to już po chwili siedziała przy stole w kuchni nad laptopem i ciężko oddychając, po raz kolejny zabrała się za plik, który ściągnęła z NSA. Próbowała złamać szyfr. Oczywiście i tym razem jej się nie udało. August siedział obok niej i patrzył nieruchomo na stosy kartek i góry kredek, które zostawiła dla niego Erika. Nic jednak nie rysował, nie zapisywał nawet ciągów liczb. Możliwe, że był w zbyt dużym szoku.

CZŁOWIEK, KTÓRY POSŁUGIWAŁ SIĘ nazwiskiem Jan Holtser, siedział w pokoju hotelu Clarion Hotel Arlanda i rozmawiał przez telefon ze swoją córką. Tak jak się spodziewał, nie uwierzyła mu.

– Boisz się mnie? – zapytała. – Boisz się, że postawię cię pod ścianą?

– Nie, skąd – odparł. – Musiałem po prostu...

Miał problemy ze znalezieniem właściwych słów. Wiedział, że Olga się domyśla, że coś ukrywa. Zakończył rozmowę wcześniej, niż chciał. Jurij, który siedział obok niego na hotelowym łóżku, zaczął przeklinać. Mniej więcej sto razy sprawdził komputer Fransa Baldera i jak się wyraził, gówno znalazł. Ni cholery!

– Czyli zwędziłem komputer, na którym nic nie ma? – zapytał Jan Holtser.

– Zgadza się.

– Do czego mu w takim razie służył?

– Bez wątpienia do czegoś bardzo wyjątkowego. Widzę, że niedawno usunięto z niego duży plik. Robię, co mogę, ale nie jestem w stanie go odzyskać. Facet wiedział, co robi.

– Beznadziejna sprawa – stwierdził Holtser.

– Jak cholera.

– A jego telefon, blackphone?

– Jest tam kilka rozmów, których nie udało mi się zidentyfikować, prawdopodobnie gadał z kimś z Säpo albo FRA. Ale niepokoi mnie coś innego.

– Co?

– Tuż przed tym, jak się wdarłeś do jego domu, długo rozmawiał z kimś z MIRI, Machine Intelligence Research Institute.

– A co w tym niepokojącego?

– Pora. Mam wrażenie, że to było coś w rodzaju rozmowy kryzysowej. Ale i sam rozmówca. Instytut MIRI pracuje nad tym, żeby komputery nie stały się w przyszłości niebezpieczne dla człowieka. Sam nie wiem dlaczego, ale coś mi tu nie gra. Albo Balder przekazał instytutowi szczegóły swoich badań, albo...

– Co takiego?

– Albo wyśpiewał im wszystko, co o nas wiedział.

– Niedobrze.

Jurij pokiwał głową, a Jan Holtser zaklął pod nosem. Nic nie poszło tak, jak się spodziewali, a żaden z nich nie był przyzwyczajony do porażek. A teraz dali plamę dwa razy z rzędu, i to z powodu jakiegoś opóźnionego w rozwoju dzieciaka. To było trudne do zniesienia, ale jeszcze nie najgorsze.

Najgorsze było to, że miała do nich przyjechać Kira, w dodatku w stanie silnego wzburzenia, do czego również nie byli przyzwyczajeni. Zwykle rozpieszczała ich, demonstrując chłodną elegancję, co sprawiało, że czuli się niezwyciężeni. Teraz jednak była wściekła, kompletnie straciła panowanie nad sobą, wrzeszczała, że są żałosnymi, niekompetentnymi idiotami. Wpadła w szał nie dlatego, że spudłował, a kule prawdopodobnie nie dosięgły opóźnionego w rozwoju chłopca. Wpadła w szał z powodu kobiety, która pojawiła się znikąd i ochroniła Augusta Baldera.

Kiedy Jan zaczął ją opisywać, przynajmniej to, co zdążył zobaczyć, zasypała go pytaniami. Kiedy otrzymała niewłaściwą albo właściwą odpowiedź, w zależności od tego, jak na to spojrzeć, wpadła w furię i zaczęła krzyczeć, że powinni byli ją zabić, że to dla nich typowe i że są beznadziejni. Ani Jan, ani Jurij nie zrozumieli, dlaczego aż tak ją poniosło. Nigdy wcześniej nie słyszeli, żeby tak krzyczała.

Z drugiej strony niewiele o niej wiedzieli. Jan Holtser pomyślał, że nigdy nie zapomni ich ostatniego razu. Leżeli w podwójnym łóżku w apartamencie w hotelu D'Angleterre w Kopenhadze i pijąc szampana po trzecim czy czwartym tej nocy stosunku, rozmawiali tak, jak mieli w zwyczaju, o wojnach, w których brał udział, i morderstwach, których dokonał. Gładził ją po ręce i nagle na nadgarstku wyczuł małą bliznę z trzema odnogami.

– Skąd to masz, moja piękna? – zapytał, a ona posłała mu w odpowiedzi miażdżące, nienawistne spojrzenie.

Potem już nigdy z nią nie spał. Pewnie za karę za to, że zapytał. Kira się nimi opiekowała i dostawali od niej mnóstwo pieniędzy. Ale nikt, ani on, ani Jurij, ani żaden inny członek grupy nie mógł pytać o jej przeszłość. Była to jedna z niepisanych reguł i nikomu nie przyszłoby nawet do głowy, żeby ją złamać. Była ich dobrodziejką na dobre i na złe – wierzyli, że głównie na dobre. W związku z tym musieli się podporządkować jej kaprysom i żyć w ciągłej niepewności, nie wiedząc, czy okaże czułość czy chłód, czy zmyje im głowy, czy nagle wymierzy siarczysty policzek.

Zatrzasnął komputer i wypił łyk drinka. Obaj próbowali, na miarę swoich możliwości, nie przesadzać z alkoholem, żeby nie dawać Kirze kolejnego powodu do wyrzutów. Ale było to praktycznie niemożliwe. Frustracja i adrenalina sprawiały, że musieli się napić. Jan nerwowo przesunął palcami po telefonie.

– Olga ci nie uwierzyła? – zapytał Jurij.

– Ani trochę, a niedługo pewnie zobaczy na pierwszych stronach gazet mój portret pamięciowy narysowany ręką dziecka.

– Nie wierzę w ten portret. Wydaje mi się, że to tylko pobożne życzenie policji.

– Więc próbujemy zabić dziecko całkowicie bez potrzeby.

– Nie zdziwiłbym się, gdyby tak było. Czy Kira nie powinna już tu być?

– Może się zjawić w każdej chwili.

– Jak myślisz, kto to był?

– Kogo masz na myśli?

– Tę dziewczynę, która się pojawiła znikąd.

– Nie mam pojęcia – odparł Jan. – Nie jestem nawet pewien, czy Kira to wie. Mam wrażenie, że coś ją zaniepokoiło.

– Założę się, że będziemy musieli zabić oboje.

– Obawiam się, że będziemy musieli zrobić znacznie więcej.

AUGUST NIE CZUŁ SIĘ DOBRZE. Nie było co do tego wątpliwości. Na szyi miał czerwone plamy i zaciskał pięści. Lisbeth siedziała obok niego przy stole w kuchni w domku na Ingarö i pracowała nad zaszyfrowanym plikiem. Wystraszyła się, że dostanie jakiegoś ataku. Nic takiego się jednak nie stało. Sięgnął tylko po czarną kredkę.

W tej samej chwili szyby w oknie, pod którym siedzieli, zadrżały w porywach wiatru. August się zawahał i przesunął lewą ręką po stole. A potem zaczął rysować. Tu kreska, tam kreska, kilka kółek. Lisbeth sądziła, że to mogą być guziki, potem ręka, szczegóły podbródka, rozpięta na piersi koszula. Zaczął rysować szybciej, a jego zesztywniałe plecy i ramiona wyraźnie się rozluźniły. Jak gdyby rozdrapana rana zaczęła na nowo się goić. Choć nie wyglądał, jakby odzyskał równowagę.

Jego oczy płonęły udręczonym blaskiem i od czasu do czasu się wzdrygał. Bez wątpienia puściła w nim jakaś tama. Zmieniając kredki, narysował podłogę w kolorze dębu, a na niej mnóstwo kawałków puzzli, które prawdopodobnie miały ułożyć się w rozjarzone nocnymi światłami miasto. Mimo to już dało się zauważyć, że nie będzie to wesoły rysunek.

Ręka i rozpięta koszula należały do potężnego mężczyzny z wydatnym brzuchem. Stał pochylony do przodu i bił małą postać leżącą na podłodze. Postać nie została oddana dokładnie, z tego prostego powodu, że to ona to wszystko obserwowała i przyjmowała ciosy. Rysunek był bardzo nieprzyjemny.

Wydawało się jednak, że nie ma nic wspólnego z morderstwem, choć i on ukazywał sprawcę. W centralnym punkcie widniała wykrzywiona wściekłością i zroszona potem twarz. Uchwycił każdą najmniejszą zmarszczkę. Lisbeth rozpoznała tę twarz, choć zwykle nie oglądała telewizji i nie chodziła do kina.

Wiedziała, że to twarz Lassego Westmana, ojczyma Augusta. Pochyliła się nad nim i powiedziała głosem drżącym od gniewu:

– Już nigdy ci tego nie zrobi, nigdy!

Rozdział 21
23 listopada

KIEDY WYSOKI I CHUDY commander Jonny Ingram podszedł do Eda the Neda, Alona Casales wiedziała, że coś jest mocno nie tak. Już samą mową ciała, która wyrażała niepewność, dawał do zrozumienia, że ma złe wieści, choć zazwyczaj nic sobie z tego nie robił.

Jonny Ingram często cieszył się z nieszczęść ludzi, którym wbijał sztylet w plecy. Z Edem było inaczej. Bały się go nawet szychy. Jeśli ktoś grał mu na nerwach, potrafił mu zgotować piekło. Jonny Ingram nie lubił scen, a jeszcze bardziej nie lubił wychodzić na słabeusza. A właśnie to go czekało, gdyby mu przyszło do głowy kłócić się z Edem.

Wyglądałby jak zdmuchnięty z powierzchni ziemi. Ed był silny i wybuchowy, Jonny Ingram zaś był drobnym chłopcem z wyższych sfer, o patykowatych nogach i zmanierowanych gestach. Był nie byle kim i miał wpływy we wszystkich ważnych kręgach – także w Waszyngtonie i wśród przedsiębiorców. Zasiadał w dyrekcji, gdzie był drugi po szefie NSA Charlesie O'Connorze, i choć zręcznie prawił komplementy i często się uśmiechał, jego oczy nigdy się nie śmiały. Budził strach jak mało kto.

Miał haki na wielu ludzi i odpowiadał między innymi za nadzór nad strategicznymi technologiami – czyli, mówiąc brutalniej, szpiegostwo przemysłowe – ten aspekt działalności NSA, który wspierał amerykańskie firmy hi-tech na globalnym rynku.

Ale teraz, stojąc przed Edem w śmiesznie eleganckim garniturze, zapadał się w sobie, i choć Alona siedziała trzydzieści metrów dalej, wiedziała, co się święci. Ed był na skraju wybuchu. Jego blada, zdradzająca oznaki przepracowania twarz nabrała czerwonego koloru. Nagle się wyprostował, ukazując zgarbione plecy i wielki brzuch, i krzyknął z wściekłością.

– Ty śliski gnoju!

Nikt prócz Eda nie nazwałby Jonny'ego Ingrama śliskim gnojem. Alona poczuła, że go za to uwielbia.

AUGUST ZACZĄŁ RYSOWAĆ.

Zrobił kilka pospiesznych pociągnięć czarną kredką, tak mocno przyciskając ją do papieru, że się złamała. Tak samo jak wcześniej rysował szybko – jeden szczegół tu, drugi tam – osobne elementy zbliżały się do siebie i tworzyły całość. Na rysunku był ten sam pokój. Ale puzzle na podłodze były już inne i łatwiej je było rozpoznać. Przedstawiały rozpędzony sportowy samochód w kolorze czerwonym i morze krzyczących ludzi na trybunach. Nad układanką stał teraz nie jeden, lecz dwóch mężczyzn.

Pierwszym był Lasse Westman. Tym razem miał na sobie koszulkę i szorty. Miał przekrwione oczy i lekko zezował. Chwiał się na nogach i wyglądał na pijanego. Nie był jednak przez to mniej wściekły. Ślina kapała mu z ust. Mimo wszystko nie on był najbardziej przerażającą postacią na rysunku. Na to miano zasługiwał drugi mężczyzna. Jego mętne oczy promieniały czystym sadyzmem. Też był pijany i nieogolony, miał cienkie, prawie niewidoczne usta i wyglądał, jakby kopał Augusta, choć on, tak jak poprzednio, był niewidoczny na rysunku, ale wyczuwało się jego obecność.

– Kim jest ten drugi? – zapytała Lisbeth.

August nie odpowiedział. Jego ramiona drżały, a nogi splotły się pod stołem w węzeł.

– Kim jest ten drugi? – powtórzyła Lisbeth ostrzejszym tonem i wtedy August dopisał dziecinnym, nieco rozedrganym pismem:

ROGER
Roger – nic jej to nie mówiło.

KILKA GODZIN PÓŹNIEJ w Fort Meade, kiedy jego hakerzy posprzątali po sobie i poczłapali do domu, Ed podszedł do Alony. Ale, co dziwne, nie wyglądał już na rozzłoszczonego ani obrażonego. Miał teraz przekorną minę i wydawało się, że plecy już mu tak nie dokuczają. W ręku trzymał notes. Jedna z szelek zwisała luźno.

– Staruszku – powiedziała. – Umieram z ciekawości. Co się stało?

– Dostałem urlop – oznajmił. – Zaraz jadę do Sztokholmu.

– Akurat tam? Nie za zimno o tej porze roku?

– Zimniej niż kiedykolwiek.

– Tak naprawdę nie jedziesz tam na wakacje.

– Między nami mówiąc: nie.

– Teraz moja ciekawość jeszcze wzrosła.

– Jonny Ingram kazał nam zakończyć śledztwo. Pozwolimy hakerowi uciec i zadowolimy się załataniem kilku dziur w zabezpieczeniach. Potem zapomnimy o całej sprawie.

– Jak, do cholery, mógł wydać taki rozkaz?

– Mówi, że nie chce wywoływać wilka z lasu i ryzykować, że informacja o ataku wydostanie się na zewnątrz. Gdyby wyszło na jaw, że padliśmy ofiarą ataku hakerów, byłaby to katastrofa. Nie mówiąc już o *schadenfreude*, jaką to wzbudzi. Będą musieli zwolnić całe kierownictwo, ze mną na czele, żeby uratować twarz.

– Więc groził ci?

– I to jak. Mówił, że zostanę publicznie upokorzony, podany do sądu i surowo ukarany.

– Nie wyglądasz na szczególnie przestraszonego.

– Mam zamiar go zniszczyć.

– Niby jak? Ten goguś wszędzie ma wpływowych znajomych.

– Ja też znam parę osób. Poza tym nie tylko Ingram ma haki na ludzi. Ten przeklęty haker był na tyle miły, żeby zsynchronizować nasze bazy danych i dać nam lekcję, pokazać, że my też mamy sporo brudów.

– Ironia losu, nie sądzisz?

– No pewnie, jeden drań zawsze zdemaskuje drugiego. Ale nie sądziliśmy, że jest w tym coś niezwykłego, zwłaszcza w porównaniu z innymi rzeczami, którymi się zajmujemy. A później przyjrzeliśmy się bliżej i...

– I co?

– Okazało się, że to prawdziwa bomba.

– W jakim sensie?

– Najbliżsi współpracownicy Jonny'ego Ingrama gromadzą informacje na temat tajemnic firmowych nie tylko po to, żeby pomagać naszym wielkim koncernom. Czasami sprzedają je za duże pieniądze i te pieniądze nie zawsze trafiają do kasy organizacji...

– Tylko do ich własnych kieszeni.

– Właśnie. Już teraz mam wystarczająco dużo dowodów, żeby wysłać Joacima Barclaya i Briana Abbota do więzienia.

– Jezu!

– Smutne jest to, że w przypadku Ingrama sprawa jest nieco bardziej skomplikowana. Jestem przekonany, że to on jest mózgiem tego całego cyrku. Tylko w takim wypadku ta historia trzymałaby się kupy. Niestety nie mam jeszcze dymiącego pistoletu, co bardzo mnie martwi i czyni całą operację ryzykowną. Niewykluczone – choć sam w to wątpię – że w pliku, który ściągnął haker, jest coś na niego. Ale nie uda nam się go złamać – to cholerne szyfrowanie RSA.

– Co w takim razie zamierzasz robić?

– Zaciskać wokół niego sieć. Pokazać wszystkim, że jego współpracownicy są sprzymierzeńcami groźnych przestępców.

– Jak Spiders.

– Jak Spiders. Siedzą na tej samej gałęzi co naprawdę nieprzyjemne typy. Nie zdziwiłoby mnie nawet, gdyby maczali palce w morderstwie twojego sztokholmskiego profesora. W każdym razie jego śmierć wyraźnie leżała w ich interesie.

– Chyba żartujesz.

– Ani trochę. Twój profesor miał wiedzę, która mogła im poważnie zaszkodzić.

– A teraz pojedziesz do Sztokholmu jako mały prywatny detektyw i wszystko zbadasz.

– Nie jako prywatny detektyw. Będę miał pełne wsparcie i zamierzam tak dowalić naszej hakerce, że nie będzie miała siły stanąć na nogach.

– Chyba się przesłyszałam, Ed. Powiedziałeś: hakerce?

– Tak jest, moja droga. Hakerce!

RYSUNKI AUGUSTA pozwoliły Lisbeth cofnąć się w czasie. Po raz kolejny przypomniała sobie zaciśniętą pięść, która rytmicznie i wytrwale uderzała o materac.

Pamiętała uderzenia, pochrząkiwanie i płacz dobiegający z sypialni. Pamiętała czasy, kiedy mieszkała przy Lundagatan i znajdowała ucieczkę tylko w komiksach i marzeniach o zemście. Szybko porzuciła te myśli. Zajęła się raną i bandażem, po czym sprawdziła pistolet, upewniając się, że jest naładowany. Nawiązała połączenie z szyfrowaniem PGP.

Andrei Zander pytał, jak się czują. Napisała krótką odpowiedź. Za oknem wiatr smagał drzewa i krzewy. Wypiła łyk whisky, zjadła kawałek czekolady i wyszła na taras, a następnie zeszła kawałek w dół zbocza i dokładnie zbadała teren, a zwłaszcza mały występ skalny. Liczyła nawet kroki do niego i zapamiętała każdą drobną zmianę ukształtowania terenu.

Kiedy wróciła do domu, zobaczyła, że August skończył kolejny rysunek. Przedstawiał Lassego Westmana i Rogera. Domyślała się, że musi to z siebie wyrzucić. Nadal jednak nie narysował niczego z chwili morderstwa, nawet jednej kreski. Czyżby w jego myślach była jakaś blokada tego zdarzenia?

Lisbeth ogarnęło nieprzyjemne uczucie. Poczuła, że kończy im się czas. Spojrzała zmartwiona na Augusta, na jego nowy rysunek i na przyprawiające o zawrót głowy ciągi liczb, które zapisał obok. Przyglądała się im mniej więcej przez minutę, analizując strukturę, i nagle dostrzegła ciąg, który nie pasował do pozostałych.

Był dość krótki. 2305843008139952128. Nie była to liczba pierwsza. Raczej liczba, która zgodnie z zasadą pełnej harmonii stanowi sumę wszystkich swoich dodatnich dzielników. Innymi słowy – liczba doskonała, tak jak 6, ponieważ szóstka jest podzielna przez 3, 2 i 1, a 3 + 2 + 1 wynosi 6. Przyszła jej do głowy osobliwa myśl.

– A TERAZ SIĘ WYTŁUMACZ – powiedziała Alona.

– Zrobię to – odparł Ed. – Ale choć wiem, że to niepotrzebne, chciałbym, żebyś mi uroczyście przyrzekła, że nikomu o tym nie powiesz.

– Przyrzekam, baranie.

– Dobrze. A więc tak: kiedy już wykrzyczałem to i owo Jonny'emu Ingramowi, głównie po to, żeby zachować pozory, przyznałem mu rację. Udałem nawet, że jestem wdzięczny, że przerwał nasze śledztwo. Powiedziałem, że tak czy inaczej nie ustalilibyśmy nic więcej, i w pewnym sensie była to szczera prawda. Z czysto technicznego punktu widzenia wyczerpaliśmy swoje możliwości. Zrobiliśmy wszystko i jeszcze trochę. Nic to jednak nie dało. Haker zostawił fałszywe tropy w każdym zakamarku i wprowadzał nas tylko w kolejne labirynty. Jeden z moich chłopaków powiedział nawet, że gdyby jakimś cudem udało nam się dotrzeć do końca, to i tak byśmy nie uwierzyli. Wmówilibyśmy sobie, że to kolejna pułapka. Po tym hakerze spodziewaliśmy się wszystkiego, wszystkiego prócz oznak słabości. A więc tak: jeśli mowa o zwyczajnej ścieżce, to jesteśmy załatwieni.

– Ale ty zwykle nie podążasz zwyczajnymi ścieżkami.

– Zgadza się, jestem raczej zwolennikiem nieoficjalnych kanałów. Tak naprawdę wcale się nie poddaliśmy. Rozmawialiśmy ze znajomymi hakerami i z przyjaciółmi z firm zajmujących się oprogramowaniem. Prowadziliśmy zakrojone na szeroką skalę poszukiwania, podsłuchiwaliśmy i sami włamywaliśmy się do komputerów. Widzisz, przy tak skomplikowanych atakach jak ten sprawcy zawsze robią research. Zadają konkretne pytania. Odwiedzają określone strony. Nie ma siły, żeby część z tego nie dotarła do nas. Choć przede wszystkim jedna rzecz przemawiała na naszą korzyść. Zdolności tego hakera. Były tak wielkie, że zawężały pole poszukiwań. To tak, jakby morderca na miejscu zbrodni przebiegł sto metrów w dziewięć i siedem dziesiątych sekundy. Wówczas bylibyśmy raczej pewni, że sprawcą jest Bolt albo któryś z jego konkurentów, prawda?

– Czyli w grę wchodzi aż taki poziom.

– Pewne elementy tego ataku sprawiają, że zbieram szczękę z podłogi, a przecież niejedno już widziałem. Dlatego włożyliśmy ogromnie dużo pracy w rozmowy z hakerami i ludźmi siedzącymi w tej branży. Pytaliśmy ich, kto byłby w stanie dokonać czegoś naprawdę, naprawdę wielkiego. Kto jest dzisiaj gwiazdą? Oczywiście musieliśmy być sprytni, zadając pytania, żeby nikt się nie domyślił, co się stało. Długo nie widzieliśmy żadnych rezultatów. Byliśmy jak ktoś, kto strzela w powietrze albo krzyczy w nocy na pustkowiu. Nikt nic nie wiedział albo po prostu wszyscy udawali, że nie wiedzą. Padało rzecz jasna wiele nazwisk, ale żadne nie wydawało się właściwe. Przez pewien czas zastanawialiśmy się nad pewnym Rosjaninem, Jurijem Bogdanowem. To stary ćpun i złodziej, obdarzony magicznymi palcami. Pokona każde zabezpieczenie. Zhakuje, co tylko zechce. Już kiedy był bezdomnym, ważącym czterdzieści kilogramów skubańcem kradnącym samochody z ulic Sankt Petersburga, firmy zajmujące się zabezpieczeniami próbowały go zwerbować.

Także policja i służby wywiadowcze chciały go mieć u siebie wcześniej niż organizacje przestępcze. Ale oczywiście przegrali tę walkę. Dziś Bogdanow odnosi sukcesy, jest po odwyku i waży przynajmniej pięćdziesiąt kilo. Jesteśmy pewni, że to jeden z drani z ekipy, nad którą pracujesz. Między innymi dlatego zaczęliśmy się nim interesować. Analizując to, czego włamywacz u nas szukał, zrozumieliśmy, że ma powiązania ze Spiders, ale potem...

– Nie mogliście zrozumieć, dlaczego jeden z nich miałby nam dostarczać nowych poszlak i pokazywać powiązania? – powiedziała Alona.

– Otóż to. Szukaliśmy dalej i po jakimś czasie usłyszeliśmy o kolejnej grupie.

– Jakiej?

– Noszą nazwę Hacker Republic. Cieszą się poważaniem. W jej skład wchodzą najbardziej utalentowani ludzie, zawsze czujni i przywiązujący dużą wagę do szyfrowania danych. Dodajmy, że nie bez przyczyny. My i wielu innych ciągle próbujemy ich infiltrować, nie tylko po to, żeby ustalić, czym się zajmują. Rekrutujemy też pracowników. Teraz trwa walka o najbystrzejszych hakerów.

– Teraz, kiedy wszyscy staliśmy się kryminalistami.

– Ha, może i tak. W każdym razie Hacker Republic dysponuje dużymi możliwościami. Wiele osób to potwierdziło. Krążyły pogłoski, że dzieje się u nich coś ważnego i, przede wszystkim, że człowiek posługujący się nickiem Bob The Dog, o którym się mówi, że ma powiązania z grupą, szukał informacji i pytał o jednego z naszych ludzi, o Richarda Fullera. Znasz go?

– Nie.

– To zadowolony z siebie chłopak z depresją maniakalną, który długo mnie niepokoił. Klasyczne zagrożenie dla bezpieczeństwa – w fazie maniakalnej staje się arogancki i nieostrożny. Dla gangu hakerów to idealny wybór. Żeby o tym wiedzieć, trzeba być dobrze poinformowanym. Informacje o jego zdrowiu psychicznym nie są ogólnodostępne. Nawet jego matka o niczym nie wie. Jestem przekonany, że mimo wszystko nie weszli tam przez Fullera. Przyjrzeliśmy się każdemu plikowi, który dostał w ostatnim okresie, i nic tam nie było. Prześwietliliśmy go od stóp do głów. Sądzę jednak, że był częścią pierwotnego planu Hacker Republic. Nie to, żebym miał jakieś dowody przeciwko grupie, nic z tych rzeczy, ale przeczucie mówi mi, że to oni są odpowiedzialni za włamanie, zwłaszcza że możemy już chyba wykluczyć obcy wywiad.

– Mówiłeś, że to była kobieta.

– Zgadza się. Kiedy w końcu wytypowaliśmy tę grupę, dowiedzieliśmy się o nich wszystkiego, czego się dało, nawet jeśli nie zawsze było łatwo odróżnić mity od prawdy. Jedna rzecz wracała jednak z taką regularnością, że w końcu nie miałem już powodu w nią wątpić.

– Mianowicie?

– Że największą gwiazdą Hacker Republic jest ktoś posługujący się pseudonimem Wasp.

– Wasp?

– Tak jest, ale nie będę cię zanudzał technicznymi szczegółami. W pewnych kręgach Wasp to legenda, choćby dlatego, że potrafi postawić na głowie przyjęte metody. Ktoś twierdził, że można rozpoznać, że w ataku hakerskim maczała palce Wasp, tak jak się rozpoznaje Mozarta po fragmencie utworu. Wasp miała swój własny, niepowtarzalny styl, a to właśnie były pierwsze słowa jednego z moich chłopaków, którzy analizowali włamanie: „To nie przypomina niczego, z czym do tej pory mieliśmy do czynienia, to zupełnie nowy poziom, coś, co jest niestandardowe i zaskakujące, a jednak proste i skuteczne".

– Czyli geniusz.

– Bez wątpienia. Dlatego zaczęliśmy szukać wszelkich informacji o tej Wasp, które dało się znaleźć w sieci. Chcieliśmy dotrzeć do osoby ukrytej za nickiem. Nikt nie był szczególnie zdziwiony, kiedy nam się nie powiodło. Zostawianie za sobą śladów nie byłoby w jej stylu. I wiesz, co wtedy zrobiłem? – zapytał Ed z dumą.

– Nie.

– Zacząłem sprawdzać, co znaczy to słowo.

– Poza oczywistym znaczeniem – osa?

– Tak jest, choć ani ja, ani nikt inny nie sądził, że do czegokolwiek nas to doprowadzi. Ale, jak powiedziałem, jeżeli nie sposób dotrzeć do celu główną drogą, szuka się dróg okrężnych. Nigdy nie wiadomo, co się znajdzie, i oczywiście okazało się, że Wasp może się odnosić do mnóstwa różnych rzeczy. Może to być brytyjski myśliwiec z czasów II wojny światowej, komedia Arystofanesa, znany film krótkometrażowy z 1915 roku, magazyn satyryczny wydawany w XIX wieku w San Francisco, skrót oznaczający białych Anglosasów wyznania protestanckiego i jeszcze kilka innych rzeczy. Choć to wszystko wydawało się zbyt napuszone jak na genialnego hakera, zupełnie nie pasowało do ich kultury. Ale wiesz, co do niej pasowało?

– Nie.

– Coś, do czego Wasp często się odnosi w internetowych wpisach – superbohaterka Wasp z komiksów Marvela, jedna z założycielek Avengers.

– O których powstał film.

– Tak jest. Tor, Iron Man, Kapitan Ameryka i inni. W komiksach przez jakiś czas była nawet ich przywódcą. Muszę powiedzieć, że to całkiem fajna postać. Wygląda trochę rockowo i buntowniczo, ma żółto-czarny kostium, owadzie skrzydła, krótkie czarne włosy i jest pewna siebie. Atakuje ze słabszej pozycji, potrafi się zmniejszać i powiększać. Wszyscy, z którymi korespondowaliśmy, twierdzą, że chodzi o tę Wasp. Ktoś, kto się kryje za tym pseudonimem, nie musi rzecz jasna być fanem komiksów Marvela. Mógł nim być kiedyś. Ten nick pojawia się już od dłuższego czasu. Może to tylko wspomnienie z dzieciństwa albo mrugnięcie okiem, które znaczy nie więcej niż to, że nazwałem swojego kota Piotruś Pan, choć nawet nie lubiłem tego zadufanego w sobie chłopaka, który nigdy nie chciał dorosnąć. Ale mimo wszystko...

– Tak?

– Nie mogłem się oprzeć myśli, że nawet siatka przestępcza, o której chciała się czegoś dowiedzieć, używa kryptonimów z komiksów Marvela. Mało tego, czasem przecież określają się jako The Spider Society, czyż nie?

– Tak, ale moim zdaniem to tylko zabawa. Drażnią się z nami, bo wiedzą, że ich podsłuchujemy.

– Jasne, wiem o tym, ale nawet zabawy mogą dostarczyć wskazówek albo kryć w sobie coś poważnego. Wiesz, co wyróżnia The Spider Society w komiksach?

– Nie.

– To, że walczą z Sisterhood of the Wasp.

– W porządku, rozumiem, to szczegół, nad którym warto się zastanowić. Ale nie rozumiem, jak mogłoby was to zaprowadzić dalej.

– Posłuchaj, zaraz się dowiesz. Masz ochotę zejść ze mną do samochodu? Niedługo muszę ruszać na lotnisko.

MIKAELOWI ZACZYNAŁY SIĘ kleić oczy. Nie było szczególnie późno, ale każdym skrawkiem ciała czuł, że nie ma już siły. Wiedział, że musi wrócić do domu, przespać się kilka godzin i w nocy albo jutro rano znów ruszyć z kopyta. Pomyślał, że dobrze mu zrobi, jeśli w drodze do domu wstąpi gdzieś na piwo. W głowie czuł pulsowanie, wywołane bezsennością. Musiał też odpędzić kilka wspomnień i obaw. Może mógłby wyciągnąć gdzieś Andreia. Spojrzał na niego.

Andrei wyglądał młodo, a energii miał tyle, że starczyłoby dla dwóch. Pisał coś na komputerze, jakby przyszedł do pracy dopiero przed chwilą, i od czasu do czasu gorączkowo przerzucał notatki. A przecież był w redakcji od piątej rano. Było już za piętnaście szósta i nie miał zbyt wielu przerw.

– Jak myślisz, Andrei? Pójdziemy na piwo, coś przekąsimy i pogadamy o tej historii?

Andrei w pierwszej chwili sprawiał wrażenie, jakby nie usłyszał. Po chwili podniósł głowę. Nie wyglądał już na kogoś, kto ma dużo energii. Skrzywił się i zaczął rozmasowywać ramię.

– Co... tak... no może – powiedział, przeciągając wyrazy.

– Uznam, że to znaczy tak – odparł Mikael. – Co powiesz na Folkoperan?

Folkoperan był to bar i restauracja. Mieścił się niedaleko, przy Hornsgatan. Przyciągał dziennikarzy i różne artystyczne dusze.

– Problem tylko w tym... – zaczął Andrei.

– Tak?

– Pracuję nad tekstem o handlarzu dzieł sztuki z domu aukcyjnego Bukowski, który wsiadł do pociągu na stacji Malmö Central i nigdy nie wrócił. Erika uznała, że będzie do tego pasował.

– Boże, ależ ta kobieta cię zamęcza.

– Wcale tak nie uważam. Ale nie mogę sobie z tym poradzić. Wydaje mi się, że to, co napisałem, jest sztywne i zagmatwane.

– Chcesz, żebym na to zerknął?

– Byłbym wdzięczny, ale jeszcze trochę popracuję. Umarłbym ze wstydu, gdybyś zobaczył tekst w takim stanie.

– W takim razie poczekam. Ale chodźmy przynajmniej coś zjeść. Potem możesz wrócić i pracować dalej, jeśli musisz – powiedział Mikael i spojrzał na niego.

Zapamiętał tę chwilę na długo. Andrei miał na sobie marynarkę w brązową kratę i koszulę zapiętą aż pod szyję. Wyglądał jak gwiazdor filmowy, jak młody Antonio Banderas. Na jego twarzy malowało się niezdecydowanie.

– Może jednak zostanę i spróbuję się z tym uporać – powiedział niepewnie. – Mam w lodówce coś do podgrzania w mikrofali.

Mikael zaczął się zastanawiać, czy nie skorzystać z tego, że jest starszy, i po prostu nie kazać mu pójść z nim na piwo. Ale powiedział tylko:

– Okej, w takim razie do zobaczenia jutro. A co tam u nich? Nie mają jeszcze portretu mordercy?

– Wygląda na to, że nie.

– Jutro będziemy musieli znaleźć inne rozwiązanie. Uważaj na siebie – powiedział Mikael, a potem wstał i włożył płaszcz.

LISBETH PRZYPOMNIAŁA SOBIE artykuł o sawantach, który dawno temu przeczytała w „Science". Enrico Bombieri, matematyk zajmujący się teorią liczb, przytaczał fragment książki Olivera Sacksa *Mężczyzna, który pomylił swoją żonę z kapeluszem*, o tym, jak dwóch niepełnosprawnych intelektualnie bliźniaków z autyzmem przerzucało się astronomicznie dużymi liczbami pierwszymi, zupełnie jakby widzieli je przed sobą albo jakby znaleźli klucz do tajemnicy liczb.

Wiedziała, że ich wyczyn i to, co sama zamierzała osiągnąć, to dwie różne rzeczy. Uznała, że mimo wszystko między jednym a drugim jest jakieś podobieństwo. Postanowiła to sprawdzić. Otworzyła zaszyfrowany plik NSA, uruchomiła swój program do rozkładania na czynniki przy użyciu krzywych eliptycznych i odwróciła się do Augusta. Kiwał się w przód i w tył.

– Liczby pierwsze – powiedziała. – Lubisz liczby pierwsze.

August nie patrzył na nią i nie przestawał się kiwać.

– Ja też je lubię – ciągnęła. – Ale jest coś, co w tej chwili interesuje mnie szczególnie. Rozkładanie na czynniki. Wiesz, co to takiego?

August wpatrywał się w stół i wyglądał, jakby nic nie rozumiał.

– Rozkładanie liczb na czynniki pierwsze to zapisywanie ich jako iloczynu liczb pierwszych. Mówiąc iloczyn, mam na myśli wynik mnożenia. Rozumiesz?

Nie zareagował. Zaczęła rozważać, czy nie powinna się po prostu zamknąć.

– Zgodnie z podstawowym twierdzeniem arytmetyki każdą liczbę całkowitą można przedstawić w postaci iloczynu liczb pierwszych tylko na jeden sposób. Tak prostą liczbę jak dwadzieścia cztery możemy otrzymać na najróżniejsze sposoby, na przykład mnożąc dwanaście przez dwa albo trzy przez osiem, albo cztery przez sześć. Jednak tylko w jeden sposób można rozłożyć ją na czynniki pierwsze – dwa razy dwa razy dwa razy trzy. Rozumiesz? Każda liczba ma swój własny iloczyn. Łatwo jest mnożyć liczby pierwsze i otrzymywać duże liczby. Problem zaczyna się, kiedy chcemy pójść w przeciwną stronę – z wyniku mnożenia otrzymać liczby pierwsze. Pewien bardzo głupi człowiek wykorzystał to do zaszyfrowania tajnej wiadomości. Rozumiesz? To tak jak z drinkiem – łatwo go zmieszać, trudniej rozdzielić składniki.

August nie odpowiedział ani nie skinął głową. Jedyna różnica polegała na tym, że już się nie kiwał.

– Sprawdzimy, czy jesteś dobry w rozkładaniu na czynniki pierwsze? Sprawdzimy, August?

Nie ruszył się z miejsca.

– Uznam, że to znaczy tak. Zacznijmy od liczby czterysta pięćdziesiąt sześć.

Oczy Augusta zrobiły się puste i nieobecne. Lisbeth bardziej niż kiedykolwiek była przekonana, że ten pomysł jest niedorzeczny.

NA DWORZE BYŁO ZIMNO i wietrznie. Mikael uznał jednak, że dobrze mu to zrobi i pomoże trochę się rozbudzić. Szedł pustawą ulicą i myślał o swojej córce Pernilli, o tym, co powiedziała o pisaniu naprawdę, a także, oczywiście, o Lisbeth i chłopcu. Co teraz robią? Szedł w stronę Hornsgatspuckeln. Spojrzał na obraz na jakiejś wystawie.

Przedstawiał radosnych, beztroskich ludzi na cocktail party. Z pewnością był to niewłaściwy wniosek, ale pomyślał, że już od wieków nie stał tak z drinkiem w dłoni, niczym się nie martwiąc. Czuł, że chciałby choć na chwilę znaleźć się gdzieś daleko. Nagle drgnął, tknięty przeczuciem, że ktoś go śledzi. Ale kiedy się odwrócił, okazało się, że to fałszywy alarm, być może skutek przeżyć z ostatnich dni.

Za plecami miał tylko zjawiskowo piękną kobietę w jaskrawoczerwonym płaszczu i z rozpuszczonymi włosami w kolorze ciemnego blondu. Uśmiechnęła się do niego nieśmiało, niepewnie. Odpowiedział ostrożnym uśmiechem i już miał ruszyć dalej, ale nie mógł oderwać od niej wzroku, jak gdyby się spodziewał, że lada chwila zamieni się w coś innego, zwyczajniejszego.

Ona jednak z każdą chwilą była bardziej olśniewająca, jak ktoś szlachetnie urodzony lub wielka gwiazda, która przez przypadek zabłąkała się pośród zwykłych ludzi. W tej pierwszej zadziwiającej chwili nie byłby nawet w stanie jej opisać ani wymienić choćby jednego wyróżniającego ją szczegółu. Była jak ucieleśnienie ideału czarującej dziewczyny z magazynu o modzie.

– Czy mogę pani w czymś pomóc? – zapytał.

– Nie, nie – odparła i znów wydawała się zawstydzona. Bez dwóch zdań: to była czarująca niepewność.

Nie wyglądała jak kobieta, po której można by się spodziewać nieśmiałości. Raczej jak ktoś, kto powinien mieć cały świat na własność.

– W takim razie miłego wieczoru – powiedział i się odwrócił.

Zatrzymała go nerwowym chrząknięciem.

– Czy to pan? Mikael Blomkvist? – spytała jeszcze bardziej niepewnie, patrząc na kocie łby, którymi wyłożono ulicę.

– To ja – odparł i uśmiechnął się grzecznie.

– Chcę tylko powiedzieć, że zawsze pana podziwiałam – oznajmiła, ostrożnie unosząc głowę i rzucając mu głębokie spojrzenie.

– Miło mi. Ale już dawno nie napisałem nic wartościowego. Kim pani jest?

– Nazywam się Rebecka Svensson – odpowiedziała. – Mieszkam w Szwajcarii.

– I przyjechała pani odwiedzić rodzinne strony?

– Niestety tylko na krótko. Tęsknię za Szwecją. Nawet za listopadem w Sztokholmie.

– W takim razie sprawa jest poważna.

– Ha, ha, zgadza się. Ale z tęsknotą już tak chyba jest, prawda?

– Jak?

– Że tęskni się nawet do tego, co złe.

– Zgadza się.

– Wie pan, jakie mam na to lekarstwo? Śledzę szwedzką prasę. Nie sądzę, żebym przez ostatnie lata przegapiła choć jeden artykuł w „Millennium".

Spojrzał na nią jeszcze raz i zwrócił uwagę, że wszystko, co ma na sobie, od czarnych butów na obcasie po kaszmirowy szal w niebieską kratę, jest drogie i ekskluzywne.

Nie wyglądała jak typowa czytelniczka „Millennium". Nie miał jednak powodu żywić uprzedzeń wobec bogatych Szwedów z zagranicy.

– Pracuje tam pani?

– Jestem wdową.

– Rozumiem.

– Czasem tak bardzo mi się nudzi. Dokąd pan idzie?

– Miałem zamiar się czegoś napić i coś przekąsić – oznajmił i od razu poczuł, że jest niezadowolony z tej odpowiedzi. Była zbyt zapraszająca, zbyt przewidywalna, ale przynajmniej prawdziwa.

– Mogę panu dotrzymać towarzystwa?

– Proszę bardzo – odparł niepewnie. Dziewczyna szybko dotknęła jego dłoni. Pewnie niechcący, przynajmniej chciał w to wierzyć. Wciąż wyglądała na nieśmiałą. Szli powoli w górę Hornsgatspuckeln, mijali kolejne galerie sztuki.

– Miło tak z panem spacerować – powiedziała.

– To było nieoczekiwane.

– Ja też się tego nie spodziewałam, kiedy wstałam rano.

– A czego się pani spodziewała?

– Że będzie tak nudno jak zawsze.

– Nie wiem, czy jestem dziś dobrym towarzyszem – powiedział. – Pochłania mnie jeden temat.

– Przepracowuje się pan?

– Zapewne.

– To może przyda się panu mała przerwa – powiedziała i na jej twarzy pojawił się czarujący uśmiech, nagle pełen tęsknoty lub czegoś w rodzaju obietnicy.

Mikael pomyślał, że coś w tej kobiecie wydaje się mu znajome, jakby już widział ten uśmiech, ale inaczej, w krzywym zwierciadle.

– Spotkaliśmy się już? – zapytał.

– Nie sądzę. Choć oczywiście widziałam pana tysiące razy na zdjęciach i w telewizji.

– Więc nigdy pani nie mieszkała w Sztokholmie?

– Tylko jako dziecko.

– Gdzie dokładnie?

Machnęła ręką w stronę dalszej części Hornsgatan.

– To były piękne czasy – powiedziała. – Tata się nami opiekował. Myślę o tym czasem. Tęsknię za nim.

– Już nie żyje?

– Odszedł zbyt wcześnie.

– Bardzo mi przykro.

– Zdarza się, że nadal za nim tęsknię. Dokąd idziemy?

– Nie bardzo wiem – odparł Mikael. – Tu niedaleko, kawałek dalej przy Bellmansgatan, jest pub. Nazywa się Bishops Arms. Znam właściciela. To całkiem dobre miejsce.

– Z pewnością...

Na jej twarzy znów zobaczył zawstydzenie i niepewność. Po raz kolejny dotknęła jego palców. Nie był pewien, czy tym razem również niechcący.

– A może jest nie dość eleganckie?

– Jestem pewna, że jest – odparła, jakby chciała przeprosić. – Chodzi o to, że w pubach czuję, że wszyscy się na mnie gapią. Spotkałam tyle świń.

– Wyobrażam sobie.

– A może...

– Co takiego?

Znów spojrzała w ziemię i zaczerwieniła się. W pierwszej chwili doszedł do wniosku, że mu się przywidziało. Dorośli ludzie nie czerwienią się przecież w ten sposób? – pomyślał. Ale Rebecka Svensson ze Szwajcarii naprawdę zrobiła się czerwona jak mała dziewczynka.

– Może zechciałby pan mnie raczej zaprosić do siebie, do domu, na kieliszek wina? Tak byłoby milej.

– Tak...

Zawahał się.

Wiedział, że musi się wyspać, żeby nazajutrz rano być w dobrej formie. Mimo to po chwili odpowiedział:

– Tak, oczywiście. Mam na stojaku butelkę barolo.

Przez chwilę sądził, że poczuje przyjemne podochocenie, jakby stał na progu ekscytującej przygody. Ale niepewność nie znikała. Na początku tego nie rozumiał. Zwykle nie miał problemów w takich sytuacjach i musiał przyznać, że był przyzwyczajony do tego, że kobiety z nim flirtują. To prawda, wszystko potoczyło się w zawrotnym tempie, ale to również nie było dla niego nowe, a w tych sprawach był całkowicie pozbawiony sentymentów. Powodem nie było więc tempo, a w każdym razie nie tylko. Dostrzegł również coś w samej Rebecce Svensson.

Nie tylko to, że była młoda i szalenie piękna i że powinna się zajmować czymś innym niż latanie za spoconymi, padającymi z przepracowania dziennikarzami w średnim wieku. Chodziło o coś w jej spojrzeniu, w sposobie, w jaki przechodziła od nieśmiałości do uwodzenia, i w pozornie przypadkowym dotykaniu jego rąk. Wszystko to, czemu z początku nie potrafił się oprzeć, zaczęło mu się nagle wydawać wykalkulowane.

– Jak miło. Nie, nie zostanę długo, nie chcę zepsuć pańskiego reportażu – oznajmiła.

– Biorę pełną odpowiedzialność za wszystkie zepsute reportaże – odparł i spróbował odpowiedzieć uśmiechem. Nie wypadło to jednak naturalnie. W tej samej chwili dostrzegł coś dziwnego w jej oczach, nagły chłód, który w sekundę zamienił się w swoje przeciwieństwo – czułość i ciepło, niczym u wielkiej aktorki, która pokazuje skalę swoich możliwości. Był coraz bardziej przekonany, że coś jest nie tak. Nie wiedział, co takiego, i nie chciał zdradzać, że coś podejrzewa, przynajmniej nie od razu. Chciał zrozumieć. O co tu chodzi? Miał wrażenie, że powinien to zrozumieć.

Ruszyli dalej ulicą Bellmansgatan, choć już nie zamierzał zapraszać jej do domu. Mimo to potrzebował czasu, żeby zrozumieć. Spojrzał na nią jeszcze raz. Wyglądała naprawdę zjawiskowo. Zdał sobie jednak sprawę, że w pierwszej chwili to nie jej uroda zrobiła na nim takie wrażenie. Chodziło raczej o coś innego, bardziej nieuchwytnego, coś, co przywodziło na myśl zupełnie inne światy, nie blichtr rodem z kolorowych gazet. Rebecka Svensson była zagadką, którą powinien rozwiązać.

– Przyjemna okolica – stwierdziła.

– Nie najgorsza – odparł zamyślony i spojrzał w kierunku Bishops Arms.

Nieopodal pubu, na skrzyżowaniu z Tavasgatan, stał wysoki, chudy mężczyzna w czarnej czapce i ciemnych okularach i patrzył na mapę. Łatwo można go było wziąć za turystę. Miał brązową torbę podróżną, białe trampki i czarną skórzaną kurtkę z dużym, postawionym futrzanym kołnierzem. W normalnej sytuacji Mikael z pewnością nie zwróciłby na niego uwagi. Teraz jednak nie był już obojętnym obserwatorem. Zauważył, że rusza się nerwowo, z wysiłkiem. Mogło to oczywiście wynikać z faktu, że od początku coś podejrzewał. Ale mimo wszystko lekko roztargniony sposób, w jaki mężczyzna obchodził się z mapą, wydawał się sztuczny. Zwłaszcza że mężczyzna podniósł głowę i spojrzał na niego i na Rebeckę.

Przez krótką chwilę uważnie im się przyglądał. Potem znowu spojrzał na mapę i nie wyszło mu to najlepiej. Wydawał się zawstydzony, sprawiał wrażenie, jakby chciał schować twarz pod czapką. Jego pochylona głowa z czymś mu się kojarzyła. Po raz kolejny spojrzał w czarne oczy Rebecki Svensson.

Wpatrywał się w nie długo i uporczywie, a ona spojrzała na niego z czułością. Nie odwzajemnił tego spojrzenia. Wpatrywał się w nią surowo, w skupieniu. Jej twarz zamarła i dopiero wtedy Mikael się uśmiechnął.

Uśmiechał się, bo nagle wszystko zrozumiał.

ROZDZIAŁ 22
23 LISTOPADA, WIECZÓR (WEDŁUG CZASU SZWEDZKIEGO)

LISBETH WSTAŁA OD STOŁU. Nie chciała już męczyć Augusta. I tak ciążyła na nim duża odpowiedzialność, a jej pomysł od samego początku był szalony.

To takie typowe, oczekiwać od biednego sawanta nie wiadomo czego. To, co zrobił August, i tak było imponujące. Po raz kolejny wyszła na taras i delikatnie dotknęła rany. W dalszym ciągu bolało. Usłyszała za sobą jakiś odgłos, szybkie skrobanie długopisu o papier. Wróciła do stołu i chwilę później na jej twarzy pojawił się uśmiech. August napisał:

$2^3 \times 3 \times 19$

Usiadła na krześle i powiedziała, tym razem nie patrząc na niego:

– Okej. Jestem pod wrażeniem. A teraz trochę utrudnimy. Powiedzmy 18 206 927.

August pochylił się nad stołem, a ona pomyślała, że rzucenie ośmiocyfrowej liczby było odważnym posunięciem. Jeżeli jednak chciała mieć choćby cień szansy, musieli mierzyć znacznie wyżej. Nie zdziwiła się, kiedy August znów zaczął się kiwać. Po kilku sekundach pochylił się i napisał:

9419 x 1933

– Nieźle, a co byś powiedział na 971 230 541?

August napisał: 983 x 991 x 997

– Świetnie – pochwaliła go i podała kolejną liczbę. I jeszcze jedną.

NIEOPODAL GŁÓWNEJ SIEDZIBY w Fort Meade – czarnego sześciennego budynku z lustrzanymi szklanymi ścianami – na zatłoczonym parkingu niedaleko kopuły radarowej stali Alona i Ed. Ed obracał nerwowo w palcach kluczyki od samochodu i zerkał w stronę lasu, który rozciągał się za podłączonym do prądu ogrodzeniem. Miał jechać na lotnisko i mówił, że już jest spóźniony. Jednak Alona nie chciała go puścić. Trzymała dłoń na jego ramieniu i kręciła głową.

– Przecież to chore.

– Zgadza się, niesamowita sprawa.

– Więc wszystkie te kryptonimy, które wyłapaliśmy w grupie Spiders – Thanos, Enchantress, Zemo, Alkhema, Cyclone i tak dalej – oni wszyscy są...

– Wrogami Wasp w komiksach, zgadza się.

– To jakiś obłęd.

– Psycholog z pewnością miałby o tym coś ciekawego do powiedzenia.

– Muszą być naprawdę mocno zafiksowani.

– Bez wątpienia. Wyczuwam tu nienawiść – stwierdził.

– Uważaj na siebie.

– Nie zapominaj, że w głębi duszy nadal jestem chłopakiem z gangu.

– To było dawno, Ed. Wiele kilogramów temu.

– Nie o wagę tu chodzi. Jak to mówią: Możesz wyciągnąć człowieka z getta...

– Ale nie getto z człowieka.

– Nie można się od tego uwolnić. Poza tym pomaga mi FRA ze Sztokholmu. Im także zależy na tym, żeby raz na zawsze unieszkodliwić tę hakerkę.

– A jeśli Jonny Ingram się dowie?

– Nie będzie dobrze. Choć, jak się zapewne domyślasz, sam zacząłem przygotowywać grunt. Zamieniłem nawet kilka słów z O'Connorem.

– Tak podejrzewałam. Mogę coś dla ciebie zrobić?

– Tak.

– Dawaj.

– Wygląda na to, że ekipa Jonny'ego Ingrama ma pełny wgląd w śledztwo szwedzkiej policji.

– Podejrzewasz, że jakoś ich podsłuchują?

– Albo mają gdzieś źródło, pewnie jakiegoś karierowicza w Säpo. Gdybym cię skontaktował z moimi dwoma najlepszymi hakerami, mogłabyś w tym pogrzebać.

– Wydaje się ryzykowne.

– No dobra, zapomnij.

– Nie, nie. Podoba mi się.

– Dzięki, Alona. Przyślę ci szczegóły.

– W takim razie miłej podróży – powiedziała. Ed posłał jej przekorny uśmiech, wsiadł do samochodu i odjechał.

KIEDY PÓŹNIEJ O TYM MYŚLAŁ, nie umiał wyjaśnić, jak to się stało, że zrozumiał. Prawdopodobnie dostrzegł w twarzy Rebecki Svensson coś jednocześnie obcego i znajomego. Może absolutna harmonia jej rysów skojarzyła mu się z jej przeciwieństwem i wraz z innymi podejrzeniami, których nabierał, pracując nad artykułem, złożyła się na odpowiedź. Ale na razie nie był pewien. Nie wątpił jednak, że coś jest bardzo nie w porządku.

Stojący na skrzyżowaniu mężczyzna, który właśnie się oddalił z mapą i brązową torbą, bez wątpienia był tym, którego widział na filmie z monitoringu w Saltsjöbaden. Ten zbieg okoliczności był zbyt nieprawdopodobny, żeby mógł nic nie znaczyć. Przez kilka sekund stał w kompletnym bezruchu i myślał. Potem odwrócił się do kobiety, która przedstawiła się jako Rebecka Svensson, i z wymuszoną pewnością siebie powiedział:

– Pani kolega właśnie sobie idzie.

– Mój kolega? – odparła z autentycznym zdziwieniem. – Co pan ma na myśli?

– Tamtego człowieka – powiedział i wskazał na plecy mężczyzny, który oddalał się od nich, nieco chwiejnym krokiem szedł ulicą Tavastgatan.

– Żartuje pan sobie ze mnie? Nie znam w Sztokholmie nikogo.

– Czego pani ode mnie chce?

– Chcę cię tylko poznać, Mikael – powiedziała i dotknęła bluzki, jak gdyby chciała rozpiąć guzik.

– Dosyć! – powiedział ostro i już miał jej zdradzić, co podejrzewa, kiedy posłała mu spojrzenie tak niewinne i tkliwe, że zupełnie stracił pewność siebie. Przez chwilę miał wrażenie, że naprawdę się pomylił.

– Jest pan na mnie zły? – zapytała.

– Nie, ale...

– Co takiego?

– Nie ufam pani – odparł ostrzej, niż zamierzał.

Rebecka uśmiechnęła się smutno i odparła:

– Chyba nie jest pan dziś sobą, prawda, Mikael? W takim razie spotkamy się innym razem.

Pocałowała go w policzek, tak szybko i dyskretnie, że nie zdążył jej powstrzymać. Pokiwała zalotnie palcami i ruszyła pod górę, na tych swoich wysokich obcasach, z tak wyrafinowaną pewnością siebie, jak gdyby nie miała żadnych zmartwień. Przez chwilę rozważał, czy jej nie zatrzymać i nie wziąć w krzyżowy ogień pytań, ale doszedł do wniosku, że nie doprowadzi to do niczego konstruktywnego. Postanowił jednak pójść za nią.

Wiedział, że to szaleństwo, ale nie widział innego wyjścia. Poczekał, aż zniknie za wzniesieniem, i pobiegł w kierunku skrzyżowania, przekonany, że nie mogła zajść daleko. Nigdzie jednak nie widział ani jej, ani mężczyzny. Jakby się zapadli pod ziemię. Ulica była właściwie zupełnie pusta, jeśli nie liczyć czarnego bmw, które stało kawałek dalej, i chłopaka z kozią bródką w staromodnym kożuchu, który szedł w jego kierunku drugą stroną ulicy.

Dokąd poszli? Nie było tylnych uliczek, którymi mogli się wymknąć, żadnych ukrytych zaułków. Czyżby weszli w którąś z bram? Szedł dalej Torkel Knutssonsgatan, zerkał w prawo i w lewo. Nic nie widział. Minął budynek, w którym kiedyś mieściła się ich ulubiona restauracja Samirs Gryta, a teraz była libańska knajpa Tabbouli. Oczywiście mogli się tam schronić, ale nie wierzył, żeby zdążyli dotrzeć tak daleko. Przecież właściwie deptał jej po piętach. Gdzie się, do cholery, podziała? Czy stoi gdzieś teraz z tamtym mężczyzną i go obserwuje? Dwa razy odwrócił się gwałtownie, jak gdyby wierzył, że będą stać za nim, i po raz kolejny zadrżał, z mrożącym krew w żyłach poczuciem, że ktoś patrzy na niego przez celownik optyczny. Był to jednak fałszywy alarm, a przynajmniej tak mu się wydawało.

Po mężczyźnie i kobiecie nie było ani śladu i kiedy w końcu dał za wygraną i ruszył do domu, czuł się tak, jakby uniknął wielkiego niebezpieczeństwa. Nie miał pojęcia, na ile to prawda, ale serce tłukło mu się w piersi i czuł suchość w gardle. Zwykle nie było łatwo go przestraszyć. Teraz jednak bał się nawet pustej ulicy. Nie potrafił tego pojąć.

Zrozumiał za to, że musi porozmawiać z Holgerem Palmgrenem, byłym kuratorem Lisbeth. Najpierw jednak zamierzał wypełnić swój obywatelski obowiązek. Jeżeli człowiek, którego widział, był tym, którego nagrała kamera monitoringu, i jeśli istniał choćby cień szansy, że uda się go znaleźć, policja musiała o tym wiedzieć. Zadzwonił do Jana Bublanskiego. Nie było łatwo go przekonać.

Samego siebie też nie. Prawdopodobnie jednak miał jeszcze trochę kredytu zaufania z dawnych czasów, mimo że tak bardzo ostatnio kluczył, żeby nie powiedzieć prawdy. Bublanski oznajmił, że wyśle ludzi.

– Dlaczego miałby krążyć po twojej okolicy?

– Nie wiem, ale sądzę, że nie zaszkodzi go poszukać.

– Nie zaszkodzi.

– W takim razie życzę wam powodzenia.

– Tak czy owak, to cholernie nieciekawe, że August Balder jest nie wiadomo gdzie – dodał Bublanski z wyrzutem.

– Tak czy owak, to cholernie nieprzyjemna sytuacja, że mieliście przeciek – odparł Mikael.

– Mogę cię poinformować, że zidentyfikowaliśmy swój przeciek.

– Naprawdę? To świetnie.

– Obawiam się, że nie aż tak świetnie. Wydaje nam się, że przecieków mogło być więcej. Wszystkie wydają się stosunkowo niegroźne, może oprócz ostatniego.

– W takim razie znajdźcie ich źródło.

– Robimy wszystko, co w naszej mocy. Ale zaczynamy podejrzewać...

– Co takiego?

– Nic...

– Okej, nie musisz odpowiadać.

– Żyjemy w chorym świecie, Mikael.

– Naprawdę?

– W świecie, w którym paranoja jest oznaką zdrowia.

– Możliwe, że masz rację. Miłego wieczoru, komisarzu.

– Wzajemnie, Mikael. Nie zrób nic głupiego.

– Postaram się.

MIKAEL PRZECIĄŁ RINGVÄGEN i zszedł na stację metra. Pojechał czerwoną linią w stronę Norsborg i wysiadł na Liljeholmen. Holger Palmgren od roku miał tam małe, nowoczesne mieszkanie bez progów. Kiedy usłyszał w słuchawce jego głos, wydawał się przestraszony. Ale jak tylko go zapewnił, że z Lisbeth wszystko w porządku – miał nadzieję, że nie mija się z prawdą – okazało się, że jest więcej niż mile widziany.

Holger Palmgren był emerytowanym adwokatem. Przez kilka lat sprawował funkcję opiekuna Lisbeth, odkąd w wieku trzynastu lat trafiła do zakładu zamkniętego kliniki psychiatrycznej Świętego Stefana w Uppsali. Teraz był stary i schorowany, po dwóch czy trzech udarach mózgu. Od jakiegoś czasu chodził z balkonikiem, choć czasem nawet to nie było możliwe. Umysł miał jednak jasny, a pamięć jedyną w swoim rodzaju, o ile chodziło o coś, co działo się dawno, a zwłaszcza gdy chodziło o Lisbeth Salander. Nikt nie znał jej tak dobrze jak on.

Palmgren dokonał czegoś, co się nie udało żadnemu psychiatrze ani psychologowi, o ile w ogóle próbowali. Sprawił, że dziewczyna, która miała za sobą koszmarne dzieciństwo i nie ufała urzędnikom ani w ogóle dorosłym, otworzyła się i zaczęła mówić. Mikael widział w tym mały cud. Lisbeth była koszmarem każdego terapeuty. Ale jemu opowiadała o najbardziej bolesnych chwilach swojego dzieciństwa. Między innymi dlatego Mikael wstukał kod do domofonu przy Liljeholmstorget 96, wjechał windą na czwarte piętro i zadzwonił do drzwi.

– Przyjacielu! – zawołał od progu Holger. – Jak miło cię widzieć. Wydajesz się blady.

– Kiepsko spałem.

– To częste u ludzi, do których ktoś strzela. Czytałem w gazecie. Straszliwa historia.

– Niewątpliwie można tak powiedzieć.

– Stało się coś jeszcze?

– Zaraz ci opowiem – odparł Mikael i usiadł na pięknej kanapie obitej żółtym materiałem. Stała tuż przy drzwiach na balkon. Poczekał, aż Holger z wielkim wysiłkiem usiądzie na wózku. A potem z grubsza opowiedział mu całą historię. Kiedy jednak zaczął mówić o swoich najświeższych podejrzeniach, Holger od razu mu przerwał:

– Co ty mówisz?

– Myślę, że to była Camilla.

Holger zesztywniał.

– Ta Camilla?

– Właśnie ta.

– Jezu – odparł Holger. – Co się stało?

– Zniknęła. A ja poczułem się tak, jakby mi się zagotował mózg.

– Wyobrażam sobie. Myślałem, że raz na zawsze zapadła się pod ziemię.

– Sam już prawie zapomniałem, że były dwie.

– Jak najbardziej, dwie nienawidzące się nawzajem bliźniaczki.

– Oczywiście wiedziałem o tym – ciągnął Mikael. – Ale ktoś musiał mi o tym przypomnieć, żebym zaczął to rozważać na poważnie. Jak mówiłem, nie mogłem pojąć, dlaczego Lisbeth zaangażowała się w tę sprawę. Dlaczego ona, dawna superhakerka, miałaby się interesować zwykłym włamaniem do komputera.

– I chcesz, żebym ci pomógł to zrozumieć.

– Coś w tym stylu.

– W porządku – zaczął Holger. – Znasz tę historię, prawda? Ich matka, Agneta Salander, była kasjerką w Konsum Zinken i samotnie wychowywała dwie córki. W mieszkaniu przy Lundagatan. Może ich życie mogłoby być udane. Brakowało im pieniędzy, a Agneta była bardzo młoda i nie miała możliwości się kształcić. Była jednak kochającą i troskliwą matką. Naprawdę chciała zapewnić dziewczynkom dobre dzieciństwo. Problem polegał na tym...

– Że czasem w odwiedziny przychodził ojciec.

– Tak, czasem przychodził ich tata, Aleksander Zalachenko, i te wizyty prawie zawsze kończyły się tak samo. Gwałcił i bił Agnetę, a córki siedziały w sąsiednim pokoju i tego słuchały. Pewnego dnia Lisbeth znalazła matkę nieprzytomną na podłodze.

– I wtedy po raz pierwszy się zemściła.

– Po raz drugi. Za pierwszym razem dźgnęła go nożem w ramię.

– Zgadza się, ale tym razem wrzuciła do jego samochodu karton po mleku wypełniony benzyną i podpaliła.

– Tak jest. Był jak żywa pochodnia. Doznał poważnych obrażeń i trzeba mu było amputować stopę. Lisbeth została zamknięta w dziecięcej klinice psychiatrycznej.

– A jej matka wylądowała w domu opieki w Äppelviken.

– Tak. W całej tej historii właśnie to było dla Lisbeth najbardziej bolesne. Matka miała wtedy dopiero dwadzieścia dziewięć lat. Nigdy nie doszła do siebie. Mieszkała w tym domu czternaście lat, miała poważnie uszkodzony mózg i bardzo się męczyła. Czasami nie mogła w ogóle nawiązać kontaktu z otoczeniem. Lisbeth odwiedzała ją tak często, jak mogła. Marzyła, że pewnego dnia mama wyzdrowieje, że będą mogły znów porozmawiać i zaopiekować się sobą nawzajem. Ale tak się nigdy nie stało. Jeżeli Lisbeth skrywa w sobie jakiś wielki mrok, to właśnie ten. Widziała, jak jej mama marnieje i powoli umiera.

– Wiem, to potworne, ale nigdy się nie dowiedziałem, jaką rolę odegrała w tej historii Camilla.

– To bardziej skomplikowane i uważam, że w pewnym sensie należy jej wybaczyć. Ona też była tylko dzieckiem i nie wiedząc o tym, stała się pionkiem w grze.

– Co się stało?

– Można powiedzieć, że wybrały przeciwne strony konfliktu. Są bliźniaczkami dwujajowymi, ale nigdy nie były do siebie podobne, ani z wyglądu, ani z charakteru. Lisbeth urodziła się pierwsza. Camilla przyszła na świat dwadzieścia minut później i najwyraźniej już jako małe dziecko była urocza. Lisbeth była wściekłym stworzeniem, a na widok Camilli wszyscy wykrzykiwali: Och, jaka słodka dziewczynka. Z pewnością nieprzypadkowo Zalachenko już od pierwszej chwili był wobec niej bardziej wyrozumiały. Używam tego słowa, bo oczywiście przez pierwszych kilka lat o niczym więcej nie było mowy. Traktował Agnetę jak dziwkę, więc jej dzieci nie były dla niego niczym więcej niż bękartami, gówniarami, które tylko mu zawadzały. A mimo to...

– Co takiego?

– Nawet on stwierdził, że jedno z tych dzieciaków jest naprawdę piękne. Lisbeth mówiła czasem, że w jej rodzinie jest błąd genetyczny. Nawet jeśli z czysto medycznego punktu widzenia to wątpliwe, trzeba przyznać, że Zala zostawił po sobie ekstremalne dzieci. Poznałeś Ronalda, jej przyrodniego brata, prawda? Był olbrzymim blondynem i cierpiał na wrodzoną analgezję, niezdolność odczuwania bólu. Dlatego był idealnym materiałem na płatnego zabójcę, podczas gdy Camilla... cóż, w jej przypadku błąd genetyczny polegał na tym, że była wyjątkowo, wręcz niedorzecznie piękna, a z wiekiem było coraz gorzej. Mówię gorzej, bo uważam to za swego rodzaju nieszczęście. Rzucało się to w oczy, szczególnie kiedy się spojrzało na jej siostrę bliźniaczkę, która zawsze wyglądała na złą i naburmuszoną. Bywało, że ludzie krzywili się na jej widok. Potem zauważali Camillę, rozjaśniali się i dostawali małpiego rozumu. Jesteś w stanie zrozumieć, jak to na nią wpływało?

– Musiało jej być trudno.

– Nie miałem na myśli Lisbeth. Nie sądzę, żebym kiedykolwiek zauważył, że jest zazdrosna. Gdyby chodziło tylko o urodę, chętnie by jej wybaczyła. Chodziło mi o Camillę. Wyobraź sobie, jaki wpływ na dziecko niezbyt empatyczne musi mieć to, że ciągle słyszy, jaka jest boska i wspaniała.

– Uderza jej do głowy.

– Daje poczucie władzy. Kiedy się uśmiecha, my się rozpływamy. Kiedy tego nie robi, czujemy się wykluczeni i robimy co w naszej mocy, żeby znów promieniała. Szybko nauczyła się to wykorzystywać. Po mistrzowsku. Została mistrzynią manipulacji. Miała sarnie oczy, duże i wyraziste.

– Nadal takie ma.

– Lisbeth opowiadała, że potrafiła godzinami siedzieć przed lustrem, tylko po to, żeby ćwiczyć spojrzenie. Jej oczy były fantastyczną bronią. Potrafiły czarować, ale i odrzucać. Sprawiały, że ludzie – zarówno dorośli, jak i dzieci – jednego dnia czuli się wybrani i wyjątkowi, a następnego niechciani i wykluczeni. To był zły dar i jak się pewnie domyślasz, w szkole natychmiast stała się bardzo popularna. Każdy chciał być blisko niej, a ona wykorzystywała to na wszelkie możliwe sposoby. Koledzy z klasy codziennie mieli jej dawać małe prezenty: szklane kulki, słodycze, drobniaki, perły, broszki, a ci, którzy tego nie robili albo po prostu nie zachowywali się tak, jak sobie życzyła, następnego dnia nie mogli liczyć na powitanie ani choćby jedno spojrzenie. Każdy, kto choć raz znalazł się w jej świetle, wiedział, jak to boli. Koledzy z klasy robili wszystko, żeby się jej przypodobać. Płaszczyli się przed nią. Wszyscy prócz jednej osoby.

– Jej siostry.

– No właśnie. Dlatego nastawiała kolegów z klasy przeciwko Lisbeth. Namawiała ich do paskudnych rzeczy. Wkładali głowę Lisbeth do sedesu, wyzywali od potworów, ufoludków i tym podobnych. Robili to, dopóki się nie zorientowali, z kim mają do czynienia. Ale to inna historia. Ją już znasz.

– Lisbeth nie należy do osób, które by nadstawiały drugi policzek.

– Raczej nie, ale z czysto psychologicznego punktu widzenia w całej tej historii ciekawe jest to, że Camilla nauczyła się panować nad ludźmi, manipulować nimi. Nauczyła się kontrolować wszystko poza dwiema ważnymi dla niej osobami – Lisbeth i ojcem. Drażniło ją to. Wkładała mnóstwo energii w to, żeby wygrać i te bitwy, choć oczywiście wymagały zupełnie innych strategii. Nigdy nie udało jej się przeciągnąć Lisbeth na swoją stronę i nie sądzę, żeby była tym zainteresowana. W jej oczach Lisbeth była po prostu dziwnym, przekornym, wiecznie naburmuszonym dzieciakiem. Ale ojciec...

– Był na wskroś zły.

– Był złym człowiekiem, ale wszystko w rodzinie kręciło się wokół niego, choć rzadko pojawiał się w domu. Był nieobecnym ojcem, a tacy nawet w zwyczajnych przypadkach mogą być traktowani przez dzieci jak postaci mityczne.

– To znaczy?

– To znaczy, że Camilla i on byli niefortunnym połączeniem. Choć Camilla tego nie rozumiała, wydaje mi się, że już wtedy interesowało ją tylko jedno: władza. A jej ojciec? Cóż, wiele można o nim powiedzieć, ale władzy mu nie brakowało. Może to potwierdzić wiele osób, chociażby ci nieszczęśnicy z Säpo. Potrafili być stanowczy, wymagający i wygadani. Kiedy jednak stawali oko w oko z nim, zmieniali się w stado przerażonych owiec. Roztaczał wokół siebie odpychającą aurę wielkości, którą oczywiście tylko potęgowało to, że nie sposób było się do niego dobrać, bez względu na to, jak wiele skarg spływało do pomocy społecznej. Säpo zawsze trzymała jego stronę. To wszystko przekonało Lisbeth, że musi wziąć sprawy w swoje ręce. Camilla patrzyła na to zupełnie inaczej.

– Sama chciała taka być.

– Tak sądzę. Ojciec był jej ideałem. Chciała być tak samo nietykalna i tak samo silna. Ale chyba przede wszystkim chodziło jej o to, żeby ją dostrzegł i traktował jak dobrą córkę.

– Musiała wiedzieć, jak strasznie traktował jej matkę.

– Oczywiście, że wiedziała. A mimo to wstawiała się za ojcem. Można by rzec, że stawała po stronie siły i władzy. Już jako dziecko powiedziała kilka razy, że gardzi słabeuszami.

– Więc gardziła także swoją matką?

– Obawiam się, że tak właśnie było. Pewnego razu Lisbeth opowiedziała mi coś, czego nie mogę zapomnieć.

– Co?

– Jeszcze nigdy nikomu tego nie mówiłem.

– Więc może już czas?

– Może, ale w takim razie najpierw muszę wypić coś mocniejszego. Co powiesz na lepszy koniak?

– Niezły pomysł. Nie wstawaj, ja przyniosę kieliszki i butelkę – powiedział Mikael i ruszył w stronę mahoniowego barku stojącego w rogu przy drzwiach do kuchni.

Ledwie zaczął oglądać butelki, kiedy rozległ się sygnał jego iPhone'a. Dzwonił Andrei Zander, a w każdym razie to jego nazwisko pokazało się na wyświetlaczu. Odebrał, ale w słuchawce panowała cisza. Pewnie telefon zadzwonił z kieszeni, przemknęło mu przez głowę. W zamyśleniu napełnił dwa kieliszki koniakiem rémy martin. Usiadł z powrotem obok Palmgrena.

– No to słucham – powiedział.

– Nie bardzo wiem, od czego zacząć. O ile dobrze zrozumiałem, stało się to pewnego pięknego letniego dnia, kiedy Camilla i Lisbeth siedziały zamknięte w swoim pokoju.

Rozdział 23
23 listopada, wieczór

AUGUST PO RAZ KOLEJNY znieruchomiał. Przestał odpowiadać na pytania. Liczby były zbyt duże i zamiast chwycić długopis, zacisnął pięści tak, że zbielały grzbiety dłoni. Zaczął uderzać głową o blat. Lisbeth powinna była oczywiście spróbować go uspokoić, a przynajmniej dopilnować, żeby nie zrobił sobie krzywdy.

Nie do końca jednak zdawała sobie sprawę z tego, co się dzieje. Myślała o zaszyfrowanym pliku. Zrozumiała, że tą metodą nic więcej nie wskóra, co szczególnie jej nie zdziwiło. Dlaczego Augustowi miałoby się udać coś, z czym nie dawały sobie rady superkomputery? Pomysł już od samego początku był idiotyczny, a to, czego dokonał, i tak było imponujące. Mimo to była zawiedziona. Wyszła na dwór. Stojąc w ciemnościach, przyglądała się dzikiemu, nieurodzajnemu krajobrazowi. U podnóża stromego pagórka rozciągały się przysypane śniegiem plaża i pole. Stał tam drewniany budynek, w którym urządzano potańcówki.

Latem, przy pięknej pogodzie, z pewnością roiło się tam od ludzi. Teraz było pusto. Łódki zostały wyciągnięte na brzeg i nigdzie nie było widać żywego ducha. W domach po drugiej stronie zatoki nie paliło się ani jedno światło. Wiatr znów przybrał na sile. Podobało jej się to miejsce. O tej porze roku świetnie się nadawało na kryjówkę.

Pomyślała tylko, że nie słyszałaby stamtąd samochodu, gdyby ktoś przyjechał z wizytą. Zaparkować można było tylko w dole, przy kąpielisku, a żeby dotrzeć do domu, należało się wspiąć po drewnianych schodach. Pod osłoną

ciemności z pewnością można było to zrobić niepostrzeżenie. Sądziła jednak, że tej nocy będzie mogła się wyspać. Potrzebowała snu. Wciąż jeszcze cierpiała po postrzale i z pewnością dlatego zareagowała tak mocno na coś, w co tak naprawdę nie wierzyła. Po powrocie do domu zrozumiała, że nie tylko dlatego.

– ZAZWYCZAJ LISBETH NIE PRZEJMUJE SIĘ pogodą ani tym, co się dzieje gdzieś na peryferiach – ciągnął Holger Palmgren. – Zwraca uwagę tylko na to, co istotne. Tym razem wspomniała jednak, że na Lundagatan i w Skinnarviksparken świeciło słońce. Słyszała śmiejące się dzieci. Ludzie za oknami byli szczęśliwi – może to właśnie chciała powiedzieć. Podkreślić kontrast. Zwyczajni ludzie jedli lody, puszczali latawce i grali w piłkę. Camilla i ona siedziały zamknięte w swoim pokoju i słyszały, jak ich ojciec gwałci i katuje matkę. Wydaje mi się, że to wtedy Lisbeth na dobre zaczęła odgrywać się na ojcu. Nie jestem jednak pewien chronologii. Gwałcił matkę często i wszystko zawsze przebiegało według tego samego schematu. Przychodził po południu albo wieczorem, porządnie wstawiony. Czasem mierzwił Camilli włosy i mówił coś w rodzaju: Jak taka piękna dziewczynka może mieć taką paskudną siostrę? Potem zamykał córki w pokoju i szedł do kuchni, żeby dalej pić. Pociągał z butelki i najczęściej milczał. Początkowo tylko mlaskał jak głodne zwierzę. Potem mamrotał coś w rodzaju: Jak się dziś miewa moja mała kurwa? Mogło to brzmieć niemal czule. A potem Agneta popełniała jakiś błąd, a raczej uznawał, że go popełniła. Wtedy padał pierwszy cios, przeważnie policzek, a potem mówił: A przecież moja mała kurwa miała być dzisiaj grzeczna. Potem wlókł ją do sypialni i dalej bił. Po chwili zaciskał pięści. Lisbeth wiedziała kiedy. Słyszała, jak i w co uderzał. Czuła to tak, jakby to ją bił. Po ciosach następowały kopniaki. Zala kopał jej matkę i uderzał nią o ścianę, i krzyczał: dziwka, zdzira, kurwa. Kręciło

go to. Podniecał się, widząc, jak cierpi. Gwałcił ją, dopiero kiedy była posiniaczona i krwawiła. Kiedy dochodził, zasypywał ją jeszcze gorszymi wyzwiskami. Potem na chwilę zapadała cisza. Słychać było tylko stłumione pochlipywanie matki i ciężki oddech ojca. Potem wstawał, szedł do kuchni znów się napić, mamrotał coś, przeklinał i spluwał na podłogę. Czasami zaglądał do pokoju Camilli i Lisbeth i rzucał coś w rodzaju: Teraz mama znów będzie grzeczna. Wychodząc, zatrzaskiwał za sobą drzwi. Za każdym razem wyglądało to tak samo. Ale tamtego dnia coś się stało.

– Co?

– Pokój dziewczynek był mały. Niezależnie od tego, jak bardzo usiłowały się od siebie odsunąć, ich łóżka i tak stały blisko siebie. Kiedy ojciec znęcał się nad matką i ją gwałcił, zwykle siedziały naprzeciwko siebie, każda na swoim materacu. Rzadko się do siebie odzywały i unikały kontaktu wzrokowego. Tamtego dnia Lisbeth głównie gapiła się w okno i pewnie dlatego później wspominała o lecie i dzieciach. Nagle jednak odwróciła się do siostry i coś zobaczyła.

– Co?

– Prawą rękę swojej siostry, która uderzała o materac. Oczywiście nie musiało to nic znaczyć. Mogła być zdenerwowana. W pierwszej chwili Lisbeth właśnie tak to odebrała. Potem jednak zwróciła uwagę, że ręka jej siostry porusza się w takt odgłosów dobiegających z sypialni, i spojrzała na jej twarz. Oczy Camilli płonęły podnieceniem, a najpotworniejsze w tym wszystkim było to, że przypominała Zalachenkę. Lisbeth nie mogła w to uwierzyć, ale jej siostra się uśmiechała. Próbowała stłumić szyderczy uśmiech. Wtedy Lisbeth zrozumiała, że Camilla nie tylko chce się przypodobać ojcu i naśladować jego sposób bycia, ale też popiera to, co robił. Kibicowała mu.

– Czyste wariactwo.

– Ale tak było. Wiesz, co potem zrobiła?

– Nie.

– Zachowała całkowity spokój, usiadła obok Camilli i wzięła ją za rękę, niemal z czułością. Domyślam się, że Camilla nie zrozumiała, co się dzieje. Może sądziła, że Lisbeth potrzebuje pocieszenia albo bliskości. Pewnie widziała już dziwniejsze rzeczy. Lisbeth podciągnęła jej rękaw i w następnej chwili...

– Tak?

– Wbiła jej paznokcie w nadgarstek, aż do kości, i wyrwała ogromną dziurę. Krew trysnęła na łóżko, a Lisbeth ściągnęła siostrę na podłogę i przysięgła, że zabije i ją, i ojca, jeżeli nie przestanie bić i gwałcić ich matki. Camilla wyglądała, jakby ją podrapał tygrys.

– O Boże!

– Możesz sobie wyobrazić, jak się nienawidziły. I Agneta, i pracownicy opieki społecznej obawiali się, że może dojść do jakiegoś nieszczęścia. Zostały rozdzielone. Postarano się o to, żeby Camilla przez jakiś czas mieszkała gdzie indziej. Choć było to oczywiście rozwiązanie tymczasowe. Prędzej czy później musiało dojść do kolejnego starcia. Jak jednak wiesz, nie doszło. Agneta doznała uszkodzenia mózgu, Zalachenko został podpalony, a Lisbeth umieszczona w szpitalu. O ile dobrze zrozumiałem, spotkały się potem tylko raz, wiele lat później, i było naprawdę gorąco, choć oczywiście nie znam szczegółów. Potem Camilla zapadła się pod ziemię. Dziś nikt nie wie, gdzie jest. Ostatni trop to rodzina zastępcza, u której mieszkała w Uppsali – Dahlgrenowie. Mogę się dla ciebie postarać o numer telefonu. Kiedy miała osiemnaście albo dziewiętnaście lat, spakowała się i wyjechała z kraju. Od tamtej pory nie daje znaku życia. To dlatego mało nie padłem, kiedy mi powiedziałeś, że ją spotkałeś. Nawet Lisbeth, która ma nieprzeciętny talent do odnajdywania ludzi, nie udało się jej namierzyć.

– Więc próbowała?

– O tak, z tego, co wiem, niedawno. Chodziło o spadek po ojcu.

– Nie miałem o tym pojęcia.

– Wspomniała mi o tym mimochodem. Oczywiście sama nie chciała ani grosza. Dla niej to były krwawe pieniądze. Ale od razu wiedziała, że coś jest nie tak. Wartość spadku wynosiła cztery miliony koron. W jego skład wchodziła między innymi posiadłość w Gosseberdze, trochę papierów wartościowych, zrujnowany budynek przemysłowy w Norrtälje i jakaś zagroda. Nie było tego mało, wręcz przeciwnie, ale mimo wszystko...

– Powinno być więcej.

– Tak. Wiedziała przecież, że stał na czele przestępczego imperium. Cztery miliony to powinny dla niego być pieniądze na drobne wydatki.

– Więc się zastanawiała, czy Camilla nie odziedziczyła przypadkiem zasadniczej części?

– Wydaje mi się, że właśnie to próbowała ustalić. Dręczyła ją myśl, że pieniądze ojca, nawet po jego śmierci, czynią zło. Ale długo nie udało jej się nic wskórać.

– Camilla musiała się dobrze ukryć.

– Tak mi się wydaje.

– Myślisz, że przejęła po ojcu interes? Handel ludźmi?

– Może tak, może nie. Mogła się zająć czymś zupełnie innym.

– Na przykład?

Palmgren zamknął oczy i wypił duży łyk koniaku.

– Szczerze mówiąc, nie wiem. Ale kiedy mi powiedziałeś o Fransie Balderze, coś mi przyszło do głowy. Wiesz, dlaczego Lisbeth tak świetnie sobie radzi z komputerami? Wiesz, jak to się zaczęło?

– Nie mam pojęcia.

– W takim razie ci opowiem. Zastanawiam się, czy nie kryje się w tym klucz do twojej historii.

KIEDY LISBETH WRÓCIŁA z tarasu i zobaczyła Augusta, zastygłego przy stole w nienaturalnej pozycji, pomyślała, że przypomina ją, kiedy była dzieckiem.

Dokładnie tak się czuła w mieszkaniu przy Lundagatan, aż do dnia, kiedy uświadomiła sobie, że musi o wiele za wcześnie dorosnąć i zemścić się na ojcu. Nie sprawiło to, że wszystko stało się łatwiejsze. Żadne dziecko nie powinno nieść takiego ciężaru. A jednak ten dzień stał się dla niej początkiem prawdziwego, godnego życia. Żaden pieprzony bydlak nie może bezkarnie robić tego, co zrobił Zalachenko i morderca Fransa Baldera. Nikt, kto się dopuścił czegoś tak złego, nie może uniknąć kary. Dlatego podeszła do Augusta i uroczystym tonem powiedziała coś, co zabrzmiało jak rozkaz:

– A teraz pójdziesz się położyć. Kiedy się obudzisz, narysujesz coś, co pomoże znaleźć mordercę twojego taty. Rozumiesz?

Pokiwał głową i poczłapał do sypialni, a ona otworzyła laptopa i zaczęła szukać informacji o Lassie Westmanie i jego znajomych.

– NIE SĄDZĘ, ŻEBY ZALACHENKO był wielkim fanem komputerów – powiedział Holger Palmgren. – To nie to pokolenie. Ale możliwe, że jego nielegalna działalność rozrosła się tak, że przy zapisywaniu informacji musiał korzystać z programu komputerowego, a jednocześnie chciał trzymać tę swoją księgowość z dala od koleżków. Pewnego dnia zjawił się na Lundagatan z IBM-em. Postawił go na biurku pod oknem. Wydaje mi się, że wcześniej nikt z rodziny nawet nie widział komputera na oczy. Agneta nie mogła sobie pozwolić na aż tak ekstrawagancki zakup. Wiem, że Zalachenko zapowiedział, że obedrze żywcem ze skóry każdego, kto choćby go dotknie. Z czysto pedagogicznego punktu widzenia może i było to dobre posunięcie. Dzięki niemu pokusa była silniejsza.

– Zakazany owoc.

– O ile się nie mylę, Lisbeth miała wtedy jedenaście lat. To było, zanim rozerwała prawą rękę Camilli i rzuciła się na ojca z nożem i koktajlem Mołotowa. Można powiedzieć: zanim stała się tą Lisbeth, którą znamy. W tamtych czasach dużo myślała o tym, jak mogłaby go unieszkodliwić. Ale poza tym brakowało jej bodźca. Nie miała koleżanek. Camilla ją obgadywała i pilnowała, żeby w szkole nikt się do niej nie zbliżał. Poza tym była inna. Nie wiem, czy zdawała sobie z tego sprawę. Pewne jest za to, że ani nauczyciele, ani inni tego nie rozumieli. Była niezwykle utalentowanym dzieckiem. Już samo to ją wyróżniało. W szkole śmiertelnie się nudziła. Wszystko było dla niej oczywiste i proste. Wystarczyło, że rzuciła na coś okiem, i od razu rozumiała. Na lekcjach najczęściej odpływała w świat marzeń. Wydaje mi się, że już wtedy w wolnym czasie znajdowała sobie rozrywki, na przykład sięgała po podręczniki do matematyki dla starszych klas, ale ogólnie rzecz biorąc, nudziła się. Przeważnie siedziała z komiksami Marvela, które w zasadzie były dla niej za proste, ale prawdopodobnie odgrywały inną, terapeutyczną rolę.

– Co masz na myśli?

– Nie lubię psychologizowania w odniesieniu do Lisbeth. Gdyby usłyszała to, co powiem, znienawidziłaby mnie. Ale w tych komiksach jest cała masa superbohaterów walczących z wrogami, którzy są przeżarci złem. Biorą sprawy we własne ręce, mszczą się i zaprowadzają sprawiedliwość. Może i była to dla niej odpowiednia lektura. Te przerysowane opowieści mogły jej pomóc uświadomić sobie, jaką rolę ma do odegrania.

– Chodzi ci o to, że zrozumiała, że musi dorosnąć i zostać superbohaterką.

– W pewnym sensie, może, w jej własnym małym świecie. Oczywiście wtedy jeszcze nie wiedziała, że Zalachenko był kiedyś radzieckim superszpiegiem, a tajemnice, które zna, zapewniają mu w Szwecji wyjątkową pozycję. Na pewno nie miała pojęcia, że w Säpo jest specjalna sekcja, która go chroni. Choć tak jak Camilla przeczuwała, że jest bezkarny. Pewnego dnia zjawił się nawet u nich jakiś pan w szarym płaszczu i dał im do zrozumienia, że Zalachence nie może się nic stać, że to po prostu nie wchodzi w grę. Wcześnie zaczęła podejrzewać, że nie ma sensu zwracać się do policji albo opieki społecznej. Gdyby to zrobiła, odwiedziłby ich tylko kolejny pan w szarym płaszczu.

Nie, nic nie wiedziała o przeszłości ojca. Ani o służbach wywiadowczych i ukrywaniu byłych szpiegów. W głębi serca przeżywała to, że jej rodzina jest bezsilna, i bardzo przez to cierpiała. Bezsilność może być destrukcyjna. Lisbeth była za mała, żeby temu jakoś zaradzić, potrzebowała azylu, miejsca, gdzie mogłaby się schronić i z którego mogłaby czerpać siłę. Takim miejscem stał się dla niej świat superbohaterów. Wiele osób z mojego pokolenia nim gardzi. Ja zdaję sobie sprawę, że literatura, niezależnie od tego, czy chodzi o komiksy, czy o piękne stare powieści, może mieć ogromne znaczenie, i wiem, że Lisbeth przywiązała się do młodej bohaterki, Janet van Dyne.

– Janet van Dyne?

– Zgadza się, to córka bogatego naukowca. Jej ojciec zostaje zamordowany przez kosmitów, o ile mnie pamięć nie myli. Janet, chcąc się zemścić, odnajduje jednego z jego współpracowników i w jego laboratorium zyskuje nadprzyrodzone moce. Między innymi wyrastają jej skrzydła, może się też kurczyć i powiększać. Zamienia się w twardzielkę, zaczyna nosić czarno-żółte stroje, w kolorach osy, i dlatego przyjmuje imię Wasp. Kiedy ktoś jej nadepnie na odcisk, potrafi użądlić.

– O, nie miałem o tym pojęcia. To stąd się wziął jej pseudonim?

– Wydaje mi się, że nie tylko pseudonim. Jako zgrzybiały starzec zupełnie się w tym wszystkim nie orientowałem, ale kiedy po raz pierwszy zobaczyłem Wasp, aż podskoczyłem. Bardzo przypominała Lisbeth. W pewnym sensie nadal tak jest. Sądzę, że Lisbeth dużo od niej zapożyczyła, choć jestem daleki od przywiązywania do tego zbyt dużej wagi. Wasp to tylko bohaterka komiksów, a świat, w którym żyła Lisbeth, był jak najbardziej prawdziwy. Ale wiem, że dużo myślała o przemianie, którą przeszła Janet van Dyne, kiedy się stała Wasp. Zapewne zdawała sobie sprawę, że sama musi się zmienić, i to równie drastycznie – z dziecka i ofiary musi się przeistoczyć w kogoś, kto będzie w stanie stawić czoło świetnie wyszkolonemu szpiegowi, człowiekowi pozbawionemu wszelkich skrupułów.

Myślała o tym dzień i noc. Wasp była dla niej w tym przejściowym okresie ważną postacią i źródłem inspiracji, a Camilla to odkryła. Ta dziewczyna miała przerażający talent do znajdowania u innych słabości. Wymacywała czułkami ich słabe punkty i zadawała cios. Na wszelkie możliwe sposoby zaczęła ośmieszać Wasp. Ale nie poprzestała na tym. Dowiedziała się, jak się nazywają w komiksach jej wrogowie, i zaczęła przyjmować ich imiona, takie jak Thanos i tym podobne.

– Powiedziałeś Thanos? – przerwał mu Mikael.

– Wydaje mi się, że tak właśnie się nazywał bohater, który chciał wszystko unicestwić. Pewnego razu pod postacią kobiety objawiła mu się śmierć, a on się w niej zakochał i zapragnął zasłużyć na jej uznanie. Tak to chyba było. Camilla stanęła po jego stronie, żeby sprowokować Lisbeth. Nazwała nawet paczkę znajomych The Spider Society, dlatego, że w jednym z komiksów występuje grupa o takiej nazwie, śmiertelni wrogowie Sisterhood of the Wasp.

– Naprawdę? – zapytał Mikael. W głowie kłębiło mu się mnóstwo różnych myśli.

– Tak, to oczywiście było dziecinne, ale nie nieszkodliwe. Wrogość między siostrami już wtedy była tak silna, że te pseudonimy nabrały nieprzyjemnego znaczenia. Tak jak w czasie wojny, kiedy nawet symbole są rozdmuchiwane i nabierają śmiercionośnego wydźwięku.

– Wciąż mogą mieć takie znaczenie?

– Chodzi ci o pseudonimy?

– Tak, chyba tak.

Mikael nie był do końca pewien, o co mu chodzi. Miał niejasne wrażenie, że trafił na ślad czegoś ważnego.

– Nie wiem – odparł Palmgren. – Teraz są już dorosłymi kobietami, choć nie należy zapominać, że ten okres w ich życiu zaważył na ich losach i że wówczas wszystko się zmieniło. Z perspektywy czasu nawet drobne szczegóły mogły nabrać ogromnego znaczenia. Lisbeth straciła matkę i została zamknięta w zakładzie. Ale nie tylko jej życie legło w gruzach. Camilla też straciła dom, a ojciec, którego tak bardzo podziwiała, został dotkliwie okaleczony. Po ataku już nigdy tak naprawdę nie doszedł do siebie. Natomiast Camilla została umieszczona w rodzinie zastępczej, daleko od świata, którego centrum kiedyś stanowiła. Musiała bardzo cierpieć. Nie mam najmniejszych wątpliwości, że po tym wszystkim nienawidzi Lisbeth z całego serca.

– Na to wygląda – zgodził się Mikael.

Palmgren wypił kolejny łyk koniaku.

– Jak już powiedziałem, nie można nie doceniać znaczenia tamtego okresu w ich życiu. Prowadziły wojnę, ale w głębi duszy obie musiały wiedzieć, że prędzej czy później to wszystko eksploduje. Wydaje mi się nawet, że się do tego przygotowywały.

– Ale każda inaczej.

– O tak. Lisbeth była szalenie inteligentna, w jej głowie cały czas kluły się jakieś przebiegłe plany. Ale była sama. Camilla nie była zbyt błyskotliwa, przynajmniej w klasycznym sensie. Nigdy nie miała głowy do nauki i nie potrafiła zrozumieć abstrakcyjnych wywodów. Potrafiła jednak manipulować ludźmi. Nie miała sobie równych, jeśli chodzi o ich wykorzystywanie i oczarowywanie, i dlatego, w odróżnieniu od Lisbeth, nigdy nie była sama. Zawsze ktoś jej usługiwał. Kiedy odkrywała, że Lisbeth jest dobra w czymś, co mogło być dla niej zagrożeniem, nigdy nie próbowała jej dorównać. Doskonale wiedziała, że nie da rady się z nią mierzyć.

– I co robiła?

– Wyszukiwała kogoś, najlepiej kilka osób, które się znały na tym co Lisbeth, cokolwiek to było, i z pomocą tych ludzi stawiała jej czoło. Zawsze miała pomagierów i znajomych gotowych zrobić dla niej wszystko. Wybacz, trochę odbiegłem od tematu.

– No właśnie. Co się stało z komputerem Zalachenki?

– Jak wspomniałem, Lisbeth brakowało bodźców. Poza tym źle sypiała. Pewnej nocy leżała i zamartwiała się o mamę. Po gwałtach Agnetę męczyły krwawienia, ale nie poszła do lekarza. Prawdopodobnie było jej wstyd. Od czasu do czasu pogrążała się w głębokiej depresji. Nie była wtedy w stanie iść do pracy ani zajmować się dziewczynkami. Wtedy Camilla gardziła nią jeszcze bardziej. Matka jest słaba, mówiła. W jej świecie nie było nic gorszego niż słabość. Za to Lisbeth...

– Tak?

– Widziała, że jedynemu człowiekowi, którego kiedykolwiek kochała, dzieje się potworna krzywda. Nocami leżała i rozmyślała o tym. To prawda, była tylko dzieckiem. W pewnym sensie nic się w tej kwestii nie zmieniło. Ale coraz bardziej utwierdzała się w przekonaniu, że tylko ona może ochronić matkę przed śmiercią. Myślała o tym i o mnóstwie innych spraw. W końcu wstała. Ostrożnie, żeby nie obudzić Camilli. Może chciała sobie przynieść coś do czytania? Może nie mogła już znieść swoich myśli. To bez znaczenia. Ważne, że zobaczyła komputer. Stał pod oknem wychodzącym na Lundagatan.

Wtedy nie wiedziała nawet, jak go włączyć. Ale udało jej się to odgadnąć i przeszył ją dreszcz. Komputer zdawał się do niej szeptać: rozwikłaj moje tajemnice. Choć oczywiście... wiele nie zdziałała, w każdym razie na początku. Potrzebne było hasło. Próbowała raz po raz. Ojca nazywano Zala, więc wypróbowała Zala666 i tym podobne. Bezskutecznie. Zdaje się, że spędziła tak dwie lub trzy noce, i jeśli spała, to w szkole albo popołudniami, w domu.

Pewnej nocy przypomniała sobie zdanie, które ojciec zapisał na skrawku papieru w kuchni – *Was mich nicht umbringt, macht mich stärker* – co mnie nie zabije, to mnie wzmocni. Wtedy nic to dla niej nie znaczyło. Zrozumiała jednak, że te słowa muszą być ważne dla jej ojca, i spróbowała je wpisać. Też bez rezultatu. Za dużo liter. Po chwili wpisała nazwisko autora – Nietzsche – i nagle okazało się, że się zalogowała. Otworzył się wtedy przed nią zupełnie nowy, tajemniczy świat. Później powiedziała, że to była chwila, która zmieniła ją na zawsze. Kiedy sforsowała barierę stworzoną po to, żeby ją powstrzymać, dostała skrzydeł. Mogła zbadać to, co miało pozostać w ukryciu, ale...

– Tak?

– Początkowo nic z tego nie rozumiała. Wszystko było napisane po rosyjsku. Różne zestawienia i sporo liczb. Zgaduję, że były tam zapisane zyski, które przynosił Zalachence handel ludźmi. Wciąż nie wiem, ile z tego zrozumiała już wtedy, a ile dowiedziała się później. Domyśliła się, że Zalachenko krzywdzi nie tylko jej matkę. Niszczył także życie innych kobiet. Myśl o tym doprowadzała ją do szału i na swój sposób uformowała tę Lisbeth, którą znamy, nienawidzącą mężczyzn, którzy...

– ...nienawidzą kobiet.

– Zgadza się. Ale dodało jej to sił. Zrozumiała, że nie ma już odwrotu. Musiała powstrzymać ojca, zaczęła więc badać kolejne komputery, między innymi w szkole. Wkradała się do gabinetów nauczycieli, kilka razy powiedziała w domu, że przenocuje u przyjaciół, których przecież nie miała, a w rzeczywistości po kryjomu zostawała w szkole i aż do rana siedziała przy komputerze. Zaczęła się uczyć wszystkiego o programowaniu i hakowaniu. Pewnie było tak jak w przypadku innych cudownych dzieci. Była tym upojona. Czuła, że to jej powołanie. Wiele osób, z którymi się zetknęła w cyfrowym świecie, zaczęło się nią interesować, tak jak to zwykle bywa w przypadku starszego pokolenia, które rzuca się na młodsze utalentowane jednostki, żeby je wspierać lub tłamsić. Napotkała na opór i słowa krytyki. Wiele osób denerwowało się, że robi wszystko na odwrót albo po prostu inaczej. Ale innym to imponowało. Zyskała przyjaciół, między innymi Plague'a. Pierwszych prawdziwych przyjaciół poznała dzięki komputerom i co ważniejsze, po raz pierwszy w życiu czuła się wolna. Płynęła przez cyberprzestrzeń jak Wasp. Nic jej nie ograniczało.

– Camilla zrozumiała, jak dużo się nauczyła?

– Prawdopodobnie przeczuwała, ale nie jestem pewien. Wolę nie zgadywać. Czasem myślę sobie, że Camilla jest ciemną stroną Lisbeth, jej mrocznym odbiciem.

– *The bad twin*.

– Trochę tak! Nie lubię mówić o ludziach, że są źli, zwłaszcza o młodych kobietach. A mimo to często tak właśnie o niej myślę. Nigdy jednak nie miałem tyle siły, żeby to porządnie zbadać, w każdym razie nie dogłębnie. Jeśli sam chcesz w tym pogrzebać, radziłbym ci zacząć od telefonu do Margarety Dahlberg, zastępczej matki Camilli, która się nią zajmowała po tragedii na Lundagatan. Mieszka obecnie w Sztokholmie, w Solnie, o ile się nie mylę. Jest wdową i miała tragiczne życie.

– To znaczy?

– To też dość interesujące. Jej mąż, Kjell, powiesił się krótko przed tym, jak Camilla się od nich wyprowadziła. Rok później ich dziewiętnastoletnia córka też popełniła samobójstwo, wyskakując z promu wycieczkowego, który płynął do Finlandii. W każdym razie tak ustalono. Miała problemy osobiste, uważała, że jest gruba i brzydka. Margareta nigdy nie uwierzyła w tę wersję, wynajęła nawet prywatnego detektywa. Ma obsesję na punkcie Camilli i szczerze mówiąc, zawsze brakowało mi do niej cierpliwości. Trochę mi z tego powodu wstyd. Skontaktowała się ze mną tuż po tym, jak opublikowałeś historię Zalachenki, a wtedy, jak wiesz, dopiero co zakończyłem rehabilitację w ośrodku Ersta. Miałem kompletnie zszargane nerwy i zdrowie, a Margareta wykańczała mnie swoją gadaniną. Była opętana. Czułem się zmęczony, jak tylko wyświetlił mi się jej numer, i włożyłem sporo wysiłku w to, żeby jej unikać. Ale teraz, kiedy o tym myślę, rozumiem ją coraz lepiej. Wydaje mi się, że by się ucieszyła, gdyby mogła z tobą porozmawiać.

– Masz namiary na nią?

– Poczekaj chwilę, zaraz przyniosę. Jesteś pewien, że Lisbeth i chłopiec są bezpieczni?

– Tak – odparł Mikael. Taką mam przynajmniej nadzieję, pomyślał, wstając. Objął Palmgrena.

Gdy wyszedł na Liljeholmstorget, znów dopadł go porywisty wiatr. Szczelniej otulił się połami płaszcza. Zaczął myśleć o Camilli, o Lisbeth i z jakiegoś powodu również o Andreiu Zanderze.

Postanowił do niego zadzwonić i zapytać, jak mu idzie z historią o zaginionym handlarzu dzieł sztuki. Nie odbierał.

Rozdział 24
23 listopada, wieczór

ANDREI ZANDER DZWONIŁ do Mikaela, bo zmienił zdanie. Jasne, że chciał się z nim napić piwa. Nie mieściło mu się w głowie, że mógł odmówić. Mikael Blomkvist był jego idolem, to dzięki niemu chciał studiować dziennikarstwo. Ale kiedy w słuchawce rozległ się sygnał, zawstydził się i rozłączył. Może Mikael znalazł sobie ciekawsze zajęcie? Nie lubił przeszkadzać ludziom bez potrzeby, a już na pewno nie chciał przeszkadzać Mikaelowi Blomkvistowi.

Wrócił do pracy. Ale choć bardzo się starał, pisanie mu nie szło. Nie potrafił znaleźć odpowiednich sformułowań. Po godzinie uznał, że zrobi sobie przerwę i wyjdzie się przewietrzyć. Posprzątał na biurku i jeszcze raz upewnił się, że każde słowo szyfrowanej rozmowy zostało skasowane. Potem przywitał się z Emilem Grandénem, jedynym człowiekiem – poza nim – który jeszcze siedział w redakcji.

W zasadzie nie można mu było nic zarzucić. Miał trzydzieści sześć lat, wcześniej pracował w programie *Kalla Fakta* w TV4 i w dzienniku „Svenska Morgonposten", a rok wcześniej otrzymał Wielką Nagrodę Dziennikarską za najlepsze śledztwo dziennikarskie. Andrei, choć bardzo się starał stłumić to uczucie, uważał, że jest zarozumiały. Przynajmniej w kontaktach z nim – młodym, zatrudnionym na zastępstwo dziennikarzem.

– Wychodzę na chwilę – oznajmił.

Emil spojrzał na niego, jak gdyby miał coś powiedzieć, ale zapomniał.

– W porządku – powiedział z rezerwą.

Andrei czuł się naprawdę podle. Nie bardzo rozumiał dlaczego. Być może z powodu wyniosłości Emila, choć chyba przede wszystkim ze względu na artykuł o handlarzu dziełami sztuki. Dlaczego sprawiał mu taką trudność? Zapewne dlatego, że najbardziej ze wszystkiego chciał pomóc Mikaelowi przy sprawie Baldera. Wszystko inne wydawało mu się drugorzędne. A poza tym był przecież tchórzliwym kretynem. Dlaczego nie pozwolił Mikaelowi spojrzeć na to, co napisał?

Nikt tak jak Mikael nie potrafił poprawić reportażu kilkoma machnięciami długopisem i kilkoma skreśleniami. Nieważne, pomyślał. Jutro z pewnością spojrzy na tekst świeższym okiem, a Mikael będzie mógł go przeczytać, bez względu na to, jak źle jest napisany. Zamknął drzwi i poszedł do windy. Wzdrygnął się. Kawałek dalej, na schodach, rozgrywał się jakiś dramat. W pierwszej chwili trudno mu było zrozumieć, o co chodzi. Potem zobaczył chudego człowieka o głęboko osadzonych oczach. Zaczepiał piękną kobietę. Zawsze źle reagował na przemoc. Odkąd jego rodzice zostali zamordowani, śmiesznie łatwo było go przestraszyć. Nienawidził kłótni. Ale teraz chodziło o jego szacunek do samego siebie. Uciec samemu to jedno, zostawić drugiego człowieka w niebezpieczeństwie to co innego. Zbiegł po schodach i wrzasnął: „Przestań, zostaw ją!". Okazało się, że to fatalna pomyłka.

Chłopak o głęboko osadzonych oczach wyciągnął nóż i wymamrotał po angielsku jakąś groźbę. Andrei poczuł, że uginają się pod nim nogi. Mimo to zebrał resztki odwagi i niczym w kiepskim filmie akcji wysyczał:

– *Get lost! You will only make yourself miserable.*

I rzeczywiście po kilkusekundowej próbie sił chłopak zwiał z podkulonym ogonem, a on i kobieta zostali sami. Tak to się zaczęło. Jak w filmie.

Na początku czuli się niepewnie. Kobieta była roztrzęsiona i speszona. Mówiła tak cicho, że musiał się nachylić, żeby coś usłyszeć. Dlatego dopiero po chwili zrozumiał, co zaszło. Miała za sobą koszmarne małżeństwo. Była rozwiedziona i żyła pod przybranym nazwiskiem, ale były mąż i tak ją znalazł i nasłał jakiegoś osiłka, żeby ją gnębił.

– Dziś już drugi raz mnie zaatakował – powiedziała.

– Skąd się pani tu wzięła?

– Próbowałam uciec i wbiegłam tu, ale to nic nie dało.

– To straszne.

– Nie wiem, jak panu dziękować.

– To drobiazg.

– Mam już tak dosyć złych mężczyzn.

– Ja jestem dobrym mężczyzną – odpowiedział chyba za szybko i poczuł się żałosny. Nie zdziwiło go, że nie odpowiedziała, tylko zawstydzona spojrzała w podłogę.

Było mu wstyd, że próbował jej się przypodobać takim tanim tekstem. A ona niespodziewanie – kiedy już myślał, że jest spalony – podniosła głowę i posłała mu ostrożny uśmiech.

– Chyba rzeczywiście – powiedziała. – Mam na imię Linda.

– Ja jestem Andrei.

– Miło mi. Jeszcze raz dziękuję, Andrei.

– To ja dziękuję.

– Za co?

– Za to, że...

Nie dokończył. Czuł, jak bije mu serce, i miał sucho w gardle. Spuścił wzrok.

– Tak?

– Chcesz, żebym cię odprowadził do domu?

Natychmiast pożałował i tego pytania. Bał się, że zostanie źle odebrane. Ona jednak uśmiechnęła się tym samym urzekającym, niepewnym uśmiechem i odparła, że z nim u boku będzie się czuła bezpiecznie. Wyszli na ulicę i ruszyli w kierunku Slussen. Po drodze opowiadała, jak żyje, praktycznie uwięziona w dużym domu w Djursholm. Andrei odparł, że rozumie, przynajmniej do pewnego stopnia, bo napisał serię artykułów na temat przemocy wobec kobiet.

– Jesteś dziennikarzem? – zapytała.

– Pracuję w „Millennium".

– O, naprawdę? Podziwiam tę gazetę.

– Zrobiła wiele dobrego – powiedział skromnie Andrei.

– To prawda. Jakiś czas temu czytałam świetny artykuł o Irakijczyku, który doznał obrażeń podczas wojny i którego zwolniono z posady sprzątacza w jakiejś knajpie w centrum Sztokholmu. Został bez środków do życia. Dziś jest właścicielem sieci restauracji. Płakałam, kiedy go czytałam. Był tak pięknie napisany. Dawał nadzieję, że zawsze można zacząć od nowa.

– To ja go napisałem – powiedział.

– Żartujesz? Był naprawdę fantastyczny.

Andrei nie był rozpieszczany komplementami na temat swoich tekstów, a już na pewno nie przez nieznajome kobiety. Jak tylko pojawiał się temat „Millennium", ludzie chcieli rozmawiać o Mikaelu Blomkviście. Andrei nie miał nic przeciwko temu, ale skrycie marzył o tym, żeby on też został dostrzeżony, a teraz ta piękna kobieta chwaliła go, choć nie miała nawet takiego zamiaru.

Poczuł taką radość i dumę, że odważył się zaproponować jej drinka w restauracji Papagallo, którą właśnie mijali. Ku jego radości odpowiedziała:

– Świetny pomysł!

Weszli. Andrei czuł, jak bije mu serce, i ze wszystkich sił starał się unikać jej wzroku.

Jej oczy sprawiały, że tracił grunt pod nogami. Usiedli przy stoliku niedaleko baru. Linda niepewnie wyciągnęła rękę, on ją chwycił i coś wymamrotał, choć sam nie wiedział, co mówi. Nie mógł uwierzyć, że to się dzieje naprawdę. Wiedział tylko, że dzwonił Emil Grandén i że ku własnemu zdziwieniu zignorował to i wyłączył w telefonie dźwięk. Ten jeden raz gazeta mogła poczekać.

Chciał tylko wpatrywać się w twarz Lindy, utopić się w niej. Wyglądała tak pięknie, że było to dla niego jak cios w brzuch, a mimo to wydawała się krucha i delikatna jak ptaszek.

– Nie rozumiem tego, jak ktoś mógł chcieć ci zrobić krzywdę.

– A tymczasem wciąż mnie to spotyka – odparła, a on pomyślał, że mimo wszystko chyba potrafi to zrozumieć.

Kobieta taka jak ona z pewnością przyciąga psychopatów. Nikt inny nie ma odwagi podejść i gdzieś jej zaprosić. Wszyscy inni czują się gorsi. Tylko najwięksi dranie mają dość odwagi, żeby wbić w nią szpony.

– Miło tak siedzieć z tobą – powiedział.

– Miło tak siedzieć z tobą – powiedziała Linda, akcentując ostatnie słowo, a potem ostrożnie pogładziła go po dłoni. Zamówili po kieliszku czerwonego wina i zaczęli gadać jedno przez drugie, więc kiedy znów zadzwoniła komórka, prawie nie zwrócił na to uwagi. W ten sposób po raz pierwszy w życiu zignorował telefon od Mikaela Blomkvista.

Zaraz potem Linda wstała, wzięła go za rękę i wyprowadziła. Nie pytał, dokąd idą. Czuł, że mógłby za nią pójść wszędzie. Była najwspanialszą istotą, jaką kiedykolwiek spotkał. Co jakiś czas uśmiechała się do niego, a ten uśmiech był jednocześnie niepewny i uwodzicielski. Sprawiała, że każdy kamień na ulicy, każdy oddech, był obietnicą czegoś wielkiego, jakiegoś przełomu. Całe życie można przeżyć dla takiego spaceru jak ten, pomyślał, niemal nie zwracając uwagi na mróz i na miasto.

Był pijany jej obecnością i oczekiwaniem na to, co się miało zdarzyć. Choć może – nie był pewien – w całej tej sytuacji coś wzbudzało jego podejrzenia, nawet jeśli początkowo zrzucał je na karb typowego dla siebie sceptycyzmu wobec każdego przejawu szczęścia. Mimo to zadawał sobie nieuniknione pytanie: czy to nie jest za dobre, żeby mogło być prawdziwe?

Spojrzał uważnie na Lindę. Teraz wydawała mu się już nie tak sympatyczna. Kiedy mijali Katarinahissen, odniósł wrażenie, że w jej oczach pojawił się lodowaty chłód. Zaniepokojony spuścił wzrok i spojrzał na smaganą wiatrem wodę.

– Dokąd idziemy? – zapytał.

– Moja przyjaciółka ma małe mieszkanie przy Mårten Trotzigs gränd. Mogę z niego korzystać. Może tam też moglibyśmy się czegoś napić? – odparła, a Andrei się uśmiechnął, jak gdyby nigdy w życiu nie słyszał lepszego pomysłu.

Mimo to miał w głowie coraz większy mętlik. Jeszcze przed chwilą to on proponował, że się nią zaopiekuje. Teraz to ona przejęła inicjatywę. Zerknął szybko na komórkę i zobaczył, że Mikael Blomkvist dzwonił do niego dwa razy. Chciał jak najszybciej oddzwonić. Cokolwiek się działo, nie mógł zawieść gazety.

– Z przyjemnością – powiedział. – Ale najpierw muszę zadzwonić gdzieś służbowo. Pracuję nad pewnym artykułem.

– Nie, Andrei – zaprotestowała zaskakująco zdecydowanie. – Do nikogo nie zadzwonisz. Dziś jesteśmy tylko ty i ja.

– Okej – odparł. Zrobiło mu się nieprzyjemnie.

Wyszli na Järntorget. Mimo kiepskiej pogody było tam dużo ludzi. Linda wpatrywała się w ziemię, jakby nie chciała, żeby ją ktoś zobaczył. Andrei patrzył w prawo, na Österlånggatan i pomnik Everta Taube. Skald stał nieruchomo, trzymał w prawej dłoni nuty i przez ciemne okulary patrzył w niebo. Czy powinien umówić się z nią na następny dzień?

– Może... – zaczął.

Nie zdążył powiedzieć nic więcej, bo przyciągnęła go do siebie i pocałowała. Tak mocno, że zapomniał o wszystkim. A potem znów przyspieszyła. Trzymała go za rękę. Pociągnęła go w lewo, w Västerlånggatan. Niespodziewanie skręcili w prawo, w ciemną uliczkę. Czy ktoś za nimi szedł? Nie, kroki i głosy, które słyszał, dobiegały z daleka. Chyba nie było tam nikogo prócz niego i Lindy? Minęli okno o czerwonych ramach i z czarnymi okiennicami i doszli do szarych drzwi. Linda nie bez wysiłku otworzyła je kluczem, który miała w torebce. Zauważył, że drżą jej ręce, i zaczął się zastanawiać dlaczego. Czyżby nadal bała się byłego męża i jego osiłków?

Weszli po ciemnych schodach. Ich kroki odbijały się echem, a w powietrzu czuć było delikatny zapach zgnilizny. Na jednym ze stopni leżała karta do gry – dama pik. Ogarnęło go niemiłe uczucie. Sam nie wiedział dlaczego, ale z pewnością był jakiś idiotyczny przesąd. Próbował stłamsić to uczucie i cieszyć się ze spotkania. Linda oddychała ciężko. Zaciskała prawą dłoń w pięść. Od strony uliczki dobiegł śmiech jakiegoś mężczyzny. Chyba nie śmiał się z niego? Bzdury! Ponosiła go fantazja. Wydawało mu się, że wchodzą po schodach bez końca. Czy ten budynek naprawdę był tak wysoki? Nagle się zorientował, że są już na miejscu. Przyjaciółka Lindy mieszkała na poddaszu.

Na drzwiach widniało nazwisko Orłow. Linda znów wyjęła pęk kluczy. Ale tym razem jej ręka poruszała się pewnie.

MIKAEL BLOMKVIST siedział w staromodnie umeblowanym mieszkaniu przy Prostvägen w Solnie, w sąsiedztwie dużego cmentarza. Zgodnie z przewidywaniami Holgera Palmgrena, Margareta Dahlberg zgodziła się z nim spotkać bez chwili wahania. Nawet jeśli przez telefon sprawiała wrażenie nie do końca zrównoważonej, okazała się elegancką, szczupłą kobietą koło sześćdziesiątki. Miała na sobie piękny żółty sweter i czarne spodnie z wyraźnymi kantami. Być może zdążyła się przebrać z myślą o jego wizycie. Miała buty na obcasie i gdyby nie to, że uciekała wzrokiem, mógłby pomyśleć, że mimo wszystko ma przed sobą kobietę zadowoloną z życia.

– Chce się pan dowiedzieć czegoś o Camilli – stwierdziła.

– Przede wszystkim co się z nią działo przez ostatnie lata – o ile wie pani coś na ten temat.

– Pamiętam, kiedy do nas trafiła. Mój mąż, Kjell, uznał, że możemy się na coś przydać społeczeństwu, a jednocześnie powiększyć naszą małą rodzinę. Mieliśmy przecież tylko jedno dziecko – naszą biedną Moę. Miała wtedy czternaście lat i była samotna. Pomyśleliśmy, że dobrze jej zrobi, jeśli przygarniemy dziewczynkę w jej wieku.

– Wiedzieli państwo, co się stało u Salanderów?

– Nie znaliśmy oczywiście wszystkich szczegółów, ale wiedzieliśmy, że dziewczynka przeżyła straszliwą traumę, że matka była chora, a ojciec poważnie poparzony. Byliśmy tym głęboko przejęci i spodziewaliśmy się dziewczynki w kompletnej rozsypce, kogoś, kto będzie wymagał olbrzymich pokładów miłości i troski. A wie pan, kto do nas przyszedł?

– Kto?

– Najbardziej zachwycająca dziewczynka, jaką kiedykolwiek widzieliśmy. Nie chodziło tylko o to, że była taka piękna. Żeby pan ją wtedy słyszał. Była taka mądra, dojrzała, opowiadała chwytające za serce historie o tym, jak jej chora psychicznie siostra terroryzowała całą rodzinę. Tak, tak, wiem, że miało to niewiele wspólnego z prawdą. Ale jak mogliśmy jej wtedy nie wierzyć? Z jej oczu biła pewność, a kiedy mówiliśmy: To okropne, skarbie, odpowiadała: Nie było łatwo, ale i tak kocham moją siostrę. Po prostu jest chora, a teraz ma już opiekę. Mówiła to tak dorośle i z taką empatią, że czasem można było odnieść wrażenie, że to ona opiekuje się nami. Cała rodzina się rozświetliła, jakby w nasze życie wkroczyła istota pełna blasku i sprawiła, że wszystko stało się okazalsze i piękniejsze. Rozkwitliśmy, zwłaszcza Moa. Zaczęła się przejmować swoim wyglądem i od razu stała się bardziej popularna w szkole. Wtedy zrobiłabym dla niej wszystko. A mój mąż, Kjell... cóż mogę powiedzieć? Stał się innym człowiekiem. Na początku ciągle chodził uśmiechnięty i roześmiany, znów zaczął się ze mną kochać – proszę mi wybaczyć bezpośredniość. Może już wtedy powinnam była zacząć się martwić. Ale uznałam, że to radość z tego, że wreszcie wszystko się ułożyło. Przez jakiś czas byliśmy szczęśliwi, jak wszyscy, którzy spotykają Camillę. Na początku są szczęśliwi. Potem... chcą już tylko umrzeć. Po czasie spędzonym z nią człowiekowi odechciewa się żyć.

– Jest aż tak źle?

– Aż tak.

– Co się stało?

– Powoli sączyła między nas truciznę. Powoli przejmowała władzę nad naszą rodziną. Dziś trudno powiedzieć, kiedy skończyła się zabawa, a zaczął koszmar. Działo się to tak niepostrzeżenie, że kiedy się nagle obudziliśmy, nic już nie istniało: zaufanie, poczucie bezpieczeństwa, cały fundament naszej rodziny. Pewność siebie, której nabrała Moa, została zrównana z ziemią. Nocami nie mogła zasnąć, płakała, mówiła, że jest brzydka i potworna i nie zasługuje na to, żeby żyć. Dopiero później dowiedzieliśmy się, że jej konto oszczędnościowe zostało wyczyszczone. Nadal nie wiem, co się stało. Jestem jednak przekonana, że Camilla ją zaszantażowała. Szantażowanie przychodziło jej równie łatwo jak oddychanie. Zbierała haki na ludzi. Długo wydawało mi się, że prowadzi pamiętnik. Ona jednak zapisywała i katalogowała wszelkie brudne sekrety ludzi ze swojego otoczenia. A Kjell... pieprzony, cholerny Kjell... wie pan, wierzyłam mu, kiedy mówił, że ma problemy ze snem i musi spać w pokoju gościnnym w piwnicy. A on robił to, żeby sypiać z Camillą. Odkąd skończyła szesnaście lat, zakradała się nocą do jego łóżka i uprawiała z nim chory seks. Mówię chory, bo zaczęłam coś podejrzewać, kiedy zastanowiły mnie rany na jego klatce piersiowej. Wtedy oczywiście nic nie powiedział. Wymyślił tylko jakiś dziwny, głupi wykręt, a ja stłumiłam swoje podejrzenia. I wie pan, co się stało? Kjell w końcu to wyznał: Camilla wiązała go i cięła nożem. Mówił, że sprawia jej to przyjemność. Czasem miałam wręcz nadzieję, że to prawda. To może brzmieć dziwnie, ale czasem naprawdę miałam nadzieję, że coś z tego miała, że nie chodziło jej tylko o to, żeby się nad nim poznęcać i zniszczyć mu życie.

– Jego też szantażowała?

– Tak, ale i w tym przypadku nie wszystko jest dla mnie jasne. Poniżyła go tak bardzo, że nawet kiedy wszystko już było stracone, nie mógł mi powiedzieć całej prawdy. Kjell był w naszej rodzinie opoką. Kiedy zabłądziliśmy, zalała nas powódź albo jedno z nas zachorowało, wykazywał się spokojem i zaradnością. Wszystko się ułoży – powtarzał tym swoim wspaniałym głosem, który nadal wspominam. Ale po kilku latach z Camillą był wrakiem. Bał się nawet przejść przez ulicę. Sto razy oglądał się za siebie. W pracy stracił całą motywację, siedział tylko ze spuszczoną głową. Jeden z jego najbliższych współpracowników, Mats Hedlund, zadzwonił do mnie i powiedział mi w zaufaniu, że rozpoczęto dochodzenie, które ma pomóc ustalić, czy nie sprzedał tajemnic firmy. To brzmiało jak kompletne wariactwo. Kjell był najuczciwszym człowiekiem, jakiego znałam. A jeżeli coś sprzedał, gdzie były pieniądze? Byliśmy biedniejsi niż kiedykolwiek. Jego konto było ogołocone, nasz wspólny rachunek właściwie też.

– Jak umarł?

– Powiesił się bez słowa wyjaśnienia. Któregoś dnia wróciłam z pracy i znalazłam go w piwnicy, w tym samym pokoju, w którym zabawiała się z nim Camilla. Byłam wtedy dobrze zarabiającą główną ekonomistką i pewnie miałam przed sobą świetlaną karierę. Jednak po tym życie moje i córki legło w gruzach. Nie chcę wchodzić w szczegóły. Chciał pan wiedzieć, co się stało z Camillą. Ale brakuje mi słów, żeby opisać to, co się wtedy działo. Moa zaczęła się ciąć i praktycznie przestała jeść. Któregoś dnia zapytała mnie, czy uważam, że jest śmieciem. Mój Boże, kochanie – powiedziałam. Jak możesz mówić coś takiego? Odparła, że tak powiedziała Camilla. Że według niej wszyscy uważają ją za odrażającego śmiecia, każdy, kto ją zna. Szukałam pomocy, gdzie tylko mogłam: u psychologów, lekarzy, mądrych koleżanek, próbowałam nawet prozacu. Ale nic nie pomagało. Pewnego dnia, kiedy pogoda była piękna, a cała Szwecja świętowała jakiś śmieszny sukces w konkursie Eurowizji, skoczyła z promu wycieczkowego płynącego do Finlandii. Poczułam, że moje życie również się skończyło. Straciłam chęć na cokolwiek. Długo leżałam w szpitalu ze zdiagnozowaną ciężką depresją. Ale potem... sama nie wiem... paraliż i smutek jakimś sposobem zmieniły się w złość i poczułam, że muszę to zrozumieć. Co się właściwie stało z naszą rodziną? Jakie zło się w niej zalęgło? Zaczęłam szukać informacji o Camilli, choć w żadnym wypadku nie chciałam się z nią więcej widzieć. Chciałam ją zrozumieć, może tak samo jak rodzic ofiary chce zrozumieć mordercę i jego motywy.

– Czego się pani dowiedziała?

– Z początku niczego. Pozacierała za sobą wszystkie ślady. To przypominało gonitwę za cieniem, za widmem. Sama już nie wiem, ile tysięcy koron wydałam na prywatnych detektywów i innych niesolidnych ludzi, którzy obiecywali, że mi pomogą. Byłam jak opętana. Prawie nie spałam i żaden z moich przyjaciół nie potrafił już ze mną wytrzymać. To był okropny czas. Patrzono na mnie jak na pieniaczkę, może zresztą ludzie nadal tak patrzą, nie wiem, co powiedział panu Holger Palmgren. W końcu jednak...

– Tak?

– W gazecie ukazał się pański reportaż na temat Zalachenki. To nazwisko, rzecz jasna, nic mi nie mówiło. Ale zaczęłam łączyć fakty. Przeczytałam o jego szwedzkim wcieleniu, Karlu Axelu Bodinie, i o jego współpracy z klubem motocyklowym Svavelsjö MC. Przypomniałam sobie wszystkie te okropne wieczory, długo po tym, jak Camilla się od nas odwróciła. Wtedy często budził mnie warkot motorów. Przez okno w sypialni widziałam skórzane kamizelki z tym okropnym emblematem. Niespecjalnie mnie dziwiło, że zadaje się z takimi ludźmi. Nie miałam już co do niej żadnych złudzeń. Nie przypuszczałam jednak, że chodzi o jej korzenie – o interesy ojca, które miała nadzieję przejąć.

– Udało jej się?

– O, tak. W swoim brudnym świecie walczyła o prawa kobiet, a przynajmniej o swoje własne, i wiem, że było to ważne dla wielu dziewczyn z tej grupy, przede wszystkim dla Kajsy Falk.

– Dla kogo?

– Ładnej, pewnej siebie dziewczyny, związanej z jednym z przywódców klubu. W ostatnim roku pobytu Camilli dość często była u nas w domu i pamiętam, że ją lubiłam. Miała duże niebieskie oczy i lekkiego zeza. Pod twardą maską skrywała kruche, ludzkie oblicze. Po przeczytaniu pańskiego artykułu odszukałam ją. Nie powiedziała ani słowa na temat Camilli. Nie była nieprzyjemna, nic z tych rzeczy, i zwróciłam uwagę, że zmieniła styl. Harleyówa zmieniła się w bizneswoman. Ale milczała i pomyślałam, że to jeszcze jedna ślepa uliczka.

– Ale tak nie było?

– Nie. Mniej więcej rok później sama mnie odnalazła. Zmieniła się po raz kolejny. Nie była już zimna ani cool, była raczej zestresowana i nerwowa. Niedługo potem znaleziono ją zastrzeloną na boisku Stora Mossen w Brommie. Kiedy się spotkałyśmy, opowiedziała mi o kontrowersjach związanych ze spadkiem po Zalachence. Lisbeth nie dostała właściwie nic, choć nie chciała nawet tej odrobiny, którą jej zapisał. Zasadnicza część majątku przypadła dwóm jego synom, którzy mieszkali w Berlinie, a część Camilli. Camilla odziedziczyła część organizacji zajmującej się handlem ludźmi. Kiedy czytałam o tym w pana reportażu, bolało mnie serce. Wątpię, żeby się martwiła o te kobiety lub choć trochę im współczuła. Mimo wszystko nie chciała mieć z tym nic wspólnego. Tylko nieudacznicy zajmują się takim gównem – powiedziała Kajsie. Miała zupełnie inną, nowoczesną wizję tego, czym powinna się zajmować organizacja. Po twardych negocjacjach skłoniła jednego z przyrodnich braci, żeby ją wykupił. Potem pojechała do Moskwy, zabierając cały swój kapitał i część współpracowników, których do siebie przywiązała, między innymi Kajsę Falk.

– Wie pani, czym zamierzała się zająć?

– Kajsa nigdy nie była z nią na tyle blisko, żeby to do końca rozumieć, ale miałyśmy pewne przypuszczenia. Myślę, że miało to związek z tajemnicami firmowymi w Ericssonie. Dziś jestem pewna, że Camilla naprawdę skłoniła Kjella do sprzedania jakichś ważnych informacji, prawdopodobnie go szantażowała. Dowiedziałam się też, że już w pierwszych latach pobytu u nas nawiązała kontakt z kilkoma komputerowcami ze szkoły i poprosiła ich, żeby się włamali do mojego komputera. Według Kajsy miała wręcz bzika na punkcie hakerstwa, choć sama nigdy się nim nie zajmowała. Po prostu ciągle opowiadała o tym, jak dużo można zarobić, przejmując konta, hakując serwery, kradnąc informacje i tak dalej. Dlatego myślę, że potem zajęła się czymś w tym rodzaju.

– To by się nawet zgadzało.

– Tak, i prawdopodobnie robi to profesjonalnie. Nigdy nie zadowoliłaby się czymś poślednim. Kajsa twierdziła, że szybko dołączyła do wpływowych kręgów w Moskwie, a nawet została kochanką jakiegoś członka Dumy, bogatego, liczącego się typa. Wraz z nim zaczęła budować wokół siebie osobliwą grupę, złożoną ze światowej klasy inżynierów i różnych przestępców. Najwyraźniej bez trudu owijała ich sobie wokół palca i doskonale wiedziała, gdzie ta ekonomiczna potęga ma swój czuły punkt.

– Gdzie?

– W tym, że Rosja to niewiele więcej niż stacja benzynowa z wetkniętą flagą. Eksportują ropę i gaz ziemny, ale nie produkują niczego, co by się liczyło. Rosja potrzebuje zaawansowanych technologii.

– A ona chciała im je dać?

– W każdym razie udawała, że chce. Ale oczywiście działała we własnej sprawie. Wiem, że Kajsa była pod ogromnym wrażeniem tego, jak przywiązywała do siebie ludzi i zapewniała sobie ochronę polityczną. Z pewnością do końca byłaby wobec niej lojalna, gdyby się nie przestraszyła.

– Co się stało?

– Poznała starego żołnierza z elitarnej jednostki, chyba majora, i straciła grunt pod nogami. Człowiek ten, według tajnych informacji, którymi dysponował kochanek Camilli, wykonywał szemrane zlecenia dla rosyjskiego rządu. Mówiąc wprost, chodziło o morderstwa. Zabił między innymi znaną dziennikarkę, Irinę Azarową. Podejrzewam, że pan ją znał. W książkach i artykułach krytykowała reżim.

– O, tak, prawdziwa bohaterka. To była straszna historia.

– Zgadza się. Plan nie do końca wypalił. Irina Azarowa miała się spotkać z krytykiem reżimu w mieszkaniu w ustronnej uliczce na południowo-wschodnich przedmieściach Moskwy. Major miał ją zastrzelić, kiedy wychodziła ze spotkania. Nikt o tym nie wiedział, ale jej siostra zachorowała na zapalenie płuc i nagle musiała się zaopiekować dwiema siostrzenicami, w wieku ośmiu i dziesięciu lat. Major zabił Irinę i dziewczynki, kiedy wychodziły z domu tego człowieka. Strzelił im w głowy. Potem popadł w niełaskę. Nie sądzę, żeby ktoś się przejął dziećmi. Chodziło o to, że nie dało się już sterować opinią publiczną, a cała operacja mogła wyjść na jaw i obrócić się przeciwko rządowi. Major przestraszył się chyba, że zostanie ujawniony. Zdaje się, że w tym okresie miał też mnóstwo problemów osobistych. Żona zostawiła go z nastoletnią córką i chyba nawet istniało ryzyko, że zostanie wyrzucony z mieszkania. Z perspektywy Camilli była to oczywiście idealna sytuacja: bezwzględny człowiek, którym mogła się posłużyć i który był w trudnej sytuacji.

– Więc jego również do siebie przywiązała.

– Tak, spotkali się. Kajsa przy tym była i, co dziwne, ten człowiek od razu przypadł jej do gustu. Nie był taki, jak się spodziewała, w najmniejszym stopniu nie przypominał morderców z klubu motocyklowego Svavelsjö MC. Był oczywiście wysportowany i wyglądał na brutala, ale poza tym, jak stwierdziła, sprawiał wrażenie grzecznego i kulturalnego, a także w pewnym sensie czułego i delikatnego. Wyraźnie nie czuł się dobrze z tym, że musiał zabić te dzieci. Bez najmniejszych wątpliwości był mordercą, człowiekiem, który wyspecjalizował się w torturach w czasie wojny w Czeczenii, ale mimo wszystko miał moralne granice. Dlatego tak źle się czuła, kiedy Camilla wbiła w niego swoje szpony. Niemal dosłownie. Podobno drapała go po klatce piersiowej jak kocica. Chcę, żebyś dla mnie zabijał – mówiła, a w jej słowach było pełno seksu i erotycznej władzy. Z piekielną biegłością budziła w nim sadyzm, a im straszniejsze były opisywane przez niego szczegóły zbrodni, tym bardziej wydawała się podniecona. Nie wiem, czy wszystko zrozumiałam, ale właśnie to sprawiło, że Kajsa śmiertelnie się przeraziła. Nie chodziło o mordercę. Chodziło o Camillę, o to, jak wykorzystując swoją urodę i powab, budziła w tym mężczyźnie dzikie zwierzę i sprawiała, że jego nieco smutne oczy lśniły jak u obłąkanego drapieżnika.

– Nie poszła pani z tym na policję.

– Pytałam o to Kajsę raz za razem. Mówiłam, że wydaje się przestraszona i powinna mieć ochronę. Odpowiadała, że już ją ma. Poza tym zabraniała mi rozmawiać z policją, a ja byłam na tyle głupia, żeby jej posłuchać. Po jej śmierci powtórzyłam śledczym wszystko, co mi powiedziała, ale nie wiem, czy mi uwierzyli. Pewnie nie. W końcu to były tylko opowieści o mężczyźnie bez nazwiska, który pochodził z innego kraju, a Camilli nie można było już znaleźć w żadnych bazach danych i nigdy nie poznałam jej nowego nazwiska. W każdym razie to, co im opowiedziałam, do niczego ich nie doprowadziło. Śmierć Kajsy nadal nie została wyjaśniona.

– Rozumiem – powiedział Mikael.

– Naprawdę?

– Tak mi się wydaje – odparł i już miał położyć dłoń na ramieniu Margarety Dahlberg w geście wsparcia, kiedy poczuł, że w jego kieszeni wibruje telefon. Miał nadzieję, że to Andrei. Okazało się jednak, że dzwoni Stefan Molde. Dopiero po kilku sekundach Mikael rozpoznał w nim człowieka z FRA, który się kontaktował z Linusem Brandellem.

– O co chodzi? – zapytał.

– O spotkanie z wysoko postawionym urzędnikiem, który właśnie jest w drodze do Szwecji i chce się z panem zobaczyć jutro, najwcześniej, jak to możliwe, w Grand Hôtelu.

Mikael spojrzał na Margaretę Dahlberg i zrobił gest, jakby chciał ją przeprosić.

– Mam napięty grafik – oznajmił. – Jeśli mam się z kimś spotkać, chciałbym przynajmniej znać jego nazwisko i wiedzieć, o co chodzi.

– To Edwin Needham, a chodzi o osobę znaną jako Wasp i podejrzaną o poważne przestępstwa.

Mikael poczuł, jak zalewa go fala paniki.

– W porządku – odparł. – O której?

– Piąta rano będzie w porządku.

– Pan chyba żartuje!

– Obawiam się, że w tej sprawie nie ma miejsca na żarty. Sugerowałbym punktualność. Pan Needham przyjmie pana w swoim pokoju. Telefon proszę zostawić w recepcji. Zostanie pan przeszukany.

– Rozumiem – powiedział Mikael. Czuł się coraz bardziej nieswojo.

Potem wstał i pożegnał się z Margaretą Dahlberg.

Część 3

Asymetryczne problemy

24 listopada–3 grudnia

Czasami łatwiej złączyć niż rozdzielić.

Dzisiejsze komputery nie mają problemu z mnożeniem liczb pierwszych składających się z milionów cyfr. Odwrócenie tego procesu jest niebywale skomplikowane. Zaledwie stucyfrowe liczby nastręczają wielkich problemów.

Trudności z rozkładaniem na czynniki pierwsze są wykorzystywane w algorytmach kryptograficznych, takich jak RSA. Liczby pierwsze stały się sprzymierzeńcami tajemnic.

Rozdział 25
24 listopada, noc i poranek

LISBETH SZYBKO ODNALAZŁA Rogera, człowieka, którego narysował August. Na stronie poświęconej aktorom grywającym dawniej w tak zwanym Revolutionsteatern na Vasastan zobaczyła jego młodszą wersję. Nazywał się Roger Winter i chodziły o nim słuchy, że jest zazdrośnikiem i brutalem. W młodości zagrał kilka znaczących ról na dużym ekranie. Potem jednak jego kariera stanęła w miejscu i teraz był o wiele mniej znany niż jego brat Tobias, poruszający się na wózku bardzo bezpośredni profesor biologii. Podobno całkowicie odciął się od Rogera.

Lisbeth zapisała adres, po czym włamała się do superkomputera NSF MRI. Uruchomiła swój program i próbowała skonstruować dynamiczny system, który znalazłby krzywe eliptyczne najlepiej nadające się do złamania szyfru. Przy jak najmniejszej liczbie iteracji, rzecz jasna. Jednak cokolwiek robiła, ani trochę nie przybliżało jej to do rozwiązania. Plik NSA wciąż pozostawał tajemnicą. W końcu wstała i rzuciła okiem na sypialnię i Augusta. Zaklęła. August nie spał. Siedział na łóżku i zapisywał coś na kartce na nocnym stoliku. Kiedy podeszła bliżej, zobaczyła, że to kolejne liczby rozłożone na czynniki. Wymamrotała coś pod nosem i powiedziała surowo:

– To nie ma sensu. A w każdym razie tą drogą dalej nie zajdziemy.

Kiedy August znów zaczął się histerycznie kiwać, kazała mu się opanować i iść spać.

Było zdecydowanie za późno, a poza tym sama chciała się trochę przespać. Położyła się na sąsiednim łóżku i próbowała znaleźć spokój. Było to jednak niemożliwe. August wiercił się i jęczał, więc w końcu Lisbeth postanowiła coś powiedzieć. Nie mając lepszego pomysłu, zapytała go:

– Wiesz coś o krzywych eliptycznych?

Oczywiście nie doczekała się odpowiedzi. Mimo to zaczęła mu tłumaczyć, tak jasno i prosto, jak tylko potrafiła.

– Rozumiesz? – zapytała w końcu.

August, rzecz jasna, nie odpowiedział.

– No dobrze – kontynuowała. – Spróbujmy z liczbą 3034267. Wiem, że bez trudu jesteś w stanie znaleźć jej czynniki. Ale da się to zrobić także za pomocą krzywych eliptycznych. Weźmy na przykład krzywą $y^2 = x^3 - x + 4$ i punkt $P = (1,2)$ na tej krzywej.

Z wysiłkiem zapisała to na kartce leżącej na nocnym stoliku. August sprawiał jednak wrażenie, jakby nie nadążał, i po raz kolejny przypomniała sobie autystyczne bliźniaki, o których czytała. W jakiś zagadkowy sposób potrafili znajdować duże liczby pierwsze. Mimo to nie radzili sobie z najprostszymi równaniami. Może z Augustem było podobnie. Może był raczej maszynką do liczenia niż prawdziwym geniuszem matematycznym. Zresztą nie miało to znaczenia. Rana postrzałowa zaczęła dawać o sobie znać. Czuła, że musi się przespać. Musiała odpędzić demony z dzieciństwa, które przez tego chłopca zaczęły się w niej budzić.

KIEDY MIKAEL BLOMKVIST wszedł do domu, było już po północy. Choć był wykończony i musiał wstać wczesnym rankiem, natychmiast usiadł przed komputerem i zaczął szukać informacji na temat Edwina Needhama. Znalazł kilka osób o tym nazwisku. Między innymi utytułowanego rugbistę, który w fantastyczny sposób wrócił do gry po pokonaniu białaczki.

Kolejny Edwin Needham najwyraźniej był ekspertem w dziedzinie uzdatniania wody, następny był dobry w robieniu głupich min na zdjęciach z imprez. Nie wydawało się, żeby którykolwiek z nich mógł odkryć tożsamość Wasp i oskarżyć ją o popełnienie przestępstwa. Był jeszcze jeden Edwin Needham – informatyk i doktor z MIT. Branża się zgadzała, ale i on nie pasował do profilu. Zajmował stanowisko kierownicze w Safeline, czołowej firmie zajmującej się oprogramowaniem antywirusowym, która z pewnością interesowała się hakerami. Ale to, co Ed, jak go nazywano, mówił w wywiadach, dotyczyło tylko udziałów w rynku i nowych produktów. Ani słowo nie wykraczało poza zwykłą sprzedażową gadkę, nawet kiedy poproszono go, żeby opowiedział o swoich zainteresowaniach. A interesował się grą w kręgle i wędkarstwem muchowym. Mówił, że kocha przyrodę i rywalizację. Wydawało się, że jego najniebezpieczniejszą umiejętnością jest zanudzanie ludzi na śmierć.

Mikael znalazł też zdjęcie, na którym rozebrany do pasa Ed szczerzył się do aparatu i trzymał dużego łososia – takich zdjęć wędkarze robią sobie setki. Było to tak samo nudne i niewiele mówiące jak wszystko inne. Choć z drugiej strony... Coraz poważniej zastanawiał się, czy nie taki właśnie był zamysł. Raz jeszcze zapoznał się z całym materiałem i z każdą chwilą nabierał coraz większej pewności, że to tylko fasada. Wreszcie nie miał już wątpliwości: to on. Cała sprawa pachniała służbami wywiadowczymi. Czuł w tym rękę NSA albo CIA. Jeszcze raz spojrzał na zdjęcie z łososiem i zobaczył coś zupełnie innego.

Zobaczył twardziela, który tylko udaje. Needham pewnie stał na nogach i ironicznie szczerzył się do kamery. Mikael po raz kolejny pomyślał o Lisbeth. Zastanawiał się, czy powinien jej coś powiedzieć. Nie było jednak powodu, żeby ją teraz niepokoić, zwłaszcza że właściwie nic nie wiedział. Postanowił więc się położyć. Musiał się przespać kilka godzin, żeby przed porannym spotkaniem z Edem

Needhamem mieć w miarę przytomny umysł. Pogrążony w myślach umył zęby, rozebrał się i położył. Dopiero wtedy zdał sobie sprawę, że jest niewiarygodnie zmęczony. Od razu zapadł w sen. Śniło mu się, że tonie, wciągany do rzeki, w której stoi Ed Needham. Kiedy się obudził, pamiętał jeszcze jak przez mgłę, że pełzał po dnie, smagany ogonami trzepoczących się łososi. Nie spał zbyt długo. Obudził się gwałtownie, z poczuciem, że coś mu umknęło. Na nocnym stoliku leżał jego telefon. Zobaczył go i pomyślał o Andreiu. Cały czas podświadomie o nim myślał.

LINDA ZAMKNĘŁA DRZWI na podwójny zamek. Nie było w tym oczywiście nic dziwnego. Kobieta po takich przejściach musiała oczywiście zwracać uwagę na bezpieczeństwo. Mimo to Andreiowi zrobiło się nieprzyjemnie. Tłumaczył sobie jednak, że to przez mieszkanie. Wyglądało zupełnie inaczej, niż się spodziewał. Czy to naprawdę było mieszkanie jej przyjaciółki?

Łóżko było szerokie, ale niezbyt długie. U wezgłowia i w nogach miało błyszczącą kratę. Narzuta była czarna i kojarzyła mu się z katafalkiem lub trumną. Oprawione zdjęcia na ścianach, przedstawiające głównie uzbrojonych mężczyzn, też mu się nie podobały. W całym mieszkaniu czuć było pewną sterylność i chłód. Nie mógł sobie wyobrazić, że mieszka tam ktoś sympatyczny.

Z drugiej strony na pewno się denerwował i wszystko wyolbrzymiał. Może po prostu próbował znaleźć pretekst do ucieczki. Człowiek zawsze chce uciec od tego, co kocha – czy Oscar Wilde nie powiedział czegoś podobnego? Spojrzał na Lindę. Nadal uważał ją za najpiękniejszą kobietę, jaką kiedykolwiek widział, i już samo to było przerażające. Podeszła do niego w obcisłej niebieskiej sukience, podkreślającej jej kształty, i jak gdyby czytała w jego myślach, zapytała:

– Chcesz iść do domu, Andrei?

– Mam dużo roboty.

– Rozumiem – odparła i pocałowała go. – W takim razie jak najbardziej powinieneś iść do domu i zająć się pracą.

– Tak chyba będzie najlepiej – wymamrotał, a ona przylgnęła do niego i pocałowała go tak mocno, że nie był w stanie się obronić.

Odwzajemnił pocałunek i położył ręce na jej biodrach. Wtedy go odepchnęła. Tak mocno, że padł na łóżko i przez chwilę się bał. Spojrzał na nią, ale ona uśmiechała się tak samo czule jak wcześniej. Wtedy zrozumiał: to tylko zabawa. Naprawdę go pragnęła. Chciała się z nim kochać – tu i teraz. Pozwolił jej usiąść na sobie okrakiem, rozpiąć koszulę i drapać się po brzuchu. Jej oczy świeciły intensywnym blaskiem, a duże piersi falowały pod sukienką. Usta miała otwarte. Strużka śliny spływała ku brodzie, a Linda coś do niego szeptała. W pierwszej chwili nie usłyszał.

Mówiła: – Teraz, Andrei. Teraz!

– Teraz – powtórzył niepewnie i poczuł, jak zdziera z niego spodnie. Była sprytniejsza, niż się spodziewał, bardziej doświadczona i dzika niż ktokolwiek, kogo znał.

– Zamknij oczy i leż nieruchomo – poleciła.

Zamknął oczy i się nie ruszał. Słyszał, że Linda czymś szeleści, ale nie wiedział czym. Po chwili usłyszał kliknięcie i poczuł na nadgarstkach chłód metalu. Otworzył oczy i zobaczył, że ręce ma skute kajdankami. Zamierzał zaprotestować. Nie przepadał za takimi rzeczami. Ale wszystko potoczyło się błyskawicznie. Jak gdyby miała doświadczenie, przypięła mu ręce do wezgłowia. Potem związała mu nogi sznurem. Ścisnęła mocno.

– Ostrożnie – powiedział.

– O, tak.

– To dobrze – odparł. Wtedy spojrzała na niego, inaczej niż wcześniej. Nie było to miłe spojrzenie.

Następnie powiedziała coś uroczystym tonem. Był pewien, że się przesłyszał.

– Co takiego? – zapytał.

– Teraz będę cię ciąć nożem, Andrei – powiedziała i zakleiła mu usta dużym kawałkiem taśmy.

MIKAEL PRÓBOWAŁ sobie wmówić, że może być spokojny. Dlaczego coś miałoby się stać Andreiowi? Nikt – poza nim i Eriką – nie wiedział, że został zaangażowany do ochrony Lisbeth i Augusta. Bardzo uważali, żeby ta informacja nie została ujawniona, byli ostrożniejsi niż kiedykolwiek. A mimo to... dlaczego nie mógł się z nim skontaktować?

Andrei zwykle nie ignorował telefonu. Wręcz przeciwnie, z reguły odbierał po jednym sygnale. A teraz nie można się było z nim skontaktować. Dziwne, pomyślał Mikael. Chociaż... Ponownie próbował przekonać samego siebie, że Andrei po prostu pracuje i zapomniał o bożym świecie, a w najgorszym wypadku zgubił telefon. Z pewnością nie było to nic poważnego. A jednak... Camilla pojawiła się po tylu latach, nie wiadomo skąd. Najwyraźniej coś się święciło. Co takiego powiedział komisarz Bublanski?

Żyjemy w świecie, w którym paranoja jest oznaką zdrowia.

Sięgnął po telefon leżący na nocnym stoliku i jeszcze raz wybrał numer Andreia. Tym razem również się nie dodzwonił. Postanowił więc obudzić Emila Grandéna, który mieszkał blisko Andreia na Röda bergen w dzielnicy Vasastan. W głosie Emila słychać było niezadowolenie, ale mimo wszystko obiecał, że zaraz podskoczy do Andreia i sprawdzi, czy jest w domu. Po dwudziestu minutach oddzwonił.

– Długo pukałem do drzwi – powiedział. – Na pewno go nie ma.

Mikael zakończył rozmowę, ubrał się i wyszedł. Biegł przez opustoszałą, smaganą wiatrem dzielnicę Söder do redakcji na Götgatan. Nie wykluczał, że Andrei po prostu śpi na kanapie. Nie byłby to pierwszy raz, kiedy zasnął w pracy i nie usłyszał telefonu. Miał nadzieję, że tak właśnie jest. Mimo to czuł się coraz bardziej nieswojo. Kiedy otworzył drzwi i wyłączył alarm, zadrżał, jakby się spodziewał jakiejś katastrofy. Obszedł redakcję, ale nie zauważył nic niezwykłego. Cała korespondencja była wykasowana z komputera, tak jak się umówili. Wszystko wyglądało w porządku, ale nigdzie nie widział Andreia.

Na wysłużonej kanapie nie było nikogo. Usiadł i na chwilę pogrążył się w myślach. Następnie znów zadzwonił do Emila Grandéna.

– Emil – zaczął. – Przykro mi, że tak cię gnębię w środku nocy. Ale to mnie wpędza w paranoję.

– Rozumiem.

– Dlatego zwróciłem uwagę, że wydawałeś się zakłopotany, kiedy wspomniałem o Andreiu. Czy jest coś, czego mi nie powiedziałeś?

– Nic, o czym byś nie wiedział.

– Co masz na myśli?

– To, że ja też rozmawiałem z Urzędem Ochrony Danych Osobowych.

– Jak to też?

– Czyli ty nie...

– Nie! – przerwał i usłyszał w słuchawce ciężki oddech. Zrozumiał, że zaszła straszliwa pomyłka.

– Mów, Emil. I to szybko.

– No więc...

– Tak?

– Zadzwoniła do mnie bardzo miła i kompetentna pracownica Urzędu Ochrony Danych Osobowych. Lina Robertsson. Powiedziała, że się kontaktowaliście i ze względu na sytuację postanowiliście zwiększyć poziom zabezpieczeń twojego komputera. Chodziło o pewne wrażliwe dane osobowe.

– I?

– Powiedziała, że przekazała ci błędne zalecenia i że bardzo jej z tego powodu przykro. Mówiła, że wstydzi się swojej niekompetencji i martwi, że zabezpieczenia będą niewystarczające. Dlatego chciała jak najszybciej porozmawiać z człowiekiem odpowiedzialnym za szyfrowanie na twoim komputerze.

– I co jej powiedziałeś?

– Że nic na ten temat nie wiem, ale widziałem, jak Andrei przy nim grzebie.

– Czyli poradziłeś jej, żeby się skontaktowała z Andreiem.

– Akurat na chwilę wyszedłem, więc powiedziałem, że na pewno jest w redakcji. Powiedziałem, że może do niego zadzwonić. To wszystko.

– Emil, niech to szlag.

– Ale ona naprawdę wydawała się...

– Nie obchodzi mnie, jaka się wydawała. Mam nadzieję, że przynajmniej poinformowałeś później Andreia.

– Nie od razu. Mam napięty grafik, jak my wszyscy.

– Ale potem to zrobiłeś?

– Cóż... wyszedł, zanim zdążyłem mu o tym wspomnieć.

– Ale zadzwoniłeś do niego?

– Oczywiście, dzwoniłem wiele razy. Ale...

– Tak?

– Nie odbierał.

– Okej – odparł Mikael lodowatym tonem.

Rozłączył się i wybrał numer Jana Bublanskiego. Musiał dzwonić dwa razy, żeby zaspany komisarz odebrał. Nie widział innego wyjścia, opowiedział mu całą historię. Powiedział wszystko, nie zdradził tylko, gdzie są Lisbeth i August.

Potem powiadomił Erikę.

LISBETH UDAŁO SIĘ USNĄĆ. Mimo to była w stanie gotowości. Spała w ubraniu – w skórzanej kurtce i butach. Poza tym co chwilę się budziła – albo z powodu burzy, albo przez Augusta, który jęczał i kwilił nawet przez sen. Ale przeważnie zasypiała znowu albo przynajmniej zapadała w drzemkę. Dręczyły ją krótkie, dziwnie realistyczne sny.

Śniło jej się, że ojciec bije mamę. Nawet we śnie poczuła złość, którą pamiętała z dzieciństwa. Czuła ją tak wyraźnie, że znów się obudziła. Była za piętnaście czwarta, a na nocnym stoliku nadal leżały papiery, na których ona i August zapisywali liczby. Za oknem padał śnieg. Wichura trochę się uspokoiła i nie było słychać żadnych nietypowych odgłosów – poza wiatrem, który wył i szeleścił wśród drzew.

Mimo to czuła się nieswojo. Na początku myślała, że to z powodu snu, którego opary nadal spowijały pokój. Chwilę później przeszył ją dreszcz. Sąsiednie łóżko było puste. August zniknął. Wstała, szybko i bezszelestnie, ze stojącej na podłodze torby wyjęła berettę, przycisnęła ją do siebie i wymknęła się do kuchni.

Odetchnęła. August siedział przy okrągłym stole i był czymś pochłonięty. Dyskretnie, żeby mu nie przeszkadzać, nachyliła się i spojrzała mu przez ramię. Zobaczyła, że nie rozkłada już liczb na czynniki pierwsze ani nie rysuje swoich oprawców Lassego Westmana i Rogera Wintera. Tym razem rysował szachownice odbijające się w lustrzanych drzwiach szafy, a nad nimi groźną postać z wyciągniętą ręką. Sprawca wreszcie zaczął nabierać kształtów. Lisbeth się uśmiechnęła, po czym wróciła do sypialni.

Usiadła na łóżku, zdjęła bluzkę i bandaż i przyjrzała się ranie. Nadal nie wyglądało to dobrze. Była osłabiona i miała zawroty głowy. Wzięła dwie kolejne tabletki antybiotyku i próbowała jeszcze trochę odpocząć, może nawet znów zasnęła. Po przebudzeniu pamiętała jak przez mgłę, że we śnie widziała Zalę i Camillę. Do jej świadomości dotarło coś jeszcze. Nie była pewna co. Wiedziała jedynie, że wyczuła czyjąś obecność. Za oknem rozległ się trzepot skrzydeł jakiegoś ptaka. Z dużego pokoju dobiegał ciężki, udręczony oddech Augusta. Już miała wstać, kiedy powietrze przeszył mrożący krew w żyłach krzyk.

MICHAEL WYSZEDŁ Z REDAKCJI wczesnym rankiem i wsiadł do taksówki, która miała go zawieźć do Grand Hôtelu. Andrei nadal nie dał znaku życia. Mikael po raz kolejny próbował sobie tłumaczyć, że przesadza, że Andrei w każdej chwili może zadzwonić z domu jakiejś koleżanki lub kolegi. Ale nie opuszczał go niepokój. Kiedy wyszedł na Götgatan i zauważył, że znów spadł śnieg, a na chodniku leży samotny damski but, wyjął samsunga i przez aplikację Redphone zadzwonił do Lisbeth.

Nie odbierała, co wcale go nie uspokoiło. Spróbował jeszcze raz i w końcu wysłał wiadomość tekstową przez aplikację Threema: „Camilla was ściga. Powinniście opuścić kryjówkę". Po chwili spojrzał na taksówkę jadącą od strony Hökens gata i ze zdziwieniem zauważył, że kierowca wzdrygnął się na jego widok. Na jego twarzy rzeczywiście malował się wyraz śmiertelnie groźnej determinacji. To wrażenie potęgował jeszcze fakt, że się nie odzywał, kiedy kierowca próbował nawiązać rozmowę. Siedział na tylnym siedzeniu, skryty w mroku, a jego oczy były nieruchome i błyszczące.

Sztokholm wydawał się opustoszały. Wichura nieco przycichła, ale woda w dalszym ciągu była spieniona. Mikael spojrzał na Grand Hôtel po drugiej stronie zatoki i zaczął się zastanawiać, czy nie powinien darować sobie spotkania z Needhamem i pojechać do Lisbeth, a przynajmniej zatroszczyć się o to, żeby pojawił się u niej patrol policji. Po namyśle stwierdził jednak, że nie może tego zrobić bez uprzedzenia. Jeżeli ktoś sypał, zdradzenie tej informacji mogłoby się skończyć tragicznie. Ponownie uruchomił Threema i napisał: „Mam załatwić pomoc?".

Oczywiście nie dostał odpowiedzi. Chwilę później zapłacił taksówkarzowi, pogrążony w myślach wysiadł pod hotelem i wszedł przez obrotowe drzwi. Było dwadzieścia po czwartej. Przyjechał czterdzieści minut przed czasem. Nigdy wcześniej mu się to nie zdarzyło. Czuł się tak, jakby płonął od środka. Zanim zgodnie z umową podszedł do recepcji i oddał telefony, znów zadzwonił do Eriki. Poprosił, żeby spróbowała się dodzwonić do Lisbeth, była w stałym kontakcie z policją i podejmowała konieczne decyzje.

– Jak tylko dowiesz się czegoś nowego, zadzwoń do Grand Hôtelu i zapytaj o pana Needhama.

– Kto to?

– Człowiek, który chce się ze mną spotkać.

– O tej porze?

– O tej porze – powtórzył i ruszył do recepcji.

EDWIN NEEDHAM mieszkał w pokoju numer sześćset pięćdziesiąt cztery. Mikael zapukał. Otworzył mu mężczyzna cuchnący potem i emanujący wściekłością. Człowieka ze zdjęcia z rybą przypominał tak samo, jak świeżo obudzony skacowany dyktator przypomina swój wystylizowany pomnik. Ed Needham trzymał w ręku drinka, był ponury i rozczochrany. Wyglądał jak buldog.

– Pan Needham – powiedział Mikael.

– Ed – odparł Needham. – Przepraszam, że zawracam panu głowę o tak nieludzkiej porze, ale mam pilną sprawę.

– Na to wygląda – odparł Mikael oschle.

– Domyśla się pan, o co chodzi?

Mikael pokręcił głową i usiadł w fotelu tuż obok biurka, na którym stały butelka ginu i schweppes.

– Nie, dlaczego miałby się pan domyślać? – ciągnął Ed. – Z drugiej strony z takimi gośćmi jak pan nigdy nic nie wiadomo. Oczywiście sprawdziłem pana. Nienawidzę prawić ludziom komplementów, bo czuję wtedy niesmak w ustach, ale w swoim zawodzie nie ma pan sobie równych.

Mikael posłał mu wymuszony uśmiech.

– Byłoby miło, gdyby pan przeszedł do rzeczy.

– Spokojnie, spokojnie, zaraz wszystko się wyjaśni. Zakładam, że pan wie, gdzie pracuję.

– Nie jestem do końca pewien – odparł szczerze Mikael.

– W Puzzle Palace, centrum SIGINT. Pracuję dla spluwaczki całego świata.

– Czyli dla NSA.

– Czy pan rozumie, jaką cholerną głupotą jest drażnienie się z nami? Rozumie pan to, panie Blomkvist?

– Chyba mogę to sobie wyobrazić – odparł Mikael.

– A wie pan, gdzie w zasadzie powinna się znaleźć pańska przyjaciółka?

– Nie.

– W więzieniu. Dożywotnio!

Mikael przywołał na twarz delikatny uśmiech, licząc na to, że sprawia wrażenie spokojnego i opanowanego. W rzeczywistości myśli szalały mu w głowie i nawet jeśli wiedział, że mogło się zdarzyć cokolwiek i nie powinien jeszcze wyciągać pochopnych wniosków, natychmiast zaczął się zastanawiać, czy Lisbeth włamała się do NSA. Sama ta myśl mocno go zaniepokoiła. Lisbeth się ukrywała i była poszukiwana przez mordercę. Czyżby ściągnęła sobie również na głowę wszystkie służby wywiadowcze Stanów Zjednoczonych? To brzmiało... no właśnie, jak? To brzmiało niedorzecznie.

Jeżeli cokolwiek wyróżniało Lisbeth, to właśnie to, że nigdy nie podejmowała żadnych działań, jeśli dogłębnie nie przeanalizowała konsekwencji. Żaden z jej pomysłów nie zrodził się pod wpływem impulsu. Nie wyobrażał sobie, żeby mogła zrobić coś tak idiotycznego jak włamywanie się do NSA, jeśli istniało choćby minimalne ryzyko, że zostanie nakryta. Fakt, czasem robiła niebezpieczne rzeczy. Ryzyko było jednak zawsze proporcjonalne do korzyści i nie chciało mu się wierzyć, że włamała się tylko po to, by przechytrzyć siedzącego naprzeciwko niego buldoga.

– Myślę, że wysnuliście pochopne wnioski – oznajmił.

– Chciałby pan. Słyszał pan, jak sądzę, że powiedziałem: w zasadzie.

– Słyszałem.

– Piekielne sformułowanie, prawda? Można je zastosować w każdym przypadku. W zasadzie nie piję z rana, a mimo to siedzę tu z drinkiem, he, he! Chcę powiedzieć, że może pan uratować swoją przyjaciółkę, jeśli obieca mi pan pomóc w pewnych kwestiach.

– Słucham.

– To miło z pańskiej strony. W takim razie na początek chcę dostać gwarancję, że obejmie mnie ochrona źródeł.

Mikael spojrzał na niego ze zdziwieniem. Nie spodziewał się tego.

– Jest pan kimś w rodzaju demaskatora?

– Nie, broń Boże. Jestem lojalnym starym psem gończym.

– Ale nie działa pan oficjalnie dla NSA.

– Można powiedzieć, że chwilowo działam we własnej sprawie. Że bronię swojego punktu widzenia. No to jak będzie?

– Zgoda. Będzie pan objęty ochroną źródeł.

– Dobrze. Chcę się też upewnić, że to, co powiem, zostanie między nami, choć oczywiście może to brzmieć dziwnie. Po jaką cholerę opowiadam fantastyczną historię dziennikarzowi śledczemu, skoro potem go proszę, żeby trzymał gębę na kłódkę?

– Dobre pytanie.

– Mam swoje powody. Poza tym sądzę, że nie muszę nawet o to prosić. Mam podstawy, żeby przypuszczać, że będzie pan chciał chronić swoją przyjaciółkę. To, co interesujące z pańskiego punktu widzenia, kryje się zupełnie gdzie indziej. Niewykluczone, że pomogę panu w tej sprawie, jeśli będzie pan gotów współpracować.

– To się okaże – odparł Mikael oschle.

– No dobrze. Kilka dni temu ktoś się włamał do naszego intranetu, znanego jako NSANet. Zna go pan, prawda?

– Jako tako.

– NSANet został udoskonalony po 11 września, żeby zapewnić lepszą koordynację działań pomiędzy naszymi służbami wywiadowczymi a instytucjami szpiegowskimi z krajów anglosaskich, tak zwanym Sojuszem Pięciorga Oczu. To zamknięty system, który ma własne routery, bramy i mosty i jest niezależny od reszty internetu. To stamtąd za pomocą satelitów i światłowodów zarządzamy prowadzonym nasłuchem, tam również mamy wielkie banki danych i oczywiście analizy i raporty objęte klauzulą tajności, od tych oznaczonych kryptonimem Moray, czyli najmniej tajnych, aż po Umbra Ultra Top Secret, których nie może oglądać nawet prezydent. System jest zarządzany z Teksasu, co zresztą jest czystym idiotyzmem. Ale po ostatnich aktualizacjach i kontrolach mimo wszystko traktuję go jak swoje dziecko. Musi pan wiedzieć, że urobiłem się po łokcie, zaharowałem na śmierć, a wszystko po to, żeby żaden skurwiel nigdy więcej nie użył go do niewłaściwych celów, nie mówiąc już o hakowaniu. Dziś najmniejsza anomalia, najdrobniejsze nawet naruszenie systemu sprawia, że włącza się u mnie alarm. I proszę sobie nie myśleć, że jestem jedyny. Mamy cały sztab niezależnych specjalistów, którzy nadzorują system, a w dzisiejszych czasach nie da się zrobić nic w sieci, nie zostawiając śladów. A przynajmniej tak powinno być. Wszystko jest rejestrowane i analizowane. Wciśnięcie choćby jednego klawisza powinno zostać zauważone. A jednak...

– A jednak komuś się udało.

– Tak. I nawet mógłbym to zrozumieć. Zawsze znajdą się dziury. Dziury są po to, żebyśmy je wyszukiwali i stawali się coraz lepsi. Sprawiają, że jesteśmy czujni i gotowi. Nie chodzi jednak tylko o to, że ona się do nas włamała, ale też o sposób, w jaki to zrobiła. Włamała się na nasz serwer, utworzyła zaawansowany most i z konta administratora dostała się do intranetu. Już ta część operacji była mistrzowska, a to jeszcze nie koniec, o nie. Ta zołza zmieniła się w ghostusera.

– W co?

– W zjawę, w ducha, który latał po intranecie niezauważony przez nas.

– Nie uruchamiając pańskich alarmów.

– Ta genialna hakerka wprowadziła do systemu wirus szpiegujący, który musiał być inny niż wszystko, z czym do tej pory mieliśmy do czynienia. W przeciwnym razie nasze systemy od razu by go zidentyfikowały. Ten wirus przez cały czas aktualizował jej status. Otrzymywała coraz większe uprawnienia, gromadziła ściśle tajne hasła i kody, zaczęła zestawiać ze sobą rejestry i banki danych i nagle: bingo!

– Co to znaczy: bingo?

– Znalazła to, czego szukała, i przestała być ghostuserem. Chciała nam pokazać, co znalazła. Dopiero wtedy włączyły się u mnie sygnały ostrzegawcze. Dokładnie w chwili, kiedy chciała.

– I co takiego znalazła?

– Naszą podwójną moralność, nasze krętactwa. Dlatego jestem tu teraz z tobą, zamiast siedzieć na swoim tłustym dupsku w Maryland i wysyłać za nią marines. Zachowała się jak ktoś, kto włamuje się do domu tylko po to, żeby ujawnić, że są już w nim skradzione przedmioty. Z chwilą kiedy to odkryliśmy, stała się naprawdę niebezpieczna. Tak niebezpieczna, że niektórzy z samej góry chcieli nawet pozwolić, żeby jej to uszło płazem.

– Ale nie pan.

– Nie ja. Ja chciałem ją przywiązać do latarni i wychłostać. Ale musiałem zrezygnować z polowania na nią i doprowadzało mnie to do szału. Może teraz wyglądam na w miarę opanowanego, ale w zasadzie... no właśnie, w zasadzie...

– Jest pan wściekły.

– Otóż to. I dlatego wezwałem tu pana o tak wczesnej porze. Chciałem dorwać pańską Wasp, zanim ucieknie z kraju.

– Dlaczego miałaby uciec?

– Ponieważ wciąż popełnia nowe szaleństwa, nieprawda?

– Nie wiem.

– Ja myślę, że pan wie.

– Dlaczego w ogóle pan sądzi, że to ona jest pańską hakerką?

– Zaraz to panu wyjaśnię – odparł Ed. Nie zdążył jednak powiedzieć nic więcej.

ZADZWONIŁ HOTELOWY TELEFON, Ed szybko odebrał. Recepcjonista chciał rozmawiać z Mikaelem Blomkvistem. Ed oddał mu słuchawkę i szybko zrozumiał, że dziennikarz otrzymał jakieś alarmujące wieści. Nie zdziwiło go więc, że wydukał tylko niewyraźne przeprosiny i wybiegł z pokoju. Nie był zdziwiony, ale też nie mógł się z tym pogodzić. Zerwał z wieszaka płaszcz i pobiegł za nim.

Mikael biegł jak sprinter. Choć Ed nie wiedział, o co chodzi, przypuszczał, że ma to coś wspólnego z ich sprawą. Postanowił go dogonić. Jeśli rzeczywiście chodziło o Wasp i Baldera, chciał przy tym być. Ponieważ jednak nie skorzystał z windy, tylko zaczął zbiegać po schodach, trudno mu było za nim nadążyć. Kiedy w końcu zadyszany znalazł się na parterze, Mikael zdążył już odebrać telefony z recepcji. Rozmawiał i biegł w stronę obrotowych drzwi. Wypadli na ulicę.

– Co się stało? – zapytał Ed, kiedy Mikael zakończył rozmowę i próbował złapać taksówkę.

– Kłopoty! – odparł Mikael.

– Mogę pana zawieźć, gdzie trzeba.

– Nie będzie pan prowadził po alkoholu.

– Ale możemy wziąć mój samochód.

Mikael na chwilę zwolnił i popatrzył na niego.

– Czego pan chce?

– Żebyśmy sobie pomagali.

– Sam niech pan sobie łapie tę hakerkę.

– Nie mam już prawa łapać kogokolwiek.

– No dobrze, gdzie stoi pańskie auto?

Pobiegli do wynajętego samochodu Eda, zaparkowanego przy Nationalmuseum. Mikael wyjaśnił mu pokrótce, że pojadą na szkiery, w stronę Ingarö. Powiedział, że będzie pilotowany na bieżąco i że nie zamierza się przejmować ograniczeniami prędkości.

Rozdział 26
Ranek 24 listopada

AUGUST KRZYKNĄŁ I LISBETH USŁYSZAŁA szybkie kroki. Ktoś biegł wzdłuż krótszej ściany domu. Znów chwyciła pistolet i szybko się podniosła. Czuła się okropnie. Nie traciła jednak czasu na zastanawianie się nad tym. Rzuciła się do drzwi i zobaczyła, że na taras wbiega rosły mężczyzna. Przez moment wydawało jej się, że ma nad nim sekundę przewagi. Ale wypadki przybrały dość dramatyczny obrót.

Mężczyzna nie zatrzymał się przed szklanymi drzwiami. Przebiegł przez nie z wyciągniętą bronią i od razu zaczął pewnie strzelać. Mierzył w Augusta. Lisbeth odpowiedziała ogniem, a może zrobiła to już wcześniej.

Nie była pewna. Nie wiedziała nawet, w którym momencie zaczęła biec w jego stronę. Zrozumiała tylko, że zderzyła się z nim z ogłuszającą siłą, a po chwili leżała na nim na podłodze, tuż obok okrągłego stołu, przy którym zaledwie chwilę wcześniej siedział August. Niewiele myśląc, uderzyła go z główki.

Zrobiła to z taką siłą, że zadzwoniło jej w głowie. Niepewnie stanęła na nogach. Cały pokój wirował. Miała krew na bluzce. Czyżby znowu oberwała? Nie miała czasu, żeby się nad tym zastanawiać. Gdzie jest August? Nie było go przy stole, na którym leżały kredki, długopisy, rysunki i obliczenia. Gdzie on, do cholery, jest? Usłyszała kwilenie i zobaczyła, że chłopiec siedzi przy lodówce z kolanami podciągniętymi pod brodę. Zdążył się rzucić na podłogę.

Już miała pobiec w jego stronę, kiedy usłyszała inne niepokojące dźwięki. Z oddali dobiegały czyjeś głosy, słychać było trzask łamanych gałązek. W ich stronę zmierzało więcej osób. Musieli uciekać. Nie mieli ani sekundy do stracenia. Jeżeli to była jej siostra, na pewno miała towarzystwo. Jak zawsze. Ona była sama, a Camilli towarzyszyła cała klika. Dlatego tak jak w przeszłości musiała być sprytniejsza i szybsza. W głowie mignął jej obraz terenu wokół domku, a w następnej chwili dopadła do Augusta.

– Chodź – nakazała.

August nie ruszył się z miejsca, siedział jak przyklejony do podłogi. Podniosła go błyskawicznie i skrzywiła się. Każdy ruch sprawiał jej ból. Ale musieli się spieszyć i August prawdopodobnie to rozumiał. Dał jej znak, że może biec sam. Dopadła stołu, złapała komputer i popędziła w stronę altanki. Minęła mężczyznę. Niemrawo podnosząc się z podłogi, spróbował chwycić Augusta za nogę.

Zastanawiała się, czy go nie zabić. Ale wymierzyła mu tylko kopniaka w szyję i drugiego w żołądek, i odrzuciła jego broń. Potem wybiegła z Augustem z domu. Ruszyli w stronę skał. Nagle przystanęła. Pomyślała o rysunku. Nie wiedziała, ile August zdążył narysować. Czy powinna zawrócić? Nie, ludzie Camilli mogli się zjawić w każdej chwili. Musieli uciekać. Ale... przecież rysunek też był bronią. A także powodem całego tego szaleństwa. Zostawiła Augusta i swój komputer w miejscu wśród skał, które wybrała już poprzedniego wieczoru. Następnie popędziła w górę zbocza. Wpadła do domu i spojrzała na stół. W pierwszej chwili nie znalazła tego, czego szukała. Wszędzie walały się podobizny tego cholernego Lassego Westmana i kartki z liczbami pierwszymi.

Nagle zobaczyła rysunek. Nad szachownicą i lustrami widniała blada twarz z wyraźną blizną na czole. Zdążyła ją poznać aż za dobrze. To była twarz mężczyzny, który leżał na podłodze i cicho pojękiwał. Błyskawicznie wyciągnęła telefon, zeskanowała rysunek i wysłała go mailem do Jana Bublanskiego i Sonji Modig. Zdążyła nawet coś dopisać u góry. W następnej chwili zrozumiała, że to był błąd.

Była otoczona.

WYSŁAŁA DO NIEGO i do Eriki tę samą wiadomość. Słowa ALARM nie dało się nie zrozumieć. Zwłaszcza gdy nadawcą wiadomości była Lisbeth. Niezależnie od tego, ile o tym myślał, widział tylko jedno wyjaśnienie – sprawcom udało się ją wytropić, a jeśli było naprawdę źle, to zaatakowali ją w chwili, kiedy do nich pisała. Jak tylko minął Stadsgårdskajen i wyjechał na Värmdöleden, wcisnął gaz do dechy.

Prowadził nowe srebrne audi A8, a obok niego siedział Ed Needham. Sprawiał wrażenie ponurego. Od czasu do czasu pisał coś na telefonie. Mikael tak naprawdę nie wiedział, dlaczego się zgodził, żeby mu towarzyszył – może chciał wiedzieć, co ma na Lisbeth, a może chodziło o coś więcej. Może Ed mógł mu się przydać. W każdym razie na pewno nie mógł pogorszyć sytuacji. Już była wystarczająco zła. Policja została powiadomiona. Ale oni raczej nie przejdą szybko do działania, zwłaszcza że sceptycznie potraktowali skąpe informacje, które otrzymali od Eriki. To ona utrzymywała ze wszystkimi kontakt. Znała też drogę, a on potrzebował pomocy. Potrzebna mu była każda możliwa pomoc.

Wjechał na Danviksbron. Ed Needham coś powiedział. Nie usłyszał co. Myślami był gdzie indziej. Zastanawiał się, co mogli zrobić Andreiowi. Przypomniał sobie, jak niepewny i zamyślony siedział w redakcji. Dlaczego nie chciał z nim pójść na piwo? Znów do niego zadzwonił. Spróbował też zadzwonić do Lisbeth. Żadne z nich nie odebrało, więc zaczął słuchać, co do niego mówi Ed. Najwyraźniej powtarzał pytanie:

– Chce pan wiedzieć, co wiemy?

– Hmm... może... tak, słucham pana – odparł.

I tym razem nie miał okazji poznać odpowiedzi. Zadzwonił jego telefon. Usłyszał głos Bublanskiego.

– Ty i ja będziemy sobie musieli potem poważnie porozmawiać, chyba to rozumiesz. Możecie się też spodziewać konsekwencji prawnych.

– Rozumiem.

– Ale teraz dzwonię, żeby podzielić się z tobą kilkoma informacjami. Wiemy, że o czwartej dwadzieścia dwie Lisbeth żyła. Czy wezwała cię na pomoc wcześniej, czy później?

– Wcześniej, tuż przed czwartą dwadzieścia dwie.

– W porządku.

– O co chodzi z tą godziną?

– Coś nam przysłała, coś niezmiernie interesującego.

– Co takiego?

– Rysunek, i muszę ci powiedzieć, że przekracza on wszelkie nasze oczekiwania.

– Więc udało jej się go nakłonić do rysowania.

– O tak. Nie wiem, jaką wartość dowodową ma taki rysunek i co może mu zarzucić przed sądem wprawny obrońca. Nie mam jednak najmniejszych wątpliwości, że przedstawia mordercę. Jest nieprawdopodobny, narysowany z tą samą zadziwiającą matematyczną precyzją. Jest na nim nawet równanie ze współrzędnymi x i y. Nie mam pojęcia, czy to ma coś wspólnego ze sprawą. Przesłałem rysunek Interpolowi, żeby go przepuścili przez program do identyfikacji twarzy. Jeżeli tylko ten mężczyzna figuruje w którejś z ich baz danych, już po nim.

– Opublikujecie go w gazetach?

– Rozważamy to.

– Kiedy będziecie na miejscu?

– Tak szybko, jak to tylko możliwe... poczekaj chwilę!

Mikael usłyszał w tle dzwonek telefonu. Bublanski przez kilka minut rozmawiał z kimś innym. Kiedy wrócił do telefonu, powiedział tylko:

– Była strzelanina na Ingarö. Obawiam się, że nie wygląda to najlepiej.

Mikael nabrał głęboko powietrza.

– Nie macie żadnych nowych wiadomości o Andreiu? – zapytał.

– Namierzyliśmy jego telefon, dzięki stacji bazowej na Gamla stan, ale nie udało nam się ustalić nic więcej. Od jakiegoś czasu w ogóle nie odbieramy sygnałów, jakby jego telefon został zniszczony albo przestał działać.

Mikael się rozłączył i jeszcze przyspieszył. Przez jakiś czas jechał sto osiemdziesiąt na godzinę. Na początku nic nie mówił, potem jednak opowiedział Edowi w skrócie, co się stało. W końcu jednak nie wytrzymał. Musiał przestać o tym myśleć.

– Co w końcu ustaliliście? – zapytał.

– Na temat Wasp?

– Tak.

– Przez długi czas gówno wiedzieliśmy. Byliśmy przekonani, że dotarliśmy do końca drogi – powiedział Ed. – Zrobiliśmy wszystko, co było w naszej mocy, a nawet jeszcze trochę. Sprawdziliśmy wszystko, każdy szczegół, a i tak nigdzie nas to nie zaprowadziło. Swoją drogą wydawało mi się to logiczne.

– Dlaczego?

– Haker, który był w stanie przeprowadzić taki atak, musiał również umieć zatrzeć za sobą ślady. Szybko zrozumiałem, że trzymając się utartego sposobu postępowania, nic nie wskóramy. Ale się nie poddałem. W końcu dałem sobie spokój z badaniem śladów na miejscu zbrodni i od razu przeszedłem do kluczowego pytania: kto jest w stanie przeprowadzić taką operację? Już wtedy wiedziałem, że to pytanie jest naszą największą szansą. Została przeprowadzona tak profesjonalnie, że raczej niewielu ludzi mogło tego dokonać. W pewnym sensie talent hakera obrócił się przeciwko niemu. Zbadaliśmy również samego wirusa...

Znów spojrzał na swój telefon.

– Tak?

– Miał pewne nietypowe cechy, co z naszego punktu widzenia było plusem. Mieliśmy przed sobą, że tak powiem, dzieło na wysokim poziomie, wyróżniające się osobistym stylem. Musieliśmy tylko znaleźć autora. Zaczęliśmy podpytywać społeczność hakerską i szybko zaczął się powtarzać pewien pseudonim. Domyśla się pan jaki?

– Możliwe.

– Wasp! Pojawiały się również inne, ale ten wydawał nam się coraz bardziej interesujący, również z uwagi na swoje znaczenie... Ale to długa historia i nie mam zamiaru nią pana zanudzać. Ten pseudonim...

– ...został zaczerpnięty z komiksów, podobnie jak nazwa organizacji, która stoi za zabójstwem Fransa Baldera.

– Zgadza się, więc pan to wie?

– Tak, wiem też, że związki mogą być pozorne i zwodnicze. Jeżeli się szuka wystarczająco wytrwale, wszędzie da się znaleźć powiązania.

– Prawda, my wiemy o tym najlepiej. Ekscytujemy się powiązaniami, które w gruncie rzeczy nic nie znaczą, a umykają nam rzeczy naprawdę istotne. Więc nie przywiązywałem do tego zbyt wielkiej wagi. Ten pseudonim mógł oznaczać wszystko. Ale wtedy nie miałem innych punktów zaczepienia. Poza tym o tym kimś krążyło tyle opowieści, że i tak chciałem się dowiedzieć, kto to jest. Spróbowaliśmy się mocno cofnąć w czasie. Odtworzyliśmy stare rozmowy na forach hakerów. Przeczytaliśmy każde słowo, które napisała Wasp, i przeanalizowaliśmy każdą operację oznaczoną tym pseudonimem. Wkrótce co nieco o niej wiedzieliśmy. Mieliśmy pewność, że chodzi o kobietę, nawet jeśli nie wyrażała się w typowy dla kobiet sposób, i zrozumieliśmy, że musi być Szwedką. Wiele wcześniejszych postów było napisanych po szwedzku, co swoją drogą nie było mocnym punktem zaczepienia. Ale organizacja, którą sprawdzała, miała powiązania ze Szwecją, a poza tym Frans Balder też był Szwedem, więc uznaliśmy ten ślad za istotny. Skontaktowałem się z ludźmi z FRA. Zaczęli przeszukiwać swoje bazy danych i wtedy...

– Tak?

– Znaleźli coś, co mogło doprowadzić do przełomu. Wiele lat temu zajmowali się sprawą ataku hakerskiego, za którym stała Wasp. Było to tak dawno, że nie radziła sobie jeszcze zbyt dobrze z szyfrowaniem.

– I co się stało?

– Zauważyli, że próbowała się czegoś dowiedzieć o agentach obcych wywiadów, którzy przeszli na drugą stronę. To wystarczyło, żeby we FRA włączył się alarm. Rozpoczęli dochodzenie i ustalili, że włamania dokonano z komputera znajdującego się w dziecięcej klinice psychiatrycznej w Uppsali, należącego do ordynatora. Ordynator nazywał się Teleborian. Z jakiegoś jednak powodu – prawdopodobnie dlatego, że wyświadczał pewne przysługi Säpo – uznano, że on jest poza wszelkimi podejrzeniami. Pracownicy FRA skoncentrowali się więc na kilku pielęgniarzach psychiatrycznych. Uznali ich za podejrzanych tylko dlatego, że... byli imigrantami. To było skrajnie głupie i wynikało z uprzedzeń. Do niczego ich nie doprowadziło.

– Wcale się nie dziwię.

– Tak, ale teraz, po latach, poprosiłem jednego faceta z FRA, żeby mi przesłał wszystkie stare materiały, i sprawdziliśmy je pod zupełnie innym kątem. Wie pan, haker wcale nie musi być dużym grubym facetem. Spotykałem już dwunasto- i trzynastolatków, którzy nie mieli sobie równych, i wiedziałem, że należy się przyjrzeć każdemu dziecku, które było wtedy leczone w klinice. W dokumentach znajdowała się dokładna lista, więc oddelegowałem trzech chłopaków, żeby ją dokładnie sprawdzili. I wie pan, co znaleźli? Ojcem jednego z tych dzieciaków był dawny szpieg i zbir Zalachenko, którym w tamtym okresie bardzo interesowali się nasi koledzy z CIA. Nagle wszystko zrobiło się bardzo ciekawe. Jak pan pewnie wie, istnieją pewne zbieżności między tą siatką, którą sprawdzała hakerka, a dawnym przestępczym syndykatem Zalachenki.

– To wcale nie musi oznaczać, że to Wasp się do was włamała.

– Oczywiście, że nie. Ale przyjrzeliśmy się tej dziewczynie bliżej. Cóż mogę powiedzieć? Jej historia jest bardzo ciekawa, nieprawdaż? Sporo informacji na jej temat zostało wprawdzie w tajemniczy sposób usuniętych z oficjalnych źródeł, ale znaleźliśmy wystarczająco dużo. Sam nie wiem, może się mylę, ale mam wrażenie, że w tym wszystkim kryje się praprzyczyna, jakaś trauma, która jest sednem wszystkiego. Malutkie mieszkanie w Sztokholmie, matka, która ciężko pracuje na kasie w markecie i walczy o to, żeby utrzymać siebie i swoje bliźniaczki. Z jednej strony jesteśmy bardzo daleko od wielkiego świata. A z drugiej...

– ...wielki świat jest tam obecny.

– Tak, lodowaty podmuch wielkiej polityki czuć za każdym razem, kiedy ojciec składa im wizyty. Pan, panie Blomkvist, gówno o mnie wie.

– To prawda.

– A ja doskonale wiem, jak to jest być dzieckiem i przyglądać się z bliska brutalnej przemocy.

– Naprawdę?

– Tak. Wiem też doskonale, jak to jest, kiedy społeczeństwo ma gdzieś to, czy winny zostanie ukarany. To boli, stary, boli jak cholera, i wcale mnie nie dziwi, że większość dzieci, które tego doświadczają, nie wytrzymuje. Kiedy dorastają, stają się destruktywne.

– To niestety prawda.

– A nieliczne, bardzo nieliczne, stają się silne jak niedźwiedzie, podnoszą się i odpłacają pięknym za nadobne. Wasp do nich należy, prawda?

Mikael z namysłem skinął głową i dodał gazu.

– Została zamknięta u czubków, gdzie raz po raz próbowano ją złamać. Ale ona za każdym razem się podnosiła i wie pan, co mi się wydaje?

– Nie.

– Wydaje mi się, że ona stawała się coraz silniejsza. Inni zgotowali jej piekło, a ona się od niego odbiła. Szczerze mówiąc, sądzę, że stała się śmiertelnie niebezpieczna i raczej nie zapomniała, co ją spotkało. Ma to głęboko wyryte w pamięci, prawda? Może to właśnie przez to, że miała takie straszne dzieciństwo, stało się to, co się stało?

– Niewykluczone.

– Otóż to. Mamy dwie siostry, na które straszne wydarzenia podziałały zupełnie inaczej i które stały się śmiertelnymi wrogami, a co ważniejsze: w grę wchodzi spadek po wielkim przestępczym imperium.

– Lisbeth nie ma z tym nic wspólnego. Nienawidzi wszystkiego, co ma związek z jej ojcem.

– Nikt nie potrafiłby tego zrozumieć lepiej niż ja. Ale co się stało z tym spadkiem? Czy to nie jego szuka? Może chce go unicestwić, tak jak starała się unicestwić człowieka, od którego wszystko się zaczęło?

– Do czego pan zmierza? – zapytał Mikael ostro.

– Możliwe, że do tego samego co ona. Chcę doprowadzić wszystko do porządku.

– I złapać swoją hakerkę.

– Chcę się z nią spotkać, obedrzeć ją ze skóry i usunąć każdą pieprzoną lukę w zabezpieczeniach. Ale przede wszystkim chcę dobrać się do tych, którzy mi nie pozwolili skończyć roboty tylko dlatego, że Wasp ich zdemaskowała. Wydaje mi się, że jeśli o to chodzi, mogę liczyć na pańską pomoc.

– Skąd takie przypuszczenie?

– Jest pan dobrym reporterem, a dobrzy reporterzy nie chcą, żeby brudne tajemnice pozostawały ukryte.

– A co z Wasp?

– Wasp wszystko wyśpiewa. Więcej niż przez całe swoje życie i w tym również mi pan pomoże.

– A jeżeli nie?

– Wtedy znajdę sposób, żeby ją posłać za kratki i znów zamienić jej życie w piekło.

– Ale na razie chce pan z nią tylko porozmawiać?

– Żaden skurwiel nie może się już włamać do mojego systemu i dlatego muszę wiedzieć, jak to zrobiła. Chciałbym, żeby pan jej to przekazał. Jestem gotowy ją puścić wolno, jeśli tylko się ze mną spotka i wyjaśni, jak się włamała.

– Przekażę jej. Miejmy tylko nadzieję... – zaczął Mikael i urwał. – Że jeszcze żyje – dokończył. Po chwili z dużą prędkością skręcili w lewo, w kierunku Ingaröstrand.

Była czwarta czterdzieści osiem. Od czasu kiedy Lisbeth poprosiła o pomoc, minęło dwadzieścia minut.

JAN HOLTSER rzadko aż tak bardzo się mylił.

Żył w romantycznym przekonaniu, że już z daleka można ocenić, czy człowiek wytrzyma walkę wręcz albo poważny sprawdzian sił. Również dlatego, w przeciwieństwie do Orłowa i Bogdanowa, nie był zdziwiony, kiedy plan dotyczący Mikaela Blomkvista nie wypalił. Oni mieli absolutną pewność, że jeszcze nie urodził się mężczyzna, który byłby w stanie oprzeć się Kirze. On – po tym, jak z daleka przez ułamek sekundy widział Blomkvista w Saltsjöbaden – miał wątpliwości. Wyglądał jak ktoś, z kim mogą mieć problem. Sprawiał wrażenie człowieka, którego nie da się tak łatwo złamać ani zwieść. Nic z tego, co potem widział i słyszał, nie skłoniło go do zmiany zdania.

Z tym młodym było inaczej. Wyglądał jak typowy słabeusz i mięczak. A jednak pozory myliły. Jan nigdy nie torturował kogoś, kto aż tak długo stawiałby opór. Ten chłopak nie poddawał się mimo potwornego cierpienia. Wydawało się, że nieugiętość, widoczna w jego oczach, ma źródło w wyznawanych przez niego zasadach. Janowi długo wydawało się, że będą musieli zrezygnować, że Andrei zniesie każde cierpienie, ale nie piśnie słowa. Poddał się dopiero, kiedy Kira zapowiedziała, że Erika i Mikael podzielą jego los.

Było wpół do czwartej nad ranem. Przypuszczał, że to jedna z tych chwil, których nigdy nie zapomni. Za oknem sypał śnieg. Twarz młodego mężczyzny była wysuszona, oczy zapadnięte. Na ustach i policzkach miał krew. Wargi, które długo miał zaklejone taśmą, były spękane i poranione. Był strzępem człowieka, a mimo to wciąż można było dostrzec jego urodę. Jan pomyślał o Oldze. Zastanawiał się, czy Andrei by jej się spodobał.

Był dobrze wykształconym chłopakiem, zwalczał przejawy niesprawiedliwości i stawał po stronie żebraków i wykluczonych. Chyba właśnie takich lubiła. Zrobił znak krzyża, prawosławny, w którym jedna droga prowadzi do nieba, a druga do piekła. Potem zerknął na Kirę. Była piękniejsza niż kiedykolwiek.

Jej oczy wręcz płonęły blaskiem. Siedziała na stołku obok łóżka, a jej droga niebieska sukienka praktycznie nie nosiła śladów krwi. Powiedziała coś do Andreia po szwedzku, coś, co zabrzmiało bardzo czule. Potem złapała go za rękę, a on odwzajemnił uścisk. Tylko w ten sposób mógł sobie dodać otuchy. W zaułku za oknem zawodził wiatr. Kira kiwnęła głową i uśmiechnęła się do Jana. Na parapecie wylądowały płatki świeżego śniegu.

KIEDY BYŁO PO WSZYSTKIM, wsiedli do land rovera i ruszyli w stronę Ingarö. Jan czuł się pusty w środku, nie był zadowolony z obrotu spraw. Nie mógł jednak zaprzeczyć, że to przez niego się tu znaleźli. Dlatego milczał i słuchał Kiry, która była dziwnie podekscytowana i z gorącą nienawiścią mówiła o kobiecie, po którą jechali. On uważał, że to nie jest dobry znak, i gdyby tylko mógł, poradziłby jej, żeby zrezygnowała ze wszystkiego i wyjechała z kraju.

Ale milczał. Za oknem sypał śnieg, a oni jechali w ciemnościach. Czasem, kiedy patrzył na Kirę i na jej lodowate, błyszczące oczy, zaczynał się jej bać. Odganiał jednak takie myśli. Mimo wszystko musiał przyznać, że zaskakująco szybko odgadła, co się tak naprawdę stało.

Nie tylko prawidłowo wytypowała, kto uratował Augusta Baldera na Sveavägen. Domyśliła się również, kto może wiedzieć, gdzie się z nim ukryła. Chodziło o nie byle kogo, bo o samego Mikaela Blomkvista. Nikt z nich nie wiedział, jak na to wpadła. Dlaczego znany szwedzki dziennikarz miałby ukrywać kogoś, kto wyrósł jak spod ziemi i porwał dziecko? Kiedy jednak przyjrzeli się temu bliżej, zorientowali się, że coś może być na rzeczy. Okazało się, że ta kobieta – Lisbeth Salander – miała coś wspólnego z reporterem. Poza tym w redakcji „Millennium" najwyraźniej coś się działo.

Rano po morderstwie w willi w Saltsjöbaden Jurij włamał się do komputera Blomkvista, żeby się dowiedzieć, dlaczego Balder wezwał go w środku nocy. Wtedy nie miał większych problemów z wykonaniem tego zadania, ale od poprzedniego przedpołudnia nie był w stanie czytać wiadomości Blomkvista. Kiedy coś takiego zdarzyło mu się po raz ostatni? Kiedy miał problemy z włamaniem się do poczty jakiegoś reportera? Nigdy. Blomkvist nagle zrobił się dużo ostrożniejszy, tuż po tym, jak ta kobieta i chłopiec zniknęli ze Sveavägen.

Swoją drogą nie mogli mieć pewności, że Blomkvist wie, gdzie się podziewa ta Salander. Ale im więcej czasu mijało, tym więcej pojawiało się przesłanek świadczących o tym, że tak właśnie jest. Poza tym Kira nie potrzebowała bezsprzecznych dowodów. Chciała się do niego dobrać. A kiedy jej się nie udało, chciała dorwać kogoś innego z „Millennium". Przede wszystkim jednak była wręcz opętana myślą o wytropieniu kobiety i dziecka. Już samo to powinno było ich zaniepokoić. Ale i tak mógł jej być wdzięczny, to prawda.

Możliwe, że nie rozumiał wszystkich jej motywów, ale to głównie ze względu na niego mieli zabić chłopca. To było piękne. Przecież równie dobrze Kira mogła poświęcić jego. Zamiast tego mocno zaryzykowała, tylko po to, żeby go zatrzymać przy sobie. Cieszył się z tego, nawet jeśli teraz, siedząc w samochodzie, czuł się bardzo nieswojo.

Próbował zebrać się w sobie, myślał o Oldze. Musiał zrobić wszystko, żeby po przebudzeniu nie zobaczyła twarzy swojego ojca na pierwszych stronach wszystkich gazet. Raz po raz próbował sobie wmawiać, że do tej pory sprzyjało im szczęście i że najtrudniejsze mają już za sobą. Jeżeli tylko Andrei Zander podał im prawdziwy adres, wszystko pójdzie gładko. Trzech ciężko uzbrojonych mężczyzn – czterech, jeśli doliczyć Jurija, który jak zwykle zajmował się głównie swoim komputerem – powinno sobie ze wszystkim poradzić.

W skład grupy wchodzili on, Jurij, Orłow i Dennis Wilton, bandyta, który wcześniej należał do klubu motocyklowego Svavelsjö MC, a teraz regularnie wyświadczał Kirze różne przysługi. Pomógł im też w planowaniu akcji na terenie Szwecji. Trzech lub czterech mężczyzn i Kira przeciwko jednej kobiecie, która prawdopodobnie spała, a poza tym miała chronić dziecko. Powinno pójść jak z płatka. Szybko uderzą, zrobią swoje i opuszczą kraj. Ale Kira gderała jak najęta:

– Nie wolno wam nie doceniać Salander.

Powtórzyła to tak wiele razy, że nawet Jurija, który zawsze się z nią zgadzał, zaczęło to irytować. On też zdążył zauważyć na Sveavägen, że dziewczyna jest szybka, odważna i ma doświadczenie. Ale zdaniem Kiry była kimś w rodzaju superwoman. Pomyślał, że to śmieszne. Nigdy nie spotkał kobiety, która w walce wręcz mogłaby się mierzyć z nim czy choćby z Orłowem. Mimo to obiecał, że będzie ostrożny. Najpierw wejdzie na górę, zrobi rozpoznanie terenu i przygotuje plan. Nie będą się spieszyć, nie dadzą się zwabić w pułapkę. Raz po raz zapewniał o tym Kirę, a kiedy w końcu zaparkowali przy pomoście nad niewielką zatoką u podnóża zbocza, momentalnie przejął dowodzenie. Polecił innym, żeby się przygotowali, kryjąc się za samochodem, sam zaś ruszył sprawdzić, w którym miejscu stoi domek. Podobno trudno go było znaleźć.

JAN HOLTSER lubił wczesne poranki. Ciszę i wyczuwalną atmosferę zmiany. Szedł lekko pochylony i nasłuchiwał. Wokół niego panował bezpieczny mrok. Nie widział żywej duszy, nigdzie nie paliło się światło. Minął pomost i dotarł do płotu z rozklekotaną furtką tuż obok świerka i rozrośniętego kolczastego krzaka. Otworzył furtkę i zaczął się wspinać po stromych drewnianych schodach z poręczą po prawej stronie. Po chwili dostrzegł zarysy domku.

Stał schowany za sosnami i osikami. W oknach było ciemno. Od południa znajdował się taras, oddzielony od domku szklanymi drzwiami. Pomyślał, że łatwo je będzie sforsować. Nie przewidywał żadnych większych trudności. Powinni wejść bez problemu i unieszkodliwić wroga. Zauważył, że porusza się prawie bezgłośnie, i przez chwilę się zastanawiał, czy nie dokończyć roboty samemu. Może nawet był to jego moralny obowiązek. W końcu to z jego winy znaleźli się w tej sytuacji. Powinien sam rozwiązać ten problem. Zadanie nie było trudniejsze niż te, które wykonywał wcześniej, wręcz przeciwnie.

Nie było tu policjantów ani ochroniarzy. Nie widział nawet śladu instalacji alarmowej. Co prawda nie miał ze sobą swojego karabinu automatycznego. Ale go nie potrzebował. Zabranie go było przesadą, a wszystko przez niepokój Kiry. Miał swojego remingtona, powinien wystarczyć. Nagle – bez zwyczajowego dokładnego rozpoznania – ruszył biegiem. Działał tak samo skutecznie jak zawsze.

Szybko przesunął się wzdłuż krótszej ściany domu w stronę tarasu i szklanych drzwi. Nagle zesztywniał. W pierwszej chwili nie wiedział dlaczego. Mogło chodzić o cokolwiek

– jakiś dźwięk, ruch czy zagrożenie, które tylko przeczuwał. Z miejsca, w którym stał, nie mógł zajrzeć do środka. Zastygł w bezruchu, coraz bardziej niepewny. Czyżby pomylił domy?

Postanowił podejść bliżej i zajrzeć do środka, tak dla pewności, i wtedy... poczuł na sobie czyjś wzrok. Ktoś go obserwował. Oczy, które już raz na niego patrzyły, wpatrywały się w niego szkliście zza okrągłego stołu. Powinien był zareagować od razu. Wbiec na taras, wedrzeć się do środka i strzelić. Powinien się w nim obudzić instynkt mordercy. Ale po raz kolejny się zawahał. Nie był w stanie wyciągnąć broni. To spojrzenie go osłabiało i możliwe, że stałby tak jeszcze kilka chwil, gdyby chłopiec nie zrobił czegoś, do czego jego zdaniem w ogóle nie powinien być zdolny.

Wydał przeraźliwy krzyk. Zdawało się, że zabrzęczały od tego szyby. Jan dopiero wtedy ocknął się z odrętwienia. Popędził przez taras i w ogóle się nie zastanawiając, wpadł przez szybę i strzelił. Wydawało mu się, że bardzo precyzyjnie. Nie mógł jednak stwierdzić, czy trafił.

Rzucił się na niego jakiś cień. Poruszał się z taką prędkością, że nie zdążył się odwrócić ani nawet zająć sensownej pozycji. Widział tylko, że znów wystrzelił i że strzela jeszcze ktoś. Nie zdążył pomyśleć o niczym innym, bo w następnej chwili zwalił się bezwładnie na podłogę. Nad sobą miał młodą kobietę. W jej oczach dostrzegł szaleństwo, jakiego w życiu nie widział. Zareagował instynktownie. Spróbował do niej strzelić. Ale ona była jak dzikie zwierzę. Usiadła na nim, uniosła głowę... i łup. Nie zrozumiał, co się stało. Musiał stracić przytomność.

Kiedy oprzytomniał, czuł w ustach smak krwi. A pod koszulą lepką wilgoć – musiał oberwać. Zobaczył, że chłopiec i kobieta go mijają. Spróbował złapać chłopaka za nogę. Tak mu się przynajmniej wydawało. Dziewczyna chyba znów go zaatakowała, bo nagle zabrakło mu tchu.

Nie był w stanie zrozumieć, co się wokół niego dzieje. Wiedział tylko, że został pokonany – i to przez kogo? Przez jakąś dziewczynę. Ta świadomość tylko potęgowała jego cierpienie. Oddychając ciężko, leżał z zamkniętymi oczami na podłodze, wśród odłamków szkła i w swojej własnej krwi. Miał nadzieję, że niebawem wszystko się skończy. Nagle do jego uszu dobiegły inne dźwięki, odległe głosy. Kiedy otworzył oczy, ze zdziwieniem zobaczył kobietę. Znowu tam była. Wydawało mu się, że wyszła. Ale nie, stała przy stole i coś robiła. Widział jej chude, chłopięce nogi. Wysilił się i spróbował wstać. Nie mógł znaleźć broni, ale udało mu się usiąść. W tej samej chwili kątem oka dostrzegł za oknem Orłowa. Miał zamiar rzucić się na dziewczynę, ale nie zdążył.

Wydawało mu się, że eksplodowała, tak to w każdym razie odebrał. Złapała kilka kartek i wybiegła z prędkością błyskawicy. Kiedy znalazła się na tarasie, rzuciła się w las. Po chwili w ciemnościach rozległo się terkotanie karabinów. Jan wymamrotał pod nosem, jakby chciał pomóc swoim ludziom: Zabijcie tych skurczysynów. On nie mógł już nic zrobić. Z wielkim trudem stanął na nogi. Nie miał siły się przejmować tym, co się działo na zewnątrz. Założył, że Orłow i Wilton skosili uciekinierów. Próbował się z tego cieszyć i spojrzeć na to jak na zadośćuczynienie. Choć przede wszystkim starał się utrzymać na nogach. Wpatrywał się przy tym bezmyślnie w stół, który miał przed sobą.

Leżało na nim mnóstwo kredek i kartek. Patrzył na nie, nie do końca rozumiejąc, co widzi. Nagle poczuł się tak, jakby na jego sercu zacisnęły się szpony. Zobaczył złego człowieka, demona o bladym obliczu. Unosił rękę, żeby zabić. Dopiero po kilku sekundach dotarło do niego, że to on jest tym demonem. Zaczął się trząść, był przerażony.

Nie mógł jednak oderwać wzroku od rysunku. Wpatrywał się w niego jak zahipnotyzowany. Po chwili zauważył, że na dole widnieje jakieś równanie, a na górze dopisek. Koślawe litery utworzyły wiadomość:

Mailed to police 04.22!

Rozdział 27
24 listopada, rano

ARAM BARZANI ZE SZWEDZKIEJ jednostki antyterrorystycznej wszedł do domu Gabrielli Grane o czwartej pięćdziesiąt dwie rano. Zastał tam postawnego, ubranego na czarno mężczyznę. Leżał na podłodze koło okrągłego stołu.

Ostrożnie podszedł bliżej. Dom wydawał się opuszczony. Ale nie chciał ryzykować. Dostali cynk, że w tej okolicy niedawno doszło do ostrej strzelaniny. Nagle usłyszał podekscytowane głosy kolegów. Dobiegały od strony skał.

– Tutaj! – wołali. – Tutaj!

Nie rozumiał, o co chodzi, i przez chwilę się wahał. Powinien do nich pobiec? Postanowił, że zostanie w środku i sprawdzi, w jakim stanie jest mężczyzna. Leżał wśród odłamków szkła, we krwi. Na stole była podarta kartka i kilka kredek, które ktoś starł na proch. Mężczyzna leżał na plecach i ociężale robił znak krzyża. Prawdopodobnie się modlił. Chyba po rosyjsku. Aram usłyszał imię Olga. Zwrócił się do mężczyzny. Powiedział, że karetka jest już w drodze.

– *They were sisters* – odpowiedział mężczyzna.

Aram nie zwrócił na to uwagi, wydawało mu się, że mężczyzna bredzi. Zaczął go przeszukiwać i stwierdził, że jest nieuzbrojony i prawdopodobnie został postrzelony w brzuch. Jego bluza była przesiąknięta krwią, był niepokojąco blady. Aram zapytał, co się stało. Mężczyzna w pierwszej chwili nie odpowiedział. Po chwili wydusił jeszcze jedno dziwne zdanie po angielsku:

– *My soul was captured in a drawing* – powiedział. Wyglądało na to, że traci przytomność.

Aram został z nim kilka minut. Chciał się upewnić, że nie nastręczy im żadnych problemów. Kiedy w końcu usłyszał nadjeżdżającą karetkę, zostawił go i wyszedł na skały. Chciał się dowiedzieć, co oznaczały krzyki kolegów. Padał śnieg, było mroźno i ślisko. Kawałek dalej w dolinie słychać było głosy i warkot silników kolejnych samochodów, które przybyły na miejsce. Dookoła wciąż panował mrok i trudno było cokolwiek zobaczyć. Teren był wyjątkowo trudny, pełen kamieni i drzew iglastych, a zbocze gwałtownie opadało. Nie były to dobre warunki do walki. Aram poczuł, że ogarniają go złe przeczucia. Pomyślał, że zrobiło się dziwnie cicho, i nie mógł zrozumieć, gdzie się podziali jego koledzy.

Po chwili zobaczył, że są niedaleko, tuż przy krańcu zbocza, za dużą rozrośniętą osiką. Wzdrygnął się, kiedy spostrzegł, że z poważnymi minami patrzą w ziemię. Co tam widzieli? Czyżby chłopiec nie żył?

Podchodząc wolnym krokiem, myślał o swoich synach. Mieli sześć i dziewięć lat i szaleli za piłką nożną. Nie robili nic innego i o niczym innym nie rozmawiali. Björn i Anders. Nadali im z Dilvan szwedzkie imiona, wychodząc z założenia, że pomoże im to w życiu. Kim są ludzie, którzy przyjechali aż tutaj, żeby zabić dziecko? Ogarnęła go nagła wściekłość i krzyknął do kolegów. Chwilę później westchnął z ulgą.

Na ziemi leżał nie chłopiec, lecz dwóch mężczyzn, prawdopodobnie również postrzelonych w brzuch. Jeden z nich – postawny, brutalny typ o ospowatej cerze i z płaskim nosem boksera – próbował się podnieść. Szybko został przygnieciony do ziemi. Na jego twarzy dało się zauważyć cień upokorzenia. Jego prawa ręka drżała. Z bólu, a może z wściekłości. Drugi, w skórzanej kurtce i z włosami spiętymi w koński ogon, był chyba w jeszcze gorszym stanie. Leżał nieruchomo i wyraźnie zszokowany wpatrywał się w ciemne niebo.

– Ani śladu dziecka? – zapytał Aram.

– Najmniejszego – odparł jego kolega Klas Lind.

– A kobieta?

– Jej też nie ma.

Aram nie był pewien, czy to dobry znak. Zadał jeszcze kilka pytań, ale żaden z kolegów nie umiał powiedzieć, co się stało. Pewne było tylko to, że trzydzieści–czterdzieści metrów dalej na zboczu znaleziono dwa karabiny automatyczne Barrett REC7. Uznali, że należały do mężczyzn. Nie wiedzieli jednak, jak się tam znalazły. Kiedy zapytali o to ospowatego, wykrztusił coś niezrozumiałego.

Przez kolejne piętnaście minut Aram i jego koledzy przeszukiwali teren, ale nie znaleźli nic oprócz kolejnych śladów walki. Przyjechali sanitariusze, inspektor Sonja Modig, trzech techników, spora grupa policjantów z prewencji, a także Mikael Blomkvist w towarzystwie mocno zbudowanego mężczyzny o krótko ostrzyżonych włosach, który nie wiadomo dlaczego z miejsca wzbudził u wszystkich respekt. O godzinie piątej dwadzieścia pięć nadeszła wiadomość, że na wybrzeżu, niedaleko parkingu, czeka świadek, którego można przesłuchać. Chciał, żeby go nazywali KG. Tak naprawdę nazywał się Karl-Gustaf Matzon i niedawno kupił świeżo wybudowaną posiadłość po drugiej stronie zatoki. Klas Lind twierdził, że należy do niego podchodzić z rezerwą.

– Facet opowiada niestworzone rzeczy – stwierdził.

SONJA MODIG i Jerker Holmberg stali już na parkingu i próbowali zrozumieć, co się stało. Mieli zbyt fragmentaryczny obraz sytuacji i liczyli na to, że świadek KG Matzon będzie w stanie dostarczyć im wyjaśnień.

Kiedy jednak zobaczyli, jak idzie w ich stronę brzegiem morza, powoli zaczęli w to wątpić. KG Matzon miał na głowie tyrolski kapelusz. Do tego spodnie w zieloną kratę, podkręcone wąsy i czerwoną kurtkę Canada Goose. Pomyśleli, że to chyba jakiś żart.

– KG Matzon? – spytała Sonja Modig.

– We własnej szanownej osobie – odparł i może chcąc dodać sobie wiarygodności, wspomniał, że prowadzi wydawnictwo True Crimes, specjalizujące się w prawdziwych historiach głośnych zbrodni.

– Doskonale. Ale tym razem chodzi nam o rzetelne zeznanie, nie o reklamę nowej książki – powiedziała na wszelki wypadek Sonja Modig, a KG Matzon odparł, że rozumie.

– W końcu jestem poważnym człowiekiem – powiedział. – Obudziłem się o niedorzecznie wczesnej porze. Leżałem i wsłuchiwałem się w ciszę. Tuż po wpół do piątej usłyszałem coś, co od razu wziąłem za strzały z pistoletu. Szybko się ubrałem i wyszedłem na taras. Mam z niego widok na wybrzeże, górę i parking, na którym teraz stoimy.

– I co pan zobaczył?

– Nic. Panował przerażający spokój. A potem wszystko eksplodowało. Jakby wybuchła wojna.

– Słyszał pan strzelaninę?

– Po drugiej stronie zatoki rozległ się terkot. Kompletnie osłupiały spojrzałem w tamtą stronę i... mówiłem już, że zajmuję się obserwacją ptaków?

– Nie mówił pan.

– To mi wyostrzyło wzrok. Jest po prostu sokoli. Potrafię dostrzec drobne szczegóły z dużej odległości i na pewno dlatego zauważyłem mały punkcik na występie skalnym, o tam. Widzicie? Występ wchodzi w skałę jak kieszeń.

Sonja podniosła wzrok, spojrzała na zbocze i pokiwała głową.

– Początkowo nie rozumiałem, co to takiego – ciągnął KG Matzon. – Po chwili dotarło do mnie, że to dziecko. Chłopiec, o ile się nie mylę. Siedział tam w kucki i się trząsł, a przynajmniej wyobrażałem sobie, że się trzęsie. Nagle... Boże, nigdy tego nie zapomnę.

– Co się stało?

– Zobaczyłem, że ktoś zbiega z góry. Młoda kobieta. Rzuciła się przed siebie i wylądowała na występie skalnym, tak brutalnie, że o mało nie spadła. Potem siedzieli razem, ona i chłopiec, i czekali. Czekali na to, co nieuniknione. A potem...

– Tak?

– Pojawiło się dwóch mężczyzn z karabinami. Strzelali i strzelali. Rzuciłem się na ziemię. Sami rozumiecie – bałem się, że mnie trafią. Ale nie mogłem się powstrzymać i znów spojrzałem. Wiecie, z miejsca, gdzie stałem, chłopiec i kobieta byli widoczni jak na dłoni. Ale z miejsca, gdzie stali ci ludzie, nie, przynajmniej chwilowo. Mimo wszystko doszedłem do wniosku, że to tylko kwestia czasu, że zaraz ich znajdą, i zdałem sobie sprawę, że nie mają gdzie uciec. Sądziłem, że ci mężczyźni ich zobaczą i zabiją. Byli w rozpaczliwej sytuacji.

– A jednak nie znaleźliśmy tam ani chłopca, ani tej kobiety.

– Otóż to! Mężczyźni byli coraz bliżej, w końcu pewnie było słychać nawet ich oddechy. Stali tak blisko, że wystarczyłoby, żeby się wychylili, a na pewno by ich zauważyli. I wtedy...

– Tak?

– Nie uwierzycie. Facet z ekipy antyterrorystycznej na pewno nie uwierzył.

– Proszę opowiedzieć, prawdopodobieństwem zajmiemy się później.

– Kiedy mężczyźni stanęli – może chcieli nasłuchiwać, a może uznali, że są już blisko – kobieta się poderwała i ich zastrzeliła. Pach, pach! Potem podbiegła i odrzuciła ich karabiny. Z nieprawdopodobną skutecznością, jak w filmie akcji. Biegła, toczyła się. Złapała chłopca i wpakowała do stojącego na parkingu bmw. Zanim wsiedli, zdążyłem zobaczyć, że trzyma coś w ręce – torbę albo komputer.

– Odjechali bmw?

– Z zawrotną prędkością. Nie wiem dokąd.

– Rozumiem.

– To jeszcze nie koniec.

– Co pan ma na myśli?

– Stał tam jeszcze jeden samochód, chyba range rover, wysoki, czarny, nowy model.

– Co się z nim stało?

– Na początku nie zwróciłem na niego uwagi, a potem byłem zajęty telefonowaniem pod numer alarmowy. Już miałem się rozłączyć, kiedy zobaczyłem, że po tamtych drewnianych schodach schodzą dwie osoby – chudy, wysoki mężczyzna i kobieta. Nie widziałem ich zbyt dobrze, byli za daleko. Mimo to mogę powiedzieć dwie rzeczy na temat tej kobiety.

– Mianowicie?

– Po pierwsze: szprycha. Po drugie: zła.

– Szprycha? Chodzi panu o to, że była ładna?

– A przynajmniej stylowa i efektowna. Było to widać z daleka. Ale była też rozwścieczona. Zanim wsiadła do range rovera, wymierzyła mężczyźnie policzek. Dziwne, ale prawie nie zareagował. Kiwnął tylko głową, jak gdyby uznał, że na to zasługuje. Potem odjechali. On prowadził.

Sonja Modig zanotowała i doszła do wniosku, że musi jak najszybciej zarządzić poszukiwania range rovera i bmw.

GABRIELLA GRANE piła w swojej kuchni cappuccino i myślała, że mimo wszystko jest w miarę opanowana. Ale prawdopodobnie była w szoku.

Helena Kraft chciała się z nią spotkać o ósmej w swoim gabinecie w kwaterze Säpo. Gabriella domyślała się, że na zwolnieniu się nie skończy. Spodziewała się również, że zostanie pociągnięta do odpowiedzialności, i wiedziała, że w zasadzie nie ma żadnych szans na znalezienie innej pracy. Miała trzydzieści trzy lata i jej kariera dobiegła końca.

Ale nie to było najgorsze. Wiedziała, że złamała prawo, i podjęła świadome ryzyko. Uznała, że to najlepszy sposób, żeby ochronić syna Fransa Baldera. A tymczasem w okolicach jej domku doszło do strzelaniny i najwyraźniej nikt nie wiedział, gdzie jest August. Może był ciężko ranny, może nie żył. Miała wrażenie, że poczucie winy rozrywa ją na kawałki. Najpierw ojciec, teraz syn.

Wstała i spojrzała na zegarek. Było piętnaście po siódmej. Pomyślała, że powinna ruszać, jeśli przed spotkaniem z Heleną ma zdążyć posprzątać swoje biurko. Postanowiła zachowywać się z godnością, nie przepraszać i nie prosić, żeby jej pozwolono zostać. Zamierzała być silna albo przynajmniej na taką wyglądać. Zadzwonił jej blackphone. Nie miała siły odbierać. Włożyła kozaczki, płaszcz od Prady i ekstrawagancki czerwony szalik. Równie dobrze mogła pokazać na koniec trochę klasy. Stanęła w przedpokoju przed lustrem i poprawiła makijaż. W przypływie czarnego humoru zrobiła znak V, jak ustępujący Nixon. Blackphone zadzwonił znowu. Tym razem, chcąc nie chcąc, odebrała. Dzwoniła Alona Casales z NSA.

– Słyszałam – powiedziała. Jakże by inaczej. – Jak się czujesz? – dodała po chwili.

– A jak myślisz?

– Jak ktoś najgorszy na świecie.

– Mniej więcej.

– Jak ktoś, kto już nigdy nie dostanie pracy.

– Trafiłaś w sedno.

– W takim razie chciałabym cię poinformować, że nie masz się czego wstydzić. Postąpiłaś słusznie.

– Nabijasz się ze mnie?

– Nie sądzę, żeby to był odpowiedni moment na żarty, skarbie. Mieliście u siebie kreta.

Gabriella wzięła głęboki wdech.

– Kto nim był?

– Mårten Nielsen.

Gabriellę przeszył dreszcz.

– Macie na to dowody?

– Tak, za kilka minut wszystko ci wyślę.

– Dlaczego Mårten miałby nas zdradzić?

– Podejrzewam, że nie uważał tego za zdradę.

– A za co?

– Nie wiem. Może za współpracę z Wielkim Bratem, obowiązek względem wiodącego narodu wolnego świata?

– Więc przekazywał wam informacje.

– Raczej sami się w nie zaopatrywaliśmy dzięki jego pomocy. Przekazał nam dane dotyczące waszych serwerów i szyfrowania. W normalnej sytuacji nie byłoby to gorsze niż inne rzeczy, którymi się zajmujemy. Przecież podsłuchujemy wszystko, od sąsiedzkich plotek po rozmowy telefoniczne premierów.

– Ale to wyciekło jeszcze dalej.

– Płynęło tak, jakbyśmy byli lejkiem. Wiem, Gabriello, że nie do końca działałaś zgodnie z zasadami. Ale z moralnego punktu widzenia postąpiłaś słusznie, jestem o tym przekonana i dopilnuję, żeby twoi przełożeni się o tym dowiedzieli. Wiedziałaś, że coś jest nie tak w waszej organizacji, więc musisz działać niestandardowo, a i tak nie chciałaś uciec od odpowiedzialności.

– A mimo to się nie udało.

– Czasem się nie udaje, bez względu na to, jak sumiennie pracujemy.

– Dzięki, Alono, miło, że tak mówisz. Ale jeśli Augustowi Balderowi coś się stało, nigdy sobie tego nie wybaczę.

– Z chłopcem wszystko w porządku. Jeździ gdzieś samochodem z panną Salander, na wypadek gdyby komuś przyszło do głowy znów ich ścigać.

Gabriella najwyraźniej nie zrozumiała.

– Co masz na myśli?

– Że nic mu nie jest, skarbie, a dzięki niemu morderca jego ojca został ujęty i zidentyfikowany.

– Chcesz powiedzieć, że August Balder żyje?

– Tak, właśnie to chcę powiedzieć.

– Skąd wiesz?

– Można powiedzieć, że mam swoje źródło w strategicznym miejscu.

– Alona...

– Tak?

– Jeśli to, co mówisz, jest prawdą, to właśnie wróciłaś mi życie.

Potem Gabriella Grane zadzwoniła do Heleny Kraft. Nalegała, żeby Mårten Nielsen był na spotkaniu. Helena Kraft, chcąc nie chcąc, zgodziła się.

O WPÓŁ DO ÓSMEJ Ed Needham i Mikael Blomkvist wyszli z domku Gabrielli Grane i zeszli po drewnianych schodach do stojącego na parkingu audi. Dookoła zalegał śnieg. Żaden z nich nie odezwał się ani słowem. O wpół do szóstej Mikael dostał wiadomość od Lisbeth, tak samo lakoniczną jak zwykle.

„August cały i zdrowy. Jeszcze trochę będziemy się ukrywać".

Znowu nie napisała nic o tym, w jakim jest stanie. Ale wiadomość o chłopcu go uspokoiła.

Potem został poddany długiemu przesłuchaniu. Szczegółowo opowiedział Sonji Modig i Jerkerowi Holmbergowi, co on i „Millennium" robili przez ostatnie dni. Nie było zbyt sympatycznie. Mimo to miał wrażenie, że do pewnego stopnia go rozumieją. Godzinę później szedł wzdłuż pomostu i zbocza. Kawałek dalej dostrzegł znikającą w lesie sarnę. Usiadł na przednim siedzeniu audi. Czekał na Eda, który wlókł się kilka metrów za nim. Najwyraźniej bolały go plecy.

Jadąc w kierunku Brunn, nieoczekiwanie utknęli w korku. Przez kilka minut stali w miejscu. Mikael pomyślał o Andreiu. Wciąż nie dawał znaku życia.

– Mógłbyś włączyć jakąś krzykliwą stację? – zapytał Ed.

Mikael nastawił radio na sto siedem i jeden i od razu usłyszał Jamesa Browna. Wrzeszczał, jaka to z niego seksmaszyna.

– Daj mi, proszę, swoje telefony – powiedział Ed. Położył je z tyłu, tuż przy głośnikach. Najwyraźniej zamierzał przekazać jakieś poufne informacje, a Mikael nie miał nic przeciwko temu. Musiał napisać artykuł i chciał wiedzieć jak najwięcej. Doskonale zdawał sobie sprawę, że dziennikarz śledczy zawsze może się stać narzędziem służącym realizacji prywatnych interesów.

Nikt nie wyjawia nic poufnego, jeśli nie ma z tego korzyści. Czasami pobudki są szlachetne, jak na przykład poczucie sprawiedliwości, chęć ujawnienia korupcji czy nadużyć. Najczęściej jednak w grę wchodzi walka o władzę – chęć pogrążenia przeciwnika i wzmocnienia własnej pozycji. Dlatego reporterowi nigdy nie wolno zapomnieć o pytaniu: dlaczego się o tym dowiaduję?

To prawda, czasem dobrze jest być pionkiem, przynajmniej do pewnego stopnia. Każde odkrycie nieubłaganie kogoś osłabia, wzmacniając jednocześnie wpływy innych. Kiedy upada ktoś, kto ma władzę, jego miejsce szybko zajmuje ktoś inny, niekoniecznie lepszy. Jeżeli w tę walkę zaangażuje się dziennikarz, powinien znać jej reguły i zdawać sobie sprawę, że nie jest jedynym, który wyjdzie z niej zwycięsko.

Wolność słowa i demokracja też muszą zwyciężyć. Nawet jeśli przeciek wynika z chciwości albo żądzy władzy, może prowadzić do czegoś dobrego – ujawnienia nieprawidłowości i naprawienia sytuacji. Dziennikarz musi tylko rozumieć cały mechanizm i w każdym wersie, w każdej sprawie, także kiedy weryfikuje fakty, musi walczyć o swoją niezależność. Mikael zdał sobie sprawę, że czuje pewne pokrewieństwo z Edem Needhamem, a nawet lubi jego mrukliwy urok. Ale nie ufał mu ani przez sekundę.

– No to słucham – zwrócił się do niego.

– Powiem tak – zaczął Ed. – Jest pewien rodzaj wiedzy, który bardziej niż inne mobilizuje do działania.

– Taka, która pozwala zarobić?

– Zgadza się. Wiemy, że w gospodarce poufne informacje są wykorzystywane właściwie od zawsze. Nawet jeśli mało kogo udaje się złapać na gorącym uczynku, to i tak kursy akcji zawsze idą w górę przed ogłoszeniem korzystnych danych dotyczących firmy. Za każdym razem ktoś korzysta z okazji i dokonuje zakupu.

– To prawda.

– Przez długi czas nie dotyczyło to służb wywiadowczych, ponieważ informacje, którymi zarządzaliśmy, były innej natury. Miały zupełnie inną siłę rażenia. Od zakończenia zimnej wojny wiele się w tej kwestii zmieniło. Szpiegostwo przemysłowe, nadzór nad ludźmi i firmami, to wszystko poszło do przodu. Dziś siłą rzeczy mamy mnóstwo informacji, dzięki którym można się wzbogacić, nierzadko w krótkim czasie.

– I chcesz powiedzieć, że to jest wykorzystywane.

– Cała rzecz w tym, żeby to wykorzystywać. Zajmujemy się szpiegostwem przemysłowym, żeby pomóc krajowemu przemysłowi – zapewnić korzyści naszym wielkim koncernom, informować je o słabych i mocnych stronach konkurentów. Szpiegostwo przemysłowe jest aktem patriotyzmu. Ale, jak wszelka działalność wywiadowcza, stoi na granicy prawa. Kiedy pomoc zamienia się w działalność przestępczą?

– No tak, kiedy?

– To właśnie jest pytanie. Jeśli o to chodzi, niewątpliwie nastąpiło przewartościowanie. To, co jeszcze kilka dekad temu było uważane za niezgodne z prawem lub niemoralne, dziś jest *comme il faut*. Adwokaci pomagają legitymizować kradzieże i nadużycia. My w NSA nie byliśmy lepsi, a może nawet...

– Gorsi.

– Spokojnie, pozwól mi skończyć – ciągnął Ed. – Powiedziałbym, że mimo wszystko mamy jakieś zasady. Ale jesteśmy wielką organizacją, zatrudniamy dziesiątki tysięcy ludzi. Zawsze znajdą się wśród nich kanalie, nawet wysoko postawione kanalie, jak te, o których zamierzam ci opowiedzieć. Nie da się tego uniknąć.

– Oczywiście opowiesz mi o nich z czystej życzliwości – dodał Mikael z pewną dozą sarkazmu.

– Ha, ha, może nie do końca. Ale posłuchaj. Wiesz, co się dzieje, kiedy kilku naszych wysoko postawionych pracowników na wszelkie sposoby przekracza granicę prawa?

– Nic przyjemnego.

– Stają się poważnymi konkurentami dla przestępczości zorganizowanej.

– Państwo i mafia zawsze walczyły na jednej arenie – powiedział Mikael.

– Jasne, jedni i drudzy wymierzają własną sprawiedliwość, sprzedają narkotyki, ochraniają ludzi, a nawet zabijają, tak jak u nas. Jednak prawdziwy problem powstaje, kiedy na jakimś polu nasze działania zaczynają się pokrywać.

– I do tego właśnie doszło?

– Niestety tak. Jak wiesz, w Solifonie jest tajna sekcja kierowana przez Zigmunda Eckerwalda. Ma ustalać, czym zajmują się konkurencyjne firmy z branży zaawansowanych technologii.

– Nie tylko tym się zajmują.

– Zgadza się. Poza tym kradną i sprzedają to, co im się udało ukraść, co oczywiście działa na niekorzyść Solifonu, a może i całej giełdy NASDAQ.

– A także waszą.

– Tak jest. Okazało się, że nasi szemrani chłopcy – później podam ci wszystkie szczegóły, ale to przede wszystkim dwaj szefowie odpowiedzialni za szpiegostwo przemysłowe – Joacim Barclay i Brian Abbot, i ich podwładni – korzystają z pomocy Eckerwalda i jego ekipy, a sami z kolei pomagają im prowadzić działalność podsłuchową na szeroką skalę. Solifon wskazuje, gdzie należy szukać wielkich innowacji, a nasi cholerni idioci starają się o rysunki i szczegóły techniczne.

– A inkasowane pieniądze nie zawsze trafiają do państwowej kasy.

– Jest jeszcze gorzej, przyjacielu. Jeżeli robisz takie rzeczy na państwowej posadzie, bardzo się narażasz. Eckerwald i jego ekipa pomagają też groźnym przestępcom, choć właściwie na początku nie wiedzieli, że to groźni przestępcy.

– Ale tak było?

– Tak, a przy tym mieli głowy na karku. Pracowali dla nich hakerzy na takim poziomie, że sam marzyłbym o tym, żeby ich zatrudnić. Zawodowo zajmowali się wykorzystywaniem informacji, więc możesz się domyślać, co się stało. Kiedy odkryli, czym się zajmują nasi chłopcy z NSA, znaleźli się w wymarzonej sytuacji.

– Mogli dyktować warunki.

– Mieli nielichą przewagę i, rzecz jasna, wykorzystali ją do maksimum. Nasi chłopcy okradali nie tylko koncerny, ale też małe rodzinne firmy i walczących o przeżycie samodzielnych innowatorów. Nie wyglądałoby to ładnie, gdyby wyszło na jaw, więc doszło do godnej pożałowania sytuacji, w której nasi chłopcy czuli, że muszą pomagać nie tylko Eckerwaldowi i jego ekipie, ale również przestępcom.

– Masz na myśli Spiders?

– Tak jest. Może mimo wszystko każda ze stron przez jakiś czas była zadowolona. To naprawdę *big business* i wszyscy obrzydliwie się na tym wzbogacili. I nagle do akcji wkroczył geniusz, niejaki profesor Balder, i zaczął węszyć, a robił to tak umiejętnie, jak wszystko, czego się podejmował. Poznał ich działalność, a przynajmniej jej część. Wszyscy oczywiście byli przerażeni i doszli do wniosku, że trzeba coś zrobić. Nie jestem pewien, ale nasi chłopcy chyba liczyli na to, że wystarczą grzmiący, miotający groźby adwokaci. Okazało się jednak, że byli w błędzie, tym bardziej że jechali na jednym wózku z bandytami. Członkowie Spiders woleli przemoc i włączyli naszych chłopców do swojego planu, żeby jeszcze mocniej ich ze sobą związać.

– Boże!

– Ale to tylko mały wrzód na ciele naszej organizacji. Przyjrzeliśmy się pozostałej działalności i...

– Z pewnością z moralnego punktu widzenia nie można jej nic zarzucić – dokończył Mikael ostro. – Ale mam to gdzieś. Mówimy teraz o ludziach, którzy nie cofną się przed niczym.

– Przemoc rządzi się własną logiką. Trzeba kończyć to, co się zaczęło. A wiesz, co w tym wszystkim najśmieszniejsze?

– Nie widzę w tym nic śmiesznego.

– No to, powiedzmy, paradoksalne. Otóż nie dowiedziałbym się o tym, gdyby do naszego intranetu nie włamała się hakerka.

– To kolejny powód, żeby ją zostawić w spokoju.

– Taki też mam zamiar, o ile zdradzi, jak tego dokonała.

– Dlaczego to takie ważne?

– Już nigdy żaden drań nie włamie się do mojego systemu. Chcę wiedzieć dokładnie, jak to zrobiła, i powziąć odpowiednie kroki. Potem zostawię ją w spokoju.

– Nie wiem, ile są warte twoje obietnice. Ale zastanawia mnie coś innego – powiedział Mikael.

– Dawaj!

– Wspominałeś o dwóch facetach: Barclayu i Abbocie, prawda? Jesteś pewien, że to nie dotarło wyżej? Kto przede wszystkim odpowiada za szpiegostwo przemysłowe? To musi być jedna z waszych szych, prawda?

– Niestety nie mogę zdradzić jego nazwiska. Jest objęte tajemnicą.

– No trudno, muszę się z tym pogodzić.

– Musisz – odparł Ed zdecydowanie, a Mikael zauważył, że ruch zelżał.

Rozdział 28
24 listopada, popołudnie

PROFESOR CHARLES EDELMAN stał na parkingu przed Instytutem Karolinska i zachodził w głowę, w co też się wpakował. Nie za bardzo rozumiał, o co chodzi, a już na pewno nie miał czasu się tym zajmować. Tym niemniej zgodził się na coś, przez co musiał odwołać szereg spotkań, wykładów i konferencji.

Mimo to było mu dziwnie wesoło. Oczarował go nie tylko chłopiec, ale także młoda kobieta. Wyglądała, jakby jeszcze przed chwilą biła się w jakimś zaułku, a jednak jeździła nowym bmw, a w jej głosie pobrzmiewał chłodny autorytet. Niemal bezwiednie odpowiadał na jej pytania, odrzucając wszystkie propozycje wynagrodzenia.

Powiedział nawet, że sam zapłaci za podróż i hotel. Pewnie męczyło go poczucie winy. Był życzliwie nastawiony do chłopca. August budził jego naukową ciekawość. Sawant, który rysuje z fotograficzną precyzją i rozkłada liczby na czynniki pierwsze – uznał to za wyjątkowo fascynujący przypadek. Postanowił nawet, że daruje sobie kolację noblowską. Sam był tym zdziwiony. Ta młoda kobieta naprawdę namieszała mu w głowie.

HANNA BALDER siedziała w kuchni i paliła. Czuła ucisk w żołądku. Obcy ludzie bardzo jej pomogli i okazali wsparcie, ale Lasse sprawił jej tęgie lanie. Nie radził sobie z jej niepokojem. Pewnie dlatego, że nie zostawiał miejsca na jego własne cierpienie.

Co chwilę wybuchał: „Nie umiesz nawet dopilnować swojego dzieciaka?". Wymachiwał rękami i rzucał nią po mieszkaniu, jakby była szmacianą lalką. Wiedziała, że za chwilę znowu wpadnie w szał. Zrobiła nieostrożny ruch i zalała kawą stronę z informacjami kulturalnymi w „Dagens Nyheter", którą przed chwilą czytał. Wyzłośliwiał się nad recenzją spektaklu. Twierdził, że jest zbyt pochlebna dla kolegów, których nie lubił.

– Coś ty zrobiła, do cholery? – syknął.

– Przepraszam – powiedziała szybko. – Zaraz to wytrę.

Widząc kąciki jego ust, domyśliła się, że to nie wystarczy. Wiedziała, że ją uderzy, jeszcze zanim on to wiedział. Przygotowała się na policzek. Nie powiedziała ani słowa i nie ruszyła głową. Czuła tylko, że łomocze jej serce, a oczy napełniają się łzami. Nie chodziło jednak o cios. Cios był tylko czynnikiem wyzwalającym. Rano odbyła tak dziwną rozmowę, że ledwo zrozumiała, o co w tym wszystkim chodzi. August został odnaleziony, ale potem znowu zniknął i prawdopodobnie był cały i zdrowy. Prawdopodobnie. Nie wiedziała nawet, czy ta wiadomość powinna ją uspokoić, czy zaniepokoić jeszcze bardziej.

Nie miała wręcz siły słuchać. Teraz, kilka godzin później, nadal nic się nie działo. Najwyraźniej nikt nie wiedział nic nowego. Nagle wstała, nie zastanawiając się, czy nie padną kolejne ciosy. Poszła do dużego pokoju. Za plecami słyszała ciężki oddech Lassego. Na podłodze nadal leżały kartki Augusta. Zza okna dobiegało wycie karetki. Na klatce słychać było czyjeś kroki. Czy ktoś do nich szedł? Rozległ się dzwonek.

– Nie otwieraj – syknął Lasse. – To tylko jakiś pierdolony dziennikarz.

Ona też nie chciała otwierać. Na myśl o spotkaniu z kimkolwiek robiło jej się niedobrze. Ale mimo wszystko musiała otworzyć. Może policja chciała ją jeszcze raz przesłuchać, a może mieli jakieś nowe wieści, dobre albo złe. Podeszła do drzwi i w tej samej chwili pomyślała o Fransie.

Przypomniała sobie, jak przyszedł po Augusta. Pamiętała jego oczy i że nie miał brody. Pamiętała też, że tęskniła za dawnym życiem, z czasów przed Westmanem, kiedy dzwoniły telefony, napływały propozycje, a strach jeszcze nie zatopił w niej szponów. Otworzyła zabezpieczone łańcuchem drzwi. Z początku nie widziała nic, tylko windę i czerwonobrunatne ściany. Zaraz potem poczuła się tak, jakby ją przeszył prąd. W pierwszej chwili nie wierzyła własnym oczom. Ale na progu naprawdę stał August! Włosy miał straszliwie skołtunione, ubranie brudne, na nogach o wiele za duże trampki, a mimo to patrzył na nią z takim samym poważnym, nieodgadnionym wyrazem twarzy. Odpięła łańcuch i otworzyła drzwi. Nie oczekiwała, że będzie sam, ale i tak się wzdrygnęła. Koło Augusta stała młoda dziewczyna w skórzanej kurtce, z zadrapaniami na twarzy i ziemią we włosach. Stała ze spuszczoną głową. W ręce trzymała dużą torbę podróżną.

– Przyszłam zwrócić ci syna – powiedziała, nie podnosząc wzroku.

– Mój Boże – krzyknęła Hanna. – Mój Boże!

Nie była w stanie powiedzieć nic więcej. Przez kilka sekund stała w drzwiach i nie wiedziała, co począć. Po chwili jej ramiona zaczęły się trząść. Padła na kolana, nic sobie nie robiąc z tego, że August nie cierpiał się przytulać. Objęła go i zaczęła mamrotać: „Mój synku, mój synku". W końcu w jej oczach pojawiły się łzy. August nie tylko jej na to pozwalał, ale wręcz sprawiał wrażenie, jakby sam chciał coś powiedzieć. Pomyślała, że to dziwne. Czyżby na dodatek nauczył się mówić? Nie zdążył. W drzwiach stanął Lasse.

– Co, do diabła... co on tu robi? – powiedział. Wyglądał, jakby miał ochotę bić dalej.

I nagle się rozjaśnił. W pewnym sensie był to wspaniały aktorski popis. W mgnieniu oka zaczął świecić tym swoim olśniewającym blaskiem, który robił takie wrażenie na kobietach.

– I jeszcze z dostawą do domu – dodał. – Fenomenalnie! Dobrze się czuje?

– W porządku – odparła kobieta dziwnie głuchym głosem. Bez pytania weszła do środka, w ubłoconych czarnych butach i z torbą w ręce.

– Jasne, zapraszamy – powiedział Lasse cierpko. – Nie krępuj się.

– Jestem tu po to, żeby ci pomóc się spakować, Lasse – oznajmiła kobieta lodowatym tonem.

To było takie dziwne, że Hanna miała pewność, że się przesłyszała. Widać było, że Lasse również nie zrozumiał. Gapił się na nią z głupią miną.

– Co ty mówisz?

– Masz się stąd wyprowadzić.

– Próbujesz być zabawna?

– Ani trochę. W tej chwili masz opuścić ten dom i nigdy więcej nie zbliżać się do Augusta. Widzisz go po raz ostatni.

– Chyba oszalałaś!

– Nie, jestem dla ciebie bardzo łaskawa. W pierwszej chwili chciałam po prostu zrzucić cię ze schodów i zgotować ci piekło. Ale wzięłam ze sobą torbę. Pomyślałam, że pozwolę ci zapakować kilka koszul i par gatek.

– Co z ciebie za dziwadło? – wycedził Lasse, jednocześnie zdumiony i wściekły. Zbliżył się do niej z groźnym wyrazem twarzy. Hanna przez chwilę zastanawiała się, czy ją także uderzy.

Coś sprawiło, że się zawahał. Może jej oczy, a może po prostu to, że nie zachowywała się jak inni. Zamiast się wycofać z przestraszoną miną, uśmiechnęła się chłodno, wyjęła z wewnętrznej kieszeni kilka pomiętych kartek i podała mu je.

– Jeżeli ty i twój kumpel Roger będziecie kiedyś tęsknili za Augustem, możecie spojrzeć na to i powspominać.

Lasse był wyraźnie zdumiony. Zdezorientowany zaczął przeglądać papiery. Po chwili jego twarz wykrzywił paskudny grymas. Hanna nie mogła się powstrzymać i również zerknęła. To były rysunki, a ten na samej górze przedstawiał... Lassego. Wymachiwał pięściami i wyglądał na naprawdę złego. Choć potem nie potrafiła wytłumaczyć, jak to możliwe, zrozumiała nie tylko to, co się działo, kiedy August zostawał sam z Lassem i Rogerem. Zobaczyła też swoje życie. Jaśniej i wyraźniej, niż widziała je przez wiele ostatnich lat.

Dokładnie tak samo, z tak samo wykrzywioną, wściekłą twarzą, spoglądał na nią setki razy, ostatnio mniej więcej minutę wcześniej. Zrozumiała, że nikt nie powinien znosić czegoś takiego – ani ona, ani August. Wzdrygnęła się, a przynajmniej tak jej się wydawało, bo kobieta spojrzała na nią uważnie. Ona też na nią popatrzyła i choć stwierdzenie, że stały się sobie bliskie, byłoby przesadą, na pewno na jakimś poziomie zawiązała się między nimi nić porozumienia. Kobieta spytała:

– Mam rację, Hanno? Prawda, że powinien się stąd wynosić?

To pytanie było śmiertelnie niebezpieczne. Hanna spuściła wzrok i spojrzała na duże trampki Augusta.

– Co to za buty?

– Moje.

– Dlaczego?

– Rano wyjeżdżaliśmy w pośpiechu.

– Co robiliście?

– Ukrywaliśmy się.

– Nie rozumiem... – zaczęła, ale nie zdążyła powiedzieć nic więcej. Lasse brutalnie pociągnął ją za rękę.

– Może wyjaśnisz tej psychopatce, że jedyną osobą, która stąd wyleci, jest ona?! – ryknął.

– Tak, tak – odparła Hanna.

– No to wyjaśnij!

Wtedy nastąpiło coś, czego nie potrafiła wytłumaczyć. Może spowodował to wyraz twarzy Lassego, a może nieugiętość, jaką dostrzegła w postawie i w zimnych oczach młodej kobiety. Nagle usłyszała, jak mówi:

– Wyjdź, Lasse. Wyjdź i nigdy już nie wracaj!

Sama nie wierzyła, że to się dzieje naprawdę. Czuła się tak, jakby mówił za nią ktoś inny. Potem wszystko potoczyło się szybko. Lasse uniósł rękę, żeby ją uderzyć. Ale nie on wymierzył cios. Młoda kobieta zareagowała błyskawicznie. Niczym wytrawny bokser trzy razy zdzieliła go w twarz, po czym podcięła mu nogi kopniakiem. Lasse runął na ziemię.

– Co jest, u diabła? – powiedział tylko.

Runął na podłogę, a młoda kobieta stanęła nad nim. Po wszystkim Hanna raz po raz przypominała sobie, co powiedziała. Czuła się tak, jakby odzyskała część siebie. Zrozumiała, jak mocno i jak długo pragnęła, żeby Lasse Westman zniknął z jej życia.

BUBLANSKI TĘSKNIŁ za rabbim Goldmanem.

Tęsknił za pomarańczową czekoladą Sonji Modig, za swoim nowym łóżkiem Dux, za inną porą roku. Teraz jednak miał doprowadzić do porządku śledztwo i właśnie to zamierzał zrobić. Rzeczywiście w pewnym sensie był zadowolony. Wyglądało na to, że August jest cały i zdrowy i jedzie do mamy.

Morderca jego ojca został schwytany, właśnie dzięki niemu i Lisbeth Salander, choć nie było pewne, czy przeżyje. Był ciężko ranny i leżał na oddziale intensywnej terapii w szpitalu Danderyd. Nazywał się Borys Lebedew, ale od dawna posługiwał się nazwiskiem Jan Holtser. Mieszkał w Helsinkach. Był majorem i byłym żołnierzem elitarnej jednostki radzieckiej armii. Jego nazwisko pojawiało się w wielu śledztwach w sprawie morderstw, ale nie można go było o nic oskarżyć. Oficjalnie był prywatnym przedsiębiorcą działającym w branży ochroniarskiej i miał podwójne obywatelstwo – fińskie i rosyjskie. Prawdopodobnie ktoś majstrował przy jego kartotece.

Również dwaj pozostali mężczyźni znalezieni nieopodal domku na Ingarö zostali zidentyfikowani po odciskach palców. Byli to Dennis Wilton – stary gangster ze Svavelsjö MC, który odsiadywał wyrok za napad rabunkowy i pobicie – i Władimir Orłow, Rosjanin skazany w Niemczech za stręczycielstwo. Jego dwie żony zginęły tragicznie w niewyjaśnionych okolicznościach. Żaden nie powiedział ani słowa o tym, co się stało, ani o niczym innym. Bublanski nie robił sobie zbyt wielkich nadziei, że coś się w tej kwestii zmieni. Ludzie tego pokroju nie są podczas przesłuchań zbyt rozmowni. Z drugiej strony, pomyślał, takie są reguły gry.

Przeczuwał, że obaj byli tylko szeregowymi żołnierzami, nad którymi stali dowódcy. Nie podobało mu się to. Najwyraźniej mieli powiązania z najbardziej wpływowymi osobami z Rosji i Stanów Zjednoczonych. Nie przeszkadzało mu to, że Mikael Blomkvist wie na temat jego śledztwa więcej niż on. Nie zależało mu na prestiżu. Chciał tylko posuwać się naprzód i z wdzięcznością przyjmował informacje, bez względu na to, kto ich dostarczał. Mimo to wnikliwe wnioski Mikaela przypominały mu o ich własnych niepowodzeniach, przecieku w śledztwie i niebezpieczeństwie, na które narazili chłopca. Wiedział, że nie przestanie się z tego powodu wściekać. Może właśnie dlatego nie spodobało mu się to, że szefowej Säpo, Helenie Kraft, tak bardzo zależało, żeby się z nim skontaktować. Zresztą nie tylko jej. Chcieli tego również informatycy z Krajowej Policji Kryminalnej, prokurator Richard Ekström, a także profesor z Uniwersytetu Stanforda – Steven Warburton z Machine Intelligence Research Institute MIRI. Amanda Flod twierdziła, że chciał porozmawiać o jakimś poważnym zagrożeniu.

Był wzburzony. Z tego i z tysiąca innych powodów. Nagle rozległo się pukanie do drzwi. W progu stanęła Sonja Modig. Wyglądała na zmęczoną, była nieumalowana. Na jej twarzy dostrzegł coś nowego, odsłoniętego.

– Ci trzej, których zatrzymaliśmy, są operowani – powiedziała. – Trochę potrwa, zanim będziemy mogli ich znów przesłuchać.

– Chyba raczej spróbować przesłuchać.

– Może i tak. Ale zdążyłam uciąć sobie krótką pogawędkę z Lebedewem. Chwilę przed operacją był przytomny.

– I co powiedział?

– Że chce porozmawiać z pastorem.

– Dlaczego wszyscy szaleńcy i mordercy zrobili się tacy religijni?

– Podczas gdy wszyscy rozsądni starzy komisarze wątpią w Boga?

– Otóż to!

– Rzecz w tym, że wydawał się zrezygnowany, a to moim zdaniem dobrze wróży – ciągnęła Sonja. – Kiedy mu pokazałam rysunek, machnął tylko ręką.

– Nie próbował twierdzić, że to wymysły?

– Zamknął tylko oczy i zaczął mówić o pastorze.

– Orientujesz się, czego chce ten amerykański profesor, który ciągle dzwoni?

– Jaki... Nie... Koniecznie chce z tobą porozmawiać. Myślę, że chodzi o badania Baldera.

– A ten młody dziennikarz, Zander?

– O nim właśnie chciałam z tobą porozmawiać. Mam złe przeczucia.

– Co wiemy?

– Że pracował do późna, a potem zniknął. Ostatni raz widziano go późnym wieczorem w okolicach Katarinahissen w towarzystwie pięknej kobiety o ciemnoblond lub rudawych włosach i w drogich, ekskluzywnych ciuchach.

– Pierwsze słyszę.

– Widział ich piekarz ze Skansenu. Nazywa się Ken Eklund i mieszka w budynku, w którym mieści się redakcja „Millennium". Stwierdził, że wyglądali na zakochanych, a w każdym razie Zander na takiego wyglądał.

– Chcesz powiedzieć, że mógł się złapać na jej lep?

– Niewykluczone.

– Czy to możliwe, że to ta sama osoba, którą widziano na Ingarö?

– Sprawdzamy to. Niepokoi mnie to, że najwyraźniej szli w stronę Gamla stan. To tam wyłapaliśmy sygnał jego komórki.

– Rozumiem.

– Niepokojące jest to, że Orłow, ten gnojek, który pluje na mnie za każdym razem, kiedy próbuję go przesłuchać, ma mieszkanie przy Mårten Trotzigs gränd.

– Byliście tam?

– Jeszcze nie, ale się wybieramy. Właśnie się o tym dowiedzieliśmy. Mieszkanie jest zapisane na jedną z jego firm.

– No to miejmy nadzieję, że nie spotka nas tam żadna niemiła niespodzianka.

– Otóż to.

LASSE WESTMAN leżał w przedpokoju na podłodze. Nie wiedział, dlaczego tak bardzo się boi. To przecież była tylko jakaś laska, wykolczykowana punkówa, ledwo sięgała mu do piersi. Powinien ją wyrzucić jak małego szczura. A mimo to był jak sparaliżowany, choć nie sądził, żeby to miało coś wspólnego z tym, jak się biła, ani tym bardziej ze stopą, którą trzymała na jego brzuchu. Chodziło o coś innego, bardziej nieuchwytnego, w jej spojrzeniu, a może nawet w całej jej postaci. Przez kilka minut leżał jak idiota i słuchał.

– Właśnie mi przypomniałeś – powiedziała – że moja rodzina ma jakiś straszny feler. Wydaje się, że jesteśmy zdolni do wszystkiego. Do najbardziej niewyobrażalnego okrucieństwa. Może to jakieś wady genetyczne. Ja mam tak z ludźmi, którzy krzywdzą kobiety i dzieci. Staję się przy nich śmiertelnie niebezpieczna. Kiedy zobaczyłam rysunki Augusta, przedstawiające ciebie i twojego kolegę Rogera, pomyślałam, że chciałabym zrobić wam naprawdę poważną krzywdę. Długo mogłabym o tym mówić. Ale uważam, że August ma już dość, więc istnieje mała szansa, że potraktuję was trochę łagodniej.

– Jestem... – zaczął Lasse.

– Milcz – ciągnęła. – To nie są negocjacje. Ani rozmowa. Po prostu przedstawiam ci warunki. Z prawnego punktu widzenia nie ma żadnego problemu. Frans był na tyle rozsądny, żeby przepisać mieszkanie na Augusta. Co do reszty: masz dokładnie cztery minuty na spakowanie swoich rzeczy, a potem spływaj. Jeśli ty albo Roger tu wrócicie albo w jakikolwiek sposób będziecie się kontaktować z Augustem, sponiewieram was tak, że do końca swoich dni nie będziecie w stanie zrobić nic przyjemnego. I zgłoszę na policję, że znęcaliście się nad Augustem. Jak wiesz, mam nie tylko rysunki, ale także zeznania psychologów i biegłych. Skontaktuję się nawet z kolorową prasą. Poinformuję ich, że mam coś, co potwierdza informacje na twój temat, które pojawiły się po tym, jak pobiłeś Renatę Kapusinski. Co wtedy zrobiłeś, Lasse? Nie odgryzłeś jej przypadkiem policzka i nie kopałeś jej po głowie?

– Czyli pójdziesz do prasy.

– Pójdę do prasy. Zaszkodzę tobie i twojemu przyjacielowi na wszelkie możliwe sposoby. Ale może – podkreślam: może – unikniecie najgorszego poniżenia, jeśli nigdy więcej nie pokażecie się w pobliżu Hanny i Augusta i nie skrzywdzicie już żadnej kobiety. Tak naprawdę mam was w dupie. Chcę tylko, żebyśmy wszyscy, z Augustem na czele, nie musieli was więcej oglądać. Dlatego musisz stąd zniknąć. Jeśli posłuchasz mojej rady i od tej pory będziesz żył jak skromny, strachliwy mnich, może to wystarczy. Wątpię, żebyś wytrzymał, bo jak wiesz, kiedy chodzi o przemoc wobec kobiet, prawdopodobieństwo recydywy jest duże, a poza tym jesteś gnojem i śmieciem, ale przy odrobinie szczęścia... może... Zrozumiałeś?

– Zrozumiałem – odparł Lasse Westman i znienawidził się za to.

Nie widział jednak innej możliwości, jak tylko przytaknąć i zrobić, co kazała. Wstał, poszedł do sypialni i w pośpiechu spakował trochę ubrań. Potem wziął płaszcz i telefon i wyszedł. Nie miał pojęcia, dokąd pójść. Nigdy w życiu nie czuł się taki żałosny.

Na dworze zacinał nieprzyjemny deszcz ze śniegiem.

LISBETH USŁYSZAŁA TRZASK zamykających się drzwi. Na kamiennych schodach powoli cichły kroki. Spojrzała na Augusta. Stał nieruchomo, z opuszczonymi rękami, i patrzył na nią przenikliwie. Wprawiał ją w zakłopotanie. Chwilę wcześniej miała kontrolę nad sytuacją, a teraz nagle poczuła się niepewnie. Nie mogła też pojąć, co się dzieje z Hanną Balder.

Wyglądała, jakby za chwilę miała wybuchnąć płaczem, a August... zaczął potrząsać głową i niewyraźnie mamrotać. Tym razem nie były to liczby pierwsze, tylko coś zupełnie innego. Lisbeth najbardziej ze wszystkiego chciała sobie pójść. Ale została. Jeszcze nie skończyła. Wyjęła z kieszeni dwa bilety lotnicze, voucher hotelowy i gruby plik banknotów, zarówno koron, jak i euro.

– Chciałabym tylko z głębi serca... – zaczęła Hanna.

– Milcz – przerwała jej Lisbeth. – Tu masz bilety do Monachium. Samolot odlatuje wieczorem, piętnaście po siódmej, więc musicie się spieszyć. Stamtąd zostaniecie przewiezieni bezpośrednio do Schloss Einau. To elegancki hotel niedaleko Garmisch-Partenkirchen. Będziecie mieszkali w dużym pokoju na samej górze, pod nazwiskiem Müller. Na początek przez trzy miesiące. Skontaktowałam się z profesorem Charlesem Edelmanem i wytłumaczyłam mu, dlaczego tak ważne jest zachowanie tajemnicy. Będzie was regularnie odwiedzał i pilnował, żeby August miał dobrą opiekę. Zorganizuje też prywatnych nauczycieli.

– Żartujesz?

– Milcz, powiedziałam. Mówię śmiertelnie poważnie. To prawda, policja ma już rysunek Augusta, a morderca został zatrzymany. Ale jego zleceniodawcy są na wolności i nie da się przewidzieć, co planują. Musicie natychmiast opuścić to mieszkanie. Ja mam co innego do roboty. Wynajęłam kierowcę. Zawiezie was na lotnisko Arlanda. Może i wygląda trochę podejrzanie, ale jest w porządku. Możecie go nazywać Plague. Zrozumiałaś?

– Tak, ale...

– Żadnych ale. Posłuchaj. Nie wolno wam tam używać kart kredytowych ani dzwonić z twojego telefonu. Mam dla ciebie bezpieczny telefon, blackphone'a, na wypadek gdyby trzeba było wszcząć alarm. Mój numer jest już zapisany. Pokryję wszystkie koszty hotelu. Dostaniecie też sto tysięcy koron na nieprzewidziane wydatki. Jakieś pytania?

– To szaleństwo.

– Nie.

– Jakim cudem będzie cię na to stać?

– Dam sobie radę.

– Jak mamy...

Nie dała rady powiedzieć nic więcej. Wyglądała na kompletnie zdezorientowaną, jakby nie wiedziała, co myśleć. Nagle się rozpłakała.

– Jak mamy ci dziękować? – wydusiła.

– Dziękować?

Lisbeth powtórzyła to słowo, jakby było dla niej zupełnie niezrozumiałe, a kiedy Hanna ruszyła do niej z wyciągniętymi rękami, cofnęła się. Patrzyła w podłogę.

– Weź się w garść! Ogarnij się i skończ z tym, co bierzesz – z tabletkami czy co to tam jest. Tak mi podziękujesz.

– Tak, oczywiście...

– A jeżeli komuś przyjdzie do głowy twierdzić, że August powinien trafić do jakiegoś ośrodka, atakuj, brutalnie i bezwzględnie. Zawsze celuj w najsłabszy punkt. Masz być jak wojowniczka.

– Wojowniczka?

– Tak jest. Nikt nie będzie...

Lisbeth przerwała. Uświadomiła sobie, że nie są to zbyt imponujące słowa pożegnania. Musiały jednak wystarczyć, więc się odwróciła i ruszyła do drzwi. Zdążyła zrobić zaledwie kilka kroków, kiedy August znów zaczął mamrotać, tym razem dało się zrozumieć, co mówi.

– Nie idź, nie idź... – powtarzał.

Lisbeth także i na to nie miała dobrej odpowiedzi.

– Dasz sobie radę – odparła tylko i dodała: – Dzięki za to, że rano krzyknąłeś.

Na chwilę zapadła cisza. Lisbeth zastanawiała się, czy powiedzieć coś jeszcze, ale w końcu tego nie zrobiła. Odwróciła się i wyszła. Hanna krzyknęła za jej plecami:

– Nie mogę opisać, ile to dla mnie znaczy!

Lisbeth nie usłyszała jednak ani słowa. Zbiegała już po schodach. Wsiadła do samochodu zaparkowanego przy Torsgatan. Kiedy wjechała na most Västerbron, zadzwonił Mikael. Powiedział, że w NSA już wpadli na jej trop.

– Przekaż im, że ja też wpadłam na ich trop – wymamrotała.

Potem pojechała do Rogera Wintera i zrobiła wszystko, żeby się śmiertelnie przeraził. Następnie wróciła na Fiskargatan i zajęła się zaszyfrowanym plikiem z NSA, ale ani o krok nie zbliżyła się do rozwiązania.

ED I MIKAEL spędzili cały dzień w Grand Hôtelu. Ciężko pracowali. Ed miał dla Mikaela wspaniałą historię, a Mikael mógł napisać sensacyjny artykuł, którego on, Erika i „Millennium" tak bardzo potrzebowali. Mimo to nieprzyjemne uczucie nie znikało, nie tylko dlatego, że Andrei się nie odnalazł. Mikael miał wrażenie, że z samym Edem coś jest nie tak. Dlaczego w ogóle się pojawił i dlaczego włożył tyle energii w pomoc małej, szwedzkiej gazecie, tak bardzo oddalonej od wszystkich ośrodków władzy w Stanach Zjednoczonych?

Można to było traktować jak wymianę usług. Obiecał Edowi, że nie będzie ujawniał informacji o włamaniu, i dodał, że przynajmniej spróbuje skłonić Lisbeth, żeby z nim porozmawiała. Uznał, że to wyjaśnienie nie jest satysfakcjonujące, i poświęcił tyle samo czasu na słuchanie Eda, co na czytanie między wierszami.

Ed zachowywał się tak, jakby dużo ryzykował. Zasłony były zaciągnięte, a telefony leżały w bezpiecznej odległości. Wyczuwało się atmosferę paranoi. Na łóżku leżały tajne dokumenty, które Mikael mógł przeczytać, ale nie wolno mu było ich cytować ani kopiować, a Ed od czasu do czasu przerywał opowiadanie, żeby omówić techniczne kwestie związane z ochroną informatorów. Jakby wręcz maniakalnie pilnował tego, żeby przecieku nie dało się powiązać z jego nazwiskiem. Czasem nerwowo nasłuchiwał kroków w korytarzu i kilka razy wyglądał przez szczelinę między zasłonami, jakby się chciał upewnić, czy nikt ich nie obserwuje z zewnątrz, ale jednak... Mikael nie mógł się pozbyć podejrzenia, że odgrywa przed nim komedię.

Z każdą chwilą coraz wyraźniej czuł, że Ed w pełni kontroluje sytuację, że dobrze wie, co robi, i nawet niespecjalnie się boi, że zostanie podsłuchany. Pomyślał, że musi za nim stać ktoś wyżej postawiony, może nawet przydzielono mu rolę, której sam jeszcze nie rozumiał.

Dlatego był zainteresowany nie tylko tym, co Ed mówił, ale też tym, czego nie mówił i co zamierzał osiągnąć, doprowadzając do publikacji. Bez wątpienia do pewnego stopnia kierowała nim złość. „Kilku pieprzonych idiotów" z wydziału do spraw nadzoru nad strategicznymi technologiami powstrzymało Eda przed przygwożdżeniem hakerki, która włamała się do jego systemu, tylko dlatego, że sami bali się, że ich brudy wypłyną na powierzchnię. Twierdził, że doprowadza go to do szału, a Mikael nie miał powodu mu nie wierzyć, a już tym bardziej wątpić, że naprawdę chce unicestwić tych ludzi: zmiażdżyć ich, zetrzeć na proch pod butami.

Jednocześnie pewne elementy jego opowiadania budziły niepokój. Czasem wydawało się, że walczy z czymś w rodzaju autocenzury. Mikael co jakiś czas zarządzał przerwę i schodził do recepcji, żeby pomyśleć albo zadzwonić do Eriki i Lisbeth. Erika zawsze odbierała po jednym sygnale. Oboje cieszyli się, że praca nad tym tematem posuwa się do przodu, ale nie mogli ukryć dręczącego ich niepokoju. Andrei nadal się nie odnalazł.

Lisbeth w ogóle nie odbierała. Udało mu się do niej dodzwonić dopiero o siedemnastej dwadzieścia. Wydawała się skupiona i nieobecna. Poinformowała go zwięźle, że August jest już bezpieczny, u matki.

– Jak się czujesz? – zapytał.

– Okej.

– Cała i zdrowa?

– Ogólnie tak.

Wziął głęboki oddech.

– Włamałaś się do intranetu NSA?

– Rozmawiałeś z Edem the Nedem?

– Bez komentarza.

Nie mógł tego powiedzieć nawet jej. Ochrona źródeł była dla niego świętością.

– Więc Ed nie jest wcale taki głupi – odparła, jakby właśnie powiedział coś zupełnie innego.

– Więc się włamałaś.

– Możliwe.

Nagle poczuł, że chciałby ją zwymyślać i zapytać, co, do cholery, wyprawia. Ale opanował się i powiedział:

– Są gotowi puścić ci to płazem, o ile się z nimi spotkasz i powiesz, jak to zrobiłaś.

– Przekaż im, że ja też jestem na ich tropie.

– Co chcesz przez to powiedzieć?

– Że mam więcej, niż im się wydaje.

– Okej – odparł z namysłem. – Ale myślisz, że mogłabyś się spotkać...

– Z Edem?

A niech tam, pomyślał Mikael. W końcu Ed sam chciał się jej ujawnić.

– Z Edem – powtórzył.

– Skubany. Ma tupet.

– Można tak powiedzieć. Więc czy mogłabyś się z nim spotkać, jeśli ci zagwarantujemy, że nie zostaniesz zatrzymana?

– Nie da się tego zagwarantować.

– Mogę się skontaktować z siostrą, z Anniką, i poprosić, żeby cię reprezentowała?

– Mam co innego do roboty – odparła, jakby nie chciała już o tym rozmawiać

Mikael nie mógł się powstrzymać:

– Ta sprawa, nad którą pracuję...

– Co z nią?

– Chyba nie do końca ją rozumiem.

– W czym problem? – zapytała Lisbeth.

– Zacznijmy od tego, że nie mogę pojąć, dlaczego Camilla pojawiła się nagle po tylu latach.

– Myślę, że czekała na właściwy moment.

– Jak to?

– Zawsze wiedziała, że wróci i zemści się za to, co zrobiłam jej i Zali. Chciała zaczekać, aż stanie się wystarczająco silna. Dla niej nie ma nic ważniejszego niż być silnym, a teraz wreszcie mogła upiec dwie pieczenie przy jednym ogniu. Tak mi się przynajmniej wydaje. Możesz ją zapytać, kiedy następnym razem pójdziecie na drinka.

– Rozmawiałaś z Holgerem?

– Byłam zajęta.

– A jednak jej się nie udało – mówił dalej Mikael. – Ty, na szczęście, wyszłaś z tego cało.

– Tak jest.

– Nie boisz się, że w każdej chwili może wrócić?

– Przeszło mi to przez myśl.

– No dobrze. Wiesz, że ona i ja przespacerowaliśmy się tylko kawałek Hornsgatan i nic poza tym?

Lisbeth nie odpowiedziała.

– Znam cię, Mikael – odparła. – Teraz poznałeś też Eda. Rozumiem, że na niego również powinnam uważać.

Mikael uśmiechnął się do siebie.

– Tak – odpowiedział. – Myślę, że masz rację. Nie powinniśmy mu za bardzo ufać. Nie chciałbym być dla niego pożytecznym idiotą.

– Rzeczywiście, to chyba nie jest odpowiednia rola dla ciebie.

– Dlatego bardzo chciałbym wiedzieć, czego się dowiedziałaś dzięki włamaniu.

– Mnóstwa niepokojących rzeczy.

– O powiązaniach Eckerwalda i Spiders z NSA.

– Między innymi.

– I zamierzałaś mi o tym opowiedzieć.

– Gdybyś był grzeczny, opowiedziałabym ci – odparła szyderczo.

Słysząc to, mimo woli trochę się ucieszył.

A potem zachichotał, bo w tej samej chwili zrozumiał, co robił Ed Needham.

Kiedy wrócił do pokoju, trudno mu było się nie zdradzić. Rozmawiali do dziesiątej.

Rozdział 29
25 listopada, rano

W MIESZKANIU WŁADIMIRA ORŁOWA przy Mårten Trotzigs gränd nie czekała na ich żadna niemiła niespodzianka. Panowały w nim porządek, pościel wyglądała na świeżo zmienioną. Kosz na pranie był pusty. Mimo wszystko kilka rzeczy świadczyło o tym, że coś jest nie w porządku. Sąsiedzi mówili, że rano była tam ekipa od przeprowadzek. Po dokładniejszych oględzinach znaleźli ślady krwi na podłodze i na ścianie nad wezgłowiem łóżka. Porównali ją ze śladami śliny znalezionymi w mieszkaniu Andreia i okazało się, że to jego krew.

Żaden z zatrzymanych – z tych dwóch, z którymi dało się rozmawiać – nie wiedział nic ani o tej krwi, ani o niczym, co miało związek z Zanderem, więc Bublanski i jego ekipa skupili się na szukaniu informacji na temat kobiety, którą widziano w towarzystwie Zandera. Gazety rozpisywały się nie tylko o tragedii na Ingarö, ale też o jego zniknięciu. W obu popołudniówkach, a także w „Svenska Morgonposten" i w „Metrze" znalazły się jego duże zdjęcia. Żaden reporter nie był jeszcze do końca zorientowany w sytuacji. Mimo to już pojawiały się spekulacje, że Andrei mógł zostać zamordowany. Zazwyczaj coś takiego wyostrzało ludziom pamięć albo przynajmniej pozwalało przypomnieć sobie coś, co wydało im się podejrzane. Tym razem było inaczej.

Zeznania świadków, które do nich napływały i które zostały ocenione jako wiarygodne, były dziwnie niekonkretne, a wszyscy – poza Mikaelem Blomkvistem i piekarzem ze Skansenu – powtarzali, że według nich kobieta nie popełniła żadnego przestępstwa. Na wszystkich, którzy mieli z nią do czynienia, zrobiła naprawdę dobre wrażenie. Barman Sören Karlsten, który obsługiwał ją i Andreia Zandera w restauracji Papagallo przy Götgatan, długo zapewniał, że zna się na ludziach. Twierdził z przekonaniem, że ta kobieta nikogo by nie skrzywdziła. Miała niesamowitą klasę – orzekł.

Jeśli wierzyć zeznaniom świadków, w ogóle była niesamowita. Bublanski podejrzewał, że sporządzenie rysopisu może się okazać niezwykle trudne. Każdy, kto ją widział, opisywał ją inaczej, jak gdyby zamiast mówić o tym, jak wyglądała, każdy widział w niej swój ideał kobiety. Było to wręcz śmieszne. Poza tym nadal nie mieli żadnych nagrań z monitoringu. Blomkvist twierdził, że to z całą pewnością Camilla Salander, bliźniaczka Lisbeth. Okazało się, że rzeczywiście był kiedyś ktoś taki, ale od wielu lat nie było po niej śladu w żadnym rejestrze, jak gdyby przestała istnieć. Jeżeli Camilla Salander wciąż żyła, to nosiła inne nazwisko. Bublanskiemu się to nie podobało, zwłaszcza że w rodzinie zastępczej, u której kiedyś mieszkała, były dwa tajemnicze przypadki śmierci. Przeprowadzone śledztwa pozostawiały sporo do życzenia, pełno w nich było niezbadanych wątków i znaków zapytania.

Czytał materiały i wstydził się za swoich kolegów, którzy, jak gdyby chcąc okazać szacunek wobec rodzinnej tragedii, nie zdobyli się nawet na należyte zgłębienie rzucających się w oczy problematycznych kwestii. Chociażby takiej, że zarówno ojciec, jak i córka tuż przed śmiercią opróżnili swoje konta. Albo faktu, że ojciec, kilka dni przedtem, zanim się powiesił, napisał list. Zaczynał się od słów: „Camillo, dlaczego tak bardzo ci zależy na tym, żeby mi zniszczyć życie?”.

Osoba, która najwyraźniej zauroczyła wszystkich świadków, tonęła w niepokojącym mroku.

BYŁA ÓSMA RANO. Bublanski siedział w swoim gabinecie, przeglądając materiały ze starych śledztw, które, miał nadzieję, mogły rzucić trochę światła na ostatnie wydarzenia.

Doskonale wiedział, że jest jeszcze mnóstwo spraw, które powinien załatwić. Usłyszał, że ma gościa, i wzdrygnął się z irytacją i poczuciem winy.

W progu stała kobieta, która była już przesłuchiwana przez Sonję Modig. Ta, która nalegała na spotkanie z nim. Po wszystkim zastanawiał się, czy odpowiednio podszedł do tego spotkania. Nie spodziewał się niczego innego niż kolejne problemy i trudności. Stojąca w drzwiach kobieta nie była wysoka, ale emanowała królewską godnością, a jej ciemne przenikliwe oczy patrzyły na niego z wyrazem lekkiego przygnębienia. Była jakieś dziesięć lat młodsza od niego, miała na sobie szary płaszcz i czerwoną sukienkę przypominającą sari.

– Nazywam się Farah Sharif – zaczęła. – Jestem profesorem informatyki, byłam przyjaciółką Fransa Baldera.

– Tak jest, tak jest – odparł Bublanski, nagle zawstydzony. – Proszę łaskawie usiąść. Przepraszam za ten bałagan.

– Widywałam gorsze.

– No proszę. Nie jest pani przypadkiem Żydówką?

To pytanie było idiotyczne. Oczywiście, że Farah Sharif nie była Żydówką, a poza tym jakie to miało znaczenie. Po prostu mu się wymsknęło. Sytuacja była nieznośnie krępująca.

– Słuch... nie. Jestem Iranką i muzułmanką, a przynajmniej kiedyś byłam. Przyjechałam tu w 1979 roku.

– Rozumiem. Plotę głupoty. Czemu zawdzięczam ten zaszczyt?

– Kiedy rozmawiałam z pańską koleżanką, Sonją Modig, byłam strasznie naiwna.

– Dlaczego pani tak mówi?

– Bo teraz wiem więcej. Długo rozmawiałam z profesorem Stevenem Warburtonem.

– A właśnie. Ze mną też próbował się skontaktować. Ale mieliśmy tu taki chaos. Nie miałem czasu oddzwonić.

– Steven jest profesorem cybernetyki w Stanfordzie i autorytetem w dziedzinie badań nad technologiczną osobliwością.

Obecnie pracuje w Machine Intelligence Research Institute – instytucie dbającym o to, żeby sztuczna inteligencja nam pomagała, zamiast szkodzić.

– Brzmi dobrze – stwierdził Bublanski. Za każdym razem, kiedy pojawiał się ten temat, robiło mu się nieprzyjemnie.

– Można powiedzieć, że Steven żyje w swoim świecie. Dopiero wczoraj dowiedział się, co się stało z Fransem. Dlatego nie dzwonił wcześniej. Powiedział, że ostatni raz rozmawiał z nim w poniedziałek.

– O czym?

– O jego badaniach. Wie pan, Frans, odkąd wyjechał do Stanów, stał się bardzo skryty. Nawet ja, blisko z nim związana, nie zdawałam sobie sprawy, czym się zajmował, nawet jeśli byłam na tyle zarozumiała, żeby sądzić, że mimo wszystko trochę z tego rozumiem. Okazało się jednak, że byłam w błędzie.

– Jak to?

– Spróbuję nie używać fachowego żargonu. Wygląda na to, że Frans nie tylko dalej rozwijał swój program AI, ale też opracowywał nowe algorytmy i nowy materiał topologiczny dla komputerów kwantowych.

– Dla mnie nadal to wszystko brzmi niezbyt jasno.

– Komputery kwantowe to maszyny, których działanie opiera się na mechanice kwantowej. To wciąż stosunkowo nowy wynalazek. Google i NSA zainwestowały już duże sumy w komputer, który pod pewnymi względami jest trzydzieści pięć tysięcy razy szybszy od dowolnego zwykłego komputera. Również Solifon – firma, w której Frans był zatrudniony – pracuje nad podobnym projektem, ale – to ironia losu – nie zaszli tak daleko. Przynajmniej z tego, co wiem.

– Rozumiem – wtrącił niepewnie Bublanski.

– Wielką zaletą komputerów kwantowych jest to, że najmniejsze jednostki informacji – tak zwane kubity – można wprowadzić w stan superpozycji.

– Co takiego?

– Mogą nie tylko przyjmować wartość zera lub jedynki, jak w tradycyjnych komputerach, ale też być jednocześnie zerem i jedynką. Problem polega na tym, że do prawidłowego działania takich maszyn potrzeba szczególnych metod obliczeniowych i dogłębnej znajomości fizyki, zwłaszcza tak zwanej dekoherencji kwantowej, a na tym polu nie udało się nam odkryć zbyt wiele. Komputery kwantowe na razie są zbyt wyspecjalizowane i trudne w obsłudze. Ale Frans... jak by to wytłumaczyć... Wszystko wskazuje na to, że Frans znalazł sposób na to, żeby uczynić je płynniejszymi, elastyczniejszymi i sprawić, żeby same się uczyły. Prawdopodobnie był w kontakcie z eksperymentalistami – ludźmi, którzy mogli je testować i weryfikować wyniki. To, co osiągnął, było wspaniałe, a przynajmniej mogło być. Mimo to był nie tylko dumny i, rzecz jasna, dlatego zadzwonił do Stevena Warburtona. Poza tym był mocno przybity.

– Dlaczego?

– Chyba podejrzewał, że jego wynalazek na dłuższą metę może być niebezpieczny dla świata. A poza tym dowiedział się różnych rzeczy o NSA.

– Czego?

– Z jednej strony nie mam pojęcia. Mógł się zorientować, jak wygląda uprawiane przez nich szpiegostwo przemysłowe, poznać wszystkie brudy. Z drugiej wiem bardzo dobrze. Dziś wiadomo, że ciężko pracują nad rozwijaniem komputerów kwantowych. Dla nich byłoby to zbawienie. Dzięki skutecznej maszynie kwantowej mogliby z czasem złamać każdy szyfr, pokonać każdy cyfrowy system zabezpieczający. Nikt by się nie schował przed ich czujnym okiem.

– Przerażające – powiedział Bublanski z naciskiem, który zdziwił nawet jego.

– Ale jest jeszcze gorszy scenariusz. Coś takiego może trafić w ręce groźnych przestępców – mówiła dalej Farah Sharif.

– Wiem, do czego pani zmierza.

– Interesuje mnie, rzecz jasna, co udało wam się skonfiskować zatrzymanym mężczyznom.

– Obawiam się, że wśród rzeczy, które mieli przy sobie, nie było nic godnego uwagi – odparł. – Te chłopaki nie są tytanami intelektu. Wątpię, żeby dali sobie radę z matematyką na poziomie gimnazjum.

– Czyli geniuszowi komputerowemu udało się uciec?

– Niestety tak. On i podejrzana kobieta zniknęli bez śladu. Prawdopodobnie mają kilka tożsamości.

– To niepokojące.

Bublanski skinął głową i spojrzał w ciemne oczy Farah. Kryła się w nich prośba. Może właśnie dlatego zamiast wpaść w rozpacz, pomyślał o czymś, co napawało nadzieją.

– Nie wiem, co to oznacza – odparł.

– Co?

– Nasi informatycy przeszukali komputery Baldera. Sama pani rozumie, że nie było to łatwe, zabezpieczenia były dla niego bardzo ważne. Ale się udało. Można powiedzieć, że mieliśmy trochę szczęścia. Szybko stwierdziliśmy, że jeden prawdopodobnie został skradziony.

– Tak przypuszczałam – powiedziała Farah. – Niech to szlag!

– Spokojnie, jeszcze nie skończyłem. Ustaliliśmy też, że kilka komputerów było ze sobą połączonych i że od czasu do czasu łączyły się z superkomputerem znajdującym się w Tokio.

– Brzmi sensownie.

– Otóż to. Stwierdziliśmy, że niedawno usunięto duży plik. Nie daliśmy rady go odzyskać, ale stwierdziliśmy, że tam był.

– Sugeruje pan, że Frans mógł zniszczyć wyniki swoich badań?

– Nie chcę wyciągać żadnych wniosków. Ale przypomniałem to sobie, kiedy pani mi to wszystko opowiedziała.

– Nie mógł tego uczynić sprawca?

– Najpierw skopiował, a potem usunął z komputerów Baldera?

– Tak.

– Bardzo mi trudno w to uwierzyć. Morderca był u niego tylko chwilę. Nie zdążyłby tego zrobić. Nie mówiąc już o tym, że raczej się na tym nie znał.

– Rozumiem, ale i tak brzmi obiecująco – powiedziała niepewnie Farah. – Chodzi tylko o to, że...

– Tak?

– Nie pasuje mi to do Fransa. Jeżeli to naprawdę on usunął swoje największe dzieło. To byłoby jak... sama nie wiem... jak gdyby odciął sobie rękę. Albo jeszcze gorzej: jakby zabił przyjaciela, zgasił potencjalne życie.

– Czasami trzeba się zdobyć na wielką ofiarę – oznajmił Bublanski z namysłem. – Zniszczyć to, co się kochało i z czym się żyło.

– A może jest gdzieś kopia.

– A może jest gdzieś kopia – powtórzył Bublanski i nagle wyciągnął rękę.

Farah Sharif wyraźnie nie zrozumiała tego osobliwego gestu. Patrzyła na jego rękę, jakby się spodziewała, że Bublanski coś dla niej ma. Ale on nie zamierzał dać się zbić z tropu.

– Wie pani, co mówi mój rabin?

– Nie.

– Człowieka wyróżnia to, że jest pełen przeciwieństw. Tęsknimy za domem, a jednocześnie za tym, żeby się z niego wyrwać. Nie znałem Fransa Baldera i możliwe, że uznałby mnie za starego wariata. Ale wiem jedno: możemy jednocześnie kochać swoją pracę i się jej bać, tak jak Frans Balder najwyraźniej kochał swojego syna i od niego uciekł. Żyć to znaczy nie być do końca spójnym, pani profesor. Rozchodzić się na wiele stron. Zastanawiam się, czy pani przyjaciel nie był w okresie przejściowym. Może rzeczywiście zniszczył dzieło swojego życia. Może pod koniec życia objawił się w pełni swojej sprzecznej natury i stał się człowiekiem prawdziwym. W najlepszym znaczeniu tego słowa.

– Tak pan myśli?

– Nie wiem. Ale się zmienił, prawda? Kiedyś sąd orzekł, że nie potrafi się opiekować synem. A mimo to opiekował się nim i sprawił, że chłopak się rozwinął i zaczął rysować.

– To prawda, panie komisarzu.

– Proszę mi mówić po imieniu. Jan.

– W porządku.

– I muszę powiedzieć, że jest pani...

Urwał, ale nie musiał mówić nic więcej. Farah Sharif posłała mu uśmiech, który sprawił, że znów zaczął wierzyć w życie i w Boga.

O ÓSMEJ LISBETH SALANDER wstała ze swojego wielkiego łóżka przy Fiskargatan. Znów nie spała zbyt długo. Nie tylko dlatego, że po raz kolejny bezskutecznie zmagała się z zaszyfrowanym plikiem z NSA. Nasłuchiwała też kroków na schodach, co jakiś czas sprawdzała alarm i kamery na klatce schodowej. Tak jak wszyscy inni nie wiedziała, czy jej siostra opuściła kraj.

Możliwe, że po porażce, której doznała na Ingarö, Camilla przygotowuje kolejny, jeszcze mocniejszy atak. Albo że do jej mieszkania wkroczy NSA. Lisbeth nie robiła sobie żadnych złudzeń. Ale teraz odepchnęła od siebie te myśli. Zdecydowanym krokiem poszła do łazienki, rozebrała się do pasa i zaczęła oglądać ranę.

Uznała, że wygląda lepiej. Możliwe, że częściowo było to nawet prawdą. W przypływie szaleństwa postanowiła pójść do klubu bokserskiego przy Hornsgatan i potrenować.

Klin klinem, pomyślała.

PO TRENINGU SIEDZIAŁA w przebieralni, kompletnie wykończona. Ledwo była w stanie myśleć. Zabrzęczał telefon. Nie przejęła się tym. Weszła pod prysznic. Dopiero kiedy ciepła woda zaczęła spływać po jej ciele, jej myśli nieco się rozjaśniły i przypomniała sobie rysunek Augusta. Tym razem jednak nie skupiła się na twarzy mordercy, lecz na czymś, co było na samym dole kartki.

Widziała gotowy rysunek tylko kilka sekund, w domku na Ingarö, a i koncentrowała się wtedy na zeskanowaniu go dla Bublanskiego i Modig. Jeżeli w ogóle o nim myślała, to tak samo jak wszyscy inni była zafascynowana szczegółami. Teraz, kiedy dzięki fotograficznej pamięci przypomniała sobie rysunek, o wiele bardziej zainteresowało ją równanie, które August zapisał poniżej. Zamyślona wyszła spod prysznica i zdała sobie sprawę, że nie słyszy własnych myśli. Pod drzwiami przebieralni wydzierał się Obinze.

– Zamknij się! – wrzasnęła. – Próbuję myśleć!

Niewiele to pomogło. Obinze był wściekły. Możliwe, że ktoś inny potrafiłby to zrozumieć. Obinze dziwił się, że tak słabo i bez przekonania uderzała w worek z piaskiem, a zaraz potem, kiedy zaczęła zwieszać głowę i krzywić się z bólu, zaniepokoił się. W końcu wziął ją z zaskoczenia: podbiegł i podciągnął rękaw jej koszulki. Kiedy zobaczył ranę, dostał szału. Najwyraźniej nadal mu nie przeszło.

– Jesteś idiotką, wiesz? Kompletną wariatką! – krzyczał.

Nie dała rady odpowiedzieć. Zupełnie opadła z sił. Rysunek wyblakł w jej myślach. Kompletnie wykończona klapnęła na ławkę. Obok niej siedziała Dżamila Achebe, twarda dziewczyna, z którą się boksowała i sypiała, zawsze w tej kolejności. W ferworze walki często czuły się jak podczas dzikiej gry wstępnej. Kilka razy zdarzyło im się zachowywać nie do końca przyzwoicie pod prysznicem. Żadna nie była wielką zwolenniczką etykiety.

– Zgadzam się z naszym krzykaczem. Masz nie po kolei w głowie – powiedziała.

– Może i tak – odparła Lisbeth.

– Ta rana wygląda strasznie.

– Zagoi się.

– A ty poczułaś, że musisz się boksować.

– Jak widać.

– Pójdziemy do mnie?

Lisbeth nie odpowiedziała. Jej telefon znów zaczął brzęczeć. Wyjęła go z czarnej torby i spojrzała na wyświetlacz. Dostała od kogoś z nieznanego numeru dwa esemesy o tej samej treści. Przeczytała je i zacisnęła pięści. Wyglądała na śmiertelnie niebezpieczną. Dżamila uznała, że prześpi się z nią kiedy indziej.

MIKAEL OBUDZIŁ SIĘ już o szóstej rano z kilkoma świetnymi sformułowaniami w głowie. W drodze do pracy układał artykuł w myślach. W redakcji pracował w głębokim skupieniu, prawie nie zwracając uwagi na to, co się dzieje dookoła. Tylko czasem wracał do rzeczywistości i przypominał sobie o Andreiu.

Jeszcze się łudził, ale przypuszczał, że Andrei przypłacił pracę nad tekstem życiem. Każdym zdaniem starał się oddać mu hołd. Reportaż miał być kryminalną historią Fransa i Augusta Badera, opowieścią o ośmioletnim autystycznym chłopcu, który widzi, jak jego ojciec zostaje zastrzelony, i chociaż jest niepełnosprawny, znajduje sposób, żeby wziąć odwet. Ale Mikael starał się, żeby to był również pouczający tekst o nowym świecie, w którym wszystkich można kontrolować i szpiegować, o świecie, w którym zatarły się granice między tym, co legalne, a tym, co nielegalne. Szło mu jak z płatka, słowa płynęły same. Ale nie obyło się bez problemów.

Od swojego źródła w policji dostał materiały ze śledztwa w sprawie niewyjaśnionej śmierci Kajsy Falk z Brommy, dziewczyny jednego z najważniejszych członków Svavelsjö MC. Nie ujęto sprawcy, a żaden z przesłuchiwanych nie był specjalnie rozmowny, ale z materiałów wynikało, że w klubie doszło do rozłamu, a wśród gangsterów zaczął się szerzyć niepokój. Ukryty strach, którego źródłem był ktoś, kogo jeden ze świadków określił jako Lady Zala.

Mimo znacznych wysiłków policji nie udało się ustalić, kto się kryje za tym kryptonimem. Mikael nie miał jednak wątpliwości, że Lady Zala to Camilla, która odpowiada za szereg zbrodni w kraju i za granicą. Ale nie miał dowodów i działało mu to na nerwy. Na razie nazywał ją Thanos.

Ale to nie Camilla ani nawet nie jej niejasne związki z rosyjską Dumą stanowiły największy problem. Przede wszystkim niepokoiła go myśl, że Ed Needham nigdy by nie przyjechał do Szwecji i nigdy by mu nie zdradził ściśle tajnej informacji, gdyby nie chciał ukryć czegoś jeszcze ważniejszego. Nie był głupi, a poza tym wiedział, że on też nie jest. Dlatego nie upiększył tego, co miał do powiedzenia. Wręcz przeciwnie – przedstawił dość paskudny obraz NSA. A jednak... kiedy Mikael przeanalizował uzyskane od niego informacje, dostrzegł, że zaprezentował NSA jako dobrze funkcjonującą i w miarę przyzwoitą organizację szpiegowską, jeśli nie liczyć wrzodu w postaci grupy przestępców z wydziału do spraw nadzoru nad strategicznymi technologiami, dziwnym trafem tego samego, który powstrzymał go przed szukaniem hakerki.

Z całą pewnością chciał poważnie zaszkodzić kilku swoim współpracownikom, ale nie chciał pogrążać całej organizacji. Wolał, żeby nieunikniona katastrofa miała nieco łagodniejszy przebieg. Dlatego Mikael nie był ani przesadnie zdziwiony, ani nawet zły, kiedy za jego plecami pojawiła się Erika i ze zmartwioną miną wręczyła mu depeszę z TT.

– Czyli mamy temat z głowy? – zapytała.

Depesza od Associated Press zaczynała się słowami:

Dwaj szefowie wysokiego szczebla z NSA – Joacim Barclay i Brian Abbot – zostali zatrzymani w związku z podejrzeniem o przestępstwa finansowe i zwolnieni z pracy ze skutkiem natychmiastowym. Czekają na proces.

„To plama na honorze naszej organizacji, toteż robiliśmy wszystko, żeby się uporać z problemem i pociągnąć winnych do odpowiedzialności. Pracownicy NSA muszą mieć wysokie standardy moralne. Obiecujemy, że podczas procesu będziemy tak transparentni, jak to tylko możliwe bez szkody dla naszego narodowego bezpieczeństwa" – powiedział szef NSA, admirał Charles O'Connor, w rozmowie z AP.

Jeśli nie liczyć długiego cytatu, notatka nie była zbyt treściwa. Nie było w niej mowy o śmierci Baldera ani o niczym, co można by powiązać z tym, co się stało w Sztokholmie. Mimo to Mikael wiedział, co Erika miała na myśli. Teraz, kiedy to wyjdzie na jaw, „Washington Post", „New York Times" i cała rzesza poważnych amerykańskich dziennikarzy rzuci się na to i nie sposób przewidzieć, do czego się dokopią.

– Niedobrze – powiedział spokojnie. – Ale można się było tego spodziewać.

– Naprawdę?

– To część tej samej strategii, dzięki której skontaktowali się ze mną. Kontrola strat. Chcą odzyskać inicjatywę.

– Jak to?

– Nie bez powodu zdradzili mi to wszystko. Od razu wiedziałem, że jest w tym coś dziwnego. Dlaczego Ed miałby nagle chcieć ze mną rozmawiać, i to o piątej rano?

Mikael, jak zwykle w największej tajemnicy, poinformował Erikę o swoich źródłach i przedstawił jej fakty.

– A więc myślisz, że działał na zlecenie kogoś z góry?

– Podejrzewałem to od samego początku. Ale w pierwszej chwili nie zrozumiałem, co robi. Czułem tylko, że coś tu nie gra. A potem porozmawiałem z Lisbeth.

– I wtedy zrozumiałeś?

– Zorientowałem się, że Ed dobrze wie, do czego udało jej się dokopać podczas włamania do NSA, i że miał wszelkie powody, żeby się obawiać, że się o tym dowiem. Zrobił wszystko, żeby zminimalizować straty.

– Ale nie przedstawił ci zbyt różowej wizji.

– Zdawał sobie sprawę, że nie zadowolę się czymś zanadto upiększonym. Podejrzewam, że dał mi dokładnie tyle, żebym się poczuł usatysfakcjonowany, napisał sensacyjny artykuł i przestał drążyć.

– Ale się przeliczy.

– Możemy przynajmniej mieć taką nadzieję. Nie wiem, jak miałbym ruszyć dalej. NSA to zamknięte drzwi.

– Nawet dla tak wytrawnego psa tropiącego jak Blomkvist?

– Nawet dla niego.

Rozdział 30
25 listopada

WIADOMOŚĆ BRZMIAŁA: „Następnym razem, siostrzyczko, następnym razem!". Została wysłana trzykrotnie. Lisbeth nie potrafiła stwierdzić, czy to był jakiś błąd, czy śmieszna emfaza. Tak czy inaczej, nie miało to znaczenia.

Nadawcą zapewne była Camilla, ale esemes nie mówił nic, o czym by nie wiedziała. Nie ulegało najmniejszej wątpliwości, że to, co się stało na Ingarö, tylko pogłębiło dawną nienawiść. Tak, zdecydowanie będzie następny raz. Camilla była już blisko i z całą pewnością nie miała zamiaru się poddać.

To nie sama wiadomość sprawiła, że Lisbeth zacisnęła pięści. Sprawiły to myśli, które wówczas zrodziły się w jej głowie. Wspomnienie tego, co widziała na zboczu góry wcześnie rano, kiedy razem z Augustem siedziała w kucki na małym skalnym występie, a nad ich głowami padał śnieg i terkotały kule. August nie miał kurtki ani butów, mocno się trząsł, a ona z każdą sekundą coraz wyraźniej uświadamiała sobie, w jak katastrofalnej są sytuacji.

Musiała chronić dziecko, mając za broń marny pistolet, podczas gdy nad nimi było kilku napastników uzbrojonych w karabiny maszynowe. Musiała ich wziąć z zaskoczenia. W przeciwnym wypadku ona i August zostaliby zarżnięci jak świnie. Nadstawiła uszu, próbując określić, w którą stronę strzelają. W końcu słyszała nawet ich oddechy i szelest ich ubrań.

Ale, co dziwne, kiedy w końcu dostrzegła szansę, z jakiegoś powodu się zawahała. Połamała małą gałązkę, poderwała się i stanęła naprzeciwko dwóch mężczyzn. Nie miała czasu do namysłu. Musiała wykorzystać ich zaskoczenie. W grę wchodził ułamek sekundy. Oddała trzy strzały. Od dawna wiedziała, że takie chwile zapadają w pamięć wyjątkowo mocno. Jak gdyby mobilizowały się wtedy nie tylko mięśnie i całe ciało, ale też zmysły.

Dostrzegała każdy szczegół ze zdumiewającą ostrością, każdy szczegół otoczenia, jak gdyby patrzyła przez obiektyw aparatu z zoomem. Widziała zdziwienie i strach w ich oczach, zmarszczki i nieregularności na ich twarzach, fałdy na ubraniach, no i oczywiście karabiny, którymi wcześniej wymachiwali i strzelali na oślep, o mały włos jej nie trafiając.

Nie to jednak zrobiło na niej największe wrażenie. Największe wrażenie zrobiła na niej postać, którą zobaczyła kątem oka, kiedy podniosła wzrok. Stała wśród skał i sama w sobie nie stanowiła zagrożenia, ale jej widok podziałał na nią bardziej niż widok napastników. Jej siostra. Poznałaby ją, nawet gdyby stała kilometr od niej, chociaż nie widziały się całe wieki. Jak gdyby jej obecność zatruwała powietrze. Po wszystkim zastanawiała się, czy także ją mogłaby zastrzelić.

Camilla stała w miejscu odrobinę za długo. Popełniła nieostrożność, wychodząc z ukrycia, ale zapewne nie mogła się oprzeć pokusie. Chciała zobaczyć, jak jej siostra ginie. Lisbeth wielokrotnie wracała myślami do chwili, kiedy obejmowała spust i czuła, jak w jej piersi wzbiera zadawniony, święty gniew. Mimo wszystko zawahała się na pół sekundy. Tyle wystarczyło. Camilla padła na ziemię i skryła się za kamieniem, a na tarasie pojawiła się jakaś postać. Otworzyła ogień. Lisbeth odskoczyła z powrotem na skalny występ i popędziła, a w zasadzie prawie spadła na parking. Wraz z Augustem.

Kiedy wracała z klubu, wszystko sobie przypomniała, a jej mięśnie napięły się jak przed kolejną walką. Przyszło jej do głowy, że może nie powinna jechać do domu, tylko na jakiś czas opuścić kraj. Ale ciągnęło ją do komputera i biurka. Mimo wspomnień z Ingarö głowę zaprzątało jej to, o czym myślała pod prysznicem, zanim przeczytała wiadomość od Camilli.

To było równanie – krzywa eliptyczna, którą August zapisał na kartce z rysunkiem. Od razu zwróciła na nią uwagę. Teraz, gdy po raz kolejny zobaczyła ją przed oczami, przyspieszyła kroku i niemal całkowicie zapomniała o Camilli. Równanie brzmiało:

$N = 3034267$

$E: y^2 = x^3 - x - 20; P = (3,2)$

Nie było w nim nic niezwykłego. Ale też nie o to chodziło. Najwspanialsze było to, że August wyszedł od liczby, którą wybrała na chybił trafił, trochę pomyślał i napisał znacznie lepszą krzywą eliptyczną od tej, którą ona wykaligrafowała na nocnym stoliku, kiedy August nie chciał zasnąć. Wtedy nie doczekała się odpowiedzi ani w ogóle żadnej reakcji, więc położyła się spać, przekonana, że August, podobnie jak bliźniaki, o których czytała, nic nie rozumie z matematycznych abstrakcji, a jedynie jest czymś w rodzaju maszyny liczącej rozkładającej na czynniki pierwsze. Jednak po całej nocy spędzonej na rysowaniu najwyraźniej nie tylko zrozumiał. Za jednym zamachem utarł jej nosa i ulepszył równanie. Dlatego kiedy weszła do mieszkania, nie zdjęła nawet butów ani skórzanej kurtki. Od razu włączyła komputer i otworzyła plik z NSA i program do rozkładania na czynniki przy użyciu krzywych eliptycznych.

Następnie zadzwoniła do Hanny Balder.

HANNA PRAWIE NIE SPAŁA, bo nie wzięła ze sobą tabletek. Poza tym była podekscytowana hotelem i otoczeniem. Przyprawiający o zawrót głowy górski krajobraz przypomniał jej, w jakim zamknięciu żyła do tej pory. Poczuła, że zwalnia obroty, a głęboko zakorzeniony strach zaczyna odpuszczać. Z drugiej strony mogły to być tylko pobożne życzenia. W tym pięknym otoczeniu niewątpliwie czuła się również zagubiona.

Dawniej wchodziła do takich miejsc z oczywistym dostojeństwem: Patrzcie na mnie, oto nadchodzę. Teraz była roztrzęsiona i wycofana i musiała wmuszać w siebie śniadanie, choć było znakomite. August siedział obok niej, kompulsywnie zapisywał ciągi liczb i też nic nie jadł, ale przynajmniej pił ogromne ilości świeżo wyciskanego soku z pomarańczy.

Zadzwonił jej nowy zaszyfrowany telefon. W pierwszej chwili się przestraszyła. Ale oczywiście dzwoniła kobieta, która ich tam przysłała. Nikt inny nie znał przecież tego numeru. Pewnie chciała się dowiedzieć, czy dojechali bezpiecznie. Dlatego zaczęła entuzjastycznie opowiadać, jakie wszystko jest wspaniałe. Ale ku jej zdziwieniu kobieta przerwała jej ostro:

– Gdzie jesteście?

– Jemy śniadanie.

– W takim razie kończcie i wracaj do pokoju. August i ja musimy popracować.

– Popracować?

– Prześlę ci kilka równań. Chciałabym, żeby na nie spojrzał. Czy to jasne?

– Nie rozumiem.

– Po prostu pokaż je Augustowi, a potem zadzwoń do mnie i powiedz, co napisał.

– W porządku – odparła Hanna. Była zdumiona.

Zgarnęła ze stołu kilka croissantów i cynamonową bułeczkę i ruszyła z Augustem w kierunku wind.

AUGUST POMÓGŁ JEJ w zasadzie tylko na początku. Ale to wystarczyło. Dzięki temu widziała wyraźniej, gdzie się pomyliła, i mogła wprowadzić do swojego programu nowe ulepszenia. Pracowała dalej w skupieniu, godzina za godziną, aż zapadł zmrok i znów zaczął padać śnieg. Nagle – i była to jedna z tych chwil, które miała zapamiętać na zawsze – z plikiem stało się coś dziwnego. Rozpadł się i zmienił formę. Poczuła się tak, jakby ją przeszył prąd, i uniosła zaciśniętą pięść.

Znalazła prywatne klucze i rozszyfrowała plik. Tak ją to podekscytowało, że w pierwszej chwili ledwo była w stanie czytać. Następnie zaczęła przeglądać zawartość pliku i z każdą chwilą była coraz bardziej zdumiona. Czy to w ogóle możliwe? – myślała. To była prawdziwa bomba. Sam fakt, że te informacje zostały zapisane i zaprotokołowane, mógł świadczyć wyłącznie o nadmiernym zaufaniu do algorytmu RSA. Tak czy inaczej, miała przed sobą wszystkie brudy. Tekst był wprawdzie pełen żargonu, dziwnych skrótów i tajemniczych odnośników, ale znała temat, więc nie miała kłopotu ze zrozumieniem. Kiedy przeczytała mniej więcej trzy czwarte tekstu, ktoś zadzwonił do drzwi. Postanowiła się tym nie przejmować.

Pomyślała, że to jakaś przesyłka do niej, książka albo coś równie nieważnego. Przypomniała sobie jednak esemes od Camilli i sprawdziła w komputerze obraz z kamery na klatce schodowej. Zamarła.

Za jej drzwiami stał drugi w kolejności człowiek, którego się najbardziej obawiała i o którym w całym tym zamieszaniu prawie udało jej się zapomnieć. Ed pieprzony Ned jakimś sposobem ustalił, gdzie mieszka. Ani trochę nie przypominał siebie ze zdjęć, które znalazła w sieci, ale nie dało się go pomylić z nikim innym. Wyglądał na naburmuszonego i zdecydowanego. Zaczęła gorączkowo myśleć. Co powinna zrobić? Nie miała lepszego pomysłu niż skorzystać z szyfrowanego połączenia i wysłać Mikaelowi plik z NSA. Kiedy już się z tym uporała, poczłapała do drzwi.

CO SIĘ STAŁO z Bublanskim? Sonja Modig nie mogła tego pojąć. Udręczenie, które malowało się na jego twarzy przez ostatnie tygodnie, zniknęło jak ręką odjął. Teraz się uśmiechał i nucił coś pod nosem. Rzeczywiście miał się z czego cieszyć. Morderca został schwytany, August Balder przeżył dwa zamachy, a oni dowiedzieli się całkiem sporo na temat motywów i rozgałęzień firmy badawczej Solifon.

Jednocześnie pozostawało wiele pytań, a Bublanski, jakiego znała, nie cieszył się bez potrzeby. Raczej wątpił w siebie – nawet w chwilach triumfu. Nie rozumiała więc, co w niego wstąpiło. Dlaczego chodził rozpromieniony po korytarzu. Nawet teraz, kiedy siedział w swoim gabinecie i czytał nic niemówiący protokół przesłuchania Zigmunda Eckerwalda przez policję z San Francisco, z jego twarzy nie znikał uśmiech.

– Moja kochana Sonju, tu jesteś!

Postanowiła nie komentować przesadnego entuzjazmu, z jakim ją powitał. Od razu przeszła do rzeczy.

– Jan Holtser nie żyje.

– Ojej.

– Musimy porzucić nadzieję, że dzięki niemu zyskamy wgląd w działalność Spiders.

– Czyli liczyłaś na to, że w końcu się otworzy.

– W każdym razie nie było to wykluczone.

– Dlaczego?

– Kompletnie się załamał, kiedy przyjechała jego córka.

– Nie wiedziałem o tym – odparł Bublanski. – Co się stało?

– Ma na imię Olga. Dowiedziała się, że jej ojciec jest ranny, i przyjechała z Helsinek. Kiedy ją przesłuchiwałam i kiedy się dowiedziała, że próbował zabić dziecko, dostała szału.

– To znaczy?

– Wparowała do niego i zaczęła coś wykrzykiwać po rosyjsku, bardzo ostro.

– Zrozumiałaś, co mówiła?

– Chyba że może umrzeć w samotności i że go nienawidzi.

– Nie owijała w bawełnę.

– To prawda. A potem powiedziała, że zrobi wszystko co w jej mocy, żeby nam pomóc w śledztwie.

– Jak zareagował?

– Właśnie to miałam na myśli. Przez chwilę wydawało mi się, że go mamy. Był zdruzgotany, miał łzy w oczach. Niespecjalnie przemawia do mnie katolicka myśl, że w obliczu śmierci oceniana jest moralna wartość naszego życia, ale mimo wszystko był to niezwykle poruszający widok. Człowiek, który wyrządził tyle zła, był kompletnie załamany.

– Mój rabin... – zaczął Bublanski.

– Nie, Jan. Nie zaczynaj z tym swoim rabinem. Pozwól mi dokończyć. Holtser opowiadał, jakim był okropnym człowiekiem. Powiedziałam, że jako chrześcijanin powinien wykorzystać okazję i wszystko wyznać, opowiedzieć, dla kogo pracował. Daję słowo, że w tym momencie niewiele brakowało. Zaczął się wahać i uciekać wzrokiem. Ale zamiast coś powiedzieć, zaczął opowiadać o Stalinie.

– O Stalinie?

– O tym, że Stalin karał nie tylko winnych, ale także dzieci i wnuki, całe rodziny. Chyba chciał przez to powiedzieć, że jego szef jest podobny.

– Więc martwił się o córkę.

– Tak było, bez względu na to, jak bardzo go nienawidziła. Powiedziałam, że możemy objąć ją programem ochrony świadków. Ale coraz bardziej traciłam z nim kontakt. Pogrążył się w apatii, stracił przytomność, a po godzinie zmarł.

– To wszystko?

– Tak. Poza tym, że potencjalna superinteligencja zniknęła, a my wciąż nie trafiliśmy na ślad Andreia Zandera.

– Wiem, wiem.

– I że wszyscy milczą jak zaklęci.

– Zauważyłem. Wszystko idzie jak po grudzie.

– To prawda. Choć właściwie coś poszło jak z płatka – odparła Sonja. – Mam na myśli mężczyznę, którego

Amanda Flod rozpoznała na rysunku przejścia dla pieszych, wykonanym przez Augusta.

– Starego aktora.

– Tak jest. Rogera Wintera. Amanda przeprowadziła tylko wstępne przesłuchanie. Chciała ustalić, czy coś go łączyło z Augustem albo z Balderem. Nie sądzę, żeby wiele sobie po tym obiecywała. Ale jak się okazało, Roger Winter był kompletnie roztrzęsiony, i zanim w ogóle zaczęła go naciskać, wyznał wszystkie grzechy.

– Naprawdę?

– Tak, i nie były to niewinne historyjki. Westman i on są starymi przyjaciółmi z czasów młodości. Grali razem w Revolutionsteatern. Popołudniami, kiedy Hanna wychodziła z domu, często spotykali się, żeby sobie popić i pogadać. August zazwyczaj siedział wtedy w sąsiednim pokoju, zajęty swoimi puzzlami, a oni raczej nie zwracali na niego uwagi. Ale któregoś razu August dostał od mamy wielką i grubą książkę do matematyki. Bez wątpienia była dla niego stanowczo za trudna. Mimo to przeglądał ją jak szalony i wydawał rozmaite odgłosy świadczące o tym, że jest podekscytowany. Lasse się zdenerwował, wyrwał mu książkę i wyrzucił do śmieci. August wpadł w szał. Dostał jakiegoś ataku i Lasse kopnął go trzy czy cztery razy.

– Paskudna sprawa.

– To był dopiero początek. Roger powiedział, że po tym wydarzeniu August zaczął się bardzo dziwnie zachowywać. Dziwnie się na nich gapił. Któregoś dnia Roger znalazł swoją dżinsową kurtkę pociętą na malutkie kawałki. Kiedy indziej okazało się, że ktoś wylał wszystkie piwa, które były w lodówce, porozbijał butelki wódki i sama nie wiem...

Urwała.

– Co takiego?

– To było jak wojna pozycyjna. Podejrzewam, że Roger i Lasse po pijaku zaczęli wymyślać niestworzone rzeczy na temat chłopca. Zaczęli się go bać. Choć niełatwo w tej sprawie zrozumieć motywy psychologiczne. Może go naprawdę znienawidzili, a czasem wyżywali się na nim we dwóch. Roger powiedział, że fatalnie się z tym czuł i nigdy potem nie rozmawiał o tym z Lassem. Nie chciał go bić. Ale nie mógł się powstrzymać. Mówił, że czuł się tak, jakby odzyskiwał dzieciństwo.

– Co chciał przez to powiedzieć?

– Trudno stwierdzić. W każdym razie miał niepełnosprawnego młodszego brata, którego rodzice w dzieciństwie faworyzowali jako mądrzejszego i bardziej utalentowanego. On cały czas rozczarowywał rodziców, a jego brat zdobywał wszelkie nagrody, wyróżnienia i zyskiwał uznanie innych. Podejrzewam, że to rodziło gorycz. Może w ten sposób odgrywał się na bracie, nie wiem. A może...

– Tak?

– Dziwnie to ujął. Powiedział, że to było tak, jakby próbował się uwolnić od wstydu.

– Chore!

– Tak jest, a najdziwniejsze ze wszystkiego jest to, że nagle do wszystkiego się przyznał. Amanda stwierdziła, że wyglądał na śmiertelnie przerażonego. Utykał i miał podbite oczy. Zachowywał się tak, jakby wręcz chciał, żebyśmy go zatrzymali.

– Dziwne.

– Prawda? Ale jest coś, co dziwi mnie jeszcze bardziej – ciągnęła Sonja.

– Mianowicie?

– Mój szef, melancholijny ponurak, nagle zaczyna świecić jak słońce.

Bublanski wyglądał na zawstydzonego.

– Więc to widać.

– Widać.

– Tak, tak – wyjąkał. – Rzecz po prostu w tym, że pewna kobieta zgodziła się zjeść ze mną kolację.

– Chyba się nie zakochałeś?

– To tylko kolacja, tak jak powiedziałem – wyjaśnił Bublanski i poczerwieniał.

ED NIE BYŁ Z TEGO ZADOWOLONY. Ale znał tę grę. Czuł się tak, jakby wrócił do Dorchester. Cokolwiek by się działo, nie wolno się ugiąć. Trzeba mocno uderzyć albo zniszczyć przeciwnika psychicznie. To była cicha, brutalna gra sił.

Pomyślał: dlaczego nie? Jeżeli Lisbeth Salander chce zgrywać ostrą, on też będzie. Spojrzał na nią jak bokser wagi ciężkiej przed walką. Niewiele mu to dało.

Ona też na niego spojrzała. Wbiła w niego spojrzenie stalowoszarych, zimnych oczu i nie powiedziała ani słowa. To było jak pojedynek, cichy i zacięty. W końcu miał dosyć. Uważał, że to wszystko jest śmieszne. Laska została przecież zdemaskowana i pokonana. Rozszyfrował ją i namierzył. Powinna się cieszyć, że nie przyszedł po nią z trzydziestoma marines.

– Myślisz, że jesteś taka twarda, co? – powiedział.

– Nie lubię niezapowiedzianych wizyt.

– A ja nie lubię ludzi, którzy się włamują do mojego systemu, więc jesteśmy kwita. Ale może chcesz wiedzieć, jak cię znalazłem?

– Nie obchodzi mnie to.

– Znalazłem cię przez twoją spółkę na Gibraltarze. To niezbyt mądre, że nazwałaś ją Wasp Enterprises.

– Na to wygląda.

– Jak na tak mądrą dziewczynę zrobiłaś wyjątkowo dużo błędów.

– Jak na tak mądrego chłopaka znalazłeś sobie wyjątkowo parszywe miejsce pracy.

– Może i parszywe. Ale jesteśmy potrzebni. To paskudny świat.

– Zwłaszcza kiedy żyją na nim tacy ludzie jak Jonny Ingram.

Tego się nie spodziewał. Naprawdę się nie spodziewał. Ale nie dał nic po sobie poznać – w tym również był dobry.

– Zabawna jesteś.

– Zajebiste. Zlecanie morderstw, współpraca z kanaliami z rosyjskiej Dumy, żeby kosić grubą kasę i ocalić własną skórę. To wyjątkowo zabawne, prawda? – powiedziała. Musiał zrzucić maskę, i to całkowicie. Przez chwilę nie był w stanie zebrać myśli.

Skąd, do cholery, wiedziała? Zakręciło mu się w głowie. Po chwili uświadomił sobie – i z tą myślą jego puls nieco się uspokoił – że na pewno blefuje. Jeżeli przez sekundę jej wierzył, to tylko dlatego, że sam w chwili słabości podejrzewał Jonny'ego Ingrama o coś podobnego. Ale odwalił morderczą robotę i nabrał pewności, że nie ma na to żadnych dowodów.

– Nie próbuj mi wciskać takich głupot – powiedział. – Mam te same materiały co ty. A nawet znacznie więcej.

– Nie jestem tego taka pewna, Ed. Chyba że ty też zdobyłeś prywatne klucze do algorytmu RSA Ingrama.

Ed spojrzał na nią i ogarnęło go uczucie, że to się nie dzieje naprawdę. Nie mogła przecież złamać szyfru. To było niemożliwe. Nawet on, mając do dyspozycji wszystkie środki i ekspertów, nie uważał, że warto choćby próbować.

Tymczasem ona twierdziła... nie chciał w to wierzyć. To musiało się stać jakoś inaczej. Może miała informatora wśród najbardziej zaufanych ludzi Ingrama? Nie, to byłoby równie nieprawdopodobne. Nie zdążył jednak pomyśleć nic więcej.

– Sytuacja wygląda tak – powiedziała stanowczo. – Powiedziałeś Mikaelowi Blomkvistowi, że jeśli ci opowiem, jak się włamałam, zostawisz mnie w spokoju. Możliwe, że nie kłamałeś. Równie możliwe jest, że blefujesz albo że nie będziesz miał w tej sprawie nic do gadania, jeśli sytuacja się zmieni. Mogą cię zwolnić. Nie widzę powodu, żeby wierzyć tobie i ludziom, dla których pracujesz.

Ed wziął głęboki oddech.

– Rozumiem – odpowiedział. – Ale jakkolwiek dziwnie to brzmi, zawsze dotrzymuję słowa. Nie dlatego, że jestem człowiekiem szczególnie honorowym. Wręcz przeciwnie. Jestem mściwym szaleńcem, dokładnie tak jak ty, moja mała. Ale nie przeżyłbym, gdybym zdradzał ludzi w poważnych sytuacjach. Możesz w to wierzyć albo nie. Ale nie miej wątpliwości, że jeśli będziesz milczała, zamienię twoje życie w piekło. Wierz mi, że jeśli do tego dojdzie, będziesz żałowała, że w ogóle się urodziłaś.

– Dobrze – odparła. – Twardy z ciebie zawodnik. Ale także kawał dumnego skurczybyka, prawda? Za nic nie chcesz dopuścić, żeby wiadomość o tym, co zrobiłam, wydostała się na zewnątrz. Ale niestety muszę cię poinformować, że jestem przygotowana. Wszystko, co do słowa, zostanie opublikowane, zanim zdążysz choćby złapać mnie za rękę. I chociaż mnie to brzydzi, upokorzę cię. Spróbuj sobie tylko wyobrazić, jaką radość wywoła to w necie.

– Pieprzysz głupoty.

– Nie przeżyłabym, gdybym pieprzyła głupoty – odparła. – Nienawidzę społeczeństwa nadzoru i kontroli. W moim życiu było już wystarczająco dużo Wielkiego Brata i różnych instytucji. Ale jestem gotowa zrobić dla ciebie jedno, Ed. Jeżeli będziesz trzymał gębę na kłódkę, dam ci coś, co wzmocni twoją pozycję i pomoże się pozbyć z Fort Meade zgniłych jaj. Chcesz się dowiedzieć, jak to zrobiłam? Gówno, niczego się nie dowiesz. To kwestia zasad. Ale mogę dać ci szansę zemścić się na skurwielu, który cię powstrzymał przed schwytaniem mnie.

Ed patrzył tylko na dziwną kobietę, którą miał przed sobą. Następnie zrobił coś, co dziwiło go jeszcze długo potem.

Zaczął się śmiać.

Rozdział 31
2 i 3 grudnia

OVE LEVIN OBUDZIŁ SIĘ w dobrym humorze. Był w hotelu na zamku Häringe. Długa konferencja na temat cyfryzacji mediów zakończyła się dużą imprezą. Szampan i wódka lały się strumieniami. Niesympatyczny przedstawiciel związków zawodowych z norweskiej gazety „Kveldsbladet", któremu najwyraźniej nie powiodło się w życiu, stwierdził, że przyjęcia Sernera są coraz droższe i bardziej wystawne z każdym zwolnionym pracownikiem, a potem zrobił scenę i wylał czerwone wino na jego szyty na miarę garnitur, ale niespecjalnie się tym przejął. Zwłaszcza że późnym wieczorem zaprosił do swojego pokoju Natalie Foss. Była dwudziestosiedmioletnią, zabójczo seksowną główną księgową. Choć był pijany, udało mu się ją przelecieć – w nocy i rano. Teraz była już dziewiąta. Telefon dzwonił, a on czuł się potwornie skacowany, zwłaszcza kiedy myślał o wszystkim, co jeszcze musiał zrobić. Z drugiej strony był fighterem. *Work hard, play hard* – tak brzmiała jego dewiza. No i Natalie... Dobry Boże! Ilu pięćdziesięciolatków wyobracałoby taką laskę? Niewielu. Musiał wstać. Kręciło mu się w głowie i było mu niedobrze. Chwiejnym krokiem poszedł do łazienki, żeby się wysikać. Postanowił sprawdzić swój portfel inwestycyjny. Lubił od tego zaczynać dzień, kiedy był na kacu. Wyjął komórkę i zalogował się przez BankID na swoje konto. W pierwszej chwili nie rozumiał, co jest grane. Pomyślał, że to na pewno jakiś błąd techniczny. Wartość jego portfela spadła na łeb na szyję. Kiedy drżąc, przeglądał swoje aktywa, zobaczył, że wartość akcji Solifonu spadła niemal do zera. Nic z tego nie rozumiał. Kompletnie roztrzęsiony zaczął przeglądać strony z notowaniami giełdowymi. Na każdej widniała ta sama wiadomość:

NSA i Solifon zleciły zamordowanie profesora Fransa Baldera. Afera ujawniona przez „Millennium" wstrząsnęła światem.

Nie pamiętał dokładnie, co robił później. Prawdopodobnie krzyczał i walił pięścią w stół. Jak przez mgłę pamiętał, że Natalie się obudziła i zapytała, co się dzieje. Co do jednego nie miał jednak wątpliwości: długo stał nad muszlą klozetową i wymiotował, jakby nie miał dna.

BIURKO GABRIELLI GRANE było starannie wysprzątane. Wiedziała, że nigdy tam nie wróci. Mimo to usiadła na chwilę na swoim krześle, żeby poczytać „Millennium". Pierwsza strona nie wyglądała tak, jak powinna wyglądać pierwsza strona gazety, która opublikowała newsa stulecia. Była estetyczna, czarna, niepokojąca. Nie było zdjęć, a na samej górze widniał napis:

Pamięci Andreia Zandera.

A niżej:

Śmierć Fransa Baldera i opowieść o tym, jak rosyjska mafia współdziałała z NSA i dużym amerykańskim koncernem informatycznym.

Na stronie drugiej było zdjęcie Andreia. Zbliżenie. Choć nie miała okazji go poznać, i tak zrobiło na niej duże wrażenie. Wyglądał na pięknego, delikatnego człowieka. Uśmiechał się ostrożnie i wydawał się zagubiony. Było w nim coś intensywnego i niepewnego zarazem. W znajdującym się obok tekście, podpisanym nazwiskiem Erika Berger, była mowa o tym, że jego rodzice zginęli w wyniku wybuchu bomby w Sarajewie. A także o tym, że uwielbiał „Millennium", Leonarda Cohena i powieść Antonia Tabucchiego *...twierdzi Pereira*. Marzył o wielkiej miłości i wielkim temacie. Jego ulubionymi filmami były *Oczy czarne* Nikity Michałkowa i *To właśnie miłość* Richarda Curtisa. Nienawidził ludzi, którzy krzywdzą innych, ale nie lubił mówić o nikim źle. Erika uważała jego reportaż o sztokholmskich bezdomnych za dziennikarski klasyk. Napisała:

> Piszę to i trzęsą mi się ręce. Wczoraj nasz przyjaciel i współpracownik Andrei Zander został znaleziony martwy na pokładzie frachtowca w Hammarbyhamnen. Przed śmiercią był torturowany. Bardzo cierpiał. Ten ból będzie mi towarzyszył do końca życia. Ale jestem też dumna.
> Jestem dumna, że mogłam z nim pracować. Nigdy nie spotkałam tak oddanego dziennikarza i zarazem autentycznie miłego człowieka. Dożył dwudziestu sześciu lat. Kochał życie i dziennikarstwo. Chciał ujawniać niesprawiedliwość, pomagać biednym i wykluczonym. Został zamordowany, ponieważ chciał ochronić małego chłopca, Augusta Baldera. W tym numerze, ujawniając jeden z największych skandali współczesności, składamy mu hołd każdym zdaniem. Mikael Blomkvist w swoim obszernym reportażu pisze: „Andrei wierzył w miłość. Wierzył w lepszy świat i w to, że społeczeństwo może być bardziej sprawiedliwe. Był najlepszym z nas!".

Reportaż zajmował ponad trzydzieści stron. Gabriella nigdy nie czytała lepszego. Straciła poczucie czasu i miała łzy w oczach, ale uśmiechnęła się, kiedy doszła do słów:

> Gabriella Grane, znakomita analityczka Säpo, okazała niebywałą odwagę cywilną.

Historia sama w sobie była dość prosta. Grupa dowodzona przez commandera Jonny'ego Ingrama – podlegająca bezpośrednio szefowi NSA Charlesowi O'Connorowi i utrzymująca bliskie stosunki z Białym Domem i Kongresem – zaczęła na własną rękę wykorzystywać całą masę tajnych informacji, będących w posiadaniu NSA, na temat różnych firm. Pomagała im grupa analityków makrootoczenia z sekcji badawczej Y w Solifonie. Gdyby na tym się skończyło, byłby to skandal, ale do pewnego stopnia dałoby się go zrozumieć.

Jednak kiedy na scenę wkroczyła przestępcza grupa Spiders, wydarzenia przyjęły nowy, złowrogi obrót. Mikael Blomkvist mógł udowodnić, że Jonny Ingram nawiązał współpracę z okrytym złą sławą członkiem rosyjskiej Dumy Iwanem Gribanowem i tajemniczym Thanosem – przywódcą Spiders – i że wspólnie wykradali firmom pomysły i technologie warte astronomiczne sumy i sprzedawali je innym. Ich działalność stanęła pod znakiem zapytania, kiedy na ich trop wpadł profesor Frans Balder. Postanowili go zlikwidować i właśnie to było w tej historii najbardziej niepojęte. Jeden z wysoko postawionych szefów NSA wiedział, że wybitny szwedzki naukowiec ma zostać zamordowany, i nie kiwnął palcem, żeby temu zapobiec.

Mimo wszystko – i tu Mikael pokazał swój kunszt – Gabriella najbardziej przejęła się nie opisem brudnej gry politycznej, lecz dramatem jednostek i przerażającą myślą, że żyje w chorym świecie, w którym wszystko, bez względu na to, czy jest ważne, czy nie, podlega ciągłemu nadzorowi, a wszystko, co tylko może przynieść dochód, jest nieustannie wykorzystywane.

Dokładnie w chwili kiedy skończyła czytać, zobaczyła, że ktoś stoi w drzwiach. Helena Kraft, jak zawsze elegancka.

– Cześć – powiedziała.

Gabriella nie mogła zapomnieć, że podejrzewała, że to ona jest źródłem przecieku. Okazało się jednak, że się myliła.

To, co wzięła za wstyd winowajcy, było tylko wyrzutami sumienia, że śledztwo nie jest prowadzone profesjonalnie. A przynajmniej tak to wyjaśniła Helena, kiedy długo rozmawiały po tym, jak Mårten Nielsen przyznał się do winy i został zatrzymany.

– Witaj – odparła Gabriella.

– Nie wyobrażasz sobie nawet, jak mi smutno, że odchodzisz – powiedziała Helena.

– Wszystko kiedyś się kończy.

– Wiesz już, co będziesz robiła?

– Przeprowadzam się do Nowego Jorku. Chcę się zajmować prawami człowieka. Wiesz, że już dawno dostałam propozycję z ONZ.

– To dla nas bardzo smutna wiadomość, Gabriello. Ale zasługujesz na to.

– To znaczy, że moja zdrada została zapomniana?

– Nie przez wszystkich, tego możesz być pewna. Ale ja widzę w tym tylko dowód na to, że masz dobry charakter.

– Dziękuję, Heleno.

– Chcesz jeszcze zrobić coś konkretnego, zanim odejdziesz?

– Nie dzisiaj. Dziś wezmę udział w uroczystości ku pamięci Andreia Zandera w Pressklubben.

– Bardzo dobrze. Ja będę musiała zreferować rządowi cały ten bałagan. Ale wieczorem wypiję za młodego Zandera i za ciebie, Gabriello.

ALONA CASALES SIEDZIAŁA w pewnej odległości i z tajemniczym uśmiechem obserwowała widoczne w biurze objawy paniki. Patrzyła przede wszystkim na admirała Charlesa O'Connora, który nie wyglądał jak szef najpotężniejszej organizacji wywiadowczej na świecie. Przypominał raczej zastraszonego ucznia. Z drugiej strony wszyscy piastujący ważne stanowiska w NSA wyglądali marnie. Oczywiście poza Edem.

Ale także on nie wyglądał na zadowolonego. Wymachiwał rękami, był spocony i wściekły. Jednak jak zwykle bił od niego autorytet i dało się zauważyć, że nawet O'Connor się go boi. Nie było to jednak szczególnie dziwne. Ed wrócił ze Sztokholmu z prawdziwą bombą. Zrobił im piekło, zarządził przeprowadzenie reform i wprowadzenie usprawnień na wszystkich poziomach. Szef NSA nie był mu za to wdzięczny. Najchętniej z miejsca wysłałby go na Syberię.

Ale nie mógł nic zrobić. Kulił się, podchodząc do Eda. Ed swoim zwyczajem nawet nie podniósł wzroku. Ignorował go dokładnie tak samo jak wszystkich innych nieszczęśników, dla których nie miał czasu. Kiedy zaczęli rozmawiać, nic się nie zmieniło.

Ed często prychał i nawet jeśli Alona nie słyszała ani słowa, całkiem dobrze domyślała się, co mówili, a raczej czego nie mówili. Kilka razy długo rozmawiała z Edem i wiedziała, że kategorycznie odmawiał udzielenia odpowiedzi na pytanie, skąd to wszystko wie, i w ogóle nie zamierza ustępować, w żadnym punkcie. Podobało jej się to.

Nadal grał o wysoką stawkę, a ona uroczyście postanowiła bronić ładu i porządku w NSA i wspierać go, jeżeli będzie miał kłopoty. Postanowiła też zadzwonić do Gabrielli Grane i po raz ostatni spróbować ją gdzieś zaprosić. O ile pogłoska, że ma zamiar przenieść się do Stanów, była prawdziwa.

ED NIE IGNOROWAŁ szefa NSA z premedytacją. Po prostu nie przerywał wyzywania dwóch swoich podwładnych i dopiero po minucie odwrócił się i pochwalił admirała. Nie żeby zatuszować czy zrekompensować swoją nonszalancję, ale dlatego, że naprawdę uważał, że zasługuje na pochwałę.

– Dobrze sobie poradziłeś na konferencji prasowej – powiedział.

– Aha – odparł admirał. – To było piekło.

– W takim razie ciesz się, że dałem ci czas, żebyś mógł się przygotować.

– Mam się cieszyć? Oszalałeś? Czytałeś gazety w internecie? Publikują wszystkie moje wspólne zdjęcia z Ingramem. Czuję się kompletnie zbrukany.

– W takim razie w przyszłości lepiej kontroluj najbliższych współpracowników.

– Jak śmiesz tak do mnie mówić?

– Będę mówił, jak mi się podoba. Firma przeżywa kryzys, a ja odpowiadam za bezpieczeństwo. Nie płacą mi za bycie grzecznym i miłym. A poza tym nie mam na to czasu.

– Licz się ze słowami... – zaczął szef NSA. Urwał, kiedy Ed nagle się wyprostował. Zaprezentował całą swoją niedźwiedzią sylwetkę. Może chciał rozprostować plecy, a może wzmocnić swój autorytet.

– Wysłałem cię do Szwecji, żebyś to wyjaśnił – ciągnął admirał. – Ale kiedy wróciłeś, wszystko się spieprzyło. Kompletna katastrofa.

– Do katastrofy doszło wcześniej – wysyczał Ed. – Wiesz równie dobrze jak ja, że gdybym nie pojechał do Sztokholmu i nie pracował tam jak wariat, nie mielibyśmy czasu przygotować sensownej strategii. Szczerze mówiąc, może właśnie dzięki temu mimo wszystko możesz zachować posadę.

– Czyli mam ci dziękować?

– Tak jest! Zdążyłeś wykopać swoich skurczybyków przed publikacją.

– Ale jak to gówno trafiło do szwedzkiej gazety?

– Tłumaczyłem ci to już tysiąc razy.

– Mówiłeś o tym swoim hakerze. Ale wszystko, co słyszałem, to domysły i brednie.

Ed obiecał, że będzie trzymał Wasp z dala od tego cyrku, i zamierzał dotrzymać obietnicy.

– W takim razie to cholernie rzeczowe brednie – odparł. – Ten haker, kimkolwiek był, musiał złamać pliki Ingrama i dostarczyć je „Millennium". Zgadzam się, że to niewesoła sytuacja. Ale wiesz, co jest najgorsze?

– Nie.

– Najgorsze jest, że nie mieliśmy szans go dorwać, urwać mu jaj i nie dopuścić do przecieku. Ale potem rozkazano nam zawiesić śledztwo i nikt mi nie powie, że mnie poparłeś.

– Wysłałem cię do Sztokholmu.

– Ale dałeś wolne naszym chłopakom i cała obława zdechła. Teraz wszystkie ślady są już zatarte. Jasne, że możemy wznowić poszukiwania. Ale czy w tej sytuacji cokolwiek nam to da? To, że wyjdzie na jaw, że jakiś zasrany mały haker zrobił nas w balona?

– Może i nie. Ale zamierzam mocno uderzyć w „Millennium" i tego całego Blomströma.

– Blomkvista. Mikaela Blomkvista. Jasne, zrób to. Mogę ci tylko życzyć powodzenia. Twoja popularność na pewno poszybuje w górę, jeśli polecisz teraz do Szwecji i zgarniesz człowieka, który jest w tej chwili największym bohaterem wśród dziennikarzy – powiedział Ed. Szef NSA wymamrotał tylko coś niezrozumiale i poszedł.

Ed doskonale wiedział, że nie zatrzyma szwedzkiego reportera. Walczył o polityczne przetrwanie i nie mógł sobie pozwolić na brawurowe posunięcia. Postanowił więc pogawędzić z Aloną. Był zmęczony morderczą pracą. Chciał zrobić coś niezobowiązującego. Zaproponował, żeby wyskoczyli do knajpy.

– Chodźmy wznieść toast za cały ten syf – powiedział z uśmiechem.

HANNA BALDER STANĘŁA na małym wzgórzu w pobliżu hotelu Schloss Elmau i pchnęła lekko Augusta. Patrzyła, jak zjeżdża na staroświeckich drewnianych sankach, które wypożyczyła w hotelu. Kiedy się zatrzymał przy brązowej skrzynce na dole, zaczęła schodzić. Zza chmur wyglądało słońce. Lekko prószył śnieg. Wiatru prawie nie było. W oddali na tle nieba rysowały się szczyty Alp, a przed nią rozciągał się piękny krajobraz.

Nigdy nie mieszkała w tak pięknym miejscu. August dochodził do siebie, również dzięki staraniom Charlesa Edelmana. Niewiele jej to jednak pomogło. Czuła się fatalnie. Nawet tam, na wzgórzu, przystanęła dwa razy i złapała się za pierś. Odwyk po tabletkach – spośród których wszystkie należały do rodziny benzodiazepin – był gorszy, niż mogła sobie wyobrazić. Nocami leżała skulona jak krewetka i widziała swoje życie bez upiększeń. Od czasu do czasu wstawała, tłukła pięścią w ścianę i płakała. Bez końca przeklinała Lassego Westmana i samą siebie.

A jednak... bywało, że czuła się dziwnie oczyszczona i doświadczała krótkich chwil czegoś, co można było przynajmniej porównać ze szczęściem. Zdarzało się, że August siedział nad swoimi równaniami i ciągami liczb i odpowiadał, kiedy go o coś pytała. Wierzyła, że naprawdę szykuje się jakaś zmiana, nawet jeśli odpowiadał zdawkowo i dziwnie.

Nie rozumiała go. Wciąż był dla niej zagadką. Czasem wymieniał liczby, bardzo duże i podniesione do równie dużej potęgi. Najwyraźniej sądził, że go zrozumie. Ale coś się bez wątpienia zmieniło. Wiedziała, że nigdy nie zapomni, jak pierwszego dnia siedział przy biurku i przelewał na papier długie wstęgi równań. Fotografowała je i wysyłała do Sztokholmu. Późnym wieczorem na blackphone'a przyszła wiadomość: „Przekaż Augustowi, że złamaliśmy kod!".

Nigdy nie widziała go tak szczęśliwego i dumnego i choć nigdy nie zrozumiała, o co chodziło, i nie powiedziała o tym ani słowa nawet Charlesowi Edelmanowi, wiele to dla niej znaczyło. Ona też była dumna. Bardzo dumna.

Poza tym zainteresowała się sawantyzmem. Często, kiedy August już spał, siedzieli z Charlesem Edelmanem prawie do rana i rozmawiali o jego talentach i o wszystkim innym. Nie była jednak pewna, czy pójście z Charlesem do łóżka było dobrym pomysłem.

Z drugiej strony nie była też pewna, czy to zły pomysł. Przypominał jej Fransa, a poza tym pomyślała, że poznają się nawzajem niczym członkowie małej rodziny: ona, Charles i August, surowa, ale mimo wszystko urocza nauczycielka Charlotte Greber i duński matematyk Jens Nyrup, który ich odwiedził i stwierdził, że August z jakiegoś powodu zafiksował się na krzywych eliptycznych i rozkładaniu na czynniki pierwsze.

W dziwnym świecie jej syna ten wyjazd w pewnym sensie był podróżą odkrywcy. Schodząc z pokrytego cienką warstwą śniegu wzgórza i widząc, jak August wstaje z sanek, po raz pierwszy od wieków pomyślała: będę lepszą matką. Naprawię swoje życie.

MIKAEL NIE ROZUMIAŁ, dlaczego jego ciało wydaje mu się takie ciężkie. Czuł się tak, jakby brnął przez wodę. Wszędzie trwało zamieszanie, panował swoisty szał zwycięstwa. Niemal wszystkie gazety, serwisy internetowe, stacje radiowe i kanały telewizyjne chciały przeprowadzić z nim wywiad. Na żaden się nie zgodził, bo nie było takiej potrzeby. Dawniej, kiedy w „Millennium" ukazywały się ważne wiadomości, bywało, że on i Erika nie byli pewni, czy pozostałe koncerny medialne je podchwycą. Musieli myśleć strategicznie i pojawiać się na właściwym forum, a czasem nawet uchylić rąbka tajemnicy. Teraz nic takiego nie było konieczne.

Bomba wybuchła bez niczyjej pomocy, a kiedy szef NSA Charles O'Connor i sekretarz handlu Stanów Zjednoczonych Stella Parker na wspólnej konferencji prasowej przepraszali za to, co się stało, nikt się już nie zastanawiał, czy historia jest prawdziwa. W gazetach całego świata trwała ożywiona dyskusja na temat możliwych skutków tej afery.

Mimo ogólnego zamętu Erika postanowiła zorganizować w redakcji małe przyjęcie. Uznała, że wszyscy zasługują na chwilę odpoczynku od zamieszania i że powinni wznieść toast. Pięćdziesiąt tysięcy egzemplarzy pierwszego wydania sprzedało się już przed południem poprzedniego dnia, a liczba odwiedzających ich stronę, która miała także angielską wersję, wynosiła już kilka milionów. Wydawnictwa proponowały im umowę na książkę, liczba prenumeratorów rosła z minuty na minutę, a reklamodawcy ustawiali się w kolejce.

Poza tym wykupili udziały koncernu Serner Media. Mimo nawału pracy Erika zdążyła już przeprowadzić tę transakcję kilka dni wcześniej. Nie było łatwo. Przedstawiciele Sernera wiedzieli, że jest zdesperowana, i wykorzystali to do maksimum. Przez jakiś czas jej i Mikaelowi wydawało się, że nic z tego nie będzie. Dopiero w ostatniej chwili, kiedy z tajemniczej spółki zarejestrowanej w Gibraltarze dostali pokaźną sumę, Mikael mimo woli się uśmiechnął – mogli ich spłacić. Suma była co prawda skandalicznie duża, jeśli wziąć pod uwagę ich ówczesne położenie, ale już dzień później, kiedy ich gorący temat został opublikowany, a notowania „Millennium" poszybowały w górę, mogli uznać, że zrobili dobry interes. Znów byli wolni i niezależni, nawet jeśli nie zdążyli tego poczuć.

Podczas wieczoru ku pamięci Andreia w Pressklubben dziennikarze i fotoreporterzy nie dawali im spokoju. Wszyscy bez wyjątku chcieli im też pogratulować, ale Mikael i tak czuł się przytłoczony i osaczony i nie był tak serdeczny, jak by chciał. Poza tym nadal nie mógł spać i męczyły go bóle głowy.

Redakcja została pospiesznie przemeblowana. Na połączonych biurkach postawiono szampana, wino, piwo i japoński catering. Zaczęli przychodzić ludzie. Rzecz jasna, przede wszystkim współpracownicy i freelancerzy, ale także przyjaciele, w tym Holger Palmgren. Mikael pomógł mu wejść do windy i z niej wyjść i dwa czy trzy razy go przytulił.

– Nasza dziewczynka sobie poradziła – powiedział Palmgren ze łzami w oczach.

– Zazwyczaj sobie radzi – odparł Mikael z uśmiechem i posadził go na honorowym miejscu na kanapie. Polecił, żeby jego kieliszek był napełniany, jak tylko zacznie się pokazywać dno.

Cieszył się, że go widzi. Miło było zobaczyć wszystkich starych i nowych znajomych, na przykład Gabriellę Grane i komisarza Bublanskiego. Tego ostatniego być może nie powinno tam być, jeśli wziąć pod uwagę ich relację zawodową i pozycję „Millennium" jako niezależnego obserwatora pracy policji, ale Mikael zaproponował, żeby go zaprosili. Co dziwne, Bublanski cały czas rozmawiał z panią profesor Farah Sharif.

Mikael wzniósł toast z nimi i z całą resztą. Miał na sobie dżinsy i najbardziej elegancką marynarkę i, jak nigdy, dużo pił. Ale niewiele to pomagało. Nie mógł się pozbyć uczucia pustki i przygnębienia, a chodziło oczywiście o Andreia. Był nieustannie obecny w jego myślach. Obraz kolegi siedzącego w redakcji albo idącego z nim na piwo wrył mu się w pamięć. Wspomnienia o Andreiu wracały co chwilę i nie mógł się skoncentrować na rozmowach.

Zmęczyły go pochwały i pochlebstwa. Tylko esemes od Pernilli – piszesz naprawdę, tato – zrobił na nim wrażenie. Co jakiś czas zerkał w stronę drzwi. Lisbeth została oczywiście zaproszona i gdyby się zjawiła, traktowałby ją jak gościa honorowego. Ale nie przychodziła, czemu oczywiście trudno było się dziwić. Mimo wszystko chciał jej przynajmniej podziękować za to, że szczodrze ich wspomogła, żeby mogli rozwiązać konflikt z Sernerem. Z drugiej strony czy mógł czegokolwiek żądać?

Sensacyjne materiały na temat Ingrama, Solifonu i Gribanowa, które mu dostarczyła, sprawiły, że mógł zbadać sprawę, a nawet skłonić Eda the Neda i samego Nicolasa Granta, żeby mu zdradzili więcej szczegółów. Rozmawiał z nią od tamtego czasu tylko raz. Starał się wypytać ją o to, co się stało w domku na Ingarö.

Od tamtej rozmowy minął już tydzień. Nie miał pojęcia, co sądzi o jego reportażu. Mogła być zła, że zanadto wszystko udramatyzował – choć nie wiedział, co innego mógłby zrobić, skoro odpowiadała tak zdawkowo. Mogła się wściekać, że nie wymienił nazwiska Camilli, tylko pisał o córce Szwedki i Rosjanina posługującej się pseudonimem Thanos albo Alkhema. Mogła być rozczarowana, że nie był ostrzejszy.

Trudno powiedzieć. Na domiar złego prokurator Richard Ekström chyba poważnie rozważał, czy nie oskarżyć Lisbeth o uprowadzenie. Ale na to nic nie mogli poradzić. W końcu postanowił machnąć na wszystko ręką. Bez pożegnania opuścił przyjęcie i wyszedł na Götgatan.

Pogoda była beznadziejna. Z braku lepszego zajęcia zaczął przeglądać nowe esemesy. Było ich tak dużo, że nie był w stanie przeczytać wszystkich. Gratulacje, prośby o wywiad i parę haniebnych propozycji, ale oczywiście nic od Lisbeth. Wymamrotał coś pod nosem, zamknął telefon i ruszył do domu. Szedł dziwnie ciężkim krokiem, zwłaszcza jak na kogoś, kto właśnie ujawnił aferę dekady.

LISBETH SIEDZIAŁA na czerwonej kanapie w mieszkaniu przy Fiskargatan i pustym wzrokiem patrzyła na Gamla stan i Riddarfjärden. Minął rok, odkąd zaczęła polować na siostrę i badać przestępczą spuściznę po ojcu, i z całą pewnością mogła stwierdzić, że pod wieloma względami poczyniła postępy.

Wytropiła Camillę i zadała Spiders poważny cios. Powiązania z Solifonem i NSA zostały zerwane. Członek dumy Iwan Gribanow był poddawany silnym naciskom, morderca działający na zlecenie Camilli nie żył, a jej najbliższy współpracownik Jurij Bogdanow wraz z kilkoma innymi informatykami był poszukiwany przez policję i musiał zejść do podziemia. Ale Camilla żyła. Prawdopodobnie uciekła z kraju. Mogła się ostrożnie zorientować w sytuacji i zacząć od nowa.

To jeszcze nie był koniec. Zaledwie postrzeliła zwierzynę, a to w żadnym wypadku nie mogło wystarczyć. Z zaciętym wyrazem twarzy odwróciła wzrok i spojrzała na stół. Leżały na nim paczka papierosów i nieprzeczytany numer „Millennium". Wzięła gazetę do ręki. Odłożyła, a następnie znów wzięła i przeczytała reportaż Mikaela. Kiedy doszła do końca, przez chwilę patrzyła na jego zdjęcie. Potem gwałtownie wstała, poszła do łazienki i zrobiła makijaż. Włożyła obcisłą czarną koszulkę i skórzaną kurtkę i wyszła.

Był grudniowy wieczór. Była stanowczo zbyt cienko ubrana i było jej zimno, ale nie przejmowała się tym zbytnio. Szybkim krokiem ruszyła w stronę Mariatorget. Skręciła w lewo, w Swedenborgsgatan, i weszła do restauracji Süd. Usiadła przy barze. Piła na zmianę whisky i piwo. Wśród gości było wielu ludzi kultury i dziennikarzy, więc nie należało się dziwić, że ją rozpoznali. Zaczęli ją obserwować i o niej mówić. Gitarzysta Johan Norberg, znany z tego, że w felietonach w gazecie „Vi" przywiązywał dużą wagę do drobnych, ale znaczących szczegółów, pomyślał, że pije tak, jakby to nie była przyjemność, tylko praca, coś, co chciałaby już mieć za sobą.

Wyglądała na bardzo zdeterminowaną. Najwyraźniej nikt nie miał odwagi do niej podejść. Siedząca kawałek dalej Regina Richter, która zawodowo zajmowała się terapią poznawczo-behawioralną, zastanawiała się, czy Lisbeth zwróciła uwagę na kogokolwiek w restauracji. Nie przypominała sobie, żeby się choć rozejrzała po sali albo okazała odrobinę zainteresowania którymkolwiek z gości. Barman Steffe Mild uznał, że przygotowuje się do jakiejś akcji albo do ataku.

O dwudziestej pierwszej piętnaście zapłaciła gotówką i wyszła bez słowa. Nie skinęła nawet głową. Kenneth Höök, mężczyzna w średnim wieku, w czapce z daszkiem, który zresztą nie był szczególnie trzeźwy ani szczególnie godny zaufania, jeśli wierzyć jego byłym żonom i w zasadzie wszystkim znajomym, widział, jak przecinała Mariatorget, jakby się szykowała do pojedynku.

MIMO MROZU MIKAEL BLOMKVIST szedł do domu wolnym krokiem, pogrążony w posępnych myślach. Uśmiechnął się tylko na chwilę, kiedy przed Bishop's Arms spotkał stałych bywalców lokalu.

– Więc mimo wszystko się nie skończyłeś! – ryknął Arne czy jak on się tam nazywał.

– Może jeszcze niezupełnie – odparł Mikael i przez chwilę się zastanawiał, czy na zakończenie nie wstąpić do knajpy na piwo i nie pogadać z Amirem.

Nie czuł się jednak na siłach. Chciał być sam, więc poszedł dalej, do domu. Kiedy wchodził po schodach, towarzyszyło mu bliżej nieokreślone nieprzyjemne uczucie, być może wywołane tym, co przeżył. Próbował je zwalczyć. Mimo to dyskomfort go nie opuszczał, zwłaszcza kiedy zdał sobie sprawę, że zepsuła się lampa na piętrze.

Na górze panował gęsty mrok. Zwolnił i nagle zauważył jakiś ruch. Po chwili coś błysnęło, jakby wąski snop światła telefonu komórkowego. Wyczuwał obecność chudej postaci.

– Kto tam jest? – zapytał i poczuł, że się boi.

Po chwili zobaczył, że to Lisbeth. W pierwszej chwili rozpromienił się i rozłożył ręce, ale nie poczuł ulgi, chociaż właśnie tego się spodziewał.

Lisbeth wyglądała na wściekłą. Oczy miała pomalowane na czarno. Była spięta, jakby zamierzała go zaatakować.

– Jesteś zła? – zapytał.

– Dosyć.

– Mogę spytać dlaczego?

Zrobiła krok do przodu. Jej twarz była biała jak prześcieradło. Mikael przez chwilę pomyślał o jej ranie.

– Bo przychodzę w odwiedziny, a nikogo nie ma w domu – powiedziała.

Mikael podszedł bliżej.

– Istny skandal, prawda?

– Zgadza się.

– A gdybym cię zaprosił do środka?

– Nie miałabym wyjścia. Musiałabym się zgodzić.

– W takim razie witam – powiedział i po raz pierwszy od dawna na jego twarzy pojawił się szeroki uśmiech. Niebo przecięła spadająca gwiazda.

PODZIĘKOWANIA

Chciałbym złożyć najserdeczniejsze podziękowania mojej agentce Magdalenie Hedlund, ojcu i bratu Stiega Larssona, Joakimowi i Erlandowi Larssonom, moim wydawczyniom Evie Gedin i Susannie Romanus i redaktorowi Ingemarowi Karlssonowi oraz Lindzie Altrov Berg i Catherinie Mörk z Norstedts Agency.

Dziękuję także Davidowi Jacoby'emu – analitykowi bezpieczeństwa z Kaspersky Lab, Andreasowi Strömbergssonowi – profesorowi matematyki z uniwersytetu w Uppsali, Fredrikowi Laurinowi – szefowi działu śledczego z Ekot, Mikaelowi Lagströmowi – wiceprezesowi do spraw obsługi klienta z Outpost24, pisarzom Danielowi Goldbergowi i Linusowi Larssonowi oraz Menachemowi Harariemu.

I oczywiście mojej Anne.